茅盾文学奖
获奖作品全集
典藏版
The Mao Dun Literature Prize

张居正

第三卷 金缕曲

熊召政 著

人民文学出版社

目 录

第 一 回	李国舅弄玄扮妖道 孙督造报忧启衅端	1
第 二 回	说龙袍李太后动怒 送奶子冯公公示敬	18
第 三 回	老臣受骗骤临祸事 宰揆召见面授机宜	37
第 四 回	白发衔冤昏死内阁 红颜薄命洒泪空楼	54
第 五 回	谈笑间柔情真似水 论政时冷面却如霜	71
第 六 回	听口戏外廷传劾本 抚瑶琴黠仆献鸩谋	88
第 七 回	为淫乐恶太监毙命 辩部疏小皇上问师	105
第 八 回	张宰揆接旨进古寺 李太后冷峭斥奴才	123

第九回	说子粒田慈圣动怒 唱岭儿调玉女伤春	142
第十回	伤太爷承差闯大祸 讨见识御史得奇闻	160
第十一回	赵知府蝎心施毒计 宋师爷巧舌诳冤囚	182
第十二回	为济困贱卖龙泉剑 言告状却送戒石铭	200
第十三回	抨新政京城传谤画 揭家丑圣母识良臣	218
第十四回	送乌骨鸡县令受辱 拆石牌坊知府惊心	233
第十五回	应天馆拜访神秘客 铁女寺毒杀贪鄙人	250
第十六回	言政言商皇亲思利 说春说帛铁嘴谈玄	271
第十七回	锦幄中君臣论国是 花厅内宰辅和情诗	290
第十八回	样样淫情引君入瓮 炎炎夏日扫雪烹茶	311
第十九回	惩黠仆震怒张首辅 告御状挟愤戚将军	332
第二十回	老国丈上吊为避祸 小玉娘哀告救恩公	349

第二十一回	扇子厅扶乩问神意 总督府设宴斩狂人	367
第二十二回	邀缙绅齐瞻年节礼 对空房捧读绝情诗	385
第二十三回	询抚臣定清田大计 闻父丧感圣眷优渥	400
第二十四回	议夺情天官思抗旨 陈利害皇上动威权	415
第二十五回	天香楼上书生意气 羊毫笔底词客情怀	430
第二十六回	说清田新官三把火 论星变名士一封疏	448
第二十七回	气咻咻皇上下严旨 怒冲冲首辅斥词臣	463
第二十八回	午门廷杖血飞似雨 微臣忤旨气贯如虹	479

第 一 回

李国舅弄玄扮妖道　孙督造报忧启衅端

"冯老公公到——"

一声高亢的吆喝,穿过早晨的淡淡白雾,从广袤麦野间的大道上传到白云观门前广场,顿时引起一片骚动。先前这里已黑鸦鸦落了一大片各色轿子,内中坐的都是身着貂袍的朱衣太监。他们早早儿来到这里,为的是迎候他们的主子。听得吆喝,他们都慌忙钻出轿来,伸长脖梗儿朝大路上瞻望。须臾间,只听得一阵匆促的马蹄,早有二十余骑武弁驰进广场。他们都头戴圆帽脚蹬白靴,身穿圆领十二颗纽扣直裰,一看打扮就知是东厂的番役。领头的掌帖刑虽然穿着六品武官命服,但比起地上站着的这些内府貂珰来,身份还是矮了一大截。但他自恃是东厂的官员,有见官大一级的特殊身份,也不把貂珰们放在眼里,只公事公办地拱了拱手,说了一句:"公公们来得早。"然后就吩咐手下:"广场上太乱,你们盯着些个。"

话音刚落,一长列气势森严的仪仗已是进了广场。临近山门,只见瓜斧号旗一刷儿闪开,遮轿的六把大金扇两边一分,亮出一乘八人抬的杏黄围帘大暖轿来。顿时,广场上静得连掉根针的声音都听得见,所有人的目光都投向了大暖轿。一名眉清目秀的小内侍走近前打起轿帘,大家伙儿先听到一声轻轻的却颇显威严的咳嗽,为数不少的太监禁不住身子一哆嗦——这当儿,万历朝的赫赫"内相",司礼监掌印大太监冯保已是躬身出了轿门。

为了今日的出行,冯保在穿戴上似乎用了心思,他并没有穿官服,而是在贴身的水獭皮小袄外,罩了一件上等湖丝制作的丝绵道袍,脚蹬一双羊羔皮的短勒靴,靴上的圆泡钉全用纯金制作,代替了惯常的黄铜,头上的暖帽用粹白的狐狸皮制成。这身打扮虽无官气却更显得雍容华贵。加之他一张保养得很好的白皙的胖脸,举手投足颐指气使,都不得不让人对他敬畏有加。就在他跨出轿门的这一刹那,众貂珰好像羊见虎鼠见猫一般一起跪下,齐声喊道:

"小的们恭候老公公。"

冯保也不言声,只把手虚抬一下让貂珰们平身。这时,一名站在台阶上的青衣道人朝山门内大喊一声:"奏乐——"候了多时的道家乐手立马儿弦索高奏响器齐鸣。更有十几名小道人次第点燃手中举着的缠满鞭炮的长篙,劈里啪啦炸了个昏天黑地,震得广场上看热闹的人,个个都捂了耳朵。在肃穆的大内待久了,冯保不大习惯这种闹哄哄的欢迎场面。鞭炮一响,他就站在原地不挪步,待鞭炮炸完乐声停了,他才随着迎候的道长闻天鹤进了山门。

京城四郊,名胜甚多,不胜枚举。单说畿南,旧有三大:沧州狮子景州塔,正定府里大菩萨。这是远郊,近郊的第一大名胜,即是西便门外二里许的这座白云观。

白云观,在道教里头素有"仙都"之称,是全真道龙门派的祖庭。这座道观始建于唐代,名天长观,用来祀奉道教祖师爷老子。此后屡毁屡建屡建屡毁,名气并不大。真正声闻遐迩是在著名道人丘处机来此掌院之后。这个丘处机是道教龙门派创始人,被成吉思汗奉为"神仙"。元朝初年,在中国影响极大。他死后,每逢他的生辰正月十九日,京师庶民都会携着香纸爆竹、三牲酒浆到白云观来致祭。久而久之相沿成习,正月十九也就成了京师人必过的燕九节。届时白云观山门之外,广场四周,各色帐篷帷屋都搭盖起来,迤逦几里路长。全国各地的全真道人都赶来这里,或祭祀,或斋醮,或炼丹药,或卖符箓,坐地论吉凶休咎、分曹谈出世之业,镇日间磬钵起伏,道曲盈耳。在这股子仙气缭绕之中,更有京城的红男绿女纷至沓来,打情骂俏嬉闹玩耍,或艳帜招摇或席地哄饮,日以继夜声势不衰。还有那数以千计的小商小贩,也莫不赶来这里,肩着棍把儿卖糖葫芦的,挑着温火担子卖蒸糕儿的,打酒卖茶,摇糖称卤,应有尽有。至于日用百货,从绸布衣服、几筵篚笥,到盘盂铜锡、古董字画等琐细之物,无不种类齐全塞满道儿,从早到晚叫卖声不绝于耳。因此,这紧接着元宵节之后的燕九节,又把京城的游冶声采热闹气儿,喧喧闹闹延长了几日。永乐皇帝迁都北京后,这燕九节又添了一项内容,即宫内的太监们每到这一天,也必定轿马塞道赶到白云观来祭奠一番。也不知是何年何月哪一位没根的贵珰考证出来,说丘处机出家之初的生日这一天,为绝尘心竟然自阉。因此,太监们便把他认作本门"阉帮"的帮主,年年祭奠如仪,一丝儿也不马虎。今年是冯保出掌司礼监掌印太监的第二年,领衔主祭责无旁贷。较之前几年,今天的场面就显得格外铺排与显耀。

在道人的陪侍与百十位贵珰的簇拥下,冯保走进了七层四柱气势轩昂的棂星门。枋额上所书"洞天胜景"四字,乃嘉靖皇帝手迹。由此入观,可分三路:中路依次有灵官殿、玉皇殿、老律堂、丘祖殿、三清阁与四御阁六重正殿,还有钟、鼓二楼及丰真殿、儒仙殿。东路主要建筑有南极殿、斗姥阁与藏经楼。西路有吕祖殿、八仙殿、元君殿、元辰殿、祠堂院等。道观后头还有一座偌大花园,名云集园。园内小桥浮绿,游廊迷树,亭阁掩映,山水缠绵,满目皆是仙家情趣,故又有"小蓬莱"之称。整个建筑占地有数百亩之多,且参差疏密井然有序。今日的白云观内,处处装饰一新。石阶砌玉,檐牙涂金;崔嵬殿阁流碧飞丹,雕墙画壁熠熠生辉。如此蓬莱旧国,尘世瑶池,端的是龙纹虎脉,气象万千。站在棂星门下的冯保一看这些景致,顿时心情一爽,问站在身边的闻天鹤:

"闻道长,这道儿一尘不染,香客们怎样进来拜神呢?"

闻天鹤恭敬回答:"启禀冯老公公,贫道已得东厂指示,冯老公公在观期间,闲杂人等,一律不得入内。"

冯保微微一笑,说:"道长理会错了,咱是说,这么洁净的道儿,香客们一踩,不就脏了?"

"哦,是这样,"闻天鹤紧张的心情稍有松弛,回道,"观内有十几个小道士随时打扫,不至于污秽到哪里。"

"这样就好,不要糟蹋了仙境。"

说话间,一干人等已是款款走过窝风桥,穿过三重大殿,来到中路第四重大殿丘祖殿的门前。早在几天前,徐爵就知会闻天鹤道长,冯保此次来白云观只祭祀丘祖,余下各殿一律不进。知情人一听便知,当今皇上圣母李太后一心向佛,与道教略不关涉,冯保跟着她,不敢越雷池一步。这本在情理之中,但对于白云观来讲,多少有些遗憾。丘祖殿面阔五间,进深七楹,是白云观中最为恢弘的单檐歇山式大殿。为了这次祭祀,众貂珰合伙捐了五千两银子装修白云观,冯保单独捐了两千两银子装修这座丘祖殿。眼下看去,只见檐廊藻井,飞椽础柱,处处髹漆一新。殿中丘祖塑像也重新涂了金粉,愈觉富贵华丽。冯保跨进殿中,顿时道乐大作,众貂珰三拜九叩,一切祭奠如仪。

却说冯保跪在蒲团上还未起身,忽听得门外头传来吵闹之声,两个小内侍将他搀扶起来,他眼睛瞄着丘祖塑像,嘴中问道:

"什么人喧哗?"

与冯保一起来的徐爵正准备派人出去查看,却见东厂一黑靴小校飞快跑来禀报,说是园门外头有一个疯疯癫癫的道人,非要闯进来不可。

"是个啥样儿人?"冯保问。

小校回答:"说不上,头上戴着一只铜圈,箍住一头乱发,披着一件青色大氅,手上还举着一面幡竿,上面书了'替天行道'四字。"

冯保听了皱眉,喝道:"这是何方妖道,且把他拿了,打着问话。"

言犹未了,只听得门外有人嬉笑道:"冯老公公,不用打着问话,贫道已经来了。"

说话间,只见一个高大的身影已是闪身进门,站在冯保跟前,舞动着那根"替天行道"的幡竿。冯保正想发作,一眼瞥见这人的音容相貌很是熟悉,只是一时仓促记不清是谁,便狐疑地问道:

"你是?"

来人龇牙一笑,把垂在脸上的乱发往后拢了拢,揶揄道:"冯老公公,你这是大水冲了龙王庙,一家人不认识一家人了。"

冯保定睛一看,顿时大惊失色。来者不是别人,正是武清伯李伟的独生儿子,当今圣上万历小皇帝的嫡亲舅舅李高。他慌忙言道:

"哎呀呀,原来是国舅大人,看老夫这眼神儿,竟是这等的不济,罪过,罪过!"

丘祖殿原不是会客的地方,幸好闻天鹤早在云集园中备下了陈设典雅的斋房。冯保与李高趸了进去,闻天鹤安排好茶点就退下了。冯保抿了一口滚热的八宝茶,问道:

"国舅爷,你为何要弄出这一身打扮来?"

"过节呀!"李高脱口回答,见冯保一时没有领会,又补充道,"今儿个是燕九节,我这身打扮,您看像不像丘神仙下凡?"

这么一说,冯保才恍然大悟。传说每逢燕九节这一天,丘神仙就会乔装打扮回到白云观来度化道众,被他瞧中的人,就可以跟着他白日飞升成为仙人。丘神仙的化身,或是贫道、或是乞丐、或是娼女、或是盲叟,总之都是大千世界芸芸众生中的下九流人物。京城中一些戚畹大户膏粱子弟,逢着这一天,都会跑到白云观来向这些"贱民"布施,如果碰巧从"贱民"中遇上一个丘神仙的化身,岂不是一本万利的便宜事?不过,最乐于施舍的,还是内廷太监。这些人既认了丘祖为本门帮主,当然就想着如何攀缘接福,一年就这一回,故都出手大方。因此就有一帮泼皮无赖,在这一日故意扮穷骗钱。李高显然不属于这种人,他之所以如此打扮,在冯保看来,纯粹是闲得无聊找乐子,因此应付道:

"难怪你硬闯白云观,番役们不敢拦你,都怕你是下凡的丘神仙,得罪不起啊。"

李高也没听出冯保话中的揶揄,嬉笑答道:"方才在白云观门外,咱这身行头,着实还唬了不少人呢!你看,这是咱收的利市钱。"说罢,解开青色大氅,只见胸前还有一个褡裢,他解下来朝地上一抖,宝钞、铜板和碎银竟滚了一地。他嬉笑道:"这些功德钱,咱捐给白云观了。"

瞧着李高这副痴不痴呆不呆的现世宝样子,冯保心里头已是十二分的不愉快。李高资性就不是个读书种子,仗着李太后这个姐姐,镇日里呼朋引类驾鹰逐犬,总是个不成器的纨绔子弟。如今万历皇帝登基,他这位国舅,更成了拳头上跑马粪门里吹火的人物,越发地了不得。冯保虽然不喜欢这种人,但碍着李太后,也不敢得罪他。他不知李高闯进来找他有什么事,只转口问道:

"令尊武清伯大人这一向可好?"

李高耸了耸肩,拣了一块黑脆脆的芝麻糕放进嘴中,一边嚼一边答道:

"好啥,一直心口疼!"

"啊,怎的没听说?"

"冯公公你深居大内,哪儿听说去?"

"没请太医看看?"

"太医都是些烂嘴龟子,哪能看咱爹的病。"李高口无遮拦,说话声音比劈干竹子还响,这会儿咳嗽了一下,接着说,"咱爹的病,冯老公公你倒能治一半。"

"咱?"冯保不禁一怔,他听出李高话中有话,便警觉地问道,"武清伯究竟犯的啥病?"

"心病!"

"哦?"

冯保应了一声,再不接腔。李高见他不再问了,索性自己捅了出来:"冯老公公,你说咱姐晋升太后都两年了,咱爹为何就不能水涨船高,从武清伯升上武清侯呢?"

一听这话题儿,冯保总算明白了李高此行的目的。就这件事,前年秋天武清伯专门进宫当面向李太后提过要求。李太后当时敷衍过去,后来也没有下文。他曾向张居正提过一次,不知出于何种原因这位首辅也是不置一词,他就再也不好说什么了。眼下见李高一副气呼呼的样子,他知道搪塞不过去,便回道:

"册封的事是朝廷大礼,条条框框甚多,你姐姐李太后是天下第一等孝女,她何尝不想自己的亲爹封上侯爵,但礼法所限,她不好擅越。太后不开口,别人又哪敢胡乱从事。"

李高觉得这话不中听,却也不便发作。他心知肚明,自己虽贵为国舅,但进宫一次也是难上加难。平素间往宫里头传话儿,还得靠这位手眼通天的内相,于是咽了一口气,说道:

"冯老公公,咱跟你直说了吧,如果不是前年的那一场大火逼得王希烈上吊,咱爹的武清侯,恐怕已经到手了。"

"哦?"一听见"火"字儿,冯保眼皮子直跳,"这王希烈就是活着,也未必能办成此事!"

"为啥?"

"他一个礼部侍郎,有多大的权力?"

"不管权力多大,王希烈毕竟当了多年的礼部左侍郎。朝廷一应礼法,他是烂熟于胸。他说过,常规不行尚可特例,咱姐本是贵妃,一下子拔成太后,与陈皇后扯平身份,这还不是特例?咱姐可以特例,咱爹为何就不能特例?"

"国舅爷,你可不能这样攀比,你姐姐毕竟是当今圣上的生母。"

"老公公不要忘了,当今圣上的生母可是咱爹的亲生女儿。"李高说着又操起那根"替天行道"的幡竿,使劲朝地上杵了杵,翻着白眼呛道,"咱爹的事儿办不成,依咱看,就卡在一个人身上。"

"谁?"

"张居正。"

冯保当下就冷了脸,嗔道:"国舅爷,这话可不好随便说的,首辅张先生是先帝信任的顾命大臣,你姐姐李太后对他深为倚重。你如此说话,岂不让你姐姐伤心?"

李高既不犟嘴,又不服气,只嘟哝道:"花花轿儿人抬人,人家抬咱咱就抬人,人不抬咱咱也不抬人。"

冯保不想闲扯是非,抬了抬眼皮,勉强笑道:"国舅爷也不用说气话,待瞅着机会,老夫再向太后请旨。"说着就有送客的意思。

李高连忙说道:"老公公不要理会错了,咱今儿个大老远赶来,并不是专为找你生闲气的,咱的正经事儿还没说呢。"

"啊,你还有事?"

冯保刚抬起的屁股又重新落座,李高瞅了瞅门外,低声说道:"老公公,咱爹想做件事儿,究竟如何做,让咱找您老讨个见识。"

"啥事儿?"冯保俯了俯身子。

李高瞅了瞅门外,神秘地说:"去年底,咱爹央人在沧州看了块吉地,想修坟呢。"

李高话音一落,冯保就知道意思了,当今的老国丈,又要变着法儿向皇上伸手要钱了。按朝廷规矩,皇亲国戚修建坟寝,朝廷可适当补助。既不是为难事,冯保心下略宽,问道:

"武清伯修坟,好哇,择的地怎么样?"

"说是块好地,风水先生说,得把那架山整个儿买下来,山上有几户人家,得迁走。"

听话听音,冯保知道武清伯要狮子大张口了,便说:"江湖上的风水先生,多半是些混饭吃的,武清伯的吉地,要经过钦天监踏勘核实。"

"咱爹说了,事情该怎么办,咱们按朝廷的章程,只是这花钱的事……"李高说到这里把话头打住,看了看冯保的脸色,又接着说,"咱爹说,请老公公您预先给咱姐通个气儿。"

"这个好办,我回去就讲。"冯保一口应承,又出主意道,"你回去告诉武清伯,他那里先把折子写好,通过宗人府送进宫里头。"

"多谢老公公了。"

李高正事谈毕,见门口总有人晃来晃去,知道冯保还要会见别人,便道谢告辞。临行前,他端起面前那盅八宝茶一饮而尽,随手就把那只薄胎的福禄寿青花盏朝地上一摔,叭的一声茶末子污了一地。冯保瞧着一地碎片,皱着眉头问:

"国舅爷,这是为啥?"

"图个吉利,岁岁(碎碎)平安!"说罢扮了个鬼脸,仍旧挥舞着幡竿告辞走了。

他前脚刚出门,徐爵后脚就领了一个人进来。只见这人穿了一件墨色西洋布的丝绵直裰,衽边用的是鹅子黄的蟒绒,罩在直裰外头的裘袄是用荔枝红的云缎面料制成,头上戴了一顶用牦牛尾毛织成的高檐桶子珍珠冠,脚上穿了一双墨绒布袜儿,踩着双千层底的苏州官样布鞋,系在腰间的带子也是用加厚的墨色西洋布制成,上下滚了两道细密的荔枝红彩边,带头绦子上的吊坠儿是一只板栗大小的翡翠麒麟,这身华贵脱俗的打扮,立刻引起了冯保的注意。

来人一进门,就提了提直裰的下摆,在冯保面前小心翼翼地跪下纳拜,振声唱喏:"小可郝一标,叩见冯老公公。"

"起来起来,都老熟人了,讲这客气做甚。"冯保虽坐在椅子上不动身子,但笑容可掬,吩咐徐爵,"给郝员外看座。"

徐爵忙引着郝一标坐到冯保右下首的一把椅子上。即便这位七彩霞老板是京城里头富可敌国的首富,且平常与徐爵过从甚密,但真想见冯保一面却也不易。去年听说冯保要捐资修缮丘祖殿,郝一标主动提出代捐两千两银子。冯保领了这份人情,因此才肯在这白云观里赏脸见他。

宾主坐定,小道人进来重沏了滚茶。冯保小呷一口,瞅着一身光鲜的郝一标,问道:

"郝员外,你这身直裰,是用何布料做成的?"

"西洋布。"郝一标恭敬回答。

"哪儿产的?"

"听说是波斯国那边过来的,但究竟是不是波斯国产的,小可一时也考证不出。"

"唔,波斯国,那是多远的地头儿啊!"冯保赞叹着说,然后若有所思地说道,"倭国的鸟布,高丽国的马尾布,质量都好,常言道苏松杭嘉四府衣被天下,怎么就生产不出这等好布?"

"各国有各国的出产,彼等夷岛番邦,虽是小国,却也有稀世珍品。"郝一标俨然以行家的口气回答。

冯保笑了笑,又道:"前年秋上,李太后选了你七彩霞的七八种布样儿,已是十分的满意,现在,可又有新的?"

"有是有,只是不知太后喜欢什么样儿的。"

"改一天,你把各种新鲜布料都送到宫里头,咱让李太后亲自挑选。"

"小可谨遵吩咐。"

说到这里,冯保又把郝一标身上的衣服瞅了一遍,问:"你这西洋布,一匹值多少钱?"

"五十两银子。"

"这么贵?"

该如何回答这一问,可叫郝一标犯了难。因自国朝以来,朝廷就有明禁,不准民间与外国通商。到了嘉靖朝,因为东南沿海洋面上海盗猖獗,时常有倭寇来犯,不但在海上劫掠船只杀人越货,更屡屡登陆骚扰,甚至攻城拔寨,为害剧烈。嘉靖皇帝便下诏实行了最严厉的海禁。凡敢于与倭寇通商者,一经查出,不但货物全缴焚毁,当事者本人还得处以大辟之刑,全家流放口外。隆庆朝后,海禁虽稍有松动,但海上贸易仍属禁止之列。一些商人为利所趋,有时仍不免偷偷摸摸出海通商。这样就面临双重危险:一是官府的追查,二是海盗的抢劫。这两样只要遇上一宗,立刻就会招致杀身之祸。但是,赚钱逐利是商人的天性,赔本的生意没有一个人去做,只要能赚到大把的银子还是有不少人甘冒杀头的危险。郝一标便属于后者。他在江浙一带的外海经营私货贸易已有四五个年头了。为了对付海盗,他招募了一批不怕死的强徒充当商船护卫,为了货物顺利登岸,他收买了一大批临海府县的官员,打通了所有关节,总之是处处逢迎通行无阻。隆庆之后,南北二京争奇斗艳追慕浮华的风气愈演愈烈。郝一标从海上弄回的各色外国布料,总是供不应求。听说李太后也穿上了七彩霞的"倭布",郝一标的生意越发地红火了。尽管他的生意是一口价,一应布匹贵得离谱,也

总没个滞销的时候。这会儿从冯保嘴中蹦出个"贵"字儿,他便眼皮子发跳。屏声静息一会儿,他自认为斟酌透了,才小心答道:

"西洋布都是从海上弄回来的,风险大,所以贵。"

冯保早就知道郝一标海上贩私大发横财,作为保护伞,他从中也得了不少好处,但他担心郝一标太过张狂弄出事情来,便想趁机敲打敲打。他挪了挪身子,正颜说道:

"郝员外,你这些西洋布乌布什么的,虽然质量上乘,但毕竟来路不正,若认真追查下来,你恐怕也难逃干系,你也知道,朝廷从来都没有取消过海禁。"

郝一标顿时额上渗出了冷汗,此时说什么都不合适,他愣了一下,只乖巧应道:

"小可的生意,全赖冯公公扶持。"

"咱不扶持你有今日?"冯保在心里头嘀咕了一句,嘴里却说:"你要明白,猪嘴扎得住,人嘴扎不住啊!"

"冯公公所言极是。"郝一标做出一副依头顺脑的样子,请教道,"小可思着一事,不知当问不当问。"

"讲吧。"

"冯公公是当今皇上的大伴,又深得太后的信任,何不向皇上建议,干脆取消海禁。"

"拈根灯草,说得轻巧,"冯保嘴一撇,不以为然回道,"海禁是朝廷大法,岂能轻易改动。再说,海禁于你郝员外,有哪门子不好?"

"这⋯⋯"

郝一标解不透话中含义,一时语塞。冯保睨着他笑道:"海禁一取消,商贾们一窝蜂地跑到海上,只怕从此后,你的五十两银子一匹的西洋布,贱得就像萝卜白菜。"

"还是公公高瞻远瞩,"话一挑明,郝一标明白冯保的心还是向着他的,因此满嘴恭维说道,"多谢公公照拂,让小可做这独门生意。"

一直陪伴在侧的徐爵这时插了一句:"老郝,独门生意可以做,但独食儿不能吃。"

"这个自然,郝某再颟顸,也不敢少了冯公公的孝敬。君子爱财,取之有道,这是至理。"

"你懂得这个理就好,"冯保优雅地看了看自己修剪得整齐的指甲,怡然说道,"千万不可学那些市侩,见了点银子,好似苍蝇见血。"

"公公教诲,郝某铭记在心。"郝一标说着,朝徐爵睒了一眼,见徐爵有鼓励的意思,便鼓着勇气说,"冯公公,小人还有一事相求。"

冯保抬抬下巴示意郝一标讲。

郝一标言道:"小可听说,每年三月,南京鲥鱼厂的贡船就会发运,经运河到北京。而且这贡船归大内尚膳监管辖,地方官不能插手。"

冯保浅浅一笑,道:"呵,你倒都弄得明白,你又想打什么主意来着?"

"小人想在这贡船上搭载一些货物。"

"什么货物?"

"在苏杭二州采购的绸缎衣料。"

"郝员外又跟咱玩猫腻,直说了吧,是不是又从海上弄了些宝贝来?"

"是……是的。"郝一标尴尬地笑着。

冯保听徐爵说过,去年,张居正曾致信漕运总督王篆,帮郝一标弄了两条漕船,运了诸多海上私货到京。须知漕船与内廷贡船从南京起运直到北京通州府的张家湾,沿途官府与榷场税关都无权查验,一趟下来,少缴一笔老大的榷税不说,还不知省下多少通

融费和各类勒索。个中好处,冯保焉能不知,便问道:

"去年,首辅张先生不是帮你弄了两条船么,今年你怎的又不去找他了?"

听冯保口气中似乎含了一丝醋意,郝一标赶紧辩解:"首辅大人去年是帮小可弄了两条船,但他言明,这是对前年秋上我帮他收购胡椒、苏木的回报,下不为例。"

"张先生知道你运的什么吗?"

"我告诉他是苏杭绸缎。"

"南京鲥鱼厂的贡船一共才三条,而且都载得满满的,哪里还能搭载货物。"

"冯公公,你老只要发个话,天上星星都摘得下来,哪里还在乎几条贡船。"

"这事儿,回头再议吧。"冯保伸了个懒腰,问徐爵,"咱来时,看到山门外支了几里地的帐篷,都是卖货的?"

"是的,"徐爵坐得笔挺的身子微微一欠,笑着回道,"满京城的商贩,都赶来这里趁燕九。"

"是否有古董摊儿?"

"有。"

"走,咱们去看看,郝员外,一起去吧?"

"好。"郝一标说着已是离座,用手抚了抚腰间晃动的那只翡翠麒麟,大献殷勤说道,"我来时见着了那些古董摊儿,也摆了些夏彝商鼎,唐宋名人字画,只不知是真是假,冯公公是大行家,您去鉴定鉴定,若是真的碰上几件,您都拿上,不拘价格小可一应付账。"

"郝员外真大方啊!"

"老公公莫说见外话,钱财本是身外之物。"

三人这么说着,已是跨步出门。正要唤闻天鹤道长辞行,却突然看见一个人跑进云集园。只见这人约摸三十来岁年纪,穿着一

袭小蟒朝天的玄色内五品补服,外套一件灰鼠皮的背甲,身体微胖疏眉淡目,看上去有几分儒雅之气。冯保定睛一看,不免惊道:

"这不是孙隆吗?他怎么跑这儿来了?"

说话间孙隆已气喘吁吁跑到冯保跟前,双腿一跪,禀道:"奴才孙隆,叩见老公公。"

此时的云集园中尚有不少太监在嬉闹玩耍,孙隆的慌张样子吸引了他们的注意,园子里顿时安静了下来。却说这孙隆也是太监中的新贵,他入宫前读过两年私塾,又在内书堂学了三年,同别的小内侍相比,他的特点是留心学问,好谈掌故,于古董字画多有爱好,因此很得冯保赏识。但因年轻资历浅,在孟冲手上得不到重用,只在内监库的丁字形档里当了一名司库,专管内廷纸墨笔砚的文具发放,是一份油盐不进荤腥不沾的闲差。但孙隆人很机灵,那一日趁送笺纸之机到了冯保的值房,从怀中摸出一把折扇来,双手递给冯保,言道:"奴才觅到一把扇子,请冯老公公赏鉴。"冯保接过一看,是一把十分陈旧的黄罗扇,有两根扇骨已有了裂痕,黄罗也褪去了光泽,积了几小块红斑。扇面上书有一诗:"风情渐老见春羞,到处销魂感旧游。多谢长条似相识,强垂烟态拂人头。"字体亦草亦行,丰腴有致。落款两字:李煜。冯保看过大惊,问:"这是南唐李后主的?"孙隆答道:"奴才吃不准,但宋人笔记中记载过这件事,这把扇叫庆奴黄罗扇,是李后主赐给宫女庆奴的。宋朝时,这扇子落在东京汴梁,也由内廷中的贵人收藏。"冯保又把折扇仔细看了一遍,说道:"这是李后主的真迹,你是怎么得到的?""奴才那日清理库藏,发现了这个。此后翻遍所有的册簿均不见登记,是个无主儿的物件,因此便携来这里。老公公若觉有趣,就留下。"冯保本就爱不释手,一听此话也不推辞就收下了。过了些时日,他打听到这把庆奴黄罗扇并不是宫中旧物,而是孙隆花二十两银子从古董市上买来的。对于一名小内侍来讲,恐怕搜尽积蓄也很难凑足二十两银子,冯保嘴上不说,心里头对孙隆已是刮目相看。他不是看中区区二十两银子,而是看中孙隆这份孝敬之心。待他取代孟冲当了司礼监掌印后,一心要给孙隆谋个上等差事儿。年前,冯保奏明皇上,把内廷掌管的杭州织造局的掌印太监撤了,荐了孙隆前往接任。这内廷的织造局共有三个,一在苏州,一在松江,一在杭州,杭州规模最大。这三个织造局专管内廷的丝绸布料供应,上至皇上后妃,下至婢女火者所用衣料以及皇上用作赏赐的缎帛均由此供给。织造局所给关防,均有"钦差"二字。因此,一应地方官员见了他们,管你几品几级,莫不都缩脖儿避马让轿。孙隆得了这份美差,自是对冯保感激涕零。过罢元宵节,他就去冯保府上辞行,说是选了燕九节这一天动身前往杭州赴任。按理说,他这会儿应该到了张家湾运河码头,却不知为何又突然出现在白云观。

冯保让孙隆平身,然后问他:"你不是今日动身么,怎么又跑到这里来了?"

孙隆喘息未定,哭丧着脸答道:"启禀老公公,奴才遇到了一点麻烦。"

"什么麻烦?"

"工部不肯移文。"

"啊,有这等事?"

冯保一双眯眯眼突然睁大了,怔怔地望着孙隆。

却说杭州、苏州、松江三个织造局虽属内廷管辖,但职责各有不同。杭州织造局主要是为皇上制造"龙衣"。皇上平居的缥裳、大朝时的章服、祭祀时的冠冕等等,每年都得添置。"龙衣"造价昂贵,仅一套章服,就得花一万多两银子。这次孙隆履任,按冯保的授意,呈上一份制造清单,各色质地的章服就有二十多套,加上其他各项,总共要耗费八十万两银子之巨。小皇上也不深究,照样颁旨允行。历来规矩,三个内廷织造局用银,一半由皇室支付,另一半由工部拨给。因此每年织造局用银计划,须得内廷织造局会同工部商量妥当后才报呈皇上。这次孙隆先请得圣意,再知会工部,这种做法已引起工部极度不满,加之所请用银高得离谱,比之隆庆皇帝时每年的四十万两银子,高出一半还多,因此工部拒不移文。织造局虽是钦差,但地方州府于此项配合,只认工部移文。孙隆自恃圣旨在握,满以为工部移文是十拿九稳的事,谁知昨日进了工部衙门,却碰了一鼻子灰。

听完孙隆的陈述,冯保这才感觉到事先不同工部商量是一个失误。其实,这个"失误"是他故意所为。他并不是不知道办事章程,而是想提高司礼监的权力,意欲通过此事作一试探。

"工部你见着谁了?"冯保问。

"堂官朱衡。"孙隆答。

"这个老屎橛子。"冯保在心里头骂了一句,又问:"他不同意移文,说了些什么?"

"这老倔头态度傲慢,根本不和我细说缘由,只是说他就此事有奏本呈给皇上。"

"这样的大事,你为何昨天不来见咱?"冯保一下子恼了。

"昨天奴才在工部守到天黑。"

"你真他娘的熊包!"冯保恶狠狠骂了一句,再也没有了逛古董摊儿的雅兴,一跺脚吩咐道,"备轿,回宫!"

第 二 回

说龙袍李太后动怒　　送奶子冯公公示敬

冯保从白云观回来，径直去了乾清宫。小皇上朱翊钧在孙海、客用两个贴身太监的陪侍下，正在东暖阁练书法。李太后则坐在花厅里，同尚仪局女官容儿有一搭没一搭地闲聊。冯保先去拜会李太后，行了礼，李太后给他赐座，问道：

"冯公公，听说你今儿个去了白云观？"

"是的，今日是燕九节，奴才去白云观主祭。"冯保毕恭毕敬回答。

"祭谁呀？"

"丘处机。"

"啊，咱知道，丘处机是个大神仙，该祭，该祭！"李太后瞅着冯保汗兮兮的样子，说着就笑起来，"常言道人心不足蛇吞象，如今你冯公公享尽人间富贵，又想往神仙堆里插一腿，这才叫吃着碗里瞅着锅里。"

几句风趣话，逗得容儿失口笑了出来。冯保似笑非笑，他在揣摩李太后的话意儿是否有嘲讽的意味。李太后接着问道：

"白云观还像往常一样热闹么？"

"依奴才看，较之往日，更添了几分热闹劲儿呢。万岁爷登基，风调雨顺，小民们哪个不是自里向外冒喜气儿。"

冯保几句拍马屁的话，李太后听了熨帖，回道："入宫前，咱跟着爹也曾去白云观赶过燕九节，各种杂耍小吃应有尽有，疯玩一天也不觉着累。"

"奴才今日在白云观里头，还见着国舅爷了。"冯保趁机禀道。

"你是说李高？"李太后问。

"是的，他扮成个道人模样，穿着件黑色大氅，手中拿着根'替天行道'的幡竿儿。"

李太后听了双眉一蹙，说道："这李高终究是一个不成器，他跟你说了些什么？"

"他说了两件事，一是为武清伯晋封的事，后头又说武清伯看中了一块吉壤。"

冯保接着就把李高与他谈话的内容一五一十地禀报。李太后听过，沉思了半晌。她记得去年秋上父亲与弟弟两人还为晋封的事专门进宫找她谈了一次，并说礼部左侍郎王希烈愿意办成这件事。对于这样伸手要官讨封，李太后心生反感，当时就把他们申斥了几句。过了几天，王希烈自杀，父亲与弟弟自知理亏，也就不再纠缠此事了。如今跨过了年头儿，李高又转弯抹角求冯保带话儿重提旧事，李太后感到不妥善处置，父亲与弟弟还会无穷无尽地纠缠下去，但究竟如何办，她心中也没有底，于是问道：

"这件事，不知道张先生是怎么想的？"

"奴才不知道。"冯保觑了一眼李太后，试探着问，"要么，奴才去问问张先生？"

"不要问了，冯公公你先查一查，像这类晋封的事，国朝有何规定，老国丈封侯有无先例。如果没有，有无特例可行，前朝又有何故事可循，总之，你要查细一点。"说到这里，李太后又转到第二个话题上，"关于武清伯选吉壤的事，倒是要快办，他也是六十开外的人了，选吉壤选了七八年，总是定夺不下。这次选了一块，不知算不算得吉壤，一生一死，都是人生大事，万不可糊涂。"

"奴才已同李高讲过，要让钦天监派人去复勘。"

"这些事如何办理,你是行家,要快办。"

"是,奴才这就去办。"

冯保说着,装出一副要走的样子,却是不挪步,他心里头一直惦记着工部不肯移文的事,想在李太后跟前告朱衡一个刁状,一时又转不上话题。看他磨磨蹭蹭的样子,李太后问:

"你还有何事?"

"奴才去看看皇上。"

冯保答非所问正欲退下,李太后又把他喊住,说道:"咱们一道儿去东暖阁,看看皇上的字儿又进步了多少。"

冯保与容儿便陪着李太后挪步到了东暖阁。还没进门,就听得蹲在紫檀架上的那只被小皇上赐名为大丫环的白鹦鹉,伸着脖子喊道:

"太后,太后。"

正在临摹王右军《兰亭序》的朱翊钧,一听白鹦鹉的叫唤,赶忙搁笔。李太后一行已是挑帘儿走了进来,孙海与客用赶紧跪了下去。

"母后。"

朱翊钧走前两步垂手恭立,柔声喊道。李太后疼爱地拍拍他的肩,又把他拉回到书案跟前,看了几张刚刚临摹的书法,问冯保:

"冯公公,皇上的字,合不合法度?"

"哎哟,岂止合法度,万岁爷照这么练下去,书法肯定要独步千古呢。"冯保一张面团儿似的脸上,堆满了媚笑,"太后,你看万岁爷临摹的这个永字,点钩撇捺,都恰到好处,精气神无一不佳,纵是王羲之再世,也不过如此。"

冯保这些评论,李太后似懂非懂,但她眼角眉梢都挂满笑意,牵着小皇上的手坐到绣榻上,说道:"立春已过,再过几天就是雨水节,天气一天天暖和,今年春上的经筵也该开了。冯公公,你和张先生要赶紧会商,把日期早定下来。"

"奴才遵命。"冯保应道。

李太后瞥了一下几案,问:"今儿个有本子递进来么?"

"有,"朱翊钧指着几案上的红木匣说,"有三道本子,儿等着与母后一起览阅。"

"都是些什么本子?"李太后问冯保。

大凡给皇上的奏本,都由通政司交给司礼监,再由司礼监转呈皇上。今日上折的内容,冯保自白云观回来就打听到了,这时候从容答道:

"今日共有三道本子,一份是漕运总督王篆就漕军编制及漕船建造事上奏,一份是户部申请增修通州粮仓,这都是例行公事,处置有定例。"

"既是例行公事,也不用念了,先送内阁拟票。"李太后吩咐,接着问,"第三份呢?"

"是工部尚书朱衡具名上奏。"

"啊,他所言甚事?"

"为杭州织造局申请用银一事。"

"他怎么说?"

"户部不肯分担应由该衙支出的那一半。"

"是四十万两吗?"

"正是。"

李太后一下子沉默了。关于今年杭州织造局为皇上制作冠冕服饰鞋袜一事,冯保去年底就向她请示过。当时虽然她也觉得冯保的预算造得太大,但虑着小皇上自登极以来,也从未认真做过几套衣服,因此还是答允了,没想到此事又在工部尚书朱衡那里卡了壳。她虽没见过朱衡,但对他的名声却知道得很清楚。去年冬上发生的一件事情,更让她对这位老尚书没有好感。却说她当了太后以后,心里头一直挂念着当年从漷县逃难到北京,途中曾在涿州娘娘庙投宿一晚的事。那时一家四口盘缠已尽,又累又饿,亏得庙中老尼收留赐给茶饭,第二天上路时,老尼还送了几十个铜板。她显贵之后,曾派人去涿州娘娘庙进香,使者回来说,那位老尼已经故去,庙也残破不堪,她听了就发愿捐资重修。在冯保的建议下,小皇上谕旨工部派员前往涿州踏勘,制订重修方案。朱衡接旨后立即上奏,言既是太后"捐资"重建,此事就不该工部负责。由于朱衡的作梗,这事儿就搁下了,到现在都未解决,李太后心里一直怫然不乐。前思后想,她蝉着的下巴突然往上一挑,愠色问道:

"这个朱衡,怎么老是作对?"

冯保趁机撺掇:"依奴才看,朱衡这是自恃三朝元老,全不把万岁爷放在眼里。"

"哼,"李太后秀眉一竖,露出泼辣劲儿,"倚老卖老,再老也是个臣子,皇上做事,未必还要看臣子的脸色?冯公公,这朱衡有啥能耐?"

"他是个治河专家。"

"啊,难怪。"李太后顿了顿,又伸手抚了抚小皇上一身半新不旧的龙袍,说道,"可怜钧儿,虽然当了皇帝,穿的衣服都是旧的。让工部拨四十万两银子,朱衡都不肯,皇皇天朝,当个皇帝还这么背气!"

一直陪侍在侧一言不发的容儿,这时忽然搭讪着说:"启禀太后,有句话不知奴婢当不当说。"

"说吧。"李太后点头。

容儿微微耸了耸小巧匀称的鼻翼,不紧不慢地说道:"奴婢偶观闲书,有记载说唐安乐公主织了一条裙子,花钱一亿缗,这价值听了让人咋舌。传说这条裙子上织满了花卉鸟兽,都只有粟米一般大小,大图案套着小图案,怎么着瞧都栩栩如生。而且这裙子从正面看是一种颜色,从旁边看,在日头底下、月光底下都呈现不同的颜色。每逢朝会,安乐公主穿出来,真个儿是倾城倾国。比之安乐公主,万岁爷花八十万两银子制作龙袍,又算得了什么!"

容儿是李太后跟前最为得宠的女官,她未曾开口说话前,冯保心里头直打鼓,他怕容儿打横炮搅黄了局,却是没想到容儿讲出这么一个绝妙的例子。他顿时觉得这容儿比什么时候都妩媚可爱,不由得赞叹道:

"看不出容尚仪还是个饱读诗书的女才子,这安乐公主的裙子,记载在哪本书上?"

"忘了,"容儿半是认真半是撒娇地说,"但我的确看到过,因事儿特别,看过一次也就记住了。"

李太后问道:"这一亿缗是个啥数目,比起八十万两银子,是多是少?"

"多老鼻子了,"冯保扳着指头瞎谝一通,"亿底下是千万,过了千万是百万,过了百万才是十万,缗是铜钱,现在十五吊钱值一两银子,这一亿缗往低处说也值几百万两银子。"

李太后抿着嘴唇想了想,摇摇头说:

"这是个极端的例子,而且也不是发生在本朝,虽可比较,但不足为凭。朱衡的本子如何处置,看来还得问过张先生。"

"太后,您怎么什么事儿都得问张先生呀?"话刚出口,容儿就感到失言,吓得一伸舌头,赶紧用手捂住了嘴。

幸好李太后没有责怪她,只是柔声说道:"张先生是先帝亲自选定的顾命大臣,又是皇上的老师,内阁的首辅,不问他问谁呀?"

善于察言观色的冯保,早就看出李太后对张居正存有一份异样的眷顾之情,便说道:

"要不,让张先生找朱衡谈一谈,张先生满肚子主意,只要他想做的事,就没有做不成的。"

"张先生是有主见的人,"李太后赞同冯保的意见,转向小皇上说,"钧儿,你应召见张先生,当面听听他的意见。"

"母后也一起参加召见吗?"朱翊钧恳切地问。

"当然。"

李太后极轻地回了一句,说完,丰腴白皙的面颊上忽然飞起了两片薄薄的红晕。冯保看在眼里,心里头麻酥酥的,问道:

"启禀太后,奴才是不是现在就去传旨?"

"慢,"李太后轻轻地摆了摆手,说,"等把折子送到内阁,看张先生如何拟票,然后再作定夺。"

"朱衡那边怎么办?"

李太后深深叹一口气,说道:"这倔老头子,看来还得对他薄加惩戒。"

天色黑尽,冯保才乘轿回到家中。客厅里先已坐了三个人,一个是孙隆,一个是内官监掌印吴和,一个是尚衣监掌印胡本杨。这三人都是冯保出任司礼监掌印后提拔起来的,都是他的心腹。如今大内中官上至掌印太监下至内使小火者,拢共有一万二千余人。人役器杂衙门众多,常设机构有二十四监局。内府衙门竟是比政府衙门还要多。这二十四监局分别是司礼监、内官监、神宫监、尚宝监、尚衣监、尚膳监、值殿监、内承运库、司钥库、巾帽局、针工局、织染局、司苑局、司牧局、外承运库、甲字形档、乙字形档、丙字形档、丁字形档、广源库、皮作局、兵仗局、宝源局、钟鼓司。在这些监局之外,还有外派如杭州、苏州、松江等地织造局,南京鲥鱼厂,应天顺天两府及各处皇陵守备太监,派驻九边替皇上督军的中使以及东厂掌爷等,都是些要紧的肥缺。这一应监局的级别,有高有低。当初洪武皇帝定制,各监设掌印一人,称为令,正六品衔。令之下设监丞二人,从六品。丞之下设典簿一人,九品衔。各局、库级别要低得多,掌局称为大使,正九品,底下还有两名副使,从九品。但自正德之后,特别是刘瑾专权的那几年,内府监局的级别大为提升,各监令挂四品衔,监丞从四品。就连一个掌库大使也挂了六品衔。凡内使有品级者,称为中官,四品以上的中官,方能称太监。余下杂役,统称为火者。凡内使小火者挂乌木牌,头戴平巾,不得穿圆领襕衫。只有正六品以上中官方可穿补服,有牙牌官帽。四品太监穿斗牛补服,若再晋升则穿膝襕飞鱼服,再往上升方可腰系玉带穿小蟒朝天的极品补服。混到这个份上,威权相当于外廷的二品部院大臣,在紫禁城内可以骑马。不过,骑马的路线有严格规定,并不是什么地方都可以招摇的。够骑马资格的太监,不过一二十个。再往上就是可以在紫禁城内乘坐肩舆的,眼下能享受这份特权的,惟冯保一人。总之,宫内衙门众多,其等级之森严,比之外廷政府是有过之而无不及。各监局分工极细,只要用心钻营,每个衙门都有油水可捞。外廷政府铨选官员由吏部负责,内廷则由内官监掌其事。再往上就是冯保一人拍板定夺。司礼监掌印历来就有"内相"之称,再加上冯保擅于弄权,又深得李太后宠信,因此一万二千名内使,无论贵贱尊卑,谁见了他都像老鼠见了猫。

今天到他府上的这三位,都是比较得宠的,特别是内官监掌印吴和,最得冯保信任。冯保当秉笔太监与掌印太监孟冲争权夺利时,这吴和还是神宫监的一个典簿。他如同赌徒下注,看准了冯保日后能够腾达,于是拿身家性命作赌注,一宝押在冯保身上。那段时间他成了冯保的包打听,每天支着耳朵到处听动静侦伺孟冲的行动,一有风吹草动立即向冯保禀报。说实话,他这种明目张胆的做法在当时冒了很大的风险,一旦冯保失势,他就会死无葬身之地。偏偏该他走运,冯保斗垮了孟冲并取而代之,投桃报李,冯保把内廷中最为重要的肥缺内官监掌印赏给了他。如此平步青云,无异于天上掉金子。吴和感激涕零,干脆认冯保作义父,冯保也乐意接纳这个干儿子。

冯保一走进客厅,三位太监都赶忙站起来垂手侍立。冯保抬抬手说:"你们先坐着,老夫进去换换衣服。"冯保这一进去差不多又是半个时辰,他换了衣服后,又去餐厅用了晚膳,然后才打着饱嗝回到客厅。三位太监是交了酉时才接到通知让来冯保府上,谁也不敢怠慢,顾不上吃东西就赶了过来。如今过了两个时辰,一个个都饥肠辘辘,饿得前胸贴后背,但谁也不敢吱声要点吃食儿。冯保慢悠悠走到南墙下正中铺了貂皮褥子的太师椅上坐下,漫不经心地问道:

"你们来得很久了?"

"是的。"吴和畏谨地答道。

"都吃过了?"

"吃……吃过了。"

吴和掩饰着吞了一口唾沫,看看孙隆和胡本杨二人,也都在那里干舔着嘴唇。

说了几句客套话,冯保言归正传:"今天找你们三位来,还是为杭州织造局的工价银一事。工部拒不移文,你们看看有何办法,迫使朱衡这倔老头子就范。"

孙隆估摸着找他们来十之八九是为这件事,故在客厅闲坐时就已议论过了。由于虑着是自家分内之事,故孙隆首先说话:

"禀老公公,奴才去工部同这朱衡打过几次交道,这糟老头子油盐不进,要想扳倒他,除非请皇上发下谕旨。"

"这是你的主意?"

"是小的三人一起商量的。"

"这也叫主意?猴顶灯!"冯保一拍椅子把手,没好气申斥道,"皇上若肯发旨,还要你们来商量个啥?朱衡这老屎橛子,早已把本子递到皇上那儿去了。"

"皇上怎么说?"吴和紧张地问。

"皇上什么也没说。"冯保并不想把东暖阁中李太后的谈话说给手下人听,只是言道,"这朱衡也占了个理儿,说这八十万两工价银事先没有同工部磋商,坏了办事的章程,故可以顶着不办,胡本杨!"

"奴才在。"胡本杨赶紧屁股离了凳儿,站起身哈着腰回答。

"你说说,尚衣监里还存了多少件龙袍?"

"奴才去年底才清点过库房,有不少呢。"

"不少是多少,说具体数字。"

"当今万岁爷的龙袍,仅大朝的章服就有八套,平时接见大臣的龙袍有八套,出经筵时穿的纁裳也有八套。"

"一样八套,太少了。"冯保加重语气说道。

"是,是少了,但不敢多做。"

"为何?"

"隆庆皇帝在世时,就定了个规矩,各式龙袍,每年定做不得超过两套。"

"啊?先帝爷定了这章程,咱怎么不知道?"冯保剜了胡本杨一眼,这位说老实话的太监顿时好像短了一截舌头不敢应声儿。冯保摸了摸光溜溜的下巴,接着问,"制作一件章服,要花多少银子?"

"这也没个定数。"胡本杨一紧张,额上冒出虚汗,他用手揩了揩,哆嗦着说道,"尚衣监库房里头,还存有正德、嘉靖、隆庆三位先帝的龙袍,有数百件之多,最贵的一件龙袍是正德皇帝的,那年他亲帅神策军出大同口外征剿北先虏子,命织造局造了一件,竟花了八万两银子。最便宜的也有,隆庆皇帝大行前一年制作的龙袍,只花了八千两银子。当今万岁爷去年出经筵赶制了两件,都只花了二万两银子。"

"皇上多节省呀。"冯保感叹着说,接着用手指着三位太监,动情地说,"皇上的龙袍贵重不贵重,不在于皇上本人,而在于咱们这些内廷办事儿的人会不会张罗。正德皇帝能穿八万两银子的龙袍,凭什么当今万岁爷只能穿二万两的?隆庆皇帝的龙袍价码儿那么贱,还不是孟冲不会办事?万岁爷穿得寒酸了,咱们这些办事儿的,脸面往哪儿搁?百年之后,让后世的人比较起来,说咱们侍候皇上不周全,还不让人戳着脊梁骨骂?这样的恶名声,你们肯背,老夫可不敢背!"

冯保说着说着眼圈儿竟红了,三位太监从未见老公公如此动情,莫不大受感动,吴和想挤几滴眼泪与干爹同悲,怎奈眼眶儿不争气,涩涩的来不了半点潮润,只得抢着表态:

"干爹,您老人家发个话儿,这件事儿该如何去做,小的们就是跑断腿,也在所不辞。"

冯保狠狠地瞪了吴和一眼,恶狠狠斥道:"吴和,老夫真是眵目糊眯了眼儿,怎么就收下你这么个不长心眼儿的干儿子,这事儿不是跑断腿就能办好的!"

"干爹骂得好,奴才是榆木疙瘩脑袋不开窍,是酒囊饭袋,是一盏没捻子的油灯,干爹骂一回,奴才就长一回见识。"吴和见巧放巧,把自己臭骂了一通,接着把脑门子一拍,嚷道,"咱们得使点招儿,把朱衡整一整。"

"唔,开始有点谱了,"冯保眼眶里突然射出两道凶光,挑唆着说,"瘟神既挡了道儿,只有一个字:搬!"

吴和心领神会,他睃了胡本杨与孙隆一眼,兴奋地说:"有干爹这句话,小的们就知道该怎么做了。咱想了一个招儿,虽然阴损,倒是能把朱衡整趴下。"

"什么招儿?"孙隆凑趣地问。

"你们听听,外头刮起了老北风……"

吴和说着声音就低了下来。三个人都把脑袋凑过去听他叽叽

咕咕说完想法,第一个表态的是胡本扬,他担心地说:

"这样会不会弄出人命来?"

"死了才好。"孙隆一脸幸灾乐祸的神气。

冯保对吴和说出的主意没有明着赞扬,只是嘱咐道:"李太后的懿旨,对朱衡薄加惩戒,你们就按这个懿旨行事,不要到时候弄得羊肉没吃上,反惹一身膻。"

接了冯保的话,吴和大包大揽地说道:

"干爹你放心,这事儿包给咱了,保准到时候整垮了朱衡,还没有谁来担这个干系。"

"如此甚好。"

冯保赞扬了一句,接着打了一个呵欠。这样子是要送客,三人知趣,一起作揖打躬辞了就要出门,刚走出客厅门口,只见徐爵追出来喊道:

"吴和,老爷让你回来一下。"

见冯保要单独留下自己,吴和受宠若惊,在门口与孙隆胡本杨两人拱手作别,复又趑了回来,在原先的凳子上坐下。

冯保坐久了腰疼,站起身来在客厅蹓圈儿,把吴和晾在那里不看也不问,急得吴和抓耳挠腮,满脑子胡思乱想却又不敢表露出来。冯保蹓够了,坐回到椅子上呷了两口热茶,这才看了吴和一眼,慢悠悠问道:

"听说你有了对食儿?"

吴和一听,顿时头皮发麻。宫里头的阉官,虽然都去势挑了卵袋儿,但一应常人的七情六欲都还存在。白天忙忙碌碌倒不觉得什么,一俟夜幕降临独守空床,就自叹孤独可怜。久而久之难免胡思乱想,于是找一个同在深宫空老红颜的宫女做伴儿。虽不能行云播雨得床第之欢,但抱抱搂搂摸乳咂舌的事儿却还做得。不知从何时起,阉人们对这种影子夫妻取了个妥帖的名称:对食儿。大凡宫中有权有势的太监,都有自己固定的对食儿。这种伴当虽然不能名正言顺,但也无人禁绝,故自古至今一直在宫中悄悄儿流行。吴和还不到四十岁,又骤为新贵,于是在紫禁城中也博了个"花哥"之名,见了容貌姣好的宫女,难免顾盼生情。冯保不止一次听到议论,一直说找个机会当面问问。吴和知道冯保琴棋书画样样精通,好阿堵之物却从不"贪色",因此从不敢在干爹面前谈论这种事。现在干爹问上脸来,情知支吾不过去,只得老老实实回道:

"启禀干爹,奴才是有个对食儿。"

"在哪儿?"

"尚功局。"

"干啥的?"

"是尚功局的掌制,八品的女官,管一些裁缝针线女红之类的事。"

冯保"啊"了一声,又不说话了。宫中除了太监二十四衙门,还专为大量的宫娥彩女设置了六个局,依次为尚服局、尚食局、尚功局、尚服局、尚寝局、尚官局。六局掌印也都是五品衔。女官们专为皇上皇后及众多的嫔妃服务,名义上虽然也归司礼监统一管辖,但因女官们都是皇室近侍,想管也难得管。再加上女官的任命多由皇后做主,司礼监也不大插得上手。但凡事因人而异,虑着冯保深得李太后宠信,女官们也莫不畏他三分。此刻,吴和的脑子在飞速打转,他揣摩冯保突然问起对食儿的事情来,是不是惊动了"上头"惹出麻烦来,因此也不敢乱说话,坐在那里暗暗跌脚。

冯保善于引而不发震慑手下,见吴和闷头闷脑痴坐着,又追问了一句:

"怎么不说呀,哑巴了?"

吴和大气不敢出二气不敢伸,佯笑着答道:"干爹,奴才不知道该说些什么,要不,干爹您指点指点。"

冯保觉得吴和在耍贫嘴,便有心收拾他,问道:"那个尚功局的掌制,叫赵金凤是不?"

"是,是的。"

"宫里头人都喊她小凤儿?"

"是,是的。"

"听说这小凤儿生得标致,一双杏眼儿又黑又亮,煞是好看,你怎样摽上的?"

"这小凤儿心气高,多少人想对上她都弄不成,我弄了一颗祖母绿送给她,事儿就成了。"

"一颗祖母绿,你花了二千两银子呀。"冯保皮笑肉不笑地刺了一句,"这么贵重的礼品,不要说是一个八品掌制,就是五品尚仪,也难免不动心啊!"

"是,是的。"吴和的舌头不灵便了。

"听说你在城东白马巷还买了一所大宅子?"

"买了……刚,刚刚买下的。"

"花了一万多两银子?"

"是,是的。"

"你当内官监掌印多少年了?"

"一年半。"

"啊,才一年半。"冯保忽然长嘘一口气,叹道,"这么短的时间,你就弄了这么多的银子置家置业,花大价码儿玩起对食儿来,吴和,你小子有本事啊!"

话说到此,吴和才知道冯保查他对食儿的真正目的乃是清他的资产,顿时如同雪狮子烤火酥了一大截,他一抬屁股离了凳儿扑通一声跪到地上,哭腔哭调地诉道:

"干爹,奴才是弄了些银子,但奴才从不敢糊弄干爹,奴才只得了自家名下的。"

吴和话出有因：内官监掌着内府各衙门的中官荐举提拔，是紫禁城中第一等肥缺。内使们为了弄个一官半职，若攀不上司礼监掌印，莫不都削尖脑袋变着法儿给内官监掌印送礼。冯保久居宫中深知个中猫腻，因此甫一就任司礼监掌印，就把他认为最忠实可靠的吴和提拔到这个位子上。在宫中二十四衙门，几乎没有一个官位不是用钱买的，不同的衙门不同的官位，收受的贿银也不相同，到后来也就约定俗成：凡送银三千两，可获一等衙门的掌印，二千五百两可获二等衙门的掌印，监丞典簿副使等一应官职，都明码实价，多至二千两少至二百两多少不等。这冯保虽然贪财但明里还要博一个"清廉"的名声，自出任司礼监掌印后，从不接受请托而卖官鬻爵，而把荐拔的权力尽数交给吴和。因此，这吴和一夜之间就成为炙手可热的人物，所有求官的内使，都争着巴结他。而吴和也不忌讳收受贿银，且明码实价，银钱到位官袍加身，这在紫禁城里头已成了公开的秘密。中官们背地里都骂吴和是"吴剥皮"，但谁也不会想到，吴和只是一个傀儡，真正的幕后操纵者仍是冯保。每卖一个官，所收银钱吴和只得五分之一，大头儿都得如实交给冯保。吴和刚才说话的意思，是表白自己只得了应该得的那一部分。至于冯保的那一份，他是一分一厘也不敢侵占。

冯保对于吴和的辩解既不肯定也不否定。虽然他内心相信吴和不敢诓骗他，但觉得吴和过于张扬，小节不察则生大隙，长此下去后果难以设想，于是寻这机会敲打他，当下言道：

"你是否吃了黑食儿，这个只有你自家知道，但要想人不知，除非己莫为。举头三尺有神明，这个古理儿谁不懂得？老夫今儿个把你留下，也不是找你算账的，我只问你一句，一年半之前，你在神宫监当典簿，家中蓄了多少银子？"

"回干爹，奴才那时候穷得屁股搭两腔，翻箱倒柜搜不出五十两银子。"

"这就是了,一个穷光蛋当了一年半的内官监掌印,就变成了大阔佬,又买宅子又买祖母绿,随手甩出去就是一万多两银子,这叫外人怎么看,嗯?"

"这……"吴和语塞。

"这,这个屁!"冯保瞪他一眼,怒气冲冲斥道,"你如此孟浪,等于是站在大街上向人表白,你吴和在内官监坐了把金交椅。你是生怕别人不知道你贪了大把的银子么?老夫这一辈子夹着尾巴做人,放屁都怕打出米屑子来,你倒好,踩着银子当路走!"

经这一骂,吴和才知道自己犯了多大的忌讳,他跪在地上筛糠一般,额上黏嗒嗒尽是冷汗,说话声音打颤:

"奴才的确没想到这一层,往后再也不敢了。往后,奴才一定学着干爹,夹起尾巴做人。"

"往后,哼,往后你再敢胡闹,做那些花里胡哨的事,小心我扒了你的皮!回去吧。"

"是,是。"

吴和诺诺连声,从地上爬起来,仓促中自己踩掉一只鞋子,也顾不得再穿,拾起来提在手上,一溜烟地跑了。

吴和一走,冯保才感到身子骨儿乏累得很,徐爵忙叫人来给他捶腰捏腿。冯保闭目养神,不觉迷瞪起来。也不知过了多少时候,又忽然惊醒了,女婢还跪在地上在他腿上揉捏着,徐爵抱着一只壶站在旁边。

"好了,去吧。"冯保朝女婢挥挥手,又问徐爵,"抱的可是奶子?"

"正是,"徐爵恭谨答道,"天煞黑时奶子府送来的,奴才想着老爷快醒了,派人去温了一下,现在还是热的。"

徐爵说着就把那只精致小巧的陶壶递了过来,冯保欠起身子接过陶壶啜了几口,惬意地说道:"和牛乳比起来,这人奶要好喝得多。"

"这个肯定,"徐爵淫邪地笑道,"奶子府的奶娘都年轻健壮,吃得又好,奶子格外的浓。老爷喝的这壶奶,是从一个十五岁奶娘身上挤出来的,最嫩了。"

"十五岁,"冯保鲜鲜地打了一个嗝,问道,"是不是最小的?"

"是最小的。"

"难怪味道这么好。"

冯保说着笑了起来,徐爵也咯咯地跟着大笑。

却说皇城东安门外北头,有一处戒备森严的大宅子叫礼仪房,俗名奶子府,是一座专为内廷皇室供应人奶的常设机构。这奶子府直接归司礼监管辖,掌印的官名叫礼仪房提督。提督之下,还有掌房贴房等官职,挂的却是锦衣卫指挥衔。按规定,一年春夏秋冬四季,每季选奶娘四十名,一季一换。征选奶娘要求非常严格,年龄须得是十五岁以上二十岁以下的已婚妇女,身材要丰满,长相要端庄,生下头胎三个月后方可候选。届时集中到指定地点,先脱得一丝不挂接受稳婆查验,身上有无异味,是否有隐疾。若是这一关过了,便梳取高髻穿上宫衣正式住进奶子府,每天由光禄寺支付米八合肉一斤鸡蛋两个,吃好睡好奶水也就充足。一天挤奶两次,及时送到宫中。原先规定奶娘只在大兴宛平两县征选,后因人源不足,遂又扩大到京城市民。隆庆皇帝在位时,只喜欢吃驴肠而不喜喝人奶,这奶子府常年只养了二十名奶娘。万历皇帝一登基,冯保禀告李太后,说皇上年纪小应滋养身体,故又把奶娘扩大到四十名。自去年冬季开始,又提高到六十名。除供应两个皇太后和小皇上享用外,一些位高权重的大珰也沾恩啜饮。每天,奶子府派专人给冯保府上早晚各送一壶。长期饮用,冯保已是上了瘾,用他自己的话说是:"奶子一壶,胜过人参一斤。"

啜完了一壶奶子,冯保问:"六十名奶娘,一天挤出的奶,少说也有几大桶,太后皇上才喝多大一点,都是谁喝了?"

"哟,喝的人可多了。"徐爵愤愤不平地答道,"奶子府提督韩公公,恨不能一天喝一桶。就连吴和一天也喝好几壶,打一个嗝,喷出的都是奶子味儿。"

冯保皱皱眉没有接腔,顿了一会儿,又转了话题问道:"那个郝一标今天离了白云观后在忙什么?"

徐爵谨慎回答:"小的在白云观山门前与他分手,就一直没见着。"

"他要多少只船?"

"他只说要船,具体要多少只还没说。"

"明儿个你问他,究竟要几只船,再有个把月鲥鱼厂的船就该出河了,要早作安排。"

"是,小的明日就到郝员外府上去。"

"价码儿要谈好,"冯保盘算着说道,"这郝一标精兔子一只,装一船倭国的洋布来,一路免税,要赚多少银子?"

"是,老爷。"徐爵一脸狡黠地答道,"小的和他打交道,从来是先交钱后办事。"

"这样就好,"冯保点点头,又道,"还有,你知会奶子府,从明天起,开始给张先生送奶子,也是早晚两次。"

"是,奴才这就派人去奶子府通知。"徐爵说着忽然阴笑起来,言语间也就冒邪气儿,"张先生是该啜啜奶子,补补元气了。"

"此话怎讲?"冯保一瞪眼睛。

徐爵四下里看看,压低声音说:"张先生弄了个相好的,如今正热乎着呢。"

"啊?"冯保一下子挺起了身子,急切地问,"张先生有相好的了?是谁?"

"叫玉娘,那小姑娘风情万种,唱得一嗓好曲儿。"徐爵说着吞了一口口水。

"有这等事!"

冯保脑子里忽然闪出李太后脉脉含情的眼神,顿时心里头像被什么东西蛰了一口。

第 三 回

老臣受骗骤临祸事　宰揆召见面授机宜

寅时约略过半,天色还是黑得如同老锅底儿。位于崇文门大街之侧石缸胡同工部尚书朱衡的府邸,大门忽然被擂得山响。门子打开门眼一瞧,见是两个宫内的乌木牌火者,便问其故。火者答:"皇上传旨,要朱大人立即赶往左掖门候见。"说罢驱马而去。门子不敢怠慢,遂叫醒管家禀报主人。尚在睡梦中的朱衡被叫醒后也顾不得多想,以为是为杭州织造局用银事,皇上要当面质询,便连忙沐浴更衣登轿而去。到了左掖门外,仍是黑天黑地,只五凤楼上挂在檐下的八盏大红灯笼,摇曳生出一些光芒。轿夫代为叫门,门内守值禁军回答,请朱大人先在外头候着,等接到旨意再行开门。朱衡无奈,只得站在门洞里干等。

却说永乐十四年建成的这座皇城,虽然是南京皇城的仿制,但体制规模更为庄严宏伟。皇城外围墙高七丈,周长三千一百二十五丈九尺四寸。共有六座城门,分别为大明门、长安左门、长安右门、东安门、西安门、北安门。皇城之内还有一座城中城,即通常所说的紫禁城。皇极、中极、建极三大殿及乾清、坤宁二宫俱在紫禁城内。这内城墙南北长二百三十六丈二尺,东西长二百零二丈九尺五寸,高仍是七丈。进紫禁城共有八座门,分别是承天门、端门、午门(即俗称所谓的五凤楼)、午门之东为左掖门、西为右掖门、再东是东华门、再西是西华门、向北叫元武门。除了例朝,皇上平日接见大臣,有时在文华殿,有时在平台。一般被接见大臣接到通知先来到左掖门前等候。

朱衡来到左掖门不久，五凤楼上才敲响五更鼓。这正是寒气最重的时候。加之后半夜变了天，尖刀似的北风吹得山摇地动，扫在脸上哈气成冰，吸一下鼻子五脏六腑都凉透了。偏这左掖门外比之别处，更是冷得非常。盖因端门午门之间，是一个偌大广场，四周城墙高耸，中间空空荡荡了无一物。从端门里挤进的寒风，打着呼哨扑过来，受阻于紧闭的午门，又旋转着回扑，那股子狠劲儿几可拔树。在这巨大的风口中摇摇晃晃站了不大一会儿，朱衡就冻成了冰棍儿。轿班班头眼见主人老大一把年纪受此折磨，于心不忍，便上前问道："老爷，这左掖门旁边，不是有专给候旨官员备下的值房么？"

"是呀，是有几间。"朱衡呛咳着回答。

"俺去叫他们开门。"

班头说着就上前去敲左掖门，敲了十几下，才听到里面有人应声："谁呀？"

"俺是朱大人的家人，俺想……"

"去去去，"不等班头说完，就听得里面不耐烦地吼道，"皇上还没有旨意下来，候着吧。"

"俺家老爷已候了半个时辰了，外头北风这么大，他都快冻成冰棍了。"

"咱有什么办法，咱又不是天神，管得住这狗日的北风。"

"候旨的官员不是有值房么，烦你们打开，让俺老爷进去暖和暖和。"

"值房是有，但找不到管值房的火者。"

"烦你们找一找……"

"上哪儿找？叫你家老爷忍一忍，挺一挺，立马儿天就亮了。"

说完，任凭班头再三求告，里头总是一个不应声。缩在门洞旮兜里的朱衡听得这段对话,长叹一声,顿时有了虎落平阳被犬欺的感觉。班头人机灵,咂摸着今日的事情有些费解,不管怎么说,朱衡还是朝廷的二品大员,守门官如此蛮横对待,于情于理都说不通。思来想去,他似乎找到了个中原因,便凑近朱衡耳边,轻声说道：

"老爷,依小的看,这帮没根的家伙,是故意整治您。"

"是吗?"朱衡冻得嘴唇打磕。

"狗日的嫌您不给路票。"班头说着在身上搜出点碎银,向朱衡征询道,"要不,小的再喊他们,把这点'路票'递进去?"

"多嘴!"朱衡白了班头一眼,骂道,"老夫一世清名,今日岂能遭污!"

班头再不敢多言,心里头却埋怨主人迂直。且说这紫禁城内戒备森严,门禁甚多,光是历朝皇帝题匾的大门就有一百多座,且每道门均有禁军把守,守门官都由内珰担任。这些牙牌太监虽然官职不高,但因是替皇上把门,借天子之威,纵是三公九卿,他们也不放在眼里。大约在永乐后期就形成这样一条不成文的规矩:凡进入大内受皇上接见的官员,一入端门,每过一道门就得给该门值日官送上一份银钱,说一声"公公辛苦了",值日官则回一句"你走好",然后笑脸相送。久而久之,这份子钱便有了一个非常恰当的称谓,叫"路票"。路票多少不论,少则一两二两,多则十两八两。从端门到云台,要穿过六道门,虽然每道门所送不多,但加起来也是个不小的数目。身为朝廷命官受到皇上召见固然是无上殊荣,但这守门官的路票盘剥也是一笔不小的负担,一些清廉官员每每为此叫苦不迭却又莫可奈何。也有一些官员想硬着头皮闯过去不给,守门官就会把他拦住百般刁难,往往误了觐见时间而遭到惩处。曾经有一位知县觐见皇上,随身带了四十两银锭。守门官欺他是个乡巴佬小官,连哄带唬,才过四道门,所带的银子就被敲榨得一干二净。过第五道门无路票可送，守门官是个挖窟窿生蛆的阴损主儿，便故意指错路，让这位县令走进一位贵妃住着的院子。擅闯禁宫，这可是犯了天条，理当受刑大辟，虽然许多官员上折疏救，这位县太爷依然受到廷杖，被打断了一条腿，并革职回籍永不叙用。这等惨痛教训，叫官员们听了谁不心惊胆战？因此都抱着息事宁人蚀钱免灾的态度，凡入大内都备足"路票"钱。当然，官员中也有不信邪的，每次入宫经过那些重门，都强颈驴子似的扬长而去。当年的海瑞是那样，眼下在左掖门外候旨的朱衡也是这样一位软硬不吃的硬汉。

朱衡与高拱是同年进士，岁数却比高拱大了五岁，今年已过了六十七。他两度担任工部尚书，这第二次已当了七年，如今还在任上。张居正担任首辅之初，为稳定局势，留任了三位老臣。一是吏部尚书杨博，二是都察院左都御史葛守礼，第三便是这个工部尚书朱衡。众京官都还记得，隆庆六年穆宗皇帝驾崩前夕，这位倔老头为了潮白河工程款一事气得要敲登闻鼓。在部院大臣中，朱衡的倔强是出了名的。在他的脑子里只有事体没有人情。凡工部职责权限之事，他把关极严，若不合规矩，哪怕是御旨他也敢违抗。因此在京城官场中，大至三公九卿小至部曹掾吏，莫不对他敬畏三分。

兴许是天可怜见，就在朱衡在门洞里备受煎熬的时候，一阵紧过一阵的北风忽然间弱了下来。朱衡一直跺着冻得发麻的双脚，不停地揪着一挂挂的清鼻涕，这会儿略略感到好受些，忽然，隔着厚重的门壁，听得里面隐隐约约传来对话的声音：

"他娘的，这北风怎么停了？"一个尖尖的嗓音没来由地咒骂起来。

"是啊，"另一个更显得油滑的声音接腔，"老天爷该不是姓朱吧。"

"这老屎橛子,咱们讨个值房住住,他从中作梗,这回逮着机会,让他吃吃苦头。"

"这苦头还没吃够呢,老天爷帮着他。"

……

朱衡听得真切,只觉得心窝子像是被人踹了一脚。他咬着发乌的嘴唇,愣怔怔地望着黑漆漆的长天,想起去年冬月发生的一件事情:

京城各大衙门及这皇城紫禁城的所有房屋,无论是兴建或修缮整理,统归工部管辖。这午门之左一直有五间值房,本系候朝官员暂时休息之处,同时也收贮了一些卷箱,凡入经筵的侍班讲读官,亦在此伺候。去年冬月,这午门的新任值门官王起忽然上了一道内疏,向皇上讨这五间房居住。皇上发疏出来,着工部斟酌。朱衡一看折子就有气,心里头直骂阉竖们胆大妄为,竟然把主意打到官员候朝的值房上来。遂以工部名义上了一道题本,申言这五间值房是永乐皇帝对候朝官员心存体恤而建造,之后历经百余年八个皇帝,此值房都未曾更易,现在怎能更改祖宗法度,变众官候朝的值房为守门内官之私宅?小皇上看了这个公折后,批道:"既是各衙门公会候朝之所,今后不许奏讨。"这一场小小风波才算平息。朱衡每天有多少大事要办,此等小事一经过去,他就忘得干干净净,没想到由此得罪了这个狗眼看人低的值门官,今日得此机会意欲往死里整他。

跺了一会儿脚,朱衡稍感暖和。他不想窝在门洞里听"闲话"生气,便一边搓着脸,一边踱步到广场上,班头跟着他一步不离左右。此时天色欲亮未亮,正是一天中最为寒冷的时候。朱衡高一脚低一脚走近端门,弱下去的风势忽然又猛烈起来,吹得朱衡踉踉跄跄站立不稳,万般无奈,只得在班头的搀扶下挪到墙角儿暂避。眼见那股子寒风愈吹愈烈,转瞬间又形成地动山摇之势。朱衡倚着高墙,感到那厚重的墙体也在抖动。他忽然产生了一丝恐惧,眼前出现了天塌地陷的幻景。班头紧紧搂着瘦骨嶙峋的朱衡,感觉是搂着一根冰柱子,心里担心老头子顶不住要出事,便大声嚷道:

"老爷,咱们回吧!"

"回,回哪儿?"

"回家。"

朱衡拼命地摇头,他的舌头僵硬,已是说不出一句囫囵话来,但他仍断断续续说道:

"咱、咱、咱等、等皇、皇上……"

偏这时候,五凤楼上的一盏硕大宫灯被吹脱了钩子,任风撕扯着轰然坠下,重重地摔在朱衡面前。眼见半空中冷不丁飞下一颗火球,朱衡猝不及防,吓得惊叫一声,顿时一口痰堵在喉咙口上瓷瓷实实吐不出来,片刻儿就憋昏了过去。班头一只手搂着他,另一只手又是摇他脑袋又是捶他的背心,好不容易才让他把那口痰咳了出来。人虽然苏醒了过来,但已是软绵得只有出气没有进气。

差不多又过了小半个时辰,天色才慢慢放亮。在刀绞一般的北风中,但见黑黢黢的城墙、高耸耸的楼阁、密沉沉的飞檐、光溜溜的地砖,都像是用寒冰砌成。班头费了老鼻子劲把朱衡搬到轿子里蜷起,然后又去敲门,两只拳头擂得生疼,半晌才听得里头有人走过来,隔着门缝儿喊道:

"朱大人您请回吧,皇上今日有事,召见取消了。"

班头也不答话,只命令轿夫赶快起轿,如飞一般回到石缸胡同。

朱衡回到家中,已是嘴唇发紫四肢僵硬,众人七手八脚把他抬到热炕上捂了几床厚棉被,足有半个多时辰都没缓过劲儿来。本说是去见皇上,一家人兴奋得不得了,谁知竟是这样站着出去抬着回来,合府百十口主仆无不慌了神儿。朱衡的诰命夫人本已上了年纪,哪经得这般惊吓?守在床边六神无主,除了一把一把地抹眼泪,再也想不起该干什么。亏得管家朱禄方寸不乱,张罗着让厨子熬了一碗浓浓的姜汤,端到床边来,撬开朱衡的嘴一点点地灌下,然后把被子捂得紧紧的发汗。这么翻来覆去地折腾,大约翻了巳牌,一直昏迷着的朱衡才悠悠醒来。他脑子里一片空白,竟忘了发生的事情,看看床边围着的人脸上都挂着泪痕,不解地问:

"你们是怎么了?"

看他犯迷糊,老夫人更是心如刀绞,只瘪着嘴呜呜地哭。还是朱禄挤上前来答道:

"老爷,今儿五更天,您在午门外冻坏了。"

经这一提,朱衡才醒了神,记起了早晨在午门外受到的侮辱和磨难,顿时头痛得针扎一般。他本来就有哮喘病,经此一冻更是发作得厉害,嗓子里像扯风箱似的,嘴巴张得大大的也吐不过气来。婢女给他垫高了枕头,老夫人又张罗着找出家中常备的"六神顺气丸"让他服下,这才又慢慢平稳下来。待他喘咳稍停,朱禄问道:

"老爷,您不觉得这事儿有些蹊跷么?"

"唔?你是说,说……"

朱衡又是一阵呛咳,婢女赶紧给他捶背,待吐出痰后,管家继续说道:

"小皇上才十二岁,朝中又无甚急事,怎么可能这么早传旨见你呢?既然传了旨,为何又突然不见了呢?"

"啊?"

"我看八成是太监使坏。"朱禄肯定地说,"老爷,您平日进宫,从来不给值门官施舍路票,这帮家伙的心都是秤钩做的,早就看您不顺眼了。"

"有几分道理。"朱衡微微颔首,又狐疑问道,"不开值房的门让老夫受冻,这是太监使坏,但我看他们还没这么大的胆子诈传圣旨,这有欺君之罪,谁敢?"

朱禄想想也是,也就不再吱声。这时候门子来报:工部左侍郎潘季驯来访。朱衡知道潘季驯此来肯定不是一般的探望,不能拒见。按士人规矩,正式会客应在客厅,若是密友,也可延至书房。同朱衡一样,潘季驯也是有名的治河专家,只是在治河方略上与朱衡不尽一致。但潘季驯是一个正人君子,自前年京察从江西巡抚调任工部左侍郎,勤勉做事远离是非,朱衡对他很是器重,工部一应大事都与他商量,堂官佐贰相处得十分融洽。朱衡本想安排在客厅见面,但没有力气撑坐起来,只好请家人回避,把潘季驯请到床前会见。

潘季驯在朱禄的引领下走进房中,一眼瞥见躺在床上的朱衡面色蜡黄眼窝塌陷,形容枯槁,眼神也是憔悴不堪,禁不住心下一酸,趋向床前握着朱衡的手,噙着两泡热泪说道:

"朱大人,您受苦了。"

"这苦受得窝囊,"朱衡自我解嘲说道,"阉竖们就因为老夫不肯给路票,就买通了老天爷来整我。"

"朱大人,事情恐怕不这么简单。"潘季驯在床前坐了下来,忧虑地说,"今日刚刚点卯,杭州织造督办太监孙隆又到部询问特制皇上龙袍的移文何日下发。"

"这个移文不能发!"朱衡虽然身在重病之中,但谈起公事来,还是那么决断。

"部堂大人的意思,我们都知道,因此回绝了孙隆,告诉他此事还要上奏皇上,就工费银问题再行磋商。那孙隆悻悻而去,临走留下一句话。"

"什么话?"

"他说,你们部堂大人已在左掖门外守了两个时辰的门墩儿,未必还想多候几次?听他的口气,朱大人受此折磨,肯定与杭州织造的移文有关。"

"这么说,是孙隆假传圣旨?"

"下官有这个怀疑。"潘季驯想了想,又道,"不过,没有人撑腰,孙隆绝不敢这样干。"

"这人会是谁呢?"朱衡问。

"那还有谁?诈传圣旨,可不是一般人敢做的。"

潘季驯为人谨慎,说话留有分寸。朱衡想着那个人是冯保,却也不便说出口。顿时又烦躁不安血往上涌,两眼一直再次晕厥过去。慌得家人又是灌参水又是掐人中,好半天才又把他弄醒。潘季驯怕留在这儿添乱只得悄悄儿告辞。朱衡睁开眼珠子见不着潘季驯,窝了一肚子话找不到人倾诉,喘了一阵子,也不知哪来的一股力气,竟一掀被子下了床,让婢女拿过官袍替他穿上。

"你要干什么?"夫人问。

"上内阁。"

夫人急了,数落道:"瞧你这样子,风都能吹倒,哪能出门?快躺到床上去。"

"你放心,老夫这口气,一时半会儿还断不了。"

朱衡说着,又是一阵呛咳,但他不顾家人的劝阻,硬是犟着出门,登轿而去。

张居正一大早入得值房,杂役早把地龙烧得很暖。张居正先去内屋解下挡风的斗篷,又脱下穿在官袍里的羊羔皮袄子,这才出来问一旁候着的书办姚旷:

"莫文隆来了吗?"

姚旷回答:"昨儿个通知的是辰时过半,眼下离辰时还差一刻呢。"

"他人一到,就领到我这里。"

张居正说罢,就走到紫檀翘头大文案后头,在那把黄花梨透雕靠背玫瑰椅上落座。案台上先已放了一只贴了封条的疏匣，皇上看过的奏疏，都由司礼监盖了关防装匣封出，每日早晨送到张居正的值房拟票。张居正命姚旷启封开匣，随手拿起最上面的一份奏疏，只见封皮题签上写着："工部尚书朱衡请酌减杭州织造局用银疏"，立即打开来阅读：

昨者，杭州织造局提督太监孙隆到部传谕：今年杭州织造局用银数增至八十万两。循例本部出半，应调拨四十万两银。臣奏称：此项增费太大，无章可循，欲乞圣明按常额取用。

臣等看得：祖宗朝国用，织造俱有定额。穆宗皇帝常年造衣，用银不过二十万两，承祚之初年，亦只费四十万两。且此项用度，须司礼监与本部会商定额，然后奏明圣上请银。所费银两，内库出一半，本部出一半。今次用银，突然增至八十万两之巨，且事前司礼监不与本部会商，竟单独具事上闻，请得谕旨。如此做法不合祖制。因此，本部拒绝移文。

仰惟皇上嗣登大宝，屡下宽恤之诏，躬身节俭，以先天下。海内忻忻，方幸更生。顷者以来，买办渐多，用度渐广，当此缺乏之际，臣等实切隐忧。辄敢不避烦渎，披沥上请。伏愿皇上俯从该部之言，将前项银两裁减大半。今后上供之费，有必不可已者，照祖宗旧制，止于内库取用。臣等无任惶悚陨越之至。

读完这篇奏疏，张居正在心里头连连叫了三个"好"字，又把这本子从头到尾细读了一遍，这才放下。正思虑如何拟票，姚旷把杭州知府莫文隆领了进来。

莫文隆五日前进京述职，张居正三天前就已接见过他，该谈的也都谈了，本不该再见的。盖因他昨日听说孙隆到工部办理移文让朱衡轰出来的事，情知会有一场风波发生。朱衡与冯保都不是息事宁人之辈，何况这件事涉及国家财政，是发生在万历二年新春上元的第一件大事。张居正心底清楚，无论从哪一方面看，他在这件事情上都不能袖手旁观。当然,他可以耍滑头,两边都不得罪,把最后的仲裁权交给皇上,但他不想这样做。自前年六月上任首辅,到万历元年年底这一年半时间,他主要精力都放在整饬吏治上头。为了解决积弊多年的文恬武嬉政务懈怠现象,他首创"考成法"约束官员。这个"考成法"的内容是:凡皇帝谕旨交办,政府日常公务以及各衙门执掌之事,必须专人负责,限期完成。所做每一件事,其完成情况都要记录在册,以备查验核实。今后,所有官员的升迁去留,奖励或罢黜,都凭这本"考功簿"的档录作为依据。这项改革看似简单却很管用,自推行以来,京城各大衙门一扫过去那种疲疲沓沓冷水泡蘑菇的办事作风。每接手一件事,当事官员再不敢敷衍塞责。过去那种有令不能行有禁不能止的局面,有了根本转变。究其因,是官员们害怕在"考功簿"上记下秽行劣迹,断了晋升之路。人既管住了,张居正便想从今年也就是万历二年起开始整顿财政。

但是,他已考虑了多年的深思熟虑的一揽子计划还来不及推出,杭州织造局用银的矛盾就发生了,他立刻就敏感地感到,这件事为他的财政改革提供了绝妙契机。基于这层考虑,他不但没有"鹬蚌相争,渔人得利"的那份闲情,反而寝食难安,一门心思想着如何因势利导把这里头的"戏"做足。因想到杭州织造局的事情历来由杭州府衙帮办,为了摸清情况,他临时决定再次接见莫文隆。

莫文隆五十岁出头,通籍之后,从正九品的县主簿干起,从未被破格提拔,硬是凭着三年考满晋升一级的士人通途,一步步攀到现任的杭州知府任上。他在这任上兢兢业业干满六年,去年例当晋升,但因杭州是江南财赋重地,争抢这一职位的人很多,吏部一时委决不下,张居正遂决定让老成持重的莫文隆留任,给他晋升一级,挂从三品的浙江省布政司参政衔。这一安排自然让莫文隆高兴,心里头对张居正存了一份感激。

因是第二次见面,也就不用寒暄。张居正很快把话切入正题,问道:

"杭州织造局衙门,离你们府衙有多远?"

"不算太远,都在清波门附近。"

"平常来往多不多?"

"不多。"

"为何?"

"他们是钦差。"

张居正听出莫文隆话里头有弦外之音,也不再追问,只是谑道:"惹不起躲得起,是不是?"

莫文隆咧嘴一笑算是默认。

张居正接着问:"杭州织造局的公事,你们府衙如何配合?"

莫文隆摇摇头,略一迟疑苦笑着问:"首辅大人,您允许下官说实话吗?"

"当然要说实话。"

莫文隆伸出四根指头,决然地说:"四个字,苦不堪言。"

"苦在哪里?"

"第一难的是给织户派活儿。给皇上制龙衣,布料特别讲究,就说一匹大红妆花过肩蟒缎吧,从缫丝到染色,每一道工序都丝毫不得马虎。一匹缎子千辛万苦织成,钦差的督造太监过目检查,若找到一个米粒大的疵点,这匹缎子就算废了。织户忙活了半年,不但领不到报酬,那报废的缎子还不给退回。"

"为什么?"

"钦差说的理由是,这是专给皇上织造的面料,说什么也不能让它们流传到民间。"

"这么说,杭州的织户饱受这钦差之苦?"

"可不是?"莫文隆一副无可奈何的神态,接着说,"一匹缎子就算验关过了,织造局也只肯付给二十两银子。"

"实际价值多少?"

"值八十两。"

"那织户岂不亏本?"

"是啊,不然下官怎么说是苦不堪言呢。"莫文隆逮着机会诉苦,索性一吐为快,"所以,每年为织造局摊派织工成了杭州府衙第一等的头痛事。八十两银子一匹的缎子,织造局只肯给二十两,杭州府衙这里抠一点,那里抠一点,再给织户凑二十两。即便这样,也没有哪一家织户愿意干。"

"那你们是如何摊派的?"

"每年织造局的计划下来,府衙就派人去把织户按里甲召聚起来,分片抓阄儿,抓着谁就该谁。"

"这样长久下去也不是办法。"

"下官知道这不是办法,但别无良策,方才说的是第一难,第二难是绣女。一匹缎子按式样裁制成衣,然后再将描金百花图案刺绣上去……"

"行了,这些你就不用说了。"张居正打断莫文隆的话,"据此例推也约略知道,每道工序都把关极严,织造局所付工钱又很少,是不是?"

"是。"

"你当了六年杭州知府,对织造局的内情也摸得很熟,今天你对我说实话,制一件龙袍,到底要花多少两银子?"

"从织造局的账面上付出来,不到两千两银子,咱府衙还得往里贴两千两。"

"总共才四千两?"

"是,"莫文隆肯定地回答,"这已是满打满算了。"

张居正好一阵默然,然后长嘘一口气,叹道:"隆庆皇帝生前比较节俭,给他制作的龙衣,价码儿最低,却也是二万两银子一套。"

"是啊,"莫文隆瞧着张居正沉重的脸色,谨慎答道,"下官上任杭州知府,正好给隆庆皇帝做了四年龙袍。他大行前一年,做了一件便宜的,造价是八千两银子。"

"实际值多少?"

"这件龙袍只用了三千两银子。"

"造价二万两银子的龙袍呢?"

"下官方才已说过了,四千两银子。"

"四千两银子,从织造局的账上付出来,实际上只有二千两。只有二万两银子的十分之一,剩下的银子都哪里去了?"

张居正已是十分的震怒,一拍案台问道。其实他并不是问莫文隆,而是一腔愤懑脱口而出。莫文隆不知端的,却以为问的是他,顿时吓得冷汗一冒,挺直了身子答道:

"回首辅大人,杭州织造局直属内府管辖,该局的账目,下官无权过问。"

"我并不是问你,"张居正见莫文隆误解,又解释说,"我是在想,一件龙袍的造价与请银的价格之间,悬殊如此之大,怎么就没人管。"

"这个没法儿管。"莫文隆小声嘟哝。

"为何?"

"自开国圣君洪武皇帝到如今,造龙袍的价格都高悬下不。这已成了定规,没有人去怀疑它是否合理。"

"这中间巨大的差价,难道都让钦差督造们贪墨了?"

"首辅大人没到过杭州,不知道督造的太监们日常生活是如何的奢侈。"莫文隆愤愤说道,"这些人经常大宴宾客,炮龙烹凤只当常事。西湖上最豪华的游船,就是他们织造局的。"

此前张居正就一直怀疑织造局用银有虚报成分,但没想到漏洞会这么大。国家税赋有限,每年入不敷出,户部恨不能一个子儿掰成几瓣儿花,可是这些太监们却如此挥霍无度。太仓纵然是金山银山,这金山银山纵然堆得比景山还高,也不够这些败家子们冒额鲸吞。想到这里,张居正脱口喊道:

"莫文隆。"

莫文隆赶紧起身应道:"下官在。"

张居正示意他坐下,又问:"仆听说,你与致仕的应天巡抚张佳胤是同乡?"

"是。"

"张佳胤是有名的干练之臣,隆庆五年,由于仆的举荐,他由兵部职方郎中晋升为应天府尹。到任一年时间,就政声鹊起,深得地方爱戴。隆庆六年四月,因处理安庆兵变触怒了高拱而被免职。仆主持内阁后,意欲给他复职,却不凑巧他家慈升仙,须得夺情三年。上个月他还有信致我,言在家治《易》,颇有心得。"

听得首辅如此称赞张佳胤,作为同乡,莫文隆亦觉脸上有光,答道:

"张佳胤是家乡有名的才子,深得士人注仰。"

"他不单是才子,更是难得的循吏。"

"循吏?"莫文隆一愣。

"对,循吏!"张居正答得斩钉截铁,"莫文隆,你应该以他为楷模,勇于任事。"

"是,下官谨记首辅教诲。"莫文隆刚说罢这一句应景儿的话,忽然又明白到首辅话中有话,犹豫了一下,又答道,"下官待罪官场这么多年,一不贪,二不怕吃苦,惟独缺的,就是一个'勇'字。"

"而仆现在向你要的,恰恰就是这个'勇'字。"张居正说张佳胤,目的就是启迪莫文隆要做一个诤臣,"杭州织造局的内情,你既摸得清楚,就应该上书直谏,以张皇上耳目。"

"谏什么？"莫文隆仓促中问了句糊涂话。

"织造局制作龙袍的工价银。"

"这……"

"有难处吗？"

张居正扫过来的目光，火一样灼人。莫文隆浑身不自在，畏葸地答道：

"下官说过，龙袍工价银自洪武皇帝开始，就是这么定价的，都二百年了，经历了十二个皇帝，未曾更易，这已成了祖宗规矩。"

莫文隆的这段话中藏了心机，盖因张居正出任首辅之初，第一次觐见皇上陈述自己的治国方略时，曾说过"一切务遵祖制，不必更易"。这席话登在邸报上，已是布闻天下，对当时纷乱妄测的朝局，的确起到了稳定作用。这一年半时间，张居正的治国大略与这句话也基本相符。因此，莫文隆特别提出"祖宗规矩"四个字，意在提醒张居正，这件事不可乱碰。张居正心思通透，哪能听不懂莫文隆的话外之音？他觉得不仅是莫文隆，就是整个官场，都存在着不知如何审时度势掌握通变之法的问题，因此便借机阐述自己的观点：

"祖宗规矩并不是铁板一块，其中有好有坏。好的规矩，一个字都不能更改；坏的规矩，不合时宜的规矩，就得全都改掉。譬如织造局用银这种瞒天报价的做法，不仅仅是坏，简直是恶劣透顶，焉能不改？"

听这掷地有声的口气，莫文隆知道首辅已经下定了决心，加之他平素对织造局钦差的飞扬跋扈早就心生痛恨，因此爽快答道：

"首辅欲开万历新政，下官无任欢忻。矫枉黜佞竭诚事启本是臣节。下官明日动身返回杭州，一回到府衙，就立即写本上奏。"

"你回杭州要多少天？"

"水路半月，陆路十天。"

"太晚了，"张居正脸色露出急切的神气，"我看事不宜迟，你这就回到客栈,写好了本子送到通政司,然后再动身回杭州。"

莫文隆不明白首辅为何要得这么急,却也不敢问。正说告辞,只见姚旷神色慌张跑了进来,对张居正说道:

"首辅大人,工部尚书朱衡被人抬进了内阁。"

张居正这一惊非同小可,急忙问道:"什么,抬进来的?发生了什么事?"

"听说他在左掖门前被冻坏了。"

姚旷接着就把五更天里左掖门前发生的事大致讲了一遍,张居正听罢,斥道:

"发生这么重大的事情,为何现在才来报告?"

姚旷答:"小的也是半个时辰前才知道,因见着首辅在与莫大人谈话,就没有进来打扰。"

张居正情急中不得细问,只对莫文隆说:"你回去照仆说的办,要快!"说罢起身离座,在姚旷引领下出门迎接朱衡。

第 四 回

白发衔冤昏死内阁　红颜薄命洒泪空楼

　　张居正刚出门，便见次辅吕调阳也闻讯出了值房，两人穿过走廊来到门厅，只见朱衡被人架着，正艰难地朝前挪步。厅堂里本来就聚了不少候见的官员，这会儿都纷纷起身看热闹，一片窃窃私语声。看到两位辅臣疾步走了过来，又都吓得纷纷回避。却说朱衡一定要拖着病体来到内阁，原是要找张居正吐吐冤屈泄泄疾忿，谁知一出门再遭风吹，顿时哮喘又犯了，喉咙堵得厉害，脸憋得青紫。朱禄和另一名家仆把他搀进内阁值楼，那副狼狈样子自不待言。这会儿见张居正与吕调阳上前迎接，一时激动说不出话来，哽咽着喊了一声"首辅"，竟已是老泪纵横。张居正忙将他请进就近的客厅，吩咐杂役把地龙烧得更暖些。

　　刚在客厅落座，朱衡就猛烈地咳嗽，朱禄赶紧掏出手绢给主人接痰，一向讲究整洁的张居正觉得不雅，便别过脸去。咳嗽声才停，就听得坐在一旁的吕调阳结结巴巴问道：

　　"朱大人，您、您、您这、这是怎、怎么了？"

　　朱衡喝了一口侍者送上的热茶，喘气略顺了顺，劈头盖脸就来了一句：

　　"两位阁老均在，老夫是来辞官的！"

　　张居正因已知道了"左掖门事件"，对朱衡的这个态度并不吃惊，但仍肃容问道：

　　"朱大人，您怎么突然冒出这句话来？"

"阉竖们逼着我走啊!"

朱衡重重地戳着拐杖,花白胡须一翘一翘的。看到两位辅臣都脸露狐疑之色,朱禄便壮着胆子插嘴说道:"咱家老爷在左掖门前冻坏了。"接着讲了事情经过。

他的话音一落,一向木讷的吕调阳已是气得五官挪位,一跺脚说道:

"岂、岂有、有此、此理,小小守门官竟、竟敢、敢要弄朝、朝廷的股肱大、大臣,哪、哪里还、还有王、王法!"

朱衡本就在气头上,听得吕调阳这句话,更是血冲脑门,几乎是声嘶力竭诉道:

"我辈青青子衿,一辈子饱读圣贤之书。三十余岁列籍朝班,待罪官场。治淮河,在田家硖截流差一点被洪水淹死。修济宁卫码头,遇着饥民造反,又差一点被乱棍打死。如今三十多年过去,老夫身历三朝,实心为朝廷办事,从不敢有半点疏忽。谁知如今到了古稀之年,反而遭此奇耻大辱,真乃是可忍孰不可忍也!升斗小民,穿窬之徒,尚且有尊严不可冒犯,何况我辈?古人言,鼎烹斧锉可也,但万不可受凌辱。皇城之内,午门之下,小小阉竖竟然如此放肆,老夫还要这身官袍干什么?"

朱衡越说越激动,越说越伤心,竟颤巍巍站起来,哆嗦着要脱下身上的官服。吕调阳赶紧上去阻拦,把他扶回到椅子上坐下,对张居正激愤言道:

"首辅,国朝两百年来,还从未发生这等事情。若不严惩,朝纲何在!"

张居正看到朱衡强撑病体跑来内阁讨公道,心里已是十二分的同情。他一门心思想着如何把朱衡劝回家调养将息,听到吕调阳书生气说话,给老朱衡火上浇油,心里头已生了几分不快,便宕开说道:

"这种事情以前也发生过,嘉靖四十年,左掖门守门官假传圣旨,让御史李学道候见。当时正值盛夏,日头又毒又辣,李学道晒了两个时辰,几欲中暑。后来知道是守门官戏弄他,一怒之下,两相扭打起来,因此惊动皇上。结果是守门官受了二十杖,而李学道竟然官贬三级,外放州同。"

"这种处置有违祖制,李学道受此凌辱,为何还要贬官三级?"吕调阳不服气地嘟哝。

"珰宦受宠,古今皆然。"张居正叹一口气,继续言道,"唐宪宗时,元稹出使四川,途中为住官驿,与一位宠宦发生争执,宠宦用马鞭把元稹的脸击出一道又深又大的血口。事情传到京城,非但宠宦没有受罚,反而把元稹贬为士曹,一时间士林震怒。元稹的好友白居易上书言:'中使凌辱朝士,不问其罪,而朝士先贬,如此处置,恐自今而后,珰宦出宫愈亦横暴,无复敢言者。'唐宪宗收了一大堆这样的本子,终是置若罔闻。"

吕调阳与朱衡听张居正这一席话,都咂摸不出味道来。他究竟是想严惩肇事者还是息事宁人忍让为先?朱衡内心中一股子失望之情油然而生,接过话茬气呼呼说道:"老夫自认倒霉,惹不起未必还躲不起?今日先来内阁知会,明日就给皇上递本子,辞官回家。"说罢站起身来,欲挪步离去。张居正赶紧过去又把虚弱的朱衡搀扶着坐下,好言劝道:

"朱大人千万别说气话,仆方才所言,绝没有袒护珰宦的意思。我辈都是士林中人,惺惺相惜,怎么可能与胸无点墨的阉竖们沆瀣一气?仆之所以说了两个例子,意欲说明宦官得宠,实乃朝士之大不幸。我万历皇帝初嗣大统,正欲革故鼎新重振朝纲,怎么能容许这等事情发生?朱大人受此凌辱,仆虽未在场,但感同身受。不过,内官犯法,外廷不能直接处理,而是由内官监直接秉断,仆马上派员同内官监交涉。"

这一番抚慰的话,朱衡听了心下稍安。吕调阳趁机问道:"朱大人,有一句话也不知当问不当问。"

"你说。"朱衡抬了抬干涩的眼皮。

"这一个小小的左掖门守门官,为何要下此毒招整你,此中必有蹊跷。"

"是的,"朱衡喉咙里一片痰响,费劲地说道,"事情发生后,我也仔细想过。开头以为是路票问题,老夫这些年入宫觐见皇上,从不肯给阉竖们送什么买路钱,我知道他们恨死我了。后又转而一想,这是多年的事儿了,他们就是想整我也拖不到今日,老夫又想到可能是去年冬月左掖门新任守门官王起向皇上奏讨门外那五间值房之事,被老夫一道本子搅了他的如意算盘,他因此怀恨在心,故选了这么个恶劣天气整治老夫。但是,一个多时辰前潘季驯到老夫舍下探望,才揭开了真正谜底。"

"是何原因?"张居正问。

"还是为杭州织造局申请八十万两用银之事,老夫拒不移文,因此种下祸根。"

"啊,竟是为这件事?"张居正咬着腮帮骨略一沉思,说道,"今天早晨,皇上已把你的奏章发来内阁拟票,朱大人,你这道奏章写得非常之好,仆赞同你的建白……"

他的话还未完,只见乾清宫一名传旨太监已是一脚跨过了门槛。这太监并不认识朱衡,却也不回避,对张居正说道:

"首辅张先生,皇上让奴才前来传旨,听说工部尚书朱衡深更半夜跑到左掖门前闹事,二品大臣如此不讲体面,究竟为何?望查实奏来。"

这名太监干巴巴地说完这几句话,便转身出门走了。被张居正苦口婆心劝了半天情绪才稍稍稳定的朱衡,顿时一下子傻了。张居正想着要抚慰几句还来不及张口,只见朱衡两手突然松了拐杖,眼白一翻,身子朝后一仰,已是直挺挺滑到了地上。

过了午时,张居正也无心思吃饭,在值房里焦急等待朱衡的消息。朱衡昏厥后,张居正一面命人飞速去请太医,一面命人赶紧把朱衡背上轿抬回府中。新年上岁的,总不能让一个三朝元老二品大臣死在内阁。大约半下午时分,派到朱府的人才传回消息,朱衡已被救治过来,但还满嘴呓语。太医恐再生意外,半步也不敢离开。张居正这才心下稍安,立马儿就感到疲乏,正说打个盹儿,又有司礼监内侍前来禀报,说是冯公公在文华殿恭默室等他,有几件事情要商量。张居正让姚旷绞了条毛巾擦把脸,便信步走了过去。

天色还是阴沉沉的,老北风紧一阵慢一阵吹得人心里头发烦。内阁离恭默室并不很远,走这短短一截子路,张居正就感到身上冷飕飕的。看到他来,守值太监连忙挑帘儿躬身迎他进去,先到的冯保也屁股离了靠椅站了起来,瞧着他笑吟吟说道:

"张先生,这北风刀子似的,您出门,咋也不戴个护耳?"

"就这几步路,何必费事。"

两人寒暄着重新落座。春节歇衙半个月,如今开衙五天了,这前后将近一个月时间两人未曾谋面。乍一相见,免不了都做出亲亲热热的样子互相说些吉利话儿。小内侍摆了茶点上来,张居正本来就有些饿,便拣了桃酥芝麻糕胡乱吃了几块。冯保看到张居正脸上约略有些倦容,便关切地说:

"张先生,看你的样子,好像很累。"

张居正点点头,把话引上正题:"是呀,朱衡今天晕倒在内阁,忙得我午饭也顾不上吃。"

"朱衡他咋了?"

冯保装作什么都不知,一副吃惊的样子。张居正知道他是在做戏,也不点破,只蹙紧眉头说道:

"朱衡跑来内阁告状。"

"告谁呀?"

"告左掖门值日官。"

"告他怎的?"

"假传圣旨。"

"哦?"冯保阴笑着说,"原来是为这件事,左掖门的值日官王起大清早就对我讲了,说朱衡发神经,深更半夜跑来说是皇上要召见他,要王起开门。"

冯保说得稀松,张居正听了好不自在,便沉着脸说道:"朱衡三朝老臣,一向持重,没有中官传旨,他顶着北风跑到左掖门干啥?"

"是啊,老夫也这么寻思。"冯保极力掩饰幸灾乐祸的神情,讥道,"王起有王起的说法,这事儿,原也是公说公有理,婆说婆有理。"

"上午,传旨太监来到内阁传了皇上的旨意,说朱衡深更半夜跑到左掖门闹事,要仆查处此事。"

"不单皇上,连太后在内,听了此事都很生气呢!"

"是谁向太后和皇上禀报的?"

"咱。"

"冯公公,你不觉得这件事情奇怪吗?"

"有啥奇怪的?"

"朱衡三朝老臣,名倾朝野,他一举一动诚为风范,没有人去他家传旨,他怎么可能跑到左掖门来呢?而且昨夜变天,北风如刀。依仆来看,肯定是有人诈传圣旨,成心坑害朱衡。"

"这个人是谁呢?"

"肯定是中官。"

"张先生这么肯定?"冯保脸上有些挂不住了。

见冯保闪烁其词一味推诿,张居正心里头很不受用,又不好发

作,只得旁敲侧击言道:

"这件事情一旦传开,恐怕对你冯公公不利。"

"是吗?"冯保警觉地望了张居正一眼。

"中官诈传圣旨,这是犯了欺君之罪。您是内廷总管,至少,那些乱嚼舌根可以说您冯公公管教不严。"

"我回去查一查,看是谁干的。若凿实,就把他关起来。"冯保应付着说,顿了顿,又道,"张先生,你还得按皇上的旨意查一查朱衡那头。"

"冯公公,有这个必要吗?仆敢断定,朱衡是受害者。"

张居正说得斩钉截铁,冯保听了不对胃口却也不好争辩,借喝茶定了定神,然后说道:

"张先生,老夫今番见您,原是奉了太后和皇上之命。"

"啊,太后有何吩咐?"

"三件事情,第一是定一定皇上今春经筵的开筵日期,第二是武清伯李伟的修坟事,第三就是为杭州织造局的用银事。"

张居正知道这三件事太后都是要听回音的,略一思索,便笃定答道:"今春的经筵,昨日就找来三名讲官议过,开筵日期定在二月花朝后一日,讲官们都在按这个日期做准备。你说的第二件事是什么,武清伯修坟?"

"对,"冯保接着说,"武清伯说是在沧州看中了一块吉壤,太后让问问您,该如何定夺。"

"皇亲国戚一应勋爵的婚嫁丧葬大事,宗人府皆有定规,按规矩办就是了。"

听这完全是公事公办的口气,冯保就知道张居正对李伟没有好感,只是碍于李太后的情面不作表露罢了。他本想提一提李伟的"伯"升"侯"问题,想了想觉得不是时机,故压下了这念头,径直问道:

"关于杭州织造局用银事,张先生有何看法?"

一俟扯上这个话题,张居正马上就想到上午与杭州知府莫文隆的谈话,心里头便波涛腾涌。他知道织造局用银增至八十万两是冯保的主意,此刻若按本心来谈,肯定是一谈就崩,因此便耍了个滑头,绕个弯子反过来问冯保:

"听说孙隆去工部办理移文碰了钉子?"

"是呀,"冯保装成局外人的样子,"据孙隆讲,他让朱衡轰了出来,朱衡还就此事给皇上写了一道折子,这折子,今日早上已转到您手上了。"

"是的。"

"您准备如何拟票?"

"朱衡跑来一闹,折子还来不及看呢。"张居正一句话搪塞过去。

冯保大略已猜出了张居正的态度,便向前倾了倾身子,故作神秘地说:

"张先生,老夫在这里先给你透个底儿,李太后觉得朱衡倚老卖老,不大喜欢他。"

"是吗?"

张居正嘴上这么应着,心里头却是起了波澜:

却说张居正担任首辅之初,留任杨博、葛守礼、朱衡三位老臣,其意是借助钟馗打鬼。当时人情汹汹,说是他联合冯保要阴谋使绊子挤走了高拱。张居正对这三位老臣礼敬有加,的确起到了"压倒群猴莫乱啼"的效果。不消半年时间,他就控制住了局势。一些犟脖子卖拐明里哼哼哈哈暗中发冷箭的刺儿头,都被他拔葱一般收拾得干干净净,贬的贬谪的谪,即便剩下几个,也都变成了秋风中的老丝瓜,孤零零吊在那里孤了势,终究也闹不成事了。如今在京城十八大衙门中,张居正真个是一呼百应,挥手向左没有一个官员敢向右看一眼,其威权比之素以铁腕著称的高拱,不知又高出了多少。这种局面得之不易。皇上年幼,一应国事仰赖首辅固是重要原因,但更重要的,还在于张居正审时度势因势利导,该忍时就忍到极致,该辣时就辣到十分。他常说自己是霹雳手段菩萨心肠。霹雳手段是真,而菩萨心肠则山不显水不露让人看不出来,人们背地里喊他"铁面宰相",可见惧怕之深。

局势既定,张居正在推行新政振衰起隳的过程中,却又明显感到三位老臣不但不能继续发挥稳定人心的作用,反而常常因为政见不合而生掣肘。譬如说,对有着秽行劣迹的官员,张居正要求一律严惩,甚至对那些虽无恶绩但碌碌无为平庸昏聩的官员,也大都勒令致仕,绝不允许他们尸位素餐贻误政事。负责对全国官员进行督察稽查手握弹劾大权口含天宪的左都御史葛守礼,却觉得张居正过于严苛。再说吏部尚书杨博,与张居正算是有几分私交,但对张居正荐拔人才的"不拘一格",也颇有腹诽。他知道张居正锐意改革,一议既出势难收回,因此便动了归隐之意,向皇上递本子请求致仕。此举正中张居正的下怀,但他不愿意背过河拆桥的恶名,因此在为皇上拟旨时,说的都是动情慰留的话。怎奈杨博去意已决连连上疏,最后皇上只得应允。杨博走后不久,葛守礼也紧随其后递本子请求告老还乡,皇上照样谕旨慰留,如此两三个回合,最终皇上"恩准"。两位老臣归乡时,皇上颁赠盘缠并派太监登门抚慰。上道之日,张居正亲率三品以上的在京官员全部参加盛宴送行,场面之热烈隆重,气氛之融洽动情,的确为三朝皇帝以来之仅见。这样一些表面文章,张居正尽可能做得轰轰烈烈,给足两位老臣面子,让他们尽享尊荣。

杨博、葛守礼在位时,张居正一心想着怎么与这两位"诤臣"周旋,倒把朱衡给疏忽了。及至两位老人去职离京,硕果仅存的朱衡一下子就到了众星捧月的地位。这朱衡为人刻板,做事丁是丁卯是卯,谁也休想糊弄他。当年几次以右都御史的身份总理河道,治黄河淮河运河,都有可圈可点的实绩可言,因此在官场上也是受人尊敬的楷模。对他的治河功绩以及刚直不阿的性格,张居正深为敬佩。工部衙门的事也用不着过多操心,朱衡是一根实打实的顶梁柱。但是磕磕碰碰的事情屡有发生,时时弄得张居正好生难堪。最典型的一件事是去年秋上,李太后忽然发下懿旨,要以自家名义捐资在涿州修一座娘娘庙。接着皇上也发了谕旨:"着工部踏勘建造。"朱衡拿到谕旨就跑来内阁,朝张居正嚷道:"太后既是自家捐资建庙,就不该摊到工部头上。"张居正不急不恼,笑着问:"工部派员踏勘,有何不可?""仅是踏勘也就好说,但谕旨上踏勘后头,还有建造两字,建造就得花大把的银子,谁出这个钱?近年财政空虚,太仓里银钱匮乏,这一点,你当首辅的比我更清楚。工部正常开销尚且不能保证,眼看春汛就到,但几处河道的修整因缺银两尚不能竣工,哪里还有一两银子的闲钱去建这座无关国计民生的娘娘庙!"朱衡所说都是实情,说句本心话,张居正对李太后笃信佛教好做功德也是很有意见,心中始终不肯判一个"肯"字,但他从不表露,每次懿旨一出,他总表现出十二分的热情。这次皇上"着工部踏勘建造"的谕旨,还是由他亲自拟票。他的本意是先不让李太后拿钱,让工部派两个人去涿州选址,再绘制图样,待图样确切再做预算。这一应事体进展的快慢,还不由工部掌握?你慢悠悠磨蹭半年拿出个图样来,再送呈李太后审定,不满意还得修改,这一来一去不又过去了几个月?真正动工修建最快也是明年的事情了。到那时,国家财政好转,哪里还挤不出几万两银子来?张居正用意在一个"拖"字,偏朱衡死脑筋猜不透首辅的心思,一口咬定没有钱就绝不办事。若是户部、兵部、刑部的事情,张居正也就把自己的心思明说了,对这位朱衡,他就不便掏心窝子说实在话,只能暗示。但朱衡认死理绝不肯变通,闹过内阁后,他还亲自给皇上写折子,力陈工部经费奇缺实难从命,惹得李太后老大的不高兴。亏得张居正想出办法把原属内官监管辖的京城宝和店划到李太后名下。这宝和店专为采购宫内日用货物,一年收入有十几万两银子,李太后拿到了这个店,就解决了每年的香资施舍问题。这么做虽然有假公济私之嫌,但毕竟一劳永逸解决了大问题。有了这笔收入,李太后也就不好意思让别人替她捐资做功德了。自这件事情发生后,张居正就动了心思想把朱衡的工部尚书换掉,但一时找不到恰当理由,这事儿就这么拖着。这次左掖门事件的发生,倒是为他撤换朱衡提供了良机。但事情并非想象的那么简单,关于杭州织造局扩增工价银一事,张居正心里头也是十分的反感。其因有二:一是觉得司礼监不与工部商量单方面定下经费,这样做不单有违祖制,而且是一个危险的信号。历来宦官干政,有哪个不是从小事上试探?一俟如愿以偿,接下来就是得寸进尺有恃无恐,最终弄得朝局大乱;第二是工价银突然增幅这么大,稍加分析就推断得出,这是冯保利用李太后爱子之心而又不谙织造内情,故狮子大张口,好从中捞取大把的银子。这事情若发生在别人身上,张居正早就使出了霹雳手段,但对冯保,他却不得不谨慎从事。秉持朝纲者若不懂投鼠忌器的道理,一味意气用事,到头来不仅祸及其身,且社稷寻亦覆败。因此,对处理这件事的分寸感的把握,张居正心中有数。最终,这件事情的圆满解决,他必须达到两个目的:一是朱衡离任致仕,二是杭州织造局的用银额度必须大幅降低……

张居正闷葫芦似的坐在那里想了半天,冯保枯坐难挨,正没排遣处,忽然一名小内侍冒冒失失地从外头闯了进来,冯保认出这是李太后身边的管事牌子王三,便问他:

"你跑来干吗?"

王三向两位大人行过参见之礼,然后垂手说道:"老公公,太后让奴才来传个话儿。"

"说吧。"

"宫里头钟鼓司的那些戏文,太后都听腻了,她老人家听说京城里头有个叫张九郎的,一张嘴有绝活儿,叫得出百鸟投林,便要老公公安排张九郎进宫表演。"

王三说完就走了,冯保瞄着他的背影一笑,对刚刚回过神儿的张居正说道:

"张先生,老夫不能在此久坐了,太后要听张九郎的口技,老夫这就去安排。"

"啊,张九郎的口技早有耳闻,只是一直未曾听过,"张居正目光幽幽一闪,笑道,"太后倒是满会欣赏。"

冯保已是起身要出门,临走留下一句话:"张先生,别看太后闲,惟其闲着,她才有工夫琢磨事儿。她想办的事,任谁也不敢违拗。"

出得恭默室走回内阁,张居正一路上品味着冯保的话,他听出了其中的提醒,更听出了其中的威胁。他脑子里忽然冒出了《礼记》中的一句话:"戒慎乎其所不睹,恐惧乎其所不闻。"回到内阁,早已过了散班时辰。他对守候在此的轿班班头说:

"去积香庐。"

从紫禁城到泡子河边的积香庐,少说也有十几里路,张居正散班后乘轿来这里,走了三分之二路程天色就已黑尽,随行护班点了四盏气死风的油纸大红西瓜灯探路,一路熙熙攘攘,戌末时分才来到积香庐大门前。

自从玉娘住进这里,张居正就会隔三岔五到这里来与她幽会,有时也在这里会见知己至交处理公务。因此,本已闲置多年的积香庐忽地又热闹起来。出于安全考虑,五城兵马司也为这里增派了守护兵士,一天到晚戒备森严,普通庶民下层官吏想偷窥一眼都不可能。

张居正在门口的轿厅里下了轿,负手绕过照壁,踱步到山翁听雨楼。一大帮侍应在楼门口已是垂手肃立多时,一个个大气不敢出二气不敢吱地恭迎,人堆儿里惟独不见玉娘。张居正来到一楼花厅里坐下,问跟在他屁股后头进来的积香庐主管刘朴:

"玉娘呢?"

"在楼上,"刘朴毕恭毕敬回答,"要不,下官派人去喊她下来。"

"不用了。"

张居正说着又起身步出厅堂,踏入帘幕深深的回廊,在尽头处转折上楼。自玉娘住进这山翁听雨楼,积香庐中一应男侍再没有上过楼来。玉娘的起居照应,一概由当年王篆赠送的两名婢女负责。至于楼上一应打扫布置事宜,则由刘朴新招的几名粗婢管领。张居正一心想看看玉娘这会儿待在房子里干些什么,所以上楼时蹑手蹑脚生怕弄出响动来。山翁听雨楼造得既恢弘又精巧,沿着装了雕栏隔扇的曲折花廊,这二楼大大小小也有十几间熏香密室,玉娘住在顶头儿一间名叫萃秀阁的房子里。这是二楼最大也是装设最为华丽的一间,它三面环水一面环山。当然,这山不是天造地设的丘山,而是造园大家纪诚叠出的黄石假山。山高盈丈,峻峭凌云,再加上芭蕉修篁等翠色衬映,倒也透出几分江南的山林之美。那三面之水,也不是一览无余的浩茫,曲桥小榭,蟹屿螺洲,莫不错落有致。所以,置身在萃秀阁中,犹如身在画图美不胜收。张居正走到萃秀阁前,门虚掩着,他并没有急着推门进去,而是借着梁间垂下的宫灯,看了看门两旁那一副板刻的对联:

　　红袖添香细数千家风月
　　青梅煮酒笑看万古乾坤

这副对联是他新写的,原先挂着的一副是"爽借秋风明借月,动观流水静观山",他嫌这对联太过闲雅,有点与鸥鹭为盟的名士气,便把它撤了下来,亲撰一副换上。站在门前的张居正,一看到那"红袖添香"四字,一股子温婉之情便自心底油然而生,他侧耳听了听,门内竟无动静,便轻轻地把门推开,屋子里黑灯瞎火悄没声息。

"玉娘。"张居正站在门口喊了一声。

没人应声。

"小燕儿。"张居正又喊了女婢的名字。

"哎!"

脆脆的一声答应,小燕儿从另外一间房子里跑出来。见到张居正,她忙行礼。

"玉娘呢?"张居正问。

"她在房里呀。"

小燕儿探头一看房内一片漆黑,便赶紧把灯掌上。借着摇曳的灯光,张居正这才看清,玉娘一动不动坐在梳妆台前。

"玉娘,你怎么了?"

张居正一声惊问,快步走过去,只见玉娘泪流满面,手上还拿着一条白绫。

"小姐!"小燕儿也惊叫起来。

张居正伸手制止她并让她退了出去,他看到玉娘坐在那里纹丝不动,便走到她身后站定,轻抚着玉娘的香肩,柔声问道:

"玉娘,你究竟怎么了?"

玉娘稍微抖动了一下,仍没有说话。

"谁欺侮你了?"张居正又问。

玉娘摇摇头,突然手拿白绫一蒙脸,嘤嘤地哭出声来。

玉娘这一反常的表现,弄得张居正丈二和尚摸不着头脑。三天前他离开这里的时候,玉娘还有说有笑,怎么就突然变样儿了呢?张居正也不知怎么解劝才好,这时,他突然瞥见梳妆台上放着

一张纸,便伸手拿过来看,原来是一张签文,上面写道:

第三十五签　陌头杨柳　下下

离巢燕子任翻飞
唤尽东风总不回
暮鼓晨钟憔悴甚
年年空盼旅人归

一看这签文的式样,张居正就知道是吕公祠制作的。传说吕公祠求签极为灵验,三年一度的会试期间,许多士子都去那里卜问前程。张居正当年参加京试之前也被同伴拉着去求过一签,在他看来,都是些模棱两可的话,看过也就忘了。现在听到玉娘哀哀欲绝的哭声,他似乎知道了原因,便俯下身子,附在玉娘耳边低声问道:

"玉娘,你去了吕公祠?"

玉娘点点头,仍止不住抽泣。张居正哪里知道,玉娘心中的凄楚并不是三言两语就能化解开的。却说前年秋天被王篆从窑子街搭救出来住进了积香庐后,玉娘就很少出去过。起先是因双目失明行动不便,后经过太医精心调治,半年后眼睛复明,又继续服了一些时间的药,双眼终于完好如初。这期间,张居正经常来看望她,嘘寒问暖调羹问药,心细如发极尽温柔。这一份殷勤,终于消除了玉娘心中的芥蒂。相处久了,她慢慢品出了张居正的魅力所在,这位声名显赫威权自重的宰揆,外表冷若冰霜不苟言笑,内里却激情如火柔情似水。他的刚烈冷酷的一面,在玉娘面前很少表露,玉娘所看到的,是他看着她梳妆时的怜爱的眼神,是他在酒席上行令时那种孩子式的狡黠……日复一日月复一月,玉娘对张居正的感情也在起着微妙的变化。起初她只是不排斥他,慢慢地她爱上了他,接着她便身心投入地爱他,到后来,也就是现在,她已是一天也离不开他。她认为"两情若是久长时,又岂在朝朝暮暮"这句话是天底下最不通人情的,相爱的人,如果不朝朝暮暮厮守,那还叫什么相爱!遗憾的是,张居正并不能每天来积香庐陪伴她。每逢张居正来,她快乐得像一只蝴蝶,迷不知终其所止;张居正不在的日子,她是碧海青天夜夜心,独守香闺慵懒无语。恨只恨相见日少分手时多,短暂欢娱换来长久离别。更多的夜晚,她只能把无穷思念化在凭栏的远眺或者绕指的琴弦中……这两日张居正没来,她便感到百无聊赖,一腔怀春的幽绪无从排遣。今天大清早儿起来,看到昨日还晴朗的天忽地就变了,心里头便生了惆怅。今天是她十八岁的生日,她没有告诉任何人。在积香庐里,从主管刘朴到一般佣人,谁见了她都是满脸堆笑曲意奉承,但她知道这都不是真情表露,他们是害怕张居正的威权而不得不这样做。常言道,每逢佳节倍思亲,一想到自己十八岁的生日形单影只,身边连一个亲人都没有,不免悲从中来。一个人坐在房子里胡思乱想,忽然记起有人说过吕公祠的神签灵验,这吕公祠与积香庐隔不太远,都在泡子河边,便心血来潮要去吕公祠求签。吃过午饭,在两个女婢的陪同下,她乘轿来到吕公祠中,施了香资之后,她在老道人的安排下摇起了签筒。她心中想的是婚姻之事,希望张居正能够明媒正娶,一顶花轿吹吹打打把她迎进大学士府中。但是,当她看到那一只竹签落地,老道人按竹签的标号给了她这一纸签文时,她当时就傻了。回到积香庐的萃秀阁中,她忽然产生了人生如梦物是人非的感觉。如果说以往她已朦朦胧胧地感到红颜薄命,那么现在看到这签文,她才如此真切地触摸到痛苦。整整一个下午,她把那张签文拿起又放下,放下又拿起……她想了很多很多,她忽然觉得,她与张居正之间的关系,如其说是一场爱情,倒不如说是一场游戏。她爱他却得不到他,年复一年,她只能在暮鼓晨钟里憔悴,对于一个痴情少女来说,还有什么比"年年空盼旅人归"更能折磨人呢?

思来想去,她已是万念俱灰,再加上生日的冷清,暗沉的天色也似乎是一种暗示。她陡然丧失了活下去的勇气,从柜子里翻出一条白绫,想用它悬梁结束生命,可是在付诸行动之前,她的心中又挂牵着她所钟爱的人,她希望他此时此刻突然出现在她的面前,为她哼起在她江南老家每逢生日亲人们就会唱起的那支小调:"阿侬小小,阿侬娇娇……"就在这揪心揪肺一脚踏生一脚踏死的煎熬中,她等待的那个人突然出现了,一听到他沉稳且又充满魅力的声音,她再次泪流满面。

看到玉娘的眼泪像断线的珍珠,张居正掏出手绢轻轻替她擦拭,低声问道:

"玉娘,你为何要去吕公祠抽签?"

玉娘咬着嘴唇,好半天才哽咽答道:"问姻缘。"

张居正这才明白玉娘为何伤心,他心里格登一下,连忙说:"吕公祠的签不灵验。"

玉娘的声音充满哀怨:"全北京的人都知道吕公祠的签灵验,就你说不灵验。"

张居正苦笑了笑,认真答道:"若是问功名前程,吕公祠的签倒还有几分准头,若论婚姻家事,吕公祠的签真的不灵。"

"哪儿灵呢?"玉娘眼中忽然射出一丝期望。

"香山寺。"见玉娘满眼疑惑,张居正深深地叹了一口气,心疼地说,"玉娘,你想出去求签,也该选个好日子,今天北风这么大,还不把你冻坏了。"

玉娘一听这体恤话儿,顿时心头一热,丢了手中的白绫,一下扑到张居正的怀中,双手捣着张居正的胸口,用她那好听的吴侬软语哭道:

"老爷啊老爷,今天是奴家的生日啊!"

第 五 回

谈笑间柔情真似水　　论政时冷面却如霜

大约一个时辰后,张居正与玉娘下得楼来,但见到处张灯结彩一片节日气氛。皆因张居正听说今天是玉娘的生日,连忙传令刘朴赶紧把山翁听雨楼装点起来。他在楼上与玉娘软语温存,嘴儿舌儿地说着体己话儿,却是苦了楼下的刘朴,急急巴巴一会儿跑进门里,一会儿跑出门外地张罗。元宵节过去了六七天,才收捡起来的各色彩灯又都捣腾出来尽行挂上。亏得皂隶仆役都是熟手,做事快手快脚忙而不乱,也就大半个时辰,便把山翁听雨楼布置得水晶宫一般。特别是楼下大厅,红纨绿绮火树银花,端的是天上宫阙瑶池景象。尽管那一支下下签给玉娘心中投下的阴影一时还难以除尽,但乍一见到这股子隆重热闹的气氛,特别是有张居正陪侍在侧,心中已是十分陶醉。为了表示亲热,张居正一改平日的矜持,竟当着一应仆役的面,拉着玉娘的纤纤玉手,并肩款款步入膳厅。张居正来之前,晚膳就已备下,但那已是不作数了。承张居正之命,厨役又重新做了一席玉娘最喜欢吃的淮扬大菜。只是这等丰盛的生日晚宴,除了张居正和玉娘,断没有第三人前来叨光,侍应都退到门外恭候应差。两人入席对面而坐,张居正亲自执壶,把已温热的绍兴极品黄酒女儿红斟满两杯,然后双手擎起一杯,动情言道:

"玉娘,这一杯酒,我俩同饮。"

"为何?"玉娘撒娇地问。

"为祝贺你的生日,更为了白居易写下的那两句脍炙人口的诗。"

"哪两句?"

"在天愿作比翼鸟,在地愿为连理枝。"

玉娘浅浅一笑,香腮上露出两个好看的酒窝儿,她梦呓般说了一句:"多谢老爷。"也双手拿起酒杯与张居正一碰,一仰脖子饮了。

酒过三巡,玉娘已是微醉,红晕飞腮更显妩媚,借着酒力,她向张居正丢了一个媚眼,俏皮地问:

"老爷,听人说你是铁面宰相?"

"你是不是说我寡情?"张居正笑着反问。

"我不知道。"玉娘也嘻嘻笑了起来。

"男欢女爱,人之常情。"张居正瞅着玉娘脸上那一对好看的酒窝儿,不免心旌摇荡,谑道,"人上一百,种种色色,因禀赋、地位、才情各不相同,这男欢女爱的形式,也就因人而异。"

"有哪些不同?"玉娘觉得新鲜,便追问道。

"在我看来,这男欢女爱,分有四种境界。第一种游龙戏凤,这是天子的境界。"说到这里,张居正突然朝玉娘一挤眼,神秘地问,"玉娘,你知道奴儿花花么?"

玉娘想了想,答道:"听说过,她是一个波斯美女,是被鞑子进贡来的,她一来就成了隆庆皇帝的心肝宝贝,后来不知为何突然死掉了。"

张居正生怕玉娘联想又生伤感,连忙评价道:"这隆庆皇帝与奴儿花花之间,就叫游龙戏凤。龙凤之戏,只能发生在皇帝身上。"

"那么你呢,首辅大人?"玉娘含情问道。

"我嘛,"张居正嗞儿饮了一杯酒,半是自负半是调侃地说道,"或可列入第二种境界。"

"什么叫第二种境界?"

"怜香惜玉。"张居正一字一顿答道。

"怜香惜玉。"玉娘立刻联想到自己,不由得眉头一蹙,叹了一口气言道,"奴婢在南京时,曾听说过一副对联,上联是'人曾作僧,人弗可作佛',下联是'女卑为婢,女又可作奴'。首辅大人,您说这副拆字联好么?"

张居正理解玉娘的自卑感,立马儿答道:"好什么呀,这都是一些无聊文人的游戏之作,不值一提。"

"可咱玉娘实实在在就是一个奴婢呀。"

玉娘眼眶里又噙满了泪水,张居正下意识看了看门外,隔着帘子倒也看不见什么,但他仍心生顾忌,压低声音说道:"玉娘,你不要在这些称谓上计较,嫔妃们在皇上面前也自称奴婢,你说,她们是奴婢么?一笑百媚生的杨贵妃,在唐明皇跟前,也自称奴婢;绝代佳人西施,在名相范蠡面前,也是以奴婢自称。可唐明皇与范蠡,从没有把自己的意中人当成奴婢来看。"

张居正言词恳切,玉娘听了好不感动,她强忍眼泪,不好意思地说:"我这是怎么了,人不争气,眼泪也不争气。"

"世上动情之物,莫过于女子之泪也。"张居正今晚铁了心要逗玉娘开心,因此尽拣好听的话说,"玉娘你这一哭,我这心里头,就结了老大一个疙瘩。"

"这是为何?"

张居正拈须答道:"我政事繁杂,一入内阁,就忙得像转磨的驴子,片刻也不得歇息,因此不能常常来看你,让你一个人独守寂寞,惭愧惭愧!"

看着张居正痛心疾首的样子,满怀春梦的玉娘怎不感动非常!此时也顾不得什么,竟起身离席走到张居正跟前,双手钩住他的脖子,在他脸上火辣辣地亲了一口。

张居正顿感全身酥麻,他趁势把玉娘揽进怀中,笑道:"这一吻千金难买,来,再来一个。"

"你要我偏不给,"玉娘淘气劲儿上来,竟咯咯地笑个不停,闹够了又娇声说道,"老爷,你方才的话还未说完,这男欢女爱的第三种境界是什么呀?"

"第三种境界嘛,"张居正心思还未完全收拢,用手摩挲着玉娘嫩白白的脸蛋儿,色迷迷地说,"就是寻花问柳。"

"寻花问柳?"玉娘一双杏眼扑闪闪地,仰着脸说,"比起怜香惜玉来,这寻花问柳就差了一大截了。"

"对呀,墨客骚人,大都如此。宋朝的词人柳永,是寻花问柳的代表人物。此人非经邦济世之才,却是眠花宿柳的高手。'今宵酒醒何处,杨柳岸,晓风残月',这样的词,除了他,还有谁作得出来!这柳永不是一个好官,却绝对是一个多情种子。传说他死时,前来送葬的都是青楼歌妓。"

"老爷不喜欢寻花问柳之人?"玉娘用手梳理着张居正黑得发亮的长须。

"不喜欢!"张居正回答干脆。

玉娘不吭声,过一会儿才问:"那第四种境界呢?"

"偷鸡摸狗。"

"偷鸡摸狗?"玉娘扑哧笑出声来,嗔道,"这叫什么境界,羞死人的。"

张居正浅浅一笑,用指头轻轻戳了一下玉娘脸上的酒窝儿,说道:"大凡偷鸡摸狗之人,都是市井无赖,看中良家妇女就百般勾引,此乃人渣也。"

"老爷所言极是。"玉娘挣脱张居正的怀抱,抚了抚云鬟,又回到自己的位子上坐下,扳着指头说道,"四种境界,把你们男人的种种世相都概括尽了。老爷是真正的怜香惜玉之人,可惜奴婢却没有冰清玉质,老爷错爱了。"

张居正盯着玉娘,温存地说:"偌大京城虽然美女如云,但玉娘你是一枝独秀。说句丢丑的话,我第一次在京南驿见到你,就为你的美色与才艺倾倒。"

张居正此话并非戏言。还有一种感觉他不便说出,那就是他与玉娘第一次共拥香衾,才知道玉娘是一位处子,温温婉婉尽显羞态。此后,只要与玉娘同床共枕,就能闻到她身上散发出的那一种令人魄荡神驰的特殊香味。容貌如花,肌肤如雪,香气如兰,只要和她在一起,张居正无不激情澎湃,如醉如痴。每每在积香庐得了幽会的乐趣,回到内阁处理公务,他就显得格外精神饱满。

大概是因为评价太高了,玉娘不敢相信,问道:

"老爷真的这么看?"

"君子无戏言。"张居正目光如火,说话如同发誓。

"奴婢何德之有,蒙老爷如此眷顾!"

玉娘想到那支下下签,心里头不免又闹起别扭。张居正看到玉娘脸色又有异样,正想着如何弄点噱头调和气氛,忽听得帘子外头有人清咳一声,轻轻叫喊了一声:

"老爷!"

张居正一听是管家游七的声音,顿时脸色一沉,心想这呆头鹅怎的这么不知趣,偏在这时候来扫他的兴头。才说要拒,又怕他有要紧事禀报,便不情愿地喊他进来。

游七双手小心翼翼地抱了一只青花瓷壶进门,看他呼哧哧的样子,一身寒气还未除尽。张居正与玉娘的事倒也没有瞒他,管家是主人的一条狗,想瞒也是瞒不住的——这也是游七敢来的理由。游七一进门便冲着玉娘巴结地一笑,然后往角落里站。

"你抱的什么?"张居正问。

游七答道:"奶子,冯公公派人送来的奶子。"说着就把那只壶搁到膳桌上。

张居正这才想起,今日一大清早,奶子府提督太监亲自带着两名小火者到他家来送奶子,言明这是冯公公的关照,从此每天早晚各送一壶。他让提督向冯公公转致谢意。下午在去恭默室的路上,他还想着就此事当面向冯保表示感谢,谁知一谈事儿就把这给忘了。他伸手摸了摸壶,还是热的,便问道:

"你是专门送这个来的?"

"不是,小的有一件要紧事要向老爷请示,顺便就把奶子带了来,刚用开水烫过,还是温的,老爷现可享用。"

游七嘴中说着老爷,眼睛却睃着玉娘。张居正吩咐婢女拿来两只干净瓷杯,把奶子倒上,递了一杯给玉娘,调侃地说:

"玉娘,这是醒酒汤,你喝一杯。"

玉娘接过,一看满杯乳白,水不是水蜜不是蜜的,嗅又嗅不出味儿来,便问:

"这是什么呀?"

"你喝下,我再告诉你。"张居正笑道。

"你不说,我就不喝。"

玉娘嘟着小嘴,假装生气。张居正也不答话,只闷头喝下自己的那一杯,咂着舌头赞道:

"玉娘,这是真正的玉液琼浆,你快尝尝。"

玉娘看着张居正惬意的样子,将信将疑抿了一口,小嘴一噘嗔道:

"什么琼浆玉液,不过是牛乳嘛。"

"牛乳,牛乳有这么好的味道?"张居正故意大惊小怪,"你再品一口。"

玉娘并不品,只偏着头问:"那你说是什么?"

"奶子!"

"什么奶子?"

"人奶嘛。"

张居正说罢,朝玉娘挤了挤眼,哈哈大笑起来。游七极少见到主人这么开心,也在一旁陪着谄笑。一个豆蔻年华的少女,看到一个长髯过腹的大男子津津有味地嘬奶子,这本身就很滑稽,再加上他们又这么肆无忌惮地大笑,玉娘便觉得张居正这是故意调戏她,顿时脸红得像熟透的樱桃,眼底眉梢便生了一些怒气,于是沉下脸来嗔道:

"你们男人,都是些邪货篓子,正儿八经的人,哪会动这等歪心思!"

玉娘这一骂,张居正只得伴笑,倒是游七站出来帮主人打圆场,笑道:

"玉姐儿,你这话可就差了,你知道我泱泱中国,亿万生民,最有资格嘬奶子的,是谁吗?"

"你说是谁?"玉娘白了他一眼。

游七陶醉地说:"第一是皇上,第二就该是咱家老爷,当今的首辅大人了。"

"是吗?"

"京城里专有一个奶子府,养了一大批奶妈,这些奶妈都是万里挑一选上来的。"

"这么说,皇上与首辅都成了婴儿了?"

"是啊,惟其婴儿,才能备受呵护嘛。"

游七摇头晃脑,口气中满是炫耀。张居正看他扯远了,便收回话题问道:

"你还有何要紧事?"

经这一问,游七才想起此行目的,赶紧说明原委。却说五天前,荆州府知府赵谦派了个姓宋的师爷来京,他是乘马车来的,随车带来十几个沉甸甸的大礼盒儿,都是荆州特产,还带了一大筐一色两斤多重的大鳖，说是从江陵县海子湖中捞上来的。张居正喜欢吃红烧鳖裙，做出一碗鳖裙来，少说也得一二十斤鳖。张居正常说，最美味的鳖裙还是家乡海子湖的，故从江陵来的人，都会带大鳖给他。这宋师爷寻到张大学士府卸下礼盒儿，即向游七说了来京公干。他的东家赵谦已联络湖广一帮热心官员，凑了一万多两银子要给张居正在荆州城中修建一座大学士牌坊，如今工程过半，特来恳请首辅本人向皇上讨下御笔，题一个大学士匾。当时各地修牌坊成风，走百十里官道，少说也见得上十几座牌坊。在外取得功名的人，都想在家乡建造一座纪念性的建筑以资显耀。赵谦的想法并非别出心裁，而且又是帮张家做功德，游七觉得是件好事，便应允了宋师爷的请求，让他觅店住下等消息。一连几天，张居正要么不回家，要么回家很晚，除了厅堂会客就是书房训子，竟找不到个说话的机会。宋师爷又催得紧，每天过张大学士府来讨信。今儿下午又来了，说是明日就得返程，无论如何得带个实信儿走。游七这才急了，觅了轿子赶到积香庐来禀事。

　　本来逢场作戏一门心思要讨玉娘欢心的张居正，听完游七的陈述，当即就沉下脸来。历来他把光宗耀祖视为卑污心理，因此对建牌坊一事大为不满。隆庆二年他升任大学士后，湖广道官员里头就有人倡议为他修牌坊，他都一一婉拒，谁知这个赵谦又旧事重提，且还筹集了巨额银两。当年，赵谦在江陵知县任上与他通过信，后来，张居正老父也常常来信夸他干练会办事，因此在张居正荐举下，赵谦于隆庆五年升为荆州府同知，去年又趁着地方官员调整的机会，再次将他从同知任上迁升知府。谁知这个赵谦这般不对心性，竟弄了这等烂污事来烦他。

　　"牌坊已经开工了？"张居正问。

　　"宋师爷说，只怕都快建好了。"游七答。

　　"简直乱弹琴！"张居正气不打一处来，骂道，"谁让他筹集银两来着？知情的知道这是他赵谦自作主张,不知情的还以为是我张居正授意的,这是往我脸上抹黑的事。你回去告诉宋师爷,让他转告赵谦,立刻把那牌坊拆掉。"

"是。"

游七挨骂惯了,倒也不觉得难为情,朝玉娘点点头,躬身退了出去。

一桌子菜早就凉了,好在两人早已酒醉饭饱,正准备撤席离去,刘朴又进来禀道：

"大人,光禄寺丞李大人来访。"

"到了吗?"张居正问。

"已在厅堂里候着。"

张居正转身对玉娘说："你先上楼歇息,我见过客人就来。"

"不要太久了,奴婢等你。"

玉娘含情脉脉瞟了张居正一眼,已是含了几分醉意,袅袅娜娜上楼去了。

张居正踅过客厅,只见光禄寺卿李义河已先自在那里坐定了,见他进来,又忙着站起,指着头上璀璨的宫灯笑道：

"叔大,这楼里又弄得喜气洋洋的,怎么,又过一次元宵节了?"

张居正与李义河既是荆州府的小老乡,又是嘉靖二十六年的同榜进士,属于那种可以掏心窝子说话的密友,他与玉娘的事也没有瞒他,于是答道：

"玉娘今天生日,凑个兴,热闹热闹。"

"啊,应该应该,"李义河嘻嘻哈哈谑道,"没想到首辅年过五十,却大交桃花运,这玉娘二八佳人,真乃无上妙品。"

"什么二八佳人,现在是二九佳人了。"张居正赶紧转移话题,指着李义河肥胖的身躯,笑道,"三壶兄,几日不见,看你又胖了一圈。"

三壶是李义河的绰号,他是茶壶酒壶尿壶一样都不能缺。且胃口极佳,一上席面就舍不得放筷子,所以胖得喘气儿都难。前年张居正实行京察,撤换了一大批京官,他把李义河从湖南按察使任上调来北京,一时间没什么好位子可以安顿,便给了他一个工部左侍郎的职衔,实际任职光禄寺卿。这光禄寺专管皇上的宴会与颁赐给百官的酒食,比起六部衙门来,是个闲差,但好歹从地方官变成了京官,且还列班"小九卿"。李义河心中觉得这安排不算太好,但也说得过去,何况他本是一个饕餮之徒,当一个专管吃喝的光禄寺卿,倒也十分实惠。张居正说他又胖了一圈,便含了这层意思。李义河虽然有心计,但给人的印象是一个哈哈三个笑的随和人,对张居正的调侃,他用浓重的应城乡音答道:

"叔大兄,若不是老朋友,我真怀疑你是在故意整我。"

"此话怎讲?"

"光禄寺管什么的,不就是吃喝吗?一闻到肉香酒香,我焉能忍住不吃?"

"看你这肚皮,好像怀了龙凤胎,你累也不累?"

"累呀,"李义河哭丧着脸,双手搂着腆得高高的肚皮诉起苦来,"每天回家,我就跑到磨房里去,卸下驴子,自己顶上去转磨儿,一转一个时辰,累得身架散了箍,可就是瘦不下来。"

李义河天生大嗓门,加上夸张的表演,逗得张居正捧腹大笑。笑够了,才问道:

"幼滋兄,你是无事不登三宝殿,说,今天又有什么事来烦我?"

"为朱衡的事,"李义河顿时收了笑意,换了一副面孔说道,"下午,刘炫前来找我。"

刘炫是隆庆五年进士,那一年的主考大人是张居正,按士林规矩是刘炫的座主,加之刘炫通籍后外放荆州府嘉鱼县当县令,又在张居正的老家干过两年,因此张居正对他甚为器重。去年将他调来北京,升任为工科给事中,当上了口含天宪的言官。

"他来找你做什么?"张居正问。

"朱衡被中官骗往左掖门挨冻的事,在京城各大衙门已是吵得沸沸扬扬。很多官员都替朱衡打抱不平,刘炫也是一个。"

"他想怎么办?"

"他想写一道弹劾本子呈给皇上。"

"弹劾谁呀?"

"冯保。"

"啊?"张居正眼眶里闪过一丝惊诧,旋即问道,"刘炫为何就能认定是冯保要整朱衡?"

"刘炫说他有铁证。"

"什么铁证?"

"他有一个小老乡,也是一个太监,叫贾水儿,在尚衣监管事牌子胡本杨手下做事,他说昨日夜里胡本杨从冯保府中回来,长吁短叹睡不着觉,便拉着贾水儿喝酒聊天,看到变天了,胡本杨就唠叨着说,朱衡大司空这么大一把年纪,若弄到左掖门,会不会出人命?一边说,一边还骂吴和做事阴损。贾水儿当时并不明白胡本杨说话的意思,还以为他是喝醉酒说胡话,直到朱衡出了事儿,他才知道整朱衡是吴和的主意,而且是在冯保家定下的。"

"这么重要的事情,贾水儿怎么可能告诉刘炫?"

"这个我没有细问,但这么大的事,刘炫决计不敢乱说。"说到这里,李义河咧嘴一笑,用嘲讽的口气说道,"这刘炫是个人精,他说,若是中官把他骗到左掖门,他保证冻不着。"

"是吗?"张居正心不在焉应了一句。

李义河坐在那儿已是喝干了两壶茶水,这会儿又让侍应续满一壶,呷了几口,接着说道:

"刘炫是工科给事中,工部尚书出了这么大的事,他不能不管。下午他去朱衡府上探望,问明朱衡去左掖门走得太急,只穿了丝绵袄子,这哪儿能抗北风啊。他说,他从小就知道,御寒得穿兽皮袄子。而且,兽皮也有分别,若是羊羔儿皮,抗寒可抗到二更,狐狸皮袄子可抗到三更,最冷的天莫过于四更五更,若想抗过去,就得穿貂鼠皮的袄子。一听这席话,就知道刘炫是官宦人家长大的,不懂生活的艰难。朱衡虽然贵为大司空,平常却节俭得很。一件貂鼠皮的袄子,得五六十两银子,他哪里舍得……"

李义河杂七杂八说了一大堆,却发现张居正根本没有听他的,而是闷坐在那里皱着眉头想心事,也就把话头打住。屋子里静默了一会儿,侍应又提着铫子推门进来续水,带进一阵风来,吹得宫灯略略有些晃动,摇曳的灯光让张居正猛然惊醒,他揉了揉眼袋,问李义河:

"你怎么不说了?"

"你不听,我说它干吗。"李义河回道。

张居正笑一笑算是致歉,说道:"仆方才在想,这刘炫获得的情报固然重要,但究竟如何处置,尚须三思而行,你方才说,刘炫已去过朱衡府中了?"

"是。"

"他把贾水儿的话告诉了朱衡?"

"没有,"李义河打了一个茶嗝,舔了舔嘴唇说道,"刘炫一心想写本子制造轰动,哪会先泄了这天大的机密!"

"这还差不多,"张居正自言自语地点点头,接着又问:"幼滋兄,刘炫找你讨见识,你如何回答?"

"人家哪里是找我讨见识,"李义河苦笑了笑,"他是想通过我探探你首辅大人的口气。"

张居正的眼神里又恢复了那种不容抗拒的自信,他望着李义

河,一本正经地说:

"事关重大,仆想先听听老兄的高见。"

"我嘛,"李义河略顿了顿,爽然答道,"我支持刘炫写这道本子。"

"理由呢?"

"理由有二:第一,阉党无视朝廷纲纪,诈传圣旨,将大臣体面视如敝屣,此风不刹,万历朝就开了危险先例。长此下去,阉党乱政,我辈士人岂不沦为刀俎下之鱼肉?第二,你叔大兄早就讲过,自今年始,要推行财政改革。这财政改革无非两条,一是开源,二是节流。内廷绕过工部申请杭州织造局用银,竟高达八十万两,这不但没有节流,反而是狮子大开口。如果不向皇上说明事体取消增额,你的财政改革,恐怕就只能胎死腹中了。"

李义河说话如竹筒倒豆子,张居正听罢摇摇头,回道:"诈传圣旨与杭州织造银是两回事,不能扯到一起。"

"怎么是两回事?"李义河据理力争,"如果不是朱衡拒不移文,阻挠织造局用银增额一事得罪了冯保,阉党们怎么会出此毒招整他?"

见李义河振振有词,除了激愤却没有独立见解,张居正便拿话刺他:

"幼滋兄,你在官场待的时间也不短了,怎么还像那些青年士子,说话意气用事。"

李义河一时揣摩不透张居正的心思,咕哝道:"意气用事也并非全是坏事,人心中存一点意气,才不至于失了读书人根本。叔大啊,恕愚兄直言,我看你举棋不定,心中定有难言之隐。"

"什么难言之隐?"

"你是怕得罪冯保。"李义河口无遮拦,语重心长劝道,"叔大,你我多年朋友,只是你造化大当了首辅。不过,有句话我还得劝你,对阉党不能一味迁就,高拱千不是万不是,但是对阉党制约有方,绝不姑息养奸,就这一点,足可让人称道。比之人家高胡子,你叔大就软了一些,难怪有人说,对各衙门官员,你是霹雳手段,对内廷太监,你是菩萨心肠。这一次左掖门事件,你若再态度暧昧,不理直气壮站出来为朱衡说话,士林中人就会背地里骂你是软骨头,授人以柄的事情,千万做不得啊!"

张居正本想敲打一下李义河,没想到却招来李义河一通议论,反被他抢白一番。在京城里,能用这种口气同他讲话的人,除了李义河,断没有第二个。这位威权自重的首辅平常听惯了顺耳的话,现在当面被人数落,他一时哭也不是笑也不是,只讥诮地评了一句:

"幼滋兄这一番话,听来真如轰雷贯耳啊!"

李义河也感到方才话说得过火,心生悔意正思补救,便觍着脸回道:

"我是个直肠子,话说得难听,但心是好的。"

"幼滋兄你这一解释,反倒是此地无银三百两了。"张居正随口谑道,想了想,又说,"你刚才的指责,并不是没有道理。历朝历代,宫府之间,不可能不生龃龉。宫府之强弱,原也因人而异。高拱柄国期间,千方百计限制阉党权力,向隆庆皇帝推举孟冲这个草包担任司礼监掌印,事情就要好办得多。冯保则不同,他为人干练工于心计,且又深得李太后信任,若摆开架势与他争斗,就算你用尽心力,最好的结果也是两败俱伤,鹬蚌相争,渔人得利,你说,谁是这个渔人呢?"

"高拱。"李义河脱口而出。

张居正微微一点头,长嘘一口气,叹道:"天下英雄谁敌手,曹刘。目下形势,偌大中国之内,能取代仆而任宰揆者,惟高拱一人。任内阁辅臣,他已是两进两出。仆稍有不慎,就会给他创造机会而三登堂庙了。"

"这倒也是。"李义河领首称是,但仍不免担心言道,"小人怀利,君子怀义,叔大的担心也不是多余。但若与阉党沆瀣一气,亦终非人臣之正途。"

"说得好,"张居正击节赞道,"但要记住,三军夺帅只是匹夫之勇。"

"你的意思是?"

"对冯保,只能施以羁縻之法,一方面要笼络他,另一方面,还得牵制他。"

"这多累啊!"

"惟其累,才有乐趣嘛,不然,老子为何要说'治大国若烹小鲜'呢。"

张居正说罢,很开心地笑了起来。李义河深深感到自家心志比张居正差了一大截,也不想讨论这些"玄学",只照直问:

"依叔大的意见,这刘炫的本子,是可以写的了?"

"本子要写,但刘炫不能写。"

李义河一愣,脱口问道:"为何刘炫不能写?"

"刘炫是仆的门生,他的弹劾本子一上,冯保就会知道,他的幕后支持者就是我张居正。"

"啊,我怎么没想到这一层,"李义河一拍脑门子,埋怨自己愚钝,又问,"那,谁来写这道本子呢?"

"朱衡三朝老臣,也是门生遍天下,座主遭此大辱,有多少门生都想替他讨公道呢。"

"对呀,让朱衡与冯保大斗三百回合,既杀冯保的骄横,自家又不会损兵折将,这一鹬一蚌争斗起来,你叔大倒成了得利的渔人。"

"幼滋兄此言差矣,"张居正捻着长须,笑吟吟说道,"得利的渔人是你,不是我。"

"是我?"李义河大惑不解,"怎么会是我?"

张居正答道:"朱衡上午去到内阁,提出要致仕回家,这场斗争之结局,他也只能是告老还乡了,空下的工部尚书一职,仆拟向皇上推荐,由你来继任。"

"我?"李义河这一惊更是非同小可,尽管他早就埋怨张居正没有照顾他升任大九卿,但一旦机会来临,他又不敢相信好事成真,便心急火燎问了一句傻话,"叔大兄你想好了,要推荐我接任大司空?"

"是啊!"

"皇上会答应么?"

"决定权在李太后,只要冯保不从中作梗杀横枪,这事儿十之八九能成。所以,你得找个人把风放出去,让朱衡的门生尽快写出弹劾本子送呈皇上,而且千万不要弹劾冯保。"

"那弹劾谁呢?"

"吴和。"

"我听说,这吴和是冯保的一只看家狗,见了银子像苍蝇见了血。"

"是啊,吴和名声极坏,且在貂珰里头不结人缘,如果告他诈传圣旨,大多数貂珰都会黄鹤楼上看翻船,持一种幸灾乐祸的态度。冯保再喜欢他,为自身计,他也会丢卒保车。"

"此举甚好!"

一番话谈下来,李义河不得不佩服张居正洞若观火运筹帷幄的能力,想到自己的一切担心都是杞人忧天,不由得自失地一笑。因坐久了,他想站起来伸个懒腰,踱到窗前,但见园子里一片清辉,刮了一天一夜的大风不知何时停了下来,一弯下弦月钻出了天幕。他这才感到夜已深沉应该离去了,正说辞行,忽听得楼上弦声乍起,一副清清亮亮的嗓子唱了起来:

一轮明月纱窗外,照入绣房来,
玉人儿换了睡鞋,卸了浓妆,
灯下早解了香罗带。
眼看着窗外,手托着香腮。
睡眠迟,可意的人儿今何在?
默默无言,痴痴呆呆,
俏冤家,总有些不自在。
你来了,鸳鸯枕上
小奴家好把秋波卖,
你不来,却让奴家把相思害⋯⋯

曲声低下去了,接续的是幽泉一般的弦音,李义河听得痴了,回首一看,张居正不知何时也离了太师座,站在了他的身后,李义河望着他,大发感慨道:

"叔大兄,这位玉娘真是可人儿啊,你看看,我在这里多坐了一会儿,她就在楼上唱曲儿送客了。"

张居正抬头看了看楼上,颇为得意地说:"置身于帝王之乡能屈能伸,游戏于温柔乡中能进能出,方为大丈夫也。"

"怎么,你和玉娘是游戏?"

"是,不过不是人间游戏,而是神仙游戏。"

"好,好,你现在去继续你的神仙游戏,我这就告辞。"

说罢,李义河已是穿好了羊羔儿皮的大袄子,披着渐渐寒重的月色,登轿而去。

第 六 回

听口戏外廷传劾本　抚瑶琴黠仆献鸩谋

　　乾清宫后墙下的左披檐,又名养德斋。隆庆皇帝在时,这养德斋是他读闲书并与宫娥彩女戏耍唠嗑的地方。李太后带着小皇上住进乾清宫后,便把养德斋重新布置了一番,把隆庆皇帝嗜好的脂粉气除得干净,而换上了一色的苏样桌椅——这是李太后听了容儿的建议——精精巧巧的都是闺中物。从此,这里成了李太后私下会见官绅女眷的场所。李太后除了焚香礼佛净手抄经外,还有一大爱好就是看戏听曲儿。若看大戏,就去坤宁宫后头的游艺斋,若只是三两人的檀板清唱,就安排在这养德斋里。

　　这天下午刚过未时,只见李太后在容儿等一应侍女的搀扶下,出了乾清宫西边的月华门,袅袅娜娜走进了养德斋。说是斋,其实也是一间宏敞的厅堂,三二十人坐进去也不见拥挤。南墙下安放的正座——两张黄花梨的透雕绣榻,既可坐也可卧,上面却铺了锦黄缎面的豹皮褥子。李太后进了斋门后,落座时却把她惯常坐的左边的绣榻让了出来。宫里的习惯同外头一样,以左为贵。负责安排照应的容儿知道,这左边的绣榻,是留给陈太后的。

　　李太后刚坐定,就听得门口喧闹有落轿的声音,便知是陈太后到了。自万历皇帝登基之后,李太后身价陡长,无论宫内宫外已是一言九鼎,但她并没有得意忘形,对陈皇后——这位隆庆皇帝的正宫皇后,她一如既往虚心善待礼敬有加。每逢看戏听曲儿等乐事,都要吩咐手下把陈太后从慈庆宫中请出来。说话间,陈太后在几

位侍女的簇拥下已是款步轻轻进得门来。容儿赶紧迎上去请她到左边绣榻安坐,陈太后站在绣榻前,对笑吟吟望着她的李太后说:

"你总是讲礼,让我坐这位子,心里不安。"

"你是姐姐,这位子姐姐不坐,未必让咱这当妹子的坐上去?快落座吧。"

陈太后听了李太后这亲亲热热的体己话儿,心里涌过一股暖流。她因身体不好,平常很少走出慈庆宫,但对于李太后的邀请,却是有请必到。两人坐定,陈太后问:

"妹子,今儿个听的什么曲儿?"

"不是曲儿,是口戏。"

"口戏?"

"对,口戏!"李太后见陈太后浑然不懂,便有意卖关子,笑道,"这口戏也忒耍,姐姐待会儿看过便知。"

李太后说着朝容儿一努嘴,容儿知会意思便出门,少顷又回来,身后跟着冯保,还有另外一个人。这人瘦巴巴的,看样子有六十多岁,穿一件鸦青色的纻丝衲袄,手上提着个青布小包,走路一高一低闪闪跌跌,原来是个跛子。

冯保走到绣榻前作了大揖,言道:"启禀两位太后,这位就是张九郎,京城里有名的口戏大王。"

干巴老头早扑地跪了下去,颤声奏道:"贱民张九郎,叩见两位太后娘娘。"

李太后睨着张九郎焉不拉唧的样子,心想:"这倒是个烧火不冒烟的杨树苑子,有什么能耐?"抿嘴儿一笑,问道:"看你这把年纪,早就该称爷了,怎的还叫郎?"

张九郎跪在地上头也不敢抬,眼睛瞄着砖缝儿答道:"启禀太后,张九郎是咱的艺名。"

"艺名?你攒了多少艺?"

"就一种，口戏。"

"好，咱们今天就想听听你的口戏。"

这时，早有两名火者抬了一座六折屏风上来，在太后面前约一丈远的地方支定。屏风里放了一只木桌，一只凳儿。张九郎被引领到凳儿上坐定，他解开青布包袱，从中拿出一块惊堂木、一把扇子。隔着屏风，张九郎因见不着两位皇太后，也就不再惊慌失措了，他抹了抹额头上因紧张而冒出的冷汗，高声问道：

"不知太后娘娘想听什么段子？"

屏风这边，李太后问："你有哪些段子？"

张九郎便拿起那把扇子给了火者，火者转过屏风双手递给李太后。李太后打开折扇，只见上头用楷书工工整整写了一二十个戏名，什么《百鸟投林》、《雨打芭蕉》、《县令升堂》、《深山古寺》等等，不一而足。摆在头一名的，叫《虎啸丛林》，李太后生肖属虎，便想点这一折，但又想听听《县令升堂》是啥故事，便对火者说道：

"你去告诉他，先演《县令升堂》，接下来就演那个《虎啸丛林》。"

不用火者告诉，张九郎隔着屏风已听得真切。他喝了一口小火者端上的热茶，闭上眼睛在那里酝酿情绪。

养德斋里这时已是鸦雀无声静得出奇，两位皇太后盯着屏风出神，摆在面前的茶水糕点动也不动。一应随侍包括冯保、容儿也都觅凳儿坐下，眼巴巴等着好戏开场。

忽然，一声惊堂木响，接着听得两扇厚重的大门被人轧轧地推开。众人一齐朝门口看去，这养德斋的大门却是关得严丝合缝，大家伙儿这才明白，是张九郎的口戏开场了。接下来，便听到一阵急匆匆的脚步声自远而近，走到大门口忽听得一声脆响，分明是掌了铜垫的皂靴磕在石门槛上。一个趔趄——皂靴跐地的声音十分清晰。这中间有瞬间的空白，想是那差点摔跟头的堂役站定了，不知他低声咕哝了一句什么,接着便听到他扯着嗓子大声唱喏:"升——堂——"余音袅袅传得极远,其间夹杂了断断续续的马蹄声,鸟雀从枝头惊起的扑棱棱的鼓翼声,一大片踢踢踏踏的脚步声,一只小碗被踩碎的声音,一只公鸡撒翅儿逃窜时咯咯咯的叫唤声。这当儿,又听得咚、咚、咚三声炮响,声音激越、厚重——在这神圣的炮声中,所有的声音都化为乌有……顷刻,又听得一道小门吱扭儿一声开了,一个人从里面走了出来,皮靴踩在砖地上,发出了橐、橐、橐的声音。这脚步慢慢挪了过来,愈来愈响。又听得椅子搬动声、轻微的咳嗽声、屁股落座声、茶杯搁桌声、纸在翻动的声音——想必是县太爷已安坐高堂,正在煞有介事地翻阅卷宗文牍。大堂里静得出奇,突然,只听得"咕——"的一声,下边厢不知谁放了一个响屁。翻纸的声音停止了,一个略带痰响的沙喉咙问道:"什么响,给本官拿来!"另一个声音却是个齉鼻子,回道:"启禀县太爷,拿不着。"啪的一声惊堂木响,县太爷恼了,喝问:"尔等皂役,如何作弊蒙混本官,定要给我拿来!"一阵叽叽喳喳交头接耳声,其中有脚步声飞跑而去又飞跑而回,一片喘息声中,只听得那齉鼻子说:"启禀老爷,刚才弄那响声的正犯已逃走,现只拿得家属在此。"县太爷咳出一口痰,说道:"把家属拿来,让本官一看。"齉鼻子答:"恐污了大人的手。"县太爷问:"是什么?"齉鼻子答:"屎!"话音才落,便是一阵哄笑——这哄笑不再是张九郎的口戏,而是养德斋中的所有听众,上至两位皇太后下至小火者一起发出的。

从未听过口戏的陈太后,简直不敢相信这一折惟妙惟肖活灵活现的县太爷升堂戏,竟是张九郎一张嘴"演"出来的。她看到屋子里的人一个个笑得前仰后合,想着那滑稽可笑的对话,也是忍俊不禁,笑得直抹眼泪。笑够了,她又狐疑地问已是笑得岔气的李太后:

"妹子,这张九郎真的是一个人,没人帮腔?"

"你问他。"李太后一手捶着胸口,一手指着冯保。

"启禀陈太后,这张九郎就是一个人,不信,您老人家自己瞧着。"

冯保说着命小火者撤去屏风,只见张九郎屁股离了凳儿局促不安地跪到地上,桌子上只有一方惊堂木和一杯茶水。

李太后被逗得心情大好,吩咐冯保给张九郎赐座,又赏了他一碟御膳房的馔点——几块用枣泥制成的色如琥珀的花糕。张九郎谢了,拈了一块受用。

"张九郎,你这一张嘴,怎的可以同时做出几种声音来?"李太后问。

"小的学来的。"

别看张九郎身怀绝技,一旦与太后面对面,他的气性就瘫了下去,本想回答得俏皮点,谁知出口的话却干巴巴的。

"怎么学的,有没有师承?"李太后又问。

"有,"张九郎拘谨地回答,"小的小时候是个淘气鬼,一次上树掏鸟窝踩失了脚,跌下来摔断了一条腿,从此就成了残废。俺爹一见我就愁眉苦脸的,怕我长大了养不活自己,成了家中累赘。一日,我去城隍庙集市上逛,看到一个老乞丐在演口戏,学驴叫马叫,倒像是真的来了一群驴马,俺便跟着他,在外云游了好多年。"

"古话说得不差,家有金山银山,不如薄艺傍身。"李太后忽然对张九郎产生了同情,问道,"你学得这门绝技,能养家糊口吗?"

"能,"张九郎脸上露出灿烂笑容,"京城大户人家多,隔三岔五就有人请小的去表演,多多少少都会赏小的几两银子。"

"唔,"李太后点点头,又问,"你什么声音都能学吗?"

"能!"

"你学学喜鹊叫。"

话音一落,只见张九郎已嘬起嘴。顿时,养德斋里便响起了一阵叽叽喳喳的喜鹊声。

一直静听谈话的陈皇后这时插嘴问道:"张九郎,你会学小女子唱曲儿么?"

"回太后娘娘,这个简单。"

"你唱一段来听听。"

"不知太后娘娘要听哪一段?"

"随你唱,要好听的。"

"小的遵命。"张九郎稍一斟酌,说道,"小的就用苏州话唱一支南曲,叫《嫁穷夫》,不知太后愿意听否。"

"好的,就唱这一曲。"

得了陈太后的首肯,张九郎便打开那把大折扇遮住脸,先听得一阵三弦拨弄声,接着,一个娇滴滴的声音用吴侬软语唱了起来:

奴奴薄命嫁穷夫,
明日端阳件件无。
家家都饮雄黄酒,
惟奴奴,一杯清水共菖蒲。
奴也不怨公来不怨婆,
不怨爹娘错配夫。
只因奴,八个字内安排定,
罚奴今世嫁贫夫。
可恨冤家无道理,
终日吃酒赌钱去游湖。
仔细思量无了局,
倒不如削发做尼姑。
长斋一口把弥陀念,
修得来生嫁个好丈夫。

却说这南调起源于苏松地区,到后来在北京也很流行。士绅人家的堂会,也常请专唱南曲的丝竹班子。这曲《嫁穷夫》是南曲中有名的段子,稍解南曲的人都会哼它。张九郎选了这支曲子来唱,原也是想通过大家耳熟能详的曲子来体现自己口戏的绝技。应该说,他的这点心机没有白费。就在他咿咿呀呀唱得如泣如诉时,在场的人都产生了幻觉——她们忘记了这是一位长着山羊胡子的老头子的唱口,直当是堂会上的裙钗名角儿。这也难怪她们,那唱声实在是甜美传神:玉磬一般的音质,让你陶醉于江南佳丽的哀婉;铜铃一样的嗓子,让你感受到千娇百媚的秋波……一曲终了,养德斋里仍悄没声息,大家还沉浸在歌曲中没有醒过神来。

"好像啊!"

不知是谁大声冒了一句,屋子里这才闹热起来,众人七嘴八舌称赞张九郎的"女声"惟妙惟肖。容儿是苏州人,李太后便问她:

"容儿,这张九郎学的苏州话,像不像?"

"像,"容儿兴奋得脸上泛起红潮,"若不是眼见为实,我真不相信这是个男人唱的。"

经过这两段表演,李太后对眼前这个张九郎已是刮目相看,她正想吩咐他上演今天的压轴戏《虎啸丛林》,忽见大门被推开,小皇上身边的侍应孙海慌慌张张跑了进来,趋到绣榻前跪下禀道:

"启禀太后娘娘,万岁爷让奴才前来喊您过去。"

"何事?"李太后问。

"通政司派人送来两道奏本,都加盖了十万火急的关防。"

"啊,有这等事。姐姐,你们在这里继续听张九郎的口戏,咱去去就来。"

李太后说罢,便带着冯保出了养德斋,由孙海领着穿过月华门来到东暖阁。一进屋,只见朱翊钧站在书案前,急得直搓手。下午李太后去养德斋听口戏,却把朱翊钧留在东暖阁中温书。大凡宫内的娱事,她总是有选择地让朱翊钧参加,能够不去的尽量不去,她是怕孩子的心玩野了收不拢。朱翊钧年纪小，对听曲儿看大戏之类的娱事不感兴趣，因此也乐得耍单，暂离母后的管束，与孙海、客用一帮小太监玩自己高兴的事。刚才，他正在东暖阁外抖空竹，司礼监秉笔太监张宏急匆匆送过来两道折子，说是要作速阅处，朱翊钧拿不定主意，便派孙海去把母后喊了进来。

"什么本子？"李太后一进屋就问。

"在这里呢。"朱翊钧指了指书案。

李太后坐到绣榻上，让冯保打开折匣，两道奏本躺在里面尚未开封，上面都盖了通政司的紧急关防。按公文处理规矩，凡加急文书不必等到每天早上一并送至司礼监，而是随到随呈不得耽搁。冯保取出奏本拆封，只见题签上标有《恳请惩处中官吴和诈传圣旨疏》、《杭州织造局用银甄别疏》，打开正文一看，前一道疏为都察院监察御史蔡启方所拟，后一道疏则是杭州知府莫文隆呈奏。

"是什么本子？"李太后问。

冯保硬着头皮念了一遍疏名。李太后脸色一灰，望了望小皇上，说道：

"先念那道诈传圣旨疏。"

冯保只看这疏名，就知道本子里头说些什么。这事儿与他有关，也不知折子里头是否对他有所指涉，因此心里头忐忑不安，却又不得不念。他刚读完，李太后就问：

"诈传圣旨，把朱衡老头子骗到左掖门，究竟是你的主意还是吴和的主意？"

一听这咄咄逼人的口气，冯保立即就强烈地感受到了李太后的泼辣，幸好本子中没有涉及他，于是赶紧申明：

"老奴怎么可能出这等馊主意，依咱看，吴和也不一定会出，蔡启方可能是捕风捉影诬告了他。"

小皇上把那道本子拿过去翻了翻，狐疑地问："大伴，你前天不是说,是朱衡到左掖门前闹事么?怎么是骗来的?"

"吴和就这么禀报上来,奴才是听了他的。"冯保回答得小心翼翼。

朱翊钧又问:"吴和为何要整治朱衡?"

冯保觑了李太后一眼,答道:"那天,太后说要对朱衡薄加惩戒,奴才为杭州织造局用银事,也是生他朱衡的气,便在吴和面前把朱衡数落了几句。"

"吴和就诈传圣旨是不是?"李太后问。

冯保答:"究竟是怎么回事儿,待奴才回去查查。"

李太后看出冯保有心袒护吴和,嘴里便放起了连珠炮:"咱说对朱衡薄加惩戒,那是一时气话,又没有传旨出去,你就当了真?如今弄出事儿来,外头文臣们还不知怎么议论咱娘儿两个呢!朱衡是有些不对的地方,但理是理,法是法,哪能按倒牯牛强喝水?诈传圣旨是不是吴和干的,你要赶快调查。"

"是,是。"冯保诺诺连声。

"还有,"李太后顿了顿,又道,"咱听说这个吴和还做下了烂污事,他在宫中找了个宫女做对食儿,你知道吗?"

"奴才听说过,前天还骂了他。"

"光骂是不成的,得按家法管教!"李太后看了看在认真听着谈话的儿子,忽然口气更严厉了,"大内宫廷,无论哪一方面,都应成为天下楷模,岂能成为藏污纳垢的场所。"

冯保心里明白李太后这几句话是说给小皇上听的,但这教训的口气同样让他感到紧张。这时候,李太后又让他把第二道本子——莫文隆的《杭州织造局用银甄别疏》念了一遍。

莫文隆这道本子所奏,基本上都是那天在内阁与张居正的谈话内容,揭露了杭州织造局提督太监如何凌弱小民中饱私囊的种种劣迹,其中有这样一段:

造作龙衣之制,定自洪武圣祖皇帝,如今已历十二帝而无稍改,遂成永制矣,然臣等因此反切忧虑。此中之弊,诚如上述。臣冒昧建言,制衣之价,宜从新核实,织造局之提调,亦应重新规制。此中要务,实为杜绝中官冒渎,擅作威福盘剥地方……

这道本子读完,东暖阁一片寂静,仿佛空气都已凝固。半晌,李太后才沉重地问:

"一件龙衣的工价银,悬殊竟这样大?"

冯保在读这份奏章时,尽管不像读第一道奏章时那么紧张,却也深感沮丧。毕竟,他还想通过杭州织造局大捞一把,谁知这个并无斗士之名的莫文隆,却也跳出来当了一头咬虫。所以,李太后一问,他就赶紧答道:

"莫文隆只知其一,不知其二,他的话不足信。"

"为何不足信?"李太后追问。

"一件龙衣制造的工价银,除了莫文隆所说的衣料价,还有珠宝这一项,龙衣上缀着的珍珠玛瑙,都采自南海或者暹罗,价格昂贵,衣料价比之珠宝价来,不过十之一二。"

"啊,是这样。"

听了冯保的解释,李太后心下稍安,但疑虑并未完全消除,她知道对冯保这个"当事人",一时还不能说得太多,便又试探地问:

"这两道本子同时都作十万火急处理,看来幕后有人指使,这人会是谁呢?"

"会不会是朱衡?"冯保小声回道。

李太后没有接腔。这时,只见容儿跑了过来,在李太后面前福了一福,说道:

"启禀太后,陈太后让奴婢过来问问,您还去不去养德斋听口戏了?"

"去,怎么不去呢?"李太后说着,指了指冯保,又道,"冯公公你就不用过去了,吴和的事,你先去调查,人家送来的是急本,咱们就不能慢吞吞地处理。"

"是。"

冯保答应一声退出。他刚出门,李太后就从绣榻上拉起朱翊钧,柔声说道:

"钧儿,跟娘去听听张九郎的口戏,看他那一曲《虎啸丛林》,究竟如何一个演法。"

一连几天,由于蔡启方和莫文隆的两道本子,京城各大衙门又都处在兴奋与骚动之中。大凡急本呈到御前,不须半日就得批复,可是这两道本子送进去三天,却也不见发至内阁拟票。如此"留中"之举,就让百官们生出许多臆测。首辅张居正对此事似乎也很淡化,三天内召见了户部、兵部、刑部以及太仆寺的十几名官员,谈的都是各项赋税收支、漕运多寡、南方盐务以及北方边境茶马交易等财政要务——这些调查摸底,原是要为他即将推行的财政改革获取第一手资料。相比之下,石缸胡同中的朱衡府邸却要热闹得多。两道急本送进大内的第二天,朱衡申请致仕的本子也递了进去。皆因他当面听到皇上派太监到内阁所宣的谕旨,竟颠倒黑白说他不顾大臣体面跑到左掖门闹事,受此冤屈,即便是泥塑的也忍不住了。何况朱衡是个嚼倒泰山不谢土的硬气汉子,当时就气得晕死,醒来已是心中一片寒灰,遂铁下心来要辞官归里。他的这个举动,引起了京官们的普遍同情,不论是门生故旧,还是平日间有些过从的僚属,都一拨一拨前往登门探望,略抒愤懑体恤之情。在公众场合不便言谈的腹诽之事,在这里尽可宣泄,比如说骂一骂阉党,指桑骂槐讥刺一下李太后干政之类,总之是千个罗汉千张嘴,说得老朱衡五神迷乱,身子越来越虚弱。

再说冯保这一头,这几日也急得像只没脚的蟹子,坐在那里见谁都想钳一口。那日下午从东暖阁出来,回到司礼监值房,他立即就派人打听都察院的监察御史蔡启方是何方神圣。很快他就得到密报:这位蔡启方不单是朱衡的同乡,而且是隆庆二年的进士——那一年的主考官是高拱。一个小小的六品官员后头,竟牵着高拱与朱衡两大人物。这就让冯保想到了"床头一箩谷,自有人来哭"那句俗话,心想这还是高拱的阴魂不散,便恨不能把蔡启方捉到东厂生剐了他。他又打听到,这位蔡启方耿直敢言,在同侪中有些影响。按理说,这样的官员在张居正手上例当受到重用,但是前年京察他却没被拔擢,依然在原位子上窝到现在。把这些情报一归纳,冯保就断定这两道本子的事儿与张居正无关。但如何了结这件事,他却想听听张居正的意见。在此风头上,两人见面不大合适。他便喊来心腹徐爵耳语一番,让他去找张居正的管家游七沟通。

这天晚上,徐爵坐了一乘轿子,尽觅黑道儿鬼鬼祟祟进了张居正府邸所在的灯市口纱帽胡同。轿子并没有在张府门口停下来,而是又往里抬了约摸百十丈远,在一座小四合院的门口歇下。这所院子紧挨着张府高大的院墙,一看就知道翻新过,黑漆漆的大门油得发亮。徐爵走上前去扣了扣铜门环,听得里头有人出来,开门的正是游七。却说游七跟随着张居正来到京城这么多年,一直住在张府。去年取得张居正的同意,才把紧挨着张府的这座四合院买了下来,修葺一新后就合家搬进来住。原来这四合院的后墙便是张府前厅骑马楼下的甬道,游七搬进来后,在这后墙上开了个门直通张府,如此一来,倒也两不误事。

徐爵夜中来访,原是先派人来知会过,因此游七并不感到吃惊,他把徐爵迎进南厢房客厅,吩咐在家支差的一个童役去把徐爵的轿夫安排到门厅里吃茶。自隆庆六年后,徐爵与游七过从甚密,不仅一起得过贿银粜过仓,还一起吃过花酒嫖过娼,算是割头换颈的好朋友了。徐爵一坐下,就开门见山问道:

"老游,首辅大人今晚回家了吗?"

"回来了,正在厅堂里会客呢。"游七一边为徐爵沏茶一边答道。

"啊,他今儿晚上没去积香庐?"

"没去,"看着徐爵淫邪的目光,游七笑了笑,回道,"哪能天天去,女人嘛,只能当药吃,不能当饭吃。"

"哟,老游开化了,说出的话都是经验之谈,"徐爵龇牙一笑,挤着眼谑道,"听说你仿效你家老爷,也准备迎娶一位如夫人?"

"谁说的?"游七紧张起来。

"世上哪有不透风的墙,再说,这种事儿又有什么值得瞒的?"徐爵见游七还想支吾,索性捅穿了说,"你前天是不是领着一位娇滴滴的小娘子,跑到七彩霞绸缎店里去了?听郝一标说,你一口气为那小娘子选了一二十种布料。"

"是有这回事,"见抵赖不过,游七只得认账,"这老郝,也真是嘴巴长。"

"那小娘子是谁?"

"是户科给事中孟无忧的妹妹。"

"哟,还是个官眷,你老游有福气,娶过来了吗?"

"看了日子,定在三月十八。"

"唔,还有个把月,到时候咱来讨杯喜酒吃。"徐爵说着眉棱骨一耸,又酸溜溜叹道,"你们主仆二人活得有滋有味,只苦了咱家老爷。"

"你家老爷怎么了?"

"那两道本子的事,你未必不知道?"

"知道。"

"知道还问我怎么了?"徐爵长叹一声,"咱家老爷,今年可是流年不利啊,增加杭州织造局用银额度,是他想办的第一件事,谁知一伸头就撞上一枚大铁钉。"

游七摸了摸腮帮上的朱砂痣,避实就虚问道:"蔡启方的那道本子,你老徐怎么看?"

"咱家老爷最头痛的,就是这道本子。"

"冯公公头痛,原也在情理之中,可是你老徐不应该头痛啊,你应该高兴才是。"

"咱为何要高兴?"徐爵一愣。

游七把头伸过去,压低声音说:"你老兄不是早就看不惯吴和么?何不借此机会除了他!"

徐爵半晌不做声。且说这吴和自当上内官监掌印,特别是拜了冯保做干爹后,在大内一万多名太监里头,已是身价陡长成了不可一世的显赫人物。这小子也不大会做人,不单在一应貂珰面前架起膀子自称是圣是贤,就是在徐爵跟前,也常常洋洋得意表现出优越感。徐爵本是个鼻子冒邪气眼睛能打诨的角色,哪里容得这等暴发户在他跟前摆谱?他不止一次在游七面前发牢骚,怪冯保把吴和宠坏了,并咬牙切齿地说:"迟早咱得把这个扯白吊谎的小花嘴收拾了。"正因为知道这些个内因,游七才敢出这个主意。见徐爵不吭声,游七又激将:

"怎么,老兄不敢?"

徐爵摇摇头,一副无奈的神气:"不是不敢,只虑着这小子是咱老爷的干儿子,怕咱老爷下不了手。"

"你要把道理讲给冯公公听嘛,"游七加紧撺掇,"吴和这小子是个买干鱼放生——不知死活的人,留着他只会坏事。"

"这倒也是,咱回去劝劝老爷,让他丢卒保车。"

"这是上乘之策,如果冯公公亲手处置了吴和,外头这些官员的口,还不一下子都堵住了?"

徐爵觉得这主意不错,心中忖道:"你游七满脑子油盐酱醋,哪有这灵性的脑袋？这肯定是首辅大人的主意，只不过是借你的口说出罢了。"也不详究，只照直道："咱家老爷已打探凿实，蔡启方是高拱余孽，他这次跳出来为朱衡叫屈，不能让他得逞，朱衡这老屎橛子上本子申请致仕，咱家老爷让我来转达李太后的意思，还是准了他。"

"好，我一定向我家老爷转达。"

两人又叽叽咕咕密谈一阵子，徐爵这才告辞打道回到冯保府中。

冯保尚未入睡，一个人独自在书房隔壁的琴房中抚琴，旁边站着个丫角琴童，案几上点了一支藏香，屋子里淡淡的异香浮漾。冯保正在弹奏一曲他自己度谱的《古寺寒泉》，虽看见徐爵轻手轻脚进来，却并不急着搭理，而是全神贯注弹着曲子。创作这曲《古寺寒泉》，他差不多用了三个寒暑，期间他经历了改朝换代的风风雨雨，自己也由秉笔太监跃升为赫赫内相。但是，在这位成功者的内心深处，无论什么时候，都还藏了一份挥之不去的抑郁，毕竟在大内多年，胜残去杀的事见得太多，每日如履薄冰的生活，即便享尽人间富贵，也是恐惧多于喜悦。隆庆六年夏，在得到司礼监掌印职位的当天，他回到府中挥笔写下了"得马者未必为喜，失马者未必为忧"十四个大字。他的这间琴室的左右墙上，挂了两幅字画，一幅是唐伯虎的《秋深古寺图》，还有一幅即是他自己书就的这张条幅。正是这种潜藏心底的忧患，使他萌动了创作《古寺寒泉》的灵感。三年来，他一直琢磨这支曲子，用他自己的话说，是"一音未稳，于心不安"，直到今年春节期间，这支《古寺寒泉》才算最后定谱。暮鼓晨钟伴随着忽明忽暗的泉声，凄凉与枯索暗示生命的无奈。古寺寒泉，良有意焉！今夜里，冯保吩咐门下谢绝所有访客，坐到这琴室中，焚香馨祝，又弹起了这一曲……

庄生晓梦，望帝春心，一切都在婉约曲折的倾诉中。当最后一个音符像一颗亮晶晶的雨点打在翠绿的芭蕉叶上,滚动如珠又倏然消失,一旁静候恭听的徐爵,分明看到了主人眼眶中流露的怅然若失的神情,他忽然觉得自己待在这里是多余的,正想蹑手蹑脚出去,却听得背后冯保喊了一声:

"回来!"

徐爵一惊,捉不住脚倒退了两三步,回转身来站定,又重新朝主人打了个稽首。冯保接过琴童递上的盖碗茶,品饮了一口,眼皮子抬也不抬,问道:

"见到游七了吗?"

"见到了。"徐爵便把与游七所谈情况大致复述一遍,又道,"游七出了个主意。"

"什么主意?"

"他建议借此机会,把吴和撤掉。"

"啊?"冯保盯了徐爵一眼,"游七知道吴和是咱的干儿子吗?"

"知道。"徐爵踌躇了一会儿,便壮着胆子说,"老爷,这吴和自恃是你的干儿子,到处飞扬跋扈不可一世,弄得口碑很坏。如今不单在大内,就是在外头,也有不少传闻哪。不然,游七怎么会知道呢?"

"他知道什么?"

"他知道吴和收受贿赂,明码实价地卖官,还玩对食儿,这游七全知道。"

这些话都是徐爵现编的,他知道冯保最怕的就是"卖官",故特别点出来。果然,冯保一听脸上就变了色,追问道:

"对吴和,外头还有什么舆论?"

"太多的奴才也不知道,"徐爵故意装出谨慎的样子,小心说道,"不过,宫里头对他的舆论却是更多。"

这些话就是徐爵不说,冯保心里也明白。特别是那日听李太后谈话,分明已表示了对吴和的不满。这吴和知道蔡启方写了他的弹劾奏本后,显得非常紧张,昨日下午还专门跑到司礼监找冯保打探口风。冯保一时还没想好怎么处理,故说了几句大话,劝他不必担心。这吴和欢天喜地地走了,冯保却添了一块心病。

徐爵见冯保深思不语,知他正在犹豫,便又补了一句:"老爷,对这吴和,奴才总有些担心。"

"你担心什么?"

"诈传圣旨的事儿,是在老爷这儿定的,是天大的机密,怎么那个蔡启方能够知道呢?"

"咱也一直琢磨这件事,究竟是谁走漏了风声?"

"孙隆做事细心,胡本杨生性胆子小,这两人都不会坏事,惟独这个吴和,是个狗过门槛嘴向前的角色。他好表功,依奴才看,八成儿是他露了口风。"说到这里,徐爵顿了顿,又加重语气言道,"这件事儿露了口风,害的是他自己,设若他把'卖官'的事儿露了出去,岂不要害一串子人。"

冯保听了半晌不做声,然后阴沉沉问了一句:"依你看,应该接受游七的建议?"

徐爵故作神秘回道:"依奴才分析,这主意不是游七出的。"

"那是谁出的?"冯保追问。

"是张先生。"

"你怎么知道?"

"咱听游七的口气。再说,这等好主意,岂是游七那榆木疙瘩脑袋想得出来的。这主意一石二鸟,既平了外廷官员的怨愤,又堵了后患。所以,干脆把吴和撤了。"

冯保深思了一会儿,忽然目露凶光,恶狠狠地说:

"不是撤掉,是除掉!"

第 七 回

为淫乐恶太监毙命　辩部疏小皇上问师

　　天煞黑,吴和乘一顶四人中轿回到东华门外不远处新购的宅子里,只见门口站了两个人迎他,定睛看去,其中有一个是他的管家,叫麻大年。另一个看不清面目,只约略觉得有了一把年纪。看到他从轿上下来,麻大年赶紧凑上前来,行过礼后,便凑近耳语道:
　　"表哥,咱把他带来了。"
　　"是吗,先进屋再说。"
　　吴和说着已跨过了门槛,麻大年领着那个人跟在后头进了屋。吴和骤为新贵,早入了大户之列,家里头丫环婢女跑堂打杂一应侍役也弄了十几个,还从真定府老家请来表弟麻大年给他管家。在缙绅满巷贵胄如云的京城里头,这座"吴府"也算是初具气象。吴和一进客堂,立刻就有仆役上来给他宽衣看座,又有女婢忙颠颠沏茶上来。麻大年也招呼客人落座了。吴和借着灯光细看这位客人,只见他大约有五十多岁,鼻子眼睛皆小,偏生了一张大漏风嘴巴,穿着一件半新不旧的梭子布藏青道袍,头上戴着程子巾,整个一个邋遢相。
　　"这就是胡先生,人称大仙。"麻大年笑着介绍。
　　"久闻胡先生的大名。"吴和嘴里虽这么说,心里头却在犯嘀咕,"听说你是神医?"
　　"算不上什么神医,只不过祖传有几个秘方,可以让人还阳而已。"

胡大仙明里谦虚,但语气倨傲,有那种"挟泰山以超北海,舍我其谁乎"的劲头。这个胡大仙究竟是哪一路神仙,又为何来到吴和府中,说来有一段故事。却说吴和自当了内官监管事牌子,因为卖官骤然得了大富贵,俗话说"饱暖思淫欲",这吴和本来就是个猢狲君子,一旦有权有势,就思着那饮食男女的乐事。他与宫里尚功局的掌制赵金凤玩起了对食儿,遮遮掩掩半明半暗过起了"夫妻"生活。往常没挨过女人,他倒也安分。如今把一个如花似玉的年轻女子剥得赤条条的抱在怀里,却不能正儿八经地干那件事儿,那一肚子沮丧与懊恼自不消说得。恨只恨幼时去势无以复元,做梦都想自己的阳具能够兀然挺起。麻大年知道他的这份心思,便偷偷四下打探有无这等"神医",能让他胯下还阳。工夫不负有心人,几个月后终于在润州觅到一位,于是麻大年亲自前往,把这位胡大仙接来北京。久在势利场中,吴和习惯了以貌取人,他觉得眼前的这位"神医"浑身上下觅不着一丝仙气儿,心想可别碰上了撞大运的江湖骗子,便有意拿话试他:

"胡先生的祖传秘方,有什么灵效?"

胡大仙竖起两根指头,颇为自负地答道:"就两个字——造势!"

"造势?"

"对,造势!"胡大仙笑道,"咱这秘方的功效是,无势造势,有势长势。"

"哟,你可是百包啊!"吴和揶揄。

麻大年插话道:"表哥,胡大仙是有这本事,咱见过。"

"是吗?胡先生,你也让咱见识见识。"

"这客堂不是表演之地,你得找间密室。"

吴和看胡大仙神神道道的样子,出于好奇,当即就把胡大仙领到一间空房子。胡大仙闩了门,对吴和说:

"吴公公,咱让你看个稀奇。"

"啥稀奇?"

胡大仙狡黠地一笑,竟解了道袍脱了裤子,精光光露出腚来。他用手指着自己的阳具,问吴和:

"你看它是个啥样儿?"

"一条软蚕儿。"吴和笑道。

"你看我让它变,你喊一二三。"

吴和盯着胡大仙的胯下目不转睛,一字一顿喊了起来,刚数到三,只见那具阳物果真一探头挺了起来,硬戳戳的煞是威风。胡大仙看到桌上有一把竹尺,便拿过来递给吴和,说道:

"你敲打它。"

吴和小心拍了几下,胡大仙鼻子一哼,埋怨道:"你怕它疼怎的,使点劲!"

吴和一咬牙,真的狠命敲了几下,那阳具竟像根栗木棍子完全不理会。吴和心毒,竟然把竹尺仄过来猛地砍了一下,那阳物仍不曾受伤。吴和把竹尺一扔,咕嘟着嘴说:

"你这功夫是不差,但与我相什么干!"

胡大仙笑道:"咱方才说过,有势长势,无势造势,对吴公公这种去势之人,咱会造势。"

"如何造势?"

"补阳气,吴公公你再看。"

胡大仙说着,顿时又提了气收紧了小腹。只见那阳具越发粗壮起来,更奇的是,那只龟头上竟冒出了汤圆大的一个气泡。

"你看清楚了?"胡大仙憋着气问。

"看清楚了。"吴和盯着那气泡,眼珠子都快掉出来了,惊问道,"这气泡儿是从里面出来的?"

"是的,你看我收进去。"

胡大仙说罢,松下一口气,那个气泡果然缩进龟头里了,他又鼓了一口气,那个气泡又从龟头里"长"了出来。胡大仙一连表演了几次,让吴和看够了,这才又穿上裤子和道袍。

这番表演,把吴和的疑惑全都打消,他不得不惊叹胡大仙的胯下绝技,不由得羡慕地问道:

"你那气泡儿是怎么鼓出来的?"

"那就是元气呀,所谓势,就是元气。"

"胡先生,这元气真的能补上?"

"能!"

"要多少时间?"

"这就事在人为了。"

"吴先生,你别卖关子!"

"咱不是卖关子,"胡大仙看出吴和心情急迫,解释道,"只是要看你吃什么药。"

"吃什么药,还不是你定。"

"是我定,但得对你说清楚。"胡大仙说到这里便有些踌躇,又道,"你若狠得下心来,也许只要半年,你就可以还阳。"

吴和"还阳"心切,赶忙表态:"只要治得病,狠狠心又算得什么,你说,要如何狠心?"

胡大仙道:"丧元补元,这是大法。你道最好的元气藏在哪儿?"

"你说。"

"是初生婴儿的脑髓。吴公公若是能半个月吃一个婴儿的脑髓,保准半年,你胯下的阳物就会同常人一样。"

"你说什么,吃婴儿脑髓?"吴和这一惊非同小可,"你这不是叫我戕害性命么?"

胡大仙咧着他的漏风嘴巴,似笑非笑地说:"要不,你改吃猴脑,只是药性儿缓。"

"缓多少?"

"半个月吃一只猴脑,一直不间断,恐怕得五年。"

"五年,这太慢了,不成!"

胡大仙见吴和拧眉攒目一脸不高兴,便讥道:"吴公公,治病可不是上街买东西,任你讨价还价。要想立竿见影,你只能吃婴儿脑髓。"

吴和一下子瘫坐在椅子上,抱着头思忖了好大一会儿才又抬脸问道:

"胡大仙,你说实话,你吃过人脑么?"

"没有,咱吃过猴脑。"

"有人吃过人脑么?"

"有,咱接治的病人里头,还不止一个人吃过。"

"病治好了?"

"肯定治好了,上个月,被咱治好的一个病人还得了一个大胖小子。"

"啊,"吴和露出艳羡的眼神,接着问,"这婴儿脑髓,是个啥滋味?"

"你吃过猪脑么?"

"吃过,滑溜溜的,就着酱吃,还是美味。"

"人脑比猪脑还要嫩,只是不能煮熟吃,一打开颅就得趁热吃,也不能加佐料。"

吴和顿时有些恶心,蹙着眉说:"如此残忍,怎吃得进口呢?"

"为了治病,就顾不得了。"

吴和点点头,又在房子里踱起步来,看得出他心中惶惑下不了决心。胡大仙倒也不逼他,只顾自跷着二郎腿坐在椅子上养神。

忽然,吴和停下脚步,问胡大仙:"既是补元造势,这婴儿必定是男的了。"

"是的。"

"半个月吃一个,半年下来得吃十二个,上哪儿弄这么多的货呢?"

"只要吴公公肯出银子,货包在咱身上。"

"要多少银子?"

"五百两银子弄一个婴儿。"

吴和心中盘算这价格不贵,嘴里却问:"能不能再便宜一点?"

"五百两银子买一条性命,你还嫌贵?"

吴和被噎了一下,自惭地一笑,又问:"婴儿弄来以后,又如何处置?你总不能让咱眼睁睁地看着婴儿的脑袋被敲开吧。"

"这个嘛,你吴公公就不必担心,一应开颅配药之事,都由在下承当。"

"还要配药?"

"不配药,光吃人脑有啥用?咱家的祖传秘方,就是还阳丹,婴儿脑髓只是药引子。"

"好了,这些都依你,就这么办吧。"

"吴公公下定决心了?"

吴和一脸严峻,指着胡大仙说:"半年以后,咱若恢复不了男儿本色,你也甭想活了。"

"吴公公这是说哪里话,"胡大仙一拍胸脯,大包大揽说道,"六个月后,咱胡某包你能够传宗接代。"

谈完这些要紧话,吴和便让麻大年把胡大仙领到街上去寻间客栈住下。他自己到膳房里吃了点东西,然后魂不守舍地跑到大门口瞻望。他在等赵金凤——他的对食儿伴当。大约戌牌时分过半,才见一乘两人抬的小轿进了胡同口,在他门前停下。轿上下来一个腰挂牙牌的小内侍,这是赵金凤女扮男装。却说大内紫禁城门禁极严,一过酉时便把通向外头的各座城门尽行关闭,所有内侍无事均不得出门。宫女管束更严,晚上不单不能出内城,就是所居宫室的大门也不得擅出。内侍中有要紧事出去的,须凭司礼监发放的通行铜牌放人。吴和自与赵金凤成了对食儿,每每嫌宫里头行事不便,便要约她出得大内到他私宅里幽会。他设法给赵金凤弄了个通行铜牌,又给她备下一套男宦服装。大内侍应一万多人,门禁哪里个个认得?谁要出城,只是验牌放人而已。第一次女扮男装出紫禁城,赵金凤怀里像揣了只兔子慌张得不行,后来出的次数多了,也就鼓里头的麻雀吓大了胆,只当是家常便饭了。最近因为左掖门事件,吴和与赵金凤已有好多天未曾会面。蔡启方的弹劾本子呈到御前后,吴和还慌张了两天,昨天拜访冯保,见干爹出言吐气都是保他的意思,心里头才踏实下来。今天下午,吴和便偷偷托人给赵金凤捎了个信儿,要她今晚出城来相会。

在门口为遮耳目,两人也不及寒暄,及至入宅进得后院卧房,两人再也按捺不住阔别之情,竟迫不及待搂抱在一起滚倒在床上。

"心肝,想死我了!"

吴和嘴上说着,手早已伸进赵金凤的衣服里头,在她胸脯上一片乱摸。赵金凤十二岁进宫,在大内已待了九年。如今早已是站着阴门吸风躺下牝户吸土的怀春年龄,哪经得一个"男人"如此抓挠,身上早酥软了下去,嘴里哼哼唧唧的,裆下已是湿了一片。欲火中烧也顾不得廉耻,两人早把衣服褪得精光,赤条条地钻进了被窝儿。

吴和的工夫尽在摸摸捏捏,赵金凤本是正常人,哪里煎熬得住?她伸手去吴和胯下抓住软不拉塌的"小鸡鸡",狠命一拽,嗔道:

"真可恨!"

吴和被拽得生疼,连忙双手去护,赔着小心笑道:"你最多再恨半年。"

"半年后咋了?"赵金凤问。

"半年后,它就成了茅草窠中的黑旋风李逵。"

吴和说着就把与胡大仙见面的事说了一遍,只是把吃婴儿脑髓的事隐去不说。赵金凤听了不相信,驳道:

"只怕是骗人的,若他祖传的还阳丹这么灵验,那么多有权有势的公公,还能烟熄火熄等到今天?"

吴和也不争辩,只涎着脸道:"死马当作活马医,为了你这个心肝宝贝,咱什么都肯做。"说着就翻身压到赵金凤身上,把舌头塞进她的嘴中。

没咂摸几下,赵金凤便把吴和的舌头吐了出来,这些子"过场"对她来说已不是享受而是折磨,她急切地想进入"正戏",她揉了揉吴和,嗔道:

"你又忘了?"

"没忘,没忘。"

吴和翻身爬起,把赵金凤身子往上抬了抬,自己跪在了她两胯之间,俯下头去,对着那阴户伸出了舌头……

就在吴和大施舔功把赵金凤弄得十分快活的时候,只听得房门咣啷一声被人踢得大开。猝不及防的赵金凤吓得大叫,吴和一面伸手去捂她的嘴一面赶紧扯了被子遮丑。屋子里却是已拥进了六七个人,吴和没看清来者是谁,依旧使着他内官监管事牌子的威势,恶狠狠地吼道:

"你们是谁?滚出去!"

回答他的是一声瘆人的冷笑,只见一个身着绣蟒直裰的官人反剪双手从人堆里走出来,阴沉沉问道:

"吴公公,不认识咱了?"

吴和定睛一看,认出是东厂掌作陈应凤,顿时感到不妙,赶紧

披了披被子,惊恐问道:

"陈掌爷,怎么会是你?"

"想不到吧?"陈应凤从番役手中接过一盏灯笼,举着踱到窗前,鼓着眼珠子斥道,"看你做的好事!"

吴和此时好不尴尬,偏被窝里的赵金凤筛糠样的发抖,他一手抚摸着她暗示让她镇静,一手伸出去挡那灯笼的光,望着陈应凤,嬉皮笑脸说道:

"陈掌爷,你且带着属下退下,容咱穿了衣服,到客堂相见。"

"你想得美!"

陈应凤说着,趁吴和不备作速伸手出去一把扯开了那床被子,顿时,一对男女赤膊条儿一丝不挂暴露在众人面前。吓蒙了的赵金凤顿时撕肝裂胆地尖叫起来。番役们本来就都是邪货篓子,此时焉肯放过这大饱眼福的机会,竟一起挤到床前,嘻嘻哈哈笑作一团。

平常作威作福惯了的吴和哪里受得了这等侮辱,便破口大骂起来:

"陈应凤,我操你妈!"

"咱叫你骂!"

五短身材一脸横肉的陈应凤伸手过去像拎小鸡一样把吴和拎了起来,然后朝地上一掼——可怜瘦猴儿一样的吴和,趴在那里半天不能动弹。这当儿,早有番役用那床被子把赵金凤裹起来扛了出去。陈应凤也把吴和搭在椅背上的衣服抓过来扔到地上,踢了踢他的光腚,鄙夷地说:

"快起来,把衣服穿上。"

吴和身上已是青紫了几块,此时顾不得疼痛,赶紧跳起来胡乱穿上衣服。陈应凤已大大咧咧坐在椅子上,盛气凌人问道:

"吴公公,知道咱为何来找你么?"

别看陈应凤黑煞星的样子,却是最会见风使舵。自吴和当上内官监掌印后,他见了面,总是一派尊奉。今晚却全然不同,看他一双眼睛,已是药师灯化作了鬼火,而且出手毒辣,俨然把吴和当罪犯对待了。这骤临的祸变,让吴和又恨又怕,却又摸不清来由,脑瓜子转了一通,便试着反问:

"你们把赵金凤弄到哪里去了?"

"到她该去的地儿。"

"究竟在哪里?"

"东厂。"

吴和倒吸一口凉气,两只脚也不由自主地抖动起来,他哆嗦着说:

"咱与赵金凤对食儿,咱干爹是知道的。"

陈应凤并不答话,只是亲自起身搬过一把椅子让吴和坐下,又命番役给吴和寻来一杯热茶递上。陈应凤一干差人进得吴宅之后,早把一应侍役赶进一间房中圈禁起来,因此,端茶倒水的事情只能由他们代劳。吴和一来周身发冷,二来心内紧张,接过热茶想都没想,就几口咕噜了下去,然后又接着问道:

"你们是来捉奸的,是不是?"

陈应凤点点头,口气中忽然生出怜悯:"吴和,你还有半刻的活命。"

"啊!"

"这茶水里加了毒,这毒性很快就会发作,明年今日,就是你的忌日了。"

吴和哇的一声大哭起来,指着陈应凤,声嘶力竭叫道:"陈应凤啊陈应凤,咱与你无冤无仇,你为何要谋我性命?"

"不是我,是李太后。你坏了宫中规矩,你干爹权势再大,也救你不得。"

陈应凤说罢已是屁股离了椅子，带着一干番役跨出房门扬长而去。吴和本想追赶出去，怎奈药性发作，顿时感到五脏迸裂，他滑倒在地上，一边捂着肚子乱滚，一边呻吟着骂道：

"李太后，咱吴和变成了厉鬼，也要把你，把你……"

第二天一大早，吴和"自尽"的消息便在紫禁城中传布开来，各种传闻也不胫而走。有说李太后冲冠一怒动了家法的，有说冯保大义灭亲的，还有说是蔡启方的弹劾本子把吴和吓死的。尽管说法不一，但有一点却是共同的，这就是无论貂珰大贵，还是门子小火者，几乎所有的内侍都额手称庆。玩对食儿也好诈传圣旨也好，放在当下这年头都不该有死罪，但发生在吴和身上，便就死有余辜了。

李太后得到这消息是用过早膳后，乾清宫管事牌子周佑告诉她的，她听了并不吃惊，只淡淡地问了一句：

"怎么自尽的？"

"听说是喝了毒酒，七窍流血。"

"啊，死生都是命。"李太后发出这一句不咸不淡的感慨，然后问坐在一边的小皇上，"钧儿，你上午想召见张先生？"

"是，孩儿有几个问题想请教。"

"好，周佑，你去内阁传旨。"李太后看着周佑离去，又对儿子说，"上午你和张先生见面，娘就不参加了。"

"这是为何？"

"娘在场，你和张先生说话都不大胆。娘不在，你有何请教，尽可向张先生提出，他是你师傅。钧儿，你要记住你的身份，你既是皇上，又是学生，知道吗？"

"知道了。"

"你去吧。"

朱翊钧离开乾清宫到了东暖阁,准备温一会书再去平台会见张居正。李太后想着吴和"自尽"的事,便又派人去把冯保喊来。

吴和之死,原是徐爵在冯保的授意下一手操办。事儿虽办得顺利,但毕竟死的是自己的干儿子,心中多少还是有一点悲痛,故早晨进到大内之后,并没有急着到乾清宫这边来禀报,而是在司礼监的值房里抄了几段《大乘无量寿经》。他走进乾清宫的时候,脸上还存着哀戚之容。李太后给他赐座,问道:

"听说吴和曾拜你为干爹?"

"是的。"冯保不知李太后问话的用意,连忙自责道,"奴才该死,认了这么个混账的干儿子。"

看着冯保诚惶诚恐的样子,李太后倒是生了同情心,主动劝慰道:

"人又没长前后眼,这吴和也是后来才变的,冯公公也不必挂怀。"

"谢太后恕罪。"冯保嘴一瘪,真的就流出了眼泪,呜咽着说,"前日奴才从太后这里回去,即派人暗中监视这吴和与赵金凤两人。昨日,赵金凤女扮男装偷偷溜出大内,跑到吴和的私宅里头厮混,奴才的意思是捉贼捉赃,拿奸拿双。东厂的人受命前往,当场在吴和的床上把赵金凤拿住,吴和因此受惊,就喝下毒酒自尽了。"

"赵金凤如今关在哪里?"

"东厂。"

"你准备如何处置她?"

"奴才听太后的懿旨。"

李太后沉吟了一下,又问道:"前朝处置此类事情,有何故事可循?"

冯保答道:"宫里头寻对食儿,历朝历代都有,处置也有重有轻。训斥罚役,这都是轻的;幽禁廷杖,这就是重的了。当然,也有更轻的,像武宗皇帝爷,他就根本不管这类事情。比幽禁廷杖更重的处罚也有,像嘉靖皇帝爷,对宫里头的对食儿,处置的手段简直骇人听闻。"

"他是如何处置的?"

"那是嘉靖五年发生的事情,老皇帝听说宫里头有人玩对食儿,便把那一对男女都捉了来。男的押到东厂受刑而死,那个宫女,却是死得更惨。"

"怎么死的?"

"老皇帝命人找来一只大铜缸,把那名宫女倒扣在铜缸里头,从红箩厂调来三车炭埋住那只缸,再把炭点燃。缸里头的那名宫女,就这么被活活烤死了。听说一天后把铜缸翻开,里头只剩下几颗黑炭似的骨头。"

"阿弥陀佛!"

听到如此惨烈的故事,李太后赶紧合掌念佛。细心的冯保看到,太后的眼眶里还泛起了细碎的泪花,便斟酌着补充道:

"奴才进宫时,宫里头的老人一提起这件事,也都还一个个心有余悸。"

李太后掏出手绢拭了拭眼角,叹道:"男女之间的事情,作祸的都是男人,只不知老皇帝是何心态,让那个宫女死得如此悲惨。"

冯保答道:"这皆因嘉靖皇帝爷听了身边妖道的撺掇,说那宫女是蝎子精转世,若不用铜缸蒸死她,她的阴魂就会在后宫作祟。"

"妖道的话不足为凭。"李太后摇摇头,又喃喃地自语道,"这个赵金凤,该如何处置呢?"

冯保揣摩李太后的心思,说道:"太后是观音再世,宫女们背地里都喊您是观音李娘娘,说您普度众生慈悲为怀。奴才斗胆建议,对这个赵金凤从轻发落。"

李太后微微闭着眼睛陷入沉思,过了好大一会儿,才慢启朱唇缓缓问道：

"冯公公,你也以为咱是观音再世?"

"当然。"冯保赶紧回答。

李太后突然睁开眼睛,用不容置疑的口气说道:"这个赵金凤,还是不能轻饶!"

"啊?"

冯保大吃一惊,李太后的强硬态度令他始料不及。只听得李太后继续说道：

"皇上还是个孩子,如今宫中任何一件事情的处置,都会对他产生影响。太监宫女结成对食儿,不管怎么说,也算是淫乱之事。若不严加惩处,就会误导皇上,这个坏头不能开。"

"那,太后的意思是……"

"也不必铜缸蒸人,那太残忍。你现在就去东厂,赐赵金凤一条白绫吧。"

"是。"

冯保灰着脸,正欲起身告辞,李太后又喊住他嘱咐道:"不要难为赵金凤,让她梳洗穿戴。告诉她,咱会让昭宁寺的一如和尚给她做一场法事,念经超度,去吧。"

冯保走出乾清宫,再一次体会到什么叫"天威莫测"。不过,这天威不是来自皇上,而是发生在雍容华贵的李太后身上。"她要是想当皇帝,只怕武则天还得逊她三分。"他这么思虑着,不觉走出了乾清门。抬头一看,见平台门口站着周佑,便问他：

"你为何站在这里?"

周佑指了指身后虚掩着的房门,回道:"皇上在里头会见张先生。"

"啊!"冯保伸头朝里瞄了瞄,没有旨,他又不敢进去,稍一留步,便又快快地走开。

平台里,小皇上与张居正正在亲切地交谈。这是小皇上第一次单独与张居正见面,在拘谨的同时,又有了如释重负的感觉。平日跟母后在一起受到的限制太多,特别是在张先生面前,自己想问话,又怕问错了母后责怪,故总是闷坐怏怏,把会见当成了负担。他今年虽然只有十二岁,但已当了两年皇帝,甭说每天在张居正、冯保等一应内外大臣的辅导下练习政事,单是随时随地观察事物拣耳朵,也会学到不少知识悟到不少道理。昨日,他看到一道奏章,觉得里头有问题,便向母后提出来要见张先生。谁知母后这一次竟不陪着见面,朱翊钧陡然间觉得自己长大了许多,这时候他身子挺得直直的坐在御座上,拿起那份奏章对张居正说:

"先生看看吏部的这道疏文。"

张居正接过阅览,这是一道荐官疏,拟调大名副职陶大顺到湖广任职。疏文仅寥寥两行字,张居正左看右看也没看出什么问题来,心想是不是小皇上听到了有关陶大顺的不利传言,便放下本子言道:

"皇上,这陶大顺升职前,吏部清吏司已认真详察过,此人清正,是个廉吏。"

小皇上浅浅一笑,刻意仿效那种老成持重的口气说道:"张先生理会错了,朕不是说陶大顺这个人有何劣迹,朕是觉得吏部的这一纸荐官疏有问题。"

这一说,张居正更是如堕五里雾中,他又把本子拿起来一字一字地核实一遍,实在看不出差错来,只得抱歉奏道:

"皇上,臣下愚钝,没看出纰漏。"

朱翊钧咕嘟着小嘴巴,认真地说道:"朕记得春节前,吏部曾移文,将陶大顺由兵部职方郎中升任为大名府副使,数日前方见其领敕,如何又突然升转到湖广?吏部选官量才而用,总须允当,这样朝令夕改,岂不儿戏?"

张居正听罢大为惊讶,他没想到小皇上如此留意政事,竟能从奏疏的披览中发现问题,不免心里头一热,肃容奏道:

"皇上所言之事,实乃事出有因,只怪下臣没有及时禀奏。这个陶大顺,本是去年经筵讲官陶大临之弟。春节时,陶大临不幸患病去世。他死后不几天,陶大顺的儿子,在大理寺任司丞之职的陶允淳也突然病亡。一月之间,陶大顺先死其兄,后死其子,皆未下葬。陶大顺是浙江绍兴府人,他虑着大名府离家乡太远,赴任途中不能顺道扶榇归家,因此上书吏部请求改任附近,以便还葬。吏部详议,因感于陶大顺哀情可鉴,遂同意了他的请求,改授湖广副,使大名副使与湖广副使都是正五品,陶大顺以原官调补,并未擢升,请皇上明察。"

张居正一番解释,朱翊钧明白了其中原委,忽地脸庞一红,那神情倒像是做错了事的孩子。他不好意思地笑了笑,说道:

"听先生这么一说,朕才知道这里头另有隐情,先生处事缜密,朕多心了。"

"皇上凡事留意,且有心问个究竟,这是圣君之风,下臣今日亲见,已是无比欢欣。"

张居正这几句话出自肺腑,小皇上听了高兴。对这位不苟言笑的辅臣和老师,他过去只是一味地敬畏,现在却产生了难以言喻的亲切感。两两相对,他忽然想到了自己的父亲——那位已经过世的隆庆皇帝,他盯着张居正那一部梳理得整整齐齐的长须,动情地说:

"先生,母后要我多多向你请教。"

"辅佐皇上,再造盛世,臣所愿也。"

"昨天,朕看到一把折扇,是宫中旧物,上面有宪宗皇帝亲书的一首六言诗,后两句朕还记得是'扫却人间寒暑,招回天上清凉',先生说,这诗好么?"

"好,施天恩以化民间疾苦,这是圣明君主的胸襟,皇上要多向先祖学习。"

"朕也是这个意思,朕每见历朝有些皇帝,文采斐然,心实羡慕,便想学着做诗,不知先生意下如何?"

朱翊钧说话的时候,一双亮晶晶的眼睛始终盯着张居正,他心中充满期盼,巴不得用最短的时间掌握所需要的知识。张居正愣了一下,柔声说道:

"陛下的目标,恐怕不是要当一个优秀的文渊阁大学士,而应该是一个衣被天下泽惠万民的圣君。"

"是啊,朕现在就是皇帝,当然不会去当那个文渊阁大学士了。"

"可是,皇上刚才提出来要学诗,寻章摘句,敷设词藻,这不应是皇帝的追求。"

"啊?"

"历史上,亡国之君多善文辞,如隋炀帝、陈、李二后主,倘若把他们放在词人里头,亦居优列。追求浮华香艳,满足于吟风弄月,到头来,只落得仓惶辞庙,垂泪对宫娥。皇上,这都是历史教训,万不可忘记。"

这席话犹如一瓢冷水浇在朱翊钧头上,但他机灵,很快就转弯答道:

"朕明白了。"

"当然,诗词歌赋可以学,但浅尝则可,皇上的主要精力,还是应放在如何控驭天下掌握国计民生的大学问上头。"

"先生的话,朕记住了。"朱翊钧频频颔首,这时他听到外头有脚步声,支耳听了听,脚步声远去了,他才又问道,"朕用早膳时,听说被蔡启方告下的那个吴和,昨夜里服毒自尽了。"

"下臣也听说了。"张居正趁机问道,"蔡启方与莫文隆的两道本子,不知皇上及太后如何处置?"

朱翊钧不便向张居正说出母后的犹豫与猜疑,只说了自己的心思:

"这吴和诈传圣旨,死有余辜。"

"皇上英明。"

"听大伴说,先生每日会见有关官员,正思虑国家财政改革的举措?"

"是的,臣有一道长疏专门论及此事,正在草拟之中,写好后就呈上,请皇上裁夺。"

"很好,为社稷事,先生辛苦了。"

张居正一听有送客的意思,便磕头告辞。

第 八 回

张宰揆接旨进古寺　李太后冷峭斥奴才

这天上午,张居正到内阁入值不到半个时辰,忽然乾清宫管事牌子周佑来报,说是李太后要他作速赶到大隆福寺见面,而且只准穿便服不得讲排场。张居正虽觉得这道口谕有些蹊跷,却也不敢怠慢,立忙换了衣服,觅了一乘二人抬的小轿悄没声儿地往大隆福寺而来。

经历一场倒春寒,京城的天气又转好,转眼到了二月二龙抬头这一天,拂面的东风已是温暖宜人。除开正月十九的燕九节,这龙抬头在京城里也算是个重要的节日。人们一大早儿起来,第一件事就是提一箩白灰,从门外蜿蜿蜒蜒一条线儿撒到厨房里,接着又绕着水缸,一边撒灰一边唱着"引龙回,引龙回呀引龙回"的歌谣。盖因这时候已过了雨水节,人们盼雨了。龙不行来雨不施,引龙回为的是引回一场春雨来。做过了引龙回的仪式,喜欢吃饼的就搬出黍面枣糕,掺和着摊成薄薄的煎饼,名曰龙鳞饼;喜欢吃面的,就去食铺里买回用隐绘龙形彩纸包扎的大兴县的油挂面,谓之龙须面。这一天,无论是宫中还是百姓人家,女红一律停止,怕的是飞针引线不小心扎伤了龙眼睛。也就是这一天,各家严严实实捂在深窖中避寒的各色花木,也都打开窖口放些子暖风进去催其复苏。总之,一到这一天,京师人家就从心里头感到久违的春天已是跨进了门槛儿。

其实,这时候的地气还薄,雄伟的燕山山脉虽然阻挡了关外的寒潮，但南方的暖流在越过了黄河之后，也遭到了无尽冻云的顽强抵抗。在幽燕之地，首先感受到春意的是那些牲畜。牧场上的马开始尥蹶子了，它们烦躁地跃过垺墙，发出咴咴的叫声。对骒马来说，这雄壮的嘶鸣有着多大的诱惑啊！原野上蒿草丛中，到处可以看到淫性十足的狗们在酣畅淋漓地交媾。顶着漂亮的大红冠子的公鸡，也常常一抖翅儿跳到树上，伸着脖子高瞻远瞩，为的是能找到"意中人"，忽然，它飞身而下，以娴熟的身技逮着一只小母鸡旁若无人地撒野……这一幅幅自然的"春宫图"，使辽阔的北国陡然间充满盎然的生气。冰碴子碎了，土坷垃潮润了，绊根草的根部泛起星星嫩绿，水畔的垂杨，也爆出了翠翠的豆粒大的嫩芽儿……

京城里头，高高低低满满登登塞满了砖头房子，看春景儿不如郊外熨帖。但各家各户的孩子早就跑出巷子口，在空场上玩起打尜尜的游戏。这尜尜形状类同枣核儿，用二寸长的硬木制成，放在地上以棒击之，第一棒把尜尜击起来，第二棒跟上去把飞转的尜尜凌空击远。小儿们玩这个游戏，以击远者为胜。京师民谣："杨柳儿活，抽陀螺；杨柳儿青，放空钟；杨柳儿死，踢毽子；杨柳发芽儿，打尜尜儿。"眼下正在杨柳发芽儿的早春二月，满京城都活跃着打尜尜儿的孩子。这些黄髫小儿的欢呼雀跃，更是把人们寻春探胜的心情撩拨了起来。

街上到处都是踏青的人们，若是出城，四郊有多处胜景可供流连，可是城里头，人们寻春一般都到大隆福寺和什刹海。

大隆福寺位于城东四牌楼北一条胡同内，这胡同就叫大隆福寺胡同。这座气势雄伟的大庙由明朝第七个皇帝景帝敕建，成于景泰四年。寺内供着三世佛三大士，入山门左首是藏经殿，右首是转轮殿，中间经过毗卢殿，至第五层才是大法堂。此堂白石台栏乃景帝尽撤前任英宗皇帝南内御所的木石所建。殿中藻井绘有八部天龙华藏界具，旋窗绕棁尽是西域气象。寺一成，就成了京城内一大胜景。京城寺庙很多,但惟有这座大隆福寺和西城的大兴隆寺为皇帝敕建,是皇家香火院。信佛的皇上偶尔出来敬香,就到这两所寺庙。因这一层,大隆福寺不但香火极旺,而且寺前的庙市也是京城里头规模最大的。每月逢九逢十,庙前广场到处都支起棚子,除了日用百货,此处庙市最吸引人的多是旧书古拓夏鼎商彝楚戈汉镜等古董。到后来,这里又添了花市,每年二月二龙抬头这一天,大隆福寺的花市就开张了,各色盆花,如春之海棠、迎春、碧桃;夏之荷、榴、夹竹桃;秋之菊;冬之水仙、佛手、梅花等等;还有众多的南方花卉如山茶、杜鹃、天竹、虎刺、紫薇、珠兰等等,在这花市里是应有尽有。京城一帮莳花高手,硬是有本事纳四季于一室,然后又都搬到这大隆福寺的花市上来,让众多前来赏春的游人大饱眼福。

今年的二月初二,大隆福寺的庙会花市如期开张,一大清早就扯旗放炮吆五喝六闹哄哄一片。刚过巳牌,只见张居正乘坐的小轿在大隆福寺的胡同口儿停了下来,他刚撩开轿帘儿走出来。突然看到一团黑影飞来,连忙一闪,只见那团黑影噗的一声打在轿帘上,深蓝绒布给活生生穿了一个洞。张居正反身一看,从轿子里拾起一只枣树做成的籴籴来。这时,早有一个年轻轿夫疾跑过去像拎小鸡似的拎了一个小孩过来,嘴中还恶狠狠骂道:

"混账小畜牲,你这一籴籴儿,差点要了咱老爷的命,快跪下赔罪。"

说着把小孩往地上一掼,小孩吓得跪不住,趴在地上哇的一声大哭起来。

张居正俯身把孩子牵起来,拿着木籴籴儿和颜悦色问道:"娃儿,这木籴籴儿是你的?"

小孩子抽泣着点点头。张居正把木籴籴儿还给他,说道:"这儿人多,你换个地方玩吧,倘若把人击伤,岂不闯出祸来。去吧。"

小孩拿了木氽氽儿,也顾不得道谢,一溜烟跑了。看着他瘦小的背影,张居正会心一笑,对轿夫说:"孩子天真无邪,你不要吓唬他们。"

轿夫缩手缩脚,红着脸答道:"是,老爷。"

主仆二人正议论着,忽见巷道上熙熙攘攘的人流中,一个人一边朝这儿挤一边喊道:

"张阁……啊,张老爷,寺中有请。"

喊话儿的人叫万和,本是李太后身边的随堂太监,眼下也是头戴方角巾,着一身青布道袍,乔装成一副伙计模样。

万和领着张居正走完数百步巷道,便到了大隆福寺山门前的大广场。此时广场上鳞次栉比的尽是堆满琳琅货物的棚架,十之八九都是花卉盆景,处处争奇斗艳花枝招展。广场上游客摩肩接踵,红男绿女川流不息。这里头夹杂了不少人既不买花也不采胜,而是专朝人堆儿里扎,看管那些形迹可疑的浮浪子弟。张居正一看就知道,这都是东厂的便衣番役。李太后出行虽然不惊动官府,东厂的保卫是断不可少的。因想着李太后,张居正也无心浏览花市,勾着头径自朝大隆福寺的山门走去。忽然,领路的万和停了脚步儿,捅了捅张居正,朝挨着山门的一排花架努了努嘴。张居正朝那厢望去,不免心下一惊,只见李太后在冯保等几个太监的陪侍下,正兴致勃勃地看着盆花呢。

李太后今天穿了一件大红的天鹅绒长裙。天鹅绒分为冬夏二种,夏绒雨淋不湿,称为雨缎,比之冬绒更为贵重。由于国内天鹅绒少,加之天鹅绒制法特别,所以价格昂贵。一般大富大贵人家,能穿上一件广东产天鹅绒的衣裙就算是凤毛麟角了,而李太后这一袭天鹅绒长裙,不但是雨缎,且产自倭国。因为海禁,本朝与倭国并无正常贸易,京城中各店家的倭产,都是一些铤而走险的海盗从东南洋面上贩私得来,所以价格越发地昂贵。李太后这身面料,便是内廷尚衣监从七彩霞老板郝一标手中购得,一匹天鹅绒竟值四十两黄金。李太后穿着这身天鹅绒长裙,外头又套了一件产自哈烈国的葱绿色琐袱斗篷,头上高挽的发髻,斜插了三两支翡翠闹蛾儿。这身雍容华贵的打扮,越发衬得她一张脸庞白如凝脂。再加上她这身衣服都在熏笼里用兰香熏过,一阵微风吹过,沁人心脾的幽香便飘散开来,闻者难免不怦然心动想入非非。

张居正耸了耸鼻子,正思虑着要不要走过去,李太后却一眼瞥见了他,招招手向他示意,张居正这才踱步过去。李太后指着花架上一盆花,笑吟吟地问他:

"张先生,你看这盆菊,花大如碗,花形也特别,不知是如何培植的。"

张居正看那盆花,单单的一株花,大如成化窑的大海碗,花瓣细长细长,最长的有七八寸,短的也有四五寸,每一片金黄的花瓣上,两侧竟还有一晕淡淡的绿意,在微风中,那些纷披的花瓣轻轻摇曳着,极尽婀娜。

"真是一盆好花!"张居正赞叹道,"京城多的是能工巧匠。店家,这花是你自家培植还是趸来的?"

"老爷,这架上的百十盆花木,全是小人自家培植的。"见这一行人气宇不凡,店家满脸堆笑说道,"小的莳弄花艺,本是世代相传,就这一款菊花,小的培植出三百多个品种。方才这位夫人相中的这一种,叫春秋清气满乾坤,金黄是秋的本色,花瓣两侧这一痕绿意儿,是迎春之象。"

"听你说得有板有眼,这花值多少钱?"冯保插进来问。

店家伸手叉开五指,摆了摆说:"就这么多。"

"五两?"冯保一惊。

"对,五两。"店家答道,"这是变种,培植出来花了老鼻子心血。"

"花是好花,但价码也真是个价码儿,你说呢,张先生?"李太后朝张居正送了个秋波。

"是呀,'一丛深色花,十户中人赋',唐诗人白居易的咏牡丹诗,证明古今一理。"

"夫人,你看清楚,整个花市,春秋清气满乾坤仅此一盆。"店家一旁撺掇。

"要不,咱们买下?"冯保巴结地问着李太后。

"算了吧,太贵。"

李太后说着就挪步前行,刚刚走开,就听得背后有人说道:"穿了这一身天鹅绒,却舍不得五两银子,她不买我买。"

话说得刺耳,李太后猛地转过身,见说话的是个疏眉落眼的二十多岁的年轻人,身上穿着件灰鼠皮的紧身袍子,外头罩着大团花的锦缎马甲,一身嘎里嘎巴的富贵气。京城里头这种人不少,人们背地里喊他们"二百五"。他知道李太后转身来瞧他,故意抟掌着双手做出不凡的气势,炫耀说道:

"店家,你花架上这些盆花,尽拣好的给我取十几钵来,价钱不拘。"

"这小子何方神圣,这么大的口气。"冯保附在张居正耳边,小声咕哝道。

那边,店家对这财大气粗的大主顾已是十分的奉承,笑道:"你这位东家,真是爽快人,买这些花,官府上送人?"

"送什么人呀,咱自家用!"二百五自以为优雅地捏了捏鼻子。

"你自家用?"

"咱家老爷盼咐咱来买的,他说,二月二龙抬头了,家里得供几钵花儿,养点春气。"

"你家老爷是……哟,小的不敢打听。"

"你既问了,咱索性对你说了,你知道咱家老爷是谁,你猜猜?"

那二百五嘴里同店家讲话,一双眼睛却睃着李太后,这么端庄华贵的女人,他可是从没见过,因此满脑子都在想如何与这位贵妇人比比奢华。

"这位爷,瞧你这行头,这精神气儿,你家主子只怕是个了不得的大官。"

"这你猜对了,你说咱家老爷官有多大?"二百五眯着眼睛,一只脚踏到花架上。

店家伸出三根指头:"三品?"

二百五噘嘴摇头,不屑地说:"三品算什么大官,再往上说。"

"二品?"店家迟疑起来。

二百五一笑,抬手打了一个响指,讥道:"量你也不敢往上猜了,实话告诉你吧,咱家老爷是当今皇上的国——舅——爷!"

"国舅爷?"店家惊得一咋舌,顿时腰都伸不直了,一脸庄敬地说,"爷,你是说你家老爷是当今皇上的舅舅?"

"嘻,这还有假?这花儿你给送到武清伯府上,摆好了我付你银子。"

说罢,那二百五示威似的瞪了李太后一眼,一提袍子挺着脖梗儿扬长而去。

"爷,你走好,这花儿,一个时辰后送到。"

店家跑出几步,朝着二百五的背影大声喊道。回转身见到愣怔着的李太后,又讥诮地说道:"我说你这位夫人,牛皮不是吹的,蛤蟆不是飞的,五两银子一盆花你嫌贵,你看人家国舅爷家里的势派,花百十两银子买几钵花,只当是施舍给叫花子的小钱。"

"放肆!"

冯保跺脚一声怒喝,早有十几个东厂的便衣番役围了上来。李太后脸上红一阵白一阵,看得出她内心很不好受,她没有想到父亲家中的仆人在外头如此张扬。但她不愧是母仪天下的太后,只

须臾间就把心态调整了过来,她抿嘴一笑,对冯保说:

"小本生意人,哪个不是钱窟窿眼翻筋斗,咱不必跟他们一般见识。"

话虽这么说,李太后毕竟受到刺激,再也没有闲心来逛花市,而是朝张居正做了一个请的动作,款款走在头里,复又进了大隆福寺的山门。

穿过五重殿宇,李太后一行来到大法堂后面一间五楹的宏敞客堂,这是专为皇室人员敬香时预备的休息场所,平常并不开放。一到里面,俟李太后坐定,张居正就要行觐见之礼,李太后连忙摆手说道:"张先生不必拘谨,今儿个在这里便服相见,一切礼数都免了。"

"谢太后。"张居正坐到李太后左侧的一把椅子上,冯保坐在右侧,一应闲杂人等都退了出去。

李太后坐在向阳的窗牖下,滤过窗纱的阳光,使屋子里充满了温暖。由于重门深禁,山门外的嚣杂市声传不到这里,一时间屋子里显得特别的寂静。脱掉琐袄斗篷的李太后,坐在那里,像一朵盛开的芙蓉。她望着张居正,柔声问道:

"张先生,你知道咱为何要在这里见你?"

这正是让张居正心下纳闷的事。这些日子,因为左掖门事件的发生,京师各衙门的确沸腾了一阵子,但随着吴和的突然死亡,一些替朱衡打抱不平的官员也就鸣锣收兵。他们认为,吴和既然已"畏罪自杀",朱衡就争回了这口气,保住了二品大臣的面子,这件事情就没有再闹下去的必要。但这只是表面现象,其实这件事情并没有真正解决,一是朱衡的去留问题,老朱衡经过这一次折腾,身体再也无法复原,躺在床上已无法到部履职;二来杭州织造局增额用银事也还悬而未决。早在几天前,冯保就给他透信儿,说太后准备就春季经筵的事要召见他。张居正心下明白,太后召见绝不会只谈经筵事,因此就京城最近发生的事情想好了应对之策,特别是财政改革,他也厘定思路,只等觐见时面陈。但他万万没有想到,这次召见不在平台更不在文华殿,而是选择了大隆福寺。令他惊奇的还有两层,一是小皇上没有一起来;二是太后也没有穿戴凤冠霞帔,而是穿了这一身华贵的便服。基于此,张居正感到这次召见并不正规,但却非同寻常。这会儿见李太后问话,他抬头朝李太后看了一眼,却不料李太后一双明亮澄澈的眸子也正在盯着他,那眼光中荡漾着一股与太后身份极不相称的柔情蜜意,害得这位"铁面宰相"心里头一阵慌乱,他下意识地垂下眼睑,稳了稳情绪,答道:

"启禀太后,臣实在不知太后为何选中大隆福寺召见。"

"咱知道你会感到奇怪,"李太后浅浅一笑,又瞟了冯保一眼,说道,"这大隆福寺,与咱可有着一段不寻常的缘分。"

"啊!"

张居正与冯保同时感到惊讶。李太后用手抚了抚仔细梳理过的云鬓,絮絮叨叨讲述了她的那一段尘封的往事:

李太后十五岁上由父亲把她送到隆庆皇帝潜邸裕王府中当了一名侍女后,虽然脱了穷街陋巷钻进了富贵堆中,但毕竟仍是一个下等婢女,还谈不上出人头地。她深知自己的一切前程,都系在裕王身上,因此,她总是想方设法讨裕王的欢心。裕王长期不为其父嘉靖皇帝所爱,圈禁在裕王府中无所事事,只能在酒色中度日。裕王身边侍妾成群,但都是城里长大的官宦人家女子,一个个献媚争宠娇不胜羞,裕王游戏其中早就腻了。李太后的到来,那一股子在山野间成长起来的青春气息,那一双火辣辣的眼睛,那两只茄瓜一样丰满的乳峰,还有那浑圆匀称富有弹性的臀部,莫不让裕王心荡神驰想入非非。很快,这个下等婢女就成了他的侍寝之人。虽然可以和裕王如胶似漆翻云覆雨地快活,但她的身份却不能改变。须知皇室人员的晋封是一件极为严肃的事,以她当时的出身是不可能获得名分的,若要改变处境,惟有一个方法:那就是怀孕,替裕王生下儿子来。此前,裕王的嫔妃们曾为其生了两个儿子,但未成年就都夭折了,因此,裕王府中的年轻女人们,都巴心巴肝地想怀上裕王的孩子,谁能够侍寝,立刻就会遭到别的嫔妃的忌恨与咒骂。那些日子里,李太后没少看白眼,也吃过很多苦头。嫔妃们哪容得一个下等婢女得到裕王的宠爱?因此都串连起来,一个鼻孔出气地整她。她没有屈服也没有抵抗,一切都逆来顺受。幸而那时还有一个人同情她并保护她,这就是裕王的正宫夫人陈皇后。陈皇后自嫁到裕王府来就一直没有子嗣,因此嫔妃们都想挤掉她取而代之。她看中李太后的单纯朴实,也希望她能为裕王怀孕,这样就可以阻断嫔妃们的妄想。当时备受欺凌的李太后,因此把陈皇后当作靠山主心骨,两人的这份真挚感情一直延续到今日……

李太后进入裕王府中不久,就被裕王在一次酒后破了女儿身。自那以后,她常常侍寝,但总也怀不上孩子,差不多一年时间过去,腹中尚无任何消息。李太后不免心下焦灼,每夜里她都跪在房子里焚香祷告上苍,祈望神灵保佑她早生贵子。一日,她听人说大隆福寺的观音大士极为灵验,所有求子的人若在二月二龙抬头这一天去祈求,莫不如愿以偿。李太后一听到这消息,就开始掐指头数日子,到了二月二这一天,她禀告了陈皇后,天蒙蒙亮就独自一人跑到这大隆福寺敬香来了。

大隆福寺中有六间大殿供奉三世佛三大士,大士殿是其中较小的一个。因李太后来得早,这观音殿中还寂静无人,她是第一个香客。值殿的老尼瞧了瞧她,问:"求子的?"李太后点点头。老尼指着殿外头的照壁,说:"先摸钉儿去。""摸钉儿,摸钉儿干吗?"老尼一笑说:"你不是求子吗?你闭上眼睛走过去,若能一下子就摸上钉儿,再回来祷告观音,今年就一定能怀上喜。"李太后按老尼吩咐出得门来走近照壁一看,只见墙正中果然有一个茶盅口大小的黄铜泡钉。于是便退到墙根儿,闭上眼睛伸手慢慢摸过去,一步、一步、又一步……这短短十步之遥,她像走了千里万里,好不容易,她的手指头触到了照壁,睁眼一瞄,与铜泡钉只差一指宽,她心里头好不懊丧。倚着殿门观看的老尼安慰她说:"只差一丝丝儿,不打紧的,可以摸三次。"李太后听了心下略宽,又开始第二次试摸。这一回,她闭上眼睛,连声默念了十几声"求观音菩萨保佑",再伸手探去,一会儿,她感到手指头触到一片光滑的凉意,迫不及待睁开眼睛,但见手指头可可儿地就按在铜泡钉上,顿时大喜过望,折身回到殿中,朝坐在莲花座上的观音大士行三拜九叩的祷告大礼,并把平素用心积攒的五两碎银尽数塞到老尼手中。老尼很少遇到如此诚心之人,不免心下感动,合掌说道:"阿弥陀佛,有观音菩萨保佑,施主定能如愿以偿,今天是龙抬头的日子,祝你早生龙子。"这祝福令笃信神明的李太后心花怒放,跟着就问:"老师父说咱能生下龙子?"经这一问,老尼才觉失言,但又不好改口,只得支吾道:"施主你心肠好,当然有上等福报。"就在这次求子后不久,李太后果真怀孕了,十个月后生下一个白胖白胖的小男孩,这个孩子就是当今的小皇上朱翊钧。

听李太后讲完这个故事,冯保感叹道:"难怪太后一到寺中,就去观音殿敬香,还特意看了看那面照壁上的大铜钉,原来那颗大铜钉上头,还系着咱万历皇朝的命脉。奴才刚才见到仍有一些妇人在那里摸钉,这是大不敬,应立即制止!"

"这是为何?"李太后问。

"奴才听说宋朝有个寇准,进京赶考投宿一处寺庙,即兴在那壁上题了一首诗,后来他当了宰相,庙里和尚就用碧纱笼把那首诗罩了起来以示恭敬。太后摸了那颗铜钉后产下当今圣上,这是石破天惊的大事,这颗铜钉就是神钉,怎么能再让这些凡胎俗妇一气乱摸?奴才这就吩咐下去,立即用碧纱笼,不,打制一个金丝罩把它罩起来。"

冯保引经据典专事谄媚,说着就站起来要去安排这件事,李太后示意他坐下,笑着说:

"冯公公心意儿好,但铜钉就不必罩上了。"

"这是为何?"冯保还欲争辩。

"你呀,"李太后摇摇头,又瞧了瞧张居正,意味深长地说,"你们男人,都体谅不到女人的苦心,天底下做女人的,有谁不想生个孩子。若把那个铜钉罩起来,那些想来摸钉的女人明里不敢说什么,暗里岂不要骂断咱的脊梁骨?你说呢,张先生?"

一直正襟危坐侧耳静听的张居正赶紧欠身答道:"太后祈愿天下为母者都能产下贵子,这等拔苦济世之心,真乃大慈大悲的菩萨心肠,难怪宫廷内外,盛传太后是观音再世。"

李太后听到这句赞美,脸上忽然收敛了笑容。她瞄了张居正一眼,又看了看冯保,深深地叹了一口气,说道:

"你们都说咱是观音再世,那么你们两个呢,你们是什么?"

这一问十分突兀,让张居正与冯保两个摸不着头脑。愣了愣,冯保答道:

"咱是太后的奴才。"

李太后冷冷一笑,又问张居正:"张先生,你呢?"

张居正抚了抚长须,不卑不亢答道:"禀太后,下官是先帝为当今圣上选定的顾命大臣。"

"答得好!"李太后眼波一扬,又转向冯保尖刻地说道,"你说你是奴才,你这不是作践自己吗?三只脚的蛤蟆找不着,两只脚的奴才遍地都是。"

"太后骂得是,咱……"冯保一时语塞。

看到冯保好生尴尬,张居正便替他打圆场:"冯公公说得也不差,给皇上办事,第一就是要忠心。古大臣常以臣仆自称,这仆人,换句话说,就是奴才,当奴才没有错,怕只怕一个人只会当奴,而没有才。"

"听张先生这么一说,奴才还可分别领会。"李太后抿嘴一笑,旋即说道,"你们两个,一个给皇上管家,一个给皇上治国,从这两年的实绩来看,先帝选你们当顾命大臣,没有选错。"

"蒙太后夸奖,愚臣愧不敢当。"这一回是张居正抢先表态。

李太后接着说:"今天是龙抬头的日子,我把你们两个召到隆福寺来,原是想避开皇上,跟你们说说体己话儿。钧儿已当了两年皇帝,已经十二岁了,虽然还是个孩子,但一天天长大,开始有一些自己的念头儿了。张先生,你知道那一天,皇上在平台召见你以后,回到东暖阁中做了什么吗?"

"臣不知道。"

"他命孙海,把所有从文华殿内书房中搬来的诗词集子又都搬了回去,说是你张先生要他少学这些雕虫小技,多学经邦济世的学问。"

"皇上小小年纪,能克服玩愒之心,从谏如流学习致治之本,实天下苍生有幸。"张居正说着眼圈红了。

他的感情上的变化当然逃不过李太后敏锐的眼睛,她没有表示什么,只继续说道:

"昨儿夜里,钧儿又告诉我,张先生让他读的那些书都是好书,但有一本书他不肯读了。"

"哪一本?"

"《贞观政要》。"

"这是唐太宗治国方略的集成,后世掌天下者必读之书,皇上为何要排斥?"

"钧儿说,这唐太宗玄武门夺权,连亲兄弟都敢杀,这样的人全无孝悌之心,治国再有能耐亦不足取,所以不读他的书。"

小皇上这一判断倒是让张居正没有料到,更让他惊讶的是:一个十二岁的孩子,竟然会有如此成熟的思想。他的内心充满欣喜,不由得赞道:

"皇上能独立秉断是非,真是神童啊!"

"还有哪,"李太后白皙的脸庞上挂着的笑意此时又倏然消失,"今儿早上起床,皇上又弄了个惊人之举。侍衣太监给他找了件八成新的玄色缥裳,他却不肯穿,闹着要太监给他找一件旧的。"

"这是为何?"张居正茫然问道。

"他说,上午要练书法,穿新衣服恐污上墨迹。其实,这孩子的心思咱做娘的知道,他是觉得杭州织造局增额用银事尚无结果,便一心想着节俭,以为节俭了,就是圣君作为。"

李太后说着已是泪花闪闪。看着她揪心的样子,因受到奚落而枯坐了半晌的冯保,这时又找到了说话的机会:

"皇上万乘之尊,穿衣服还这么受委屈,奴才听了,心口上像是扎着一把刀子。"冯保极会演戏,说着就抹出了眼泪,恨恨地说,"奴才去年底就拟了条陈,安排杭州织造局给皇上多制几套龙衣,偏工部尚书朱衡硬顶着不办,拖至今日还决断不下,惹得皇上伤心。"

冯保不愧有移花接木的手段,不显山不露水就把话题引到朱衡身上。张居正知道现在谈的才是今天的"正戏",好在早有准备,因此接腔说道:

"在杭州织造局用银一事上,朱衡虽有些意气用事,但臣以为,朱衡此举,实乃是为皇上着想,只是方法欠妥。"

冯保反驳道:"依奴才看,朱衡不仅仅是方法欠妥,他是成心刁难呢,不然,莫文隆的本子是怎么出来的?"

"莫文隆的本子与朱衡无关,是仆让他写的。"张居正坦然回答,"那天,莫文隆到内阁述职,仆就杭州织造局日常运作向他咨询,他便说出一些外人不知的隐情。仆思虑皇上秉政,应多知道实情,就鼓励他向皇上写了那道本子。"

"你觉得那道本子所言属实吗?"李太后问。

"莫文隆为人持重,捕风捉影之事他不会言及。"

"可是……"

冯保正想争辩,李太后却伸手制止他。她晶亮的眸子扑闪了几下,说道:"咱正想就这件事儿听听张先生的主张,请你讲下去。"

张居正点点头侃侃说道:"据南朝《宋史》记,武帝刘裕出身寒微,年轻时靠砍伐芦荻为生。那时,他的妻子也就是后来的臧皇后亲手给他做了粗布衫袄,穿了很多年之后,已是补丁摞补丁,但他还舍不得扔掉。后来当了皇帝,仍把这件衫袄珍藏着。等到他的长女会稽公主出嫁,他把这件破衫袄当成最珍贵的嫁妆送给女儿,并对她说:'你要戒除奢侈,生活节俭,永远不要忘记普通民众的痛苦,后代有骄横奢侈不肯节俭者,就把这件衣服拿给他们看,让他们知道,我虽然当了皇帝,仍不追求华美,务求简单朴素,以与万民同忧患。'会稽公主含泪收下了这件破衫袄,并从此作为传家之宝。这留衲戒奢的故事,史有明载,后代圣明君主,莫不仿而效之。"

张居正并没有直筒筒讲出自家观点,而是宕开话头借古喻今。李太后心思灵透,看了看自己身上穿着的这件产自倭国的天鹅绒长裙,脸腾地一下红了。冯保看在眼里,立刻说道:

"张先生说的这个故事,用于警示世人戒骄戒奢则可,但用于皇室或可斟酌一二,毕竟,皇上服饰并非个人好恶,实乃一国之体面。"

"冯公公深明大义,言之有理,"张居正为避免发生冲突,先拿一顶大帽子给冯保戴上,接着说,"臣也同意冯公公的建议,着杭州织造局为皇上制作一批华贵精美的章服缋裳。我们做臣子的,有谁不想圣上威仪天下,淳化万方呢!"

张居正顷刻间口风的转变,令李太后颇为惊讶。冯保提到嗓子眼的一颗心总算又落定了,他笑了笑,轻松地说:

"张先生理是理,法是法,听你这么一说,总算体谅了在下一片苦心。"

"冯公公忠敬皇上,一片眷主之情天下人共知,这一点仆也非常感动。但就杭州织造局用银一事,仆也有一个想法。"

"你说。"李太后令道。

"莫文隆讲到织造局用银中的弊端,不可不引起重视,历朝制造龙衣,一些当事中官借机贪墨,导致民怨沸腾。皇上初登大宝,百事更新,若制造龙衣仍按旧法,则新政从何体现?"张居正一言政事,口气就咄咄逼人,但他并没有忘记安抚冯保,话锋一转又道,"仆身历三朝,嘉隆期间,眼见内廷二十四监局竞相侈靡,当路大珰挟私固谬,假其威权惟济己私,心中无不忧虑。自冯公公掌印司礼监以来,内廷风气为之一新,各监局清明自守,去年仅用纸用瓷两样,就省下了一万八千多两银子,奉俭去侈,拨乱反正,冯公公功不可没。这次织造局用银,之所以引发衅端,一是工部尚书朱衡沟通有差,二是杭州织造局工价银计算有误。莫文隆本子上已讲得很清楚,制造一件龙衣,实际工价与申请用银工价,悬殊太大。"

尽管张居正言语上尽量不伤及冯保,但因利益所致,冯保仍气鼓鼓地说:

"莫文隆本子中有许多不实之词,他计算的工价,有多样没有列入,比方说衣上所缀之珍珠宝石,这项开支,几乎占了龙衣工价银的一多半。"

"这正是问题症结所在,"张居正反应极快,立马答道,"杭州织造局归内廷管辖,其用银却是内廷与工部分摊各出一半。历来编制预算都由织造局钦差太监负责,工部插不上手。既出了钱,又不知这钱如何一个用法,因此工部意见很大,为这工价银的问题,几乎年年扯皮。依仆之见,这种管理体制,现在是非改不可了。"

"怎么改呢?"李太后问。

"既是内廷织造局与工部共同出银,这每年的申请用银额度,亦应由两家共同派员核查,编制预算,然后联合呈文至御前,由皇上核实批准。"

李太后觉得张居正这建议不错,既照顾了工部面子,又堵塞了漏洞,最后的控制权还在皇上手中,便问冯保:

"冯公公,你意如何?"

冯保正在心里头盘算这事儿的得失,他不得不佩服张居正的厉害,如此一更改,虽然名义上是皇上定夺此事,但内阁却可以通过拟票来干预。自洪武皇帝到现在,这件事都是司礼监说了算,如今却大权旁落,内阁成了大赢家。冯保心有不甘,却又找不到反对的理由,只得回道:

"一切听太后裁夺。"

"好,冯公公既无异议,这件事儿,就按张先生的建议办。"

李太后一锤定音,国朝这一坚持了两百年的"祖制",就这样被轻而易举地更改了。张居正心里头大大松了一口气,但还谈不上高兴,毕竟这件事得罪了冯保。偏这时候,李太后又道:

"今年杭州织造局的增额用银,亦可让工部参与重新审核。"

张居正略一迟疑,答道:"今年织造局的用银,就不必增额了。"

"为何?"冯保不高兴地问。

"皇上还是个孩子,每年都长个儿,他现在比登极的时候,差不多长高了半个头,如果现在给他多制龙袍,恐怕到明年,穿着又不合身了,这不是白费银子么?"

"张先生言之有理,"李太后心中佩服张居正的细心,转而对冯保善意地嘲笑道,"冯公公,你咋就没想到这一层?"

冯保想笑笑不出来,含着醋意答道:"奴才心眼儿实,只瞅着皇上的穿戴,却没想到个头儿。"

"这么说,皇上今年的龙袍制作,不是要增多,而是应该减少,原来的工价银是多少?"

"四十万两。"冯保答。

"咱看就砍一半吧,二十万两怎么样?"

从八十万两一下子降为二十万两,这么大的降幅,连张居正都感到吃惊,因此迎着李太后探询的目光,他答道:"臣谨遵太后懿旨。"

李太后见冯保默不作声,知道他不高兴,便道:"你们两个,是皇上的左右手。咱说话可能不中听,但希望你们记住,你们做一切事情,都要替皇上着想,替国家着想,千万不要打自家的小算盘,更不要为鸡毛蒜皮的事闹别扭。常言道家和万事兴,你们两个都是替皇上当家的,你们之间的和,不单是皇上的幸事,更是天下苍生的幸事。"

李太后高屋建瓴说出这番话来,既有威又有情,既是拉拢又是敲打。冯保越来越感到李太后不是寻常的女人。他觉得这席话虽然是说给两个人听的,但似乎对他的提醒更多一些,心里头便产生了恐惧,赶紧表白道:

"太后所言,奴才铭记在心。奴才与张先生两个,都是亲受顾命的老臣,忠心事主是本分,哪里有个人意气可闹?"

"冯公公这样说咱就放心了。"李太后说罢,又问张居正,"张先生,朱衡申请致仕,究竟是恩准还是慰留,你意如何?"

张居正朝冯保看了一眼,答道:"臣以为,皇上可恩准朱衡致仕。"

李太后犹豫答道:"朱衡毕竟是三朝老臣,就这么让他走了,天下人会不会说皇上无情?"

张居正答:"臣也虑着这一点,因此,臣建议皇上开恩,晋朱衡为太子太傅,袭一品勋衔致仕,另外再加荫一子,这样,朱衡风光体面地告老还乡,对皇上岂不感激涕零?"

李太后想了想,道:"就依你说的办。朱衡这一走,空下的工部尚书一职,谁来接任?"

"臣让吏部举荐三人,再请皇上定夺。"

"这是规矩,张先生不说咱也知道,咱想知道的是,吏部举荐三人,究竟哪一个可担此重任,张先生要预先考察凿实,廷推之前先给皇上通气。"

张居正本想趁机举荐李义河,但又怕引起李太后猜忌反而办不成,故又打消了念头,只恭谨言道:

"臣遵旨。"

这时候,随堂太监万和进来禀报,说是寺中的素膳已备好,请太后前去享用。李太后便起了身,带着张居正与冯保进了隔壁的膳厅。

第 九 回

说子粒田慈圣动怒　唱岭儿调玉女伤春

　　刚过午时,户部员外郎金学曾也乘了一顶四人抬青呢大轿来到了大隆福寺。自李太后"微服私访"进了寺后,东厂番役即把了寺门,一应闲杂人等都挡在门外不得入内。这金学曾大摇大摆跨门而入,番役们以为他是李太后传旨召见的,倒也没有拦他,任他兴抖抖昂头而去。其实,金学曾并不知道李太后、张居正与冯保等一干要人在寺里头,他来这里乃是别有所因。

　　却说前年秋上,因在秋魁府斗蟋蟀儿赢了一万两银子并捐给太仓后,这金学曾一夜之间就成了京师名人,不但同侪官员对他刮目相看,就连首辅张居正与户部堂官王国光也觉得他心眼灵透大可造就,因此委以重任,派他去礼部查账。半年下来,他把礼部几十年的陈账翻了个底朝天,剔假求真锱铢必较,活活地提溜出一窝子硕鼠来。张居正靠着他提供的确凿证据,惩治了十几名贪墨官吏。在清流习气浓得化不开的官场,张居正好不容易发现这样一位循吏,于是对他破格提拔,才两年多工夫,他即从一个九品观政跃升为从四品的户部员外郎,升官的速度比三月天的竹笋蹿得还快。官位骤升,他最怕的就是别人说他"占着茅坑不拉屎",所以,只要部里碰上犯难事,别人躲着不肯干的,他都主动请缨。正因为如此,去年冬上,他又接下一件鬼见愁的差事——去宛平县稽查三宫子粒田的收成。

　　且说这宛平紧挨北京,青葱冈峦平畴沃野尽在皇帝爷的眼皮子底下。因为靠得近,荣沾圣恩的事儿虽然有,但更多的却是道不得的苦处。别的不说,单道历代皇上给皇亲国戚内府貂珰等各类人物的赐田赏地,差不多就把全县上好的田土占去大半。其中最引人注目的,大概就是三宫子粒田了。所谓三宫,即大内的乾清宫、慈庆宫与慈宁宫。这三宫的子粒田,在京畿有多处。宛平之外,尚有顺天府大兴县、河间府静海县、保定府清苑县等处。这子粒田的收项,称为子粒银。收上来由三宫主人支配,实际上是他们的私房钱。皇上、东宫和西宫平常要赏赐身边的内侍宫女,就从这笔钱里开支。万历改元,李太后虽然与儿子朱翊钧一起住进了乾清宫,但慈宁宫名义上仍是她的寓所。因为皇上年幼,还不到自己花钱的时候,所以这乾清与慈宁两宫的子粒银,实际上为李太后一个人享有。隆庆六年加封两宫皇太后称号后,在冯保建议下,户部核准又给两宫子粒田各增加五十顷。这样一来,慈宁宫名下的子粒田,仅宛平一处,就已高达一百七十顷四十九亩五分二厘,每年子粒银的进项有八千余两之多。去年,宛平县衙解送上来的子粒银比往年少了许多,仅慈宁宫一家就少了一千多两。短了三宫的进项这可不是小事,因此,子粒银交付不几天,就有一道圣旨传到:"三宫子粒银为何拖欠许多?又昨慈宁宫所进钱粮,比去年少一千有余,查明回奏,钦此。"这道旨是李太后借小皇上的口发出的,没有直接发到户部而是由内阁传达,其用意也很明显,就是希望张居正能够直接督查此事。张居正接旨后即把王国光找来商量,要他派个得力的人去宛平县调查一下子粒银欠缴的原因。王国光几乎不假思索就推荐了金学曾,张居正也欣然同意。

金学曾得到这差事后,便雇了一头驴子骑到宛平县署,向县令沈度说明来意。沈度听后一笑,说道:"金大人奉旨行事,咱县衙该如何配合,你吱声儿就是。"除了表示热情,这沈度是多一句话都不肯讲。金学曾猜到沈度的心思一是作为当事人理当回避,二是怕在钦差面前说错话落下把柄,也就不难为他,只让他派出钱粮师爷,陪着去宫庄子粒田实地调查。

这种调查表面上看起来并不是难事,找宫庄佃户一问便知,但若深入进去,才知道个中隐情甚多。金学曾在底下转了二十来天,因要过春节了才不得不回到县衙。与沈度作别时,他并没有说及自己的调查结果,只留下一句充满同情的话:"你这个县太爷难当。"他如此感慨,是因为他发现过多过滥的赠田赏地,实际上已成为一宗危及邦本压迫地方的弊政。就说这宛平县,各类赏赐庄田达一千多顷,占去全县田土的十分之三。这些庄田分别属于三百七十一人,有的是前朝勋戚世袭而下,有的是当朝权贵泽骨之惠,查起来后个个都得罪不起。这些庄田的子粒银,一经核定就得如数交纳,倘若遇上天灾人祸田亩歉收,碰上说理的庄田主尚可通融酌情减免,若碰上蛮横的,哪怕敲骨吸髓他也不肯减少一分一厘。这种情况一旦发生,宛平的一县之令,真是一百二十个为难。若是帮着勋贵催租,则无异于夺人性命;若帮着农户诉苦,则要备受勋贵们的凌辱。就说这个沈度,去年冬月就因为帮佃户说了几句话,竟当众挨了前来催租的世袭勋爵杜继祖的耳光。金学曾在调查中获得大量详情,春节期间,趁着到部堂大人王国光家拜年的机会,将子粒田的种种弊端作了大略汇报。王国光感到事情重大,便带着他到张居正府上再作禀报。王国光的意思很明显,如果首辅有决心解决子粒田的弊政,金学曾就可以继续调查,如果没有,这个马蜂窝就赶紧不要去捅它。正思虑着财政改革的张居正,哪肯将这等污糟事弃之不管?当即就表态要金学曾继续调查。

有了首辅与部堂大人的支持,金学曾一过罢春节就立刻精神百倍地继续他的差事。他从宛平县署钱粮房的档录中查到,京城中的大隆福寺在宛平马房庄也有六十顷赠地,每年收子粒银近千两。按记载,这是当年英宗皇帝的恩赐——权当是皇室赏给的灯油钱。金学曾便想查一查大隆福寺的和尚们拿这一千两银子干什么。昨天他从宛平县回来,今日上午到部点过卯,处理了一些手头要紧事务,便登轿到了大隆福寺。

他在各殿里闲逛了一趟,问了问收受香火钱的情况。不觉已穿过四重大殿,来到第五重的大法堂。他正在法堂里与值殿的和尚有一搭没一搭地聊天,忽听得门外传来一阵杂沓的脚步声,便回头瞻望,只见一行人在寺中住持的引领下,已是走到了门前那一座英宗皇帝敕建的白石栏台上。住持指着头顶上的藻井,开始向一干人众讲述上面绘就的天龙八部故事。内中有一个身着青布道袍的中年男子,胸前一部飘然长须引起他的注意。定睛一看,不禁大吃一惊,心中忖道:"这不是首辅大人么,他怎么会穿上便服来到这里呢?看他边上的那位妇人仪态万方,又不知是谁?"既然邂逅相遇,金学曾情知无法回避,于是一步跨出门来,迎着张居正高喊一声:

"首辅大人!"

张居正一个愣怔,他没想到此时此地会有官员出现,更没有想到这个官员会是金学曾。说话间金学曾已走到跟前,一个长揖到地,却没有行庭参之礼——这也是规矩:再大的官若是只穿便服,便不能以官礼相见。看着金学曾执礼甚恭的样子,站在张居正身边的李太后也感到奇怪,怎么大法堂里会跑出一个四品官员来。用过午膳之后,是她提议要往寺中各处走走消消胃气的。她本想车身回避,强烈的好奇心又驱使她留了下来,她问张居正:

"这个人是谁?"

张居正正愁没法介绍,见李太后主动问起,连忙回道:"这位是户部员外郎金学曾。"报过名衔,张居正又特别补充一句,"他正在奉旨调查三宫子粒银欠缴一事。"

"啊,"李太后秀眉一挑,顿时来了兴趣,昐咐道,"带他到客堂参见。"

李太后一行回到客厅,都按原位坐下,万和领金学曾进屋觐见。此时金学曾已知道了贵妇人就是李太后,心里头激动非常。万历朝真正当家的就是这位李太后,这已是路人皆知的公开秘密。她所倚重的内臣外相冯保与张居正两人,今天一并都到了,此等机遇更属难得。他觉得刚才在大法堂前,张居正是有意把他介绍给李太后的。他揣摩张居正的心思,是要他借此机会把调查所得的子粒银实情,向李太后和盘托出,因此心里头做好了准备。一进屋,他就向李太后行了觐见大礼。李太后给他赐座,金学曾却是跪在地上不起来,答道:

"在太后面前,下官不敢落座。"

"这是为何?"

"为的是朝廷礼仪,只有二品以上的部院大臣,面见皇上与皇太后,才有赐座之理。我一个四品蚂蚱官,只能长跪。"

李太后扑哧一笑,问道:"怎么,四品还是个蚂蚱官?"

"比之七品县令,我四品员外郎是个大官,但在皇太后面前,却只能算是一只蚂蚱了。"

金学曾语调诙谐,却没有给人油腔滑调的感觉。李太后见惯了呆板之人,乍见如此一个另类便觉得新鲜,接着问道:

"听说你会斗蛐蛐儿?"

"雕虫小技,何足挂齿。"

"虽是小技,亦见灵气,"李太后笑道,"前年,你在秋魁府斗蛐蛐儿赢了一万两银子,都捐给了太仓,你为何要这样做?"

"为皇上分忧。"

"唔,"李太后觉得这回答太甜,又问,"你方才说,你今日来大隆福寺,是公干?"

"是。"

"庙里头是焚香拜佛之地,有何公干?"

"当然有,因为这是座皇家寺院,自英宗皇帝时起,就赐给子粒田六十顷,每年租课收入约计一千两银子,用来支付寺中日常用度。下官今日就是来查查,这每年的一千两银子,究竟是怎么用的。"

"查出来了吗?"李太后关注地问。

"今日下臣到这大隆福寺一看,真是百感交集。"金学曾长跪在地,挺直身子问道,"方才,寺里住持陪侍太后,他身上穿的那件袈裟,不知太后是否留意。"

"袈裟怎么了?"李太后不解地问。

"这袈裟是用上等的西洋布制作的,依下官估计,少说也值五六十两银子。"

"和尚衣服也这么贵?"张居正故意问道。

"是啊,这也正是下臣纳闷之处,"金学曾从容答道,"下臣从小就听说,一入空门六根俱净。贪嗔痴一应人间毛病,一概为佛地宝刹所不容。大和尚身着华美之服,这本身就不是出家人所为。今日,下臣进到这大隆福寺,倒像是进了钟鸣鼎食之家。"

金学曾言辞犀利却又占理,李太后睨着他,问道:"你的意思是,大隆福寺把皇上赐给的子粒银,都给挥霍掉了?"

"有这等嫌疑,"金学曾回答得很干脆,"这大隆福寺本是京城寺庙中香火最旺的,城里许多勋贵都是他的施主。我听说宫里头许多中官,每年都向这里捐香火钱,前些时畏罪自杀的吴和,大年初一赶来这里烧头香,一次就捐了五百两银子……"

"有这等事吗?"李太后打断金学曾的话,问专注听着谈话的冯保。

"有,宫里头的老人,或多或少,都喜欢做点功德。"冯保据实回答。

"有这么多大施主,大隆福寺还用得着子粒银么?"金学曾一个设问,引得在座的人都屏声静息听他说下去,"皇上赏赐田地,说穿了,赏的是民脂民膏。天下财富额有定数,此处赏得多了,彼处就会减少。如今这天下的财富,上不在朝廷,下不在百姓,都让一些豪强权势大户控制了。"

冯保一听金学曾的话已是说离了谱,担心李太后听不入耳,于是赶紧制止道:

"金学曾,让你奉旨稽查三宫子粒银缺额一事,你怎么扯起这些野棉花来了?"

金学曾虽然不是那种见风使舵的滑溜角色,却颇能审时度势掌握分寸。他刚才放了一个"二踢脚",原意是想探探虚实,见冯保出面阻拦,便顺着他的话头答道:

"三宫子粒银一事,臣已稽查明白。去年欠缴的原因,乃是因为春上地里遭了虫灾。论收成,三宫庄田的麦子只有前年的三成,农户们交出的子粒银,连总数的一半都不到,差额部分县衙想法筹措。"

"县衙又上哪儿筹措呢?"张居正追问。

"宛平除了例赐私人的子粒田,还有一些用作县学与祭护山林的官田。这部分收入由县衙掌握使用,算起来该项进银也是入不敷出,但县令沈度担心三宫庄田子粒银欠缴太多会引起圣怒,故只好临时调剂。即便这样拆东墙补西墙,也无法凑足定额。"

"他们凑了多少?"李太后沉着脸问。

"仅慈宁宫一处,他们就凑了整整三千两银子。"

"谁让他们凑的?"李太后霍地站起身来,发髻上斜簪的闹蛾儿上,翡翠吊坠一片晃动,她眼睛睁得圆圆的,逼视着金学曾,怒气冲冲地问,"宛平县令是谁?"

"沈度。"

"你方才所言,都是他告诉你的?"

"不是,沈度讳莫如深,什么都不肯讲,臣方才所言,都是自己调查所得。"

金学曾从容答对,没有一丝推卸责任的意思。冯保好长时间没有看到太后发这么大的脾气,连忙欠身劝道:

"请太后息怒,金学曾一派胡言,原不足为据。金学曾,还不退下去!"

金学曾正要磕头谢恩退下,只见李太后摆摆手,喘着气儿说:

"慢!"

"太后。"冯保紧张地喊了一声。

李太后稍稍稳定了一下情绪,望着金学曾,口气缓和下来:"你下午就找他冯公公,从内廷供用库中支银,宛平县衙填补的银两,一厘一毫都退回去,你明天就去宛平办这件事。"

李太后态度的突然转变,金学曾不知是祸是福,小心答道:

"太后,臣奉旨办差,只是说明所查的实情,并没有要太后退还子粒银的意思。"

"要咱退子粒银,你有这个胆吗?你自己说过,你还是个蚂蚱官!"李太后说着又动了火气,转向张居正言道,"张先生,宛平县令沈度,给他革职处分,永不叙用!"

张居正犹豫着没有回答,跪在地上的金学曾却肆无忌惮地嚷了起来:

"太后,下官有话要禀奏。"

冯保怕金学曾火上浇油,急得跺着脚嚷道:"你闭嘴!"

李太后瞪了冯保一眼,问金学曾:"你要禀奏什么?"

"下臣要为沈度辩解几句,"金学曾涨红着脸说,"沈度实心为朝廷办事,在宛平县令任上,不知受了多少委屈。这样的好人不但不能提拔,反而要遭受撤职处分,如此处置,有失朝廷公正!"

"放肆！"这一次是张居正吼了起来，他指着金学曾怒斥道，"你在官场待了几天？懂得什么叫朝廷公正，嗯？在太后面前如此张狂，凭你刚才这几句话，本辅就可以将你撤职查办！"

金学曾因为一时性急而直言犯上，经张居正这一骂才清醒过来。他虽然承认自己情绪偏激，却不认为自己说错了什么，此刻勾头跪在那里，满脸沮丧一声不响。他哪里知道，张居正的怒不可遏，其实有一多半儿是在做戏。这位首辅明里骂他，暗里却是为了保他。张居正已经看到李太后脸色红一阵白一阵，怕她按捺不住发作起来。如果从她嘴中说出"撤职查办"四个字来，那就是不可更改的懿旨，金学曾刚刚开始的仕途生涯立马儿就会终结，因此张居正抢先发言。他知道金学曾不服气，便也想借此机会敲打这头"叫驴"，于是继续斥道：

"太后要将沈度革职，这是英明之举。连这一点你都看不出来，还充什么能人！依本辅来看，将沈度革职的理由，至少有三：第一，三宫子粒银因天灾难以收齐，沈度竟胆敢将学宫银与养马银挪用贴补。这件事设若传了出去，不知情的人，还以为这是太后强要，这不是陷太后于不义？第二，身为朝廷命官，不敢做端直之士，谨于法令以治县，而是唯唯诺诺委曲求全，挨了前朝勋爵杜继祖的耳刮子也不敢上奏朝廷，这是十足的庸官。第三，这沈度已在宛平县当了四年县令，对子粒田的种种弊端，应该说早就了如指掌，可是，皇上何时见他就此事写过只言片语？身穿官袍就禄食俸之人，不敢为朝政直谏建言，这样心中只有自家得失而无皇上的官员，留着他又有何用！"

李太后要将沈度革职本是一句气话，没想到张居正居然深察幽微说出这一番深刻道理。她在对张居正大加赞赏的同时，又增强了对自己处事能力的信心，她问金学曾：

"首辅的话，你听进去了吗？"

金学曾早就听"懂"了首辅的宏论——明里是在训斥他,暗里抨击的却是子粒田的弊政——顿时他对首辅炉火纯青的政治智慧佩服得五体投地。他答道:

"首辅的话,下臣听了如醍醐灌顶,经首辅点拨,下臣才悟出了太后的英明睿断。"

几句奉承话,让李太后心情转好。她咬着嘴唇沉思了一会儿,又问道:

"子粒田对朝政的危害,究竟有多大?"

金学曾本想回答,但看到张居正有启奏的意思,便自谦地说:"下臣奉旨去宛平县调查,所知情况终是一孔之见,不敢妄奏。"

张居正觉得这正是他向李太后陈述财政改革的好机会,略略打了一下腹稿,便缓缓言道:

"国朝自太祖皇帝建极以来,已历十二帝,每个皇帝在位时,都曾对皇亲国戚近侍功臣赏赐土地。前些时,臣曾派人去宗人府查过簿册,截至隆庆六年止,在籍皇室宗亲有八千二百一十四人。其中亲王三十位,郡王二百零三位,世子五位,长子四十一位,镇国将军四百三十八位,辅国将军一千零七十位,奉国将军一千一百三十七位,镇国中尉三百二十七位,辅国中尉一百零八位,奉国中尉二百八十位,未封名爵者四千三百位,庶人二百七十五位。这些宗亲,每个人名下皆有赏赐田地,多的有一千多顷,最少的也有八十多亩,全部加起来有四百多万亩。这仅是宗亲,若加上外戚、勋贵、功臣、内侍、寺观等受赐子粒田,数目之庞大,一时还难以统计出来。去年户部统计,天下所有州府税粮,大约二千六百六十八万四千石。而领食朝廷俸禄者,计有文官二万四千人,吏员五万五千人,武官十万人,卫所七百七十二个,旗军八十九万六千人,廪膳生员八万五千八百人。朝廷所收税银,根本无法应付这庞大开支。两相比较,每年所缺税粮大概一千多万石。眼下的情况是京衙缺禄米,卫所缺月粮,各边缺军饷,名省缺俸廪。户部尚书王国光出掌天下财政不过两年时间吧,那满头乌发倒是白了一多半。不为别的,就为一个入不敷出,巧媳妇难为无米之炊。"

说到这里,只见万和探头朝里看了一下,冯保踅到门边同他耳语几句,万和又轻手轻脚走了。李太后一眼瞥见金学曾还直挺挺跪在那里,便问道:

"跪了这半日,你这膝盖酸也不酸?"

"酸。"金学曾咧了咧嘴,老实回答。

"前朝有臣子觐见时应对有错,被罚往午门长跪,一跪就是一天,身子骨儿还不能倒架,看来,你的跪功还不到家。这里没你的事儿了,去吧。"

金学曾难得有机会听到首辅关于国家财政的长篇大论,本极有兴趣听下去,却没想到李太后要他退下,他只得叩首谢恩,怏怏退了下去。

客厅里,张居正接着刚才的话题,继续言道:

"国家兴亡,重在吏治;朝廷盛衰,功在财政。我万历皇上登极两年以来,虽垂髫少年,却天纵英姿,决心开拓新政,当一位垂范后世的英明君主。这实乃社稷之大幸,苍生之大幸。自前年京察始,臣每有建议,皇上都虚心采纳,并颁旨例行天下。正因为有皇上的全力支持,臣才能审事量权,揣情谋断。且喜今日,普天之下,百端补治清慎勤明的吏治新局面已经出现。这是盛世的好兆头,但还不是盛世,因为,时下国家的财政,尚在非常艰难的境地。"

李太后从来没有见到任何一个人如此意气风发地议论国事,包括她已经大行的夫君隆庆皇帝,也包括她一言九鼎的儿子万历小皇上。趁张居正喝茶润嗓子之机,她插话道:

"如何扭转国家财政的困境,想必张先生早已运筹帷幄,成竹在胸了。"

"臣自隆庆二年入阁担任辅臣,就一直关注财政问题,"张居正怕说啰嗦了李太后不耐烦,故尽量言简意赅,"江南三大政,漕政、盐政、河政,都是财政,北边之屯田、茶马交易,也都是财政,方才太后问及的子粒田问题,就更是财政了。天下田亩,额有定数,勋贵手中多一亩子粒田,朝廷就少一亩田赋。臣算过,如果仅从宗室所有子粒田中,每亩抽三分税银上交国家,朝廷就多了一百二十多万两银子,这相当于一个蓟辽总督麾下十万将士一年的开支。如果全国所有的子粒田都如此办理,则北方九边的军费几可解决一半。"

"有这么多吗?"李太后问。

"臣认真计算过,误差不会太大。"

李太后立刻盘算起来:慈宁宫在宛平县的子粒田一百七十多顷,若征三分银上交国库,一年差不多要拿出五千多两银子,这是一笔不小的数目。但她知道,如果自己带了这个头,天下所有子粒田的拥有者,则都不敢违抗。仅此一项,朝廷一年就多了几百万两银子的收入。张先生为天下计,方有此议,自己断不可为些小私利而不支持他,何况这天下又攥在自己儿子手中。主意既定,她便对张居正说:

"张先生心忧财政,本是替皇上操心,哪一个想当英明君主的人,不想实现富国强兵的愿望?一个丁门小户的人家,打开门来尚有柴米油盐酱醋茶七件大事,何况一个国家?手上没有银子,什么事情都做不成,咱看你提议的财政改革,就从子粒田改起。每亩加征三分银,这数码儿不大。你回去让户部拟本送呈皇上,让皇上批旨允行就是。"

张居正没想到李太后答应得这么爽快,感动地说:"太后如此通情达理,臣惟有披肝沥胆报效皇上。国家财政,只要开源节流,一方面杜绝贪墨侈靡之风,另一方面针尖削铁广开财路,臣保证不出两年,财政拮据的状况,就会根本转变。"

"有你这句话,咱就放心了,皇上也就放心了。"李太后说着浅浅一笑,又道,"本说今天到大隆福寺来散散心的,谁知又板起面孔谈了这半天的国事,咱真是有些乏了。"

"是臣烦累了太后。"张居正一脸歉意说道,"请太后回大内歇息。"

"还有事儿没办完呢。"李太后忽然咯咯地笑起来,问冯保,"冯公公,人带来了吗?"

"带来了。"

冯保答罢朝张居正诡谲地一笑,已是闪身出门。

客厅里,只剩下李太后与张居正两个人。忽然,两人都感到有些不自在。李太后瞅了瞅正襟危坐的张居正,脸上泛起了红晕,她伸手抚了抚云鬓,问道:

"张先生,咱刚才发脾气的时候,样子很难看吧?"

张居正不禁诧异:太后怎好拿这样的话来问一个外廷的大臣?但他还是老实答道:

"臣当时一门心思只想如何训斥金学曾,倒是没有注意到太后。"

李太后娇甜的眼神里掠过一丝失望,又问道:"你想知道刚才你论述国家财政时,咱在想什么吗?"

"臣想知道,请太后详示。"

"咱在想,这位张先生脑瓜儿怎么这么好使,那么多枯燥的数字全都记得,张口就来,连顿都不打一个。仅这一点,就可以断定你是个忠诚为国勤勉政事的人。"

"太后过奖了。"

"咱说的是实情,"李太后感叹道,"当皇上的,最怕大臣文恬武嬉,有张先生做文武百官的楷模,皇上再不用担心朝局了。"

张居正心底明白,太后嘴上说的是皇上,其实最担心朝局的是她自己,便回道:

"皇上年纪虽小,但志存高远,可以料定他长大之后,必然是一位英明君主。"

"但愿如此。"李太后心存感激,投向张居正的目光也就更为大胆,"天底下的母亲,有谁不想自己的儿子成器?咱身为太后,这份担忧更不同常人,幸好钧儿在张先生的教导之下,虚心好学,勤研政事,已有一个好的开端。"

张居正赶紧纠正:"臣不敢教导皇上。"

"老师对学生,不是教导又是什么?"李太后真情流溢,感叹道,"作为母亲,咱看得清清楚楚,对钧儿的成长影响最大的,是两个人。一个是他的父皇隆庆皇帝,另一个就是你!"

"太后!"张居正不知所措喊了一声。

"张先生不必紧张,这是咱的肺腑之言,没有半点虚假,咱毕竟是太后,在这个身份上,还用得着虚情假意巴结人吗?"

李太后火辣辣的目光,灼得张居正浑身不自在,但他不敢越雷池一步,只哽咽答道:

"太后如此器重下臣,臣无以为报,当结草衔环,誓死效忠皇上。"

同刚才议论国事慷慨陈辞相比,这张居正好像换了一个人。面对首辅的这份拘谨,李太后仰面嘘了一口气,又问:

"张先生,你觉得太后不像一个女人么?"

"不……"张居正语塞了。

"不,不什么?"李太后追问,不等回答,她又问道,"你觉得咱是一个什么样的人?"

"太后端庄贤淑。"

"还有呢？"

"太后美而不艳,媚而不妖。"

"这是张先生的真心话？"

"是真心话。"

此时张居正已是浑身燥热,嗓子干得冒烟,却又想不到喝水。李太后看着他的窘态,忽然有了一种很大的满足感,说道：

"骆宾王的《讨武曌檄》,骂武则天'狐媚偏能惑主',这是穷酸文人的谰言！狐媚是女人的本钱,天底下没有不吃鱼的猫儿,也没有不喜欢狐媚女子的男人。张先生你想一想,皇帝身边美眷如云,后宫嫔妃尽是佳丽,你若不狐媚,又怎能技压群芳而获宠？不能获宠,作为一个女人,你岂不要把一盏青灯守到白头？当然,狐媚只能作为获宠的手段,若要固宠,还得端庄贤淑。所以说,狐媚与端庄,乃是一个女人的两面,二者不可偏废。"

这一番奇论,张居正闻所未闻。不过也让他就此找到了李太后当年在后宫脱颖而出的理由。他觉得眼前这位年不过三十的美丽太后不但可敬,而且可爱,不免由衷赞叹：

"太后真乃巾帼英雄！"

谁知李太后不领情,把嘴一噘,讥道："张先生,你这一评价,我就俗了。"

"啊？"

"想当英雄的女人,那还叫女人吗？女人最大的本事,就是要博得男人的欢心。"

张居正的心怦然一动,他看到李太后眼光中有某种企盼,便小声言道：

"太后作为一个女人,也许寂寞了一些。"

"是啊,"李太后的心思被勾动,只见她眼眶中溢出晶莹的泪花,感叹道,"作为女人,都有七情六欲,但作为太后,却又不能不把这些七情六欲抑制下去。"

"太后母仪天下……"

张居正本想说一句安慰的话,出口又觉得不像,便打住了。这时,只听得门外有一声轻轻的咳嗽。

"谁呀?"

"是咱。"

冯保的声音,他出去喊人,本用不了这么长时间,但他看出李太后有单独与张居正多待一会儿的意思,就在外头磨蹭了半天。

"人带来了吗?"李太后问。

冯保隔着门答:"带来了。"

"进来吧。"

门被推开,冯保一让身子,让一个穿戴入时的年轻女子打前走了进来。张居正注目一看,不禁大吃一惊,来者不是别人,正是他宠爱的玉娘。

"怎么会是你?"张居正情不自禁站起身来。

玉娘也看到了张居正,但来不及打招呼,只见冯保指着李太后对她言道:

"这是慈圣皇太后。"

玉娘赶紧跪下磕头,李太后紧盯着她看了好一会儿,才吩咐赐座,然后笑着问张居正:

"张先生,没想到吧?"

"臣……"张居正脸色腓红,不知说什么好。

却说在前几日的一次闲聊中,李太后从冯保口中得知张居正宠上了一位叫玉娘的小女子,她顿觉好奇。在她的印象中,张居正是一个不苟言笑的正人君子,没有想到他也会花前月下情意绵绵。今天上午到了大隆福寺后,与张居正谈话时,她突然灵机一动,想把玉娘找到这里来见上一面,于是在中午用膳时偷偷吩咐冯保派人去办这件事。

乍一见玉娘,李太后惊叹她的美貌,看她走几步路儿,袅袅娜娜,却没有轻薄之态,又问了她几句闲话,无非身世籍贯之类,玉娘也不怯场,大大方方应对无误,心中对她已是产生了几分好感。看到张居正在一旁局促不安,李太后笑道:

"张先生,听说你身边多了一位玉娘,咱就想看看是何等的一个标致人儿,所以今天就让冯公公去积香庐把她请了来。"

张居正一听李太后什么都知道,心里头有些紧张,不安地答道:"臣行为不检点,有失大臣风范。"

"先生不必自劾,"李太后以少有的亲热语气说道,"咱这个太后不是呆板之人,前些时,看到张先生为国事如此操劳,咱还寻思着在宫里头选一个才貌双全的宫女赐给张先生,让她好好儿地侍候你。谁知宫女还没选出来,这位玉娘倒捷足先登了。这是好事,你不要自责。"

"谢太后。"张居正心存感激。

"玉娘,你过来。"李太后忽然喊道。

玉娘起身走到李太后跟前,李太后拿起她的手摸了摸,又看了看她的一双扑闪闪的杏眼、白皙圆润的下巴颏儿,叹道:

"看你这副长相,也是个有福的人,跟着张先生,不致败他的运。"

"多谢太后夸奖。"玉娘蹲了个万福。

李太后朝张居正瞥了一眼,又对玉娘说:"咱若不是太后,肯定就要起你的醋意儿,玉娘,从今天起,你就算从我身边选拔的宫女,好好服侍张先生,不可耍娇使性子,你记住了?"

"奴婢记住了。"玉娘羞涩地一笑。

"记住了就好,没事儿的时候,咱会宣你进宫唠唠嗑儿的。"李太后说着,又问,"听说你很会唱曲儿?"

"奴婢学过几支。"玉娘谦虚地答。

"现在,你给咱唱一支吧。"

"不知太后要听什么?"

李太后笑道:"你这妮子,正是怀春的年龄,你就拣怀春的曲子唱一支吧,张先生,你说可好?"

张居正局促地回答:"臣听太后的。"

说话间,冯保让人将玉娘随身带来的琵琶拿进来,玉娘略一沉思,就捻指弹唱起来:

> 念多情,抛不掉他的情意儿厚,
> 清晨起闷悠悠,桃红纱帐挂金钩。
> 孤孤单单无陪伴,
> 懒对菱花怕梳头。
> 热扑扑的离别恨,把奴的魂儿勾。
> 谁能够把情留、把情留?
> 背地里,奴的泪双流。
> 奴是一颗实落心,
> 生生教你温存透。
> 温存透、温存透,
> 可恨奴家无来由,
> 梦赴阳台把佳期凑,
> 醒来却是孤孤单单在绣楼,
> 看天边,残月如钩……

玉娘唱的是《岭儿调》,凄切哀婉。唱着唱着,她已是泪流满面。冯保在一旁观察,只见张居正眼睑低垂,负疚之情已在脸上显露,而李太后受到的感染更深,几颗晶莹的泪珠,正滚动在她发烫的脸颊上。

第 十 回

伤太爷承差闯大祸　讨见识御史得奇闻

长江冲出西陵峡口,从宜昌至嘉鱼一段称作荆江。除了这一条从西南流来的荆江,还有一条从西北流来的汉江。两条江犹如穿越千山万壑的两条巨龙,进入楚地之后,便一下子把围追堵截的大山甩在身后,扑向坦荡荡的千里沃野,在重重稻浪与叠叠荷花之间,作大气磅礴的逍遥游。"楚地阔无边,苍茫万顷连",苏轼船出南津关,不免生出这样的浩叹,而放置这苍茫万顷的沃野,便是素有鱼米之乡称谓的江汉平原。江陵城坐落在江汉平原的腹心,荆江边上。据南朝刘宋时代盛宏之先生所著的《荆州记》所载,江陵城名字的由来,是因为"近州无高山,所有皆陵阜,故名江陵"。楚国当年的国都纪南城,距现在这座江陵城不过二十余里。楚成王在荆江边上建了一座华丽恢弘的渚宫和通往纪南城的官船码头,这便是江陵城最早的建筑。从那以后,历代王朝在这里或建都立国,或封王置府,江陵城因此成了天下名城。它东连吴会,南极潇湘,北据汉沔,西通巴蜀,居江汉之间,为四集之地。秦始皇统一中国之后,把天下分为十三州而治,其中就有一个荆州,府治设在江陵,因此江陵城又叫荆州城,一城二名,沿袭至今。历经汉唐,江陵城已成了长江中游最大的政治经济中心,与长安、洛阳、开封、益州、南京、扬州、苏州、杭州、大同等并列为中国十大商业都会。史称"江左大镇,莫过荆、扬",这荆州城汉唐时的规模在扬州之上,成为中国南方湖广地面上第一大都邑。每逢朝代更替,便不可避免地要进行一场战争,荆州城也是屡建屡毁。到了明代的嘉靖年间,荆州城的规模虽然比盛唐时期要小一些,常住人口仍有十几万。须知那时江南第一繁华地的留都南京,常住人口也不过二十万左右。荆州城东西长,南北短,呈不规则椭圆形。东西南北四条大街,密匝匝挤了上千家店铺。东门外的江津口,就是当年楚成王修建官船码头的地方,如今成了长江最繁华的港埠之一。每天在这里停靠的来自长江上下各个州城的商船,大大小小数以千计。一到晚上,"气死风"的船灯次第点亮,闪闪熠熠,密如繁星,把江津口一带十多里的江岸,照耀得如同白昼。商人们都拥到城里来消遣,开酒楼茶坊的,说书唱戏的,测字卜卦的,做皮肉生意的,甚至拉皮条的,都能轻轻松松赚到货真价实的银子。天长日久,荆州城中的殷实富户就多了起来。有了钱就教育子女读书,读书人一多,城中风气自然就会优雅起来。所以,荆州城在世人眼中是"琵琶多似饭钵,措大多过鲫鱼"的衣冠薮泽锦绣文华之地。

眼下正是阳春三月,江汉平原上草长莺飞万紫千红,已是一派生机勃勃的仲春气象。这荆州城中,也是绿柳烟花芳菲一片。这时节长江中下游地区多雨,但今天却是一个难得的晴天,绚丽的朝霞挤走了蓝灰色的沉云,天上地下,到处都是明媚生动。荆州城中的大街上人流熙熙——春时一刻值千金,赶早儿办事的人,无论是为生计还是应差,莫不步履匆匆。在这些忙人中,却也有一双悠闲的脚步,此刻正朝小北门的玄妙观走来。

这人头上戴着一顶银丝起箍两片瓦的青色阳明巾,身上穿了一件细白布衬里大暗团花起底的宝蓝锦丝面料的曳衫。脚上穿了一双月白布袜儿,外蹬一双白底黑帮的浅口布鞋,瞧这身打扮,倒有几分硕儒的气质。路上行走的人见了他,都会连忙避道,躬着腰打招呼:

"张老太爷,你早!"

"早。"

张老太爷嘴上答着,脚下并不停步。听得身后有人问:"这是哪位张老太爷?"有人答:"嘻,你连他都不知道?这就是当今首辅张居正的父亲。"在荆州城中,张老太爷每天都能听到这种议论,他已经习惯了。

人生七十古来稀,张文明老太爷离这个"古来稀"只差两个月,年寿虽高,但他精神矍铄,全然没有一点点草霜风烛的光景。若说他本人这一辈子的前程,实在是蹇滞得很。二十岁上考中秀才当了一个府学生,娶妻生子,倒也风光了几年。兹后一连赶了十几场乡试,却是一场也未曾中得,真个是屡考屡败屡败屡考。到后来,儿子张居正长大了,与他同为府学生,父子二人同去武昌乡试,儿子高中第一,他仍是个落第秀才。儿子在京城的官越做越大,他在乡下读各类策文试帖是越读越老。最后一次赶考是五十九岁那年,仍是个榜上无名的结局。看看已是六十岁的人了,揽镜自照白发如霜,只得长叹一声言道:"前程,命也,与读书无涉。"从此算是彻底断绝了仕途之想,辞了学宫泮池弃了举业,回家来安享晚年。虽然从此一提文战他就心惊胆颤,但亏得儿子张居正争气,把他失掉的东西加倍地挣了回来。

长寿老人大都有早起的习惯。乡里种田老汉,顶着启明星放牛吃露水草或侍弄菜园子。权势人家里的老太爷,早上起来,在院庭花园里打一趟太极拳,或提着鸟笼子遛遛鸟儿。张文明不好这两样,只要不刮风下雨,他每天早起的功课,就是沿着荆州城的大街小巷走一圈。他每天溜达有一条固定的路线:他住在东门,从家里出来折向城中的十字街,那里有一座关帝庙,从关帝庙往北走到靠近小北门的玄妙观,再从玄妙观往西,走到大北门跟前的铁女寺,从铁女寺往南到文庙,又从那里向东拐回来,经十字街回家。这一趟转下来五六里路,大约个把时辰。每天早上这么一圈,张文明一天身体通泰。

今天乃雨后初晴的好天气,张文明在两个家丁的陪同下,优哉游哉走到玄妙观门口,冷不丁斜刺里冲出一人,扑通跪倒在他面前,嘴中哀哀喊道:

"张老太爷,你可得给我做主。"

唬得张文明倒退一步,定睛一看,是张家台子老乡亲李老汉。张家台子在荆州城东门外八里处,张文明的老家就在那里。张居正嘉靖二十六年会试考中进士后,父以子贵,张文明便携家带口搬进城里住了。先前住在这玄妙观附近,隆庆元年,张居正被晋封为文华殿大学士并进入内阁,身价陡涨,拍张文明马屁的人骤然多了。在众多地方官热心筹划帮衬下,加之儿子从北京也带了些银钱回来,几头一凑,张文明盘下了东门大街上的辽王府。隆庆二年,住在荆州城中的辽王朱宪㸅因被人告发谋反而被废为庶人,且拘押致死。他的家产充公,包括荆州城中这一座朱梁画栋楼阁崔嵬的辽王府。张文明的父亲张镇曾是辽王府的一名护卫,帮辽王守门墩守了十几年。没想到物换星移人事代谢,当年显赫不可一世的辽王沦为死囚,而他的护卫的长孙却成了皇帝身边的大学士。从此,辽王府变成了大学士府,街邻们喊惯了的"张爹爹"也升格为"张老太爷",成了荆州城中第一号名人。张文明虽然地位崇升,但架膀子摆谱儿的事,只在地方官员面前做做,碰到一块儿捏泥丸子掏鸟窝儿长大的老乡亲,他还是客客气气不端一点架子。这会儿,他被李老汉的一跪弄糊涂了,急忙问道:

"李爹爹,你这是为么事?"

李老汉比张文明小一点,却也是六十开外的人了。看他枞树皮一样粗糙的脸膛,反倒觉得比张文明大出许多。张文明说着就要牵李老汉起来,李老汉不肯,只焦急地说:

"张老太爷,你得救救我儿子。"

"你儿子怎么了?"

"他被税关的差人锁了。"

"哦,有这等事?"

张文明这才注意到玄妙观门前广场上,已是人头攒动一片嚣杂——这里早已被辟为露水菜市。荆州城外的农户,每天天不亮就动身进城,把自家种植的蔬菜挑来这里叫卖。这时只见约有一两百名菜农手持扁担,团团围住十几名身着皂衣的差人。差人中间,又有一个人被铁链锁了,这人便是李老汉的儿子李狗儿。

张文明一看出了大事,吩咐家丁赶紧扯起跪在地上的李老汉,拔脚就往人堆里赶,那边厢早有人锐声高喊:"快散开,张老太爷来了!"

手持扁担的菜农们撒雀儿似的散开,虽是站远了,但仍围着手持刀械锁着李狗儿的一干差人。张文明跑了几步路气喘吁吁,还来不及说话,却见李老汉从身后跟跟跄跄奔上来,一把拉住李狗儿就往外拖。

一个差人头目模样的人站出来,搡了李老汉一把,恶狠狠地说:"退回去,再这样,连你也锁了。"那人回过头来,对着张文明深深一揖,满脸堆笑地说,"张老太爷,您老早。"

"早。"张文明敷衍了一句,他打量着面前这位三十来岁的差人,虽然横肉面生,却也穿着一袭九品官服,便问,"你是头儿?"

"是的,小的叫段升。"

"唔,段升,你是哪个衙门的?"张文明明知故问。

段升答道:"回老太爷,我是税关的巡栏的。"

"啊,你是税关的巡栏官。"张文明点点头,指着李狗儿问段升,"你们为何锁他?"

"他抗税!"段升横了李狗儿一眼,脸上又露出凶相。

"抗税?"张文明一惊,问锁着的李狗儿,"狗儿,你告诉我,你抗了什么税?"

"他抗……"

"没问你,你插什么嘴?"张文明斥了段升一句,又细声细气问李狗儿,"到底是怎么回事?"

李狗儿便细说情由:他们家原有十亩水田,十几年前,荆江溃堤,被流沙掩埋了五亩。水退后,留下五六尺深的黄沙碎石,根本无法开垦,因此家中实际的水田只剩下五亩,每年纳粮派夫,却依然按十亩计算。李家虽多次央人写帖子到县衙说明缘由,均被打了回来,因为纳粮册里的田亩,早已进入朝廷的鱼鳞册。户部每年都根据这些田亩征收粮赋,摊派丁税。如果江陵县少了五亩,就该他县令自掏腰包纳粮交税,因此这一件看似简单的事情,想解决它却比登天还难。李家抱了这天大的委屈,却求告无门。每年交纳皇粮一斤一两也不能短少。丁门小户人家,日子本来就过得艰难,这一下更是雪上加霜。五亩田交十亩田的皇粮,若遇上丰年,多少还可以留下几斤稻谷,若遇上灾年歉收,所收稻谷全部上交尚不足数,一家人生活就完全没有着落了。如此十几年积欠下来,李老汉一家披星戴月勤扒苦做,反倒欠下官府皇粮若干,折合税银有十一两之多。前年新皇上登基,开恩蠲免钱粮,把隆庆元年之前的积欠一笔勾销。这样李老汉家免去了三两,却还有八两银子的欠税。旧账难清,谁知李老汉家又添新祸。且说万里长江的水患,十之七八都在荆江爆发,因此有着"万里长江,险在荆江"的说法。每到汛期,荆江边上的官民都头皮发麻,万一溃口,地方官的前程就断了,轻者丢掉乌纱帽,重者就要拘到法司兴谳问罪。老百姓的提心吊胆更胜于当官人的百倍,因为溃口对于他们来说,重者是灭顶之灾,轻者就像李狗儿家这样,活着也是受折磨。去年汛期来得稍晚,但六月间一连半个多月的暴雨,江水腾涨,却是比前两年来得凶猛,全省的官员几乎日日夜夜都守在荆江大堤上。荆州府的老百姓，按规定五亩田地出一民夫守堤，李狗儿家名义上是十亩水田，故得有两人上堤。李狗儿和他哥哥李虎儿兄弟两个都上了堤，家中只剩得李老汉一人泥一把汗一把地忙田忙地。李家尚有半亩菜园，除了自家吃，多余蔬菜便挑到荆州城中贩卖。一家人平常的开销用度，就靠这半亩菜园的出产了。李老汉的大儿子李虎儿上堤二十多天，一天夜里巡堤，触霉头让毒蛇咬了一口，因当时无人替代不能下堤救治，同伴虽为他挤出了毒血，但因不得法，还是留下了病根子，一条腿肿得水冬瓜似的。民夫出了工伤事故，官府只给免差，其余一概不管。李虎儿被抬回家来，一直还躺在床上不能下地。李老汉一家穷得赤膊鱼儿似的，真个是要死不得断根，要活不得转青，哪里有闲钱给李虎儿治病？如此延挨下去，拖了七八个月，李虎儿虽能下地了，但一瘸一瘸的成了个半残废。这真是破屋又遭连天雨，行船偏遇顶头风。李老汉的家境，只是比乞丐多了三间权能遮风挡雨的破屋。早春时节，别人家还在看社戏放风筝赶骡子混马地玩耍，李老汉就领着狗儿扑在菜园子里头种了几畦蚕豆，一心想赶早卖个好价钱。忙乎了一个多月，这蚕豆倒也爆棵结荚长势喜人。今日起个绝早，父子两人一人挑了一担青豆荚到这玄妙观前叫卖。豆荚还没有卖出去，税关的差人就来了一大群，径直走到李氏父子跟前，领头的巡栏段升双手往腰上一叉，盛气凌人问道：

"李老汉，还认得我否？"

一见这个人，李老汉就心里头暗暗叫苦。税关曾因欠税事向他发过几次传票，每次来都是这位段升接待。他被这位横肉面生的活阎王骂怕了，故总是设法躲着他。这次狭路相逢，李老汉无法避闪，只得佯装笑脸巴结道：

"啊，是巡栏段大爷，小的再有眼无珠，也不会认不出大爷你来。"

"见着我你就装孙子,平素你躲着我,倒像是吃了逍遥散,"段升拉着脸,吼道,"我今早儿来,专是为了候你!"

李老汉知他又是为了那八两欠银的事儿,只得哈着腰求道:"段大人,你老恩典……"

"恩典,哼,再恩典你我这饭碗就砸了。"段升打断李老汉的央求,问道,"说,你那八两欠银究竟啥时候还?"

"如果收成好,今秋上……"

"去去去,什么金秋银秋的,你这些画饼子的话,老子的耳朵都听起茧子了。"

段升骂骂咧咧,却不防李老汉身边霍地站起个黑脸壮汉,指头一伸戳着他的脸吼道:

"你充谁的老子?"

半路上杀出个金刚,唬得段升退了一步,喝问:"你是谁?"

"狗儿,别胡来。"李老汉连忙管住儿子,对段升赔小心说,"这是犬子狗儿,乡野人不懂规矩。"

"我还以为光天化日之下跳了一只老虎出来,原来是一只狗儿。"段升讥诮了一句,引得在场的人一阵哄笑,段升自觉长了势,又朝狗儿吼道,"你家欠赋税银八两,你知不知道?"

"知道。"

"知道你还这么凶?"

"我爹这么大一把年纪,你凭什么充老子,"狗儿憋了一肚子气,说话呛辣,"不要以为身在官府,就可以仗势欺人。"

几句话把段升噎得差一点没背过气,他一跺脚,咬牙骂道:"你欠税不交反倒恶语伤人,我就不信你小子还能翻天,来人!"

"在!"

众差役一起山吼一声。

"把这小子锁了。"

"是！"

几个差役上前就要动手,李狗儿跳开一步,问:"你们凭什么抓人?"

"就凭你抗税这一条,"段升怒气冲冲,"不锁你也可以,现在就把欠银交来。"

"没有!"李狗儿脖梗一拳。

"没有,先把他这两担蚕豆没收了。"

段升一说,差人马上就去搬菜筐,李狗儿一听到那个"税"字本来就有气,再联想到哥哥李虎儿躺在床上等着铜板抓药治病,越发气上加气,顿时扑了过来操了那差人一把,吼道:"看你们谁敢抢,我跟他拼命!"差人见这小子真的黑煞星似的较起劲儿来,仗着人多也不怕他。一差人道:"咱还怕治不了你这头犟牛?"说着又去抓他。李狗儿被扯急了,便撂下担子抽出扁担,扫了骂他的那个差人一下,差人顿时倒地,半真半假地"哎哟哎哟"满地乱滚。李狗儿这下闯了大祸,七八个差人一拥而上,把他扑翻在地,一顿拳打脚踢,然后拿一根铁链子把他锁了。看到同伴挨打,菜农们的愤怒这才爆发出来,于是各人操起扁担一拥而上,把一干差人团团围住。段升是老差头,今天上街之前,便估摸着会有意外发生,吩咐随行差人带了兵器和刑具,这会儿派上了用场。见他们个个凶神恶煞,手提砍刀,菜农们也不敢贸然上前,双方就这样僵持住了。正在这时候,张文明散步到了这里。

听明了原委,张文明这才感到碰上一件棘手事。他原以为只不过是李狗儿和差人们负气斗殴,凭他的面子让差人放人。现在看来不这么简单,李狗儿抗税打人证据确凿。打人事小,关键在这"抗税"上头。赋税历来是国家大法,谁也不敢马虎。李老汉家五亩田交十亩田的赋税,的确是大白天撞鬼的晦气事。在江陵县沾上这等晦气的也不单李老汉一家,曾听江陵县令讲过,眼下全县征收赋税的田亩数,还是正德年间定下来的,这其间已是过了六十多年,历年水打沙压,田地已是少了三千多亩,但朝廷根据当年核定的田亩征收赋税,一升一斗一厘一毫也不可减少,这就苦了那些损田折地的农户。每年县衙都会收到这些农户的诉状希望能照实纳税。县令明知道他们的要求合情合理,却也做不了这个主。仓促间,他想不出一个既不得罪税关又能救下李狗儿的两全之策,只得埋怨李狗儿:

"你这后生哥也是火气太大,讲理就讲理,为啥非得扫人家一扁担呢?"

李狗儿眼红红的,不服气地说道:"他们凭什么要抢走我的菜担子?"

围观的人都替李狗儿打抱不平,七嘴八舌讲开了理:

"李狗儿冤枉,种五亩田交十亩田的税,谁碰上这倒血霉的事,气都顺不了!"

"新皇上登基,下旨蠲免钱粮,隆庆元年前的全免,凭什么我们江陵县还要清缴?"

"张老太爷,你的儿子当了首辅,这不合理的税法,你怎不让他改改?"

"他娘的,有理的菩萨总供在他衙门里头!"

人多口杂,说东道西指桑骂槐不一而足。张文明平常到处都是礼遇,多少人指甲剪得光光的捧着他还怕戳着,却不料这些子编氓口无遮拦打牙犯嘴,骂官府差人竟把他也捎了进去。他肚子里顿时升起无名火,却又无处发作。段升看出张老太爷的尴尬,便指着一个帮腔的闲人斥道:

"你小子老实一点,你家欠下的税银,也不比李狗儿家少!"

"你怎么知道?"那闲人一愣。

"我怎的不知道?"段升龇牙狞笑,"你住在西门纸马巷,陈八开是你老子,你绰号叫绿头苍蝇,是不是?"

"巡栏大爷好眼力,我正是绿头苍蝇。"

"你家欠了九年的匠班银,合起来也有四两多,你知不知道?"

"知道,"绿头苍蝇满不在乎,嬉笑着说,"这笔税银是你衙门定的黑钱,我一个子儿也不会给。"

绿头苍蝇态度梆硬乃是觉得自家占理。且说这匠班银原是在城里头征收的一种差税,凡木匠、瓦匠、漆匠、裁缝、铁匠等一应百工匠户,每年需得向官府交纳税银四钱五分,称为匠班银。此制定于国初,户籍一成不变。中间如果出现了绝户、逃户,则里甲赔付。这样一直强行征收至嘉靖年间,地方司牧里甲叫苦不迭。一位御史就匠班银征收之弊病写本上奏朝廷,经多次廷议会商,皇上才恩准变通之法。应征税的匠户不再一成不变,而是十年一审,期间消亡者准予登出。这一小小改革虽不尽善,但留心民瘼者亦额手称庆。绿头苍蝇的爷爷是名弹花匠,在上次核定匠户的第二年就去世了,他儿子陈八开与孙子绿头苍蝇,均无一人再从事弹棉花的职业。但按规定,这十年中他家还必须如数交纳匠班银。陈八开与绿头苍蝇父子凭什么也不肯当这冤大头,就一直抗拒不交。

段升点出绿头苍蝇来,本意是擒贼擒王打折他这根搅屎棍以压群小的气焰,却不料这绿头苍蝇七窍里冒的都是邪气儿,话里带刺竟是比李狗儿还要难缠,段升不由得心里头骂一句:"日你娘的,老子今天非要把你整熄火。"接着问道:

"衙门按朝廷章程收税,你敢说是收黑钱?"

"我爷爷死了九年了,骨头都烂成了灰,你们还要收他的匠班银,不是黑钱又是什么?"

一波未平一波又起,张文明不想为管闲事把自己搅进是非之中,正想开口说几句两面光的话抽身离场,偏这时只听段升嗓门吊起来像打雷似的吼道:

"你小子是活得不耐烦了,锁上!"

段升手一挥,几个差役如饿虎扑羊。绿头苍蝇手脚跳窜,竟一下子绕到张文明的身后,他把老太爷当作屏障,戏道:

"税关税关,催命判官。今日横行,明日偏瘫。阔佬大爷,见着就软;逮着百姓,牢底坐穿。"

绿头苍蝇念的本是荆州城中流行多年的民谣。平日里昂头一丈的税差们,焉能受此嘲骂?此时也顾不得什么,蜂拥而上刀棍齐加,绿头苍蝇一见不是势头,把张老太爷朝前一推,自己往后一退,脚底抹油跑得飞快。可怜张老太爷,趔趄一步尚未站稳,头上早挨了税差的一记闷棍,额上顿时裂开一条两寸多长的口子。老太爷"啊呀"一声倒在地上,慌得众人俯身一看,只见他头上鲜血如注,已是昏死过去。

玄妙观门前菜市出事时,荆州税关堂官金学曾正在城南铁券巷。两个多月前,金学曾还在户部员外郎任上调查宛平子粒田,为何又突然跑来荆州当上了巡税御史?这里头有一段故事:

开国初年,朝廷在重要通商口岸及南北要冲富庶之地如南京、扬州、苏州、松江、杭州、荆州、大同、德州以及北京近畿通州张家湾等处设立十大税关。这些税关堂官,都由所在州府的佐贰官同知担任。前年,新任户部尚书王国光履职之初,鉴于十大税关征税不力,税政受制于地方不易展布等弊病,就向张居正建议将这十大税关的官员改由户部直接任命,张居正欣然同意。十大税关不但脱离地方政府而单独建制,而且行政级别也提高到四品衙门。税关堂官职衔巡税御史,与知府平级,都身着四品云雁补服。这一改弦更张,效果立竿见影,去年一年,大部分税关所收税银增幅过半,但也有税关冰行旧路不尽人意,一年排榜下来,绩效最差的就是这个荆州税关。

正在大张旗鼓推行财政改革的张居正,看到设在他老家的税关得了个倒数第一,自觉脸上无光,一怒之下,责成王国光把仅仅当了一年的荆州巡税御史撤掉,亲自提名让刚刚结束了宛平子粒田稽查差事的金学曾接任。金学曾赴任之前,张居正专门在内阁接见了他,户部尚书王国光同时在座。张居正对他讲了一番勉励的话,最后叮嘱道:"荆州是本辅的老家,虽不及苏杭松扬等处繁华,但亦是长江边上的重要商埠,要不然国初朝廷设立税关时也不会想到它。多少年来,荆州税关所征银两,总是个中不溜秋,说不上好,但亦不算太坏。自前年税关改制,这荆州竟急转直下,不说和苏杭松扬这几个州比,竟是比德州、大同还要差。别处改制都绩效斐然,为何单单就荆州大掉价?个中必有蹊跷,不可不察。你的前任,如今已撤了,他赴任时信誓旦旦,表示要先察而后行。这一年来,他察了什么,又是如何行的?古人云'察而以达理明义,则察为福矣;察而以饰非惑愚,则察为祸矣'。不幸的是,你这前任恰恰就是饰非惑愚。他遇事不敢做主,整天这个衙门那个衙门穿进穿出会揖讨教,到头来一事无成。我这样说,不是要你到任后专和地方官作对,但所有官员都得各司其职。你的职责就是收税,这差事不好做,由于利益关系,地方官多有掣肘,你如果一味迁就,前怕狼后怕虎,到头来恐怕还是一事无成。我给你一年时间,做好了,我在皇上面前给你请功,做砸了就得革职查办,你可明白了?"张居正一席话恩威并施。金学曾铭记在心,当下就告辞出来去吏部取了关防,雇了一头骡子,离了京城望荆州而来。

不知不觉,金学曾到荆州已一月有余。来的头半个月,他先把荆州城中各衙门堂官拜访了一遍,接着就是清查历年纳税账册。熬了多个通宵,金学曾大致搞清楚了欠税的症结所在,但查归查,若真的摆上桌面儿解决它也断非易事,因此心下忧虑。别人看他不哼不哈,猜想他这是在以静制动,殊不知他是投鼠忌器,狗咬刺獐下不了口。

　　这一日他起了个绝早,身着便服踱步到了城南铁券巷。在巷口,他问扫街的老汉:"劳驾,远安知县李大人府上何处?"老汉答道:"往里走十几家,门口挂了一盏灯笼的便是。"金学曾前行走了几十步,走到挂了灯笼的门口停下。这房子陈旧,门脸儿也窄,门上朱漆也多有脱落,怎么看都不像是县太爷的府邸。金学曾担心有错,左右一看,惟有这家门头上挂了一盏灯笼,想那扫街老汉也不会诳人,遂上前敲了敲大门,半天无人应声。金学曾见那大门只是虚掩着,便轻轻推开走了进去,大门里是一个天井似的小小院庭,几钵时花一个荼蘼架,倒也收拾得干净利落。紧连着院庭的便是堂屋,金学曾伸头朝那堂屋里一瞧,只见一个身穿七品鹨鹩补服的人跪在地上,头上竟顶了一个铜灯台。旁边椅子上坐了一个妇人,手上拿着一支鸡毛掸子。一看这情景,金学曾忍俊不禁,扑哧笑出声来。屋里头的人这才发觉来了人,那妇人提了鸡毛掸子走出门来,把金学曾上下打量了一番,问道:

　　"你找谁?"

　　金学曾指了指还跪在那里的人问:"他可是远安县令李大人?"

　　"就算是吧。"

　　"我找的就是他。"

　　"你是谁?"

　　"我是荆州税关的。"

　　跪着的人一听这话,赶紧取了头上顶着的灯台站起来,从那妇人身后挤出一张脸来问:

　　"你可是金大人?"

　　"正是。"

　　"哪个金大人?"那妇人问。

　　"新来的巡税御史。"

"你怎么知道?"

"荆州税关的老人,没有一个咱不认识的,只有这位金大人咱没见过。"

听说来了一个大官,那妇人赶紧放下鸡毛掸子,把金学曾让进屋来坐下,端茶倒水忙乎了一阵子,然后没事儿人一样笑道:

"金大人你先坐坐,同咱当家的聊侃聊侃,这一大早,想来你也没吃,咱去给你们备下早点来。"

看着那妇人麻利地进了内屋,金学曾笑着问:"这位可是嫂夫人?"

"正是。"

"阃政如此之严,李大人门风特别啊!"

面对金学曾善意的嘲笑,李大人倒也不感到难为情,他也自嘲道:"打是亲,骂是爱,咱这老婆可是百里挑一的好女人。"接着,他就大清早起来头顶灯台一事,向金学曾作了解释:

这李大人叫李顺,保定府人。本是秀才出身,后因家境贫寒难以继续举业,遂在人引荐下来到荆州府衙门当了一名掾吏。这一当就是二十多年,府衙六房书办他样样干过,从钱粮到刑名,一应公务无不烂熟于心。从隆庆三年起,他就被拨到府同知名下帮办税关,依然当了一名管账的师爷。这李顺表面木讷内里心眼儿透亮。堂官们做什么怎么做他从不过问,但若碰到疑难事问他,他不单有问必答,且丁是丁卯是卯让你疑窦全消。因此,历代堂官对他都甚为器重。也正因如此,前年吏部从属吏中铨选县令,他才能够在湖广道独占鳌头得以补官,当了远安县令。李顺不仅办事认真,而且从来不贪不贿。和别的属吏比起来,他的日子就要艰难得多,他这个北方人长到二十岁上还没吃过鱼,到荆州府来第一次吃鱼,他捡了一块鱼肉在嘴里品了半天才赞叹道:"唔,这鱼的味道好,像馍。"这笑话在同僚中广为流传,每逢宴席上了一道新菜,就有人问他:"李师爷,你看这道菜像不像馍?"李顺也只是一笑了之。按理说,在衙门里奉差也算是体面人,找个老婆应不是难事,但李顺为人谨畏不擅风月,直拖到三十岁才品尝到洞房花烛的乐趣。老婆是一个老私塾先生的女儿,叫瑞芝。先嫁出去给一个老御史做了侍妾,老御史死后,大夫人容不得她把她逐出家门,她这才经人撮合跟了李顺。瑞芝是见过世面的人,总嫌李顺窝囊。她跟李顺结婚时,李顺一年的薪俸只有十二两银子,后来调到税关,薪俸加了六两,也不过十八两银子,除了这笔正项收入,李顺毫无别的生财之道。看到别人家整天吃香的喝辣的,自己家里门庭冷落,瑞芝哪能没有怨言?李顺眼见老婆三五年也难得置办一件头面首饰,时兴布样儿也总不能买回家中,心中也甚是过意不去。即便如此,他仍守着一份清正,不肯动心思弄不义之财。在税关管理账务,也算是肥缺,隔三岔五就有人提着礼盒儿登他的家门寻求通融,他一概拒收,还每每劝诫老婆:"奉差受贿就像女人为娼,一经失足断难回头,即便日后'从良',也终落下话柄,让人瞧不起。"瑞芝虽觉得丈夫愚不可及,但也信奉"恶有恶报,善有善报"的道理,便笑道:"礼盒儿你尽管退还,但我跟着你这般受穷,总得有个补偿。""你说如何补偿?"李顺问。瑞芝说:"你退一次礼盒儿,就跪下顶一次灯台,咱俩就算扯平了。"李顺觉得老婆这种恶作剧难以接受,但转而一想:只要老婆不胡搅蛮缠,这种事又算得什么,大丈夫连死都不怕,还怕顶灯台么?遂一咬牙答应了下来。从此,退一次礼盒儿就跪着顶一次灯台。前几天,李顺因公事从远安回到荆州府述职,在家小住,昨儿夜里,又有人登门送礼被他拦了回去。因思着夜深了,夫妻俩还要上床"话别",瑞芝暂且忍了。今天一大早,李顺起来要回远安县,瑞芝手捏着灯台赶到堂屋里来,嗔道:"怎么,想逃?"李顺嘻嘻一笑道:"好好好,我且先顶了这铜灯台,再上路不迟。"顶了不大一会儿,正巧被金学曾推门进来撞见。

听了这段故事,金学曾心里头酸酸的。来荆州不久,他就听说过李顺的为人,便想着与他结识,只因李顺住在远安县隔了两百多里路,一时找不着机会。昨天他听说李顺回荆州述职,今儿就要回县,他就起了个绝早,寻到这铁券巷来与李顺见面。此刻堂屋里光线渐亮,他端详这位李顺,四十过半的年纪,大概小时候挨饿多了,故身材矮小,全然不像个北方之人。尖下巴颏上一绺胡须也是稀稀疏疏的,只一双眼睛不浮不肿,透出的光芒深沉有力。金学曾心里头对他生了几分敬意,言道:

"李大人,愚职一到荆州就听说你的大名,早想结识你。"

李顺对这位金学曾也不陌生,他斗蟋蟀赢一万两银子捐给国库以及去礼部查账等事都上了邸报。最近一期邸报上,还登了他去宛平县稽查子粒田得到李太后嘉奖的事,算是官场上的闻人,只是不知他为何大清早登门拜访,便回道:

"下官是个懵懂人,总免不了闹笑话,金大人这么早跑来,不知有何事承教?"

金学曾说:"实不相瞒,是为税关的事。"

"税关的事?"李顺眼珠子骨碌碌一转,"听说金大人一来,就一头扎在账房里,可查出什么蹊跷来了?"

"查是查出了一些,"金学曾说着就从袖筒里摸出几张纸来,递给李顺说,"你看看,这是历年来欠银情况。"

李顺接过翻了翻,上面密密麻麻都是姓名,挂寄在诸如榷场税、交易税、田亩税、匠班税等各种税种之下,张三欠几两几钱李四欠几两几钱都标写得清楚明白。底下汇总了一个数字:历年积欠总额三十贰万肆仟柒佰余两。

李顺把清单还给金学曾,说道:"金大人不愧是查账高手,把税关的一本乱账都理顺了,就这一点,你就比你的前任要强。"

金学曾听出李顺话中有话,问道:"我的前任来时,你还在税关管账?"

"刚办完移交,税关就改制了,所以没有和新来的巡税御史大人见上面。"

"有一件事情我想问你。"

"请讲。"

"你在税关管了三年账,为何从来没想到要把账清理一下?"

"我一个属吏有多大的胆子,敢冒这个险?"李顺沉默了一会儿,又接着说,"何况,你就是把账查清楚了,又济什么事?"

"你是说……"

"金大人,你在京城做的那些事,下官从邸报上都看到了,你实心为朝廷办事,不掺一点私心杂念,下官非常钦佩,只是千不该万不该,你不该来荆州当这个巡税御史。"

"这是为何?"

"荆州税关去年征税在十大税关中倒数第一,巡税御史撤职,这个邸报上都登了。金大人,你难道就没有想到,你的前任为何落到这个下场?"

"我怎么没想到,"金学曾沉下脸来,皱着眉头说道,"不来不知道,一来吓一跳。这荆州城虽小,但要想做点事,却是比京城里头还费周折。"

"不然,怎么叫'庙小妖风盛,池浅王八多'?"李顺说着苦笑了起来,"金大人,及早打退堂鼓吧。"

"这怎么成,我向首辅大人立过军令状,大丈夫做事,怎么能半途而废?"

见金学曾较起真来,李顺心里头暗暗高兴。在税关三年,他对其中的黑幕已是摸得清清楚楚,只是苦于自己人微言轻无法处置,他一直盼着有人来捅这个马蜂窝。但为了谨慎起见,他故意泼冷水:

"金大人,事有可为不可为者,荆州税关之事便是不可为者,你何必赌这口气呢?"

金学曾见李顺一味推诿不肯道出真情,心里头一急,竟身子一挺,大声叫道:

"李顺!"

"下官在。"

李顺猝不及防吓得身子一颤,几欲跪下,金学曾指着他的鼻子斥道:

"本官今天来,是向你稽查税关欠税之事,你若再不配合,本官就上本子参你。"

李顺一听这话,反而满不在乎地笑了起来,答道:"要参就参。"说罢一拂袖子抽身要走。

金学曾赶紧把他扯住,问道:"话没说完,你怎么能走?"

"你不是要参我么?"

"那是一时的气话。"金学曾咧嘴一笑,顺手拿起那只铜灯台,晃了晃说,"李大人,你若再不肯指点迷津,本官也要跪灯台了。"

金学曾说罢,真的朝地上一跪,把那只铜灯台顶到头上,李顺正说上前拉他,赶巧儿他老婆这时候从里屋一步跨了出来,看到这情形,顿时笑得前仰后合。

"你捡到银饼子了,这么开心!"李顺朝老婆吼道,看到老婆这样不顾体面,他着实恼了。

金学曾这时已从地上爬起来,高举那只铜灯台对瑞芝说:"嫂夫人,听李大人讲,跪着顶灯台专治偏头痛,我正好也有偏头痛的毛病,故跟着李大人学这偏方。"

"什么,治偏头痛?"瑞芝一愣,问丈夫,"是你说的?"

"是呀,这不是你家的祖传秘方么?"李顺没好气应了一声,又问,"早膳可弄好?"

"好了,金大人,请去膳房随便用点。"

金学曾早已是饥肠辘辘,随李顺去膳房吃了一碗葱花油面。吃完回到客堂坐下,李顺正色说道:

"金大人,你既下决心捅这个马蜂窝,下官送你三句话。"

"在下承教。"金学曾挪了挪凳儿。

"第一句话,打蛇不要被蛇咬。"见金学曾愣怔,李顺解释道,"税关里的巡栏承差,大部分屁股底下有屎,你若翻老账,这些人要么打横炮搅你的局,要么使绊子制造麻烦。"

"在下记住了,第二句话呢?"

"荆州真正的逃税漏税,并不在什么田赋银和匠班银这些常设科目上,这些税牵涉千家万户,朝廷额有定规,想逃也不容易。再说,此中税制多有不合情理之处,官府逼收,苦的是老百姓。"

"依你说,真正的逃税漏税在哪里?"

"榷场税。"

凡官府专控物品指定交易者,称为榷场,真正的大宗利润都产自榷场商贾,因此,这税关也称为榷关。金学曾一直对榷商逃税心存怀疑,但几个月查下来却不见一点蛛丝马迹,李顺一提,金学曾叹道:

"在下知道榷场猫腻甚大,但账上却查不出来。"

"如果账上查得出来,你的前任也不会被革职了。我送你第二句话,要查账外账。"

"账外账,"金学曾眼睛一亮,问,"上哪儿查去?"

"查榷商的来往账目,"李顺沉吟了一下,又道,"常言道,十商九奸,商贾之至奸者,莫过于勾结官府。你金大人名声在外,恐怕还没到荆州,这些榷商们就早有防范了。"

"谢谢李大人指点,我金某就是钻天入地,也要设法查出一个账外账来。"

"好,但愿魔高一尺,道高一丈。"李顺也兴奋起来,"再说第三句话,不过,下官先得申明,这件事你可做可不做。"

"做何事?"

"牵住牛鼻子。"

"牛鼻子,"金学曾咂摸了半天,又问,"谁是牛鼻子?"

李顺并不直接回答,而是四下里瞧瞧,看清了无人偷听,这才压低声音问道:

"金大人,你知道荆州城中最大的偷税户是谁?"

"是谁?"

"是当今首辅大人的父亲。"

"你是说张老太爷?"

"正是。"李顺的口气不容置疑,"隆庆二年,当时的江陵知县赵谦把长江边上一片无人认领的荒田作为礼物送给张文明,这片荒田有一千二百亩,张老太爷得了这块田,只收谷米不交赋税,也不摊丁,这是多大的一块肥肉哇。"

金学曾倒吸一口冷气,愣了半天,才喃喃自语道:"这种事情怎么会发生在他的身上?"

"怎么,为难吧?"

"是。"金学曾点头承认。

李顺摇摇头,说道:"你一进咱家,咱就劝你找门路回京城,为的就是这层。你想想,首辅家里的事,谁敢乱插手,太岁头上动土,那后果是什么?话又说回来,若真的把张老太爷这块骨头啃动了,其他的难题儿,还不是小菜一碟?"

李顺的话句句在理,金学曾不住地点头。这时候大门外有人高喊:

"这里可是李大人的家?"

"正是。"李顺起身答道。

只见一个人气喘吁吁跨进门来,焦急地问:"请问李大人,金大人在不在贵府上?"

金学曾认出是税关承差,连忙步出客堂,问:"你有何事?"

承差一见他,连忙禀道:"金大人,出了大事了。咱税关的人把张老太爷打得血流满面,当街昏死了过去。"

"什么?哪个张老太爷?"

"就是首辅的父亲。"

金学曾闻讯大惊,朝李顺匆匆拱一拱手,飞也似的随着承差跑去了。

第十一回

赵知府蝎心施毒计　宋师爷巧舌诳冤囚

张文明被税关差人乱棍打成重伤的消息，不消半日就传遍了荆州城。第一个赶到大学士府来看望的，是荆州知府赵谦。他惶惶如丧家之犬赶到张老太爷的床前，看到老太爷头上包扎着的白绫尚有血丝渗出，顿时就抹起眼泪来："哎哟哟，老太爷，你痛得很吧？"

张文明敷了金疮药，火辣辣的痛已是止住了，只是血流得多了点，脑子昏沉周身酸软无力。他靠在垫高了的枕头上，哼哼唧唧答道："郎中看过，只伤着皮肉，静养几天就会好的。"

"老太爷，你可不能这么说，堂堂首辅大人的高堂竟挨了承差的闷棍儿，这是国朝两百年来都没有发生过的事。棍子打在您老头上，我的心里头也好像被人剐了一刀。"赵谦一副伤心的样子，接着又吊起嗓门，跺脚骂道，"金学曾真是吃了豹子胆，竟敢唆使差人对您下此毒手，这一回，我饶不了他！"

张文明摇摇头说："这事儿，跟他没关系。"

赵谦鼻子一哼，不以为然地说："老太爷呀，你再慈悲为怀，也不能学东郭先生哪。"

"唔，唔？"

"您难道还没看清，金学曾是一匹中山狼！"赵谦满脸怒气，一个劲儿地煽乎，"平常他架起膀子自称是圣是贤，其实，他满肚子杂碎，坏得很哪！依咱说，干脆利用这件事，把这姓金的赶出荆州！"

"赶他走?"张文明一愣,觑着赵谦,嗔道,"为什么要赶他走?"

赵谦半跪半蹲地趴在床前,撺掇着说:"老太爷你还没估透?这姓金的打来荆州城那一天起,就一天到晚鬼鬼祟祟的,所作所为,都是冲着您和我来的。"

"这,不会吧?"张文明狐疑地说,"他可是咱叔大亲自挑选来的。"

"嗨,有什么不会,愚职方才说过他是匹中山狼,逮着谁咬谁,首辅大人器重他,是没看清他这副德性。"

赵谦阴一句阳一句煽风点火,数落了金学曾一大堆的不是,倒把张老太爷弄得没了主意。这话从别人口中说出,他并不会太在意,但赵谦如此说,就不能不引起他的重视了。这赵谦与张老太爷究竟是什么关系?他又为何如此痛恨金学曾?说起来却是有一段隐情。

隆庆二年的时候,赵谦尚在江陵县令任上。境内长江改道,淤出一片荒田约有一千二百多亩,赵谦利用县衙名义招了一些流民前往耕种。两年过去,那片田已被培植成上等沃土。那年七月间,赵谦借口游海子湖赏荷花,把张老太爷请出大学士府。赏荷归来途中,在那一大片田亩跟前落下轿子,赵谦指着眼前这一片已抹了青籽儿的稻田,问张文明:"老太爷,您觉着这片稻田怎么样?"张文明看着和风吹拂下的青青稻浪,随口答道:"好哇,这可是上等的好田。"赵谦爽快地说:"老太爷既然喜欢,这块田就送给您了。""送给我?"张文明一惊,问,"这田是谁的?"赵谦道:"荒田,现由咱县衙暂管。"张文明一听连忙摇头答道:"既然是县衙管着的,那就是官田,我怎敢要。"赵谦察言观色,试探着说:"只要老太爷肯赏脸收下,下官就帮你办妥一应手续,把这田过继到您的名下。"张文明迟疑了一下,不免兴奋起来,也顾不得毒日头晒人,竟绕着那一块田亩走了一圈,然后担心地问:"拿下这块田,会不会犯事儿?"赵谦大包大揽回道:"犯啥事儿?下官想好了,这是你家的祖业田,被水淹了几年,现水退泥现,合该归还。"说着就从衣袖里抽出早已办好的田契,恭恭敬敬送到张老太爷手上,原来他早就办好了这件事。张老太爷意外获得这价值上万两银子的田产,实乃大喜过望,从此对赵谦刮目相看。第二年,由于他写信向儿子极力举荐,赵谦升任荆州府同知,专管税关,这算是对赵谦奉送田产的回报。自得了这一肥缺,赵谦对张老太爷感激涕零,心里头也就越发相信"有钱能使鬼推磨"是人间至理。

自主政税关以后,赵谦真正开始了他一脚踏金一脚踏银的宦海生涯。他生性贪婪,在江陵县令任上,过手的银钱太少,想贪墨也弄不到多大甜头。再加上那时他还在打垫铺底寻靠山,行事还守几分本分。到了税关却不同,一来他觉得自己多年媳妇熬成婆,是该索取回报的时候了,二来这税关银钱进出像大河里淌水。仅榷场交易税一项,就有多少油水可捞?赵谦自恃有张老太爷这个大后台,大小事情有恃无恐,上任不到半年,家中的门槛几乎被大小商贾们踏破了。这些商人都是挖窟窿生蛆的主儿,为了逃税,什么样的事情干不出来?那些时究竟在他家中做成了多少笔肮脏的交易,只有天知道。可是好景不长,他管了两年税关之后,户部一道咨文下来,把税关收为部属,主政的巡税御史改由户部直接任命。赵谦本想再请张老太爷出面找张居正求情继续留任,怎奈户部尚书王国光早就作出议决,全国十大税关的老堂官一个不留。咨文下达之日,新任命的十大巡税御史姓名都上了邸报。不过张居正还是给了老父面子,将赵谦官升一级,改授荆州知府。以往税关隶属知府衙门管辖,如今却与荆州知府平级,都是四品衙门,这种改变冲消了赵谦升官的喜悦。以往坐在税关衙门值房里,他的感觉是坐在金铺里。如今坐在府衙的正位上,权力虽然大了,但过手的银钱却少了许多,因此心下常常怏怏不乐。所以,当新任巡税御史李大人前来荆州与他交接,半是敷衍半含诚意向他这位前任讨教时,他竟毫不客气地向那位李大人送了四字机宜:"无为而治"。李大人在户部当了多年的郎官,税政之事无一不通透,但此人从来没有做过独当一面的大事,因此儒雅有余而霸气不足,是非曲直心中有数,摆上桌面却怕得罪人。他一到荆州,就知道赵谦是张老太爷的第一号座上宾,各衙门的人都对他敬畏三分。知道这个背景,李大人虽然对赵谦的霸道心下不满,却也不敢分庭抗礼捋他的"虎须"。再加上这赵谦虽然盛气凌人,对这位李大人却还算礼敬。来的头一个月,几乎天天都有饭局请他。赵谦只是牵头,轮流做东的都是荆州城中有头有脸的富商巨贾。珍馐佳馔美酒琼浆,把个李大人嘴都吃麻了,胃气滞胀老长时间也消不下去。连续这么吃下去,李大人总算明白了"无为而治"的含义。他情知自己斗不过赵谦,索性就当一个吃喝玩乐逍遥自在的散仙,一年以后,终落得个革职回籍的下场。

当接任的金学曾来到荆州时,赵谦本想如法炮制,但碍于金学曾是首辅跟前的红人,正扯着顺风旗,加之他在京城做的那些事情都是揭短参邪,因此不敢贸然行事。那一日,金学曾例行公事前来府衙拜会,赵谦特意换了一件半新不旧的官袍走到廨房与他相见。行过礼后分宾主坐定,约略寒暄,接着说起公务。金学曾实心实意想得到帮助,赵谦却一味地打哈哈王顾左右而言他,金学曾心里头老大不高兴,讪讪问道:

"听说我的前任李大人来,赵大人赠给他'无为而治'四个字,愚职此次到任,不知赵大人又有何箴言相送?"

赵谦听出金学曾话含嘲讽,便反唇讥道:"金大人,你前程远大,焉用本官提醒?"

"前程远大,就不会从北京跑到荆州来了。"金学曾一笑,又道,

"愚职到荆州的第二天，就去看了那座大学士牌坊，听说是赵大人倡议修建的，功德无量啊！"

赵谦脸色一红。自宋师爷去北京带回消息，说首辅大人要拆毁这座牌坊时，这事儿就成了他的一块心病。现在听到金学曾的奚落，他回道：

"湖广官员以及荆州地方百姓，莫不以首辅为荣。本官此举，乃是顺应官心民心，难道做错了么？"

"愚职并没有说你做错，作为首辅家乡的父母官，赵大人可是行事有方啊！"

话不投机，赵谦干脆不搭腔。金学曾起身告辞，赵谦又假意挽留，说道：

"都午时了，金大人若不嫌弃，就在衙中膳房里吃顿便饭。"

"也好，那就叨扰一顿，"金学曾心想在饭桌上摸摸情况，竟不推辞，笑道，"下官蹭饭吃，在京城里出了名的。"

赵谦命衙役备下四菜一汤，那四道菜是：一小碟花生米，一盘子炒茼蒿，四块酱干子，一碗蒜苗炒鳝鱼算是荤菜，汤是神仙汤——一钵子放了盐的清水，撒了点葱花，旋了些蛋花。那饭的颜色黄得像痨病人的脸，原是发了霉的糙米煮成的。一看这饭菜，金学曾就知道赵谦故意整他，此前他已听说前任李大人上任伊始，就被赵谦拉进醉乡，天天泡在酒缸里，大盘大碗吃出了胃胀。如今对他这般接待，说明赵谦对他不仅心生芥蒂，而且是要成心作对了。此时他也不计较，自添了一大碗，津津有味地吃起来。倒是陪吃的赵谦自己消受不下，一粒一粒往嘴里挑，像吃药似的。金学曾看在眼里，一边大嚼，一边笑道：

"赵大人，你这荆州府衙门的糙米饭，真正称得上天下第一美味啊！好吃，好吃！"

赵谦看到金学曾狼吞虎咽的样子，心想这家伙怎么像头猪，嘴里却说：

"金大人，咱衙门里头平常就这膳食儿，很多人吃不惯，没想到倒对上了你的胃口。"

"赵大人，看你这身旧官袍，又品尝了你的衙门饭，下官心里头佩服，你是个难得的清官啊！"

"食俸之人，司牧地方，焉敢忘却吐哺之心，不才所为，仅守官箴而已。"赵谦说的虽是假话，却一脸庄重。

"这糙米饭已表现了赵大人的官箴。"金学曾扒尽碗中的最后一粒米饭，打着饱嗝说，"去年秋上，下官写了一首十字歌，也算是官箴了。"

"啊，请金大人念给咱听听。"

"好，你听着。"金学曾不假思索，随口念道，"一肚子坏水儿，二眼泡儿酸气，三顿发霉的糙米饭，四品吊儿郎当官，五毒不沾，六亲不认，七星高照走大运，八面玲珑咱不会，九转真丹是惩贪，十面埋伏谁怕它。"

金学曾一板一眼念下来，非韵非诗的一段文，竟被他念得铿锵有力。赵谦仔细听来，感到字字都有玄机，暗自忖道："什么去年秋天写下的，明明是这歪才现编的，他这是向我宣战呢。"心里头毛焦火辣，嘴里却哈哈笑道："金大人的官箴，大有孤臣风范，下官敬佩，敬佩。"

经过这一回合，两人生下了龃龉。赵谦认定金学曾是个鬼难缠，已是十二分的防范；金学曾则相信"道不同不相为谋"的古训，断不肯与赵谦互通声气。过不多久，金学曾就意识到自己处于劣势：一来荆州税关现有的吏员多半都是赵谦招进的部羽，他上午在衙门里讲一句话，足不出户坐在府衙的赵谦下午就知道了；二来赵谦是一府之长，手上掌握着地方上民政司法大权，税关虽也是四品衙门，毕竟是户部派出机构，行事若得不到府衙配合，也是寸步难行。凭自己的直觉与经验,金学曾断定赵谦在税关主政时一定会有贪墨行为,但税关的账上,竟找不到一点蛛丝马迹……

就在双方暗中较劲儿时,突然发生了张老太爷挨打的事件,正一门心思琢磨着如何整垮金学曾的赵谦,乍一听这个消息,立刻感到这是天赐良机,于是匆匆登轿,赶来大学士府中探望。明里是探视张老太爷的伤势,暗中却是想说服老太爷,借此机会向儿子张居正告金学曾的刁状。

眼看张老太爷躺在床上睡去了,赵谦却赖在房间里不走。这当儿,张文明的老伴太夫人踅进房来,对枯坐着的赵谦说:

"赵大人,老太爷的伤势稳住了,谅不会有事,府衙里有不少公务,你先回去吧。"

赵谦一脸苦相,以晚辈的口吻恭敬答道:

"老太爷出了这么大的事情,咱怎能一走了之。首辅大人又不在跟前,咱就代表他,略尽人子之情。"

几句话说得诚恳,太夫人也不好再赶他,自回房歇息了。差不多过了小半个时辰,张老太爷才悠悠醒来,赵谦从丫环手中接过绞干了的热毛巾替老太爷擦拭额头,殷勤问道:

"老太爷,这会儿感觉如何?"

"脑壳晕沉沉的。"张文明有气无力地回答。

"皮肉再痛也不打紧,怕就怕颅内有伤。"赵谦关切地说道,"咱府衙里有位刑名师爷善于验伤,要不,咱叫他来验验?"

张老太爷仍惦记着刚才的话题儿,问道:"赵谦,你说金学曾想整你,可有证据?"

赵谦一拧眉毛,加重语气说道:

"老太爷,不光是整我,还有您哪!"

"我,他为何要整我?"张老太爷不大相信。

"就为那块田。"赵谦为了打消老太爷的怀疑,竟不惜说谎,"听说金学曾来荆州不到半个月,就偷偷摸摸调查那块田的事。"

"真的?"

张老太爷一惊,欠欠身子想坐起来,赵谦赶紧上前替他把背垫垫高一些,答道:

"这是千真万确的事,税关衙门上上下下,到处都是我的耳报神,他金学曾做啥事都瞒不过我。"

"他想怎么做?"

"第一,他想绕过内阁,直接向皇上奏本,说您侵占官田;第二,这块田至今隐匿不报,五年下来,少缴了大笔赋税,应一体追缴。"

"这是啥时候儿的事情?"

"卑职方才说过,金学曾来荆州半个月就开始查访了。"

张文明脸色大变,出气也不匀了。沉默了一会儿,他瞅了赵谦一眼,埋怨道:

"这么重要的事,你为何现在才说?"

"卑职怕惹老太爷生气。"赵谦见老太爷变了脸色,心里偷偷高兴,趁势又补了一句,"这个金学曾,比蝎子还毒。"

张老太爷忘了头痛,瞪着赵谦,埋怨道:

"你当初送我这块官田时,不是说万无一失么?"

"唉,不怕对头事,就怕对头人。"赵谦恨恨地说,"金学曾铁下心来要在荆州掘地三尺,卑职有何办法?"

张文明这才感到事态的严重,他两眼无神地盯着床顶,仿佛在自言自语:

"如此说来,这金学曾真是一匹中山狼了。"

"不单是中山狼,而且正在发情!"赵谦咬牙切齿露出一副恶相,径自咒道,"一粒老鼠屎,打坏一锅粥。金学曾一来,荆州就休想平静。"

"那,你说怎么办?"

"卑职倒是有个主意,可以叫他金学曾身败名裂,灰溜溜滚出荆州,"赵谦说着把脑袋凑到张老太爷耳边低声说,"只是此事,尚须张老太爷鼎力相助。"

"怎么做,你说?"

见张老太爷已是完全上了圈套,赵谦赶紧道出自己的主意:

"第一,老太爷千万不要说自己伤得不重,就躺在这床上,不要见任何人。"

"这是为何?"

"你越是伤得严重,金学曾越是脱不了干系。干脆说你病危更好,首辅大人是个孝子,一听这消息,对金学曾就不会轻饶。"

张文明盯着他,又问道:"第二呢?"

"卑职让人去动员那些被承差围殴或打伤的税户,联名给府衙以及湖广道抚按两院上民本诉状,告荆州税关无视皇恩,私开刑宪。北京部院大臣中,有不少湖广籍人士,这些民本诉状也务必送到他们手上。宦游之人,谁无乡情?像王之诰、李义河等股肱大臣,都是首辅大人的莫逆之交,若告状税户得到他们的同情,他们再转达于首辅,说话的分量就不一样。"

"此举甚好,还有呢?"

"这第三条也很紧要,因围殴事件发生在江陵城内,卑职准备回去找来江陵县令,责成他就此事写一道题本急奏皇上,一申民意,二劾税官暴虐。"

"这样也很好。"张文明觉得赵谦思考已很缜密,想了想,又补充道,"我也可以给叔大写封信,讲讲这事儿。"

"老太爷若能亲自出面,这事儿就有十成把握。"赵谦兴奋地说,"各方一齐行动,叫他金学曾四面楚歌。"

张老太爷想了想,又担心地问:"如果金学曾一意孤行,硬要把那块田的事儿捅出去怎么办?"

"咱们下手早,他往哪儿捅去?再说,首辅大人总不会向着他吧。"

"不要把叔大扯进来,那块田的事儿,他不知道。"

"这也不打紧,"赵谦胸有成竹言道,"这种事情,就是首辅大人知道了,未必还要抹下脸来和老太爷过不去?"

张文明总觉得心里不踏实,言道:

"我只嘱咐你一句,万不可节外生枝。"

"老太爷放心,一应事体晚辈亲手处置,管保万无一失。"

说到这里,赵谦起身告辞,刚站起身来,忽有家人来禀报:"老太爷,荆州税关金大人求见。"

"金学曾,他来干什么?"张老太爷问。

"他说,他来负荆请罪。"

"他人呢?"

"已坐在轿厅里。"

见张老太爷神色犹豫,赵谦赶紧插话:"老太爷,您千万不能见他。"

张文明点点头,气鼓鼓地对家人说:"你去回他,不见!"

天煞黑,一个头戴程子巾,身着深蓝梭子布直裰的半老头子走进了荆州府大牢,在狱卒带领下,他穿过长长的甬道,在稍稍靠后的一间牢房门口停了下来。早晨在玄妙观门前滋事的李狗儿和绿头苍蝇二人被税关巡差当街拿了关进州府大牢。对于抗税之人,税关有权拘拿,但税关不设刑狱,所拘人犯只能放到州府大牢羁押。因为连累张老太爷受伤,这二人一押进大牢就受到皮肉之苦——打他们的不是税差,却是看守大牢的狱卒。绿头苍蝇犯刁,还被狱卒用了一回拶子,十个指头被夹得鲜血淋漓。狱卒打开牢门,陪半老头子走了进去,房子内黑黢黢的连人影儿都看不见,狱卒点亮了随身带来的竹架捻子灯,这才看见两个囚犯半躺在霉味呛人的稻草堆上。狱卒朝他们吼道:

"起来坐好,这位宋大人,是府衙的刑名师爷,专门来看你们的。"

"看我们,哼,"绿头苍蝇本想说"黄鼠狼给鸡拜年没安好心"这句话,但究竟不敢说出口,只是咕哝道,"有什么好看的。"

宋师爷是赵谦的心腹,一肚子坏主意,但两位囚犯并不知他的来头,出于本能,都用充满敌意的眼光看着他。宋师爷佯装没看见,也不似狱卒这么凶,而是一脸和气地说道:"有些事公堂上不便问,想来这里找你们聊聊。"

"聊聊也可以,"绿头苍蝇是个打不怕的角色,这会儿见宋师爷面善,不似来找碴子的,便又出难题说,"你先得给咱们弄点吃的。"

"晚饭不是吃过了吗?"站在门边的狱卒白了绿头苍蝇一眼,没好气地说。

"那也叫晚饭?"绿头苍蝇眼珠子一翻,开口就噎人,"一勺子饭倒有半勺沙子,一瓢菜是空了心的老菜薹,猪都不吃。"

狱卒脸一横又要发作,宋师爷把他拦住,从身上搜出一点碎银递到他手上,说:"你去街上买几样菜筛一壶酒来。"

狱卒接过碎银悻悻而去,宋师爷将就着也在烂稻草上落座,问绿头苍蝇:

"你叫什么?"

"陈大毛。"

"为何人们叫你绿头苍蝇?"

"我这人好管闲事,街坊一帮促狭鬼,就说我像夏日里的绿头苍蝇,见什么都想叮一口。"

宋师爷又问李狗儿:"今天早晨,你和税关的差役是怎么打起来的?"

李狗儿把事情经过讲了一遍,宋师爷听了又问:"把你们关进来,你们是服还是不服?"

"不服!"

陈大毛忘了自己手指头被拶伤,一拳擂在墙上,顿时疼得"哎哟哎哟"乱叫。宋师爷示意他安静,问道:

"段升是税关的巡栏,你们怎敢和他作对?"

"他当了巡栏官又怎么的?我看他姓段的也不是什么盛德君子。"

陈大毛愤愤不平,口无遮拦骂了起来。李狗儿毕竟是乡下人,只拘谨地坐在一边,紧锁双眉一言不发。这当儿狱卒买了几样卤菜打了一壶酒进来,就摆在地上,宋师爷让他们将就着吃些。两个囚犯一时狼吞虎咽,空不出嘴来说话。不消片刻,那壶酒就被喝得一滴不剩。陈大毛几杯酒下肚,越发肆无忌惮了,伸出脏兮兮的手指头,指着宋师爷问:

"宋师爷,兔子是狗赶出来的,话是酒赶出来的,你这衙门里的尊贵人,为何要进大牢来请我们喝酒,该不是明天要割我们的头吧?"

"要割你们的头真还有理由,"宋师爷说话的口气始终不阴不阳,"你们知道,张老太爷现在咋样了吗?"

"咋样了?"李狗儿紧张地问。

"至今还在昏迷着没醒过来呢。"

"该不会……"陈大毛把剩下的半句话咽了回去,接着就是几个响亮的酒嗝。

"你想说该不会死吧,是不是?"宋师爷捅出了陈大毛的担心,揶揄道,"你这只绿头苍蝇,这一回闯了大祸了。"

"又不是我打的。"陈大毛心虚地争辩。

"你若不躲在张老太爷背后,他能挨这一棒?告诉你吧,张老太爷若真有个三长两短,第一个绑赴市曹斩首的肯定是你。"

陈大毛一咬牙,狠心说道:"斩首就斩首,我认了。"

"我呢?"李狗儿怯生生地问。

"事情是你引起来的,治起罪来,你也不能轻饶。"

宋师爷连诳带唬,把陈大毛与李狗儿两个人弄得六神无主,已是十分的沮丧。宋师爷见他们心绪全乱,又收口说道:

"不过,事在人为,二位要想保命,也还是有主意可寻。"

"有何主意?"陈大毛眼睛一亮,忽然一拍脑壳,"哎呀我差点忘了,方才禁子大爷说你是荆州府衙的刑名,只要大人您肯开恩搭救,我陈大毛就能逢凶化吉。"

"我来这里,就是想帮你们。"

"多谢宋大人。"

陈大毛说着就要趴下磕头,李狗儿把他一拦,狐疑地问:"宋大人,你真能救下咱们?"

"能!"

"你说个价儿。"

"什么价儿?"宋师爷糊涂了。

"银子呀,"李狗儿说,"俗话说县里衙门朝南开,有理无钱莫进来,宋师爷好心救人,上下打点都要银钱开路……"

"不不不,李狗儿你听我说……"

"你让我把话说完,"李狗儿不肯让宋师爷打断话头,继续说道,"宋大人,你的好意我领了,但我李狗儿穷得只剩屁股搭两胯,连八两银子的欠税都交不起,哪里还付得出人情钱,要救,你救绿头苍蝇吧,我免了。"

陈大毛一听,也连忙接嘴:"对呀,我家欠下四两多匠班银,也冇得钱还,我也不用救了。"

两人脖子一缩,复又哭丧起脸来。宋师爷瞧他们那样子又好气又好笑,正色说道:

"在你们眼中,衙门中人都是只认银钱不认理的歹人。今天,我宋某偏要对你们说,我铁心援救你们,不收你们一个铜板。"

"啊?"

陈大毛与李狗儿一齐抬起头来,惊愕得合不拢嘴。宋师爷示意狱卒出去把风,接着说道:

"你们两人要想开脱罪责洗清自己,如今只有一个办法,反告税关。"

"反告税关?"陈大毛一咂舌头,摇头嗟叹道,"我们欠税不缴已是理亏,再反告上去,岂不是罪加一等?"

"此话差矣!"宋师爷啐了一口,回道,"段升早上在玄妙观前怎么说的?说你陈大毛家欠下九年的匠班银,你李狗儿累年积欠的田赋也只是八两多银子,你们何曾抗税,只是连年遭灾无银可交而已。段升当街拘拿你们,是欺侮小民,擅作威福。"

"这倒也是,但皇上远在北京,我们这江陵县还不是衙门说了算。"李狗儿叹道。

宋师爷回道:"衙门都是替皇上办事儿的,违背圣意就叫抗旨,按《大明律》,凡抗旨者一律严惩不贷。"

"理是这么个理儿,"李狗儿不相信世间有天上掉馅饼的好事,又道,"皇上就一个人,哪管得了天下许多事情,自古官官相护,老百姓告官,还不等于麻雀告天,有何用呢?"

"李狗儿的话有几分道理,"宋师爷说,"但这次情形大不一样,咱荆州城中大小衙门十几个,除了荆州税关,其他衙门的堂官,都为你们抱屈哪。"

"真的?"陈大毛又是一惊,双脚趿着地上的稻草。

"这是千真万确的事,啊——嚏!"趿动的稻草霉味上冲,呛得宋师爷喷出一挂鼻涕,他揪着朝地上一甩,不好意思地笑笑,又接着说,"咱们荆州府里坐纛儿的赵大人,江陵县衙里坐纛儿的罗大人,还有省上按院派驻荆南的按台孙大人,都觉得你们冤屈。"

"这么多大官都说我们冤屈,为何还要对我们用刑?你看,我这双手被拶成啥样儿。"

陈大毛伸出双手让宋师爷看,宋师爷就着如豆灯光细看,只见十根指头上下各拶了一次,虽不是很重——若是重,早就咔吧咔吧断了——但也夹开了皮肉,鲜血淋漓,深创见骨。宋师爷心下清楚,这是狱卒对初来人犯常用的酷刑,但他不肯认这个账,只愤愤说道:

"税关的人,一个个都似活阎王,犯在他们手上,不丢命也得脱层皮,所以你们两个一定要告他们。"

"告荆州税关?"

"对。"

"点不点那个段升的名?"

"他是当事人,怎能不点?"

"往哪儿告呢?"

"你们就朝荆州府衙和省抚按两院告,状子一式写他一二十份,凡湖广道及荆州见衙门一份。另外,还寄一份给京城都察院。"

"这些衙门在哪里我们都不知道。"

"你们写好状子,让家人带上到府衙击鼓鸣冤,府衙帮你们送出去。"

"狗儿,你识字不?"陈大毛问。

李狗儿摇摇头,陈大毛看看自己一双皮开肉绽的手,苦笑着说:

"我倒是念了两年的书,但几个字儿写出来像是鸡脚扒的,何况这手已是不能握笔了。"

"你不必担心,"宋师爷从袖子里抽出两张纸来,递给陈大毛说,"本师爷虑着这一层,已替你们把状子拟好了。"

陈大毛看了看,倒有一半字不认得,只得退回给宋师爷,觍着脸说:

"还请师爷大人念给我们听听。"

宋师爷也不推辞,把那两张纸的状子从头到尾细念了一遍。开头一段说的是玄妙观前事情发生经过,第二段备细说了荆州税关如何无视皇恩国法,强征皇上已颁旨减免之赋税,如今已是激起江陵县百姓的众怒。告的虽是段升,但字里行间关键处都捎上了荆州税关的主政。最后一段,是宋师爷的得意之作,他摇头晃脑念道:

> 江陵县乃当今首辅之故乡,更是皇恩荫披之厚土。怎奈荆州税关衙门苟挟权势,惟殖己私。朝廷明诏,蠲免钱赋,税关却越权征税,盘剥小民;横征暴敛,百无忌惮。己虽日昌,民则日瘁;己虽日欢,民则日怨。欺我等蚩蚩之氓,昧于刑宪,故多方刁难,棍棒相加。古今善政,对牧下治民,恒宽缓而不促迫,恒哀矜而不忿疾,为何荆州税关巡栏段升反其道而行之?万望荆州府衙及省抚按两院青天大老爷为我等小民伸冤,纠弹不法,以伸正义。江陵县乡民陈某某李某某具名跪奏。

宋师爷念完,本以为两个囚犯会为之喝彩,放下纸来,却见陈大毛眉心里蹙起老大的疙瘩。

"咦,你这是怎么啦?"宋师爷不解地问。

陈大毛恭维着答道:"宋师爷才高八斗,这状子写得锦绣,只是这末尾一段,太过文绉绉了。落款是我和李狗儿,我们两个大苕如何做得出这样花团锦簇的文章?因此,恕小人鲁莽,我想斗胆改一改。"

见陈大毛挑剔,宋师爷心中不快,回道:"你想怎样改,说给咱听听。"

"收尾的几句话,应该这样,"陈大毛想了想,念道,"我陈大毛与李狗儿,实在冤屈得很,我们两家欠税是真,但从来就不赖账,只是人穷志短,一时还他不起。但偌大江陵城,欠税的何止我们两家,越是大官家大富户欠得越多,为何不去逼迫他们,反而要对我们丁民小户大刑侍候?说穿了,荆州税关是狗眼看人低。大官家他不敢逼,逼了就自断前程;大富户他不能欺,欺了就断财路……"

陈大毛越念越气,竟站了起来如同演讲。宋师爷见他越说越离谱,连忙打断他的话头:

"行了行了,你那样结尾,岂不是一竹篙打一船人?何况行文也不合状纸的规矩。"

陈大毛不服,犟嘴道:"只有这样才解气呀,李狗儿,你说是不是?"

"是,但宋大人讲的衙门规矩我确实不懂,可别为了解气把事儿办砸了。"

"李狗儿才是明白人。"宋师爷拿班做势赞赏一句,接着摸出一匣印泥,说道,"我这辈子帮人写状子上千,没有一份出过差错,你们现在就在这状纸上按手印儿。"

两人刚把手伸进印泥匣中,只见那狱卒急匆匆进来,向宋师爷禀道:

"他们来了。"

"谁?"

"荆州税关的主簿张大人。"

"他来干什么?"

狱卒指着陈大毛和李狗儿:"来提他们两个。"

"真他娘的冤家路窄。"宋师爷小声咕哝了一句,又道,"你俩快按手印儿。"

陈大毛与李狗儿刚把手印按完，宋师爷像收宝贝似的赶紧把状纸折叠起来塞进袖筒，然后一脚跨出牢门，回头小声吩咐道：

"等会儿与税关的人见面，不要说我宋师爷来过，更不要提告状的事。"

"这是为何？"陈大毛不解地问。

"为了帮你们打赢官司。"

说完，宋师爷噗的一口把灯吹灭，跟着狱卒摸黑走了。

第十二回

为济困贱卖龙泉剑　言告状却送戒石铭

李狗儿与陈大毛被提出州府大牢时，已交了亥时，除了那些青楼酒馆尚灯火辉煌开门纳客，街上已是悄没人声。一行人踏着迷蒙月色，迤迤逦逦走进了税关衙门。

却说早晨出事以后，金学曾心急火燎从铁券巷赶回衙门，老远就看见段升魂不守舍候在他的值房门口，一见到他就扑通跪下，一五一十说明事情原委。上街巡税，本不是金学曾的主意，而是他自作主张，见新来的堂官为欠税问题一天到晚愁眉苦脸，便想上街捉两个"钉子户"打开缺口，本是立功心切，谁知误伤张老太爷闯下大祸。金学曾听完，恨不能一脚踹死这个二杆子。他强忍了好一阵子才压下怒火，对段升说道："祸已闯下了，后悔也没有用，你且退下，随时听候调参。"段升原以为堂官会大发雷霆，至少会把他骂得狗血淋头再来一顿毒打，弄得不好还会被扒了官服戴上木枷送进监牢，万万没想到金大人只轻飘飘说这两句就把他放了，心里已是十二分的感激。金学曾如此处置也有他的打算，来税关一个多月，对衙门里的属官差吏他一直留意观察，发现段升这个人虽然对税户态度恶劣，但很少敲诈勒索，本质并不算太坏。税户中老实人居多，但也有胡搅蛮缠抗税不交的刁民，这些人只认得翻眼睛强盗不认得闭眼睛佛，对付他们，真还得段升这样的活阎王。基于这层考虑，金学曾决定放段升一马。见过段升之后，金学曾又立即把全税关的属官差吏集中起来宣布纪律:一、事情既出,当事人既不能推诿责任,更不可背下包袱,有什么祸事,堂官能担当的尽量担当;二、不能排除会有人借此机会攻击税关衙门,大家出门公干,要谨言慎行,再不可添下新麻烦;三、税收是朝廷大政,偶然事故不能干扰税关既定方针;诸位该干什么就干什么,万不可一蹶不振,败坏衙风;四、若再发现有人吃里扒外、欺瞒堂官或为虎作伥,一定严惩不贷。开过会后,衙门里弥漫的一股子惊慌失措的情绪算是稳定了下来。

在衙门里作了紧急安排之后,金学曾才急匆匆赶往大学士府,他想当面赔罪,谁知老太爷拒而不见。吃了闭门羹,他快快出得门来,见赵谦的官轿一直停在外头,心中顿起疑惑:"老太爷伤势严重不见客,为何赵谦却在里头猫了大半个时辰?"把前后事儿联起来一想,他不禁打了一个寒噤,预感到赵谦要利用这件事大做文章了。

晚饭时,他把税关六品主簿张启藻找来,一同喝了几杯闷酒。这张启藻是从户部京仓七品大使任上升迁现职,与金学曾同时到任,金学曾前年秋上去礼部查账,这张启藻就是他的助手。这次来荆州赴任,金学曾特意向部堂大人要求再把张启藻调来襄助。缘于这层关系,在赵谦眼中,这个张启藻也是一位"插楔子"。在这敌友混淆阴阳未判之时,张启藻成了金学曾在税关中惟一可以信赖的人,他把张老太爷拒见的事情告诉了张启藻,问他如何看待。张启藻是个账务专才,遇上刀光剑影作奸犯科之事素来气短。听了这消息他闷葫芦似的愣了半响,才拐个弯儿答道:

"听说首辅大人是个孝子。"

金学曾听懂这句话的含义,回道:"首辅是孝子,这个不容置疑,但首辅更是良臣。"

"此话怎讲?"

"赵谦倡议给首辅在这江陵城外修了一座大学士牌坊,你知道么?"

"知道,那一天,你不是领我一起去参观过吗?修得真是壮丽,这赵谦会来事儿。"

"可济兄,你只知其一,不知其二。"金学曾挤挤眼睛,有些幸灾乐祸地说道,"我来荆州前,首辅召见我,还特别提到这座牌坊。"

"他怎么说?"

"他说这是乱弹琴,要拆毁!"

"拆毁?"

"对,拆毁!"金学曾的口气不容置疑,"首辅说他最厌恶的事就是欺世盗名,当然,还有假公济私。"

张启藻佩服金学曾沉得住气,任何时候都表现乐观。但他心底仍为税关目前的困境担忧,叹一口气说道:

"首辅会不会因老太爷被伤而为难税关,现在尚难预料,但有一点可以肯定,赵谦是要借此机会兴风作浪的。"

"你放心,对付他赵谦,我有杀手锏!"

金学曾说得含而不露又信心十足。张启藻不知他的"杀手锏"是什么,但知道他常常弄出一些匪夷所思的举措,能收到拨云见日的功效,也就半信半疑吞下这颗"定心丸"。这时,门子进来禀报金学曾,说是有人找。金学曾出去片刻就回转来,对张启藻说:

"这赵谦果然下手很快。"

"怎么了?"张启藻紧张地问。

"方才,我们在府衙的眼线过来递信儿,说是赵谦准备让李狗儿与陈大毛两人领头,联络城乡众多税户,一起具名写状子,告我们税关。"

张启藻倒吸一口凉气,言道:"说曹操曹操到,赵谦这一招真是歹毒。"

金学曾嘻嘻一笑,说道:"赵知府既然打起了开场锣鼓,这场戏不唱是不行了。可济兄,烦你到府牢走一遭,把李狗儿和陈大毛两人提出来。"

一跨进税关的大门,李狗儿与陈大毛因不知道又会有什么事情发生,因此心里头紧张。他们被带到一间小厅房里靠墙站着,不一会儿,便有一个穿着普通道袍的中年男子走进来。张启藻向他们斥道:"堂官金大人来了,还不跪下!"

两人才说要跪,金学曾一把拦住说:"不必跪了,要跪,也轮不到你们。"说着亲自上前,扶两人到椅子上坐下。这一举动,倒让李狗儿与陈大毛摸不着头脑。陈大毛把臀尖掂了又掂,好像椅子上有块针毡落座不下,就这么似蹲似坐的样子,拿一双小眼睛觑着金学曾,狐疑地问:

"你真的是金大人?"

"怎么,看着不像?没穿官服是不是?夜里又不坐堂,穿官服干吗?我不自在,你们更不自在。"金学曾说着,指着陈大毛又道,"如果我猜得不差,你就是那只绿头苍蝇了。"

"小人正是。"陈大毛觍着脸笑。

金学曾耸耸鼻子,诧道:"你们喝酒了?"

陈大毛看了看木讷的李狗儿,心虚地答道:"我们是喝了两盅,不多的。"

"在哪儿喝的?"

"大牢里。"

"谁给喝的?"

"不晓得是什么人,让禁子大爷端了一壶酒、两样小菜进来,让我俩受用。"

金学曾知道陈大毛在说谎,却也不追究,又转向李狗儿说道:

"看你鼻青脸肿的,是不是一进大牢就挨揍了?"

李狗儿舌头短,开口呛人:"犯到官府手上,就成了砧板上的肉,要切要剁,随人的便。"

"你看我这双手,被拶子拶的。"

陈大毛把一双血肉模糊的手伸到金学曾面前。金学曾看过,赶紧命堂役去寻金疮药,然后感叹道:

"俗话说,好汉不同官府斗,这话一点不假。"

税关堂官口中说出如此话来,倒把陈大毛与李狗儿听得蒙了。李狗儿问:

"金大人不是官府中人?"

"是,我是朝廷任命的堂堂正正四品官员。"

"那你咋也说官府坏话?"

"这是因为官府中欺压百姓的坏人太多!"

说话间,堂役送上了金疮药,金学曾亲自给陈大毛敷药,那份体贴的样子,让两个囚犯大受感动。敷完药,金学曾又问陈大毛:

"听说你编了一首歌谣骂我们税关?"

"不是我编的,"陈大毛连忙辩白,"荆州城中,三岁伢儿都念得出来。"

"你再念一遍我听听。"

陈大毛挠着头有些为难,张启藻一旁说道:"金大人让你念,你就念吧。"

陈大毛不情愿地念了一遍,金学曾皱着眉头想了想,说道:"这歌谣难听,但实在,若要更实在些,得改几句。"

金学曾说着就念起来:

税关税关,

催命判官。

肩扛枷锁,

手提铁链。
当街横行,
一群坏蛋。
阔佬大爷,
见着就软。
逮着百姓,
吹胡瞪眼,
稍一反抗,
牢底坐穿。

"好!"金学曾刚一念完,陈大毛就兴奋地叫了起来,忽然又觉不妥,慌忙掩了嘴,掩饰道,"税关的老爷们虽然凶一点,却也没有这么厉害。"

李狗儿也在纳闷:"天底下哪有掌自家嘴巴的人,这位金大人,莫不是又在使什么花招耍我们?"心下已是十二分的警惕。金学曾看出了他的猜疑,便笑着问他:

"李狗儿,你恨不恨段升?"

"恨!"李狗儿一咬牙说真话。

"你呢?"金学曾又问陈大毛。

陈大毛比李狗儿狡猾,兜着圈子说道:"金大人方才改的民谣,那'肩扛枷锁,手提铁链'两句,不就是指的段老爷么?"

"看来,你也不肯原谅他。"金学曾摇了摇头,又喊来堂役,吩咐道,"去把段升喊来。"

一直在廨房待命的段升不一会儿随堂役进得门来,一见到陈大毛与李狗儿,他就有些气不顺。金学曾眯着眼问他:

"段升,这两个人可是你抓的?"

"是。"段升嗫嚅着,全没有早上在玄妙观前的那股子蛮横劲儿。

金学曾接着逼问:"是抓对了还是错了?"

"错——了。"段升答得很不情愿。

金学曾一跺脚:"错了还不赔礼!"

段升紧绷着脸,朝陈大毛与李狗儿两个每人打了个拱手,带着情绪说:"早上的事,对不起了。"

见段升真的赔了不是,陈大毛与李狗儿反倒过意不去。官府中人给小老百姓道歉,这可是破天荒的事儿。陈大毛激动之余,又多了个心眼,问道:

"启禀金大人,小人有件事想斗胆一问。"

"请讲。"

"我和李狗儿既是错抓了的,那,我们现在是不是可以回家了?"

"当然可以。"

"那我走。"

说此话的是李狗儿,语音未落,只见他已是噌地站起来,抬脚就要出门。

"慢!"

金学曾喊了一声,走到门口的李狗儿又回转身来,紧张地问:"又不让走了?"

"怎么不让走? 只是本官不好意思让你们这么空着手走。"

金学曾朝段升使了个眼色,段升从袖子里摸出几锭银子来,放在金学曾面前的茶几上。金学曾把那几锭银子分作两处,一处十两,一处六两,然后说道:

"李狗儿,这十两银子送给你,余下的六两,给陈大毛。"

"这……"

陈大毛与李狗儿面面相觑,一时都惊呆了,只听得金学曾继续言道:

"段升说你们两人抗税,说错也错,说对也对。因为你们两家,毕竟都是欠税户,多次上门催收都无功而返。当然,你们两家的苦衷与隐情,本官也都打听凿实。李狗儿家,五亩田要完十亩田的税,不仅仅是税,还有丁差,这都是不合理的。再说你陈大毛家里,爷爷死了九年,你们还得替他交匠班银,这种征税方法,也是滑天下之大稽。但税关的职责就是征税,税赋征缴不上来,我们头上的乌纱帽就戴不成了。我问你们恨段升否,你们说恨,其实,段升也是出于无奈,有苦难言哪!我到衙门的第三天,段升就对我说'征税好比在猴嘴里抠枣子',你们听了这句话有何想法?你们是同情猴子呢,还是同情抠枣子的人?我上任这一个多月,已是真切地感到,天底下最难当的官就是税官!如果想玩猫腻,想贪墨,想榨取民脂民膏,这税官倒是一把金交椅,但若要凭良心办事,上对得起朝廷,下对得起百姓,则是比登天摘月还要难哪!

"就像你李狗儿家的田赋银,陈大毛家的匠班银,到底收不收?收,得罪了你们,不收,又势必得罪朝廷,几乎所有的税官,也包括我金学曾在内,是宁可得罪百姓,也绝不肯得罪朝廷。二者得罪其一者,都是好官。还有一种官,上欺瞒朝廷,下欺压百姓,这才是赃官、狗官。他段升,不是赃官狗官,我金学曾,这一辈子,反的就是赃官狗官。但是,身为朝廷命官,必当遵守朝廷的纲纪。田赋银与匠班银,关涉朝廷税法。在税法未有更易之前,税银还得依旧法征收,我知道你们两家生计艰难,纵卖尽家当,也难还清积欠,故把这些银两送给你们用来还账。"

金学曾这一席话,动之以情晓之以理,在座的人无不感动。李狗儿把已拿到手上的银子放回到茶几上,说道:

"这银子我不能要。"

"你为何不要?"金学曾问。

李狗儿愣了愣,迟疑地说道:"如果村里人知道了,我如何回答？"

段升不知李狗儿是何原因不肯收银，便插话道："你放心，金大人的银子不是贪墨所得，是干净的。"

接着，段升便讲了这十六两银子的来历：今天下午，金学曾得知李狗儿与陈大毛两家的真实情况后，便想着要给予帮助，让他们能够归还积欠，但他是一个不敛财的人，手头并无积蓄，一时间连十两银子也筹措不出。正发愁时，他无意间发现了那把挂在值房墙上的龙泉古剑，这把剑产自南宋高宗绍兴年间，是金学曾家中祖传之物，他当即把那把剑摘下来交给段升，让他拿到典铺里典当出去。这样一把制作精美质量上乘的龙泉古剑，少说也值百十两银子，但开典铺的员外乘人之危，死活只肯出十六两银子。段升见价码儿太低不敢做主，又转回来请示。金学曾一咬牙说："十六两就十六两，典了它。"就这样，段升心酸酸地捧回这十六两银子。

知道了这十六两银子的来历，李狗儿只觉胸口堵得慌，他对陈大毛说话，喉头已是发哽：

"大毛哇，你看，金大人对我俩恩重如山，可是，我俩还想着……"

"想着什么？"段升问。

陈大毛虽是街头泼皮，但此时也是泪水在眼眶里打转转，他竟扑通跪下，羞惭地说：

"金大人，我不是人，我没有良心啊！"

李狗儿也跟着跪了下去，接了一句："我也是狗咬吕洞宾，不识好人心，万望金大人恕罪。"

"你们俩这是怎么了，你们何罪之有？快起来！"金学曾说着便要段升扶他们起来。

两人膝盖不肯离地，李狗儿道："金大人，天地良心，我们真的有罪,我们听了宋师爷的唆使,准备明天就去府衙告你们税关。"说着就把事情经过讲了一遍。

金学曾佯装不知晓此事,一脸惊讶问道:"宋师爷会把状子拿到哪里去呢?"

陈大毛答:"他说去交给我们的家里人,明天一早,一起去到府衙敲鼓递状子。"

李狗儿突然记起什么,赶忙从地上爬起来,心急火燎言道:"我现在就赶回张家台子,我要去阻止这件事。"

"我也是。"

陈大毛也一撅屁股站起来,两人正欲出门,金学曾又对他们说:"其实,你们明天仍可到府衙去。"

陈大毛不好意思地笑笑,回道:"金大人,我若再去告你们税关,天打五雷轰!"

金学曾笑道:"不告税关,也可以去府衙嘛。"

"啊?"

"你们可以联络乡亲,去给府衙的赵大人送一件礼物。"

"什么礼物?"

金学曾诡谲地一笑,便小声说出自己的想法,两人一听乐了。陈大毛说道:

"金大人这是个好主意,小的们照办。"

眼看两人就要出门,金学曾亲手拿起银子交给他们,并对陈大毛说:

"李狗儿路远,可以先走一步,你能否再留一会儿,我还有话说。"

李狗儿一走,金学曾便问留下来的陈大毛:"听说你有时候也做点鼓上蚤的事?"

"什么鼓上蚤?"陈大毛一时没领会过来。

金学曾做了一个"偷"的动作,陈大毛脸一红,不好意思地答道:"为了生计,顺手牵羊的事偶尔为之。"

"能否帮我一个忙?"

"帮什么忙?"

"也顺手牵羊一下。"

"帮你偷?"陈大毛一惊,见金学曾不像是开玩笑的样子,又问,"偷什么?"

"荆州城里哪一家最富?"

"开绸缎庄的漆老爷。"

"对,就偷他家的账簿。"

陈大毛抓耳挠腮盘算了一会儿,不是很有信心地回答:"我试试。"

第二天一大早,赵谦起床盥洗毕,换了崭新的官袍来到廨房,吩咐人把宋师爷喊来,问他:"事情办得如何?"

宋师爷昨晚从府牢里回来已经夜深,不敢打搅赵谦,又怕回家误事,故宿在值房里头。这会儿他揉揉发胀的眼泡,回道:"启禀大人,都办妥了。"说着从袖子里摸出两张纸来递给赵谦,又道:"这是李狗儿和陈大毛两人的状子,请大人过目。"

赵谦把状子仔细看过一遍,高兴地说:"好,他们准备何时递状子?"

"就在今天上午。"

"有多少税户能够参加?"

"不会少的,大约有几百人。"

"声势一定要大。"赵谦兴奋起来,接着问道,"陈大毛与李狗儿两人,是不是还在牢里?"

"不在。昨夜里,税关主簿张启藻去了大牢,把两人提走了,咱派人跟踪,这两人被提到税关后,在里头待了不到一个时辰就被放了。"

"放了?"赵谦一惊,皱着眉嘀咕道,"金学曾这小子,又耍什么花招?"

"他大约是迫于舆论,不得已而为之。"宋师爷捻了捻淡黄的山羊胡须,得意地说,"大人有所不知,自昨天早上税关锁人以后,城中百姓把这件事吵得沸沸扬扬,一人一口唾沫星子,就能把他金学曾淹死。"

"风高好放火,此等形势不加利用,岂不是傻蛋?"赵谦说着得意地笑起来。

宋师爷兴抖抖地跟着笑,又道:"东翁,咱这里还攒了一个好消息哪。"

"什么好消息,快讲。"

"东翁派到松江府去的人,昨儿天黑时也回到了荆州。"

"人呢?"赵谦急切地问。

"看到天黑,咱让他先歇下了。"

"事儿办成了?"

"办成了,那幅字已存在咱的值房里。"

"去,快给我拿来。"

宋师爷屁颠颠地走了,很快就回转来,把一只描金护书在案台上打开,从中取出一张六尺宣的条幅,摊开来看,上面写了一副对联:

圣恩浩荡　育荆楚时兴人杰
皇祚绵长　赖社稷代有名臣

落款是:松江徐阶题。

赵谦反复品味这副对联,已是喜不自胜。却说去年秋上,他倡议在荆州城东门外修建"张大学士牌坊",并带头认捐五百两银子,不过半月，就筹集到一万多两现银。旋即动工，到了年底牌坊建成，却没有找到题额的人。赵谦一心想拍马屁，便派宋师爷去京城，本想让张居正出面请当今小皇上赐额，没想到张居正一口拒绝，不但不肯奏请皇上，反而带信要把这牌坊拆掉。赵谦讨了个没趣，却又不甘心，因为湖广道的官员都把他当成张大学士府中的第一号座上宾，如果拆掉牌坊，他的面子往哪儿搁？而且，他揣摩张老太爷的心思，也是希望建好这座牌坊以壮家声，即便在知道儿子张居正有意拆掉牌坊时，老太爷也不松口。赵谦思来想去，认为张居正想拆掉牌坊是做戏给人看，天底下哪有人不肯光宗耀祖？如果他真的拆掉，张居正说不定还会怪罪他不会办事。牌坊既留，总不能白板一块没有题额。当今首辅的牌坊，却也不是随便什么人可以题额的，最合适的是皇上。这个既请不到，赵谦心里头又默划了一个人，即隆庆朝第一任首辅徐阶。这徐阶虽然致仕家居，但他毕竟是张居正的恩师，论地位、论名望、论与张居正的关系，再也没有人能出其右。于是，他派人前往松江拜见徐阶说明原意……如今，拿到这幅墨宝，赵谦快意之极，恨不能立刻赶到张老太爷府上表功。但他心底清楚，比之税户告状，这只是小事一桩。在廨房里坐了大半个时辰，他派人到衙门前数次张望，看看有无动静。宋师爷看到主人猴儿巴急的样子，也怕出了闪失，又亲自跑出去打听，大约一顿饭的工夫，他欢天喜地跑回来，禀告主人道："东翁，你要准备升堂了。"

"来了吗？"赵谦从椅子上一跃而起。

"来了，已到了十字街口，嘈嘈杂杂的大约有两三百人，打头的正是陈大毛与李狗儿。"

"好！"赵谦顿时眉飞色舞，吩咐宋师爷道，"你现在就把状子送进缮抄房，速抄三份，全部盖上关防，一份送武昌城湖广按院，一份送京城都察院，还有一份直送内阁首辅，全部加急。"

宋师爷不敢扫赵谦的兴头,只得小心答道:"现在抄恐怕为时过早,状子咱已交给陈大毛了。"

"交给他干吗?"

"他得亲自在堂上递给您呀。"

"啊,我倒把这层忘了。"

赵谦笑了笑,这时,只听得衙门前的登闻鼓震天价敲响,沸沸扬扬的人声也轰轰然传来,早有一个衙役滚瓜般跑来禀道:

"大人,外头来了众多百姓,要……"

"不说了,"赵谦无心听衙役啰嗦,一挥手令道,"快去,传令升堂。"

顷刻间,只听得咚、咚、咚三声炮响——这是开衙的号令,接着,便是整整齐齐的山吼:

"升——堂——"

赵谦早已踱出屏风,在堂上正中那张夹头榫翘头大案台后头落座,大案台两侧,各斜放着一张攒牙子着地管脚平头案,府同知与主簿两名属官也随之落座,阶下两厢,数十名皂衣衙差各持水火棍直挺挺站立。赵谦重重拍了一下惊堂木,肃声问道:

"是何人敲了登闻鼓?"

阶下侍立的宋师爷出班禀道:"启禀大人,是荆州城中小民陈大毛与城外农户李狗儿等一干人众。"

"为何敲鼓?"

"递诉状。"

"状告何人?"

"告荆州税关。"

"带陈大毛与李狗儿上来。"

"是。"

本都是事先知晓之事,但赵谦故作威严状,又从头问了一遍,只缘这是升堂的套路更改不得。宋师爷配合极佳,只见他走出大堂,片刻就把陈大毛与李狗儿领了进来,两人一进来就跪下。赵谦俯身看了看这两个"腌臜"人物,急切地问:

"谁是陈大毛?"

"我。"

陈大毛抬起头来,他今天换了件稍稍体面点的蓝布衣褂,只是被拶子拶过的手伤得不轻,敷了药后已用粗白布缠了起来。

"手上怎么了?"赵谦问他。

"昨日在府牢里受刑,拶伤了。"

"啊,"赵谦转头问正在东张西望的李狗儿,"你叫什么?"

"李狗儿。"

"听说昨日税关巡栏段升当街锁你?"

"是。"

"状子呢?"

"什么状子?"李狗儿眨巴着眼睛。

"你们不是状告荆州税关么?"

李狗儿没有作答,而是望着陈大毛。陈大毛看了看两边厢里拿着水火棍的差人,稍作犹豫,便鼓着勇气答道:

"启禀知府大人,小民们今日给你送大石碑来了。"

"石碑,什么石碑?"赵谦蒙了。

陈大毛说:"大人看过便知。"说着从地上爬起来,走出大堂。这本是坏规矩的事,若在平常,赵谦早拍了惊堂木,但今日他却耐着性子,想看看这两个歪辣骨究竟要干什么。不一会儿,便见陈大毛领着四个人吭哧吭哧抬了一个大石碑进来,这石碑高约五尺,厚约六寸,汉白玉质地。四个人抬进大堂后,卸了绳索,两个人将其扶着立起,因隔得太远,赵谦看不清碑上字样,遂忘了开堂的威严,竟自步下阶,走到石碑前观看,只见碑的正面大书三个楷字：

  戒石铭

背面的颜骨小楷，写的是一段铭文：

  敕谕皇明天下郡县戒石铭：

    朕念赤子，旰食宵衣。言之令长，抚养惠绥。改存三异，道在乙丝。驱鸡为理，留犊为规。宽猛所提，风俗可移。无令侵削，无使疮痍。下民易虐，上天难欺。赋役是切，存国是资。朕之赏罚，固不逾时。尔俸尔禄，民脂民膏。为民父母，须是仁慈。勉尔为戒，体朕深恩。

           洪武十五年吉旦立

  读罢铭文，赵谦脸色刷地变了。却说这一方《戒石铭》碑端的大有来历：皇朝开国之后，太祖洪武皇帝治吏极严。他平生最厌恶的事情，莫过于官员贪墨，他每每嘱咐六科给事中及十三道御史等诸路言官，对居官婪取之人，必及时揭发，不管证据确凿还是道听途说，都可上奏。这就是令贪官闻之丧胆的"风闻奏事"之权。如此苛严，虽不免有冤案产生，但对于官场养成清廉自守的风气，的确大有裨益。即便如此，仍有贪利之官铤而走险。有一位县官贪墨了十两银子被人告发，洪武皇帝盛怒之下，下令将那县官处死，剥其皮制成革，内中塞满稻草做成"贪官标本"挂在县衙大堂里以警示后来为官者：胆敢效尤者，杀无赦！惩罚如此酷烈，洪武皇帝仍心有不甘，洪武十五年，也就是杀了那位县令之后不久，他听了臣下的建议，制作出这一篇《戒石铭》颁发全国，用统一规格与书式勒石作碑，竖立在全国每一座县州府衙门中，并谕旨每一个新上任者，到任之日必须首先阅读这篇《戒石铭》。

  陈大毛他们抬进来的这一方《戒石铭》碑，便是洪武十五年的旧物。这座碑本安置在当时的荆州府衙门内。嘉靖年间，当时的知府嫌衙署局促,便打通关节请旨另建,这就是赵谦现今办公之地,而老衙门便做了荆州税关的署所。不知是出于疏忽还是别有所因,迁移府衙时,这一方《戒石铭》碑竟没有一同迁走,而是一直留在税关的署所之内。如今被陈大毛他们抬来,赵谦立马想到这件事的幕后策划者是金学曾。本来巴心巴肝指望接一道状子治一治金学曾,没想到反上了他的圈套接下这一方"圣碑"。赵谦站在碑前,恨得牙痒痒的却又不便发作。偏这时候,宋师爷站出来问道:

"陈大毛,状子呢?"

"什么状子?"陈大毛装糊涂。

"你们不是要告荆州税关么?"

"是你宋师爷要我们告的,怎的赖到我们身上?我们回家合计合计,不告了。"

"为啥?"

"就为你写的状子,不合我们小老百姓的口味。"一直闷葫芦似的李狗儿,这时开口说话了,他从怀中摸出那两张状纸扬了扬,然后把它撕得粉碎,说道,"过去税关的大堂官,就是赵大人,我们如何告得!"

"你!"

赵谦脸色涨得像紫猪肝。府同知一看这些贱民闹得太不像话,立时大喝一声:

"你们这些刁钻小民,竟敢戏弄本衙,来人!"

"在!"

众衙役一齐把水火棍在青砖地上顿了一顿,那样子就要扑上来抓人了。赵谦摆摆手示意衙役们安静下来,他知道如果此时一动手,便真的就中了金学曾的诡计。须知这些子编氓是送"圣碑"来的,如果打了他们,就等于是他赵谦胆敢藐视皇上,到那时候,他纵有十张嘴也辩白不清。小不忍则乱大谋,赵谦想到这一点,便勉强挤出一点干笑来,对李狗儿一干人众说道：

"多谢你们送来这方《戒石铭》,宋师爷,安排人把这石碑赶快安放妥当。退堂!"

第十三回

抨新政京城传谤画　揭家丑圣母识良臣

张居正今天散班回来得晚,到家天已黑了。平常回家,他都会先到后院看看夫人说几句家常话,检查一下儿子们的学业,今儿个却都免了。他一回来就一头扎进书房,援笔伸纸,写下"请裁抑外戚疏"一行字,眼睛瞄着它却半天写不出下文。这当儿,他吩咐游七安排厨下做了一碗葱花挂面端进书房,胡乱扒下去充饥,心思还在那道待写的奏疏上。

自那次在大隆福寺受到李太后的便服召见,这两三个月来,随着财政改革的正式实施,京城里头已是风声鹤唳物议沸腾。经过两年多吏治,十八大衙门已在张居正牢牢掌握之中。一令既出争相回应,这固是可喜之事,但因财政改革触动的都是大户利益,对这些皇亲国戚戚畹膏粱,各衙门官员也莫可奈何,这正是张居正心忧之处。

大约在三月份,皇上对全国各地公侯贵戚的子粒田每亩征收三分税银的圣旨公布,立刻就引起轩然大波。第一个跳出来反对的,是驸马都尉许从成,他是嘉靖皇帝的女婿,当今小皇上的嫡亲姑父。在宛平、大兴等京畿县份,他名下的子粒田有四百多顷。此项加征,他每年须得拿出一万二千两银子,与他拥有的巨大财富相比,这个数字算是九牛一毛。但为富者多不仁,让他放这一点点血,却如同剜了他的心头肉。他逢人就发牢骚:"对皇上的赏赐也得抽分彩头,这是哪门子王法?照这样下去,早晚得打嗝认捐,放屁缴税。"不单是说,他还写了揭帖送进内宫,要求觐见皇上与圣母,面陈"苦处"。李太后与许从成的夫人嘉阳公主本是姑嫂关系,隆庆皇帝在时,两人过从甚密。这两年虽然疏淡一些,但逢年过节,李太后仍不忘给嘉阳公主家中送去一些礼品,春节时也会宣召她进宫住上一天两天,说说体己话儿。小皇上的至亲没有几个,所以对嘉阳公主一家格外眷顾。许从成正是依仗这一点,所以聚敛钱财有恃无恐。前年秋上为胡椒、苏木折俸事,他曾到昭宁寺找到正在那里敬香的李太后告刁状,逼使李太后下旨,免去公侯勋贵的胡椒、苏木折俸。他从这件事情上尝到了甜头,认为只要闹一闹,李太后还会松口,谁知这一次那招法儿不灵,李太后收到揭帖后并不宣旨见他,也没有只言片语传出来予以安慰。他感到拳头打在棉花上,劲儿都白使了。但他并不甘心,又到处联络公侯戚畹,一起具名上奏,希望皇上能够收回征收子粒田税银的圣旨。他这边本子还没上去,一部由刑部制定的《万历问刑条例》,又由皇上批准布告天下,其中《户律》第四十七条第一款写道:

> 凡宗室置买田产,恃强不纳差粮者,有司查实,将管庄人等问罪。仍计算应纳差粮多寡,抵扣禄米。若有司阿纵不举者,听抚、按官参奏重治。

紧接着的第二款,对不法权贵的惩治更加清楚:

> 凡功臣之家,除拨赐子粒田需征薄税之外,但有私买之田土,从管庄人尽数报官,入籍纳粮当差。违者,一亩至三亩,杖六十。每三亩,加一等。罪只杖一百,徒三年。罪坐管庄之人,其田入官。所隐税粮,依数复纳。若里长及有司官吏,踏勘不实,及知而不举者,与同罪。
>
> 各处势豪大户,无故恃顽,不纳本户秋粮,五十石以上,问罪。监追完日,发附近;二百石以上,发边工,俱充军。如三月之内,能完纳者,照常发落。

各处势豪大户，敢有不行运赴官仓，逼军私兑者，比照不纳秋粮事例，问拟充军。如各府州县掌印，不即按时催收田赋，纵容迟误，一百石以上者，提问，住俸一年。二百石以上者，提问，降二级。三百石以上者，一律罢黜，不得开恩。

除了开国皇帝朱元璋对于勋贵大户多有抑制之外，此后的皇帝特别是正统年间以来，几乎所有制定颁行的法律，都没有对豪强势力真正作出有效的限制和惩罚的措施。张居正为天下理财，首先向这些巨室挑战，对那些敢于偷漏国赋，与官府勾结纵庇以分肥的不法大户，进行严厉制裁绳之以法。如此行事，已是一百五十年来所仅见。因此，这部《万历问刑条例》一颁布，立刻博得丁民小户的一致赞扬，但是，在全国的势豪大户特别是两京的勋贵巨室中，却引起了极度的恐慌与不满，这真是一波未平一波又起。一时间，明里上本子的，暗里写谤书的，请大仙跳神念魔咒的，走胡同串宅子泄愤闹事的，目标全都对准张居正这位内阁首辅。大前天早上，他刚到内阁，新任不到半年的五城兵马司堂官刘江俞，就赶来紧急求见，紧张兮兮地呈上一张谤画让他过目。张居正摊开一看，这张谤画上画了三个人，当中一个人吊着一双眼，满嘴吐出的都是毒蛇，官服上写着"张大学士"四个字；左边一个人吹胡子瞪眼，手拿狼牙大棒，写在官服上的名字是"刑部尚书王之诰"；右边一个人手提一杆大秤，标名为"户部尚书王国光"，三人坐在"阎王殿"中，都是穷凶极恶之相。谤画上还配了一首打油诗：

　　此是当朝三结义，
　　阎王一个两哼哈。
　　皇朝骨血全收拾，
　　直叫朱衣变袈裟。

不难看出，这首打油诗乃是攻击他为天下理财的种种措施，实质是打击皇室宗藩。"直叫朱衣变袈裟"一句，更是暗指他要让朱明王朝遁入"空"门。如此露骨地挑拨君臣关系,可谓刻毒之极。他问刘江俞：

"这谤画在何处发现的？"

刘江俞答："在东华门外的牌坊上。"

"那里是百官入值的必经之地,把这谤画贴在那儿,无非是想让更多的人看到。"张居正轻蔑地笑了笑,问道,"这是何人所为,有无踪迹？"

刘江俞摇摇头,答话时已是口齿紧张："约略五更天,巡城兵士经过那里,发现谤画后就立刻揭了下来,当时糨糊还是湿的,贴上去没有多久,所以,没有几个人见到。至于是谁张贴谤画,目前尚无线索,卑职已命人加紧追查。"

张居正鼻子一哼,鄙夷地说："此等小人所为,若是追查反而抬举了他,不必理会。"

话虽这样说,张居正却不敢大意,他怕皇上通过别的渠道知道这件事而横生枝节,当即就写了揭帖说明事情原委,连同谤画一起送进内宫。这一主动果然产生了效果,当天下午,就有小皇上的谕旨批出：

说与张先生知道：谤画究系何人所为,朕命东厂侦伺。如此侮辱大臣,离间君臣,定不能轻饶,钦此。

读罢这道谕旨,张居正一颗悬着的心总算落了地。但事隔一天,又发生了另外一件让他感到棘手的事：年初的时候,皇上的外公武清伯李伟提出要修坟,李太后命冯保将此事告诉了张居正。当时张居正的答复是"按祖制办事"。他责令钦天监派员去武清伯在沧州选定的"吉壤"实地踏勘。大约一个月后,这块"吉壤"便由钦天监的官员正式确定了下来。武清伯李伟立即上本请拨国帑修造坟茔。这类事情按例由工部负责,已于月前正式出任工部尚书的李义河派员再次前往沧州踏勘估价,核算出造坟银价为二万两,便据实上奏。今日下午,小皇上又派太监到内阁口传旨意:"该部折价太薄,从厚拟来,钦此。"李义河就此事上奏之前,先来内阁与他商量过,二万两的工价银,是一笔笔仔细算出来的,既无水分,亦无克扣,应该是合理允当,但皇上要他"从厚拟来",便让他好生踌躇——这些时京城的形势是山雨欲来风满楼,他所做每一件事情,都不得不权衡利弊三思而行。

通过东厂的密报与五城兵马司的访单,张居正已知晓因子粒田征税的问题犯了"众怒"。京城中的戚畹大户,以许从成为首,几乎是不间天地前往武清伯府中游说,要他挑头出来闹事。这位武清伯本是个钱窟窿眼里翻筋斗的人物,从他手里抠出一文钱来,比从猴嘴里抠枣子还要难。这七八年来,他历次受赐的子粒田,加起来比许从成的还要多一百多顷。新政一出,他每年就得往外多拿一万五千多两银子,圣旨颁布之日,他气得在床上躺了三天,窝了一肚子闷气,只差没吐血。儿子李高到处都有耳报神,打听后回来告诉他,说这都是张居正的主意。他因此在心里头把张居正咒了千遍万遍,但当许从成登门要他领衔给皇上写本时,他却抵死不肯领这个头。他的顾忌有二:一是那次在隆福寺前的花市上,儿子李高的仆役居然挥金如土地摆谱,正巧被女儿李太后碰上,当时没说什么,回来后就宣他们父子进宫,夹枪带棒把李高骂了个狗血淋头,并警告他们,如果以后还敢这样胡作非为,就再也休想得到她这个太后的照拂;第二,他从冯保处打听到,子粒田征税,虽然是张居正的建议,却是他的女儿李太后拍板定夺,如果自己带头反对,岂不是要和女儿翻脸?这个女儿是他的富贵根基,他对她更多的不是慈爱,而是敬畏。别看这位武清伯是个泥瓦匠出身,遇到大事却从来不糊涂。他知道,在子粒田问题上是闹不出名堂来的,倒不如打别的主意,把这部分损失补回来。所以,一俟修坟的"吉壤"确定,他立马儿就上折要钱。他原以为可以借机大捞一把,谁知户部只批了二万两银子,不单是他嫌少,就是李太后也觉得从国库里支出这么一点钱来,实在是有损老国丈的脸面,因此让皇上到内阁传了那道旨意。

放在平常光景,多支出一万二万两银子也不是什么大事,但碰在这个勋贵豪强与他较劲儿的节骨眼上,这件事情就不能等闲视之。如果能把这个"当朝国丈"的私欲抑制住,那帮子只管自己锦衣玉食不管天下苍生疾苦的狲狲君子就再也闹腾不起来了。想好了这"擒贼擒王"之术,张居正再三权衡,把各方面的形势作了通盘分析,这才决计冒一次险,直接向皇上建言裁抑外戚。思路一旦理清,张居正下笔如有神:

> 伏蒙圣上发下工部复武清伯李伟请价自造坟茔一本。该文书官张鲸口传圣旨:"该部折价太薄,从厚拟来,钦此。"
> 臣等看得李伟乃皇家至亲,与众不同。皇上仰体圣母笃念外家之意,礼宜从厚。但昨工部尚书李义河等见臣等言,先朝赉赐外戚恩典,惟玉田伯蒋轮家为最厚,正与今圣母家事体相同。及查嘉靖二年,蒋轮乞恩造坟,原系差官盖造,未曾折价。该部处办木石等料,当时估计该银二万两,卷案俱存。该部因本爵自比蒋轮例,故即查蒋轮例题复。其做工班军,及护坟田土,另行拨给,原不在此数。今奉圣谕,欲令从厚,臣等敢不仰体皇上孝心。且臣等犬马之情,亦欲借此少效微悃于圣母之家。但该部查照旧例,止于如此。今欲从厚,惟在皇上奏知圣母,发自宸衷,特加优费,固非臣下所敢擅专也……

写到这里,张居正的额头上渗出了微汗,手指也感到有些发酸。他搁下笔,两手十指交叉举起来推展了几次,正要接着往下写,却见游七冒冒失失地一步跨进门来,高喊一声:

"老爷!"

张居正白了他一眼,斥道:"看你,掉了魂似的,退出去。"

"老爷,有急事。"

游七还想说下去,张居正已不搭理他,伏在案头,提笔写了下去:

夫孝在无为,而必事之以礼;恩虽无穷,而必裁之以义。贵戚之家,不患不富,患不知节。富而循礼,富乃可久。越分之恩,非所以厚之也;逾涯之请,非所以自保也。臣等待罪辅弼,不敢不尽其愚。伏惟圣慈垂鉴。

写完这篇《请裁抑外戚疏》,张居正又从头到尾仔细看过两遍,自觉无一字不妥,这才感到完成了一件大事,他长嘘一口气,正想起身到院子里走走,一抬头,却见游七仍木桩似的站在门口,便问他:

"你有何事?"

游七走前一步,焦灼地答道:"老家出了大事,老太爷被人打成重伤。"

"什么?"张居正一下子挺直了身子,"谁打的?"

"听说是金学曾的手下。"

"这怎么可能?你从何得到的消息?"

"赵谦派人驰驿送信,一路加急,四天赶到了京城。"

游七说罢,递上一只盖了荆州府关防的大信封,张居正接过,从里面掏出两封信来。一封是父亲亲笔所写,陈述自己如何被税差打破脑袋,现卧病在床已是不能起身。另一封信是赵谦写的,就荆州税关执意当街捉人,张老太爷上前劝解反遭毒打的过程详尽描述。虽是私信,满纸透出的都是对金学曾的不满。张居正还来不及对这件事情作出判断,又有一个门子过来禀报,说是驿站的人又有急件送来,游七出去取回急件。张居正接过一看,急件上盖的是荆州税关的关防,拆开一读,是金学曾写给他的一封长信。内中不单对老太爷的误伤深表自责,同时也将赵谦私自将官田一千二百亩赠给老太爷的事抖搂了出来……

一连三封信，让张居正刚刚轻松下来的心情旋即又紧张起来。从信中可以看出，金学曾与赵谦已经交恶，两个四品衙门闹起来，荆州城中的混乱局面可想而知。更可怕的是，父亲竟然瞒着他，私自接受赵谦贿赠的官田，这件事一旦大白于世，他张居正顷刻间就会变为众矢之的。因为子粒田征税，他得罪了所有的豪强大户，其危情之势，本来就如同坐在火山口上，如果他们再利用这件事情来攻击他，后果之严重可以预料，轻者去位，重者……他不敢再往下想了。这时候，又听得前堂有人说话，他正想询问，却见堂役来报：

"老爷，亲家爷来访。"

张居正踅过客堂，只见他的姻亲、刑部尚书王之诰已在堂中坐定，见他来，王之诰欠身一揖，说道：

"叔大兄，夤夜来访，原是有一件急事。"

张居正见他面前的茶几上也放了一封盖了荆州府关防的急件，便坐下问他：

"可是为荆州税关的事？"

"正是。"王之诰一向不苟言笑，这会儿更是沉着脸焦灼言道，"想必你已收到了荆州府的来信，不知叔大兄如何处置这件事情？"

"仆也是刚收到荆州知府赵谦的急件，"张居正直截了当地问，"不知告若兄如何看待这件事？"

王之诰与张居正既是同乡，又是姻亲，前年张居正把他从南京的闲差上调来北京执掌刑部，无论是部务还是朝政的配合，与内阁都十分默契。正是由于他的努力，一部《万历问刑条例》才这么快地制定出来。由于他为人正派处事缜密，张居正敬他三分，每逢有重大决策，事前总是要征询他的意见，王之诰也从不推诿。眼下，迎着张居正探询的目光，他拿起茶几上的那封信递过去说："你先看看再说。"

信是荆州府同知写来的,由于他分管谳狱,所以和刑部有联系。这封信内容同赵谦那封信差不多,连攻讦金学曾的词句都大致差不离。张居正看了一遍,把信还给王之诰,又问他:"荆州府在这件小事上,是不是有点小题大做?"

"这样看未免简单,"王之诰瞅了张居正一眼,思虑着说道,"老太爷被打,这算是重大事件,荆州府哪敢不加急禀报?金学曾与赵谦,都是你叔大兄当首辅后提拔的人,依我看,这两个人都有毛病。"

"毛病何在?"

"赵谦从江陵县令做到荆州知府,在荆州城待了八年,对荆州方方面面的情况,早已了如指掌,根基也打得牢靠。我听家乡来的人讲,他与老太爷的关系非同一般,对你在荆州的家人也照顾得极好。此人的特点是灵活,会办事,但有油滑之嫌。再说金学曾,这人在短短两年间,由九品观政骤升为四品御史,升官之快,在国朝中恐怕史无前例。这个人的特点是不怕得罪人,肯干事,在浑浑噩噩的官场,这种人实属难得,但他的缺点是恃才傲物,好大喜功。我猜想,他到荆州肯定摆着京官的架子,自恃有你这位首辅支持,不把赵谦等一干地方官员放在眼里,故两人生了嫌隙。金学曾唆使属下不问青红皂白捉拿税户,以致误伤了老太爷。赵谦逮着这等机会,当然会邀约众位官员,对金学曾群起而攻之。我这只是从来信中得出的分析,至于两人孰是孰非,派人一查便都知道,倒不是什么大不了的难事。现在,我最担心的,倒是老太爷的伤势。"

听这一番话,张居正估摸到王之诰尚不知道老父侵占官田之事,自家也不便捅破,想了想后,才缓缓答道:

"家严的伤势,我估计不会太重。"

"你怎么知道?"

"仆方才收到了两封信,一封是赵谦写来,另一封是家严亲笔所写,如果伤势严重,真的卧床不起,他哪里还能写信!"

"家严高寿多少?"

"还有一个多月,就是他七十岁的生日。"

"人生七十古来稀啊,"王之诰突然间感叹起来,抚髯说道,"老太爷贵为宰辅之父,七十岁上,还要挨人一记闷棍。叔大,如果这一棍让人白打了,天下人会怎么看你?"

"你说该怎么办?"张居正问。

王之诰不假思索,断然说道:"这事儿不用你叔大插手,我直接从刑部开出拘票,派人去荆州,把那个肇事的段升抓起来。"

"理由呢?"

"误伤老太爷只是一个严重的后果,但不能作为抓他的理由。"王之诰心思灵动,说出来的话很有见地,"这个段升带着刀枪刑具,当街捉拿欠税的丁民,这种做法无异于强盗行径。交纳赋税乃老百姓天经地义之事,催缴赋税亦是税关职责,但近年各地税关征税的弊病甚多,最令人气愤的,莫过于税官们见了豪强大户犹如老鼠见猫,见了丁民小户人家,又如同饿虎扑羊。其实,国家赋税偷漏为烈者,不在小民而在大户。正是为了解决这一顽症,我们才制定了《万历问刑条例》。这个段升,在可怜巴巴的小老百姓面前作威作福,把他抓起来鞫谳问罪,至少可以取到震慑群小、收获民心的作用。"

张居正打心眼里感激王之诰设身处地为他着想的一片真情,但他并不想采纳王之诰的建议,他把眼下发生的各种事情放在心里头掂量一番,才开口答道:

"仆是想告若兄用刑部名义发一道移文到湖广道理刑官,让他派一队缇骑兵赶到荆州。"

王之诰答道:"捉拿一个段升,哪里用得着从省府调派缇骑兵,移文到荆州府办理就是。"

"调缇骑兵到荆州,不是捉拿段升。"

"那是为何?"

"让他们去拆毁大学士牌坊。"

一提上这个话头,王之诰便默不作声。关于赵谦集资为张居正在荆州修建大学士牌坊一事,他早有耳闻。与此同时,一些官员与富户也集资为他在家乡石首县盖了一座"大司徒牌坊",他对此事的态度是既不制止,也不赞成。建牌坊虽然也涉及到官员的宦囊,但毕竟和受贿是两码事,何况地方官员与桑梓父老的一片情意,也不可完全忤逆。但他不便将这等思虑明说,犹豫再三,才试探地问:

"叔大,这牌坊可不可以不拆?"

"不行,一定得拆。"张居正的回答毫不含糊,见王之诰有些发愣,又补充道,"身居高位,如履薄冰,夹起尾巴做人尚心存惕惧,哪里还敢张扬!"

亲家态度如此坚决,倒让王之诰始料不及,他哪里知道张居正此时正在气头上,要拆毁大学士牌楼,乃是出于三个方面的考虑:第一,上次荆州府宋师爷来京城,想请他向皇上奏讨题额,被他一口拒绝,他本以为这牌坊已经拆毁,从今日父亲的来信中才得知,这牌坊不但未拆,反而请到了徐阶的亲笔赠联。赵谦对他的指示如此置若罔闻,令他十分恼火。第二,徐阶作为长期柄政枢衡的宰辅,对他的确有知遇之恩。正是由于他的荐拔,他才得以在四十二岁时进入内阁。但自徐阶下野,特别是张居正担任宰揆之后,两人的关系变得有些微妙。徐阶闲居乡里以讲学著书为乐,但他的三个儿子却称霸地方,依靠徐阶的门生势力,大肆侵占良田。松江府官民几乎每年都有告状的本子送达京城。张居正颇感为难,如果施以重惩,必然会有人攻击他忘恩负义;如果不管不问,他的有关制约"豪强大户"的一应措施岂不徒具空文? 在这时候,如果把徐阶的撰联刻上大学士牌楼,无异于误导世人——徐阶家族仍在他的庇护之中。这是他最不愿意见到的事情。第三,直到今天晚上,他才明白父亲为何对赵谦如此垂青,原来两人之间竟有着如此骇人的内幕交易。正是父亲的举荐,赵谦才升任荆州知府。他有一种被人愚弄的感觉,因此对赵谦所做的任何事情都产生了怀疑。

王之诰按张居正所说的"身居高位,如履薄冰"这思路想下去,觉得张居正小题大做,于是咕哝了一句:

"建牌坊毕竟不是受贿。"

"但这种邀宠之举,比受贿强不了多少。"张居正耐着性子解释,"告若兄,还记得几天前在东华门发现的那幅谤画么?把我画成一个口吐毒蛇的活阎王,你和汝观兄成了我的哼哈二将,子粒田征税,马上还要重新丈量土地,我们所做的每一件事,本意是为了富国强兵,为了朝廷的兴盛与百姓的福祉。但这些举措,又莫不是在削夺豪强大户的特权,这些人恨死了我们,一有机会,他们恨不能食肉寝皮。因此,在我们身上发生的每一件事情,都有可能成为他们攻击的口实。防人之口甚于防川,这一点,我们绝不敢有稍稍的疏忽。你说呢,告若兄?"

王之诰同意张居正的分析,人都道宰辅权势熏天,谁知道竟是这般谨慎,他为亲家感到委屈,叹一口气言道:

"未必老太爷就这么让人白打了?"

张居正答道:"家严七十大寿,仆原就准备让大儿子敬修回老家一趟,代表我给家严拜寿。家严既已受伤,仆就考虑让敬修提前走,明天准备,后天动身。"

当晚两人又叙了叙家常,交了亥时王之诰才告辞回府。第二天,张居正一到内阁,姚旷就给他拿来了三份揭帖,一份是江陵县令具名上奏,另两份帖子,一份写自湖广道按院荆州分院衙门,另一份写自湖广道监察御史荆南分御史衙门。三份帖子所言全都是荆州税关当街锁人打伤张老太爷一事。看过这几份帖子,张居正得到的第一个印象是金学曾已陷入四面楚歌。荆州城中几个重要衙门几乎众口一词指斥荆州税关"不恤公道,凌虐乡里"。张居正吩咐姚旷把这三份帖子拿给吕调阳过目后,再送给户部尚书王国光披览,然后择日会揖处理。他自己则取了内阁文笺,工工整整誊抄出那份《请裁抑外戚疏》,封匣之后,即时派人送进内宫。

第二天下午,皇上传旨在平台召见,张居正立刻丢下手头事情赶了过去。这次,李太后慈驾亲临。刚一坐定,小皇上就说:

"张先生,朕已看过你的《请裁抑外戚疏》,圣母也看过,圣母有话问你。"

自子粒田征税的谕旨颁布后,京城内外的一应反响,李太后从臣子们的奏章以及东厂每日密报的访单中,已是了解得清清楚楚。无论是出于感情还是出于理智,她对张居正始终都表现出极大的支持。但是,昨日张居正送上的这份《请裁抑外戚疏》,却令她感到意外。她原以为皇上谕旨到阁,张居正无论如何会买她的面子,多多少少给父亲武清伯增加一点造坟的工价银,却没想到张居正因此上疏而委婉回绝,因此,她想当面问问张居正是何动机。此时,她的心里虽然想的是这档子事,问话时,却又宕开话头先扯到别处:

"张先生,听说令尊大人被人打伤?"

"是的。"张居正神色黯然。

李太后瞅了他一眼,接着问:"听说金学曾去主持荆州税关,同地方衙门全都闹翻?"

"这也有可能。"张居正答得谨慎。

"不是可能,而是事实。"李太后的口气中明显露出了不满,"今日上午,户部尚书王国光上了一道本子为金学曾辩护,附上了荆州方面寄来的那三份揭帖,咱听冯公公念过,全都指斥荆州税关的霸道。这里头虽然有一些不实之词,但所揭露之事,依咱来看,并非都是空穴来风。"

张居正心下猜测:李太后对金学曾的不满,起因大概还是缘于那次在大隆福寺的邂逅。他有心替金学曾辩解,言道:

"启禀太后,金学曾到荆州税关主政才一个多月,就闹出这一场风波。依臣下来看,其因在他想弄清荆州税关历年欠税之巨的隐情所在,因此,那些心怀鬼胎的人,就要千方百计阻止他的调查。"

"是谁阻止?"李太后追问。

张居正答:"荆州府知府赵谦。"

一直默不作声的小皇上,这时插话道:"朕记得,这个赵谦是前年京察时,由你张先生亲自提名,从荆州府同知位上荐拔为荆州府知府的。这个金学曾也是张先生欣赏的人物,两人都出自你的门下,为何还要相互攻讦?"

小皇上历练政事用心用意,竟能在细微处发现问题。张居正为此感到惊喜,但就事论事又不免有些尴尬,他斟酌一番,才缓缓答道:

"下臣受了赵谦的蒙蔽。"

"此话怎讲?"

"家父数度来信,夸赞赵谦有政声,造福桑梓尽心尽力,下臣听信了家父的举荐,便派省按院风宪官就近考察,结论也是赞赏有加。于是,下臣就向皇上推荐,将赵谦升任荆州知府。直到最近,下臣才得知,家父之所以举荐赵谦,乃是因为赵谦在担任江陵县令时,曾将一千二百亩官田送给了家父。如此重大的受贿,发生在家父身上,下臣实在羞愧难言。"

这么大的"家丑",张居正竟然自己道出,无论是李太后还是小皇上,都始料不及。李太后看到张居正疲倦发黑的眼眶里噙满了

热泪,已是十分感动,她问道:

"赵谦行贿之事,是谁发现的?"

"金学曾。"

"哦,原来是这样。"李太后仿佛在刹那间明白了一切,她对张居正安慰道,"张先生不必过分责怪令尊大人。依咱看,这件事坏就坏在那个赵谦身上,身为朝廷命官,竟拿官田行贿。如此昏官理当重惩。"

张居正正想道谢,小皇上却先开口问道:"张先生,你为何要自揭家丑呢?"

张居正坦然答道:"无论任何事情,下臣都不敢向圣母与皇上隐瞒。"

李太后深信张居正说的不是假话,她本想褒奖几句,但看到儿子正用探询的目光注视着她,便又改口说道:

"张先生,你的这份《请裁抑外戚疏》写得很好,既有前朝玉田伯蒋轮的例子比照,武清伯李伟的造坟银价,就按工部的议决执行。"

第十四回

送乌骨鸡县令受辱　拆石牌坊知府惊心

位于东门大街的大学士府,因其前身是辽王府,那规模势派竟是超过了荆州府衙。张文明买下后重新修葺装饰,体制愈是恢弘。老远看去,那一片片飞檐翘拔的曲面大屋顶,盖着华贵的琉璃瓦,日头底下反射出耀眼光芒。正门两根粗大的平柱之间,宽大的门梁上悬了一块六尺长的伽楠香大匾,书有斗大的"大学士府"四个石青底子的金字。门前踏道两侧,各蹲了一只神采飞扬的汉白玉大石狮。府前广场甚为宽阔,踏道两侧藻井廊檐之下,挨着角柱石,是两排錾工考究的米青石系马桩,正对着大门约十丈开外,并排儿竖了四根高耸入云的沉香旗杆,飘扬的黄绫绳边三角彩旗上,"大学士张"四个字赫然醒目。一年三百六十五日,无论刮风下雨,这旗杆下以及大门口都有家丁守卫,因此,除了府中开堂会以及别的什么喜庆日子,大门口落满官轿歇满马匹外,平常空荡荡难得见一个人影。高墙大院重门深禁,那气势就把人震慑,谁还敢于此地逗留一窥堂奥呢?

自张老太爷被承差水火棍打伤后,这半个多月里,大学士府门前每日车水马龙川流不息,远近各路官员,不管熟识不熟识,莫不争先恐后赶来探视。这里头作祟的,原是官场上的攀比之心。某某衙门的左堂大人持了拜帖携着礼盒儿前来问候,那右堂大人若不来,岂不遭人议论?这个衙门探视过了,那个衙门焉敢有半点马虎?荆州城里各衙门自不必说,邻近州府衙门,只要有一个带了头,其他的也必都闻风而动。最早赶来慰问的,是湖广道抚按两院的代表,这两衙一动,底下各府州县有谁不看上司脸色行事?官场上盛行的本来就是钻营之术,热衷于奔走权门的官员们自是不肯放过这一次邀宠讨好的良机。一时间,荆州城中百官云集,大学士府门前广场连日来竟像是开庙会似的,众官员紧赶慢赶揣着巴结之心前来,却没有一个能见到张老太爷。这老头子听了赵谦的话,托言伤势太重,躲在后院不出来。接待他们的是张老太爷的二儿子,张居正的弟弟张居谦。他如今挂了个锦衣卫指挥的五品衔,府衙也就在这荆州城中。因在私宅与来访的官员不好行庭参礼,张居谦索性除了官袍只穿便服见客。每天,他都要收下一大摞洒金朱砂笺的拜帖,礼盒儿差不多堆满一间屋子。这一天大约巳牌时分,张居谦正在前院客堂里接待专程从夷陵州赶来拜谒的太守冯大人,一名家人进来递给他一份拜帖。这份拜帖太过简陋,好像是临时找一张红纸写下的,上面一行颜体楷书倒是颇见功力:晚生李顺谨拜。"是远安的知县李顺。"张居谦对冯大人说,"你且稍坐,我去迎他进来。"

张居谦走出大门,只见李顺穿了一件油青布的直裰站在广场上静候。他旁边站了一个脚夫,挑了两只礼盒儿,一只方方正正,另一只圆鼓鼓的,大过府衙悬挂的大灯笼,都用红布罩着看不清里头的实物。张居谦看这礼担沉甸甸的,心里先已有了几分满意,忙迎上去抱拳一揖,笑吟吟说道:

"李大人,屋里请。你的轿夫呢,让他们喝茶去。"

"咱没有轿夫,"李顺擦着满头的大汗,恭谨地答道,"咱是走着来的。"

"你从远安走来?有二百多里路吧?"张居谦一惊。

"不不,咱骑了匹驴子来的,进了城,咱就将驴子留在家里拴着。"

"啊,我倒忘了,李大人就住在城里头。"

张居谦说着把李顺引进客厅,先将他与冯大人作了介绍。冯大人是六品官,比李顺高了一品,加之他对这个不是科举出身的特荐知县有些瞧不起,故敷衍作答。李顺也不计较,与张居谦寒暄了几句,就从袖筒里掏出一张礼单递给张居谦,红着脸说:

"听说张老太爷受了重伤,晚生寝食难安。远安穷乡僻壤,没啥置办的,备上一些土特产,给老太爷补补身子。"

张居谦接过礼单一看,上面写着:"天麻十斤,乌骨鸡二十只。"顿时心中不悦,忖道:"你远安再穷,也不至于弄出这等上斤不上两的礼物来,这不是打发叫花子么?"他随手把礼单朝茶几上一丢,说道:"难为李大人心诚,但这份礼物断难收下。"

"这是为何?"

"家严生性不喜欢吃鸡。"

"可这是乌骨鸡呀,"李顺郑重声明,"和天麻一起炖着吃,专治头晕。"

"乌骨鸡还不是鸡?"张居谦怏怏不乐回道,"家严一闻到鸡汤味儿就作呕。"

"李大人哪李大人,你在荆州城住了这么多年,怎么连这个都不知道?"闲坐一旁的冯大人趁机插话,"咱从山西调来夷陵任上还不到一年,就知道老太爷从来不吃鸡,他老人家最喜欢吃的,是鹅。"

"对,家严喜欢吃鹅。"张居谦接过话头,"李大人,这乌骨鸡你还是拿回去。"

李顺心下揣度这是张居谦嫌礼薄,一时无以回答。却说那天他在家中与到访的金学曾别过,当时就骑一匹小驴儿花了两天时间回到远安县衙,他虽然知道了张老太爷挨打的消息,但并未引起重视。大约过了十几天,县学教谕自荆州公干回来,向他备细说了湖广道远近州县衙门前往大学士府探视张老太爷的盛况，他这才发觉自己真是个笨人，居然想不到去大学士府拜望，却颠儿颠儿地回到县衙。如今只好再往荆州一趟送礼补个人情。提到送礼，他又犯了难，远安是个穷县，衙库里虽存有百十两银子，可那是一应差役的工钱和几位属官的俸资，万万动不得。何况他当上县令的第一天就为自己订下规矩，除了俸银，不可昧良心花公家一厘钱。搜遍篋笥，找出了二两碎银，吩咐衙役就用这些钱买了十斤天麻和二十只乌骨鸡。他自以为这是一份重礼，及至到了荆州，听说别的州县衙门送的大礼盒儿都是用骡子驮，外带奉上一张银票，大的几百两少的几十两不等，这才为自己礼物的寒酸而发窘。想再添置些又苦于囊空如洗，只好硬着头皮带着礼挑子姗姗而来。

李顺这边厢蔫头耷脑如坐针毡，颐指气使的冯大人在那厢又说起了风凉话：

"李大人，你堂堂七品县令，怎么像个鸡贩子，二百里长途挑一担鸡来。"

人有脸树有皮，李顺再木讷，对这种侮辱也受不了，便反唇相讥道：

"冯大人，我是一个鸡贩子，想必你就是一个牙郎了，是不是搬了一座金山来？"

"你……"

"你们是衙门送礼，用的是民脂民膏，我李顺礼物虽轻，花的却是自家的俸银。"

眼看两人就要吵起来，张居谦赶紧出来调停，他用眼色示意冯大人不要做声，自家勉强挤了个笑脸朝李顺说道：

"冯大人只是开个玩笑，李大人不必认真。常言道千里送鹅毛，礼轻情意重。李大人这份情，我代家严领了，只是这乌骨鸡，家严实在享受不了。"

"张大人的意思,是让咱李某把这乌骨鸡挑回去?"

"这……我已说过,李大人的心意我代家严领了。"

"既如此,李某告辞了。"

李顺说着,起身朝张居谦打了一躬,提了提直裰,气鼓鼓走出了客堂。当张居谦赶出客堂喊了一句"李大人你走好"时,李顺已噔噔噔走下踏道,他抬头望了望半空中飘着的"大学士张"的彩旗,心里头忽然涌起一股子酸楚,强忍着,两泡热泪才不至于溢出眼眶。这时又有两乘官轿抬进广场,他连忙低头疾走,也不知过了多久,忽听得背后有人气喘吁吁地喊道:

"老爷,你要去哪里?"

迷迷瞪瞪的李顺这才惊醒,抬头一看,竟已穿过了十字街口,连西大街都走了半截,喊他的人就是那个脚夫,肩上还挑着那红布盖着的一方一圆两只礼盒儿。

"你真的挑回来了?"李顺问。

脚夫悻悻然答道:"老爷,别个衙班的差人狗眼看人低,笑你是鸡贩子,还有……"

脚夫欲言又止,李顺追问:"还有什么?"

"由荆州府同知郑大人出面张罗,包下了大学士府对面的章华酒楼,凡送礼的老爷都有筵席招待,随差也都有酒吃。"

"你没吃上酒,感到窝囊是不是?"

"小的叹息大人太折面子,那些烂嘴龟子乱嚼舌头,说得很难听。"

"任他们说去。"李顺苦涩地一笑,四处张望张望,说,"我怎么走到这儿来了?"

"是呀,小的寻思老爷家住南门,怎么就闷头朝西走,所以就在后头喊上了。"

"这前面是啥地方?"李顺懵懂地问。

"尽是些店家,也有一个衙门。"

"啊,对了,"李顺猛然清醒了过来,一拍脑门子,"荆州税关就在前头,走,咱们到税关去。"

"挑着这礼盒儿?"

"挑着。"

李顺说着又快步前行,挑夫跟着他,急匆匆走到了税关门口。

听门子禀报李顺来访,金学曾赶紧迎将出来。这些时,金学曾在荆州城成了众矢之的。各衙门堂上官像避瘟疫一样躲着他,就连平素言谈投契过从甚密的几位新结识的散官,也都不见人影儿。偏在这时候李顺来访,他既感诧异,又心生温暖。出得门来,见李顺一身便装,跟着的脚夫还挑了两只礼盒儿,不由得好奇地问:

"李大人,你这是……"

李顺苦笑了笑,道:"一言难尽,咱们进去叙说。"

两人穿过大堂,径直走到金学曾的值房坐定,喝了一盅茶,李顺便把今日去大学士府的经历讲了一遍。金学曾听了哈哈大笑,谑道:

"李大人,二两银子送礼,你又创下了万历官场的奇闻,人家没轰你出来已是存了客气。"

李顺心里怄不过,也就说了句粗话:"咱这是割卵子供菩萨,他嫌不好看,咱还痛死了。"

"罢罢罢,咱们打个平伙,你出两只鸡,我去叫人买一坛老酒来,一醉方休如何?"

"如此甚好。"

金学曾当即吩咐下去。李顺无意间瞥见案台上摆着文房四宝,一张四尺长的蜀版藤白纸,已是墨气淋漓书就了一半,他当下起身去瞄,纸上写道:

周礼小司寇五听之法：一曰辞听，观其所出言，不直则烦；二曰色听，观其颜色，不直则赧；三曰气听，不直则喘；四曰耳听，观其听聆，不直则惑；五曰目听，观其眸子，不直则瞭。古人听狱之法详密如此，即有神奸，不能自遁，片言折之可矣。后世不务出此，而以钩距伺察得人之情，以编织求人之情，其法弥刻，其术……

字体亦行亦草，大有盛唐笔意。李顺细细玩吟了两遍，赞道：

"金大人，你这五听之辩，乃是有感而发。"

"是啊，这几日我一直寻思，要给这值房起个名字，昨日想了一个晚上，才想了一个名字，叫五听斋。上午闲来无事，便琢磨着写这一篇《五听斋记》，刚开了个头，你就来了。"

"五听斋，"李顺非常同情金学曾眼下艰难处境，也知他压抑难申的心境，便道，"单看这个开头，就知是一篇奇文。"

"古人言，偏听则暗，兼听则明。究竟何为偏听，何为兼信？众说纷纭，莫衷一是。前些时偶翻《周礼》，才找到了出处。"

金学曾娓娓道来，一副神定气闲的样子，李顺甚为诧异，问道："这时候，你还有闲心读这些古书？"

"咱荆州税关门可罗雀，此时不读，更待何时？"

金学曾说罢朝窗外院子里望望，大白天的竟阒静无人了无生气，一丝儿郁气不知不觉已在眉宇间显露。李顺看在眼里长叹一声，说道：

"金大人，愚职真是服了你，出了这么大的事，众人都猜想你六神迷乱，却想不到你竟还能提笔写出妙文来。"

金学曾本不想急着说懊恼之事，见李顺主动扯上话题，他便故意露了一个口风：

"李大人，你上次所言赵谦把江陵县官田送给老太爷一事，我已派人打探凿实，当即就将此事写信向首辅禀报，并驰驿送往京城。"

"什么,你写信给首辅?"李顺这一惊非同小可,嚷道,"你怎么能这样做?"

金学曾笑道:"江陵县发生了这样的行贿大案,愚职又怎敢隐瞒?"

"首辅是何态度?"

"现在尚未收到回复。"

李顺的心一下子绷紧了,摇头苦笑道:"金大人,你真是吃了豹子胆,你想过后果没有?"

"想过。"

"张文明毕竟是首辅的父亲,他若有意偏袒,你就是第二个海瑞了。"

"我猜想不会。"金学曾打量了李顺一眼,接着问,"京城通政司最近寄来的几期邸报,你都看过了吗?"

"看过了,"李顺回答,"多半是子粒田征税引发的争论。首辅作出的这一重大决策,对皇亲国戚等一应豪强大户,实在是打击太大。"

"首辅志在为天下理财,李大人,你说,他怎么可能让我当第二个海瑞呢?"

金学曾如此自信,李顺心下存疑,却也不便再说什么。这时厨子来报鸡汤已炖好,两人便起身到了膳房。一大盆香喷喷的鸡汤刚摆上餐桌,另配了几样时蔬,衙役也早买了一坛本地产的陈年谷酒回来,揭开黄泥封裹贴着油皮纸的坛口,顿时满屋都飘漾着醇厚的酒香。李顺耸耸鼻子,不自觉地吞了一口口水,主宾二人也不讲客气,传杯递盏狼吞虎咽,不消片刻居然也都有了三分醉意。李顺细心啃了一只壮硕的鸡腿,想着上午送礼的事,不解地咕哝道:

"也真是怪,这么美味的佳肴,张老太爷竟然无福消受,唉,可惜,可惜。"

金学曾看着李顺大快朵颐的样子很开心,讥道:"李大人,你真的以为张老太爷不吃鸡?"

"他二儿子张居谦是这么说的,说他闻着鸡汤味儿就作呕。"说到这里,李顺猛然又记起夷陵知州冯大人那副可憎的面孔,脸上又怫然作色,骂道,"张老太爷再好的人,也架不住那帮谄媚之人争着灌他迷魂汤……不说了,不说了,喝酒。"

两人借酒谈心正在兴头上,主簿张启藻忽然走了进来,对金学曾禀道:

"湖广道监察御史周显谟大人要和您紧急约见。"

"他人在哪儿?"

"在东门外接官亭里。"

"怎么在那儿呢?"金学曾觉得蹊跷。

李顺一面打着酒嗝,一面琢磨,不安地说:"金大人,依下官来看,你此去凶多吉少。"

"是吗?"

"周大人从武昌城长途赶来,不入城却待在接官亭,八成儿他是宪命在身,要把你弄到那里去抓起来。"

金学曾心中也没有底,但事既至此躲也躲不开,便嘻嘻一笑说:

"即便接官亭变成风波亭,咱也不能不去呀。张大人,你吩咐下去,给我备轿。"

接官亭在荆州城东门外三里许,大凡上司官员来荆州,本地官员都会到接官亭迎接。这接官亭并不仅仅是一个亭子,旁边还有一所小院,乃接送官员临时休憩之地。如今,在接官亭与荆州东城门之间,又新添了一处建筑,这便是"张大学士牌坊"。往常,一出东城门，远远便可看见那座六角飞檐的接官亭，现在却被这座高大的牌坊挡住了视线。"张大学士牌坊"离接官亭大约还有一里地。金学曾经过那里的时候，却也无心流连，径直奔接官亭而来。

金学曾寻思这次会见凶多吉少，故出门时尽数用上排衙。伞夫牌夫清道夫连同水火棍差人尽行用上，前前后后二三十人，也是一支不小的队伍，如此排场，对于他来说还是第一次。到了接官亭前落下轿来，才跨出轿门，便见亭子后头散放着几十匹军马，还有众多军士三个一堆，两个一伙坐在树荫下歇息，看装束打扮，他认得出这都是专管刑事捕押的缇骑兵，心下当即紧张起来，也不容细想，但见接官亭的亭长走上前来打了一躬，禀道：

"知会金大人，湖广道监察御史周显谟大人在院房里等候。"

金学曾整了整官袍，跟着亭长从容走进了小院。小院中间是一块闲地，正对着院门的是抬高了五级石阶的正房，一名约摸五十来岁的四品官员站在客堂门口，看到金学曾进来，连忙走下石阶迎接，抱拳一揖问道：

"来者可是金大人？"

"正是。"金学曾还了一礼。

"愚职周显谟在此恭候。"周显谟说着就把金学曾请进客堂，双方叙礼坐定后，周显谟又道，"把金大人请到这里来相见，原是为了叙话方便。"

金学曾本已做好了束手就擒戴枷上道的准备，但看周显谟的行为举止，又不似有什么恶意，心里头便有些吃不准了。两人虽然都官居四品，但周显谟是手握弹劾大权的风宪官，因其使命特殊，哪怕官阶比他高的人，也莫不对他敬畏三分。金学曾内心里对他并不惧怕，但仍然按官场的规矩，把自家身份放得低一些，赔着小心问道：

"不知周大人有何事见教？"

周显谟是个老官场,他已估透了金学曾此时的心思,便笑着说:"金大人不必紧张,愚职此次来荆州,乃是奉首辅之命,与你共同完成一件差事。"

"什么差事?"

"拆大学士牌坊。"

"啊?"

"恐金大人不相信,咱这里还有两份公文。"

周显谟说着起身到了里屋,从随身带来的箧笥里拿出两份公文来,再转出房来递给金学曾,其中一份盖了刑部关防,移文很短:

湖广道监察御史周显谟知道:

　　接内阁首辅张居正指示,命你收领文之日,即刻率缇骑兵五十名前往荆州,拆毁张大学士牌坊,不得有误,事毕回复。

　　　　　　　　　　×月×日刑部尚书王之诰签

另一封是张居正写给周显谟的私人信件,内容与刑部移文大致差不多。所不同的是,张居正在信中还特别提到要周显谟到荆州后首先找到金学曾,就拆毁牌坊事与之谋划,要"排除干扰从速完成"。正是因为有这封信,周显谟才把金学曾找到这接官亭来。

等到金学曾读完信件,周显谟问道:"金大人,拆毁牌坊一事,你有何高见?"

金学曾平常与官员们闲聊,就得知这个周显谟老于世故,是个滑溜溜的琉璃球儿。这种人逢着好事就上,见了犯难事就躲。拆毁牌坊之事,刑部移文与首辅的信都指示明白,他偏还要征求意见,这明显是不肯承担责任。金学曾虽看出他的小心眼,但仍以事体为重,问道:"周大人此番前来,是否已知会荆州府方面官员?"

周显谟回道:"除了你,愚职没有通知任何人。"

金学曾眨了眨小眼睛,言道:"在湖广道,你周大人是显官。你既到了荆州,想瞒是瞒不住的,只怕这时候,就已有耳报神向荆州府报告了你的行踪。我看事不宜迟,这张大学士牌坊若是要拆,就即刻动手。"

"愚职想的也是如此,"周显谟担心地说,"若是走漏风声就不好办了,荆州府方面官员肯定会出面阻挠。"

"官员们倒不怕,有刑部移文在此,谁敢干涉?"金学曾底气十足地答道,"要说怕,怕的倒是首辅大人的父亲,他若闻讯赶来,只怕会横生枝节。"

"这倒是,咱们现在就动手。"

两人说罢,就相邀出门朝大学士牌坊而来。此时已是申末时分,西斜的阳光照射下的张大学士牌坊,显得非常抢眼。这座牌坊纯用汉白玉石料凿砌而成,四根两尺见方的大石柱撑起三重石雕飞檐。石柱往上净空有一丈八尺,第一道横枋上雕的是夔纹龙饰,其上的宽大石匾上书有"大学士"三个斗字,下面一行小字:

太师兼文华殿大学士张居正

说是小字,每个也有汤碗口那么大。徐阶亲书的对联还没有镌刻上去,但已描了字样,几个工匠正在那里忙碌。周显谟所带的五十名缇骑兵以及随金学曾出行的衙役,加起来也有七八十号人,拆毁牌坊的人手足够了。工具也是现成的,因还没有最后完工,现场摆了许多梯子、锤、錾、钎子之类。周显谟走到跟前,先负手绕牌坊一周欣赏一遍,对金学曾叹道:

"金大人,这牌坊不但做得势派,且錾工考究,你看横枋上那两只纠缠的夔龙,栩栩如生,直欲凌空而去。如今拆毁它,真是可惜!"

金学曾答道:"首辅大人不肯沽名钓誉,我辈也只能奉命行事了。"

"是啊!"

周显谟虽然心存惋惜,却不得不下达拆毁之令。却说荆州府中有一名姓鲁的典吏,被赵谦派来这里负责现场施工。这会儿见有人拥上来要拆毁牌坊,便连忙跑过来制止,他不认得周显谟,却认得金学曾,便朝金学曾讪讪问道:

"金大人,谁给了你们税关这么大的胆子,敢动手拆首辅大人的牌坊?"

金学曾朝周显谟挤挤眼,却也不攀他,只自答道:"咱们做事儿,还轮不到你来聒噪,快闪开,小心伤着你。"

说话间,只见缇骑兵们已是搬过几架梯子攀上了牌坊顶,七手八脚掀翻了一角飞檐,看到忽地冒出许多兵爷来,鲁典吏也不知来头,便慌忙跑回城里头报信去了。

俗话说,败事容易成事难。也就大半个时辰,这座费了多少匠心才得以砌成的气势巍峨的大学士牌坊,就已被拆得只剩下四根立柱。掉在地上的那些汉白玉构件,断的断碎的碎,竟没有一件完整的。这时候,只见东城门里抬出十几顶官轿,前后护轿的衙役也有上百人,舞枪使棒,一路奔跑过来。

金学曾一看那架势,猜是鲁典吏搬来了救兵,便对周显谟说:"周大人,快掸掸身上的土,荆州城中的官员,都邀齐了来迎接你了。"

周显谟手搭凉棚朝东城门方向瞧了瞧,吩咐同来的缇骑兵一起上马,列队站好。他自己果真正冠整衣打理一番,静等那一队官轿的到来。

大约离大学士牌坊废墟还有二三十丈远,那一队官轿都纷纷落定。打头的那顶四人抬围青大轿里,走出了荆州府知府赵谦。他抬头看了看那四根孤零零的石柱和地上的一堆乱石,又一眼瞥见了站在石堆上的金学曾,便跺着脚骂道:"金学曾,你做的好事!"

金学曾眯眼看着赵谦气急败坏的样子,也不同他计较,嘻嘻笑道:

"赵大人,先别慌着乱骂人,你看看,这是谁来了?"

赵谦这才注意到金学曾身边还站了一个人,定睛一看,不禁吃了一惊,对这位主管一省监察的风宪官周显谟,他哪有不认得的道理?他去省城办事,总会跑到周府去拜望。此前周显谟也来过荆州两次,都是他出面接待,因此两人不但熟络,且彼此间还有一些好感。赵谦赶紧趋前几步,举手高打一拱,说道:

"不知宪台大人驾到,下官有失远迎。"

本是同级,赵谦却以"下官"自称,周显谟听了心里头舒坦。他知道这座牌坊是赵谦倡议并带头捐资修建的,他自己也凑兴捐了二十两银子,如今由他下令拆毁,便觉得有些对不起这位执礼甚恭的老熟人,因此快步走下石堆,朝赵谦深深一揖,尴尬地说道:

"周某此番来到荆州,乃是别有公务。"

赵谦看看地上的断石残碑,怏怏地问:"难道宪台大人这次来荆州,就为了拆毁这座牌坊?"

"正是。"周显谟已看出赵谦的不满,他瞧了瞧随赵谦一块来的荆州城中各衙门官员,不管熟识不熟识,一个个都乌头黑脸,心知犯了"众怒",于是他半是安慰半是自嘲地说道,"赵大人,你于此可以看出,风宪官不好当吧?得罪之处,还望海涵。"

事既至此,说气话也毫无用处。赵谦只得压下怒火,见风使舵说道:

"周大人宪命在身,下官哪敢责怪。想必这一路也辛苦了,下官这就请周大人进城,晚上咱请客,这一起来的众位官员全都作陪,为周大人接风。"

却说晚上的这一顿接风宴,就安排在周显谟下榻的楚风馆里举行。楚风馆本是专门接待过往官员的邸舍,由荆州府官办,赵谦也算是这里的主人。筵席开了十几桌,除开金学曾税关里的人,荆州城中各衙门里有头有脸的官员悉数参加。开宴之前,周显谟单

独会见了赵谦,为了卸开责任,他把刑部移文以及张居正的手札拿出来给赵谦看了,然后说道:

"赵大人现在既已知道了这件事的起因,谅也再不会责怪本官吧。"

赵谦苦笑了笑,答道:"既然是首辅大人自己的意思,下官还能埋怨谁呢。"

周显谟看到赵谦一副委屈的样子,索性点拨他:"赵大人,首辅大人如此处置牌坊一事,你是否从中看出端倪?"

这正是赵谦的担心之处。那次收到徐阶的撰联后,他便把这座牌坊当成战胜金学曾的法宝之一。他虽然向首辅写了长信告金学曾的刁状,但对索求到徐阶"墨宝"一事却只字未提,而是让老太爷自己给儿子写信点明此事。他如此设计其因有二:第一,他想让张居正知道,最看重这座牌坊的不是别人,而是他自己的父亲张老太爷;第二,他的信中切责金学曾的种种不是,乃是想让张居正体会到他为首辅故乡黎庶谋求福祉的一片苦心,至于牌坊一事隐去不谈,亦是想让首辅大人知道他"居功不傲"的士人品质。他本以为这是一个良策,由此可以得到首辅大人的赏识。信寄出后,他几乎每天都鸭颈伸得鹅颈长等待京城的好消息传来。谁知佳音不至,等来的,却是率领缇骑兵前来拆毁牌坊的周显谟。自见到周显谟后,他的心情一直忐忑不安,总有一种大祸临头的感觉。他之所以强撑笑脸要为周显谟摆下这声势浩大的接风宴,一来是为了给自己壮壮门面,让周显谟知道,在荆州城中,他仍是说一不二的众官之首;二来也是为了讨好周显谟,好进一步探探他的口风,以期了解上头的举措是否对他有利……

眼下,周显谟自己道出敏感的话题,赵谦心中怦然一动。凭官场的经验,他知道周显谟对他抱有同情,但他仍不敢大意,而是小心回道:

"周大人,下官也正在疑惑。首辅大人若想拆掉牌坊,只需写个二指宽的条子给我赵谦就是,哪用得着刑部移文,还让你这位风宪官亲率缇骑兵,兴师动众大老远跑来荆州一趟。"

"赵大人是聪明人,这一点还估不透么?"周显谟捻着下巴上稀疏的胡须,缓缓言道,"这就说明,首辅对你已经起了疑心。"

"首辅疑我真是没有道理,"赵谦垂头丧气地说道,"我赵谦对他,可是忠心耿耿啊!"

"这一点不假,湖广道的官员谁不知道,你是张老太爷的第一号座上宾,但张老太爷并不等于首辅本人。赵大人,你千不该万不该,不该和金学曾作对。"

"唉!"

赵谦无言以答,只重重叹了口气。周显谟继续说道,"张老太爷器重你,但首辅本人,器重的却是金学曾。今年,首辅推行财政改革,第一步棋就是给皇帝国戚的子粒田征税,在这件事上,金学曾可是立了头功啊。"

赵谦对周显谟的话不加反驳,却恨恨说道:"金学曾这个人,为人太刻薄,咱荆州城中的官员,没有几个人喜欢他。"

"正因为如此,你就不应该得罪他。"周显谟颇为关切地规劝道,"他如今正在势头上,你同他斗,岂不是自求祸事?"

赵谦不服气,咕哝道:"咱听说,京城的皇亲国戚,反对子粒田征税的不在少数。这件事是金学曾挑起来的,该有多少人恨他!"

"这话不假,势豪大户恨的岂止是金学曾,连首辅本人以及户部刑部堂官,都成了这些人的眼中钉肉中刺。"说到这里,周显谟压低声音问道,"前不久,京城里出现了一幅谤画,你知道么?"

"什么谤画?不知道。"

"咱也是从京城同年的来信中得知。"周显谟接着把谤画事件大致述说一遍,又道,"首辅为天下理财,力除其弊,本也无可厚非,然左右方面大臣，摭事过急，牟利诛求未厌，以致得罪势豪大户簪缨之族，孟子曰'为政不难，不得罪于巨室'，当今朝廷却反其道而行之。如此与百方作对，新政岂能持久？你赵大人在这种时候就收税事告讦金学曾，乃是没有审时度势，没有看清楚这个金学曾，实际上是首辅大人的一只马前卒。"

周显谟这席话已是说得相当露骨，赵谦咂摸了半天，既品出了痛苦，也品出了欢忻，紧张的心情忽然一下子松弛了很多。他笑道：

"周大人说了许多，归结起来就一句话，要下官识时务者为俊杰。"

"赵大人是明白人，"周显谟颔首答道，"你若是想和金学曾和解，本官可以撮合。"

"多谢周大人好意，此事容下官三思而行。"赵谦说着，起身朝周显谟做了一个"请"的姿势，又道，"料想作陪的官员都已到齐，请周大人赏脸入席。"

第十五回

应天馆拜访神秘客　铁女寺毒杀贪鄙人

　　一顿接风宴吃了一个多时辰。往常,逢到这种宴席总会吃到大半夜,又是唱曲又是行令总之是变着法子多喝酒博取上峰高兴。今天的筵席却闹热不起来,与席的官员们回应赵谦的倡议,都为大学士牌坊的修建捐了银两,如今大学士牌坊已被拆毁,官员们自觉脸上无光。银子白丢了不说,还要落得受人嘲弄,这事儿要多败兴有多败兴。席面上,官员们强颜欢笑奉承宪台大人,但心情沮丧寡酒难喝,折腾了一阵子,倒有一半人喝得酩酊大醉。撒野骂大街的、抹眼泪哭穷的、嬉笑着调戏歌妓的,出什么丑的都有。赵谦见不是势头,慌忙宣布撤席,把周显谟送回房中安歇。即便头脑昏沉,他也不忘从青楼中物色两个面容姣好的二八佳人,送来给宪台大人荐枕。周显谟本是个老色鬼,送上门来的美色,他也乐得享受。

　　把周显谟安顿好,赵谦寻思要去张老太爷家讲讲这半晌发生的事情,刚走出楚风馆的大门,一直陪侍着的宋师爷忙凑过来,附在他的耳边低声说道:

　　"东翁,有个人想见你。"

　　"什么人?"

　　"从京城里来的,他不肯讲出姓名来历,看样子却有一些来头。"

　　"人在哪儿?"

"住在应天会馆。这位客人说，在哪儿相见，由东翁您定地方。"

应天会馆是荆州城中最好的旅店，住店的客人都是腰缠万贯的商贾。会馆离这儿只隔了半条街，走过去也用不了片刻工夫。赵谦有心前往拜访那位神秘人物，又怕上当，便问宋师爷：

"你从哪儿看出那人有些来头？"

宋师爷答："那人身上有一份兵部发给的勘合，本可沿途驰驿，但他到荆州却不住府属的驿店楚风馆，自个儿跑到应天会馆住下来。"

大凡新官上任以及二品以上老臣致仕回家，才能发给勘合。这位客人身揣勘合却不享受特权，赵谦颇感蹊跷，于是让宋师爷领路，登轿望应天会馆而来。

新月如钩，夜凉如水。应天会馆所在的南大街，原是酒肆青楼鳞次栉比画栋朱梁争奇斗艳的繁华之地。若在白天，赵谦的轿子抬过这条街，定会引起路边行人的注意，但在晚上却不一样，这条街上到处都是轿子，富商巨贾一个个争强摆阔，谁都是坐着大轿子来这里寻欢作乐。也就是打个哈哈的时间，赵谦的轿子便在应天会馆的轿厅里落下了。会馆里专门负责接轿的小厮麻利地上前打起轿帘，正要高喊"接老爷一位——"却瞧见跨下轿来的是一位官员，顿时一愣，问了句蠢话："大人，您来这里干吗？"恰好这时候，先赶来这里报信的宋师爷从里头出来，他瞪了小厮一眼，斥道："有眼无珠的东西，连知府大人都不认得。"小厮吓得一伸舌头，颠着瘦屁股跑开了。宋师爷头前带路，把赵谦带进后院一座两层画楼的楼上。从楼梯上去，是一套三开间的房子，中间是客堂，左边是客人临时的书房，右边是卧室。这套房子陈设典雅器具考究，就连摆放时花盆子的小座子，都是用黄花梨雕琢而成。虽然那个小厮不认得赵谦，但赵谦却是这里的常客，只不过往日来这里，穿的都是便服。他知道这套房子是应天会馆中档次最高的,住一晚得三十两银子。他进到客堂时,只见一个人正独自享用一桌丰盛的佳肴,旁边坐了两个歌女,一个弹着琵琶,一个敲着檀板,为他唱歌佐酒。见他进来,那人放下酒杯站起身来,双手一揖问道:

"来者可是知府赵大人?"

赵谦借着头上明亮的宫灯把眼前这位不速之客打量一番,只见他身穿一领玄色湖绸襕衫,头上戴着京式阳明巾,高颧骨,尖下巴,目生三角形如病虎,一看就不是流俗之辈。赵谦不知这人的底细,先谦虚答道:

"在下正是赵谦。"

"赵大人果然是信用君子,咱让你的宋师爷带信,请你来见见面,你果然就来了。"

"敢问先生尊姓大名?"

"敝姓高,你喊我高先生就是。"

"不知高先生有何承教?"

高先生高深莫测地一笑,对愣站在一边的宋师爷说:"老宋你暂且退下,鄙人有事要同你东翁赵大人单独面谈。"待宋师爷下楼后,高先生便邀赵谦入席,赵谦推让说:

"高先生,今晚酒咱是不能喝了。"

"咱知道,赵大人今晚为湖广道监察御史周显谟举办接风宴,已喝得有三分醉意是不是?"

"是的。"

"一个破御史你都可以三分醉,跟咱喝酒,你就是烂醉三天也值得。"

口气如此之大,赵谦只感到云山雾罩。高先生见赵谦眉心里蹙起核桃大的疙瘩,知他信不过,便起身到书房里写了一张笺纸出来,递给赵谦说:

"你看看这几个字,如果你觉得咱高某说话有准头,你就留下来谈,如果你觉得毫无用处,现在就可以走,咱绝不留你。"

赵谦接过笺纸,只见上面写了一行字:

海子湖边官田一千二百亩

赵谦拿着笺纸的手,当时就抖了起来,这墨迹未干的十一个字,如同十一把锋利的匕首,一齐朝他的心窝扎来。

"赵大人,你到底是走还是留?"高先生一双灼人的目光,死死地盯住赵谦的脸。

赵谦尽量掩饰内心的慌乱,把那张字条撕碎了,佯笑着说:"咱自然要留下来,陪高先生说说闲话儿。"

"好,那就喝酒。"高先生说着给赵谦满满斟上一杯,"来,干杯!"

赵谦心里头像猫子抓,哪有情绪喝酒?却又不得不奉陪。高先生不知是有意耍弄还是酒没喝好,丢了个话头后却一味地闹酒。他见那两个歌女缩在一旁挤眉弄眼地看热闹,便朝她们一拍巴掌,大声嚷了起来:"怎么不唱了?咱爷们儿啥时喝过闷酒,快接着唱!"

两位歌女不敢怠慢,琵琶一拨檀板一敲,慢启朱唇又咿咿呀呀唱了起来:

> 望江楼儿,观不尽的风和荡,
> 咿喂子哟一片汪洋。
> 九尽寒退,二月里春光,
> 咿喂子哟萌芽上长。
> 三月里来清明节,
> 桃花开来杏花放,
> 咿喂子哟又开春海棠。
> 掩绣户,玉人儿娇模样,

>咿喂子哟美貌女红妆。
>夏日天长,庆赏端阳,
>咿喂子哟暑热难当。
>八月十五敬月光,
>姑娘二人把香降,
>咿喂子哟桂花阵阵香。
>到冬来,雪花飘飘梅花放,
>咿喂子哟咿喂子哟,
>朔风阵阵凉,奴家也断肠。

两个歌女一唱一和,虽不是十分美好却都很卖力。高先生嫌她们唱的这支《望江楼儿》曲调儿揉捏,嗞儿饮了一杯酒,嚷道:"姑娘们,你们弹一曲《马头调》,听咱和着调子,给你们唱一支京城里流行的好词儿。"说着,高先生跟着琵琶声,吊着嗓子唱起来:

>久闻姑娘名头大,见面也不差,
>脚大脸丑,浑身腌臜,赛过夜叉。
>桌面上,何曾懂得说句交情话,
>开口令人麻。
>若问她的床铺儿,
>放屁咬牙说梦话,
>外带着争开发,
>一张臭嘴,焦黄的头发,
>虱子满身爬。
>唱曲儿,好似狼叫人人怕,
>又不会弹琵琶。
>要相好,除非倒贴两吊大,
>玩你的后庭花。

高先生本就生出一副凶相,如今虽然嬉闹唱曲,两腮肌肉却依然呆板毫无生动之气。只是这曲调诙谐滑稽,加之高先生常常走板的黄腔,仍能把人逗乐。赵谦客随主便用心巴结,一曲才了,他连忙拍起巴掌赞道:

"唱得好,唱得好,没想到高先生还有这一手,你唱的这支曲子叫什么来着?"

"叫《久闻大名》。"

"这词儿有意思。"赵谦瞅着那两个歌女淫邪地一笑,接着用暗示男女私处的行话问道,"听说京城里头,后庭花的价格,倒比前院的牡丹贵了许多?"

"这个当然,物以稀为贵嘛。"高先生看看差不多闹够了,便去里屋抓了些碎银出来赏给两个歌女让她们离开。听到歌女下楼的声音,高先生命在门外静候的小厮沏两杯热茶进来。待小厮把厅房里的残肴碗碟收拾干净了,高先生才把赵谦请到太师椅上重新落座,一边品茶,一边问道:"赵大人,你是不是真想知道敝人的来历?"

赵谦此时的心情犹如十五只吊桶打水七上八下,干笑着答道:"如果高先生觉得方便,赵某愿闻其详。"

高先生打了一个酒嗝,问:"赵大人知道武清伯这个人吗?"

"武清伯谁不知道,当今圣母李太后的父亲,名闻天下的老国丈。"

"还有一个驸马都尉许从成大人,想必赵大人也不会感到陌生吧?"

"这个也知道,他是嘉靖皇帝的女婿,当今圣上的嫡亲姑父,也是赫赫有名的皇亲。"

"武清伯与驸马都尉两个人,都委托敝人前来荆州,向你赵大人问好。"

"问候咱?"赵谦简直不敢相信自己的耳朵,"咱赵某与两位皇亲素昧平生,他们怎么可能问候我呢?"

"他们问候你,乃是事出有因。"

"为的何事?"

"只因你赵大人治下的荆州城中,有一个人搅得他们寝食难安。"

"谁?"

"金学曾。"

"啊,又是这根搅屎棍!"赵谦心里头暗暗骂了一句,急切地问,"金学曾如何得罪了两位皇亲?"

"子粒田征税的事,赵大人不会不知道吧?"

"知道。"

"这件事的始作俑者,便是金学曾。"

高先生把话挑明,赵谦这才恍然大悟。今儿个接风宴前,周显谟在楚风馆中还与他谈到子粒田征税的事。在这一举措中,几乎所有势豪大户的利益都受到侵害。首辅张居正也就成了他们憎恨的目标。金学曾作为张居正的爱将,又是第一个揭露子粒田弊政的官员,势豪大户们自然会迁怒于他。但赵谦仍不知眼前这位高先生要干什么,他转了转脑瓜子,试探地问:

"金学曾是在荆州城中,但他是他,咱是咱,不知高先生为何要找咱赵某?"

高先生觑着赵谦,刻薄地说:"赵大人如此说来,倒真有装蒜之嫌。眼下,满京城的人都知道,荆州城中拴着你和金学曾两头叫驴,谁也不服谁,如今已是撕咬得不可开交。"

赵谦觉得高先生作践了他,放在平常他早就拉下了脸,但这会儿却不得不压下气性,讪讪地解释道:

"咱是向京师有关衙门告了他金学曾,但咱为的是荆州的百姓,并不是和金学曾有何私怨。"

"赵大人不要唱高调了,"高先生讥笑道,"知情的人都知道,你想把金学曾挤出荆州,是怕他查出你主持荆州税关时的问题。"

"这……"赵谦死鸭子嘴硬,仍狡辩道,"咱主政荆州税关时,账目清楚,有何问题?"

高先生哈哈一笑,回道:"你放心,金学曾不是省油的灯。前年去礼部查账,连老鼠偷了几颗米他都查得出来,你还怕他查不出你的问题?事实上,他已抓到了你的把柄。不然,你送给张老太爷一千二百亩官田的事,咱高某怎么会知道?"

"他往哪儿告的?"赵谦紧张地问。

"实话告诉你吧,金学曾已将此事写信告诉了张居正。这位首辅大人以天下为公不徇私情,将此事禀奏皇上,自求处分。"

"这是真的?"

"千真万确,一点不假。"高先生耸着眉棱,正色说道,"这件事儿,是咱家主人亲自从皇上口中听来的,那还有假?"

高先生一副势大气粗的样子,赵谦不知他的主人到底是武清伯李伟还是驸马都尉许从成,但又不敢问,但有一点可以肯定,这位姓高的主子即便不是上述两人,也必定是皇上身边的宠贵,不然,如此机密的事情,他又能从哪里探听得到?赵谦顿时如同沉入噩梦,背心一阵阵发凉,哭丧着脸问:

"皇上追究此事么?"

"眼下这时候,圣母与皇上都对张居正深信不疑,当然不会为这事惩处他。"

"这样就好。"赵谦如释重负长吐一口气。

"好什么呀,"高先生嘴巴一撇冷笑道:"皇上不惩处张居正,并不等于会放过你呀。"

"啊?"赵谦身子一哆嗦,两条腿抖动起来,"这么说,咱、咱大祸临头了?"

"可以这样说,但还没有到无可挽回的地步。"

"如何挽救?"

"解铃还须系铃人。"高先生宕开一句说道,"只是不知赵大人是否有此胆量。"

"请高先生明示。"

高先生站起身来,门前窗下到处看了看,直到相信无人偷听了,这才回到赵谦跟前,压低声音说道:

"赵大人要想自救,惟有一途,除掉金学曾。"

"你让咱杀人?"赵谦一惊。

"不除掉金学曾,他就会不断收集你的证据。你不除了他,他就会把你送上断头台。"

"皇上既然知道了官田的事,咱就是除了金学曾,又怎能逃脱惩罚?"

"金学曾一死,就没有后续证据,仅官田一事,咱家主人说,他保证在皇上面前替你求情,保你无事!"

"这话当真?"

"君子无戏言。"

"求情有效么?"

"赵大人是聪明人,怎么又犯糊涂呢?"高先生冷静剖析,从容道来,"你把官田送给张老太爷,如果仅惩处你而放过张老太爷,恐怕会引起士林公愤。因此,无论是皇上,还是张居正,都不肯把这件事儿张扬出去。只要大家都想捂着,咱家老爷就肯定救得下你。"

赵谦耷拉着脑袋想了半天,才嗫嚅着回道:

"这事儿,容我再仔细想想。"

位于大北门跟前的铁女寺,今儿个热闹非凡。盖因有一场隆重的仪式即将在这里举行——由当今圣母李太后捐资,内廷司经局翻刻了一百套《大藏经》,颁赠天下巨寺名刹,铁女寺虽算不上名刹,但因建在首辅张居正的故乡,因此也有幸获得一套。日前,由慈宁宫随堂太监万和领旨护送的经书已运抵荆州,颁赠仪式便定在今天举行。

铁女寺是一座尼姑庵,本唐朝旧刹,已有数百年的历史,期间几次毁于战火又几次兴建。在荆州城中,它算是一个有名的去处,但放到全国和陕西法门寺、杭州灵隐寺、天台国清寺、当阳玉泉寺这样的佛国丛林相比,它的影响力,相对就要薄弱得多。若论资排辈,铁女寺肯定要排在一百座名刹之外。但它何以能够获得颁赠御制《大藏经》的殊荣呢?除了上述理由,还得从铁女寺的住持净慈老师太讲起。

五十年前,即位不久的嘉靖皇帝即颁旨拆毁天下寺庙,这铁女寺也在拆毁之列,净慈老师太那时就是铁女寺的主持。她亲自跑到荆州府衙去求情,知府怕承担抗旨之罪,不敢答应她的请求。拆寺那天,江陵知县领着一百多位工役前来,远远就见一大堆干柴架起一座山挡住铁女寺的大门,净慈身披大红袈裟坐在干柴之上,手捻念珠闭目诵佛。寺中知客告诉知县:"净慈住持有言,谁要拆庙,先动手点燃柴堆。"知县被净慈的行为所震慑,正在犹豫时,随知县一起来的"钦差"——从北京礼部僧录司直接下来督办此事的一名司官却不依。他定要众人搬开柴堆架走净慈,衙差也罢工役也罢,却是谁也不肯动手。司官焦躁,突然看到一名工役咳嗽一声吐出一口浓痰,他顿时灵机一动,想了一个恶毒的主意。他让人寻来一只大海碗,再下令所有在场工役每人朝大海碗里吐一口痰。不消片刻已是吐了满满一碗。司官让人传话给柴山上的净慈,只要她能将这一碗痰喝下,这铁女寺就保证不拆。净慈听罢此言,便起身走下柴堆,在众目睽睽之下,端起那只大海碗,将污秽不堪的痰水一饮而尽。司官原以为素有洁癖的净慈不会答应,谁知她舍身护法连眉头都不皱一下。司官只好带着人悻悻离开。经过这一回,铁女寺不单保住了,净慈住持的大名也从此声震遐迩。

净慈老师太今年已高寿一百零六岁,不但耳不聋眼不花,去年秋上,竟还长出了一口新牙。更奇的是,今年过罢春节,她已经绝了一个甲子的经水忽然重新来潮。这事儿一传十,十传百,成了荆州城中轰动的新闻。北京礼部的官员从荆州府的钞报上看到这则消息,当作吉兆摘录下来具闻上奏。李太后看了满心欢喜,儿子登基两年,就出了这样的"佛门人瑞",她认为这是太平盛世的肇端。一来念及荆州乃张居正的故乡,二来她心仪净慈老师太的法愿禅心,于是颁旨把已印好的《大藏经》送一套给铁女寺。

因是圣母颁赐,又有钦差光临。对于荆州府衙来说,这可是第一等的大事。赵谦张罗起来特别卖力,在他的主持下,铁女寺早已修葺一新。今天的颁赠仪式,循例他遍请了荆州城中各衙门官员参加。令人惊奇的是,他居然还邀请了金学曾。自税差误伤张老太爷事件发生后,两人公开交恶势同水火。今天两人同时来到铁女寺出席颁赐仪式,一些好事者便认为有一场热闹好看。

仪式定在辰时三刻举行,辰时刚过,赵谦就陪着钦差万公公到了铁女寺,先来这里安排接待的宋师爷同寺中知客一齐到寺门迎接。万公公在赵谦的陪同下先到寺中三大殿敬了香,这才来到后院的客堂里拜见净慈老师太。他们刚坐下,就见金学曾绷着一张脸,提着官袍跨步进了门槛。他一眼瞥见赵谦,抢先打招呼:

"赵大人,这一向别来无恙?"

赵谦听出话中含有嘲讽的意味,本想反唇相讥,但念头一转还是忍住了,讪讪回道:

"托净慈老师太的福,咱赵某一切安好。"

这时,坐在老师太旁边的万公公插话问道:"赵大人,来的这位可是荆州税关的巡税御史金大人？"

"在下正是。"不等赵谦开口,金学曾自己答道。他看了看万和的五品内侍穿戴,又笑着问："敢情您就是圣母差来颁赠《大藏经》的万公公？"

万公公点点头,兴奋地说："今年二月二龙抬头那一天,你去大隆福寺,我也正好陪李太后到了寺中,只是无缘与你说话,没想到几个月后,有幸在荆州认识了你。"

金学曾诧异地问："万公公想认识我？"

"当然哪,"万公公不好意思地笑了笑,"金大人,咱同你有一个共同的爱好。"

"金某爱好甚多,不知万公公说的哪一样？"

"斗蛐蛐儿。"

"啊,原来是这个。"金学曾漫不经心地回道,"我玩蛐蛐儿纯粹是胡闹,充其量是个二流。"

"你能把自称天下无双的毕愣子斗败,这还算是胡闹？金大人,把你那胡闹的本事传一半给咱,咱就心满意足了。"

看到万公公那副极力讨好金学曾的样子,赵谦觉着鼻子里好像是喷了一碗酽醋,一泼儿酸下来,忙插进来夺过话头说道："净慈老师太早就修成法身,能知人祸福,万公公,今儿个机会难得,您何不当面向老师太请教？"

万公公经这一提醒,才记起自己此行的目的,忙挪过身子凑近净慈老师太,恭敬地问道：

"老师太,听说你高寿一百零六岁了？"

净慈老师太脸上挂着微笑,淡然答道："老衲这一生,已经历了七个皇帝。"

"老师太出家多少年了？"

"一个半甲子。"

"老师太,你看咱往后要注意点什么？"

"多拜佛,多念经。"老师太说着把目光移向了金学曾,把他认真打量一番,然后问,"你这位官人,以前好像没有到寺里头来过？"

从一进门,金学曾就注意到这位老师太面孔红润,双目有神,浅浅一笑时,露出的一口糯米牙洁白如玉。虽说是百岁老人,可她坐在铺了棉垫的藤椅上,浑身上下都还透着精神气儿,内心里顿时对她生了几分虔敬。见老师太主动问他,忙欠身答道:

"晚辈金学曾,到荆州城才三个月,没有即时到寺中礼佛,还望老师太原谅。"

"你这个人有慧根。"

"多谢老师太点拨。"金学曾一改平常那种逢场作戏的表情,肃容问道,"老师太,有件事情,晚辈想当面问你,不知妥当否？"

"你要问什么？"

"当年,您为了保护铁女寺,喝下那碗污秽不堪的痰水时,心里究竟是怎样想的？"

"什么都没有想。"

"啊！"

金学曾望着老师太脸上平静的表情,似乎悟到了什么。这时,他发现宋师爷站在紧连着客堂的右厢房的门口向他招手,这才发现不知什么时候赵谦已经离席走了,便起身向右厢房走去,身后只听得万公公还在虔诚地追问:

"老师太,您是从哪儿看出金大人有慧根的？"

金学曾一走进右厢房,便看见赵谦心事重重地坐在一张桌子旁边。宋师爷轻轻掩上门回到客堂里。赵谦伸手做了一个"请"的姿势,金学曾便隔着桌子与他对坐。

赵谦为何要在赠书仪式举行之前,就急着要抽这个空儿与金学曾单独见面？说起来也是情非得已迫于无奈。

自那天晚上，赵谦去应天会馆与那位从北京来的神秘的高先生见过面后，心情就再也没有好过。他没有想到金学曾来荆州不到两个月，就拿到了他"私赠官田贿赂权门"的把柄，更令他吃惊的是，首辅张居正得到金学曾的告状信后，不但不隐瞒，反而自个儿把这件事捅到皇上那里去。纵观历朝历代，揩谋攫利怙权敛财的权相不乏其人，但如此铁面无私自揭家丑的宰辅，大明开国以来，张居正恐怕是第一人。赵谦挖空心思削尖脑袋巴结张老太爷，实指望利用他攀上张居正这个大靠山，以利日后升官发财。应该说，这一目的他已达到，但成也萧何败也萧何，如今惹起祸端的，还是这一块官田……

俗话说，不怕对头事就怕对头人。赵谦把这些时发生的事情联起来一想，这才发觉金学曾心机多诈智数周密，硬是一步步把他往绝路上逼。他这边动员陈大毛、李狗儿写状子告税关"当街打人陷民水火"，金学曾那边却把这两个不知好歹的东西鼓捣起来，给他送来一块《戒石铭》；他这边才把荆州城各衙门联络起来，从不同渠道上书北京当路大臣，攻讦金学曾"横行无礼欺压百姓"，金学曾那面密信一封呈上首辅，揭发他"以官田行贿"；他这边好不容易弄来徐阶的撰联题额，可是还来不及高兴，首辅就径直派周显谟前来拆毁大学士牌坊，谁又能担保，此事在后头作祟的，不是他金学曾？

赵谦自认为可以出奇制胜的几步好棋，被他金学曾一搅局，竟变成了一步差过一步的臭棋。前思后想，他恨不能生剐了金学曾。所以，当高先生提出要除掉金学曾时，他嘴里虽然支吾着要"想一想"，心里头却早已判了一个"肯"字。几天来，他一直在设计除掉金学曾的方案，物色刺杀的人选，并就此事多次约见那位神秘的高先生。他这边暗中准备刚刚有些眉目，却不料前天晚上，又有一个惊人的消息传来：荆州城中的首富，漆记绸缎行的老板漆员外突然失踪了。第二天,终于有耳报神向他禀告:漆员外被金学曾设计"请"去,如今软禁在荆州税关里面。

一听到这个消息,赵谦心惊肉跳,差一点惑乱失常。却说赵谦在出任府同知主政税关期间,曾大肆收受不法奸商的贿赂而任其隐瞒交易偷税漏税。虽不过短短两年时间,他收受的贿银就达十万两之多。其中,仅这位漆员外一人,就送给了他三万多两银子。一来是做贼心虚,二来凭直觉,他认定金学曾一定是抓住了漆员外的什么把柄,不然,他不会无缘无故地把这位荆州首富"请"进税关。他索取巨贿而使朝廷榷税大量流失,这一罪行若是暴露,"私赠官田"一事则是小巫见大巫了。他之所以对荆州税关的继任者要么拉拢要么打击,就是怕自己的秽行败露。昨天一天,他陪着钦差万公公游览荆州名胜,表面上热热闹闹谈笑风生,心里头却是一片迷乱。昨儿晚上,高先生去府衙与他相见还催他赶紧动手,他嘴里答应心上却已变了卦。他知道此时如果自己再走错一步路,就会性命难保。权衡再三,他决定尽弃前嫌,主动与金学曾达成和解。这就是他迫不及待要与金学曾单独会见的原因。

一对仇人忽然坐到了一块儿,情形有些尴尬。听着外间客堂里忽高忽低的谈笑声,还是赵谦首先打破僵局,他咽下一口唾沫,不自然地说道:

"金大人,本府今日单独见你,原是有一件重要的事情向你通报。"

"何事?"

"有人要暗算你。"

"是吗?"金学曾扑哧一笑,他总感到赵谦说话阴不溜秋地不中听,故不屑地回道,"除了你赵知府,还会有什么人暗算我?"

赵谦对金学曾的讥诮并不在意,而是从袖筒里摸出一张银票来,递给金学曾说:

"这是一张五千两银子的银票,见票即兑,金大人是造过假银票的,你看看这张银票是真是假?"

这是一张京城宝祥号票庄开出的银票,金学曾一看密押与楮纸的质地,就知道是真的,便问赵谦:

"知府大人拿出这张银票做甚?"

赵谦隔着桌子把身子俯过去,对着金学曾小声言道:"有人愿意出五千两银子,买你的脑袋。"

这一句话可谓石破天惊,金学曾一下子怔住了。他注视着赵谦的表情,不像是开玩笑,不由得狐疑地说道:"不会吧,我金学曾这颗瘦不拉唧的脑袋,哪里值得五千两银子!"

赵谦游移不定的目光忽然深沉起来,他继续言道:"金大人不要作践自己,子粒田征税的事情,在京城里引起的巨大风波,你知道么?"

"略知一二。"

"这件事虽是皇上的旨意,但始作俑者,却是你金大人。如今,天下的势豪大户,哪一个不把你恨之入骨?"

"你是说,是这些势豪大户要我的脑袋?"

"正是。"

"究竟是谁?"

"来者很神秘,一会儿说武清伯李伟,一会儿说驸马都尉许从成,总不肯暴露他的真实身份,但有一点可以肯定,此人来头很大。"

"何以见得?"

"你写信给首辅大人,说咱将一千二百亩官田送给张老太爷一事,他都知道。"

赵谦不显山不露水就把金学曾的"阴损"点了出来。金学曾虽然诧异那位神秘来客的通天手眼,却并不为此事而产生些许愧意。他坦然地盯着赵谦,问道:

"这么说,你知道我已经告发了你?"

"知道。"赵谦本想表现出大度,但话一出口就变成了卖弄,"首辅大人收到你的信后,采取了何等举措,你金大人大概还不知晓吧?"

"是何态度?"金学曾引而不发地问道。

"他将此事禀奏了皇上。"

这一点金学曾的确不知,但他不想在对手面前表现出急切想知道下文的样子,于是轻描淡写地问:"都是那位神秘来客告诉你的?"

"他不说,咱哪能知道?"

"如此说来,我金学曾应该是你赵知府的第一号敌人,你为何还要援手救我?"

赵谦正欲回答,一个小尼姑提了茶壶进来,给他们一人倒了一杯水。金学曾探头朝客堂里看了看,见又来了几位官员,宋师爷正忙前忙后招呼。钦差万公公仍神情专注地向净慈老师太讨问前程。而前院大雄宝殿里,众女尼正在紧张地进行仪式前的操演,磬钵声中,她们正在奋声诵唱《妙法莲花经》中的一段:

诸善男子,各谛思惟。
此为难事,宜发大愿。
诸余经典,数如恒沙。
虽说此等,未足为难……

赵谦听着那悠扬的诵唱,似乎神有所引意有所思,待小尼姑退下重新掩好门后,他才长叹一声,语调凄楚地说道:

"你金大人一来荆州,必欲置我赵某于死地。咱若是以怨报怨,今天,你哪里还有命坐在这里。"

"这么说,我要感激赵大人了?"

赵谦拧着脖子回道:"有一点,你金大人一直未曾问我,就是这一张买你人头的五千两银票,为何在我赵某的手中。"

金学曾盯着眼前那一盅还在冒着热气儿的茶水,故意漫不经心地答道:"这个还用问吗?那位神秘来客肯定是想和你联手把我金学曾除掉。"

"金大人说得不差。"赵谦一激动,放在桌子上的手都有些颤抖,"起先,咱也为他的蛊惑所动,必欲将你除之而后快,但转而一想,如此泄愤仇杀戕害性命,岂是我辈读书人所为,便又打消了念头。"

这时,大雄宝殿里的诵经声不断传来:

假使有人,手把虚空。

而以游行,亦未为难。

于我灭后,若自书持。

若使人书,是则为难……

两人谛听有时,金学曾看到赵谦目光中溢出某种企求、某种渴望。他感到有一只滚热的熨斗在他的心头熨过。宝殿上的尼姑们还在不紧不慢地唱着:

若以大地,置诸足上。

升于梵天,亦未为难。

佛灭度后,于恶世中。

暂读此经,是则为难……

外屋里,佛门人瑞百岁老师太为人指点迷津的谈话声,亦如丝丝春雨,润绿了善男信女们的心田。此情此景之下,一向足智多谋胸怀坦荡的金学曾,反倒陷入了痛苦的抉择之中。

却说数日前,金学曾就收到了张居正寄来的密札,对他揭露赵谦将官田私赠张老太爷一事给予充分肯定,要他尽快调查赵谦主政税关期间的贪墨情况,一俟搜集到证据,立即就将赵谦枷掠到京鞫谳问罪。收到张居正密札之前,陈大毛就已施展神偷手段,为他偷到了漆记绸缎行的账簿。金学曾将这账簿中所记船运布匹数量与税关纳税之数两相比较详加综核,发觉相差很大,于是当机立断,把漆员外"请"到税关。金学曾办过几次大案,搜微发隐的功夫已是烂熟,漆员外架不住他旁敲侧击一诈一吓,不消半日,就把赵谦如何索贿中饱私囊的劣行交待得一清二楚。拿到了漆员外签字画押的笔录,金学曾大喜过望,正准备对赵谦择日采取行动,却没想到今天在这铁女寺里,赵谦竟然有这一番推心置腹的谈话,将一场未遂的谋杀和盘托出。看得出来,赵谦是真心想与他和解,但他又怎能舍弃朝廷公德匡赞之规,与一个形同陌路的鄙吝之人重归于好呢?

正在金学曾手衬额头想不出个头绪时,赵谦紧绷着脸,又道:"该说的咱都说了,不知金大人有何思考?"

"你想要怎样?"金学曾脱口问道。

"古人言,相逢一笑泯恩仇。金大人,你我能否尽弃前嫌,重归于好呢?"

金学曾摇摇头,回道:"知府大人,一切都晚了。"

"为什么?"

"我不说你也知道,漆员外眼下正在我的手中。"

"我知道。"赵谦的脸色变得非常难堪,"这漆员外的话,你千万不可听。"

金学曾哈哈一笑,讥道:"知府大人为何突然冒出这句话来,这不是此地无银三百两么?"

"这……"赵谦一时语塞,既是沮丧又是懊恼地说道,"金大人,你难道真的不愿意与我化干戈为玉帛?如果不是我,那位神秘来客早就要了你的性命。"

"阻挠别人的害命之举,这也算是救命之恩,但我金学曾此时却救不得你。"

"你要把我怎样?"

"漆员外的口供,你向他索贿纹银三万多两,帮他偷逃税银高达五万两,赵大人,铁证如山,叫我如何救你?"

"这口供在你手上,只要你网开一面,一切都好说,你若要银子,咱给你银子。"

"你给多少?"

"一万两,怎么样?"

金学曾摇摇头。赵谦舔了舔干燥的嘴唇,粗大的喉结滑动了一下,又道:

"一万五千两,可以了吧?"

……

"二万两!"

……

"二万五千两。"

金学曾仍是不吱声,赵谦恨恨地瞪着他,一咬牙说道:"罢罢罢,三万两银子都给你,这总可以了吧?"

"这还差不多,"金学曾终于开了金口,笑道,"既然是贿银,自然是一厘一毫也不能少。"

赵谦一声冷笑,失了魂一样说道:"说我贪,你金大人比我更贪。"

金学曾冷静答道:"赵大人不要理会错了,你这三万两贿银,我金某不会要一分,全部上交国库。"

赵谦一愣:"这么说,你还要公事公办?"

"赵大人,你我同为朝廷命官,总该知道尧命纲常,这种事情岂能私了?何况我已于昨日向都察院寄去急件,将你贪墨之事如实禀报,如果不出意外,不出十日,都察院就会有拘票传来,届时会将你押往京城,谳审定罪。"

"你金学曾铁了心,必欲将我置于死地?"

"只要你主动交清贿银,我一定上奏皇上,力陈你痛改前非,竭恭去私的悔悟之意。相信皇上念及你司牧地方也曾有过政绩,会对你格外开恩减轻处罚。"

金学曾的语气中虽然含有同情,但强硬的口风却丝毫没有改变。讨好了半天换回的却是这个态度,赵谦至此已彻底绝望。刹那间,他感到满胸膛里都是烈焰腾腾,嗓子眼干得冒烟,他恨不能扑过去掐死金学曾,但却两腿发软站不起来,他梦呓般地骂着、诅咒着,拿起面前的茶盅,将那一盅已经凉透了的茶水一饮而尽。恰好这时,宋师爷推门进来,禀道:

"仪式马上就要举行,请两位大人陪万公公到山门前落座。"

金学曾答应一声"好",正准备起身出去,却见坐在对面的赵谦突然两手抓胸,面孔扭曲痛苦不堪,挣扎少许,已是七孔流血仰面倒地,一阵痉挛后便口吐白沫而死。顿时,站在赵谦跟前的宋师爷以及闻讯跑进来的万公公一应人等,一个个吓得目瞪口呆。还是金学曾最早从惊愕中醒来,嚷道:

"有人下毒,快封锁寺院,不要让疑犯走脱。"

第十六回

言政言商皇亲思利　说春说帛铁嘴谈玄

在东直门大街东头以北,有一条药王庙胡同,从那里再往东,便是武清伯府邸所在的万安胡同。这天上午辰时过半,一乘八人抬油绢围帘大凉轿在府邸门口停了下来,一看这凉轿镶金缀玉的花哨以及班役的穿戴,就知是从杠房里租借出来的。为了满足来京办事的地方官员以及豪商大贾的出行需要,京城里开设了多家出租轿马的杠房。从颠着碎步的小驴儿到八人抬的大轿,各种档次的运具应有尽有。眼下在武清伯府邸门前落下的这顶大凉轿,无疑是杠房里顶级的轿子了。再说从凉轿里走下的这个中年人,一眼看去就知是一个富得流油的阔佬,他身穿一件拱壁蓝颜色的八团缎直裰,手上拿着一把乌木扇骨的苏样尺八大撒扇。他刚跨出轿门,武清伯府上的总管钱生亮就快步上来,抱拳一个长揖,唱喏道:

"邵大爷早。"

"钱管家好。"中年汉子回了一礼。

这位被称作邵大爷的中年汉子不是别人,正是隆庆六年夏初在衡山帮高拱除去心腹之患李延的那个邵大侠。自那次事件之后,一晃两年多时间过去,邵大侠再也没来过北京。这原因一来是高拱去职,他本想借高拱势力牟取私利的如意算盘落了空;二来担心自己所作所为被人发现蛛丝马迹,为了避祸而不敢来北京。这两年窝在南京与扬州两地,虽然很少在官府走动,但凭着自己在江湖上的影响,大做布帛绸缎以及盐引生意,银子倒是没有少赚。久静思动乃人之常情,今年立夏过后,他思虑着当下形势对自家已没有什么危险,才决定再来京城一游。两年前来京,在北大街突然邂逅了武清伯府上的管家钱生亮,他当时就觉得这是天赐良机,让他得以攀上武清伯李伟这个高枝。虽然因世事变故耽误了两年,但他一直没有中断与钱生亮的联络,常常托进京的人给钱生亮送来厚礼。这次来京的第一要紧事,就是通过钱生亮与武清伯接上头,选定日子登门拜望。

邵大侠在钱生亮引领下走进武清伯府邸,这府邸原是嘉靖朝首辅严嵩的故宅。严嵩被罢相抄家之后,这宅子被没收充为公产,一时无人居住。隆庆皇帝登基后,便把这宅子赏给了他的老丈人。当时的严嵩权倾天下,极尽享乐之能事。他在京城里头有两处住宅,一是这座大学士府,二是泡子河边的别业积香庐。严嵩晚年多半时间都待在积香庐,这座大学士府实际上由他儿子严世蕃居住。这位严世蕃的贪鄙比之父亲有过之而无不及,后来祸发而被皇上下旨诛杀。严大学士府本来就宏敞富丽,到了严世蕃手上又大兴土木再行修葺,最终成了人见人畏的京城第一府邸,大大小小的房子有五百多间。武清伯自成了这座府邸的主人之后,一直嫌宅子太大,若不是怕女儿李太后干涉,他恨不能卖一半出去赚回一笔银子来。

京城达官贵人的府邸,大抵入门即是轿厅,出轿厅便是照壁,过照壁便是客堂。武清伯所居的府邸却不是这样,一入轿厅,迎面的照壁竟成了客堂的侧墙,贴着左墙根,是一条长长的甬道,于此前行二十来丈远,眼界豁然一宽,一座约略有五六亩地大小的花园展现在眼前。大门到甬道是东西向,这座花园却是南北向,几口大小不一的方塘里荷花正盛,缓坡上松竹蒙翳;红亭白塔,玉砌雕栏,叶间莺啭,帘底花光,端的是近山黛掩神仙窟,隔水烟横富贵家。

府上的五楹客堂的大门正对着花园而开,踞坐其中,满耳俱是天籁,满眼俱是锦绣。走到这里,邵大侠在心中叹道:"平常总听人说严嵩居家品位极高,果然名不虚传。只可惜经营了几十年,却让一个不相干的人接过来享受。"

这时候,身穿轻绡蟒衣的武清伯李伟已站在客堂门口候着了。他虽然从未见过邵大侠,但老是听钱生亮在耳边聒噪,知道这人是江南地面上的大富翁,加之昨日邵大侠先派人送来了丰厚的见面礼,除了一张二千两的银票,还有一大堆江南的特产。李伟见邵大侠出手如此大方,也就有心结识。

武清伯将邵大侠引到客堂坐定,叙过茶后,武清伯问道:"邵员外,南京比起北京来,哪儿更繁华?"

李伟虽然穿着蟒服,但做派仍是农民,瞧他坐在椅子上屈着腿,倒像是蹲炕头的样子,邵大侠有些想笑,但到底还是忍住了,答道:

"当然是南京。"

"啊?"武清伯一愣,不相信地问,"北京在天子脚下,为何繁华反倒不如南京?"

"南京不单是六朝故都,咱明朝的根基也在那里,如今天子虽然住在北京,但六部五府这些大衙门,北京有一套,南京也有一套。"

"这倒是。"武清伯附和道,"前几天,宫里头还给咱送来了几条鲥鱼,说是从南京用快船运来的,那味道真是好。"

"是个啥味道?"

"有一点点像腐乳,吃起来虽没有羊肉那么有嚼劲,但软嫩软嫩。"

武清伯说着咽了一口唾沫,还在回味着那味道的鲜美,却不想邵大侠扑哧一下笑出声来,脱口说道:

"武清伯,您吃的是臭鱼。"

"臭鱼?"武清伯一脸茫然。

"不是臭鱼又是什么?"邵大侠好不容易止住笑,说道,"真正的鲥鱼,又香又嫩,是鱼中的极品,哪里会出来腐乳的味道?三个月前,就这件事,新任的鲥鱼厂管事太监王清到南京上任,还闹了个笑话。"

"闹了个啥笑话?"李伟问。

"这位王太监一到南京,正赶上鲥鱼季节,手下人做了一桌精美的鲥鱼宴请他品尝,谁知他刚品尝第一口,立刻就拉下脸来,斥道:'大胆奴才,你们竟敢糊弄爷!'手下人被他骂糊涂了,不知王太监火气从哪儿冒出来的,遂小心问道:'王爷,小的们用心侍候,哪里还敢糊弄您?'王太监气呼呼地质问:'你们以为咱没吃过鲥鱼?竟敢拿些不相干的野鱼充数,这不是糊弄又是什么?'手下人以为这位新来的管事是鸡蛋里挑骨头,没事儿找事儿,便小心回道:'王爷,这的确是鲥鱼,刚刚从江里头捕捞起来的。'王太监头一摇,决断地说:'这不是鲥鱼,咱在大内待了二十多年,哪年不吃鲥鱼?这鲥鱼的味道臭臭的,你们这一桌鲥鱼,何曾有一丝儿臭味?'手下人一听,想笑又不敢笑,只得耐心解释:'王爷,你现在吃的是新鲜鲥鱼,咱们这时节把鲥鱼捕捞起来,再经运河长途运到北京上贡,路途上快则二十来天,慢则一个多月。这么长时间,虽然鲥鱼舱里用冰镇着,也难免败腐变味。最好的鲥鱼由皇上享用,稍稍有点变味的,就赐给王侯大臣以及身边的管事牌子们分享,年复一年,吃惯了变味儿的鲥鱼,反倒觉得新鲜的鲥鱼不好吃了。'手下人回答得委婉,王太监明白了个中原因,却仍不肯服输,噘着嘴咕哝道:'不管怎么说,还是臭鲥鱼好吃。今后,咱只吃北京城的鲥鱼,这南京的鲥鱼,咱不吃。'王太监的这个笑话,一时间传遍南京,谁听了都觉得好笑。"

听了这个故事,李伟并不感到发窘,而是跟着邵大侠一起笑,笑够了又问:

"你们南京的鲥鱼怎么吃?"

"好多种吃法,最好吃的是清蒸。"

"清蒸?"武清伯一回味,不以为然笑道,"淡不拉唧的,有啥吃头?咱也同意王太监的说法,吃鲥鱼,还是北京的做法好,油炸酱焖,又臭又香多好吃呀。"

邵大侠知道李伟是泥瓦匠出身,虽贵为国丈,却是改不了下层人的生活习性,也不同他理论,只笑着伸手到面前茶几的果盘上,想取下一个水蜜桃来吃。这只果盘上堆放了十几个光鲜鲜的水蜜桃,放在最上面的一个略小一些,邵大侠想吃一个大的,便伸手想从第二层中取一个出来,谁知手虽拿到了桃儿,却硬是取不下。陪坐在一旁的钱生亮见状,连忙过来把顶上的那一个桃儿取下来递给邵大侠。到此时,邵大侠才看清楚,这个水果盘整个儿是一个髹漆的黄杨木雕,除了最上面的一个水蜜桃是真的,其余的都是"看桃"。这也是李伟勤俭持家的绝招,再尊贵的客人到家来,虽有水果招待,也仅限一个。邵大侠从来都没有见过如此抠门的豪门巨贵,惊讶之余,想取笑却又不敢。

李伟眯着眼,看邵大侠把那个水蜜桃吃完,又问道:"听说邵员外在南京是商家领袖,生意做得很大。"

邵大侠从袖筒里掏出一方手绢抹了抹嘴,答道:"领袖谈不上,但各色店铺开了二三十家,生意尚能维持。"

"邵员外这是谦虚。"陪坐在侧的钱生亮这时候插话说,"东家,如今要论大商人,北京城里郝一标,南京城里邵大侠,人称南北双雄,他们两个人富可敌国,财产都超过皇朝初年的沈万山了。"

"说不得,说不得,"邵大侠连忙摆手,"沈万山被洪武皇帝发配云南,客死异乡,就因为富可敌国,我小本经营,哪有那么大的家业。"

"对,穷要嚷,富要藏,这是做人处世的根本,攥着金元宝哭穷,那才是上上功夫。"

李伟的赞扬话刚说完,邵大侠还来不及回答,忽听着门外有人一杆笛似的喊将进来:

"是什么人来了,咱来瞧瞧。"

说话间,只见一位身穿蟒绸曳衫的高个年轻人大大咧咧地跨进门来,他径直走到邵大侠跟前,打量着这位五短身材的阔佬,朝钱生亮嚷道:

"老钱,这位可是你说的邵大侠?"

"正是。"钱生亮站起来回答,然后又对邵大侠说,"邵员外,这位是少东家。"

打从这位年轻人一进门,邵大侠就猜想到他是武清伯李伟的儿子李高。他不务正业一味胡闹的大名在京城里头响得很。邵大侠起身与他相揖见面,重新坐定后,李高说:

"邵员外,人家都说你是个手眼通天的人物。"

"这是过奖了,邵某一个生意人……"

"别,别,"李高伸手打断邵大侠的话头,以一种玩世不恭的口吻说,"谁不知道你邵大侠玩生意是出于无奈,你现在帮咱做一件事,咱也送你一万两银子。"

"做啥?"

"把高阁老请回来,重登首辅之位。"

"少东家别开玩笑,"邵大侠一惊,脸上顿时变了颜色,他觑了李伟一眼,依钱生亮的称呼对李高说,"少东家,这样的朝廷大事,只有你的姐姐,当今圣上的生母李太后才做得下来,我一个平民百姓……"

"别装蒜了,"李高抢白道,"当年不是你,高胡子能挤走李春芳,从河南老家跑回京城当首辅么?"

邵大侠现在最怕人提起的就是这件事,他想封住李高的一张疯嘴,一时又想不出办法,只得敷衍道:

"那是误传,我邵某怎么会有这本事。"

"咱知道你邵大侠为何不敢承认自己的丰功伟绩了,"李高挤了挤眼睛,谑道,"你是怕当今首辅张居正找你的麻烦?"

邵大侠不置可否,巧妙地转过话题说道:"听说你姐姐,当今圣母李太后对张居正甚为倚重。"

"啐!"李高一脸不屑的神气。

"李高!"

李伟担心儿子又要胡说,赶紧出来制止。其实,就是李高不讲,邵大侠对他父子二人的心态也了解得清清楚楚。今年一连发生的两件事情,都对武清伯打击甚大。一是子粒田征税,二是给自己造坟申请用银事。前者让李伟一年要往外拿八千多两银子,后者让李伟想借此机会赚一把的念头落空。因此,父子二人对张居正恨得牙痒痒的。传说前些时有人前往荆州谋杀张居正的得力干将金学曾,也是受了武清伯的指使。尽管金学曾毫毛也未伤及一根,荆州知府赵谦却成了替死鬼。这是今年官场上发生的最大的一件事情,虽然皇上有旨追查,但因谋杀者至今也未捉到,此事遂成了无头案。从与李伟见面的谈话来看,邵大侠不相信这位木讷谨畏的老头儿有此胆量,倒是他的儿子李高这副势豪纨绔的架势,保不准会做出糊涂事来。但人命关天的事也不好随便乱猜,邵大侠想了想,言道:

"我邵某在商言商,武清伯若有生意上的事情打点,鄙人倒可尽绵薄之力。"

"你都做些啥买卖?"李伟问。

"布匹绸缎,珠宝头面首饰,盐茶木材,凡是能赚钱的,我都做。"

武清伯点点头,李高忽然来了兴趣,接着问:"听说你做得最好的,还是布匹绸缎。"

"这倒确实。"邵大侠答。

"同北京的郝一标比,你们两个谁强一点?"

"各有千秋吧。"邵大侠的口气中充满自负。

"郝一标的绸缎品种花色齐全,你的呢?"

"只要人间有的,我的店里尽有。"

"呵,牛皮不是吹的,蛤蟆不是飞的,说说看,你的店里头都有些啥?"

李高兴冲冲地催问,邵大侠如数家珍般说了一大堆绸缎名样,李高听罢又闹着要他说布,邵大侠呷了一口茶,又道:

"若单道布匹,与苏州府相邻的松江府,自古就有衣被天下的美称,松江府上海县出产的标布、中机布、小布、浆纱布,嘉定县出产的斜纹布、药斑布、棋花布、紫花布、细布,绍兴出产的葛布等等,这都是大的品种,若再细论下来,怕也要上百种。"

"哪种布最贵?"李伟问。

"葛布,上等的葛布,如雷州产的锦囊葛,细滑而坚,颜色如象牙,一匹值三两银子,其次是斜纹布,匀细坚韧,一匹值一两多银子。"

"最便宜的布呢?"

"浆纱布,一匹只值银四五分。"

"这些布邵员外的店里都有?"李高问。

"有。"

"咱要的分量多。"

"多少?"

"二十万匹。"

"这么多？"邵大侠嘿嘿一笑，回道，"难道少东家放着簪缨贵胄不当，也想开布店了？"

"非也，"李高瞄了父亲一眼，斟酌着说，"最近，咱揽了一宗买卖。"

"啊？"

不待邵大侠追问，李高继续言道："邵员外知道河中王司马这个人么？"

邵大侠低眉一想，问："可是王崇古大人？"

"正是，"李高不无炫耀地说，"王大人现在蓟辽总督任上，他麾下有二十万名兵士，他答应把今年冬天兵士的棉衣换装这桩买卖，交给咱来做。"

"这可是一桩大买卖。"邵大侠羡慕地说。

李高转向父亲说："爹，这二十万套棉衣的布料，就交给邵员外来做吧？"

"好，"李伟对出手阔绰的邵大侠早就产生了好感，但仍不忘叮嘱一句，"只是不能太贵。"

"邵员外这么个会办事的人，怎么会贵呢！"

李高弄一顶高帽子给邵大侠戴上，邵大侠笑了笑没有应声，但心里头清楚，即便放血，他这笔生意是非做不可了。

谈完正事，李伟要留饭，邵大侠推辞不过，便胡乱吃了一点，然后匆匆告辞，直奔下榻的棋盘街苏州会馆而来。他这么急着往回赶，原是为了会见已阔别两年多的玉娘。

当初，邵大侠为了巴结高拱，打着灯笼访遍南京及苏扬二州，才觅到玉娘这样一朵色艺俱佳的"解语花"，他满以为高拱一定会欣喜若狂，却未曾料到高拱是一个不解情为何物的糟老头子，枉费了他邵大侠一番苦心。自后玉娘的坎坷遭遇，邵大侠也约略知道一些。听说玉娘成了张居正十分宠爱的娇娃时,邵大侠心里头难免酸溜溜的。当初,因高拱的关系,他视张居正为眼中钉肉中刺,却万万没想到自己费尽心思觅到的江南才女,最后竟让这个仇人攫走。他打听到玉娘住在积香庐里,那里戒备森严一般人难以进去,邵大侠于是花银子买通积香庐的采买,递了一张纸条给玉娘,约她到苏州会馆相见。

却说玉娘自住进积香庐后,倒成了金丝笼中的画眉。除了偶尔被李太后召进宫中唱唱曲儿拉拉家常外,大部分时间都待在积香庐中靠抚琴弄曲打发时光。这天她突然收到邵大侠托人带进来的条子,一下子勾起了她对故乡旧识的回忆,因此连想都没有细想,就找个由头,乘轿往苏州会馆而来。

大约下午未时光景,玉娘来到了苏州会馆,邵大侠早派人在门前候着,及至领到下榻处的客厅相见,不知为何,本来极熟的两个人,竟都觉得有些生分了。邵大侠定睛看着玉娘,觉得她虽然没有两年前那么清纯,但眉目之间更多了几分妩媚。与她相对而坐,邵大侠难免意马心猿,他好不容易克制住自己,客客气气问道:

"玉娘,这一向可好?"

"好。"玉娘一笑,有些凄婉。

"这两年你吃了不少苦。"

"一切都过去了。"

"你住进积香庐多少日子了?"

"一年多了。"

"啊!"

一问一答,竟又没词儿了。花厅里陷入难堪的沉默。玉娘虽然心里头对邵大侠存着终生难忘的感激之情,但因一贯惧怕他,加之在积香庐里养出个孤僻性儿,所以不肯奉迎。邵大侠明显感到玉娘没有过去乖巧,便以为是玉娘攀上张居正这棵大树瞧不起他

了,顿时就窝了一肚子火,说起刻薄话来:

"听说张阁老待你甚好,京城人传说他把你含在嘴里怕融了,托在手上怕飞了。"

"恩公,"玉娘听出话风不对,但她佯装没听懂,含情答道,"首辅大人待我的确恩重如山。"

她那陶醉的眼神更是让邵大侠生气,他顿了顿,愤然斥道:

"你完全忘记了高阁老!"

"是的!"玉娘迎着邵大侠不满的眼光,回答得很干脆。

遭这一顶,邵大侠好生难堪,他睨着玉娘,奚落道:"当初在京南驿,你为了高阁老,一头碰到柱子上,巴不得殉情而死,那时的玉娘,称得上千古烈女。谁知过后不久,你就移情别恋,向张居正投怀送抱。这种变化,实在超出我邵某的意料。"

乍听这无端斥责,玉娘脸色刷地白了,她强忍住眼泪,哀怨地回道:"恩公,你怎能如此说话?奴家碰了柱子,眼睛也瞎了,高大人回河南老家,一走了之,你恩公也见不着人影儿,可怜奴家孤苦伶仃,像一只断线的风筝,任凭雨打风吹,后来竟遭歹人诳骗,卖到了窑子街。若不是张先生派人搭救,奴家哪里还有性命留到今日!"

玉娘忆起往事心如刀绞,一边数落一边哭泣。看她眼泪不断哀哀欲绝,邵大侠不免又心生怜悯,他长长叹一口气,说话的口气缓和下来:

"我知道你吃了很多苦,但我当初带你来京城,其初衷为的是高阁老。到如今,见你身边高阁老换成了张阁老,我心里一时难以接受。"

玉娘止住抽泣,心神恍惚地问:"高阁老如今怎样了?"

邵大侠摇摇头说:"我也没见过。听人说他住在新郑老家,足不出户,官府派的人还在暗中监视他。"

"还监视他干吗?"玉娘茫然地问。

"这个,你去问问张阁老。"邵大侠悻悻然言道,"一山容不得二虎,只要高阁老不死,张阁老心里就不得闲。"

玉娘不想与邵大侠斗气,只是轻轻一叹,伤心地说:"老头儿人好,就是没情趣。"

"如此说来,张阁老很有情趣啰?"邵大侠话里头带着浓浓的醋意。

"恩公说得不差!"

玉娘说着抬起头来,迎着邵大侠锥子一样的目光,一点也不怯懦。这份倔劲儿,倒逼得邵大侠把目光挪开。他心下佩服张居正不但是官场老手,更是情场圣手,才一年时间,就把玉娘调教得如此服帖。事既至此,与其赌气闹得大家都不开心,倒不如好好儿利用玉娘,牵上张居正这条线。自己既在玉娘身上花过大把的银子,现在也该得到回报了。脑子这一拐弯,邵大侠乌云密布的脸上顿时就放晴,嘻嘻笑道:

"玉娘别往心里去,刚才我是逗着你玩的。"

"啊,恩公啥时候也学着开玩笑了?"玉娘被破坏了的心情一时难以恢复。

"玉娘,邵某当年花大钱把你从养母手上买下来,替你赎了身,本意就是因为你有大富大贵之相。这不,高阁老没福分留下你,换成张阁老对你宠爱有加,论地位两人一样高,论长相、论年龄、论情趣,张阁老全在高阁老之上。你有今天这份荣华富贵,我邵某打心眼儿里高兴。"

一番悦耳的话,说得玉娘破涕为笑。她感激地说:"奴家有今日,全凭恩公当年的拔救。"

看到玉娘情绪缓和,邵大侠趁热打铁说道:

"玉娘,张阁老如此宠爱你,你若求他办个事儿,他不会打抵手吧？"

"奴家没有什么事儿求他。"

"你没有,我有哇。"

"你?"玉娘一愣,问道,"恩公有什么事?"

"请他给两淮盐运使胡自皋写封信,帮我弄点盐引出来。"

"盐引,恩公要盐引做甚?"

邵大侠诡谲地一笑,嘲道:"傻妮子,这个还用问,你知道一窝盐引能赚多少钱吗?"

玉娘茫然摇摇头。

邵大侠接着说:"你知道这世上最赚钱的生意是什么？在北方是茶和马,在南京是布和谷物,但这些个生意,若是和盐引比起来,则是小巫见大巫了。你要是去了扬州城就知道,修大宅子造花园的,养戏班子坐镶金大轿的,全都是盐商。胡自皋坐在两淮盐运司衙门里,谁巴结上他,立马就腰缠万贯。这个胡自皋是个大贪官,当初犯了事,攀上高阁老才不至于免官,后来又花三万两银子买了一串菩提达摩佛珠送给冯保,一下子又成了冯保的夹袋中人物。张阁老主政后,胡自皋竟得了这个天大的肥缺,坐进了扬州的两淮盐运司衙门。单从这件事上,就能看出胡自皋有通天手段,不知使了多少银两,才能拜倒在张阁老门下。那小子自恃椅子背后有人,在扬州飞扬跋扈不可一世。他手中一年握有七十万窝盐引,想巴结他的人都挤破了门。"

玉娘听这一番介绍,方知这里头大有名堂,但又不解地问:"凭恩公呼风唤雨的本事,难道和这位胡自皋交不上朋友?"

"交是交得上,但这家伙心太黑,吃肉连骨头渣儿都不吐出来,若是张阁老肯给他写张纸条,情况就不一样了。"

"张阁老的纸条这么有用?"

"傻妮子,怎么连这个也不懂!"邵大侠顿时加重语气,把椅子朝玉娘跟前挪了挪,神秘地说,"你每日与张阁老耳鬓厮磨,难道还不知道他是何等人物?他是当今圣上的老师,又是内阁首辅!两淮盐运使在扬州城中是个显赫人物,但在他张阁老的眼中,只是一只小小的蚂蚱,一捏就成了浆!"

"既是这样,奴家代恩公去求他。"

"你如何一个求法?"

"就直说呗。"

"这种事哪能直说?"邵大侠头一摇,一双鼓眼珠子眨巴了半天才道,"你不能提我邵某的名字,更不能说我要盐引,你就说,你有一位叔叔住在扬州城中,希望胡自皋能便中照拂。"

"如此瞎编,如果张阁老刨根问底呢?"

"这个还用我教你?你绝顶聪明,只要肯用心,有什么故事编不圆?"

"那,奴家瞅机会试试。"

"好,我等着你的好消息。"

"恩公还在京里头待几天?"

"有事就多待几天,没事就少待几天,候你的信儿,我总有几天好住。"

两人不知不觉已谈了一个多时辰,看看天色已晚,玉娘提出告辞,邵大侠也不挽留,只把从南京带来的土特产揸揸巴巴弄了一堆,让玉娘带回去品尝。玉娘道谢蹲了万福,告辞出来,依旧乘小轿沿原路返回。

送走玉娘,邵大侠心境转好,一时闲来无事,便想到两年前在"李铁嘴测字馆"测字的事情,自那以后,他一直佩服李铁嘴神明。现在得了空儿,他又想去那里卜卜玄机。才说出门,却听得院子里一阵聒噪,正狐疑出了什么事儿,却见一个人噔噔噔地跑上楼来,邵大侠定睛一看,来的人正是李高。

"哟,国舅爷驾到!"邵大侠慌忙高打一拱,言道,"怎么也不先言个声儿,鄙人有失远迎,失敬,失敬。"

"咱李高不喜欢虚套子,"也不等邵大侠邀请,李高头前进了屋,一屁股坐下来,嚷道,"中午在咱家怠慢了你,咱爹是个老抠,不会结交人,咱现在来,是要补偿你。"

"如何补偿?"邵大侠笑着问。

"玩呗。"李高咧嘴一笑,"京城里头,好耍的位子多的是,吃喝嫖赌,你喜欢哪样?"

常言道传言是假眼见为实,邵大侠觉得李高直人快语不遮不掩,倒是很对心性儿,也就放下了斯文派头,两只眼睛迷瞪瞪地看着李高,邪笑着问:

"吃喝嫖赌四样,我都喜欢,咋办?"

"好办,咱们去名兰阁。"

名兰阁是京城里名头最响的妓院,所蓄伶女千般旖旎百种绸缪,个个玲珑,极尽销魂之能事。上次来京,邵大侠已去过那里一亲芳泽,因此已不感到新鲜,便摇头道:

"北京的青楼比之南京,终少了蕴藉。倚红偎翠的乐趣,名兰阁难得找到。"

"咱早知道你邵大侠是油里的泥鳅,滑极了的老玩家,要不,咱们去找一家零碎嫁?"

"什么叫零碎嫁?"

"总有你不懂的地方!"李高得意地讥笑一句,接着解释道,"京城里头,有一些破落的大户人家,主人公或贬或戮死了,剩下主母领着一帮女眷,迫于生计,偶尔开门接客,这就叫零碎嫁。"

"原来是这样,"邵大侠回道,"在我们南京,管这种人家叫半开门。"

"半开门也很形象,终不如零碎嫁贴切。"李高舔着嘴唇笑道,

"零碎嫁多半是知书识礼的良家妇女,嫖起来还要假装夫妻般恩爱,倒是别一种销魂之法。"

"这种人家多么?"

"不多,虽说笑贫不笑娼,但大户人家里,毕竟更多的人还是想得一座贞节牌坊。"

"又当婊子又立牌坊,就是这种零碎嫁。"

"老兄所言极是。"

说到这里,两人捧腹大笑。嬉闹一番,邵大侠虽有心随李高去见识见识京城的零碎嫁,但仍虑着初次见面不可造次,遂敛了笑容,委婉言道:

"二八佳人,翠眉蝉鬓,虽然销魂,终是白骨生涯,还是少要为妙。"

"看看看,又把那酸头巾的虚套摆出来了!"李高尖刻地讥道,"老邵,今夜里咱请你。崇文门里有户人家,姓郑,主人是个太仆寺的马官,因贪污马料被抓起来瘐死狱中,他老婆领着两个小妾在家,一向不接客的,前几天才让人说通,咱俩今晚去,喝的是头道汤,走,咱们现在就去。"

李高说着就起身,邵大侠知道再推辞下去,就会惹恼这位诚心相邀的国舅爷,于是笑道:

"国舅爷如此美意,邵某敢不遵奉,只是时间尚早,我们何不先去个地方耍耍?"

"去哪儿?"

"李铁嘴测字馆。"

"听说过,但咱不信他。"

"为何?"

"咱京师有几句谚语,你邵大侠知道么?"

"哪几句?"

"翰林院文章,武库司刀枪,光禄寺茶汤,太医院药方,你道这四句话是个啥意思?"

"请讲。"

"是说它们名不符实,天底下最臭的文章,就是翰林院里那帮烂文人写出来的。太医院的药方,虽然吃不死人,但也医不好人。咱看这个李铁嘴测字馆,与翰林院等是一路货色。"

"国舅爷此言差矣,李铁嘴的确有些本事。"

"是吗?"

看到李高依然怀疑,邵大侠便把当年前往测字馆请李铁嘴测"邵"字的情况详细道过。李高听罢,将信将疑言道:

"既如此,咱们就先弯一腿,去测字馆见见这位被你吹得神乎其神的李铁嘴。"

说罢,两人下楼登轿,不消片刻就到了李铁嘴测字馆门前。天色黄昏,馆里已无人客,小厮把他们请进馆中坐定。邵大侠审视馆中陈设,与两年前无甚变化。一架古董,几钵时花,正面墙上字神仓颉的中堂画,仍都一尘不染。李高不看这些,只跷着二郎腿,心不在焉地瞧着街面上的过往行人。这当儿,小厮请出了李铁嘴。两下相见,李铁嘴已不认识邵大侠了,他打量着两位来客,问道:

"两位客官,为何这么晚了才来测字?"

"不专为测字,"李高看了邵大侠一眼,抢着回答,"咱们逛街,顺便溜达到了这里。"

"哦,"李铁嘴推过纸笔,说道,"请写字。"

"你先写。"李高向邵大侠推让。

"还是你写吧。"邵大侠又把纸笔推到李高跟前。

李高略一沉思,想到邵大侠是做布帛生意的,便提笔在纸上写了一个"帛"字。

李铁嘴把那个"帛"字拿过来端详一番,又仔细看过李高,清咳一声说道：

"这位客官,必非常人。"

"何以见得?"李高问。

"帛字乃皇头帝脚,如果咱说得不错,你是皇帝家中的人。"

李高身子一震,惊讶之情已是摆在脸上。李铁嘴继续言道:"帛字又与布连,布帛布帛,布为帛之母,帛为布之源,帛又与钱通,以钱易布,这位客官,目下正有一桩布帛生意。"

"做得成么?"李高急切地问。

李铁嘴诡谲地一笑:"皇帝家中人,有什么事做不成的。"

邵大侠见李高似还有相问之意,怕他说多了暴露身份,遂接过话头说道:

"帛乃皇头帝脚,老先生所言极是,我也不写了,就报这个'乃'字儿。"

"乃,"李铁嘴凝神一想,笑道,"你这个客官,恕我直言,一辈子与功名无缘。"

"是吗?"

"乃加一捺就是'及'字儿,然而你就差这一捺,所以终身不及第也。"

"你他妈算是猜对了,"李高一口粗话嚷道,"咱这老哥子,至今还是个白衣秀士哪,他不稀罕那个鸟功名。唔,咱再报个字儿你猜猜。"

"什么字儿?"

"春。"

"春?"李铁嘴眼珠子一转,瞪着李高问,"客官为何要报这个字儿?"

"实不相瞒,"李高挤眉弄眼答道,"咱们待会儿离开你这里,就要去寻春了。"

"五陵少年,裘马轻车,寻春无可厚非,"李铁嘴话锋一转,一脸峻肃地说,"但是你这春字儿,可有些不吉利啊!"

"什么不吉利?"李高紧张起来。

"秦头太重,压日无光。"

"这是什么意思?"

"点到为止,老夫就此收口了。"

邵大侠已明白了话中的玄机,忙掏了五两一锭银子放在桌上,拉了李高出来。李高仍没明白到不吉利在哪里,便缠着邵大侠问:"李铁嘴的话是啥意思?"

邵大侠想了想,小声回道:"秦头指的是秦政,即秦始皇暴政也。如今给子粒田征税,减少江南织造局用银等等,不是秦政又是什么?这秦头一压,肯定就压日无光,日是什么,日是皇上,如今的皇上,让秦政压着了。"

听邵大侠一番解释,李高豁然而悟,脱口说道:"咱明白了,当今之世,张居正权大欺主,咱外甥万历皇帝受制于他。"

李高口无遮拦,邵大侠怕他启衅生事,又改口道:"李铁嘴信口雌黄,不可全信。"

"这老家伙有两下子,赶明儿,让咱老爷子也来测一回。"李高蹙着眉头,咕哝道,"真不知道咱姐吃了什么迷魂药,竟那么相信张居正。"

邵大侠不接腔,只笑着问:"咱们现在是不是去崇文门外?"

"干啥?"

"找那家零碎嫁哇。"

"啊,看看,咱差点忘了。"李高一拍脑门子,又恢复了嬉皮笑脸的劲头儿,他朝轿夫一挥手,令道,"起轿,到崇文门里福马巷。"

第十七回

锦幄中君臣论国是　花厅内宰辅和情诗

从春分到冬至这段时间,除开三伏天一个月,每月逢三六九日,便是经筵的日子。经筵又分大经筵与小经筵,大经筵每月一次,定在初九日。这是大讲,也称月讲。剩下的八场经筵,称为小经筵,简称日讲。除了内阁与礼部、翰林院等文臣,余者概不参加日讲。逢月讲之日,京城里头的王侯戚贵以及大小九卿,翰林院侍讲侍读,十三道御史四品以上六科言官都给事中以上的官员,都要列班参加,入殿站在两厢侍听。讲毕,皇上循例命鸿胪寺赐宴,这顿筵席不但丰盛,且恩宠异常。不单参加经筵的官员们都能与席,即便这些官员的随从家眷,甚至轿夫马卒之类,都可以入座尽享珍馔。吃了还不说,席面上剩下的菜肴以及点心,还听凭官员们尽行带走。因此,有资格参加大经筵的官员们,到了这一天,莫不欢欣鼓舞。他们赶去参加,与其说是为了"听",倒不如说是为了"吃",久而久之,京城里头为这件事便有了一个说法,叫"吃经筵"。

今儿个是六月初九,又是个"吃经筵"的日子。大内文华殿,为经筵举行之地。前年万历皇帝初登基时,李太后听了冯保的建议,要趁小皇上出经筵而装修文华殿。当时因国库匮乏,张居正力陈不可。此事耽搁了一些时日,一年后,国库渐有丰裕,张居正便主动提出装修文华殿。去年冬至歇讲至今年春分这几个月时间,文华殿修葺一新,殿前与殿后两座门头上各添了一块匾,前殿门匾四个字:

绳愆纠谬

这四个字是李太后拟的,其因是前殿之侧,有一处附属建筑,叫"省愆居",这名儿是嘉靖老皇帝取的,意为反省错误。李太后据此而伸张其意,这四个字乃内阁中书舍人杜诗写就。后殿门匾额为:

学二帝三王治天下大经大法

这道匾文不单由李太后拟就,而且书法也是她写下的。字为楷书,大有颜真卿笔意,只是古拙不足而秀丽有加。从前后殿两道匾文中,可以看出李太后对儿子的殷切期望。殿内宏敞的大堂,共有五对峭拔高挺的木柱。每对光泽柔和华贵的红木柱上,各挂了一副制作考究深褐底子的金字对联。五副联均为张居正撰写,内阁书臣王庭策书丹。从一至五,它们依次是:

念终始　典于学　期迈殷宗
于缉熙　殚厥心　若稽周后

披皇图　考帝文　九宇化成于几席
游礼阙　翔艺圃　六经道显于羹墙

四海升平　翠幄雍容探六籍
万几清暇　瑶编披览惜三余

纵横图史　发天经地纬之藏
俯仰古今　期日就月将之鉴

西崑峙群玉之峰　宝气高腾册府
东壁耿双星之耀　祥辉遥接书林

这些联句用诗人眼光来看,端的缺乏灵动气韵,算不得上乘之作。但皇家自有皇家的风范，不求想象乖张，总以雍容确切为务。从皇家角度看，张居正的这些撰联，可谓中规中矩。再说殿内皇上御座的丹陛两侧，各有五扇围屏，左屏贴满天下文官职名，右屏贴满天下武官职名，若是有哪一个职官空缺，就会取下名字而留下一块空白。皇上看到空白就会追问何故缺额，并责成吏部物色人选尽快补上。这两块扇屏也是张居正的创举，将天下职官列于小皇上眼前，其目的在于警醒他政事不可懈怠，要从小养成励精图治的好习惯。丹陛之下，还有一对高约三尺的纯金仙鹤立座，那是一对香台。每逢经筵日，皇上入殿前半个时辰，司香的太监就会点燃暹罗国进贡的息香，一时间异香扑鼻，满殿清馨。立鹤旁边，站着一名展书官，讲官讲到某章某页，展书官走上丹陛，跪下替皇上把讲章翻页，用金戒尺压好，再躬身退下。讲官的讲案放在立鹤外，正对着丹墀。讲官进讲时，一律跪在讲案后头面对皇上，腰要挺直，声音要洪亮。这么做虽然要吃许多苦头，但能给皇上当一名讲官，却是天底下文臣梦寐以求的荣耀。身为帝师，日后必定是辅臣的首选。

却说今日进讲的讲官，乃翰林院侍读学士于慎行。他是隆庆二年进士，这一年的京试主考官是张居正，按士林规矩，这一年所有录取的进士与张居正都存在师生关系。于慎行学问人品都很不错，因此很得座主张居正的青睐。张居正精心为小皇上挑了六名讲官，于慎行列名其中。于慎行今日进讲《论语·微子第十八》中的第十节："周公谓鲁公曰：君子不施其亲，不使大臣怨乎不以。故旧无大故，则不弃也。无求备于一人。"这短短三十几个字，于慎行旁征博引，举偏发微，音韵铿锵地足足讲了一个多时辰。当刻漏房值班火者举着"巳"字牌蹑手蹑脚进得殿来，将殿门右侧铜架上"辰"字牌换下时，殿外便传来三声响亮的鸣鞭，这是大讲结束的信号。鞭声一停，于慎行立即奏道："臣于慎行进讲完毕，有污圣听，实乃惶恐。"小皇上如释重负地点点头,说了一句"给赏钱",便见一位太监双手托了一个装满了金珠银豆的木盘从丹墀下走到殿中,将木盘一倾,金珠银豆滚了一地。顿时,只见众讲官展书官侍书侍读一干词臣,都一拥而上,扑到地上争抢赏赐。这也是故事,大约从永乐皇帝开始,每逢经筵,对讲官的赏赐,都是把事先做好的金珠银豆撒到地上,让讲官们去抢,这举动虽有失斯文体面,但因是皇上所赐,讲官们莫不以争抢为荣。

就在讲官们扑地争抢的时候,小皇上已走下丹墀,到殿左临时张起的一个锦幄中休息。在他的吩咐下,张居正与冯保也同时进了锦幄。由于张居正首辅加老师的特殊身份,小皇上对他特别尊敬。每次经筵,他都把张居正的座位安排在丹墀之侧,夏天身旁供着冰,还让小内侍替他打扇,冬天在他脚下铺着厚厚的毛毡,让他双脚暖和。这一切,参加经筵的大臣们都看在眼里,认为这是千古殊恩。

此刻,在锦幄里,小皇上接过内侍递上的温热的银耳羹,亲手调了调,然后双手递给张居正,恭敬言道:"先生请用。"张居正起身称谢,接过银耳羹一小口一小口品尝起来。小皇上自己也品了一碗。内侍收拾碗盘退出锦幄后,小皇上问:

"张先生,于慎行今天讲得如何?"

"不错,于慎行是山东曲阜人,与孔子是同乡,他从小研习孔教,也算是齐鲁硕儒了。"

"先生所言极是。"小皇上顿了顿,瞄了冯保一眼,又道,"朕昨天写了六幅字,想赐给六位讲官,先请先生一看。"

小皇上刚说罢,冯保就从先已放在锦幄中的黄梨木匣中拿出一张折叠着的四尺洒金宣纸,打开来请张居正过目。这纸上是四个亦行亦楷的斗字:

　　学务本根

这是赐给于慎行的一幅,落款处钤了一方大印:"皇帝之宝"。

张居正把六幅字一一看过,见上头钤的都是同一方印,便道:

"启禀皇上,臣建议,这六幅墨宝暂不要赐给讲官。"

"为何?"

"用印有误。"

"这是朕的印,昨天,朕让捧印太监盖上的。"

"皇上一共有十三方印,什么时候该用什么印,讲求极严,一点都不能错。"

"是吗?"小皇上急欲听下去。

张居正略一沉思,侃侃言道:"洪武皇帝开国之初,考查古典,稽察体制,乃造制印信大宝以昭示天下,并传承后世。天子宝印一共有十三个,第一叫'皇帝之宝',诏赦用也;第二叫'皇帝行宝',命将出师用之;第三叫'皇帝信宝',征兵用之;第四叫'天子之宝',诰告安抚四夷用之;第五叫'天子行宝',给四夷赐物用之;第六叫'天子信宝',征兵四夷用之;第七叫'奉天之宝',郊禋用之;第八叫'恭禋之宝',封印进香合用之;第九叫'制诏之宝',专用于制作谕诰文书;第十叫'敕命之宝',专用于敕谕敕文;第十一叫'精一执中',手书赐墨用之;第十二叫'御府丹符',封记符号用之。在这十二个分类御宝之上,还有一方用作颁布法令号召天下的宝印,叫'凝命神宝惟一镇国宝藏'。这十三方大印备一朝之制,乃天子受命之符,代代相传,不可更易。陛下赐给讲臣的墨宝,循例应该用'精一执中',但却错用成了'皇帝之宝',此等谬误,切不可传出禁廷。"

师相一番教诲,小皇上听得认真,深感当皇帝不容易,该学的东西太多太多,他回味一番,说道:

"皇帝用错印绝非小事,这六幅字作废了,朕下昼回西暖阁重写,重钤印。"

"如此甚好。"张居正满意地点点头,望了望锦幄外影影绰绰的人影,又道,"今日的讲章,陛下听过了,不知还有什么要问的?"

小皇上皱着眉头想了想，说道："孔圣人讲'故旧无大故，则不弃也'，于慎行的解释已很通透。依朕来看，故旧，对于朝廷来说，就是戚畹勋贵、王公大臣。对这些人，不可求全责备。只要没有大的过错，朝廷对他们一定要宽容，要善待，这是天子施行仁政的内容。朕不但要做到，而且还要做好，元辅，朕理解得对么？"

从这席话中可以看出，小皇上听讲很认真，但张居正担心小皇上因"仁"乱法，便即时提醒道：

"故旧无大故，朝廷的原则是不弃。不弃就是让他们得有机会效命朝廷，而不是让朝廷花民脂民膏，养一帮闲人。"

"如今，戚畹勋贵、王公大臣里头，可有闲人吗？"朱翊钧目不转睛地盯着张居正。

"有，而且还不少。"张居正的口气十分笃定，"就说驸马都尉许从成，不单吃着朝廷的俸禄，还坐享着上万亩皇上赐给的子粒田收入。乡下有田庄，城里有店铺，已是富得流油，论资产，早在武清伯李伟之上。可是，就是这样一个人，不但不能帮朝廷做一点实事，还到处惹是生非。太后倡议子粒田征税，他不但不支持太后，反而头一个反对。"

今日的经筵，许从成也参加了。冯保朝锦幄外头看了看，小声说：

"许都尉还是做了一点事情，每年春秋两次郊禋，都是他代表皇上主祭。"

张居正一笑，讥道："一年中就做了这两天差事，这还不能称作闲人么？"

关于子粒田征税问题，涉及到的利益群体是藩王宗室和王公勋贵，单凭俸禄吃饭的朝廷大臣不会受到任何影响，因此都积极支持这一改革，倒是那些拥有子粒田势豪的大户反对者甚众。近些时，各种传言不绝于耳。小皇上听多了，有时候也难免动恻隐之心,认为这些哭穷的王公自有可怜之处。但他深信母后的决策没有错误,也谨记张居正的教诲"圣君不可有妇人之仁",因此对这类告状一概不理。方才张居正说到的许从成,倒着实让他犯难。从亲情上讲,这许从成是他嫡亲姑父,但也正是他,对子粒田征税反对尤烈。据东厂呈上的访单得知,前不久在荆州城中发现的那一位神秘的刺客,可能也与这位驸马都尉有关。甚至有的官员还根据这一传闻递上奏章,要求对许从成从严惩处。小皇上心里头思忖:张居正今日对许从成的抨击,可能与这些传闻有关。他知道此时如不明确表态,任其事态扩大,必然对皇室不利,便说道:

"元辅说许从成是个闲人,虽然不假,但责不在他。今后,多给他派些差事就是。至于子粒田征税,他是发了一些牢骚,突然要他往外拿银子,心里头憋气,说些难听的话也是情有可谅。最近,荆州知府赵谦被人毒死的事,居然有人说与许从成有关,这完全是胡说八道。"

听鼓听声,听话听音,张居正一听小皇上有袒护许从成之意,也立即就地转弯,回道:

"荆州刺客一事,下臣谨遵圣命,不予追究。"

"如此甚好。"小皇上仿佛搬开了压在心上的一块石头,笑道,"赵谦被金学曾查出是一个贪官,本属死有余辜,这事查起来也无甚意义。"

"圣上所言极是。"张居正附和。

小皇上想了想,又回到方才的话题,又道:

"先生讲朝廷勋贵多半都是闲人,但他们都是功臣之后,朝廷对于功臣,若不多加抚恤,今后,谁还肯为朝廷效力?"

小皇上逮着个问题就要刨根问底寻个究竟,张居正也想趁此机会把一些施政纲领通通透透讲出来教导皇上,于是沉吟回奏道:

"我朝开国以来,对于开疆拓土创建纲治的文武功臣,依其绩效之大小,分封为公、侯、伯三等爵位。这些爵位有流有世。所谓流,即受封只限于个人。所谓世,即爵位可以世袭相传,无论是流是世,一经受封,朝廷都要给付金书铁券为凭。佐太祖定天下的功臣,铁券上书'开国辅运'四字,佐成祖登大宝者,铁券上书有'奉天靖难'四字,自这两位皇帝之后的受封者,武臣书'宣力功臣',文臣书'守正文臣',这些都有定制。受封功臣,根据不同爵位而得不同的赏赐和岁禄。太祖皇帝规定,赐田最多不超过五千石。现在,这个数目已是大大超过,如果受封后又有建功,受封者或者晋爵或者晋爵加禄,这种例子极少。世袭爵位者,循例都是长子继任。成祖皇帝时,虑着袭爵者无功受禄不思长进,便鼓励他们横经请业以资黼黻。对于其中的才德兼优者,武臣之后,充团营三营提督总兵或坐营官,或五军都督府掌印金书,留都守备,出任十六镇总兵官镇守;文臣之后,幼而嗣者,送往国子监学习,与其他学生一样,穿缁衣戴平巾,不可享用特权,如果学习不认真犯下过错,则要革除冠服以示惩罚。所有世袭子弟,犯罪枉法者,轻者夺其禄,重者夺其爵,这都是太祖皇帝与成祖皇帝传下的好规矩,如果认真执行,王公勋贵中,哪里会有这么多的闲人。"

张居正言简意赅,把这件事的来龙去脉利弊关系剖析得明明白白,小皇上暗自佩服他胸有珠玑,凡事都讲得头头是道,接着问道:

"先帝订下的规矩,为何不好好执行呢?"

"天长日久政务懈怠,有司监管不力,当路大臣不敢得罪权贵,故养成此等窳败之势。"

朱翊钧频频点头,转头问一直侍立在侧的冯保:"大伴,张先生说的可有道理?"

冯保朝张居正挤挤眼,恭维道:"张先生经纶满腹,言必有据,说的话句句在理。"

朱翊钧叹道："宋代的赵普说过，半部《论语》治天下，此言不谬。"

"谬则不谬，但后人学习《论语》，多生歧义，以致用来治国横生枝节，与孔子道义相去甚远。"

"先生的话，朕记住了。"

小皇上这句话有送客的意思，张居正立即谢辞，在众位官员的注目下缓步踱出文华殿。而小皇上也从后殿走出，乘辇望乾清宫而去。待他们走后，值殿太监才站在殿前走道上扯着嗓子宣告：

"散讲，列位官员，到鸿胪寺吃经筵去！"

夏日的积香庐，实在是个消夏的好去处。庭院柳色参差，池沼荷花娇艳。从泡子河上吹过来的南风，筛过柳荫，清凉爽人肌肤。因此，一过六月，张居正大部分晚上都在积香庐度过。今日上午的经筵散后，下午约见户部尚书王国光和兵部尚书谭纶，就屯边和盐引换取粟米以补九边将士军需之不足的事情进行会揖。散班后半个多时辰，三人议事才告完毕，待张居正起轿前往积香庐时，已是戌末时分。夏日天长，轿子经过泡子河边时，夕阳与晚霞尚在河水上折射出一片灿烂。张居正在山翁听雨楼前落轿，走过前厅正欲上楼，忽见玉娘的贴身丫环小凤儿闪身出来，朝张居正蹲了个万福，笑道："启禀老爷，玉娘姐姐有话给你。"

"什么话？"张居正停下脚步，含笑问道。

小凤儿把手上拿着的几张卷起来的洒金笺纸递给张居正，言道："玉娘姐姐今儿个把前些时写出的几首诗改好了，她要奴婢传给老爷，并告知老爷，您须得在一炷香工夫内把这几首诗和上，否则，玉娘姐姐就不让您上楼。"

"哦，是这样。"

张居正感到有点意外，摇头笑了笑，径直走到楼梯口侧面的花

厅,里头的书案上早已摆好了笔墨纸砚。张居正在书案前落座,将那几张笺纸展开来读。开头的题目是:

消夏诗五首呈首辅张先生索和

看到这行字,张居正闲雅地捋了捋飘然长须,眼底眉梢充满笑意,这是玉娘第一次称他首辅张先生,这称呼一入闺阁,便有了温温柔柔的调侃之意。他乘兴看了下来:

夏日积香庐上客,
玉人何处解离愁?
寒凝帘底炉烟细,
尘净墙阴竹色幽。

牛郎只合住天街,
难盼堂前青鸟来。
山月巧窥人影瘦,
花坞兰榭独徘徊。

羡煞青巾酒旆招,
红颜辜负可怜宵。
只堪罚作银河鹊,
岁岁年年枉架桥。

黄金不惜教婵娟,
歌舞而今乐少年。
凤阁画台生梦草,
钿筝锦瑟化寒烟。

点点白鸥晴日雪,

飞飞紫燕故乡人。
江南无限情无限，
六月荷花别有春。

看罢这五首绝句，张居正的心情一下子变得沉重起来。诗中渗透了红颜无奈，孤清凄婉的情绪，似乎对他也流露出一些幽怨。最后一首更是直接地表白出浓郁的思乡之情。他把这五首诗反复看过几遍，才忽然醒悟到自己对玉娘的温存太少。平常很少到积香庐来，即便来了，也是杂事缠身，要么会客，要么处理信件奏章，留给玉娘的时间并不多。对明媒正娶的夫人，这样倒也没有什么，但对没有任何名分的玉娘来说，就难免让她生出许多臆想。该如何安慰她，抚平她心头的哀怨？张居正援笔伸纸，一面沉思，一面写了下来：

奉和玉娘消夏诗五首

置身宦海为孤客，
最怕红颜强说愁。
阁上春风岂枉度，
长怀鸳梦小窗幽。

红尘无处问童子，
且喜帘前玉女来。
凤曲鸾歌消永夜，
瑶琴一抚一徘徊。

为觅尘缘屡见招，
怜卿我自醉中宵。
人间有病天知否，
春雨秋风过石桥。

画楼谁肯惜婵娟,
轻薄长安尽少年。
灵药一颗谁窃取,
嫦娥迎我剪寒烟。

落日千山风浩荡,
金戈铁马楚狂人。
虞姬伴我轻生死,
一回执手一阳春。

除了今年元宵节皇上赐御筵写了一首承制诗外,张居正一直没有闲情逸致吟风弄月,但今天实乃有感而发,因此并没有用到一炷香的工夫,就把这五首诗和出来了。他让小凤儿把这诗拿到楼上送给玉娘,看能否过关。当他听说玉娘已用过晚膳之后,便趸过膳厅要了一壶花雕,独自品饮起来。刚喝了三杯,积香庐主管刘朴就进来禀报,说游七前来有事禀报。张居正命他唤游七进来。

如今的游七,在外头也是个架起膀子自称是圣是贤的人物,但一见了主人立刻就恢复了猥琐。他进门后喊了一声"老爷",然后恭恭敬敬站在门边儿上。张居正一边呷酒,一边问他:

"今日有何事?"

"有两件事,"游七禀道,"第一件是大公子敬修收到了江西汤显祖的回信……"

"哦,他回信了,他怎么说?"张居正打断游七的话,迫不及待地问。

"这小子张狂,竟推辞了大公子的美意。"

"啊!"

张居正若有所失,也不多讲,只闷闷地呷了一小口酒。游七所言之事,涉及的是张居正的家政。张居正一共有六个儿子,大儿子敬修与二儿子嗣修,都已乡试中举,获得了于今秋在京城举行的秋闱大典的会试资格。张居正对这两个儿子期望甚殷,希望他们才拔群伦而金榜题名。通过向礼部官员咨询,得知江西青年举子汤显祖学问文章称雄东南,今年也来京应试,便意欲把他延揽到门下,与敬修、嗣修一道温习举业,以共进退。当得知首辅大人有这层意思后,礼部官员大包大揽,要以礼部名义办理此事。张居正顾忌士林影响,坚决不同意这么做。他吩咐敬修自己向汤显祖写了一封信,表达慕名订交声气相求的愿望。张居正本以为此信发出后,汤显祖一定有兴趣住进他的首相府邸,却万万没有想到他竟然会推辞。

"汤显祖到了北京吗?"

"到了,在吕公祠附近赁了一间屋子住下,那里离积香庐并不太远。"

每逢秋闱大典,全国各地数千名举子都得提前几个月赶到北京。尽管京城屋价邪贵,汤显祖宁可多花钱也不肯攀附权贵,这种名士做派虽然令张居正不高兴,但他可以理解,青年士子最易沾染的就是清流习气。他问游七:

"你们谁见到汤显祖了?"

"谁也没见,"游七气呼呼地说,"这小子狗子坐轿不识抬举,谁还会去见他!"

"你告诉敬修,让他明天去拜访汤显祖。"

"啊?"

游七对主人的决定感到惊奇。张居正对他解释说:"有学问的人大都倨傲,让敬修前往登门拜见,也算得士林雅事。"

"小的回去照办。"游七说着,习惯地摸了摸脸上的朱砂痣,又道,"还有一件事,是徐爵过来讲的。"

"什么事?"

"邵大侠又到了京城。"

"邵大侠,哪个邵大侠?"

"就是当年帮高拱东山再起的那位。"

"啊,他又出现了?"张居正略略有些兴奋,又感到意外,"自高拱去职,这邵大侠也遁迹江南,怎么又跑来北京?"

"他来了好几天了,据徐爵说,他一来,就一直处在东厂的监控之中。"

"他来做什么?"

"今天上午,他去了武清伯李伟的家中,下午,他在苏州会馆会见了玉娘。"

"玉娘?"张居正这一惊非同小可,因为他知道,正是这位邵大侠当年将玉娘从南京带来北京送给高拱的,他的心中顿时充满警惕,问道,"玉娘怎么知道邵大侠到了北京?"

"这个,小的也很纳闷,"游七觑了张居正一眼,回道,"这积香庐,并不是一般人进得来的,是谁把消息透给玉娘的?小的猜测,一定是邵大侠买通了积香庐里的人。"

张居正觉得游七推测得有道理,便命人把刘朴叫进来,问他:"玉娘今天下午出去了吗?"

"出去了。"刘朴小心回答。

"出去了多长时间?"

"时间不短。"

"什么时间不短?"张居正一拉脸,口气严厉地问道,"究竟何时出去,何时回来,去了哪里,所见何人,你要回答明白。"

首辅动怒,看他脸色,伸手就能刮下一层霜来,吓得刘朴身子筛糠一般,结结巴巴答道:"玉娘出门时,大约午时过半,回来时交了酉时。去会何人,贱职不敢打听。"

刘朴说的是实话,积香庐上上下下的人,谁不知道玉娘的特殊身份?十指剪得光光的捧着她都来不及,谁还敢招惹她?张居正也知道这一点,虽是责备,却也不较真,挥挥手让刘朴退了下去。张居正再无心思饮酒,吩咐游七道:

"这件事不要张扬,邵大侠那边有何消息,你随时都要给我禀报。"

"是。"

游七唯唯诺诺退下,出门乘轿走了。本在兴头儿上的张居正,骤然听到玉娘溜出积香庐去拜会邵大侠的消息,心里头顿时像打翻了醋罐子。这时已是戌末时分,院子里星月朦胧,影影绰绰的树丛中,偶尔飞过三两只萤火虫,高高低低明明灭灭,更增添了夏夜的静寂。张居正心情郁闷,想到院子里走走,但一走出膳厅,双腿竟鬼使神差地上得楼去。

楼道上宫灯璀璨,张居正反剪着手刚走到玉娘的房门前,忽见玉娘像一只燕子突然从屋子里"飞"出来,一把搂住张居正的脖子,撒娇地说:

"老爷,你这一顿饭,吃了差不多大半个时辰。"

由于是夏天,又不见什么外人,玉娘只穿了一件无袖的束腰长裙,两只裸露的玉臂,温润如玉,嫩白如脂,挽在张居正的脖子上,对他产生了难以抗拒的作用,加之玉娘嘴中呼出的芬芳的气息,更使得他身子酥软,至少在那一刻,他心中的不快顷刻间烟消云散。他顺势把玉娘抱了起来,一步跨进了起居间。玉娘看他要把自己抱进寝房,连忙言道:

"老爷,放下我。"

张居正倒也不强拗,就地把玉娘放下了。玉娘住的这套房子,进门是起居间,往里是寝房,往左是妆房,往右是琴房,玉娘拉着张居正,轻轻盈盈地走进了琴房。

房子里支了一张琴,靠窗的小八仙桌上,已沏好了一壶茶,放了几样茶点。

"干啥?"张居正问。

"你要干啥?"玉娘娇滴滴地反问。

"上床。"张居正故意调侃地说。

玉娘小嘴一噘,嗔道:"就知道上床,如此明月良宵,岂能不做些有情趣的事儿。"

"什么事儿有情趣?"

"品茶呗。"

玉娘说着,就把张居正按在左首的椅子上坐下,摆上两只梨花盏,提起茶壶一边斟茶一边说道:"这是今年春上的太湖碧螺春,老爷你尝尝。"

张居正抿了一口,果然清香爽口,赞道:"这茶好,可惜水差了一点。"

"一听这话,就知道老爷是行家,不像高阁老。"

张居正像被马蜂螫了一口,立马板下脸问:"怎么,你还惦记着高胡子?"

玉娘自知失言,连忙赔笑:"奴婢失口,请老爷恕罪!"

望着玉娘诚惶诚恐的样子,张居正醋意稍减,但他又记起邵大侠的事儿,于是借题发挥说道:

"玉娘啊,你老担心仆不爱你,仆又何尝不担心你用情不专呢?"

"我用情不专?"玉娘一愣,旋即抿嘴儿一笑,半是表白半是讥讽地说道,"奴婢一个失口,老爷就上了醋意儿。其实,奴婢自从认识了你,早就觉得高阁老不值得一提了。"

"真是这样吗?"

"真是这样,"玉娘恳切言道,"奴婢曾编了一支曲儿专道这件事,一直没有机会唱给您听,要不,奴婢现在唱给您听听?"

"好,仆正想听听呢。"

玉娘命小凤儿取过琵琶,调了调音,自弹自唱了起来:

想当初不相交其实妙,
也无愁也无恼也不心焦。
到如今作事多颠倒,
误了奴家一片情,一去不来了。
奴为情憔悴甚受尽折磨,
却不曾博得你说半分好。

玉娘用"挂枝儿"的调子唱出,抑扬情调中掺着些许哀怨,加之吴侬软语本就温婉可人。张居正听过,蹙紧的眉梢总算又舒展开来。他相信玉娘这是真心表露,不由得对她又添了几分怜爱,饮了一盏茶后,笑道:

"你这曲儿唱得好,高阁老生来就不是怜香惜玉之人,被你看得透彻。你既为高阁老写了一曲,想必也为我写了。"

"奴婢不曾为老爷写,"玉娘明眸一闪,婉转答道,"不过,奴婢昨日倒是又胡诌了一曲,不是为老爷,是为奴婢自家。"

"为你自家也好哇,快唱来我听。"

玉娘一拨琴弦,又悠悠唱了起来:

闷恢恢,独坐在荼蘼架,
猛抬头见一个月光菩萨。
你有灵有圣,与我说句知心话,
月光菩萨,你代我去照看他:
看他的衣衫儿整也不整,
看他在值房里累不累乏。
我待他是真心菩萨,
他待我究竟是真来还是假⋯⋯

玉娘且弹且唱,唇齿间流转的莺声,露出一片痴情。张居正待

弦歌一停,说道:

"玉娘,你这曲子明里是唱自己,其实,暗里指的还是我。我待你是真是假,未必你到现在还看不出来?"

玉娘放下琵琶,含羞地说:"奴婢知道老爷真心疼我,但有一件事奴婢始终不明白。"

"什么事?"

"老爷既如此爱我疼我,为何不把奴婢娶回府上?"

"这……"

"奴婢也知道自己是葑菲下材,草木贱质,能攀上老爷这样一位大人物,已是三生有幸。玉娘本不敢有非分之想,但蒙老爷恩典不弃,故生了这妄想之心。"

玉娘所说之事,张居正不止一次想过,这是件棘手的事。按常情,一个有本事的男人娶个三妻四妾也是寻常事,并无人干涉,但他却有难言之隐。一是家中人多口杂,张居正订下的家规又严,若玉娘进门,他只能板着面孔与她礼敬,调个情反而多有不便。二来也是最难办的,这玉娘原是邵大侠给高拱物色的侍妾,如若被他娶进门,岂不授人以柄令士林耻笑?这件事像一块石头压在心中,他总想搬开,却又找不着一个万全之策。

看到张居正长时间沉思不语,玉娘心下忐忑不安,言道:"老爷,奴婢惹您生气了?"

"没有啊,没有,"张居正极力掩饰内心的矛盾,强笑着说,"玉娘,论理,仆早就该给你一个侍妾的身份,只是有些事一时还理不出头绪,故把这事儿耽搁了。你放心,早晚有一天,仆要给你名分。"

"真的?"玉娘面露欣喜。

"真的,但不是现在。"张居正生怕在这件事上再扯下去会节外生枝,故转了话题问,"你那五首消夏诗是今天作出的吗?"

"不是,这是我花了十几天时间断断续续写下的,还请老爷指教。"

"你写得很好,只是太过悲伤不好。"

"奴婢知道了,奴婢看了老爷的和诗,万般恩爱都在诗中体现了,能得到老爷这份感情,不管往后怎样,奴婢当下知足了。"

看到玉娘清纯可爱的样子,张居正不相信她会做出什么非分的事情,但他对她私下去会见邵大侠的事仍是耿耿于怀,于是转弯抹角想套出她的话来:

"你这碧螺春醇香爽口,回味绵长,当是茶中上品,只不知你从哪儿觅到?"

"我叔叔送的。"

"你叔叔?你还有一个叔叔,我怎么不知道?"

"奴婢的家事,老爷哪里全都知道。"

"你叔叔从哪里来?"

"扬州。"

"他来北京有何事?"

"叔叔做点小生意,贩东贩西的,维持一家的生计,总是艰难。"玉娘按邵大侠的嘱咐临时编词儿应对,心里有些不安,但既然开了这个头,又不得不说下去,"叔叔知道奴婢和老爷在一起,故要我求您办一件事。"

张居正见玉娘张口叔叔闭口叔叔却是不提邵大侠的名字,他本想挑明了追问,想一想又觉不妥,便问道:"你叔叔想办什么事?"

"扬州城里有个管盐的衙门,叫……"

"两淮盐运司。"

"对了,就是这个名,在盐运司里管事儿的官员,叫胡什么来着?"

"叫胡自皋。"

"对,就是这个人,叔叔说这个人权势很大,想求您替他写个信儿,回去找找这位胡大人。"

"找他干什么?"

"还能干什么,丁门小户的人家,找个靠山呗。"

张居正"嗯"了一声却是没有下文。玉娘以为他为难,却不知正是她的话勾起了张居正心中的隐情:前年给冯保一个面子,把胡自皋升任为两淮盐运司的巡盐御史,这家伙到任才一年多时间,坏名声就传遍了扬州,与一帮不法盐商称兄道弟,吃喝嫖赌无一样不来。就去年一年,参他的本子就有三份,因有冯保袒护,事情都不了了之。户部尚书王国光恨得牙痒痒的,早就要把胡自皋褫职审查。张居正劝他暂且不要声张,只暗中派人侦伺,一旦抓到胡自皋贪墨实据,再严惩不迟。"对这种人,要么不动,一动就得置于死地,让冯保也救他不得。"张居正面授机宜,王国光心领神会,照此布置下去。如今玉娘又提起胡自皋,张居正断定这是邵大侠的主意。邵大侠之所以要与胡自皋攀援,还不是想通过他弄出盐引来牟取暴利? 如此说,邵大侠设法与玉娘联络,原只是为利而来,谅不至与高拱还有什么瓜葛,再来京城滋事。想到这一层,张居正心下稍安,随口应道:

"你叔叔一个小生意人,守着本分就是,何必要巴结官府。"

"老爷你是大人物,不知道小老百姓过日子的艰难,"玉娘解释道,"扬州城里地痞流氓多如牛毛,这些人三五成群到处搵食儿,能抢则抢,能讹则讹,谁碰上他们,不死也得蜕层皮。叔叔家饱受这讹诈之苦,因此想着找个官府靠山,让那些无常鬼二混子不敢登门。"

张居正仔细听着,觉得眼前的玉娘好像是另外一位女子。他敏感地觉察到,邵大侠对玉娘还有控制力,他平生最不能允许的,就是身边的亲信受制于人。他深爱着玉娘,绝对不能容忍她的心中还藏有另外一个男人。基于这个考虑,也基于邵大侠在官场上钻天入地

翻云覆雨的能力,他决心除掉这个祸害。尽管他内心经历了如此复杂的变化,但他的脸上却挂着微笑。他端详着玉娘,体贴地说:

"既是这样,仆可以写封信给你叔叔带回扬州,不过不是写给胡自皋,而是写给漕运总督王篆。"

"漕运总督,也在扬州吗?"

"在。"

"漕运总督和盐运司衙门,哪个大?"

"傻孩子,当然是漕运总督大。"

"谢谢老爷。"

玉娘嫣然一笑,晶亮的眸子里射出火一样的热情。张居正瞧着她可爱的脸蛋儿,再一次陶醉了。

第十八回

样样淫情引君入瓮　炎炎夏日扫雪烹茶

日上三竿,听得两淮盐运司衙门外三声炮响,旋即衙门大开。从院子里走出一队排衙仪仗,簇拥着一抬八人大轿,轿里头坐着两淮巡盐御史胡自皋。轿子出了盐运司衙门前的薰风巷,抬过通泗桥,上了南小街,朝小东门方向迤逦而来。此时市声嚣杂人流熙熙,听得喝道声,行人纷纷回避,站在街边上,看巡盐御史大人出行的威风。

自隋朝建都以来,扬州一直昌盛至今。它昌盛的理由有二:一是处在江淮之间,从杭州到北京通州的运河经过这里,是南北水脉交汇之处。运河又称漕河,因为地利与管辖之便,漕运总督衙门就设在扬州。二是近海,邦内万民煮海为盐,利润颇丰。全国每年的产盐总量大约三百万引,扬州一地就独占七十万引。因此,全国八大巡盐御史衙门,摆在第一的便是开府扬州的两淮盐运司。漕河与盐业都是朝廷的经济命脉所在,而这两大衙门都设在扬州。常言道东南乃中国膏腴之地,而扬州则是东南的机枢。历经隋唐宋元,到了朱明王朝之今日,这扬州比之纸醉金迷的前代,又不知繁华了多少。有人形容当下扬州是处处烟波楼阁,家家美酒娇娃,满城的富贵之气、脂粉之乐、骄奢之风,直让外来的游客咋舌。

如果说扬州城是一座天堂,那么天堂中的天堂,便是小东门前的小秦淮了。这小秦淮南出龙头关,北出大东门水关,两头都与运河相接。扬州人习惯称运河为官河。引官河水入城,水程大约八里,古称市河。市河两岸,多为盐商巨贾的别业或是美伶名妓的河房密室。一到夜晚,河上画舫如鲫,两岸花灯万盏。芙蓉罗绮满眼生辉,丝竹笙歌不绝于耳。置身其中,真不知今夕何夕。因南京城中秦淮河名闻天下,此处便以小秦淮名之。

大约两刻工夫,胡自皋的大轿经过小东门下的双桥巷,进了一座宏丽的府邸,在轿厅里停了下来。他刚跨出轿门,便见一位身穿一领石青云缎褂袍的中年人喜滋滋迎上前来,朝胡自皋深深一揖,恭敬言道:

"邵某在此恭候胡大人大驾。"

不用说,这邵某即是邵大侠了。他一个月前还在京城。通过玉娘拿到张居正向漕运总督王篆写的荐函后,他便启程回到扬州。略略休整两天,他派管家到漕运总督府衙投刺。王篆见了首辅的信后,便主动约见邵大侠,这王篆从北京巡城御史任上升迁到扬州,虽比胡自皋晚来半年,但官大一级,手头上不但管着漕船,更管了十几万漕军。因此,在扬州城众多官员中,自然数他最有权势。邵大侠本是扬州城中著名人物,这一下又攀上王篆这个后台,更是风起云生不可一世。胡自皋虽然自恃有冯保这个后台,并不把一般官员放在眼里,但他知道王篆是首辅张居正的红人,因此对他敬畏三分。当他听说邵大侠成了王篆的座上宾后,心头不免狐疑,不知个中究竟,却不敢怠慢,因此接到邵大侠的邀请请他到邵府做客时,便欣然答应。

邵大侠在南京、苏州和扬州均有住房,若论规模势派,最大的别业还是扬州这小秦淮边上的邵府。它沿河占地约有百丈之长,自家有下河的码头。邵府左邻右舍都是徽州籍的大盐商,都算是富甲一方的人物,但他们的府邸比起这座邵府,却还是稍逊一筹。这邵府最值得炫耀的,便是它临河的扇厅。这临河的邵府大客堂若站在小东门谯楼上看,它活活儿就像一把平展在小秦淮河边上的大撒扇。不单房子像大撒扇,且临水一面,无论是它的三座门,还是三十六个窗子,莫不做成扇子式样。夜来在客堂里把六十四盏大宫灯点燃,从河上看,便是三十九把大大小小的光扇,闪闪熠熠璀璨耀眼,成了小秦淮最为别致的景点。就冲着这道景,人们把邵府直称为扇厅府。胡自皋本是个风月老手,按他的脾性,他早就该成为扇厅府的常客了,但他知道邵大侠当年曾是高拱的江湖朋友,而高拱又是冯保的死对头,为了避嫌他才不肯与邵大侠交往。现在有王篆交游在前,他也就放下顾忌,要到这扇厅府里头找找乐子了。

一下轿,邵大侠的一句客套话让他听得舒服,他习惯性地掸了掸官袖,笑着答道:

"邵员外,早就听说你的大名,没想到你是这副样子。"

邵大侠嘻嘻一笑,问:"胡大人以为我邵某应该是什么样子?"

"不像个张飞,也应该像个李逵。"

"为何?"

"你不是名震江南的大侠吗?"

说几句笑话,两人彼此都不感到生分了。胡自皋在邵大侠带领下走进了扇厅。胡自皋落座之前,先把这客堂布置摆设浏览一遍,又看了看门外晴光潋滟的小秦淮,叹道:

"都道你邵员外的扇厅是小秦淮一绝,今日眼见为实,这都是用银子堆起来的。"

"我这个人是打肿脸充胖子,好装门面,其实兜兜里没几两银子。"

"看看看,还没开始就哭穷,怕本官打你的秋风是不是?"

胡自皋这句半真半假的话,倒让邵大侠感到有些尴尬,他忙解释道:

"胡大人莫误会了,我邵某为人最重的是仁义,把金钱看得很淡。"

说话间两人分宾主坐下了,这时一位驼背的老仆人上来沏茶,看他那副样子只能两眼看地,却是无法抬头看天,实在埋汰得很。胡自皋看不过眼,当驼背老仆人走开,便道:

"邵员外,本官自进到你府上,七弯八拐见了十几个仆人,竟没有一个长得灵性的,大概全扬州城的丑人,都被你物色到了。"

"胡大人所言极是,我府上这帮仆役,一个个丑到极致,是我刻意搜求到的。"

"你这是何用意?"

"为了衬得美人更美。"

"说是这样说,但毕竟有碍观瞻。方才那位老驼子沏的茶,叫本官如何品饮得下。"

"胡大人,那可是极品的六安瓜片。"

"六安瓜片也不中!"胡自皋觉得邵大侠有怪癖,没好气地说,"邵员外,你请本官来,就是为了看这些丑八怪?"

"不,"邵大侠狡黠地眨眨眼睛,问道,"胡大人,今天是什么日子?"

"七月七。"

"对呀,既是七夕,还是盂兰会。"

"七夕又怎么了,卧看牵牛织女星,仅此而已。"胡自皋自嘲地笑了笑,又道,"至于盂兰会,那是红粉佳人的嬉戏节日,与本官又有何干!"

"盂兰会肯定与胡大人有关。"

"为何?"

"我为胡大人请了一个人来。"

"谁?"

"你看后便知。"

邵大侠说罢,朝站在门口的一个凹脸大麻子的矮矬子仆人做了个手势,那仆人转身急匆匆而去。不一会儿,听得窸窸窣窣脚步声传来,麻脸一挑帘,便见一位窈窕淑女莲步轻轻走了进来。胡自皋循声望去,顿时惊呆了,这女子不是别人,正是南京秦淮河边倚翠楼中的主人柳湘兰。隆庆六年,胡自皋为了巴结徐爵而结识柳湘兰。徐爵走后,胡自皋便成了倚翠楼中的常客,觞咏之乐云雨之会,消磨了多少秋夜春宵。但自调任扬州后,一来新欢间出,二来毕竟与南京山水相隔,两人虽旧情不泯,却是无缘再次相会。邵大侠探得实情,为了讨好胡自皋,便派人去南京把柳湘兰接来,并选择七夕盂兰会,让这一对旧情人在扇厅相见。

"湘兰,真的是你?"胡自皋一下子站了起来。

"你,胡……大人!"柳湘兰也因这突然的邂逅而激动。她泪光闪闪,似有哀怨,言道,"一别两年,听说胡大人官运亨通。"

"初来扬州任上,诸事从新展布,一直分不出身来到南京看你,没想到一下子暌违两载。"胡自皋话中有愧意。

"奴家以为你是薄幸郎,但邵大官人说,是你委托他派人到南京接我来扬州,奴家本来一腔怨气,倒一下子被冲得干干净净了。"柳湘兰说着破涕为笑。

胡自皋听她这段话,内心感激邵大侠为他做了善事,他朝邵大侠投以感激的一瞥,对柳湘兰说道:

"湘兰,我胡某未曾有一天忘记过你,你来了就好,既来了,就在扬州住下,再不要走了。"

看他两人眉目传情,邵大侠插话笑道:"柳姑娘一来,扬州城中的那些大美人,恐怕一个个自惭形秽,要气得投河了。"说罢,又朝麻脸做了个手势。

麻脸退下,顷刻领上一二十个仆役。在邵大侠安排下,他们依次儿站开,而让柳湘兰站在中间。柳湘兰穿着一袭采莲裙,脸白得像豆腐脑儿,身材高挑匀称,而那些仆役或歪嘴塌鼻,或瘸腿驼背,或龅牙眇目,总之没有一个长得像个人形儿。却说邵大侠别出心裁,光仆人就配了两套,一套就是眼前这些人,丑到极致。还有一套都是俊童丽女,看了让人销魂。今天为了衬托柳湘兰,故将丑仆全都搬了出来。两相比较,越发衬得柳湘兰袅袅婷婷貌若天仙。柳湘兰左看看右瞧瞧,自己也忍俊不禁,咯咯地笑个不停。

初看柳湘兰,胡自皋只觉得她风韵依然,却没有艳光逼人的感觉,如今放在丑人堆中,他才突然发觉柳湘兰比之两年前更加妩媚多姿楚楚动人,在一片枯枝秃梗中,突见一朵娇滴滴的莲花,那是何等的快感!胡自皋也顾不得官箴体面,竟亲自走出座位,前去把柳湘兰的玉手牵起,拉到身旁来坐下,问她:

"今天盂兰会,你想怎么过?"

"去二十四桥。"

"哪个二十四桥?"

"这还用问,'二十四桥明月夜,玉人何处教吹箫',就是这杜牧诗中的二十四桥。"

胡自皋转向邵大侠调侃道:"湘兰没到过扬州,因此她只能按图索骥。邵员外,你说是不是?"

邵大侠笑一笑未及回答,柳湘兰追问:"找二十四桥,怎么是按图索骥?"

胡自皋自负地回答:"扬州城中桥梁众多,你说的二十四桥,并非是一座桥,而是真有二十四座桥。"

"是吗?"柳湘兰一愣。

胡自皋继续言道:"这二十四座桥是九狮山石桥、九峰园仙女桥、春流画舫中萧家桥、扫垢山尾美人桥、卷石洞天边上的虹桥、连接邗沟的北来桥、宋大城中迎恩桥等等,请问湘兰,你要去游哪一座?"

"这些桥都在瘦西湖上,还是在小秦淮河上?"柳湘兰手托香腮,认真地问道。

"都在扬州城中。"

胡自皋说罢,朝邵大侠挤挤眼。柳湘兰看到这一细节,担心胡自皋诳她,便问邵大侠:

"邵大官人,胡大人说的是真是假?"

"他逗你的,不过,自古以来,关于二十四桥便有两种说法,一种是真的有二十四座桥,它们都在瘦西湖上。"说到这里,邵大侠发觉那些丑仆都支着耳朵听他讲演,便挥手让他们退下,然后扳着指头数道,"这二十四桥是浊河桥、茶园桥、大明桥、九曲桥、下马桥、作坊桥、洗马桥、南桥、阿师桥、周家桥、小市桥、广济桥、新桥、开明桥、顾家桥、通明桥、太平桥、利国桥、万岁桥、青园桥、驿桥、参佐桥、山光桥、下马桥。"

听邵大侠一口气数出这一大堆桥的名字,柳湘兰暗自佩服,她一个眼波扫向胡自皋,嗔道:

"你欺奴家没来过扬州,海天雾地诳我。其实你也是个假扬州,不似邵大官人真的清楚。"

胡自皋虽然挨骂,心里头却舒坦。他搔了搔耳根,戏弄道:"其实邵员外也在骗你,真正的二十四桥,就是一座。"

"是吗?"柳湘兰狐疑地看着邵大侠。

邵大侠答道:"我方才说过,关于二十四桥历来有两种说法,还有一种说法,二十四桥就是一座桥,这座桥在瘦西湖听箫园旁边,叫吴家砖桥,又叫红药桥。"

"为何有两个名儿?"

"它本名吴家砖桥,因宋代词人姜白石在他写的《扬州慢》一词中有一句'念桥边红药',后来多事者便又把吴家砖桥改成红药桥。不过,依我看,二十四桥不应是一座桥。杜牧诗'二十四桥明月夜,玉人何处教吹箫'，这里头用了一个'何处'，便可证明，瘦西湖上的桥有二十四座，如果仅只一座桥，在桥上吹箫的玉人，还用得着到处去找吗？"

"邵大官人考证得有理，"柳湘兰伸头看了看窗外的河水，急切说道，"那我们现在就去瘦西湖上泛舟，奴家到吴家砖桥，吹箫给你们听。"

"今儿先不能去。"胡自皋说。

"你又有什么鬼主意？"柳湘兰警惕地问。

"你不是喜欢拜佛么？新到一地，开玩之前，还得请佛菩萨保佑。"

"这倒也是。"柳湘兰问，"扬州城中何处可拜佛？"

还是邵大侠回答："扬州城处处兰若，最著名的有八大寺，它们是建隆寺、天宁寺、法净寺、高旻寺、重宁寺、静慧寺、佛缘寺、灵鹫寺。柳姑娘拜佛，首先肯定是拜观音。"

"对。"

"高旻寺的观音菩萨最灵，但路途远，今天恐来不及了，改天择个吉日，让胡大人陪你去。今天，你还是过好盂兰节。"

这盂兰节本是江南女子的节日，每年七月七这一天，一些有钱人家的女眷，便会在晚上雇船游河，放莲花灯。灯之多少，全凭各家财力。家境贫寒者，一盏两盏亦可，但富绅大户，放灯少则千盏，多则数千盏乃至万盏。扬州城中，每年的盂兰节，一到夜晚，巨商大户都会在小秦淮放灯。放灯从戌时开始，一到这时辰，小秦淮河上就会封渡，把整个一条河道尽数留给莲花灯。届时一天星月一河灯，两岸俱是看灯人。喧喧闹闹熙熙攘攘直到天亮方散。柳湘兰久住南京秦淮河边，年年都享受了放河灯的乐趣，她不相信这小秦淮上的放灯场面会比南京秦淮河更热烈，因此说道：

"盂兰节还是南京的好。"

邵大侠也不与她争论,只是问她:"柳姑娘,每年盂兰节,你放多少灯?"

柳湘兰答:"我哪用自己操心,自然有人替我放。"

这倒是实话,柳湘兰是当红名妓,多少官绅公子都争着向她献殷勤,年年都有人替她买灯。邵大侠也替人买过灯,知道其中的风光,于是笑着问:

"我知道柳姑娘身边不缺出手阔绰的公子,他们中替你买灯的,最多有多少?"

"八百盏。"

"啊,怎么这么寒酸?"邵大侠嗤地一笑,不屑地说,"我就知道南京城中小气鬼多,没几个钱,也想在外头撑个门户。柳姑娘,你知道胡大人为你准备了多少盏灯?"

"多少盏?"

柳湘兰一双扑闪闪的大眼睛盯着胡自皋,这位御史大人顿觉难堪,因为他压根儿就不知道会在扇厅里碰到柳湘兰,更谈不上为她买灯了。他不知道邵大侠为何要这样说,一时不知如何回答才好,还是邵大侠抢着替他回答:

"不多不少,整整一万盏。"

"一万盏?"柳湘兰惊得一连喷了几声,问道,"那要花多少钱?"

"钱是小事,也就二千两银子,但胡大人对你柳湘兰的一片痴情,却是两万两银子也买不来的。"邵大侠说着,暗地朝胡自皋丢了个眼色,故意埋怨道,"胡大人,这些话本不该我邵某插嘴,柳姑娘没来,你整天念叨,如今来了,你为她做了那么多准备,却又不肯表白,这是为何?"

话说到这里,胡自皋才明白邵大侠事先已为他准备了一万盏莲花灯。他先是一呆,接着就在心里头夸赞邵大侠会办事,看似一个粗人,其实心细如发。他顿觉脸上有了面子,当即干咳一声假戏

真做,应对裕如地说:

"常言道,痒要自己抓,好要别人夸。由你邵员外来说本官对湘兰的思念之情,比我本人的聒噪强过十分。"

应该说,邵大侠动心思请来柳湘兰这一招相当成功。胡自皋初到邵府时还有点摆架子的意味,如今才过一个多时辰,他内心中已把邵大侠当成至交了。邵大侠看出这一点,但他依然表现谦恭,对胡自皋处处奉承又很得体。胡自皋重续旧情又得新知,心情已是十分地畅快。

三人在扇厅里一面品茶一面聊天,不觉已近正午。邵大侠说有薄筵招待,起身迎请两人到隔壁的膳厅。由于茶喝得多,胡自皋想小解,看他一双眼四下睃巡,邵大侠明了其意,便喊过一个小厮,命他领胡大人前去方便。

胡自皋跟着小厮走进紧连扇厅的一间侧室,这屋子正对着内花园,雕花窗子上衬着玉白的绫幔,显得雅致洁净。小厮推开门恭请,胡自皋闻得一缕沁人心脾的异香从室里传出,顿觉神清气爽,待他一步跨进门来,却是吓了一大跳。屋子里四壁空空,只屋子正中站着一位全身赤裸的绝色美人。他连忙把腿收回来,问小厮:

"这是干什么?"

小厮禀道:"大人不是要小解么?"

"正是要小解,为何把本官领到这间屋子?"

"这里就是溺房。"

"溺房,"胡自皋又朝屋内看了看,那裸体美人令他意荡神驰想入非非,他又问道,"怎不见溺盆?"

小厮手指裸体美人:"这不是吗?"

"怎么会是她?"

小厮笑起来,禀道:"大人看走眼了,这不是真人,是木雕的。"

"啊!"

胡自皋又进得屋来，走近细看，才看清眼前果然是一尊木雕美人，但雕工与髹漆的技艺都十分精湛，看上去同真人无异。小厮跟进来，将暗藏在美人背上的机关一拨，顿时，美人的阴部处就豁开了一个小洞。小厮道一句"大人请用"，就躬身退了出去。

胡自皋解完溲出来，暗自思忖："我胡某到扬州两年，可谓见惯了盐商们的豪华奢侈，没想到这位邵大侠比之他们是有过之而无不及。单单解一个溲，就让你有行房的感觉，其他处就更不消言得。"进得膳房，他朝邵大侠做个鬼脸，劈头问道：

"如果是柳姑娘，怎么办？"

"什么怎么办？"话一问出口，邵大侠立刻就想到可能是溺房的事，便淫笑着问，"胡大人是说方便事？"

"对呀！"

邵大侠回道："胡大人放心，同样是大开方便门，只不过男女有别而已。"

"你是说还另有一间？"

"是的。"

见这两人说话如同猜谜，柳湘兰问道："你们两位说些什么呀，怎么还扯上奴家？"

"没什么，自己方便，与人方便。"

胡自皋说罢，竟扯起嘴角笑得周身打颤，邵大侠暗自讥他少见多怪，待他笑够了，才道：

"胡大人，柳姑娘，我们现在开膳。"

邵府的膳厅紧连扇厅，也在河边上。这膳厅很大，摆十桌筵席不成问题。临河一面都是雕花木扇，供设清雅，洁净无尘，一入其中便有食欲。邵大侠领着胡自皋柳湘兰三人面河而坐，厅里却空空如也，不要说菜肴，就是桌子也不见一张，胡自皋问邵大侠：

"邵员外,我们吃什么呀?"

邵大侠回道:"马上就有食桌抬过来,烦请二位过目,中意者就点个头,这桌菜肴就留下,不中意就摆个头,让它撤下。"

邵大侠话音刚落,就有侍者站在膳厅门口禀道:"老爷,现在能否游菜?"

"游!"邵大侠手一挥。

顷刻,便见四个人抬了一桌菜肴上来,侍者高声唱喏:"这一桌龙凤呈祥——"

食桌在三人面前停下,这一桌菜以鸡与蛇为主,或炖或蒸或烹或爆,形色俱佳香味诱人,胡自皋吞了一口口水,柳湘兰却掩起鼻子,说道:"奴家从来不吃蛇,我好怕。"

"抬走。"

邵大侠一声令下,四仆人抬了食桌穿堂而下。这边门里,又有四仆人抬了一桌进来,侍者又高声报了菜名:

"绿野仙踪——"

食桌停了下来,胡自皋伸头去看,原来是一桌的鸭肉鹅件,做得也很精致。胡自皋笑道:

"鸭公鹅公,的确是绿野神仙,如今成为口中之福,岂不残忍?"

"那就别吃了呗。"柳湘兰撒娇地补了一句。

邵大侠一努嘴,这桌菜又抬下了。第三桌菜抬了上来,侍者又喊:

"霞光彩羽——"

细看这一桌,尽由鹌鹑、八哥、画眉等天上飞禽制成。柳湘兰有留下的意思,但胡自皋想看看邵大侠究竟准备了多少桌菜肴,手一挥又示意抬下。如此又过了六七桌,当第十桌菜肴抬上时,侍者又报:

"秦淮惊艳——"

这一桌菜肴全是鱼虾,都是小秦淮的特产,像翡翠虾仁、芙蓉鱼片、金线鳝丝、蟹粉银鱼等等,无一不佳。柳湘兰一是因为腹饥,二来觉得太过挑拣会让主人难堪,第三也因为这桌菜肴很合她的口味,因此执意留下。胡自皋顺她的意不再违拗,文绉绉言道:

"秦淮惊艳,秀色可餐也,唔,今日的盂兰会,开了个好头儿。"

柳湘兰白了他一眼,噘着小嘴说:"什么话到你嘴里,都变了味儿,邵大官人如此盛情款待,奴家一是开了眼界,二来心里头也过意不去。"

"哪里哪里,"邵大侠解释道,"谈不上什么盛情,我平常吃饭,也是这种吃法。"

"每天都游菜?"胡自皋问。

"是的。"

"准备多少桌?"

"平时以十桌为宜,若饷客,则加倍。"

"这么说,你今天准备了二十桌?"

邵大侠点点头,胡自皋感叹道:"若不是湘兰要吃这个秦淮惊艳,本官倒想把这二十桌菜肴都见识见识。"

柳湘兰这一下大开眼界,惊诧言道:"这种请客的方式和游菜的场面,奴家在南京从来没有见过。"

胡自皋半是炫耀半是感叹说道:"湘兰你囿于南京,不知天地之大,扬州盐商的享乐,真可谓天下第一。"

"我现在不和你抬杠了。"柳湘兰说罢已拿起了筷子。

用过午膳,在邵大侠的安排下,胡自皋与柳湘兰被引至客房休息。两人欢情如昔极尽绸缪自不必细说。待两人寝毕梳洗出来,不觉已近酉时。在扇厅里与邵大侠重新见过,两人亦不觉有什么难堪。胡自皋耍了这半日,兴犹未尽,他朝邵大侠抱拳一揖,问道:

"邵员外,叨扰半日,下头不知还有何节目安排?"

邵大侠回道:"早筹划好了,我们现在去双虹楼吃茶。"

"那里吃茶有何讲究?"柳湘兰问。

邵大侠殷勤答道:"在扬州老耍的人,都知道一句话,叫'白天皮包水,晚上水包皮'。这皮包水,指的就是吃茶,水包皮,指的是泡澡。扬州城中,酒楼茶肆与澡堂浴室,可谓比比皆是。一家家争奇斗胜,都是好耍的去处。单说茶肆吧,扬州一城之中,怕有数百家之多。比较有名的,有辕门桥的二梅轩、蕙芳轩、教场街的文兰天香,埂子上的丰乐园,小东门有品陆轩,琼花观巷有文杏园,花园巷有小方壶等等,这都是茶肆中最负盛名者。双虹楼在北门桥,刚刚出城,是小秦淮与瘦西湖的连接之处。这双虹楼是一个大花园,楼台亭舍,花木竹石,收拾得颇有韵味。正楼东面可以远眺,看不尽湖山景致。楼上杯盘匙箸等茶具,无一不精致。"

邵大侠如数家珍,把个柳湘兰撩得心痒痒的,胡自皋也乐意奉陪。他们三人顿时起轿望双虹楼而来,因有排衙仪仗导引喝道,路上倒也顺利,片刻就出了北门。这家茶肆的主人早得了通报,知道盐运司御史大人要来品茶,早把里里外外收拾得利利索索,还把主楼的第三层整个儿空下来,反正他也不会吃亏,邵大侠早就付了银子。因在公众场合,胡自皋忌着市人耳目,自是不敢放浪,也就自然而然摆起架子,昂首挺胸目不斜视,随着茶肆主人上得三楼,他们的随从都被安排在一楼。

双虹楼建得宏伟,这第三层也有三楹之宽,本来摆了七八张茶桌,如今临时撤去,只在正中留下一张樱桃木的雕花八仙桌。靠左墙根放了一张大书案,上面已铺好毡,放了纸墨笔砚;右边墙根前放了一具古筝,旁边供着一炉檀香。双虹楼主人跑上跑下大献殷勤,叫来两个女孩儿要为胡自皋表演茶道。胡自皋是扬州城中各家酒楼茶肆的常客,对这类应酬本是行家里手,他对店主人道:

"一般的茶道就不必表演了,本官只问你,这双虹楼有没有什么特别的?"

"有。"店主人答得肯定。

"是什么?"

"扫雪烹茶。"

胡自皋一边踱着方步一边说道:"扫雪烹茶,倒是极有韵致的事,只是这溽暑之中,哪里有雪呢? 又不知你编了一个什么样的故事。"

"不是故事,是真的。"

店主人说着,就吩咐堂役下去拿雪,不一会儿,两个堂役果然哼哧哼哧抬了一筐雪上来。胡自皋上前抓了一把,咦,真的是雪!不免惊讶问道:

"这雪从哪儿来的?"

"深窖里。"店主人不无得意地解释,"小可的茶肆中,掘了一个十几丈深的大窖,每年冬天下雪时,就铲些瑞雪储藏其中。逢到像胡大人这样的贵宾,就开窖取出一些。"

"扬州地湿,挖这么深的窖,不渗水么?"

"肯定渗水,但小可砌的是石窖,用糯米浆勾缝,里头干爽得很。"

"亏你是有心人,这银子该你赚。"

胡自皋刚赞了一句,柳湘兰接着又问:"雪是有了,却问如何烹它?"

"姑娘问得好,"店主人也约略看得出柳湘兰的身份,故这样称呼她,"小可这双虹楼的烹茶,可是有讲究的,一是烹茶的炉子,用的是泥炉。二是铜铫子,必定是煮过千次之上的老铫子,这样就完全去了燥气。三是烹茶之火,必须既猛且绵,不猛雪水难开,吃了会腹胀。不绵又会导致水硬,夺了茶香。第四是煮茶之人,也须得是七八岁的小童子,惟其小孩儿,才能实得扫雪烹茶的意境。"

柳湘兰听得兴奋,追问道:"你方才说到火,却是没有说明白,什么样的火才既猛又绵?"

"用松毛。"

"松毛?这也得隔年收储吧?"

"对呀,每年冬天把松毛收藏起来。"

"这真是有趣的事儿。"柳湘兰拍着手说,"店家,你去把泥炉搬上来,让小童子在这里替我们煮茶。"

"这可使不得,泥炉烟大,会熏得你们睁不开眼睛。"见柳湘兰有些失望,店主人又道,"烹茶就在楼下院子里,姑娘只要走到门外游廊上,就可以看到。"

听罢此言,三个人都走到游廊上朝下望去,果然见一棵桂花树底下支了一只泥炉,一个扎着叉角辫的小孩儿趴在地上,拿了一把小火钳正在往泥炉里夹松毛。虽看不见火焰,但缕缕青烟从桂花树枝叶间袅了上来,飘逸虚幻引人遐想。此时日头偏西,山环水绕的瘦西湖波光澄静,几点湖鸥,忽高忽低;几只野艇,欲棹还停。烟柳画桥,飞檐古树,都似宋元画家的淡墨。这寥廓绵远的景致,竟让三人都看得有些醉了。这时,店主人恭请胡自皋留墨。

"写什么?"胡自皋跃跃欲试。

"若蒙胡大人不弃,就给这双虹楼赏副对联。"

"好!"

胡自皋有心献技,径自走到书案前,怔怔地看着柳湘兰,沉吟有顷,遂下笔道:

> 流水莫非迁客意
> 夕阳都是美人魂

不等胡自皋搁笔,邵大侠大叫一声"好!"这夸赞出自他的心底。他先前以为胡自皋只是一个贪官而已,却没想到他腹中还有这等的缱绻文思。柳湘兰看过更是激动,她知道胡自皋的感慨是因她而发,眉目间已是露了骚态。偏这样子被胡自皋看成是十分的妩媚,四目相对,欲火中烧,竟都有些不能自持了。店主人粗通文墨,也知这对联写得好,站在一边左一恭,右一恭,赞了又赞,谢了又谢。这时,小童子提了铜铫子上来,交给表演茶道的女孩儿。

"请问胡大人品饮什么茶?"店主人问。

"选上等好的,沏两三样上来。"胡自皋说罢,忽然觉得店主人碍事,又道,"这里没你的事了,你去楼下招呼生意吧。"

店主人知趣,连忙退了下去。女孩儿见客人没有兴趣,也就不表演茶道了,只是把最好的碧螺春、六安瓜片和杭州龙井各沏了一壶。三人坐下一边赏景一边品茶。柳湘兰瞧着墙根上的那具古筝,一时技痒,便走了过去,坐下来为两位茶客弹了一曲。一边弹,一边唱:

> 荷花池内鸳鸯睡,
> 帘外风情、紫燕儿双飞。
> 玉美人凉亭歌舞多娇媚,
> 采莲船,橹声摇过青山背,
> 竹桥两岸、柳絮花堆,
> 喜只喜,牧牛横笛骑牛背,
> 怕只怕,薰风吹得游人醉……

柳湘兰莺声婉转,唱得胡自皋欲火又起,一脸躁赤,看那样子倒像是十万个金刚也降伏不住。邵大侠心里头也赞柳湘兰是天生尤物,但仍觉得她比玉娘还是稍逊一筹。一想到玉娘,他忽然心里头发酸,思绪顿时乱了。正在这时,忽听得楼梯上脚步声咚咚响得很急,三人一起抬头去望,只见一个穿着驿站号衣的皂隶满脸汗水跑了上来,手上提着一个驿递专用的牛皮囊。一看就知道这是一个专门传递公文的差人。

"你找谁?"胡自皋问。

"找邵员外。"皂隶气喘吁吁地回答。

"我就是。"邵大侠站了起来。

"这里有京城快递的密件,请邵员外签收。"

皂隶说着就打开牛皮囊,从中拿出一个缄口的密札,恭恭敬敬递给邵员外,请他画押签收。邵大侠一面签字,一面问道:

"你怎么知道我在这里?"

皂隶答:"小的先去贵府,府上人说您在这里,我又马不停蹄赶了过来。"

皂隶领了赏银而去,邵大侠将信拆开,抖开笺纸,信不长,只几句话:

> 邵员外见字如晤:上月官人来京,幸过门造访,促膝而谈,无任欢忻。所托之事有眉目否,盼能速告。犬子李高附笔问候。
>
> 武清伯李

原来是武清伯李伟的信,邵大侠看过后,想了想,又把信递给胡自皋。方才皂隶进来,胡自皋还以为是来找他的,却没有想到接信人竟是邵大侠。历来公文投递只限于衙门,邵大侠以布衣身份而能收受驿递文札,已属一奇。更奇的是,这信竟寄自当今第一皇亲之手。此前闻说首辅张居正亲自写信给漕运总督王篆,要他就近对邵大侠多加照拂,胡自皋已是吃了一惊,今见武清伯李伟的亲笔信,胡自皋更对眼前这位邵大侠产生了敬畏。他没有想到扬州城中还有这等攀龙附凤手眼通天的人物。他把信笺还给邵大侠,不无羡慕地问道:

"武清伯李伟有何事托你?"

邵大侠品了一盏六安瓜片,把玩着茶盏半晌不做声。胡自皋看他有难言之隐,又悻悻地说道:

"若不便说,就算了。"

"胡大人对我邵某如此友契,我还有什么事好瞒着你。"邵大侠旋即一笑,说道,"只是武清伯所托之事,的确有些棘手。"

"何事?"

"武清伯与蓟辽总督王崇古大人至为要好,王大人麾下有二十万兵士,今年冬季这二十万兵士的棉衣生意,王大人给了武清伯。"

"怎么,武清伯还做生意?"胡自皋瞪大了眼睛。

"谁都不怕银子咬手,纵是皇亲国戚,概莫能外。"邵大侠议论了一句,接着说道,"今年三月间,首辅张居正倡议子粒田征税,皇上颁旨布告天下。一些势豪大户都很有意见,武清伯也大有腹诽,但碍着李太后支持张居正,谁也不敢吭声。这一道决策,使武清伯每年要往外拿大几千两银子,武清伯便想寻些外快,贴补这项亏空。于是,王崇古大人便送给他这个大人情。"

"二十万套棉衣,值多少银子?"胡自皋问。

"一两银子一套。"

"二十万两银子,这笔生意是不小。"胡自皋心眼儿多,私下一估摸,又问,"是不是武清伯把这笔生意委托给你做?"

"是的。"

"你打算怎么做?"

"我要把棉衣做好,于十月底之前运到北京。"

"这时间可是有些紧了。"

"时间紧还赶得出来,最难办的是银子。"

"不是有二十万两银子么,纵让武清伯赚几万两,你也做得成呀。"

"如果有银子放出来,武清伯何必舍近求远,大老远要我承担这笔生意呢?"

"你是说,武清伯不给钱?"

"他是说要给,但我不会不开窍,去要他的银子,二十万套棉衣我肯定要帮他做好,但银子,却是一厘一毫也不能收他的。"

"那……"

"胡大人,我想过,这件事我们两人来做。"

"如何做?"

"你设法为我弄点盐引的批文,把这二十万两银子赚出来。"

邵大侠大献殷勤把胡自皋侍候了一整天,为的就是说出这句话。胡自皋乍一听,不知道自己的好处在哪里,也不慌表态,而是推诿道:

"今年户部拨下的盐引总额,已所剩无几,我就是有心帮你,一时间也办不成。"

两人谈这些生意事,柳湘兰不感兴趣,早一个人踱到游廊上,凭栏远眺湖山。邵大侠朝她看了一眼,压低声音说:

"胡大人放心,赚出的二十万两银子,你我各一半。我用分到我名下的十万银子,再凑几万两,就能把二十万套棉衣制成。而且,我还会对武清伯讲明,这二十万套棉衣,是你我共同孝敬他老人家的。"

胡自皋心下一盘算:这笔生意下来,不但可赚十万两银子,而且还可攀上武清伯这个高枝,一举两得,何乐而不为?他心下已判了个"肯"字,但嘴里却还在叫苦:

"这事儿可行,但你要的盐引数目太大,一时批不出来。"

话既然已说穿,邵大侠就不再绕弯子,他直筒筒地说道:"胡大人只要肯做,就断没有批不出盐引的事,你是不是不相信我邵某?"

"这是哪里话?"胡自皋口气一松说,"这事做起来风险很大,你给我几天时间布置。"

"好,那就一言为定。"

"一言为定!"

胡自皋此时只恨与邵大侠结识太晚,误了许多发财良机。他哪里知道,方才上楼的那位驿递铺的皂隶是假的,武清伯的信也是他一手捏造。邵大侠为了引他入瓮,故意设计了这个骗局。

此时金乌西坠晚霞渐淡,小秦淮两岸的喧闹声越来越大,盂兰节放河灯的序幕已经拉开。邵大侠办完大事,已是一身轻松,他与胡自皋一起走到游廊,对尚在凭栏的柳湘兰说:

"柳姑娘,我们挪个地儿吃晚宴去吧。"

"上哪?"柳湘兰问。

"小东门城楼上,那里是看河灯的最佳之处,胡大人为你买的一万盏莲花灯,我已安排手下为你下河漂放。届时,八里之长的小秦淮上,就会漂满写了'柳'字儿的河灯。"

第十九回

惩黠仆震怒张首辅　告御状挟愤戚将军

转眼间到了寒冬腊月,正值三九天。一连几天的大雪,北京城变成玉砌银装的世界。这季节天道短,酉时才过,天色就已黑尽,街上走着的人都打起了灯笼。张居正的官轿这会儿刚抬出皇城东角门。因几位地方官的补缺,他与现任吏部尚书张瀚多议了一会儿事,故出来晚了。这时候街上行人寥寥,天上地下到处都是打旋儿的雪花,轿板上虽然垫了厚厚的毛毡,张居正依然感到脚底下生冷。他搓了搓手,忽然若有所思,拿起脚跟前的小木槌,把轿前的挡板敲了敲。当下就听得轿外有人禀道:

"大人有何吩咐?"

这是护卫班头李可的声音。张居正把紧掩着的轿帘掀了一个角儿,立刻,刺骨的寒气刷得面颊生疼。张居正用手掩着嘴,令道:"你派人通知五城兵马司,今夜里多派人上街巡逻,碰到无家可归的流浪乞丐,要尽可能安排收留,不要让这些人冻死在大街上。"

"是。"

李可领命。张居正放下轿帘,厚重的寒气让他呛咳了几声。此刻,他的心情非常不好——不是因为这恶劣的鬼天气,而是为下午碰到的一件事。

在与张瀚会揖议事之前,他先召见了六科廊的一位户科给事中。此人叫孟无忧,是前年京察从陕西一个知县的任上升膺现职的。日前,孟无忧曾就马政之弊给皇上写了一份奏章,其中阐述的问题引起了张居正的兴趣,于是派人把孟无忧叫来内阁当面询问。交谈中,张居正发现孟无忧对历朝的马政利弊研究得极透,心里头对他已产生了几分好感,便极有分寸地表扬了几句。孟无忧听了眉开眼笑,趁机说道:

"多谢首辅大人栽培,无论于公于私,我孟无忧都会惟首辅大人马首是瞻。"

一听这话有些不着调,张居正怔怔地瞟了孟无忧一眼,问道:"什么于公于私?"

孟无忧扭捏一番,不好意思地回答:"我与首辅大人的表弟,不,是首辅大人的管家游七,算是手足至亲。"

"你与游七是亲戚?"张居正嗤地一笑,摇着头说道,"他的所有亲戚都在江陵,没有一个我不知道的,你是他哪门子亲戚?"

"姻亲。"孟无忧答。

"游七老婆也是江陵人,姓王,并不姓孟呀。"

"他今年讨了二房。"

"啊,这么说,你是……"

"游七的二房是我妹妹。"

孟无忧话音刚落,张居正心中一股无名火顿时蹿起三丈高,但在孟无忧面前不好发作,他只轻描淡写问了一句:

"你叫什么?"

"孟无忧。"

"唔,人无远虑,必有近忧,去吧。"

孟无忧一出值房,张瀚就到了,张居正一门心思与他研究候补官员人选,便暂且搁下这恼怒。如今坐在轿子里又想起那个孟无忧,心里头的无名火顿时又续了起来。

却说张居正自当了首辅之后,对家里人连同远亲近戚都管束极严,绝不允许眼前有什么人以他的名义在官场上攀援接纳。去年曾发生一件事情,有人诡称是他表弟在江南的南京、扬州一带行骗,居然还屡屡得手。一些地方官吏争相巴结,破费了不少银两,连应天府尹也被他诓了。除了盛宴招待,还送给他丰厚的川资。若不是府尹大人写信给张居正"表功",张居正还蒙在鼓里。尽管张居正接信后立即指示刑部移文应天府捉拿这个巨骗,但毕竟贼过关门,至今也没找到下落。通过这件事,张居正对身边的人更增加了戒慎之心。官场险恶,他真的害怕家人给他捅出什么娄子来。

雪越下越大,一团团打在轿顶上簌簌作响,幸好已近府邸。在轿厅里落了轿,游七一如平常亲自打开轿门恭迎。张居正白了他一眼,也不同他打招呼,竟自负手走到后堂换衣服去了。家里头烧了地龙暖和,张居正除了冠服,换了一袭轻薄的丝绵道袍,去膳堂用过晚餐后,又来到前院的客堂。不但他来,连他的夫人也跟着来了。此时,大学士府中所有稍有头脸的仆役大约有二三十人都被叫到客堂,大家也不知道发生了什么事,站在那里交头接耳妄自猜测。张氏夫妇一入厅堂,这一林雀子顿时都哑了嗓儿悄没声息,看着主人落座,他们垂手侍立,一个个呆着脸痴砢砢的。

"游七!"张居正喊了一声。

"小的在。"

游七从人堆里走了出来,打从张居正一下轿,他就看出势头不好。往常要教训哪个仆役,张居正事先都会让他知道,今儿个连他也不知会,游七便揣度这事儿与自己有干系,心里头已是十二分的紧张。

张居正审视着他一向倚重的这位大管家,口气严厉地问道:"你近来做了些什么?"

游七尽量掩饰内心的慌乱,佯笑着答:"小的所做之事,每日都向老爷禀告了。"

"没有瞒我的事?"

"没……有。"

游七闪烁其词。这一年多来,在徐爵等人的调教唆使下,游七再也不是当年那个谨小慎微的游七了。他二十年前就给自己取了个雅致的别号楚滨先生,却是一直不曾叫响,现在,这名号在京城官场里可是如雷贯耳。多少人想巴结首辅,投靠无门,便辗转结识楚滨先生以求攀援。不要说那些中级官员,连三品四品开府建衙的大僚中,也不乏有人与他称兄道弟。因此,他私下收受了不少贿赂,瞒着张居正在老家置办了几百亩上等的好田,张居正如今铁板着脸问他,他也不知是哪档子事露了马脚,故只好支吾。

见一连两问游七都不肯如实招来,张居正已是盛怒,于是一下子吊起嗓子,大声斥道:

"你什么时候讨了个二房?"

"快四个月了,八月十五过的门。"见老爷问的是这个,游七大大松了一口气,他觑了张夫人一眼,似有委屈言道,"讨这个二房,小的禀告过表嫂。"

游七尽管称张居正为老爷,但对他的夫人却仍按亲戚辈分相称。久沿成习,彼此也不觉得奇怪。张夫人这时点点头,对张居正说道:

"游七是同我讲过,我记得那时你在积香庐,所以没吃上喜酒,过后几天你回来,我曾对你说过。"

张居正约略记起这件事来,但仍生气地回道:"可是你没有说这个二房的来历。"

"来历,我只知道她姓孟,叫孟芳,祖籍陕西,住在京城,剩下我就不晓得了。"张夫人回答。

"游七,你说,你隐瞒了什么?"张居正也不顾及夫人对游七有袒护之意,犹自追问。

游七从张居正的话缝儿里听出他已知晓此事,情知瞒不住,只

得禀告实情:

"孟芳是官家小姐出身,她的父亲当过州同,早已致仕。她的哥哥叫孟无忧,现在户科给事中任上。"

"夫人,你听见了吗?"

张夫人一听这家谱,也吃了一惊,说道:"没想到游七这么有福气,娶了个官家小姐做二房,这真该恭喜你了。"

张居正怒气冲冲回道:"恭喜什么,你以为这是天作地合的姻缘?呸,这是龌龊的交易!"

"交易?"张夫人茫然不解。

"你想想,游七一无功名,二无资产,一个官家小姐,凭什么要嫁给他?若是正室,也还说得过去,却是个二房,人家凭什么?"

张夫人先前没想到这一层,于是顺着丈夫的话问游七:"对呀,游七,你说,人家凭什么?"

游七愣愣怔怔,红着脸答道:"这本是媒人撮合,我与孟芳见面,两情相悦,就定下这门亲事。"

"真是这么简单?"张居正冷笑一声,"你知道孟无忧今天下午在值房里如何对我说?他说于公于私,都对我这位首辅大人惟马首是瞻,这不明摆着要同我攀亲戚么?就这一句话,就将他把妹妹嫁给你的意图彻底暴露。"

游七这才知道是孟无忧说漏了嘴,他有心帮这位大舅子,只是一直找不到合适的机会,现在出了这个岔子,他顿时瘫了气性,情知抵赖狡辩都只会引起张居正更大的震怒,只得赶紧扑通跪下,哀求道:

"老爷,小的知错了,小的在娶回孟芳之前,应向老爷讲明她的身世。"

"知错就好。"张夫人想息事宁人。

张居正断不肯给夫人面子,斥道:"错既犯下,断不可轻饶,来人,家法侍候!"

先前就在右厢房候着的李可带了四名兵士闻声走了进来。见他们手上都拿了棍子,游七吓得面如土色,连忙磕头求道:

"老爷,原谅小的这一回。"

此时客堂里一干仆人都吓得筛糠一样,不知是谁领了个头,都一齐跪了下去,齐声哀告:

"请老爷原谅游总管。"

张夫人也想开口说情,但一见到张居正脸色铁青,知道此时说话无异于火上浇油,也只能掩面叹息。张居正本来就有杀鸡吓猴的意思,见众仆役跪地哀求,越发铁了心。他瞪了李可一眼,喝道:

"还傻愣着干什么,褪掉他的外衣,给我重重地打二十大棍,一定要重打。"

李可再也不敢怠慢,命士兵扒下游七的棉袍,只剩下一条衬裤,游七本是瘦人,干巴巴的屁股上肉少得可怜,尽管士兵们并不真的上劲儿抡棍子,但即便使了中等力气,那酒盅粗的栗木棍子扫下来,也还是有着粘皮带肉的威力。打完二十大棍,游七瘫在地上周身痉挛呻吟不住。张居正瞧着他痛苦不堪的样子,心里头也不是滋味,但他仍恶狠狠地斥道:

"明日你可派人去告诉你那位大舅子,今天下午我已通知吏部尚书张大人,将孟无忧调任云南湾甸州,降两级使用。李可,将他扶回家中歇息。"

李可派军士刚把游七抬走,忽见阍者来报:"老爷,戚继光大帅来访。"

"啊,他来了,快请!"张居正起身欲往轿厅相迎,挪步时对仍跪成一片的仆役说,"都退下,你们记住,今后谁敢背着我与官场上的人交往,一经查出,严惩不贷!"

众仆役诺诺连声,都滚葫芦似的退了下去,张夫人也在丫环的搀扶下回到后院。

张居正刚说前往轿厅，却见戚继光挟着一身寒气闯进门来。论年龄，他比张居正小三岁，因长年风吹日晒霜侵雪打，看上去却显得比张居正苍老。但他一双鹰隼样的眼睛以及鼻翼下冷峻的法令，往外透着一股英武刚猛之气，一看就是一个统驭千军万马的英雄人物。嘉靖一朝，福建及浙江东南沿海一带，出了两个抗倭名将，一个是俞大猷，另一个就是眼前这位戚继光。对这两个人，张居正始终是赞赏有加。他在隆庆二年入阁之后，一直分管军事。正是由于他的力荐，戚继光才得以升任总兵并从浙江调任蓟辽，担负拱卫京师的重任。张居正出任首辅之后，又给予了戚继光更大的权力，一是游说皇上撤回了历来由太监担任的监军，二是允许他从浙江招募新兵。这两点都是违背祖制的，监军代表皇上行军事控驭之权，而自洪武皇帝起就实行的军籍世袭制，也就是主兵制度，更是不可更易。这些主兵纪律涣散，毫无战斗力可言。张居正支持戚继光招募客兵，实乃提高部队战斗力的创新之举。戚继光在蓟镇总兵位置上，既无监军掣肘，又有新训成的浙江客兵锐旅，因此，自古北口至山海关的长城一线，在他手里固若金汤，一直令朝廷头痛的俺答与鞑靼等塞外游牧部落的骠骑，已是三年不敢犯边。有鉴于此，自隆庆皇帝以至当今李太后，还有朝中一应大臣，都认为张居正用人允当。一个戚继光，足抵百万雄师。这种惺惺相惜互相敬慕的情怀，使两人的交往自是非同一般。戚继光碰到排解不开的难事，往往会驱马进京直闯纱帽胡同里的张大学士府。张居正府中侍卫知道戚继光与张居正的关系，故也从不阻拦。但是，冒雪冲寒夤夜造访，这还是第一次。听得门外烈马喷鼻乱蹄踏雪的声音，张居正吩咐手下安排戚继光一应随从到候见房休息。他与戚继光在客堂分宾主坐定。堂役沏上热茶，戚继光嘴唇冻得发乌,也不知道烫,竟一口喝了半杯。

"元敬兄,"张居正亲热地喊道,"这么大雪天,又是夜里,你从蓟镇跑来京城,有何要事?"

"咱不是从蓟镇来的,咱是从长城古北口直接驱马而来。"戚继光开口说话,声音洪亮。

"你从长城上下来,有敌情吗?"

"比敌情还可怕,"戚继光一跺脚,咬着牙说,"首辅,我是来告状的!"

"告状,告谁的状?"

"总督王崇古大人。"

张居正听罢大吃一惊,在他的印象中,王崇古与戚继光相处得不错。朝廷用人方略,九边总督必须由文官担任,而总兵则属武职。历来总督与总兵之间能够同心协力和睦共处的并不多。张居正深知其弊,当上首辅之后,安排地方九边总督,一再告诫他们要对总兵尊重。这两年来,九边军事衙门少有龃龉,戚继光也不止一次讲过王崇古对他十分礼敬,为何今晚态度大变?张居正急于知道原因,急切问道:

"王大人何事把你得罪了?"

"不是得罪了咱,而是害死了咱的兵士。"

戚继光说罢,大呼一声:"金钰!"

隔了五六间房的金钰听到这一声山吼,立忙从候见房中跑了出来。这金钰是戚继光麾下一名偏将,掌军需之职。他大踏步跨进客堂,朝张居正单腿跪下,朗声言道:

"末将金钰,参见首辅大人。"

张居正示意他起来,戚继光一旁令道:"把东西拿上来请首辅过目。"

金钰闻言解下背上的包袱,打开取出一件绗棉的箭衣来,戚继光接过抖开给张居正看,只见这件棉箭衣到处都是撕烂的窟窿,棉花有一搭没一搭,再细看这些棉花,都黄黑发霉。

"这是谁的棉衣?"张居正问。

"这是咱蓟镇所有兵士今年刚刚换季的棉衣,"戚继光愤懑地说,"是王崇古大人配给咱们的。"

"刚换季的棉衣,怎的这般破旧?"张居正伸手捏了捏棉箭衣,顿感不安,"穿这样的衣服,兵士如何能够御寒?"

"这一连几天的暴风雪,通往长城的路都断了,不说京城官绅人家可以围炉取暖煮酒冲寒,就是一般的百姓,也能坐在热炕头上享受天伦之乐。但惟有咱的兵士,这时候都还在守护长城,城内雪深一尺,长城上就会雪高一丈。如果说城内胡同口的北风能割下人的耳朵,那么长城上的北风,就能推墙墙倒推山山裂,咱昨日好不容易打通雪路,到古北口看望在长城垛楼上守卫的兵士,一看到他们身穿的棉箭衣都被北风撕烂了。这些兵士都是从浙江招募来的客兵,本来就不抗冻,再加上穿上这么一件烂棉衣,等于赤身裸体站在滴水成冰的长城上,有几个抗得住?首辅你也知道,咱戚继光训练的客兵,军纪极严,都是宁可前进半步死,也绝不后退半步生的硬角儿,就因为这样,仅昨天一天,古北口上就冻死了十九个人。那是十九个生龙活虎的年轻人啊!如果不是这劣质的棉衣,他们怎么可能死得这么悲惨!"

戚继光说着说着喉头哽咽,两泡热泪在他的眼眶里打转。张居正与戚继光认识了七八年,还从未见他如此动情。不过,这件事本身也让张居正悲愤填膺。他的眼前闪现出风雪交加的长城,闪现出那十九具冻得僵硬的尸体。他端着茶杯的手颤抖着,猛地,他将茶杯向地上一掷,随着咣的一声,张居正近似咆哮地吼了一句:

"真是岂有此理!"

客厅里所有的人都面面相觑。戚继光虽是指挥千军万马的人

物,但依然被张居正的盛怒而震慑。他本来还有诸多愤怒要一一控诉,到此时反倒噤口无言了。张居正稳了稳情绪,又开口问道:

"戚大帅,此事你想如何处置?"

"写本子参他。"戚继光气呼呼答道。

"参谁?"

"王崇古大人。"

"参他何用,"张居正长叹一声,苦笑道,"元敬兄,你只知道王崇古给你的军士制了棉衣,却不知另有隐情。"

"另有什么隐情?"

"这棉衣是武清伯李伟采购的。"

"怎么会是他?"戚继光一下子从座位上站起来,旋即又颓唐坐下,沮丧地说,"这么说,我的兵士白死了。"

"兵士不能白死,不管是谁,这笔账一定要清算!"

张居正吐字如火。看他满脸不可侵犯的正气,戚继光心田里腾起一股热浪。

大雪时断时续下了整整一夜,尽管五城兵马司加派了巡逻兵士,城里头还是冻死了不少乞丐。还有一些破旧房子和流浪汉临时搭盖的草棚,也都被大雪压塌。一些在檐缝里做窝的麻雀,许多都被冻成了冰团子。这样的大雪,京城里已是好几年未曾下过。恰恰第二天逢九,又是例朝的日子,若在隆庆皇帝掌御时,碰到这等恶劣天气,肯定会传旨免朝,但如今的万历小皇帝,在张居正的教导下,立志要当一个励精图治的明君,即便天上下刀子,也绝不会免掉例朝。因此,一交寅时,京城主要街道上,都亮起了明明灭灭的灯笼,这是巡逻军士为上朝官员照道儿的。一乘又一乘轿子,急匆匆往紫禁城络绎而来。

紫禁城午门外的广场,由于有军士彻夜扫雪,倒也干干净净片粒不存。官员们陆陆续续到达这里,还没有听到序班的鞭响,故都三个一伙五个一堆凑在一起闲聊。却说东南角的高墙下,几个六科廊的给事中围在一起说话,他们中有工科给事中刘炫、礼科给事中陈吾德和户科给事中孟无忧。这些言官一个个锦袍雕囊,手笼在袖子里,跺着脚还嫌冷。其中陈吾德一个人没有戴护耳,故伸手捂着耳朵不停地搓动。刘炫瞧他那样子,便取笑道:

"陈大人,你说这世上最不抗冻的禽兽是什么?"

"猪,"陈吾德哈着气说,"这畜牲,天一冷,就躲在圈子里不出来。"

"老兄差矣,"刘炫故作高深说道,"最怕冷的不是猪,是鸡。"

"鸡?你有何根据?"

"你说,人若冷,从哪儿冷起?"

"脚。"

"不对。"

"那你说从哪儿?"

"耳朵。"

"有何凭据?"

"脚冷了,可以跺可以跑,耳朵若是冷了,自己完全没有解救之方。惟有一途,就是依你陈老兄,举起两只手不停地搓。"

孟无忧静听两人打嘴巴官司,这时插嘴道:"刘兄,就算你那歪理儿成立,也扯不上鸡呀。"

"为啥扯不上,鸡怕冷,干脆只长两只比绿豆还小的耳朵,像咱们的陈大人。"

刘炫绕了半天的圈子,原来是变着法儿嘲弄陈吾德——他的小耳朵在六科廊是出了名的。众人顿时哄笑起来。陈吾德虽吃了闷亏,倒也不气恼,反而凑趣说:

"刘炫兄你有所不知,我正好属鸡。"

"这很好,大家可称你为鸡兄了。"

鸡兄与"鸡胸"同音,瞧着陈吾德麻秆儿样的身材,众人越发笑得厉害。陈吾德仍不气恼,却神秘地把嘴凑近刘炫的耳朵,小声问道:

"你知道李太后属什么?"

"不知道。"

"属鸡!"

"你……"

刘炫再也不敢置一词,众人也都愣住了。一直忍受愚弄的陈吾德,这时反倒开怀大笑起来,他用手指着刘炫与孟无忧等人,奚落道:

"我看你们真没出息,一个个戴着耳罩。你们不是'鸡兄',干吗要把耳朵罩起来?"

"耳朵怕冷嘛。"孟无忧主动搭讪想缓和气氛。

"你也知道耳朵怕冷?"陈吾德冷笑一声,讥道,"那朝廷给咱们的耳罩,谁给取消了?"

陈吾德说的这句气话大家都懂:朝廷旧有规矩,每年立夏日,凡京师各衙门命官,皆可于工部领取折扇一把,每年立冬领取护耳两只。前年,张居正奏请皇上把这两项例赐取消了。理由是京师官员上衙都坐在暖房里,如果他们可以得到皇上赏赐的护耳,那么,北方九边的六十万将士卧冰踏雪保卫皇朝疆土,就更应该得到。这虽是一件小事,但因更改了祖制,也就引起了不少官员的不满。每逢冬天例朝碰到恶劣天气,就有官员发牢骚,陈吾德便是其中一位。孟无忧听出陈吾德的话中有讥刺首辅的意思,立刻沉下脸来反驳:

"陈大人,你今儿个真是吃了豹子胆,敢于犯上了。"

"咱犯谁了?"陈吾德偏着脑袋问。

"你隔山打牛。"

"你该不至于跑到你妹婿那里告我的刁状吧。"

陈吾德样子蔫蔫的,但说出的话刀子一样扎人。孟无忧最怕同僚提他与游七结亲的事,如今被陈吾德戳到痛处,顿时恼了,正欲发作,忽见兵科给事中光懋气喘吁吁地跑来。大家看他神色不对,有人赶忙问道:

"光大人,出什么事儿了?"

光懋答非所问:"咱一夜未曾合眼。"

"干啥去了?"刘炫问。

"首辅传示,让我去了他家里。"

却说昨夜戚继光进京之后,张居正便把兵部尚书谭纶、兵科给事中光懋等相关官员找到他的家,连夜商议处置策略。从首辅家出来已交了二更,光懋按张居正的要求,通宵未睡赶写一份弹劾王崇古的奏本。在场的言官们不知道昨夜发生的事,故追问:"首辅找你做什么?"

"出了大事了。"光懋还想说点什么,却见张居正的大轿已经抬进了广场,他慌忙说了一句,"等会儿你们就知道了。"说罢避向一边。

寅时三刻,例朝时间到了,随着三声鞭响,众官员迅速序班完毕。小皇上朱翊钧在皇极门金台御幄中升座,待必须的仪式演过之后,朱翊钧扬起他银铃般的嗓音,对身边内侍说:

"传鸿胪寺导引官。"

内侍立即走出金台,高声唱喏:"传鸿胪寺导引官——"

立刻,一名身着五品官服的鸿胪寺导引官滚葫芦样跑进金台,朝御座纳地便拜,喊道:

"臣孙起礼参见皇上。"

朱翊钧正襟危坐,睨着俯在阶下的孙起礼,问道:"今日早朝,可有官员缺序?"

孙起礼答:"启禀皇上,共有六十九名官员没有参加例朝。"

"是何原因?"

"臣不知道,"孙起礼答罢又觉不妥,于是补了一句,"大概是畏冷。"

朱翊钧沉着脸说:"朕不畏冷,元辅张先生、次辅吕调阳都不畏冷,他们倒畏起冷来了。不参加例朝者都是何人,胆敢貌视朝廷大法,嗯?"

金台两厢高官,听了都噤若寒蝉,他们明显感到,这位小皇帝比起他的父亲要严厉得多,这多半是张居正调教的结果。伏在地上的孙起礼,也是半句话都不敢回答。

"孙起礼,朕再问你,缺序者可有三品以上官员?"

"没有。"

"四品呢?"

"也没有,"孙起礼畏葸答道,"有两个五品官,一个是御史付应祯,另一个是太仆寺副卿张佑龙。"

"冯公公传朕旨意,将这两人罚俸三月,剩下的统统罚俸一个月。"

"奴才领旨。"在御座之侧的冯保回了一句。

朱翊钧挥手让孙起礼退下,又问坐在御座左侧的张居正:"张先生,这样处置是否得当?"

张居正看了看两厢鹄立的高官大僚,欠身答道:"皇上宽仁,对缺序例朝的官员,只是小惩而已。"

"应该如何?"

"对例朝缺序者,皇上必说一句'着锦衣卫打着来问',这是前朝定例。"

"朕知道了。"朱翊钧旨意既下不便更改,便转入下一个程式,他又问,"各衙门有何事要奏?"

按奏事序列,理当吏户兵礼刑工都察院大理寺等衙门依次排

之,今儿个次序却被打乱,通政司一名负责安排奏事的官员出班禀道:

"启禀皇上,蓟镇总兵戚继光有急事上奏。"

"戚继光?"朱翊钧问张居正,"元辅,戚继光不是在蓟镇么,他怎么也参加例朝?"

张居正答:"不在例朝之列的官员,若有急事大事上奏,亦可破例。"

"好,那就宣戚继光入见。"

随着唱班内侍"传戚继光——"的一声锐喊,只见候在皇极门外的戚继光大步流星走到金台御幄前,在众目睽睽之下,从容跪下,高声奏道:

"蓟镇总兵三品武官戚继光叩见皇上。"

小皇上很喜欢戚继光的英武之气,把他端详了一会儿,才启口问道:

"戚将军,你有何急事要奏?"

"臣请皇上看一件东西。"

戚继光说罢,将随身带来的那件破棉袄双手举过头顶,一名小内侍将它接过转呈小皇上。

朱翊钧伸头来看,惊问:"戚将军,你让朕看一件破棉袄是何用意?"

"启禀皇上,这是今年咱蓟镇兵士换季的棉衣。"

"刚换的棉衣,怎么如此破旧?"

"皇上问得好,这棉衣布似渔网,棉如芦花,都是发霉的劣品。"戚继光说着猛地抬起头来,望着皇上目光如电,愤懑说道,"皇上,臣领带的士兵,就因为穿了这样的棉衣,前天一天,在古北口长城上,就冻死了十九名。"

"啊!"朱翊钧闻言色变,竟霍然一下站了起来,急切问道,"你是说,兵士冻死了?"

"是。"

朱翊钧脸色涨红,他看了一眼张居正,只见这位美髯师相也正目不转睛盯着他。他躲过那目光,步下御座,走到戚继光跟前,焦灼地问道:

"这棉衣是谁做的?"

"是王崇古大人发下来的。"

"传王崇古!"

"回皇上,王大人还在蓟镇。"

"令他火速进京!"

"是。"

冯保正欲传旨,张居正一旁插话:"皇上,戚将军的话尚未说完。"

"你接着说。"

朱翊钧原地踱步,近前的大臣都看得真切,尽管眼下正值三九严寒飞雪飘洒,可是小皇上嫩白的脸上已是渗出了细密的汗珠。

戚继光并不看皇上脸色,兀自奏道:"臣已调查得知,王崇古大人把蓟镇兵士的换季棉衣,全都交给武清伯李伟来做。"

"什么,是武清伯做的棉衣?戚将军,你没有搞错?"

"回皇上,千真万确!"

刚刚由冯保搀着回到御幄中坐下的朱翊钧,顿时瘫得像个泥人,冯保眼见情况不妙,大喊一声:"退朝!"

刚翻卯时牌子,停了半个时辰的雪又开始下了起来,紫禁城内一片混沌迷茫。退朝的小皇上心事重重地坐在暖轿里,戚继光满脸悲愤的样子在他脑子里挥之不去。方才在金台御幄中,他虽然心神不宁举止失措,但被冯保等一班内侍挟裹着退朝时,他仍不忘让内侍把那件破棉衣拿上。如今坐在暖轿中,他将这棉衣反复翻看了好几次,只觉得心里头像压了一块沉重的石头。暖轿刚抬进乾清宫大门,他就拼命地蹬轿板嚷着停轿。抬轿的火者不敢违抗,便在铺着积雪的砖道上停下了。朱翊钧手拿那件破棉衣下得轿来,踉踉跄跄走了几十步路,到了乾清宫门口长廊,他犹豫了一下,便放下登廊入室的念头,而是刷地一下在雪地里跪下了,口中高喊:"母后!"

每逢例朝,李太后都会陪儿子一道起床,儿子上朝了,她盥洗梳妆一番后,就会开始她每日的功课——焚香抄写佛经。这会儿她刚抄了两张笺纸,听得儿子呼唤,忙搁笔出来,忽见儿子挺身跪在雪地里,手上举着一件白花花的破棉衣。

"钧儿,你这是干什么?"李太后惊问。

"母后……"朱翊钧哽咽着说不出话来,双手把棉衣递给母亲,仰着头已是泪流满面。

第二十回

老国丈上吊为避祸　小玉娘哀告救恩公

送走最后一拨求见的官员,天色已黑尽,张居正揉揉发涩的眼睛,正欲唤轿前往积香庐,忽见一个人悄没声儿地走进了值房。他定睛一看来者是冯保,忙起身迎坐。冯保一边跺着脚上的雪花,一边脱下貂皮斗篷,说道:

"张先生,咱就知道你还没走。"

"你怎的知道?"张居正笑着问。

"出了这么大的事儿,你走得脱么?"

冯保说着便坐到张居正对面的黄梨木太师椅上。张居正听出冯保的话外之音,便随话搭话问道:

"冯公公带了什么好消息来?"

冯保明白张居正问话的意思。却说戚继光御前告状的消息,不消半日就传遍了京城。一个身经百战威震敌胆名倾朝野的大将军,告的是当今圣上的外祖父,被人誉之为"天下第一皇亲"的武清伯李伟,还有什么事情能比这件事更刺激?一时间,无论是街头巷尾还是各大小衙门,都沸沸扬扬地议论这桩新闻。有为戚大帅叫好的,有为戚大帅担心的,也有人认为戚大帅这是小题大做故意与武清伯过不去,更有人猜测这件事后头的"玄机"。官场上的人都知道,多少年来,戚继光一直是张居正的座上宾,若没有张居正在背后撑腰,戚继光哪敢捋虎须犯上?兵士在长城上冻死,这件事儿说大也大,说小也小,戚继光完全犯不着为这点破事得罪武清伯。

他之所以敢冒这个险,肯定背后别有所因。让人最容易联想的,便是张居正要借助这件事情拿皇室开刀了。自今年春上皇上颁旨添征子粒田税课,所有的皇亲国戚便与张居正交恶。这些王爷侯爷驸马爷,哪一棵树底下,不聚着一群猢狲?哪一个猢狲又不是看主人眼色行事?因此,张居正每一新的举措推出,都会招来一片反对之声。此情之下,张居正常常有石头缝里射箭——拉不开弓的感觉。他想利用"棉衣"事件治一治武清伯李伟,以求收到杀鸡吓猴的功效,原也在情理之中。只是,戚继光当着众多部院大臣的面,把小皇上弄得下不了台,这件事究竟会是一个什么样的结局,大家都拭目以待。

大凡宫里头出了大事,第一个忙得脚不沾地的便是冯保。今儿个早朝之后,冯保先是在乾清宫帮着皇上向李太后禀报金台发生之事,尔后又猴儿巴急赶往万安胡同的武清伯府邸,捣腾了一天,身子累散了架。他眼下摸黑跑来内阁,原是有重要的情况前来通报。他从张居正的眼神里看出一丝急切,便有心撩拨他。他搓了搓被冷风吹僵的脸,绕弯子说道:

"张先生,不是咱数落你,你的心也着实狠了些。"

张居正一愣怔,问:"冯公公,此话从何讲起?"

冯保道:"听徐爵讲,你昨夜里对游七动了家法,把游七打得遍体鳞伤,徐爵去看他,他还躺在床上动弹不得。"

"是有这事儿。"张居正一提这件事就窝火,沉着脸说,"这个家伙背着我和官场里的人勾勾搭搭,简直无法无天了,不给点厉害,就刹不住歪风。"

"教训教训也是可以的,但又何必这么认真?"冯保趁机劝道,"如今这世道儿上人心险恶,想找个贴心的管家不容易,依老夫看,这游七对你还算忠心,你叫他向左,他就不敢向右,大节不亏,这就是好人。"

张居正对冯保这席话不以为然，加之他平日对徐爵的张扬早有看法，于是委婉回道：

"对身边的人管教不严，终究会酿成大祸，仆不是说游七就已做下了坏事，但须得防患于未然。"

"老夫今天看吏部给皇上的奏章，那个孟无忧已被贬官两级发配云南，张先生真是铁面无私啊！"

"常言道，政如冰霜，奸宄消亡；威如雷霆，寇贼不生。仆真的想当一个铁面首辅，惟其如此，仆才能做到不负天下。"

冯保不喜听空落落的大话，于是摇摇头，讥道："不负天下，但你负了友情、亲情。张先生，人毕竟有七情六欲。你对属下要求严一些原也无可厚非，但不要太苛刻，否则，谁还肯替你鞍前马后地效命呢？"

张居正听出冯保话中有借题发挥的意思，但他不肯于此深究，而是嘘了一口气笑道：

"冯公公，多谢你赐教。未必你冒雪冲寒摸黑赶来，就为了与仆商讨家政？"

"哪里哪里，老夫的正事儿还没说呢。"冯保正后悔方才的话说得重了些，也就随地转弯，言道，"张先生，你知道老夫从哪里来？"

"不知道。"

"咱从武清伯府上来的。"

"啊，你见到武清伯了？"

冯保点点头，满脸不可捉摸的神气。张居正见他卖关子，也不追问，只是懒洋洋打了个哈欠，说：

"仆正想去看看武清伯呢。"

"你不能去！"

"为何？"

"这会儿，那老国丈恨不能生吞了你。"

"是吗?"

"那还有假?"

冯保说着,就把他去武清伯府上的情形讲了一通。

冯保是在宫里头吃过午饭才起轿前往武清伯府上的。刚进胡同口,便见府邸门前闹哄哄落了不少轿子。看到冯保的扈从仪仗招摇而来,堵在门口的人都慌忙避过一边。对武清伯府邸突然间来了这么多人,冯保并不感到奇怪。人情自古就是向灯的向灯,向火的向火。何况武清伯的特殊身份,家中即便出了芝麻大的一点事儿,也会有人趁机来大献殷勤。但门口儿这些人脸上的神色都很慌张,倒叫冯保起了疑心。他甫一下轿,刚绕过照壁踏上甬道,便见一个人摇着臃肿的身躯从里头跑过来迎接。

"冯公公,你来得正是时候儿!"

那人使着鸭公嗓子嚷了一句。院子里雪光太强,冯保眯眼儿一瞄,见是驸马都尉许从成。他心里头不喜欢这个人,老觉得他阴阳怪气的,但井水不挨河水,也犯不着得罪他,于是拱手一揖,笑道:

"原来是老驸马爷,啥时候来的?"

"只比你早来片刻。"许从成眨着眼睛,不安地说,"咱是被武清伯家里人请来的。"

"这就叫请对了人,"冯保一边往里走一边说道,"只有你对武清伯的心性,能安慰他。"

"安慰他什么?"许从成追在冯保屁股后头叫嚷,"跟你冯公公比,我这个驸马都尉,是鹅卵石塞床脚。"

"此话怎讲?"

"百计都垫不稳的。"

冯保觉着许从成的这个俏皮话不中听,正纳闷为何是他出来迎接,一个念头还没转过来,突然听得近前什么地方唢呐声大作,接着又见一群人从客堂里奔出来,一个个头扎白绫,身上穿着白布衬里的棉袍。这群人一边跑,一边撒着芝麻米粒儿,打头的人披头散发,手上舞着一根大书一个"魂"字的幡竿儿。他们与冯保擦身而过,径直奔向花园。冯保看清打头的是李高,便惊异地问许从成:

"李高这又是搞什么恶作剧?"

"他是在为他的父亲招魂。"

"武清伯怎么了?"

"他上吊了。"

"你说什么?"

冯保只觉得脑袋一炸,顿时站在原地挪不开步儿。却见李高领着那五六个白衣术士,正在花园砖径上一边扭动着身子,一边和着尖厉的唢呐声,扯着嗓子唱起了《招魂调》:

> 魂归来兮,东方不要去,
> 东方有毒龙;
> 魂归来兮,西方不要去,
> 西方有赤獠;
> 魂归来兮,南方不要去,
> 南方有蛮瘴;
> 魂归来兮,北方不要去,
> 北方有鸱枭……

这歌声凄切阴森,听了让人毛骨悚然。冯保此时才明白为什么门口那些人的脸色都那么慌张。他见许从成站在客堂门口,像个看热闹的局外人,便推了他一把,焦急地问:

"武清伯真的寻了短见?"

"这还有假?"

"唉,"冯保长叹一声,又问,"丧帖发出去了吗?派谁去宫里头送信了?"

"丧帖倒也不用发。"

"为啥?"

"武清伯没死。"许从成忽然一笑说道,"他刚套上绳子蹬了凳儿,就被人发现,及时救下了。"

冯保如释重负,指着李高说:"既然没死,他招什么魂呀,真是胡闹。"

此时《招魂调》早就唱完,李高耳朵尖,听到冯保数落他,便跑过来抢白道:

"咱爹命虽救下了,但魂却吓丢了,不赶紧招回,岂不成了痴人!"

听冯保讲完这段故事,张居正不禁打了一个寒噤。武清伯若真的有个三长两短,自己顷刻间就会变得非常被动。他这两年推行改革之所以顺风顺水,主要依赖于李太后的支持。若自己在武清伯的问题上处理不好,李太后对他生了嫌隙,则一切所谓的"政绩"都变成了虚热闹。首辅这一职位,说起来权倾天下,究其实来只不过是皇上的奴仆而已。张居正想着想着,不觉生了揪心之痛。他尽力压下凄凉情绪,问冯保道:

"冯公公见到武清伯了?"

"当然见着了,"冯保已注意到张居正眼神的变化,审慎地说,"没见到武清伯,咱哪敢回来。"

"他怎么样?"

"这老头儿吓得不轻。李高把咱领到他的床前,咱看到他躺在床上哼哼唧唧,满嘴都是醋味儿。"

"这是怎么回事?"

"他人昏迷了,为了让他醒过来,家里人张罗着给他灌了一大碗醋。"

"他和你说了些什么?"

"说啥,他一句囫囵话都说不出来。"

"没想到武清伯如此胆小。"

张居正半是感叹半是鄙夷。冯保盯着他,缓缓说道:"早晨戚继光告御状,文武百官个个都仄着耳朵听得清清楚楚,这么大的阵势,有谁不怕?"

"是啊,风波既已形成,回避是回避不了的。"张居正刚松弛的神经又紧张起来,他喟然长叹一声,问道,"不知李太后如何看待这一事件?"

冯保揣摩张居正的心思,索性挑明了说:"张先生,老夫知道你眼下最怕的事情是李太后顾及私情而不能秉公谋断。"

"仆是有一些担心。"张居正老实承认,旋即又改口说,"转而一想,这担心又是多余的,太后深明大义,处事施政,莫不以社稷纲常为重,她绝不可能因小私而弃大公。"

冯保不想挑破张居正的掩饰,而是把小皇上退朝后在乾清宫门口跪举破棉衣的事添油加醋大肆渲染了一通,最后说:

"李太后问老夫,戚继光所言兵士冻死的事情,究竟是真是假,咱当即回答,戚将军久经战阵,是一个言必信行必果的英雄,绝不可能在皇上面前说半句假话。"

张居正听罢,忧心忡忡说道:"太后如此问话,恐怕别有心思啊。"

"这是肯定的。"冯保正想利用这件事做文章,让张居正不敢小瞧他,于是关切地说,"其实李太后也知道,支持戚继光告御状的,是你张先生。"

"这一点仆也不想隐瞒。"

冯保本以为张居正会遮掩,没想到他答得如此坦然。冯保当

下一愣,问道:

"你为什么要这样做呢?"

"因为这关乎朝廷法度。"

"但你也该想想后果,"冯保劝道,"我赫赫皇朝,兵士有八十万之众,纵冻死几个,终无碍于大局。但武清伯李伟只有一个,你得罪了他就等于得罪了李太后。这后果是什么呢?高拱去职为的是什么?不就是结怨于太后么?"

平心而论,冯保说的是实情,正因为是实情,才更让张居正感到了官场的残酷与政局的不可捉摸,但他相信自己的判断与择机行事的能力。他向冯保投以感激的一瞥,动情地说:

"多谢冯公公的提醒,仆执掌内阁以来,每事都得到冯公公的无私奥援,这一点仆深藏在心。人生得一知己足矣,而冯公公正是仆最为信赖的良师益友。但是,这一次戚将军御前告状一事,仆窃以为不会得罪太后。"

因有几句奉承话垫底儿,冯保眉开眼笑。他问道:"说说你的理儿,为何不会得罪太后?"

张居正答:"因为仆从未想过要把武清伯怎么样。"

"但戚继光告的就是他。"

"告归告,处理归处理,这是两码事。"

"既不惩处,又何必告他,这不是白得罪人么?"

张居正悠悠一笑,回道:"太后最英明之处,在于她明白一个许多雄才大略的帝王都不曾明白的一个道理:把天下治好,累的苦的是我们,而得实惠的是皇帝自身。冯公公你把内宫二十四监局治理得井井有条,你安排了那么多勤勉肯干的监官,请问哪一个是为你服务的?仆执掌内阁推行改革,行富国强兵之路,如今不过两年,太仓里从一无所有到今日积贮了四百多万两银子,其中又有哪一两银子可以装入我张居正的腰包?你我所做的一切,不都是为了辅佐小皇上,开创朱明王朝的太平盛世么?"

张居正娓娓道来,冯保内心受到极大的震动。他觉得张居正的话句句在理,但他素来不肯在朝廷的大政方针上发表高见,此时,他依然只问很现实的问题:

"你为何要把武清伯作为靶子?"

冯保的问话点在"睛"上。记得两年前出任首辅前夕,在天寿山上,他曾对故友何心隐讲到官场的顽症之一乃是朋党政治。经过两年多时间的厘清,以高拱为首的朋党已被他收拾得差不多了,但通过子粒田征税一事,他发现皇亲国戚这一朋党已成为他推行改革的最大阻力。尽管武清伯李伟并不是这个朋党的首领,但他在这个圈子内的地位最高、影响最大,若是能把他惩治惩治,对其余的皇亲国戚就能起到震慑作用。古人云:"破民间盗贼易,破朝中朋党难。"惟其难,他才想着要花大力气对付。但这些话对任何人都不能明讲,只能私藏于心。张居正与冯保谈话向来极有分寸,这会儿更不肯把心思完全敞开,他想了想,答道:

"实是因为武清伯制作的棉衣太不像话。"

"王崇古把这笔生意送给武清伯做人情,这事儿当时就有人议论。记得有一次老夫还问过你此事,你的态度也是默许的,为何如今一变初衷,又要追查此事?"

"不错,当初仆是默许的。"张居正点头承认,接着又说,"仆当时虑着因子粒田征税,武清伯有些损失,他想做这笔生意补回几个银子,此事虽不合法,却也无悖情理。但仆默许的是让他做这笔生意,而不是让他以劣充优,弄些发霉变质的布匹棉花来制衣服。"

"是啊,武清伯这件事情是做得不大体面,"冯保附和着说道,"咱替他算了笔账,这一套破棉衣,最多值二钱银子,可是王崇古给他的工价银,是一两一套,你说,这笔生意他赚了多少?太黑了!"

"李太后知道这个内情否?"张居正趁机问道。

"暂时还不知道,"冯保觑着张居正,意味深长地说,"若张先生想让李太后知道,老夫随时都可以到乾清宫禀报。"

很明显,冯保想利用手中的通报大权来拿捏张居正,目的是让张居正买他这个人情。张居正虽然厌恶与人做交易,却又明白眼前这位内相实在得罪不起,只得以问话的方式表达己见:

"冯公公,你去武清伯府上,是不是奉李太后之命?"

"正是。"

"那你就应该把真相如实禀报。"

"真相多多,老夫该说什么,又不该说什么呢?"

"有哪些真相?"

"譬如说,武清伯上吊,说不说?"

"这个……"张居正感受到冯保笑面虎的厉害,只笑着答,"说与不说,决定权在冯公公。"

"依咱说,该说!"

张居正身子一震,问:"你若讲起此事,李太后心里头肯定难过。"

"老夫不会让她难过,而是让她怒气冲冲。"

"怎么会有这种可能?"

"张先生,实话告诉你吧,武清伯并没有上吊,老夫一见他那副样子,看他躲躲闪闪的眼神,就知道所谓上吊,是他那现世儿子李高和驸马都尉许从成两人合计出的一个阴谋,他们想以此要挟李太后,不要给武清伯任何惩处。"

"原来是这样!"张居正恍然大悟长出一口气,对冯保投以感激的眼光,说道,"若不是冯公公明察秋毫,险些让他们弄出个新骗局来。"

"张先生,还有更令你惊奇的事呢。"

"哦?"

冯保坐乏了,站起身捶了捶腰,复又坐下说道:"你知道武清伯把这棉衣生意交给谁做了?"

"不知道。"

"你猜猜?"

"这哪猜得出来。"张居正两手一摊。

"老夫说出这个名字,包你吓一跳,"冯保说,就一字一顿念了三个字,"邵、大、侠。"

"真的是他?"张居正双眼一亮。

"千真万确,武清伯亲口对老夫所讲。"

张居正霍地站起,兴奋地说:"这事情就好解决了。"

"老夫知道张先生如何解决,"冯保一副皮笑肉不笑的样子,说道,"你可以借此薄惩武清伯,以达到敲山震虎的目的,同时重办邵大侠,更是做到了一箭双雕。邵大侠不除,终是祸害。"

张居正笑了笑,没有作答。

大约五天以后,一乘四人抬女轿在乾清宫后游艺廊门口停了下来,从轿上走下一名袅袅婷婷的女子。她穿着一件红缎大团花的对襟袄儿,外头披着一袭白绫衬里的紫貂斗篷。虽穿棉着彩,却一点不显得臃肿和俗气。这女子不是别人,正是积香庐中的女主人玉娘。一大早,宫里头就放了轿子到积香庐,传旨说是李太后请玉娘过去叙话儿。玉娘不敢怠慢,忙梳妆打扮一番,然后登轿而来,到游艺廊的门口,已是辰时三刻了。听得落轿声,尚仪局女官容儿忙掀开棉帘儿迎上来,笑道:

"玉娘,快进来,太后早等着你!"

玉娘也不及答话,随着容儿进了游艺廊,朝坐在榻椅上的李太后跪下行礼。李太后笑吟吟地让她起来坐在自己身边,拉着她的手问:

"玉娘,这些时做什么了?"

"启禀娘娘,张先生让奴婢读《女诫》。"

"读《女诫》?"李太后颇觉奇怪,追问道,"张先生怎么让你读这个?"

"他也没说为什么,大约是看奴婢任性,没有大家闺秀的那份矜持。"玉娘说着眼帘儿一挑,又道,"太后为《女诫》写的序言,奴婢已背得烂熟。"

李太后顿时想起隆庆六年六月间的事,六科廊一帮言官人手一册洪武皇帝亲自审订的《女诫》,争相传阅,以此暗示她女流干政有悖祖制。当时张居正为她出主意,由她个人捐资印行《女诫》五千本颁发天下,并亲撰序言,以此回击那帮惟恐天下不乱的饶舌者。这一招儿还真灵,那些反对者再找不着闹事的口实了。那篇序言虽是张居正代撰,但很合她的口味,因此一字不曾更易。如今听说玉娘能把它背诵下来,心中大感快慰,便问侍立一侧的容儿:

"容儿,你有《女诫》一书么?"

容儿一屈膝,禀道:"有,娘娘曾赐奴婢一本。"

"你可否背来那篇序言?"

容儿脸色腾地一红,局促不安地回答:"启禀太后,奴婢不曾背得。"

"还是张居正调教有方,"李太后由衷地赞赏,"张先生的身上真有古大臣之风。"

玉娘一向没有受到过拘束,因此也不懂得怕人,李太后话音一落,她就接嘴问道:

"请问太后,什么叫古大臣之风?"

"为社稷轻生死,对皇上忠心不二。"

"若是这两点,首辅老爷倒当之无愧。"说到这里,玉娘小嘴一噘,又道,"但有时候,他也显得不通人情。"

"说说看,张先生怎的不通人情?"李太后非常有兴趣地问。

"奴婢已经有五天见不着他的人了。"

玉娘说着眼圈儿一红,竟扑簌簌掉起了眼泪。这一哭反倒勾动了李太后的心思。

却说那天早上,当小皇上跪在乾清宫门外雪地里把那件破棉衣举给她看的时候,她仿佛一下子回到了童年,想起了在乡下碰到的那些穿着破棉袄的小乞丐。等到小皇上讲完早朝的事情,她情不自禁抱起小皇上,母子俩相互依偎着痛哭一场。但是,当最初的激动平息下来,她开始冷静地思虑这件事的后果时,心中的怜悯便受到了巨大的挑战——她开始为这件事的后果而担心。如果这件事不是发生在她的父亲武清伯身上,她肯定会立即让小皇上颁旨严惩当事者,但现在她却颇费踌躇。她是天下第一孝女,她不能没有亲情,更不可能依据《大明律》中的惩治贪官条例,把自己的亲生父亲投进监狱,甚或送上断头台。当然,她也不能无视天下舆情,无视长城上冻死的冤魂——没有餐风饮雪执戈待旦的这些将士,这虎踞龙盘云蒸霞蔚的社稷江山,这钟鸣鼎食锦衣玉馔的朱明皇族,恐怕早就成了异族铁蹄下的败柳残花。此时,她才深深感到,以她的能力,以她儿子小皇上的能力,都无法摆脱这种困境,以寻求一个解决问题的两全之策。这时,她想到了张居正,她让冯保去武清伯府上去探听虚实,然后再去内阁打探张居正的口风。当她听到张居正准备"李代桃僵"惩治邵大侠而让武清伯"金蝉脱壳"时,她一颗悬着的心才终于落下,她才重新变得优雅。她再次感激张居正,但碍于男女有别,她不能随时召见,因此,她才想到要把玉娘找来叙话,目的是从她口中得知张居正的近况,却没想到张居正连她那儿也未曾去得,以致引起这位美人儿伤心落泪。一朵美丽的花才能真正理解另一朵花的美丽;当一个女人因爱而生创痛时,惟有另一个女人才真正知道这创痛何其深刻。望着玉娘珠泪涟涟,李太后忘了自己的万乘之尊,竟伸手去给她揩眼泪,劝道:

"玉娘,你不要错怪了张先生。"

玉娘停住啜泣,哽咽着说:"奴婢没有怪他,但奴婢也管不住自己的眼泪。"

"前几天下那么大的雪,张先生每天都很晚回家。就说前一天夜里吧,那可是滴水成冰的天气,皇上遣人到内阁去看,发现张先生还在当值批览奏章,当下央我亲手煮了一碗羹汤送了过去。"

"老爷这么辛苦?"玉娘揩着泪痕问。

"可不是,"李太后叹着气说,"皇上年少不能亲政,国家又这么大,凡事都须得张先生操心。"

"太后为何不多用几个人,给老爷分担一下?"

"傻丫头,朝廷里的首辅只能一人来当,何况张先生这样的大臣,是可遇而不可求。"

"那总不能让他一人累死呀。"

"这倒也是。"李太后沉吟半晌,对容儿说,"容儿,你落空儿告诉冯公公,让他转告张先生,内阁再物色一两个辅臣,给他当下手办事。"

"是。"容儿回答。

经李太后开导,玉娘的心情好多了。她见李太后对张居正如此信任和关心,心里头也替他高兴,又随口说道:

"老爷平常忙也说得过去,这冰天雪地的时候儿,一年的赋税也都收了,他还忙些什么?"

"是啊,到年底了,他本该歇口气儿,谁知又发生了这么大的事儿呢!"李太后感叹着说,接着又问玉娘,"你老家是哪儿的?"

"苏州。"

"啊,原来同容儿是老乡,"李太后侧过头去看了看仍在发窘的容儿,接着说,"容儿离家早,对故乡事已是记得不大真切了,有些事儿倒想问问你。"

"太后想问什么？"

李太后忽然迟疑了一会儿才问道："玉娘，你知不知道邵大侠这个人？"

"邵大侠？"玉娘身子一震，脱口问道，"太后怎么突然问起他来？"

"怎么，你认识这个人？"

"奴婢知道他，"玉娘因不知太后是为何事打听邵大侠，故不敢贸然讲出实情，只敷衍道，"这个人在南京、扬州和苏州等地都很有名。"

"为何有名？是因为有钱还是因为有势力？"

"也许都有。"玉娘从李太后的眼神中看出她并不知晓自己同邵大侠的关系，心略宽了宽，便替邵大侠说起好话来，"听说邵大侠人很仗义，扬州城中的乞丐，倒有一半靠他养活。"

"是吗？"李太后脸色一沉，喃喃自语道，"这个人一方面巴结政要贿赂官府，一方面又在民间广施钱财收买人心，他这种做法，哪像是个正儿八经的生意人。"

"那，太后说他像什么？"

"我觉得他图谋不轨，心存异志，"李太后答非所问，"这种人不除，对朝廷是个祸害。"

玉娘如闻霹雳，但她是个灵性女子，知道此时若再失态，必定会引起李太后的怀疑，便竭力保持镇静，以局外人的闲散口气问道：

"太后为何要除他？"

"他弄了二十万套劣质棉衣运到蓟镇，结果在前几天的暴风雪中，一些穿了这等棉衣的兵士，被冻死在长城上。"

"啊！"

"你方才埋怨张先生五天没上你那里去，却是不知道张先生正在处理这件事儿呢。"

"他怎么处置邵大侠？"

"抓起来，明正典刑。"

李太后说这句话时，不单恢复了议政时的那股泼辣劲儿，眼神里还透露出令人不寒而栗的杀机。玉娘顿时惊呆了，脸色白煞煞的甚是难堪。李太后看她这副样子，狐疑地问：

"玉娘，你怎么了？"

"吓的，"玉娘尽量掩饰，佯笑着说，"一听太后说杀人的事儿，奴婢就害怕。"

李太后相信了她的解释，心里头对她更是怜爱，硬是把她留下来吃了一顿午膳才放她出宫。

玉娘回到积香庐中，已是半下午了。她一头扎进卧房倒在床上，用被子捂着头嘤嘤地哭泣起来。玉娘本是个知恩必报的多情女子，乍一听说将她救出风尘苦海的恩公邵大侠惹上了杀身之祸，她就心如刀扎。除开张居正，如果说世界上还会有一个男人让她牵肠挂肚的话，那这个人就是邵大侠。她与张居正是两情相悦，是鸾凤和鸣耳鬓厮磨的闺房之乐；而与邵大侠则是另一种感情，尽管邵大侠比张居正还要小几岁，但她却将邵大侠视为父辈，是值得她信赖依靠的人物。今年春上，当邵大侠求她请张居正写信给胡自皋就近照拂的时候，她没有犹豫就答应了下来。能为邵大侠做一点有用处的事，她的心灵便会获得极大的安慰。如今恩公出了这么大的事情，性命都不保，她脑海里第一个念头就是要救他。她知道眼下惟一能救下邵大侠性命的人就是张居正。她在为邵大侠伤心落泪之时，内心中也还存有一份希望。

不知不觉暮色降临，丫环进来喊玉娘下楼用膳，玉娘不搭理她，只挥手让她退下。又不知过了多久，听得寂静的楼梯上传来熟悉的脚步声，她知道这是张居正到了，心里头一热，刚刚停下去的眼泪又溢出了眼眶。

听得推门声,张居正匆匆跨进门来,他一见屋子里黑咕隆咚的,便吩咐随他一起上楼的小凤儿掌灯。屋子里片刻亮堂起来,张居正瞧见玉娘俯在床上,正无声地抽泣,便轻轻走到床边坐下,拍了拍玉娘的肩膀,柔声问道:

"玉娘,又碰上了什么事,令你如此伤心?"

玉娘不吭声,张居正又道:"是不是怪我几天未曾来陪你,又生我的气了?"

玉娘闻听此言,反而肩膀一耸哭出声来。张居正被她哭得手足无措,正不知如何解劝,玉娘忽然翻身下床,一下子跪在张居正的面前:

"老爷,你得救救奴婢的叔叔。"

"你叔叔,你叔叔是谁?"张居正一时没理会过来。

"就是你替他写信给漕运总督的那个人。"

"哦,是他。"张居正一下子明白了,但故意装憨说道,"他怎么了?"

"老爷,你别再瞒着我,奴婢什么都知道了。"

"你知道什么?"

"你正在办奴婢叔叔的案子,你要杀他。"

"你叔叔是谁?"

"邵大侠。"

"怎么,你叔叔是邵大侠,"张居正仍然在做戏,大惊失色地说道,"你上次并没有对我说实话。"

"太后对我说,你要将邵大侠明正典刑。"

"是啊!"张居正尽量让玉娘看出他心情沉重,他抚了抚玉娘的秀发,劝道,"玉娘,你先起来,有话慢慢说。"

"老爷,你不答应,奴婢就不起来。"

张居正长叹一声,心里不肯再对玉娘隐瞒,遂答道:"你这位叔叔,我现在实难救下。"

"为何?"

"皇上亲自批准的捉拿邵大侠的拘票,已从刑部开出四天了,这会儿恐怕已到了扬州。"

"小皇上听李太后的,你去求李太后。"

"事涉朝廷法纪,李太后断不肯徇这个私情。"

"你别托词儿,"玉娘一时情急,竟说了一句冒失话,"奴婢早看出来,李太后对你有意。"

张居正闻听此言头皮一炸,扬手一个耳光啪的一声打在玉娘粉嫩的面颊上。刹那间,打人者和被打者都一齐惊呆了。也不知过了多久,玉娘才捂着火辣辣的面颊,哇的一声痛哭起来。

"玉娘!"

张居正伸手过去把玉娘揽进怀中,他为自己的鲁莽与冲动而陷入了深深的自责。

第二十一回

扇子厅扶乩问神意　总督府设宴斩狂人

扬州城里的郑师公,以扶乩著名。这一日傍晚他被邵大侠的管家——那个麻脸矮矬子请到府中扇厅。邵大侠早就坐在那里等候。郑师公一坐下就问:

"邵员外,听说你要请乩?"

"正是,请郑师公尽快布置。"

郑师公一面吩咐随他来的两个丫角童子摆好乩盘,悬好一支签笔,一面问道:

"不知邵员外为何事请乩?"

"莫问何事,你尽管请神降笔就是。"

见邵大侠一脸峻肃之色,郑师公再不敢多问,而是麻利地布置好法事,取下腰间的小铜锣哐地敲了一声,旋即口中振振有词念起咒语来。两个乩童更不说话,稳稳地扶了乩盘,顷刻间,便见那支悬着的签笔宛若被人握住,在纸上缓缓蠕动,大约一炷香工夫,乩盘上留下一首诗:

搔首秦淮泪满笺,
衔悲伏腊别残年。
南城鼓角邀谁听,
北地胭脂恨我传。
天不怜才湘水曲,
梦犹磨剑蒋山寒。

布衣此去长亭远，
何处松楸起暮烟。

占完乩，郑师公停了咒语，从乩盘上取下这首诗，看过一遍后，才忐忑不安地递给了邵大侠。

从扶乩开始，邵大侠就一直目不转睛地盯着乩盘，他早从那"附神"的笔下读到这首诗。

"邵员外，怎的出了这样的诗？"郑师公惊慌失措。

"你问我，我正要问你呢！"

郑师公避开邵大侠锥子样的目光，搓着手不安地说："这诗中有不祥之兆。"

"知道了。"

邵大侠吩咐管家封出十两纹银给了郑师公。得了如此丰厚的馈赠，郑师公心下感激，又献殷勤说道：

"要不，再请神降笔一次？"

"神已见示，何必再请，郑师公，你请回吧。"

送走郑师公，邵大侠问麻脸："现在外头的情形如何？"

"还是有不少形迹可疑的人在门前转悠。"

"是啊，布衣此去长亭远，何处松楸起暮烟，看来难逃此劫了。"邵大侠自言自语，陷入了沉思。

却说两天前，武清伯府上管家钱生亮差人马不停蹄从北京送来急信，把戚继光拿着破棉衣至御前告状的事一五一十告诉了他。并言武清伯在冯保授意下已把责任推到了他的身上，皇上震怒，已下旨缉拿重办。作为武清伯的管家，钱生亮本不该人在曹营心在汉向着邵大侠，皆因他平常得邵大侠的好处太多，又景慕邵大侠的为人，这才冒了天大的风险送出这封信来。邵大侠拿到这封信后，本该立即出逃，凭着他在江湖上的能力和影响，他可以消失得无影无踪。官府鹰犬的鼻子再灵，也无法找到他的行迹。但他历来是一个争强好胜的人，以他的脾性，是宁可轰轰烈烈地死，也不愿无声无息地活着。接钱生亮信不过一天时间，他就发觉门口已出现了官府的密探。这时候，只要他下决心，就仍有机会走脱，但他想知道天意，于是让管家请来郑师公扶乩。

现在，他拿着这八句乩诗，逐字逐句地分析参悟。看到"北地胭脂恨我传"一句，他暗自思忖：这北地胭脂大概指的是玉娘，若是她肯向张居正求情，或许自己就有一线生机，但立刻他又否认了这个想法，因诗中用了一个"恨"字。也许，他当年把玉娘带到北京就是一个过错。张居正爱她，乃因为她是天生尤物。张居正害怕高拱东山再起，必欲剪除其党羽，此情之下，对他邵大侠岂不是除之而后快？关于棉衣之事，他更是有冤难辩。这二十万套棉衣，武清侯李伟一个子儿也没花。他从胡自皋那里弄出一批盐引，赚出二十万两银子后，除分给胡自皋十万两外，又从余下的十万两中拿出三万两银子为柳湘兰在小秦淮旁边购置了一处河房。平常招待胡自皋花天酒地，也花去不下二万两银子，剩下的五万两银子用来制作二十万套棉衣肯定不够，于是只好买下一批被水渍过的梭子布，以劣充优。这批棉衣发往北京以后，他就一直心里不踏实，但转而一想，这是白送给武清伯的礼物，顿时又心下释然，却万万没有想到，正是这一批劣质棉衣，会给他带来杀身之祸。

正当邵大侠心下凄凉思考对策的时候，扇厅里又进来一个人，凑到他跟前，沙哑地喊了一声：

"老爷！"

邵大侠一看，见是那个老驼背——他是邵大侠仆役中年纪最大的，大约有六十多岁，便问：

"你有何事？"

"小的听说老爷有了麻烦。"

"你怎么知道？"

"从你的脸色。"

"是啊,"邵大侠叹一口气,却尽量表现得轻松随便,笑道,"我成了皇上的钦犯。"

"那你还不快逃!"

"往哪儿逃?"邵大侠伸头看了看窗外的小秦淮,只见他的私家码头前正停着一艘游船,他指了指那船,对老驼背说,"你看看,前后门都是官府的捕快。"

"老爷只要肯走,甭说这几个捕快,再来多一点,小的也能对付。"

"你?"

"对,我。"老驼背费劲地扬起脑袋,盯着主人说,"小的略通拳术。"

老驼背说罢,顺手拿起高脚几案上的一只铜灯台,两手一拍,那只铜灯台顿时扭曲变形,邵大侠见此大惊。他记得数年前的一个寒冬,他去高旻寺敬香回来,看到一个佝偻老人卧在桥洞底下都快冻僵了,便吩咐手下将这老人抬回家救治,随后又收留了这个老人,他就是眼前这个老驼背。同老驼背一样,邵大侠府上的那些丑仆,多半因患残疾而成为无家可归的流浪人,是他一一收留了他们。尽管亲友对这些人看不顺眼,他对他们却一直很好。在他的印象中,老驼背做事勤勉,但人很木讷,却是没有想到,他竟是身怀绝技的武林高手,不由得赞叹道:

"真是人不可貌相,没想到老郭你还有此手段,这么多年,你却一点痕迹都不露。"

老驼背无心说闲话,只催促道:"老爷,事不宜迟,咱们快走吧。"他的话音一落,只听得门外传来一片嚷声:

"老爷,走吧!"

邵大侠走到门口一看,见合府几十号仆人都聚齐在门外的草

坪上,参参差差跪了一片。他的眼睛立刻湿润了,朝大家抱拳一揖,言道:

"多谢你们的美意,但邵某不是苟且偷生之人,我既作下孽来,理当承担责任。"

"老爷,你何罪之有?"麻脸管家愤愤不平地质问。

"有,"邵大侠沉痛答道,"因为穿了咱邵某制作的劣质棉衣,那些无辜的兵士们冻死在长城上,这罪过还不大吗?老……不,再不能叫你老郭了,郭老爹。"

"小的在。"老驼背上前一步。

"这里是五千两银票。明天,你将它平分给城中八大寺庙,知会那些方丈,让他们尽心尽力,各做一场法事,超度那些冻死的兵士。"

"小的遵命。"

老驼背庄重地接过银票,小心翼翼把它藏好,邵大侠又喊过麻脸管家,对他吩咐道:

"我去后,你把我的家产一分两半,一半用来抚养孤儿寡母,一半作为你们仆役的川资。你们都跟了我多年,没沾什么光,邵某只能在此说一声对不起了。"

当邵大侠再次抱拳长揖时,众仆役已是一个个泣不成声。安排了后事,邵大侠反而心中畅快了许多,他高呼一句:"摆酒!"今夜里,他要与家人仆役一醉方休。

少顷,膳厅里摆下了几桌筵席,邵府里的人上至夫人公子下至门子厨役,无分贵贱都一齐入席。酒过三盏,邵大侠问老驼背:

"郭老爹,会舞剑否?"

"略知一二。"

"那好,咱们乘着酒性儿对舞如何?"

"小的奉陪。"

言罢就有人送上两柄鱼肠剑来,邵大侠与老驼背各取一把,联袂走进扇厅,只见两道剑光一闪,两人腾挪起势。

随着两人的生风剑舞,邵大侠的夫人亲自操琴,一班明眸皓齿的侍女齐声唱道:

> 今夕何夕兮,雪满关山,
> 今夕何夕兮,剑光闪闪。
> 汉宫柳,无须怨,
> 垓下歌,何足叹!
> 胸中喷出英雄气,
> 直欲拍马斩楼兰。
> 好男儿,志难伸,
> 别故园,走千山。
> 悲莫悲兮生别离,
> 悲莫悲兮眼欲穿……

一班娇娃的吴侬软语,唱这等壮怀激烈的慷慨悲歌,虽不能豪迈,却更能让人体会到什么叫肝肠寸断。就在剑舞歌声酒香泪水的交汇之中,忽听得院子里突然响起嚣嚣杂杂的脚步声,邵大侠举目看时,邵府里里外外已是一片灯光火把。他知道捉拿他的人到了,顿时掷了剑,操起一大觥酒一扬脖子喝干。

当夜,邵大侠并没有被关进扬州府大牢,而是被送往漕运总督衙门的刑捕房羁押。这皆因南京刑部前来督办此案的右侍郎史大人,虑着邵大侠在扬州神通广大朋友众多,怕有闪失,故有此动议。漕运管着一条自杭州至北京通州的大运河,沿途治安惩治盗贼加之纠举违法官兵,一年有多少刑事发生?因此,漕运总督衙门的刑捕房比之扬州府大牢还要森严。加之总督大人王篆又当过北京五城兵马司的堂官,问谳断狱很有一套,把邵大侠放在他那里羁押,谅不致出什么差错。

不知是慑于邵大侠的威名还是因为他曾是王篆的座上宾,刑捕房的狱卒倒也没怎么为难他。收监不久,邵大侠敛了心思,正欲上床歇息,忽听得甬道上又有踢踢踏踏的脚步声传来,接着见到一群狱卒将一个人推进对面一间牢房,然后咣当落锁。狱卒们尽行退去,被关进去的那个人踢着门大声嚷道:

"这是什么鬼地方,你们欺侮本官,回来!"

"本官,哼,啄米官。"狱卒丢下一句话,哄笑而去。

邵大侠一听说话的声音像是胡自皋,不禁心下一惊,当即跑到铁栅墙前,朝对面房子喊道:

"喂,可是胡大人?"

关在对面的正是胡自皋,他滥批盐引大肆收受贿赂的事早就在监控之中,户部尚书王国光秉承张居正的密谕,在两淮盐运司衙门安排了不少眼线。邵大侠与胡自皋勾搭谋取不义之财的事,都被这些眼线暗中收集了确凿证据。所以,此次趁小皇上批旨严查"棉衣事件"捉拿邵大侠之机,张居正毅然决定连胡自皋一体擒拿。

再说胡自皋听得有人喊他,忙跑到栅墙跟前朝对面牢房张望,灯火昏昏,他依稀看见邵大侠粗壮的身影,禁不住好奇地问:

"你是邵员外?"

"正是。"邵大侠又问,"胡大人怎么也到了这里?"

"你问我,我正要问你呢!"胡自皋垮着脸,没好气地说,"你说,你为何事被抓来?"

"为那二十万套棉衣。"邵大侠平静回答。

"可不是,"胡自皋尖着嗓子叫起来,"从认识你的第一天起,我就觉得你是个丧门星。"

邵大侠认定胡自皋被抓是受自己牵连,因此心里头充满深深的自责,尽管胡自皋辱骂,他仍耐着性子道歉道:

"邵某连累你遭此牢狱之灾,心中已是惶恐万分,还望胡大人见谅些个。"

"见谅,哼,如果我的前程因此受到影响,我和你就没完。"

邵大侠嗤然一笑:"胡大人既如此说,那你我之间的梁子,算是结定了。"

"为何?"

"你的前程,恐怕是彻底没有了。"

"扯淡!"胡自皋一跺脚,愤然回道,"你不要小瞧了我胡自皋,我和你不一样。"

"有何不一样,就因为你披了这一身官皮,而我仅只是一介布衣?"

"非也,"胡自皋得意地一笑,"你是钦犯,劣质棉衣是你做的,与我何干?"

邵大侠讥道:"既然与你不相干,你为何还要责怪邵某连累了你呢?"

"因为,因为……"

"因为制棉衣的银子,是从你那儿赚到的,因为你怕我邵某贪污你的人情,棉衣漕运到京时,你还派了一名亲信师爷随从,一起与武清伯见面,是不是?"

邵大侠一番奚落,刺得胡自皋脸上红一阵白一阵,他拿眼横着邵大侠,悻悻说道:

"我会给皇上写本子辩冤,这劣质棉衣与我胡自皋没半点干系。"

"如果胡大人能为自己开脱得一干二净,我邵某当然高兴,我这个人,一辈子不想欠任何人的人情,只是,"邵大侠话锋一转,又道,"胡大人,邵某担心你有口难辩啊!"

"这个不用你邵员外担心,本官自有办法。"

"靠冯公公是不是?"邵大侠一语中的,直剖胡自皋的心思,"胡大人,我知道你这巡盐御史一官,是冯公公赏给你的,他是你的后台,这也是路人皆知的事情,但此一时彼一时也,眼下你就死了这份心吧。"

胡自皋虽觉得邵大侠的话不无道理,但他不肯接受这个事实,兀自斥道:

"你邵员外一天官也未曾做得,哪里懂得官场之事。"

"溜须拍马、投机钻营的事,邵某虽不会,但官场之尔虞我诈、胜残去杀的现象,我邵某还是略知一二。"

胡自皋此时最怕听的就是这样的话,于是又心虚地问:"你说说,我为何就要死心?"

邵大侠分析道:"胡大人你想想,如果冯公公保你,你怎么可能这会儿会待在这阴暗潮湿冷似生铁的大牢里呢?"

"那是因为有圣谕,要拿我问谳。"

"请问圣谕是从谁手上出来的?司礼监掌印是皇上跟前的第一号近臣,掌着传旨之责,冯公公若是帮你,这道谕旨还出得来么?"

"那你说……"

"依我看,冯公公明哲保身,权衡利弊,早把你丢了。"

胡自皋听罢,沉默了一会儿,冷笑着说道:"他岂能丢我,他就不怕问谳之时,我把他的把柄兜出来?"

"什么把柄,无非是收下了你送给他的贿银。你若真的兜了出来,恐怕命都保不住了。"

"你别吓唬我。"

"邵某绝没有吓唬你的意思,自古至今,官场上大权在握的人,为保自身,杀人灭口的事还做得少吗?"

听得"杀人灭口"几个字,胡自皋头皮一炸如遭雷击,顿时两腿一软瘫坐在地。瞧他那副熊样儿,邵大侠心中甚是鄙夷,暗自嘀咕道:"腐儒不可与论道,贪官不可与论德,真乃至理也。"但鄙夷归鄙夷,他仍为胡自皋谋划道:

"胡大人,你倘若肯听我邵某的建议,兴许事情还有转圜之处。"

"请讲。"胡自皋扬起头来。

"我想你我既是钦犯,这案子就不会拖延,或许明日就要过堂,无论刑官如何拷掠逼问,你只守住两条就行。"

"哪两条?"

胡自皋又从地上爬起来,把身子贴近栅墙,眼巴巴地看着邵大侠。

"第一,千万不要攀扯冯公公和武清伯,皇上不会因为你检举了他们而赦免你的罪行,相反,他们会尽快把你处死。第二,你为我特批盐引的事,你一口咬定,是我邵某设局要挟你,你从中没有获得一两银子的好处。你既没有贪墨,对你的惩处就不会重到哪里。"

"你不会攀咬我?"胡自皋狐疑地问。

邵大侠淡淡一笑,回道:"我反正是一死,多承担一点罪过,又有何妨?"

"邵员外,你真是天地间的伟人。"

胡自皋眼圈儿一红,说话喉头发哽。当夜无话,第二天如邵大侠所料,南京刑部右侍郎史大人升堂,对胡自皋与邵大侠分别进行了谳审。胡自皋按头天晚上商定的计策,将一应责任全都推到邵大侠身上,再加上胡自皋的家人托关系在史大人身上使了银子,因此这位史大人倒也没怎么为难他,问过一次之后,就再也没有提审,每日里任其在监狱中吟诗作赋。对邵大侠则不然,一来他是"首犯",二来他又摆着个一人做事一人当的好汉架子,不肯低声下气打通关节,因此史大人第一次过堂,就对他用了酷刑,除了用拶子拶烂他的手指,还弄了一个六十斤重的大铁枷给他戴上。邵大侠牙齿咬出血来,也不肯哼一声。史大人一心想让这个"强项之徒"讨饶,却没有想到他臭硬如此。第二次过堂时,史大人捋着胡须,很优雅地说:

"以热攻热,药有附子;以凶去凶,牢有酷刑。本官就不信,你邵方有三头六臂,斗得过朝廷大法。"

戴着大铁枷的邵大侠,尽管一嘴的血泡,一身的血痂,还偏和这位史大人拧劲儿,讥道:

"史大人对我邵某说朝廷大法,犹如对牛弹琴。我今天之所以戴枷披刑,你以为是你的功劳?呸!若不是我良心有愧,要为长城上那些冻死的兵士服刑,你能奈我何!"

史大人恼羞成怒,一拍惊堂木,吼道:"大胆刁民,竟敢胡言乱语,来人!"

"在!"两厢皂隶山呼应诺。

"大刑侍候!"

"遵命!"

几个皂隶应声而上,把邵大侠掀翻在地,正要乱棍打下,忽见一人从后门进入刑堂,在史大人身边耳语几句,史大人顿时脸色大变,一摆手说道:

"暂饶了这个刁民,押回大牢。"

众皂隶不明其故,只得把邵大侠又押回大牢。他们哪里知道,方才进来的那个人,本是史大人的亲信师爷。他给史大人传来了一个噩耗:三天前史大人十岁的小儿子随家人上街玩耍,忽然就不见了,找了一天仍不见踪影,直到昨天夜里,才有一个人往他家门缝里塞进了一封信,用威胁的语气写道:"姓史的,邵大侠若有三长两短,令公子断难活命。"史大人的家在南京,家里人得了这封信,就急忙差人骑快马跑来扬州送信。

乍一听这消息,原本兴抖抖要挖出更多罪状的史大人,顿时像霜打的茄子——蔫了。这天傍晚,他让手下把邵大侠从牢房里秘密提了出来,带进一间早摆了一桌酒席的小房,让人给邵大侠去了铁枷,满脸赔笑请这位"钦犯"入座。邵大侠不知史大人为何前倨而后恭,也不推辞,坐下就吃。史大人给他斟酒,举杯请道:

"请邵大侠饮了这杯。"

"史大人,我可是钦犯啊!"邵大侠嗞儿一口干了酒,话意儿满是嘲讽。

史大人脸红红的,半尴不尬地说道:"邵大侠,本官奉命办案,原不想和你作对头。"

邵大侠夺过酒壶,自斟自饮,回道:"我从来就未曾把你当成对头。"

邵大侠言下之意是这姓史的不够格,但史大人没听出来,却抓住话把儿问道:

"你既不把咱当对头,为何下此毒手?"

"什么毒手?"

"四天前,本官的小儿子在南京城遭人绑架。"

"你儿子遭人绑架,与我何干?"

"邵大侠,你别装蒜了。"

史大人说罢,便从袖筒里摸出那封信递给邵大侠看。草草几行字,邵大侠一瞥即过,放下信笺,自言自语道:

"这是谁做的呢?"

"谁做的你还不清楚?"史大人想发脾气又不敢,只好巴结道,"邵员外,本官知道你在江湖上很有名气,党羽……啊不,朋友众多,这件事是谁做的,你肯定知道!"

邵大侠见史大人救子心切,便有心逗逗他,于是调侃道:"你想救儿子,其实很简单,把我放了,一切都万事大吉。"

"这哪儿成?"史大人紧张得额上冒出汗来,"放走了你,甭说救不了儿子,连本官的这条老命也得搭上。邵员外,只要你放了咱儿子,咱保证从此后不为难你。"

"我是钦犯,你怎么为难我都不会犯错。"邵大侠对眼前这个吃软怕硬的昏聩官员既感到厌恶又产生怜悯,道,"拿纸笔来,我写封信,你们派人送到我府上。"

片刻纸笔侍候,邵大侠只写了四个字:"放他儿子"。史大人不放心地问:

"就这几个字儿成吗?"

"一字千金,拿去吧。"

邵大侠说罢,起身离席,下巴一挑,示意狱卒把他带回漕运衙门的大牢。

不觉半月过去,这期间邵大侠一次也未曾提审。那位史大人也再见不到踪影。有个狱卒慕邵大侠英雄之气,便偷偷告诉他,当史大人的小儿子被人神秘送回府上后,这位老刑官经过权衡思量,再也不肯谳审这个大案,于是装病回了南京。接他手的人现在尚未履任,故邵大侠乐得在牢里清闲,每日与胡自皋两人海天雾地地神侃。

看看已到了腊月二十四小年这一天,扬州城的天气昏昏沉沉。中午,邵大侠与胡自皋两家都买通关系送了食盒进来,两人正欲隔墙痛饮,忽然管监的典吏进来,打开邵大侠的牢门请他出来。邵大侠对着几样佳肴不肯挪步,说道:

"有甚急事,待我吃了这壶热酒再去。"

典吏觍着脸,笑道:"是咱王大人请你去,那边的酒席更丰盛,等着你哪。"

"哪个王大人？"邵大侠问。

"咱们的漕运总督。邵爷，你面子大，咱们王大人的酒，可不是一般人能喝的。"

对面的胡自皋拣耳朵听到这段对话，忙羡慕地插话道："邵员外，上半年张首辅不是有信给王篆，要他照顾你么，你捉进他的漕运大牢都二十多天了，他一直不肯露面，今天过小年，他却来请你，据我看，八成儿有好消息。"

邵大侠一笑反问："如果是鸿门宴呢？"说罢抬腿出门，走之前还不忘绕一腿子到胡自皋房前，隔着栅墙朝里头的小食桌看了看，道，"你家的狮子头做得欠功夫，这厨子二流都称不上。"

胡自皋叹一口气，回道："身陷囹圄，何敢奢谈美食，有此一顿，也差强人意。"

邵大侠又道："扬州城中四喜阁的厨师老马，狮子头做得真正是好，那才叫佛跳墙呢！你何时官复原职，就把那老马请到你府上去做菜。"

"如果有那一天……"

胡自皋一句话尚未说完，却见邵大侠已是大摇大摆地走了。典吏跟在身后，倒像是个跟班。

从牢房到漕运总督的廨房，大约有一里多路，沿途戒备森严枪兵密布，一看到这阵势，邵大侠料定此去必无好事。走进廨房旁边的花厅，却见王篆已站在那里迎候。这位手握重权的漕运总督，虽然官位显赫，但同两年前任北京五城兵马司巡城御史时相比，还是一个样，瘦精瘦精像个猴子，只是从他那两只三角眼中射出的光芒，比过去显得深沉。邵大侠一进花厅，王篆就起身一揖，笑道：

"邵员外，你终于来了。"

邵大侠还了一礼，落座后也不寒暄，兀自问道："王大人请我来，不知为的何事？"

"没别的,"王篆瘦削的脸颊上勉强挂着笑意,"今天过小年,请你来喝杯酒。"

"王大人何必客气,我做客漕运大牢,已经二十多天了。"

"嘿嘿,这……我知道,你是钦犯,史大人管这案子,我不好插手。"

"怎么今日又敢了?"

"史大人称病,回了南京。"

"啊,"邵大侠心知史大人"病"在哪里,便笑道,"这么说,我邵某这颗脑袋,又可以多寄存几天了?"

"这个,当然,当然。"

王篆嘴上这么说,心里头却是十分紧张。原来,史大人称病回南京后,北京刑部原打算把邵大侠和胡自皋押往北京审判,但又顾虑邵大侠在江湖上的巨大影响,害怕路上被人劫走。最后刑部、都察院与大理寺三大衙门堂官一起到内阁张居正值房会揖,决定将邵大侠就地处死。为了万无一失,这案子仍绕过扬州府,径由漕运总督王篆办理。王篆接到这道密令,如拿到一个烫手的山芋,实在感到难办:第一,他在与邵大侠的交往中,感到这个人行侠仗义,的确有可敬可畏之处,亲手杀他,心有不忍;第二,邵大侠在江南势力极大,与他为敌,史大人就是前车之鉴。但是,军令如山倒,内阁密示不能不执行。两相比较孰轻孰重已不能判得明白,他只有横下心来,执行北京八百里加急传来的密杀令。

再说邵大侠入门之前已存疑心,现在又看到王篆闪烁其词,便欲探知此中蹊跷。他故意装傻问道:

"史大人既走,这案子是不是暂时搁下了?"

"这怎么可能呢?"王篆蹙着眉头说,"自把你抓起来后,皇上又为此案连下两道谕旨。"

"都说些啥?"

一问到关键处,王篆便不回答。他起身相邀道:"菜都摆上了,邵员外,咱们入席吧。"

两人离开花厅来到膳堂,只见珍馐美味堆了整整一桌。王篆也不让人作陪,与邵大侠对席而坐。但是,细心的邵大侠发现,上菜的伙计罩着的大棉袍子里头都穿上了短打紧身衣,笼着帷幔的木格窗子外头人影憧憧,似乎都是刀斧手。

王篆亲自为邵大侠斟上一杯,起身邀饮。邵大侠坐着不动,正颜问道:

"王大人,你对我说实话,皇上的谕旨说什么?"

王篆情知瞒不下去,便道:"邵大侠少安毋躁,先饮下这杯,我再实情相告。"

"你先说,说了我再喝。"

"既是这样,我不得不说,皇上要把你秘密处死。"

王篆以为邵大侠听罢此言一定有过激反应,因此预先拉好架势准备闪躲,却没料到邵大侠异常平静,他拿起那杯酒,缓缓饮下,问道:

"小皇上不是说要将我明正典刑么,怎么突然又改成了秘密处死?"

"明正典刑就得把你押赴北京,但虑着你江湖朋友众多,怕路上不安全,故更改了旨意。"

"真乃杯弓蛇影,大明天下赫赫皇朝对一介布衣如此害怕,这是衰败之象啊!"邵大侠长叹一声,一脸的蔑视,又问,"这秘密处死的差事,就落到你王大人的头上?"

"是。"王篆强压下心头的慌张。

邵大侠又问:"你准备如何下手?"

"你看,那儿有一壶毒酒,"王篆指着墙边高脚几上的酒壶说,"酒过三巡,趁你不注意,将那酒斟上一杯让你饮下。"

"无稽之谈!"邵大侠鄙夷地说,"堂堂男子汉大丈夫,要死也须死得壮烈,遭人暗算成何体统!"

"那,邵大侠想怎么死?"

"用刀砍死我,用箭射死我,都可以。"

王篆从未碰到如此视死如归的人,心中除了紧张又陡生敬慕,小声嗫嚅道:

"邵大侠,我王篆是奉命行事。"

"我知道,我又没怪你。"邵大侠抓起酒壶一阵豪饮,直到涓滴不剩,他把酒壶一摔,问,"刑场设在哪儿? 带我去。"

王篆不由自主双腿抖了起来,结结巴巴地说:"邵大侠,你可有遗言留给家人?"

"没有,走吧。"

"你,你还是留几个字吧。"

王篆近似恳求。邵大侠想了想,道一声"好吧",便随着王篆回到花厅,在已铺开的宣纸上奋笔写道:

象以齿焚,
犀以角毙;
猩以血刺,
熊以掌亡。

貂以毛诛,
蛇以珠剖;
狐以腋殒,
獐以脐伤。

匹夫何辜,
怀璧其罪。

只为冤魂,
安然受戮。

是大丈夫,
慷慨赴死。
将这人间,
留给俗流。

写到这里,邵大侠似乎意犹未尽,但一时找不到词儿,便慨然掷笔,昂头走出花厅。

第二十二回

邀缙绅齐瞻年节礼　　对空房捧读绝情诗

　　腊月二十四一过，北京城中过年的气氛就渐渐浓了起来。平日冷冷清清没多少生意的商铺，现在无不挤挤擦擦。大街小巷到处都是人，有东跑西颠置办年货的，有扛着长篙帚子到处吆喝着替人扫尘清洗烟筒的；有赶着骡车专给大户人家送红箩炭、白花窗纸等杂物的，有当街摆起条桌替人写春联的；有挑着刀具担子上门替人家杀猪宰羊的，也有一等人——多半是乞丐，打着快板挨门挨户送门神，为的是讨几个铜板。总之是人无贵贱，都为一年一次的春节忙得脚不沾地儿。

　　却说除夕这天早上，武清伯府邸里里外外都是张灯结彩。往年过年，大门口挂上八盏大红灯笼，热热闹闹就满有气氛。今年这灯笼却增加了一倍，整整十六盏。而且，这些灯笼没有一只是从库房中取出的旧物，它们都是从珠市口汪家灯铺里订制的新款宫灯。大清早，家丁们搬出梯子挂灯时，惹来了一帮看热闹的乞丐。这些耍贫嘴觅食儿的街混混，碰到哪家有喜事儿，都会凑上去说吉利话讨财喜。这会儿，乞丐中一个绰号叫铜豌豆的小家伙，看到一只灯笼被挂上梁，忙把一挂鼻涕缩了缩，从腰带上抽出快板摔了个花样敲打起来。和着快板明快的节奏，他扯着嗓子有板有眼念道：

　　　　挂灯笼，红彤彤，
　　　　这户人家占东风。
　　　　日子过得火蓬蓬，

当官当得路路通。

这吉利话顺耳,此时若把几个铜板掷过去,小叫花子们也就作揖道谢,一轰散去。偏李府家丁都不当事,不但没有一个人舍得施舍小钱,反而有一个还把眼睛一瞪,吼道:

"去去去,这里不是你们胡闹的地方。"

一句话未完,铜豌豆又敲起了竹板,嘴巴一瘪念道:

挂灯笼,红彤彤,
外面好看里面空。
除夕一年走到头,
折下富字换成穷……

铜豌豆顺口溜张口就来,他还欲铺排下去,忽然啪的一声,脸颊上挨了一个重重的手批。抬头一看,一个身材高大的壮汉像一堵墙横在他面前,铜豌豆捂着脸正欲叫骂,壮汉如同拎小鸡一样把他拎了起来,喝道:

"小杂种,谁让你在这里咒我?"

这壮汉是李高,他本是个夜里不眠日里睡觉的玩主,除夕这一日家里有喜事,他才起了个大早,到街上溜达办事,回到家门口正碰到这群叫花子哄闹,便逮了个正着。

铜豌豆一见这李高衣着华丽,再看周围不知何时已围拢了一群横肉面生的打手,顿时心底发虚,吸溜着鼻涕答道:

"咱夸这府上灯笼,他不肯给赏钱。"

"谁?"

"他们。"

铜豌豆指着门口的那些家丁。李高把铜豌豆放下,又对那些家丁拧着眉斥道:

"你们怎么和这些嚼舌根的球蛋一般见识,嗯?就他娘的几个铜板,你们施舍不起是不是?"

几句话骂下来,家丁们一个个不但气星儿没有,还都哈着腰满脸赔笑。一个年长的家丁忙摸出一把铜板递过来,铜豌豆接过破涕为笑。

"你叫什么?"李高问。

"铜豌豆。"

"我操你妈,看你烂泥样的伢秧儿,还想挣一个嚼不碎捶不烂的大名。"李高嘴上虽然骂骂咧咧的,脸上却挂着笑,"你拿走了赏钱,该掌自己嘴巴子了。"

"为啥?"铜豌豆问。

"你方才咒了我。"

"咱再念顺口溜,替老爷解咒好吧?"

"也行,你念一段,看大爷咱喜欢不喜欢。"

铜豌豆竹板一打,又音韵铿锵地念将起来:

挂灯笼,红彤彤,

这家府上好兴隆。

男的都是大金龙,

女的都是大彩凤。

铜豌豆一念完,李高眼睛都笑眯了。他拍了拍铜豌豆的脑袋,问道:

"龙为天子,你小子怎敢胡诌,说咱府上出大金龙?"

"咱编词儿只图吉利,不管这许多。"

"唔,咱看你铜豌豆嘴上还利索,你今儿个也甭走了,待会儿咱府上有许多客人来,每一个下轿的,你就念一段顺口溜,只要逗得他们高兴,咱有大把的赏钱。"

李高说罢双手一剪迈开大步进了大门,铜豌豆瞅着他大模大样的势派,问近前的家丁:

"这位老爷是谁呀?"

家丁道："嘻,闹了半天你连他是谁都不知道,这就是大名鼎鼎的国舅爷!"

李高进得府中,但见他的父亲武清伯已穿了一件簇新的绣蟒朝服,坐在客堂里,指挥一帮仆役搬东搬西地布置。李高走了进去,得意地对父亲说:

"爹,咱早上一出门,就讨了个吉兆。"

"啥吉兆?"武清伯问。

李高便把铜豌豆最后念的那四句顺口溜念了一遍,接着喜洋洋地说道:

"爹,咱姐叫彩凤,可京城里的人,不管老少贵贱,都只知道李太后,却是没几个人知道她叫李彩凤的。那个铜豌豆张口说出'女的都是大彩凤',可见,咱姐不管权势多大、地位多高,还是咱李家的人。"

武清伯咧开嘴憨憨地笑了。自从戚继光御前告状以来,武清伯一直担惊受怕。他不单听信驸马都尉许从成和儿子李高的唆使,表演了一场假上吊的闹剧,自那以后,他还到处求神拜佛,寻求趋吉避凶的良方。皆因他知道张居正把这事儿揪住不放。他不知张居正究竟想要怎样,会弄何等的套路惩治他,心中猜度不出,故每日愁眉苦脸,吃饭饭不香,睡觉觉不稳。十几天前,他听说扬州方面已把邵大侠与胡自皋捉拿起来,心里头更是发毛。他害怕邵大侠说出事情真相,自己纵然横下心来不认账,但那要费多少口舌?还不知谳审的官员会不会成心作对。这样魂不守舍的日子又过了一二十天,忽又听得消息,说邵大侠已经在扬州漕运大牢里"畏罪自杀"。他顿时心下犯嘀咕:"这人五阎王不要,六阎王不收,怎的就会自杀?"正自将信将疑,昨儿又接到宫里头的传信,说是李太后明日要派人往武清伯府中送年节礼。乍一听这消息,武清伯父子欣喜若狂。李太后这一举动表示,他们父子二人已彻底从"棉衣事件"中解脱了。因此李高便向父亲建议,为了冲冲府上的霉气,干脆趁姐姐送年节礼之机,把京城里的势豪大户请一些来,让他们目睹"送礼"的盛况,好回去宣传宣传,咱李家无论啥时候儿,都还是京城里头的第一号皇亲。武清伯素来只喜欢银子不喜欢张扬,但这回确实受够了"窝囊气",也就真的想在众人面前挽回些面子,便欣然同意了儿子的建议。因此,从昨天夜里开始,武清伯府上就已忙碌起来,到今儿个早上已是一派盎然喜气。

过了辰时,被请的客人陆续到齐,来了二十多位,都是京城里头叫得响的人物,他们中地位最高的,当数镇国公朱希孝。他是开国元勋朱能的后代,到他这里,已世袭了九代。这朱希孝为人谨慎,从不招惹是非,因此在势豪大户中人缘极好。张居正对这位级别最高的缙绅也极为尊重,正是他的鼎力推荐,朱希孝还被皇上任命为锦衣卫镇抚使,辖控锦衣卫南北十六卫营兵,也算是朝廷中第一号武臣了。他的到来,令武清伯甚为高兴。

又过了一个多时辰,大约巳时一刻,忽有门子滚葫芦般跑进客堂,跪下禀道:

"老爷,宫里头的牌子到了。"

李高连忙出门迎接,一会儿,李太后名下的随堂太监万和就随着李高走进了客堂。一看到客堂里坐了不少贵宾,万和禁不住一愣,这些人,多半他不认识,但像朱希孝、许从成这样的显贵,他还是打过交道。他当即先朝在座的诸位勋贵抱拳一揖,然后再对武清伯施礼言道:

"老大人,太后李娘娘差奴才前来送礼。"

"好哇,咱闺女啥时候儿都惦记着我这把老骨头。"李伟一脸的红光,不无炫耀地说,"万公公,太后这一向可好?"

"好,每日还是抄经念佛。"

"咱那小外孙呢?"

"皇上除了温书习字,还要阅读各地奏本,处理军国大事,每天忙得很哪。"

"啊,闺女给咱捎话儿了吗?"

"捎了,"万和拘谨惯了,回话极有分寸,"李娘娘要您老人家保重身体。"说罢,唤过随他前来的两个小火者,将一个礼盒儿抬到客堂里当场交付,然后领了赏钱辞谢回宫去了。

万和一走,客堂里的气氛顿时又活跃起来。第一个起身离席,摇着臃肿的身躯走到礼盒儿跟前的是许从成。他绕着礼盒儿走了一周,煞有介事地感叹道:

"俗话说,亲不亲,一家人。你们看看,大凡什么事到了节骨眼儿上,还是亲情为大吧。"

许从成这些带酸味的话,在场的人一听就懂——这是暗指"棉衣事件"。于是,客堂里七嘴八舌议论开来:

"有些人手伸得特别长,想搅和皇上家里的事,这真是自不量力。"

"别看皇上小,李娘娘又是女流,其实他们心里头亮堂得很,心中判得出忠奸来。"

"今年的子粒田征税,咱白掏了四千两银子。"

"我呢,我还不是一样,碰到这种人当道,我也只好日食三餐,夜眠一觉,无量寿佛。"

"别急,恶有恶报,善有善报。君不听古人言,千人所指,无病自死。"

许从成点一把火,把众人的愤怒都引了出来。除开朱希孝,这些人都是对子粒田征税极为反对的,腹诽藏之既久,借机泄愤也事属必然。朱希孝对这些偏激之词听不过耳,遂响亮地咳嗽了一声,待众人安静下来,他才和缓言道:

"居家友聚,议论国事朝政,实乃朝廷大忌,诸位还是谨慎些个。"

虑着镇国公的声威,他这一说,众人再也不敢造次。许从成本是一盏打不灭吹不熄的逗人灯,哪肯闲着?遂转了话题儿,又指着礼盒儿言道:

"大家猜猜,这礼盒儿里装的是啥?"

"银锭。"有人回答。

李高上前掇了掇,道:"并不沉的。"

"那就不是银锭了。"许从成说,"咱们猜不出,干脆,还是请武清伯打开,咱们一睹为快。"

众人一齐说好。武清伯满面笑容走近前来,看着系在礼盒儿外头的彩带及绸花,已是喜不自胜。李高递给他一把剪刀,要他把彩带剪开。武清伯舍不得剪,硬是笨手笨脚去解那彩带的结子,弄了半天才解开。待他打开层层包装,把最后一层绸布揭开时,一直站在一旁围观的缙绅大僚们顿时都傻了眼。

盒子里躺着的是一把砌刀。

武清伯是泥瓦匠出身,李太后派万和给他送来一把砌刀,在场的人没有谁不明白李太后的良苦用心:她要父亲不要忘本。

"咦,怎么会是这个?"许从成简直不敢相信自己的眼睛。

武清伯与李高父子二人面面相觑地对视一眼,站在礼盒儿跟前,恍若两根木桩。

除夕这天上午,张居正仍乘轿到内阁转了一趟。京师各衙门年节放假从腊月二十八至翌年正月十六,期间除值守人员每日点卯以应必须,各衙门例不办公。张居正难得有几天清闲,但心中对国事仍放心不下。托老天爷的福,他自上任首辅两年多来,域内风调雨顺,长江、黄河与淮河都未曾有水患发生。北方九边,从陕西榆林到辽东朵颜三卫,这数千里的防线,除秋上偶尔有小股鞑靼与色目骠骑越境劫掠牛羊外,亦无大的战事发生。连续两年半,南方水田北方旱地都有好收成,因此各府州县征收粮课没有出现拖欠现象,且州仓府库粮满为患。累年的积欠除万历元年减免一次外,第二年又酌情对河南、山西、湖广与河北等历年受灾较多因之积欠也多的省份再减免一次,如今积欠已基本清理完毕。隆庆时期六年都做不成的事情,张居正花两年时间就大功告成。朝廷手中有粮,老百姓又都得到实惠,因此耕夫野老一般庶民无不夸赞万历新政的好处。再加上子粒田征税以及全国十大税关的改制,屯边与马政的改革,宫中皇室用度的削减以及两京各大衙门裁汰冗员、节缩开支等财政举措,使国库的银两大幅增加。仅万历二年一年,与隆庆六年相比节约下来的银两就达三百万两之巨,再加上新增收的五百多万两税银,张居正的挚友王国光,终于从大明王朝近两百年来最穷的一个户部尚书摇身一变成为一个最富有的大司徒。今年秋天,张居正决定给全国官员提高年薪的折俸。过去折俸,四品以上官员是三分银,七分铜钞,五品以下官员是四分银六分铜钞,如今倒了过来——四品以上官员是七分银三分铜钞,五品以下官员是八分银两分铜钞。须知铜钞因造得太多铸得太滥,根本不值钱,官员们薪俸拿到的现银多了,无异于提高了俸酬。中小官吏得到的实惠尤多,因此也是一片赞誉。总之,这个春节物阜民丰,南北东西到处一片喜气洋洋。

张居正心里清楚,这种局面的取得,是李太后与小皇上对他言听计从的结果。"内阁每有一议,皇上即下一旨",这种亲密无间的君臣关系,乃是万历新政得以展布的稳固基石。随着时间的推移以及富国强兵的梦想甫见端倪,张居正初登首辅高位的戒慎之心不但没有松弛,反而更加强烈了。历史上功亏一篑的前车之鉴太多。眼下的局势虽然对他有利,明枪没有了,但暗箭随处都是。此情之下,他不敢稍有疏忽。正是有这种警惕心与紧迫感,年三十他也在家待不住,仍想着要到内阁走走。

因今日只是巡视而无实际的事儿,张居正在路上便是从容不迫,待到内阁院子里落轿时,已过了巳时。他刚走进内阁,忽见吕调阳对面的一间值房门已开启,那是新增补的内阁辅臣张四维的值房。说到张四维入阁,这里头还有一段故事:戚继光告御状不几天,李太后曾召见玉娘,两人说闲话时谈及张居正为国事操劳恨无分身之术,李太后当时就让容儿传她的懿旨,让张居正再挑一两个辅臣,随他入阁办事。张居正得到这道旨意,内心感谢李太后与小皇上对他的关心,但在推荐辅臣的人选上,他却颇费踌躇。他心中有三个人选,一个是詹事府詹事申时行,一个是礼部左侍郎许国,还有一个就是礼部尚书张四维,这三个人都在他为小皇上精心挑选的六个经筵讲师之中。这三个人,申时行是状元出身,学问道德都为士林推重;许国资历稍浅,却也有着经邦济世的实际才干。至于张四维,论资历三个人中数他最老,嘉靖三十八年考中进士后,从知县做到巡抚,臬台藩台都干过,当封疆大吏时很有政声。去年,张居正推荐他出任礼部尚书一职,原也存了让他入阁的意思,但他在礼部尚书任上一年多来,所作所为却有张居正不甚满意之处。最不满的是两件事情:第一,今年的会试,张居正的大儿子敬修与二儿子嗣修二人参加,敬修虽然榜上有名,名次却在八十名开外,更惨的是,嗣修还怆然落榜。虽然事前张居正就会试事一再叮嘱张四维要秉公持正,但到头来看到自己的两个儿子这般狼狈,心里头还是很不舒服。其实张四维一直有心照拂,但惮于张居正防微慎独的做人风格,他不敢冒这个险,但他看准了张居正不喜欢江西举子汤显祖恃才傲物的张狂劲儿,硬是把他做出的一张花团锦簇的试卷扔进了废纸篓,让这位志在必得的大才子落魄离京。尽管这一处置本意是为了讨张居正的欢心,而不惜招来非议,但张居正仍不领这个人情。第二,张居正不止一次听人说过,张四维为了能早日入阁，还走通了冯保与武清伯李伟两人的门路，大肆向他们行贿送礼。张四维是山西蒲州人，祖上经营盐业而积下巨额财富，他根本用不着贪墨，家中自有大把的银子供他打通关节。

基于以上两个原因，他差不多已将提拔张四维的念头打消了。但是，"棉衣事件"发生后，这件事又有了新的变化。戚继光御前告状之后，第一个感到紧张的还不是武清伯李伟，而是蓟辽总督王崇古。在当朝那些以文驭武的进士出身的总督中，最为出类拔萃的，当数谭纶、殷正茂与王崇古三人。当初杨博由兵部尚书改任吏部尚书，到底该由谁来接替他，张居正一时委决不下，最后，他想出一个折中方案，让谭纶担任兵部尚书，而让王崇古挂兵部尚书衔领蓟辽总督一职，殷正茂挂左都御史衔仍领两广总督。这样，论级别三人都是二品大员。不同的是，谭纶坐的是实职，总揽全国军事，实际权力大过王崇古与殷正茂。如此安排，三人皆大欢喜，因为谭纶年纪最大，他一旦致仕，第一个有资格接任兵部尚书一职的，就数他王崇古。但异数难料，眼瞧着王崇古可以顺利接班，谁知"棉衣事件"突然爆发——这场悲剧的起因，就在于王崇古把这笔制作棉衣的生意当作人情送给了武清伯李伟。

事出之后，王崇古急得像热锅上的蚂蚁，他想上本子辩解，但数次提笔又不知如何敷陈。尽管这笔生意是李伟主动跑上门来要去的，但自己又怎敢把这责任一股脑儿推给他？设若自己咬牙把这责任承担下来，岂不是伸着脑袋让人砍？常言道伍子胥过昭关一夜急白了头发，现在用来比之于王崇古，庶几近之。

其实，在这件事情的处理上，张居正也感到非常棘手。平心而论，他对王崇古的才干十分欣赏，这位文帅同殷正茂一样，从里到外透露的都是一股子精明强干的循吏作风，而绝无半点迂腐空谈的清流习气。他之所以建议戚继光到御前告状，原也只是想借此治一治外戚集团的头号人物李伟，这想法同他今年夏天呈给皇上的《请裁抑外戚疏》如出一辙。如此一来,作为当事人之一的王崇古势必受到冲击。目前情势下,最直接的后果就是再不可能由他来接任兵部尚书。这种结局虽是王崇古咎由自取,但张居正毕竟不愿意由此而让王崇古背上心理包袱,甚或一蹶不振。如果这样,朝廷将损失一位难得的能臣良吏。打击贵戚为的是惩治腐败,搬开阻挡万历新政的绊脚石,绝不是为了剪除异己自毁长城。为朝廷留一个人才,无异于为天下的黎民苍生谋一份福祉。基于这等考虑,张居正已在暗自寻求一种解决之途。正在这时候,李太后要他增加阁臣,他思虑再三,决定推荐张四维。尽管在小皇上主持的廷推中,有人还是觉得申时行最合适,但他坚持己见,列举了推荐张四维的六条理由,有一条理由他一直没说出口,但却是真正的理由,那就是因为张四维是王崇古的嫡亲外甥。

这一推举,满朝文武都感到震惊。高官大僚没有几个不知道张四维与王崇古的舅甥至亲关系。就在"棉衣事件"闹得沸沸扬扬举朝皆惊之时,张四维却能不受王崇古的牵连而荣登阁臣宝座,这一举措,令那些循常例推断朝局揣摩首辅心志的老官僚们,一个个如堕五里雾中。当然,作为当事人的王崇古与张四维舅甥二人,对张居正的感情在一夜之间彻底翻了个个儿,由猜忌、怨恨与沮丧变成了自愧、仰慕与感激涕零。

张四维入阁之后,严格遵守小皇上的御旨与李太后的懿旨:"随元辅张先生入阁办事。"一个"随"字,便把他与张居正的关系定得清清楚楚。任何事情他都不能独自决断,必须请示张居正方可定夺。因此,虽然张居正让他分管礼刑两部的章奏封驳一应事宜,然而他恭敬而逊,顺上为志,不敢有一星半点的私意。

却说张居正步入内阁见张四维的值房门开着,正自猜疑间,张四维也闻声走出了值房。他见首辅正朝里头走,连忙拱手一揖,笑道:

"首辅,今日除夕,也不在家歇着?"

张居正还了一礼,反问道:"你不也来了么?"

"邵大侠一案虽然已经处理,但尚未结案。昨日下臣从刑部调来该案卷宗,还想再看一看。"

"啊,你可有新的想法?"

张居正极有兴趣地问,随即让张四维来到他的值房。张四维坐下后,禀道:

"那个邵大侠已死,棉衣事件按理可以结案,但胡自皋尚未处置,现仍羁押在扬州漕运大牢里。"

"你调刑部卷宗看什么?"张居正问。

"看胡自皋的谳审笔录。"张四维说着看了看张居正的脸色,审慎言道:"自胡自皋收监之后,外头舆论很大,说冯公公是他的铁后台,如今元辅批示抓了胡自皋,是不是要查冯公公的问题。"

"外头这些谣言不必听它,缉拿胡自皋之前,仆专为此事向冯公公作了通报,冯公公也是同意的。"张居正向张四维解释,接着问,"胡自皋谳审时说了些什么?"

"他一再辩解自己与棉衣事件无关。"

"他不是批了盐引给邵大侠么?"

"他说这是邵大侠设局诳他,不得已而为之。"

"他没有攀扯冯公公?"

"没有,一个字也未提到。"

"这条滑泥鳅,倒知道紧要处守口如瓶。"张居正眼中掠过一丝失望的神情,思虑了一会儿,又问,"能给胡自皋定罪的,究竟有哪些?"

"有人证物证,能够落实下来的,他实实在在贪墨了九万两银子。"

"这么少,你信么?"

"咱也不信,但也没有办法。"张四维叹一口气,蹙着眉道,"南京刑部已派员抄了胡自皋的家,除了家中细软值钱物件,能折出三万多两银子,实际的现银也只有三万多两。"

"他早就转移了,还等着你去抄家?"张居正抢白一句,又问,"户部尚书王国光可知晓这些情况?"

"他看过卷宗,他也不信胡自皋的贪墨只有这个数。"

"就这个数,也可治以重罪。"

"问题是……"张四维欲言又止。

"是什么?"张居正抬了抬眼。

"昨天,冯公公让人给下官捎了个话儿,他说,对胡自皋的惩处,虽然没有死罪,但活罪不能轻饶。"

"呵,冯公公真会说话儿,"张居正嘴角泛出一丝难以捉摸的微笑,"表面上看他的意思是对胡自皋要严惩,实际上是要保他一条命。"

"是呀,因此下官今日再把胡自皋的卷宗调来一阅,把他的罪行归纳清楚,然后再向首辅禀报,看究竟如何处置。"

"若想重惩一个贪官,简直比登天还难。"张居正喟然长叹,他敲了敲自己的额头,接着说,"也没有什么好商量的,就依冯公公的话,活罪不能轻饶,将胡自皋家产充公,个人流徙三千里戍边,永不准开籍回乡。"

"是!"

张四维领命退出。张居正独自坐在值房里,正想着"棉花事件"的始末缘由,忽听得门口有人怯生生喊了一声:

"首辅大人。"

张居正抬头一看,见是积香庐主管刘朴,便示意他进来,盯着他问:

"你怎么来了?"

刘朴满脸惊慌,跪下禀道:"启禀首辅大人,玉娘不见了。"

"你说什么?"张居正霍地站起,连声问道,"你说玉娘不见了,她去了哪里?"

"她昨日下午下得楼来,说是要去街上看看,小的也不敢阻拦,就让她去了,谁知她一去不返。小的派人四下寻找,至今也没有下落。"

刘朴跪在地上结结巴巴语无伦次,张居正又气又急,朝他一跺脚,吼道:

"还不快起来,去积香庐。"

大约半个时辰后,张居正匆匆忙忙来到了山翁听雨楼,一路上他直跺轿板要轿夫赶快。众轿夫哪敢怠慢,一路上如箭狂奔。等到了积香庐,一个个累得上气不接下气,都快要瘫下了。张居正噔噔噔抢步上楼,一把推开玉娘的寝房,只见琴筝宛然,香奁依旧,人却不知哪里去了。

"玉娘!"

张居正大喊一声,寝房中回声荡漾。他用鼻子使劲嗅了嗅,仿佛闻到了玉娘身上的那股子特有的香味。"玉娘!"他又轻轻地呼唤了一声,回答他的,只有虚空中那若有若无的琴声。他心中顿时升起了不祥之兆,他记得他最后一次来到这里是三天前。玉娘仍对他嫣然而笑,只是不像以前那样任性撒娇。自那次他失手打了玉娘一巴掌后,玉娘的性格就有些改变了。尽管他一再地向玉娘赔礼道歉,玉娘也宽宥了他,并且抚琴作诗蕴藉缱绻一如往昔,但细心的他,仍能觉察到玉娘深藏于心的些许惆怅。她对镜梳妆临风凭栏的迷茫情绪,更引起了张居正对她的百般疼爱。他知道两人之间这种不明不白的关系对玉娘是一种伤害,他正准备选择佳期,正式纳玉娘为妾,然而,他还来不及把这个决定告诉玉娘,这位风情万种的美人儿,突然间就离他而去,消失得无影无踪。

张居正的心被痛苦紧紧攫住,他迈着沉重的步子走到梳妆台前,这才发现脂粉盒下,压着一张彩笺。张居正小心把它拿起,上面写了几行字和一首诗:

老爷：奴婢今日得知，你还是把邵大侠杀了。死者不可复生，生者岂无锥心之痛。以奴婢之红粉痴情，实难感化老爷铁石心肠。奴婢去矣，和泪写小诗一首，聊表奴婢寸断之柔肠：

凄风苦雨恨绵绵，
此去奴家泪不干。
鸳梦一朝成往事，
难将恩怨说前缘。

看罢这张笺纸，顿时张居正眼前一片茫然，两滴浑浊的泪水，从眼角溢了出来。

第二十三回

询抚臣定清田大计　闻父丧感圣眷优渥

春去秋来光阴荏苒，转眼间到了万历五年的秋天。这天夜交亥时，一匹快马自宣午门方向驰来，到了纱帽胡同口，马上骑客一勒缰绳，快马两只前蹄顿时腾空。那人趁势跳下马鞍，向一个正好路过此地的路人打听：张大学士府在何处？因这人浓重的南方口音，路人一连听了三遍才弄清楚意思，便向胡同口内一指，答道："进去百十来步就是。"听说这么近了，那人不再骑马，而是牵着马大步流星走进纱帽胡同。片刻之后，张居正的府邸大门便被这人擂得山响。

此刻，张居正府上客堂里，正坐着两位来访的客人。一位是户部尚书王国光，一位是山东巡抚杨本庵。为何这样两个人凑到一块儿来拜访张居正呢？事情还得从一个月前的一份奏章说起。

从万历二年开始，整顿财政一直是张居正推行万历新政的主要内容，从子粒田征税到万历四年开始的驰驿制度的改革，都使朝廷得到了实惠。单说这个驰驿制度，大明开国后，承唐宋朝廷旧制，在全国各地建有数百个驿站。这些驿站负责在职官员的赴任及出差公干的食宿接送，其费用由驿站据实上禀核实报销。而其长年供用的轿马夫役，则就地征派。驿站归兵部管辖，管理驿站的官员叫驿丞，都是八品衔，亦是兵部提名吏部任命。朝廷设立驿站的初衷，本意是为了公务简便，提高办事效率，但演变到后来就成了一种特权。入住驿站者,照例应有兵部发给的勘合作为凭证。为了发放简便,兵部每年给在京各大衙门以及全国各府州衙门配发一定数额的勘合。持此勘合者,不单出门旅行有驿站接待,一路上轿马官船都由驿站供给,临行还由驿站送上一份礼银。如此一来,一纸小小的勘合就成了官场上身份的象征,一些高官大僚当路要人,不但自己享受勘合之便,甚至其家人仆役都能获沾殊荣。因此,近一百多年来,这大明开国订下的驿递制度,已日渐演变成国家财政的重大负担,全国数百座官驿变成了官员们敲诈勒索游饮宴乐的腐败场所。张居正奏明皇上对驿递制度进行了严厉整顿,对勘合的管理严之又严,规定凡因私旅行者一律不准驰驿,违令者严惩。官员们出门在外在官驿中享受惯了,突然不准使用,都深感不便。更重要的是,出一次远门本是官员们捞外快的绝佳机会,如今不但没有"礼金"收入,沿途住客店还得花去一大笔费用,因此引起了不少官员的不满与抵触,甚至有人给皇上写本子,要求废除这个刚刚实施的"驿传之禁"。张居正绝不肯通融,他深知整饬纲纪矫治腐败的艰难,于是对敢于违禁者给予严惩。一年多来,因为违反条例使用驿递或骚扰驿站的官员,被他处分了五十几个。最典型的例子有:宛马寺卿赵敦郊游,在京南驿吃了一顿招待筵席,被降职一级。按察使汤卿出京公干,要驿站多拨三匹马载其仆役并索要酒食,被连降三级。更甚者,甘肃巡抚侯东莱的儿子擅自使用驿站,被言官纠弹。甘肃地处北边前线,侯东莱又是制虏镇边屡建殊功的封疆大吏,因此有不少人替他说情,小皇上也想下旨"薄责之,下不为例",张居正却坚决不同意,执意革去了侯东莱儿子的官荫。张居正对别人要求严格,对自己身边的人更是管束得近于苛刻。他的儿子懋修回江陵参加乡试,张居正让他雇了一头骡子骑着回去。他府上一个仆人外出办事,把驿站的马匹用过一回,他知道后,立即把这仆人绑至锦衣卫治罪,杖一百棍遣回原籍。

常言道"政治当明其号令，法令严执，不言而威"，由于张居正善用刑典，且完全不徇私情，一个烂了一百多年的驿递制度，竟被他用一年时间治理得秩序井然，不仅矫正了官员们据此而营私的痼弊，而且一年还能为朝廷省下一百多万两银子。

由于连续做成了几件大事，再加之深得李太后和冯保的信任，张居正现在成了大明开国以来最有权势的首辅。在他的治理下，不但吏治清明，国家财政也彻底摆脱了困境。但他知道，近百年积累下来的弊政，不可能在短短的几年内全部芟除。民瘼轻重，吏弊深浅，钱粮多寡，强宗有无，诸多国事，张居正都铭记于心，一旦发现问题，便及时纠察处理，绝不肯拖延半日。

却说上个月，户科给事中温加礼给皇上写了一份奏章，弹劾山东巡抚杨本庵征税不力。隆庆年间，山东一直是粮税大省，可是自万历二年之后，山东上交国库的税银虽略有增加，但其在全国的排名却由第五掉到了第十一名。而原来远远落在后面的如山西、湖广等省却晋升为前八名。山东沃野千里，且近漕河灌溉之便，经过子粒田征课等措施后，为何税赋却不能大幅增收？温加礼便把这责任归咎于杨本庵。

张居正收到从小皇上那里转来的这份奏章后，极为重视，吩咐手下把王国光召来会揖此事。其实，在读到这份弹劾本子之前，王国光就已经注意到山东的问题。当年，王国光与杨本庵同在山西为官，王为抚台，杨为学政。因此王国光深知杨本庵的为人，做事丁是丁卯是卯绝没有半点含糊，而且进取心也强。说他玩忽职守懈怠政务，于情理上说不过去。王国光猜想杨本庵一定有什么难言之隐，便建议张居正把杨本庵召进京城当面询问。张居正也觉得派人前往调查再等他回来禀报，既费时，还不一定可靠，遂听从王国光的建议，往山东抚衙发了一道加急咨文。杨本庵收到函件，焉敢怠慢，即刻束装北上，他今天下午到京，先去户部拜访了老朋友王国光,然后随王国光连夜来到张居正的府中。

杨本庵担任山西学政时,张居正在礼部尚书任上,还是隆庆二年京城会试的主考官,因此两人并不陌生,但也没有私交。杨本庵这是第一次登张居正的家门,他本是有心人,一看这客堂明窗净几,处处收拾得井井有条一尘不染,就知道主人的心性,对卑鄙龌龊藏污纳垢之事天生反感。张居正自当首辅后,为避嫌疑,极少在家会见官员,但他知道杨本庵是王国光的朋友,故给了他一回面子。

茶过三巡,寒暄过后,张居正开口问道:"杨大人,户科给事中温可礼弹劾你的本子,想必你已看到。"

"下官动身进京之前,就收到这道弹劾本子的副本,"杨本庵一谈正事儿就挺直了身子,他看了看王国光,又补充道,"而且,稍后的邸报中,也将这本子全文刊登了出来。"

"温可礼说的可有道理?"

"事实是真的。"

"那什么是假的?"张居正逮住话缝儿问。

"说下官玩忽职守,政务懈怠,这一条是假的。"

"为何不见你的辩疏上来?"

"首辅大人紧急咨文让下官火速赴京,所以就搁下了,而且,这辩疏下官也无从落笔。"

"为何?"

"唉,下官真是有难言之隐啊!"

杨本庵表现出一脸的无奈,两人一开始谈话就弄得气氛很紧张。王国光担心老朋友会错过这次替自己辩解的好机会,便一旁撺掇道:

"中明兄,你有何难处,正可对首辅当面讲清楚,省得让人过话,说走了样儿。"

杨本庵明白王国光的用意,他沉吟了一会儿,缓缓言道:"下官出抚山东三年,何尝不想扩大赋税做出政绩来,该增的税都增了,普通纳税农户十之八九都照额缴付税银,基本上没有拖欠现象发生。在老百姓身上再挖潜力,那就不是扩大税源,而是搜刮民脂民膏了。"

"谁让你杨本庵搜刮民脂民膏了,嗯?"张居正一拍茶几,怒气冲冲斥道,"山西、湖广等省赋税大幅增加,难道都是搜刮民脂民膏?这些省的抚台,未必都是酷吏?"

"中明兄,你对首辅,怎好如此说话?"王国光也急了,赶紧打圆场。

杨本庵躲过张居正咄咄逼人的目光,也不为方才的话辩解,继续言道:

"下官实不想在安分守己的老百姓身上再打主意,只要首辅大人能帮下官搬开压在头上的两座大山,则山东赋税,还可增加一半。"

"哦?"张居正陡然挺起身子,敛了怒容,急切地问,"请问哪两座大山?"

"一是孔子的六十四代孙衍圣公孔尚贤,另一个是第七代阳武侯薛汴。"

一听这两个名字,张居正心里格登了一下。作为当朝首辅,他不一定对全国各地的势豪大户都了如指掌,但是,对孔尚贤与薛汴两人,他却并不陌生。却说孔子被列为"大成至圣先师"入文庙祭祀以来,这位圣人的直系后裔,便被洪武皇帝册封为"衍圣公"。这一名爵代代世袭。如今的衍圣公孔尚贤,是孔子的六十四代孙。另一个薛汴,是成祖皇帝的靖难功臣薛禄的七世孙。成祖登基后,封薛禄为世袭阳武侯,其封地在山东。薛家在山东经营了七代,其势力也是可想而知。

"这两人怎么了?"张居正问。

"衍圣公与阳武侯,在山东的势豪大户中,可谓是拔山扛鼎的人物。"杨本庵并不是糊涂官,论及地方上的事情,便恢复了他作为封疆大吏的自信,"但这两人在地方上作威作福,抚衙奈何他们不得。先说衍圣公孔尚贤,在曲阜地方,拥有大量的族人佃户。朝廷规定衍圣公每年进京朝贡面圣一次,这孔尚贤趁此机会,让族人佃户替他准备礼品与盘缠,滥加科派。而且,每次进京,对沿途百姓大肆骚扰,所过之处,如同遭到强盗洗劫一般,府县衙门若稍加制止,则受他百般呵斥。如此盘剥还不算,这位衍圣公还把沿途搜刮的货物带到北京贩卖。每年来京一次,总得淹留数月,直到货物卖完才启程返乡。孔子当年周游各国,游说礼教,惶惶如丧家之犬,却不料他的后代子孙如孔尚贤者,竟鱼肉百姓百般敛财,已成地方一大公害。再说阳武侯薛汴,他的先祖是靖难功臣,受封后定居山东,成祖皇帝赐给他的田地有数百顷。但是,历六世之后,到了薛汴手下,这数百顷的子粒田只是薛家财富极小的一部分。一百多年来,薛家不断添置购买土地,如今拥有的田地大约有数百万亩。按朝廷旧制,皇上赏赐的子粒田免征赋税。薛家就是钻了这个空子,兼并那么多田亩,这么多年没交一丝一毫的赋税。前几年虽然皇上颁旨给子粒田征收薄税,但薛家田地十有八九不在子粒田数额之内,他所交税项,只是九牛一毛。由于有这两个人挡道,虽然朝廷施行了大得民心且又能增收税赋的举措,但在山东却收效甚微。"

杨本庵一番陈辞,张居正与王国光两人都听得瞠目结舌。不当家不知柴米贵,不当政不知行事难。张居正设身处地为杨本庵一想,不禁为自己方才的躁急而略有后悔。这时,只听得王国光说道:

"中明兄,你方才这番讲述,令人听了怵目惊心。只是有一件事还弄不明白,你说到衍圣公孔尚贤的问题,是他行为不端巧意敛财,这跟赋税有何关系?"

"只怪下官没有说清楚,"杨本庵歉意地一笑,又补充道,"孔尚贤大量的财富,就来自于本该是朝廷收取的赋税。"

"此话怎讲?"

"一些刁民为了躲避交税,自愿把田地交给孔尚贤管理。农户变成无田户,一经核实后就不用交税。而孔尚贤当了名义上的田主,农户交薄租给他,当然,这田租所纳数额比交给朝廷的要少,不然,农户们也不会玩这种'寄田'的伎俩。因孔尚贤有免交田税的特权,所以每年吃这种'寄田'的租米,也是财源滚滚。"

"真是敛财有方啊!"张居正咬着牙,恨恨地骂了一句,"孔尚贤与薛汴如此劣迹斑斑,合省缙绅安能不反?"

"反什么呀,"杨本庵苦笑了笑,"上梁不正下梁歪,一些势豪大户,正好仿效他们。"

"各级衙门呢?"

"衙门说到底,只能管老百姓,这些势豪大户,个个椅子背后都有人,得罪不起啊!"

"岂有此理!"张居正霍然站起,下意识地捋了捋飘然长须,嚷道,"新皇上都登基五年了,天底下竟然还有这样的怪事,真把人气煞!"

"是啊,祖宗留下来的陋政,莫过于赐田,"王国光也气恼地应声说道,"不法缙绅钻朝廷的空子,使赋税大量流失,如今财富既不在国,也不在民,都被这些凤子龙孙鲸吞净尽。叔大兄,为了能让子粒田征税,你费尽心血,可是,和这些缙绅大户非法占有的田地相比,子粒田加征的这一点税银,又算得了什么?"

张居正沉重地点点头,叹道:"政治不明,小人乘隙;弊政不除,宰辅之过。杨本庵!"

"下官在!"

杨本庵赶紧站起来,张居正朝他走了两步,目不转睛地盯着他,问道:

"你今天所言之事,是否全都凿实?"

"全都是事实,下官敢用脑袋担保。"

"好,你明天立即给皇上写一道辩疏,力陈山东赋税收缴不力的原因。"

"这……下官遵示。"

"还有,仆问你,此一弊政根治之法在哪里?"

"惩治这些不法权贵。"

"这有何用?"张居正一声冷笑,"自周文王起,历朝历代对不法权贵都痛加惩治,可是,这不法权贵倒像是癞皮狗身上的虱子,是越捉越多。"

"那……"

杨本庵语塞。张居正又转头问王国光:"汝观兄,对山东的事,你有何高见?"

"这样的事不只是山东,如果认真纠察,恐怕每个省都能找出案例。"

"是啊,因此仆想了一个根治之策。"

"啊?"王国光眼睛一亮,"请首辅明示。"

张居正伸出两个指头,斩钉截铁言道:"就两个字——清田!"

"清田?"

王国光与杨本庵两人都一同叫了起来。

"对,在全国开展清丈田地,所有缙绅大户是重点清查对象,一俟查出,立即追缴所逃全部赋税。"

"好哇!"王国光一下子振奋起来,旋即又担心地说,"首辅,如此一来,你可是与天下所有的缙绅大户为敌,这后果你想过没有?"

"仆早就说过,为朝廷、为天下苍生计,我张居正早就做好了毁家殉国的准备。虽陷阱满路,众箭攒体,又有何惧?惟其如此,方能办得成一两件事体。"

作为挚友,王国光多次听到过张居正这种心志的表述,但杨本

庵却是第一次亲耳听到当朝宰辅为国事如此不计个人安危,眼眶里顿时噙了两泡热泪,他激动地说:

"首辅,你既下定决心,下官在此主动请缨,清丈田地,就从咱山东开始。"

"好,清丈田地是一项浩大工程,朝廷须得为此事订下规则章程,究竟如何实施,汝观兄你先找有关衙门会揖商量。"张居正说到这里,忽见游七慌慌张张跑进来,便转头问他,"你有何事?"

游七脸色苍白,嘴唇抖动着不敢说话,只把随他进来的一个汉子朝前推了推。

"你是谁?"张居正问。

那汉子就是方才在胡同口问路的骑士,此时他朝张居正双膝一跪,禀道:

"首辅大人,小的受您尊母老大人所托,从江陵赶来送信。"

"送什么信?"

"令尊大人张老太爷已经仙逝。"

"什么,你说什么?"

"张老太爷已于本月十三日在家中仙逝。"

张居正如遭五雷轰顶,口中不停地喃喃说道:"这怎么可能,这怎么可能……"

第二天早上,内阁院内静悄悄的。辰时已过,仍不见张居正的大轿来临,这是张居正任首辅五年来第一次没有按时入值点卯。不过,内阁大小官吏并不感到惊奇,因为头天夜里,几乎所有部院大臣,都得到了张居正父亲张文明在老家江陵病逝的消息。张居正遭此大丧,已是哀毁骨立,不来内阁当值原也在情理之中。吕调阳与张四维二位次辅,倒是都比平常早了半个时辰来到内阁,他们商议着要做的第一件事情,就是赶快把这一消息奏报皇上。于是二人具名写了一份揭帖,遣人匆匆投往大内。

外廷所有奏章条陈,均须经过司礼监方可到达小皇上手中,这次也不例外。冯保也是一大早就赶到了司礼监值房。昨天半夜里他就得到了张文明去世的消息,他本想赶早进入大内,把这一消息向李太后与小皇上禀报,转而一想又不妥,此类事情,照例应由内阁开具条陈禀奏。他若提前奏闻,心细的李太后就会怀疑他与张居正的关系。所以,当他心急火燎等到了两位辅臣写来的揭帖后,便急匆匆赶到了乾清宫。

已年满十五岁的万历皇帝朱翊钧,虽然已于春上举行了订婚大礼,在两宫皇太后的主持下,为他选聘了锦衣卫千户王伟的女儿为妻,但他仍在生母李太后的严密监控之中。乾清宫正寝之室,摆了两张床,一张是朱翊钧的,另一张则为李太后所用,她与儿子对面而寝,怕的是儿子学坏,不能当一个英明君主。

这天早上李太后与朱翊钧二人刚用罢早膳,正在叙茶,冯保禀报一声跑了进来,跪下奏道:

"启禀太后和皇上,阁臣吕调阳与张四维有紧急揭帖呈上。"

"说的什么?念。"李太后令道。

冯保展开揭帖读了下来:

> 启禀皇上:臣等于昨夜得首辅张居正府中报信,得知张先生之父张文明大人已于本月十三日病逝于湖广江陵城家中,张先生闻讯哀恸不已,已穿孝服在家守制。
>
> 内阁辅臣吕调阳 张四维伏奏

乍一听到这道讣告,李太后一愣,旋即便见大滴大滴的清泪溢出她的眼眶。朱翊钧已好长时间没有见过母亲的眼泪了,他忽然感到莫名的恐惧,微微颤抖着喊了一声:

"母后!"

李太后眼中蓦地闪现出五年前在这乾清宫中隆庆皇帝驾崩的

一幕。那三位顾命大臣,高仪已死,高拱被逐,剩下的这一位张居正,又突然遭此大厄。她心头一阵惊悸,习惯地想把坐在身边的朱翊钧揽在怀中,但一见到朱翊钧已长成英俊少年,再非当年的孩子,她伸出的手又缩了回来。这当儿,贴身女婢赶紧上来替她揩拭眼泪,但眼泪越揩越多。

"太后,请节哀。"冯保跪在地上哀奏。

朱翊钧不知如何安慰母亲才好,但经过五年的训练,他已习惯于在任何时候不忘皇上的尊严。因此,尽量压下心中的慌乱,问冯保:

"大伴,两位辅臣的揭帖中,言及张先生在家守制,这守制是什么意思?"

"守制是洪武皇帝爷订下的规矩,"冯保小心翼翼地奏道,"凡在职官员,遭逢父母大丧,必须除去官职,回家丁忧三年,然后再复职,这一制度就叫守制。"

"这么说,张先生要回家三年?"

"按朝廷大法,是得这样。"

朱翊钧这才感到事态严重,忙问李太后:"母后,张先生一定要回家守制吗?"

李太后微微点了点头,刚刚止住的眼泪又夺眶而出。她忧伤地说:

"钧儿,你想一想,眼下的万历王朝,如果没有张先生,那会是什么样子?"

"这不可能,我是皇上,我不放张先生走。"

看到朱翊钧执拗的样子,李太后叹了一口气,说道:"张先生的去留是大事,也不是这一时半刻议得出结果来的,眼下当务之急,是赶紧给张先生安抚。"

"大伴,这安抚可有章程?"朱翊钧问冯保。

"有,皇上应颁谕旨抚恤,遣太监到张先生府上宣读,尔后再送些礼品去。"

"如此甚好,你现在就替朕拟一道谕旨。"

冯保领命,退下办事去了。

一个时辰后,司礼监秉笔太监张鲸受小皇上之命,赶到纱帽胡同传旨。此时的张大学士府已是一片缟素,客堂也被临时布置成灵堂。听说皇上旨意到,正在灵堂哭祭的张居正忙让一应家人回避。看着客堂悬起的这些挽幛,张鲸也鼻子一酸,差点哭出来,但他强忍住,从奏匣中拿出圣谕,对跪着的张居正念道:

> 朕今览吕调阳、张四维二辅所奏,得知先生之父,弃世十余日了,痛悼良久。先生哀痛之心,当不知何如也!然天降先生,非寻常者比,亲承先帝付托,辅朕冲幼,社稷奠安,天下太平。莫大之忠,自古罕有。先生父灵,必是欢妥。今宜以朕为念,勉抑哀情,以成大孝。朕幸甚,天下幸甚。钦此。

张鲸刚一念完,张居正便伏地痛哭。小皇上这么快颁旨对他宣慰,让他大为感动。张鲸本是冯保的心腹,见张居正哭得这样伤心,一时没了主意,只得劝道:

"请张先生爱惜身体,你这样哭,若是皇上知道了,不知又会多么难过。"

听了这话,张居正止住抽泣,从地上撑起身子,回到椅子上坐下。张鲸恭恭敬敬把圣旨送到张居正手上,又低声说道:

"张先生,冯公公让奴才禀告您,他已给皇上出主意,让皇上接见吏部尚书张瀚。"

"见他干什么?"张居正问。

"大概是为先生守制的事儿吧,"张鲸一脸讨好的神气,"皇上要张瀚出面慰留先生。"

张居正心中怦然一动,自昨夜接到噩耗,他一直处在极度悲恸之中。但哀号痛哭之时,他仍不忘考虑这一突然变故给自己带来的影响。按规定他必须立即"守制",如果这样,他就得离开北京三年。如果真的这么做了,那他呕心沥血推行的万历新政,无疑就会半途而废,但不这样做,又找不到恰当理由。现在听说皇上决定慰留,他如同在深不可测的黑暗中看到一点亮光。但他不愿在张鲸面前表露心情,只是微微一点头表示知道这件事了。他让张鲸稍等会儿,起身去了书房,从书屉里抽出专用笺纸,工工整整写了一段文字:

闻忧谢降谕宣慰疏

本月二十五日,得臣原籍家书,知臣父张文明以九月十三日病故。臣一闻讣音,五内崩裂。

兹者,伏蒙皇上亲洒宸翰,颁赐御札。着司礼监张鲸恭捧到臣私第。

臣不忠不孝,祸延臣父,乃蒙圣慈曲轸哀怜犬马余生,慰谕优渥。臣哀毁昏迷,不能措词,惟有痛哭泣血而已。臣不胜激切哀感之至。

写完这道疏文,张居正看过无误,便又回到客堂交给张鲸带回大内。

送走张鲸之后不久,在他名下帮办的内阁中书姚旷又乘轿而来。这姚旷跟了他多年,感情自是非同一般,所以一进来,先扑倒在张文明老太爷的灵位前呼天抢地痛哭一番,然后才抹着眼泪,在游七的带领下走进张居正的书房。经过一整夜的折腾和这半日来的应酬,张居正已是乏极了,正想在书房的卧榻上打个盹儿,姚旷一来,他不得不又撑坐起身子。若是一般吊客,他倒不用见了,但姚旷却是非见不可的,因为他急于知道内阁那边的情形。

姚旷一进书房,喊了一声"首辅大人"即欲跪下,张居正吩咐免礼,让他觅凳儿坐下,接着揉了揉酸涩的眼眶,问道:

"你来干什么?"

姚旷答:"是吕大人让卑职前来,今日从大内发出奏本四封,都要票拟。吕大人与张大人两位辅臣不敢做主,故让卑职送到大人府上。"

姚旷说着就把那四封奏本拿出来放到书案上,看到这一堆黄绫卷封,张居正心中泛起一丝快意。五年来,内阁发出的每一道票拟都是由他起草。一个阁臣欲影响朝局,对各大衙门发号施令,其行使权力的方式就是拟票。皇上号令天下的圣旨,就在这拟票中产生。如今他守丧在家,吕调阳派人把奏本送来,可见两位辅臣尚无非分之想。张居正排除了猜疑,嘴上却说:

"本辅守制在家,让吕阁老与张阁老代行拟票就是,何必送来家中。"

姚旷答道:"拟票乃当国大事,两位阁老哪敢做主。"

张居正不置可否,却想起另外一件事情,又道:"你去山东会馆找找住在那里的山东巡抚杨本庵大人,让他尽快写好辩疏,送呈皇上。"

"是。"姚旷领命,却仍磨蹭着不走。

"你还有何事?"张居正问。

"有件事不知当不当说,"姚旷仿佛害怕隔墙有耳,压低声音说,"今儿下午,翰林院掌院学士王锡爵到了内阁。"

"他去干什么?"

张居正嘴上这么问,心下已起了猜疑。因皇朝有这样一个不成文的规矩:大凡某人登首辅之职,部院大臣都得前往恭贺。但第一个前往恭贺的,必定是翰林院掌院学士。皆因内阁首辅无一例外都是大学士出身,而翰林院掌院学士又是朝中词臣之首,因此首先接受掌院学士的恭祝,对于新任首辅来说,不仅仅是不可或缺的礼仪,而且也是深孚众望士林归心的象征。姚旷久居内阁,自然也

熟悉这一掌故,故特意把王锡爵去内阁的事情讲出来。首辅一追问,他又答道:

"王锡爵一到内阁,就径自去了吕阁老的值房。"

"啊!"

张居正心中泛起不祥的预感。按规矩,如果他回家守制,接任首辅一职的,必定是次辅吕调阳。王锡爵这么快去拜访他,是何用意?

正在张居正猜疑不决时,游七忽又来报:"老爷,皇上又遣太监送礼物来了。"

刚送来宣慰谕旨,接着又送礼物,张居正心头一热。他对姚旷说:"你先回内阁,凡事盯着些个。"然后又整了整孝服匆匆回到客堂。

第二十四回

议夺情天官思抗旨　陈利害皇上动威权

九月二十九日通政司发往各大衙门的邸报中,全文刊登了张居正的两道疏文。第一道是《谢遣官赐赙疏》,文如下:

> 臣于本月二十五日闻臣父忧,今日钦奉圣旨,赐臣银五百两,纻丝十表里,新钞一万贯,白米二十石,香油二百斤,各样碎香二十斤,蜡烛一百对,麻布五十匹。着司礼监随堂太监魏朝恭捧到臣私第,臣谨叩头祗领讫。
>
> 伏念臣犬马微生,樗蒲贱质,事主不能效匡扶之力,事亲不得尽菽水之欢,以致抱恨终天,虽生犹死。仰荷圣慈曲垂悯念,既奉慰谕之勤倦,兹又拜赐赍之隆渥,顾此殊恩,今昔罕觏。臣一家父子,殁者衔环结草,存者碎首捐躯,犹不足以仰报圣恩于万一也。臣哀苦愚衷,昏迷罔措,仰天泣血,辞不能宣诚。不胜激切感戴之至。

这一道谢疏是写给皇上的,另一道疏是写给仁圣与慈圣两位皇太后的,名曰《谢两宫太后赐赙疏》:

> 臣于本月二十五日闻父忧,今日钦奉仁圣皇太后懿旨,赐臣银五百两,纻丝十表里,新钞一万贯,白米二十石,香油二百斤,各样碎香二十斤,蜡烛一百对,麻布五十匹。着慈庆宫管事太监张仲举恭捧到臣私第,臣谨叩头祗领讫。
>
> 伏念臣罪恶深重,祸延臣父,以致抱恨终天,痛苦几绝。仰荷慈恩垂怜犬马残生,谕慰谆切。又特颁厚赙,赫奕充庭。顾此殊

恩,古今罕遇。臣一家父子,殁者衔环结草,存者捐躯殒首,犹不足以仰报慈恩于万一也。臣哀苦愚衷,辞不能布诚。不胜激切仰戴之至。

可以想见,各大衙门收到邸报后,官员们争先捧读的情景。打从张居正接到讣告的时候起,京城里就被这件事情闹得沸沸扬扬。大家议论的就是一件事:张居正是去还是留?

皇朝官员的丁忧守制制度,施行两百多年从不曾更易。官员一得到家中讣告,循例都要立即向皇上写本子乞求回家守制三年。皇上也会立即批复,着吏部办妥该官员开缺回籍事宜。如果皇上不允,则称为夺情,除了战乱,这种事情极少发生。可是,张居正已得到讣告四天,却还没有上本皇上申请守制,今日邸报上刊载的两道谢疏,也无半点丁忧之意,于是,一些好事的官员便猜测这里头的种种可能。这天上午,翰林院掌院学士王锡爵带着部属吴中行、赵用贤等人匆匆赶到位于六部街的吏部衙门,要求见吏部尚书张瀚。吏部尚书列部院大臣之首,称为天官,又称冢宰。因掌握铨选拔擢之权,除公事外,平常极少在值房会见官员,即便是公事,四品以下官员也极难见到他。论级别,吴中行与赵用贤两人均是五品侍读,平常想见他连门都没有,但掌院学士王锡爵亲自前来,张瀚就不得不出面接见了。一来王锡爵是官居三品的词臣领袖,人望极高;二来此人从不登门访客,一般人想请他都请不到,安能将他拒之门外?

却说张瀚将这一行人迎到值房坐定,他与王锡爵刚寒暄两句,吴中行就迫不及待地插话说:

"冢宰大人,今日我们随王大人前来拜访您,为的是首辅张大人的守制之事。"

张瀚一愣,瞟了吴中行一眼,说道:"这种事情,你们为何来找老夫?"

吴中行又问："今日的邸报想必冢宰大人已看到了？"

"看过了。"张瀚故意轻描淡写地回答。

"不知大人有何感想？"

问这一句话的是赵用贤，他是个大胖子，说话呼哧呼哧喘粗气。张瀚不喜欢这两位年轻官员咄咄逼人的谈话方式，便板着脸说道：

"如果老夫记得不差，你们两位都是隆庆五年的进士。"

"是。"吴中行答。

"首辅张大人是你们的座主，你们今日说话的口气，都不像是他的门生。"

"我们是他的门生，但却进不了他的家门。"吴中行悻悻然回答，眼神里溢出怨愤，接着又补了一句，"如今已被发配到贵州都匀卫的刘台，还不是首辅的门生！"

一提到刘台这个名字，张瀚立刻就感到气不顺了。此人也是隆庆五年的进士，由于机灵干练，很得张居正赏识。万历三年，张居正亲自提名，将他从六品刑部主事任上拔擢为四品辽东巡按，三十多岁就成了开府建衙的地方大员，可谓平步青云。第二年秋上，辽东总兵李成梁击溃鞑靼犯边之敌，斩首两百余级，刘台抢着上本报功。按规矩，向朝廷报捷是总督与巡抚分内之事，地方巡按不得贪冒军功，刘台这一下犯了忌。他去辽东履任前，张居正曾单独接见了他，要他虚心历练政情，为地方父老做几件实事。此次谈话用意明显，就是希望刘台做出政绩来，以备日后重用。谁知刘台到任后，就自恃有首辅这个大后台，在同僚面前颐指气使，弄得关系紧张。张居正听到一些关于刘台的风言风语，心中已对他这个凌辱抚台的风宪官产生不满，现在又见他违例报功，更是气不打一处来，便借着这件事情，去信把刘台痛斥一番。谁知刘台是个只听得好话听不得调教的主儿，一收到这封信，他就以为张居正要惩治他了。偏那时候,一连几期的邸报上都登载有官员因违反驰驿条例而受惩处的消息。更有甚者,是他的江西同乡付应祯御史因上本指责张居正苛政太严而遭到削官为民的处分。刘台心想:"与其让你不明不白地罢了官,倒不如我先告你怙恩恃宠,把皇上当傀儡,把百官当仆役。"主意一定,他就写了一封长达数千言的《劾张居正疏》寄往京城。此疏一出,立刻轰动京城。张居正读此疏后,不胜骇异激愤满胸,立即给皇上写了一道辩疏,并申请卸去首辅职务。早朝时,张居正俯在丹墀下奏道:"辽东大捷,刘台违制妄奏,法应降谪,臣请旨戒谕,而刘台妄自惊疑,遂无顾忌发愤讦臣。且刘台为臣所取士,二百年来无门生劾师长者,计惟去职谢之。"说罢伏地痛哭。小皇上亲下御座把张居正扶起,再三慰留,当廷宣旨将刘台械掠到京,廷杖八十棍后谪戍贵州都匀卫永不叙用。

去年吏部发生的最大一宗事情莫过于"刘台事件",张瀚对这个忘恩负义疏于政事的刘台也没有什么好感,所以处理起来并无心理障碍,现在见吴中行旧事重提,便没好气地答道:

"刘台咎由自取,首辅摊上这样一个门生,实乃大不幸也。"

"刘台做人确有缺陷,但他的《劾张居正疏》所列事实,也并非都是空穴来风。比如,礼科给事中陈吾德,因为早朝时与同事们聊天,对首辅大人免掉京官过冬所发护耳一事说了几句风凉话,被人告到他那里,他立刻把陈吾德贬二级谪出京城,这算不算怀私泄愤擅作威福呢?"

听这两位侍读的谈话,张瀚已猜出了他们前来拜访的用意。年轻官员不知天高地厚,竟敢在天官面前如此放肆,他恨不能把他们撵出门去,但碍于王锡爵的面子不便呵斥,只得对王锡爵说:

"王大人,你的两位属下初生牛犊,依老夫看,他们神态举止不像词臣,倒像是言官。"

王锡爵胸中虽无城府,但言词甚少。他听出张瀚语含讽刺,便肃容答道：

"冢宰大人，年轻人多愤激之词，然也可理解，他们对首辅大人倒也无甚成见，只是守制一事牵涉朝廷大法，他们想来听听冢宰大人的意见。"

张瀚对王锡爵的辩解不以为然。他觉得两位年轻官员的行状有沽名钓誉之嫌，便劝道："年轻人，老夫知道你们的心思，想在守制问题上做做文章。老夫想劝告你们，万不可为博得虚名而毁了自家前程。"

王锡爵闻听此言，惊问道："冢宰大人何出此言？"

张瀚顿了顿，又把在座的三位仔细看过一遍，才缓缓言道："老夫年轻时也颇好名，为了名，常常铤而走险，现在回想起来，才觉得十分好笑。纵观历史，那么多有名人物，有谁不是过眼云烟？名人名人，因名而累人。单说五经中所载人物，《易》中载十三人，《书》一百一十三人，《诗》一百四十八人，《礼记》二百四十四人，《春秋》二千五百四十二人，共三千零六十人，从中挑其重者也不下三百人。今天，你们谁还记得这些人？倒是汉代新城三老、鲁国两生、壶关三老、洛阳令尹，皆不知其姓名，千载之下，后人尚怀念他们的风范，有名变成无名，无名反而有名，王大人，此中道理，不可不深思啊！"

张瀚因名而生感慨，引经据典把三个来访者训诫了一番。吴中行与赵用贤感到张瀚曲解了他们的来意，脸上都有些挂不住，但碍于辈分又不便争辩。王锡爵毕竟在官场上待的时间久些，因而看得出张瀚这是故意"王顾左右而言他"。话不投机，他也不想在此久待。他来此的本意是想当面问清楚皇上对张居正守制的具体态度，因此起身告辞前，他只得硬着头皮照直问道：

"冢宰大人，愚职想打听一件事。听说皇上在平台召见了您，要您劝说首辅夺情，可有此事？"

"有。"

张瀚眼中掠过一丝不易察觉的忧虑。他假装饮茶,把头低了下去。只听得赵用贤抢着问:

"老天官打算怎么办?是遵旨还是抗旨?"

"我老了,并不想博名于青史。"

张瀚说完,已是站起身来,这是送客的意思,王锡爵他们只得快快退出。

一出吏部衙门,赵用贤就愤愤骂道:"张瀚这个老糊涂,贵为天官,却还是首辅的夹袋中人物。"

王锡爵叹道:"我看张大人言语闪烁,似另有隐忧,也不必勉强他。"

吴中行出主意道:"到今天为止,张首辅已有五天没到内阁值事。干脆,我们现在回翰林院,邀齐同僚换了绯袍,都到内阁去。"

"干吗?"赵用贤问。

"你难道不知道皇朝更换首辅的规矩?"吴中行挤挤眼笑道,"前朝故事,首辅三天没到内阁当值,次辅就可以按序迁左,取而代之。翰林院的官员们此时就该身穿绯袍前往祝贺。"

"你是说,咱们去祝贺吕阁老迁升?"

"我只是这样想,能不能做,还须得王大人拍板定夺。"

王锡爵也是张居正为小皇上选定的六位讲臣之一,他与张居正本无私怨。他之所以反对张居正夺情,是觉得如果首辅违反守制条例,对于以孝治天下的皇朝来说,无异于开了一个危险的先例。因为皇朝两百多年来,虽偶尔有夺情事例发生,但却没有一个首辅这样做过。通过这几天发生的情况判断,张居正根本没有回家守制的打算。为贪恋禄位,竟置孝道而不顾,王锡爵觉得首辅的这一举动不可容忍。这个一贯远离是非的词臣领袖,终于按捺不住,在吴中行、赵用贤一班僚属的怂恿下四处活动,进行阻止张居正夺情的联络工作。眼下听罢吴中行出的主意,他觉得这样"激"一下,或可影响皇上的决策,于是颔首同意。

按下王锡爵一行不表,回头再说张瀚。自送走王锡爵后,他就独自坐在值房里,愣瞧着屋顶出神。张瀚已年过六十,比张居正早一届考中进士,也是朝中老臣了。他侧身官场数十年来,并无大的建树,亦无什么过错。凭资历,在万历二年,他熬到了南京留都吏部左侍郎的位子上。在一般人看来,他在这位子待上几年就该致仕回家颐养天年了,他自己也是这样认为。谁知时来运转,在这一年,他突然接替杨博,来北京接任吏部尚书。这一任命宣布之日,举朝皆惊,因为无论是讲资历还是讲能力,这么重要的位子,都不会轮到他。朝中大臣都知道,这是张居正看中了他。张居正如此安排原也是有自己的私心,吏部尚书掌天下文武官员的铨选任用,事权重大,如果选一个能臣担任此职,他就不便驾驭,内阁与吏部之间,难免发生龃龉。汲取前朝教训以及自身的经验,他认为吏部尚书的人选,应该是人品高于才能。这个人不能太有主见,可又必须是守口如瓶的谦谦君子。按图索骥,张居正便看中了张瀚。

张瀚做梦都没有想到快六十岁的人了,居然还能撞大运,担任六部尚书之首。他知道他这一段发自老年的锦绣前程,完全是因为张居正力排众议青睐于他的缘故,因此打从心眼里对张居正感激涕零。上任三年来,对张居正无不言听计从。甫一就职,他就看出张居正整饬吏治的决心,以及他重用循吏轻视清流的用人之道。他虽不是曲意逢迎,但也竭力推行。天下官职,每有一缺空出,张瀚都会请示张居正该由谁来接任。有时候,张居正提出的人选,他认为不合适,但也不会提出反对意见。所以,名义上他是天官,实际上一应人事大权都被张居正牢牢抓在手中。日子久了,张瀚有时候也感到痛苦。被架空的滋味很是难受,夜来辗转反侧难以入睡。但无论是在人前还是在人后,他都没有说过一句怨言,总是提醒自己不要以"天官"自命,充其量只是一僚属耳。因此,哪怕是在最小的事情上,他也绝不会自作主张而忤逆张居正。

过惯了这种表面尊贵暗里受瘪的日子,张瀚的一颗心已是麻木,但是,张居正父亲的去世,却打破了他平静的生活。就在王锡爵带着僚属前来拜访时,他的心里头正在倒海翻江呢。

却说前日,小皇上听了冯保的建议,在平台单独召见张瀚,希望他出面上书朝廷,劝说张居正夺情。冯保的这一建议,实在是保全皇上威权的万全之策。皇上为天下之主,想办的事没什么办不成的,但夺情事大,若皇上直接给张居正下旨,势必引起士林非议,这时若让吏部尚书张瀚出面上奏,皇上只是就他的奏本作个准予张居正夺情的批谕,则这件事所承受的风险便从皇上那里移给了张瀚。办成了,皇上不愧是社稷之君;办不成,张瀚就是替罪羊。当然,愿意给皇上写本子慰留张居正的官员大有人在,但冯保虑着最合适的人选还是张瀚。一来张瀚为天官,位高权重,说话有分量;二来处理官员的守制与否也是他吏部尚书分内之事。

亲承小皇上的造膝之谈,出得平台,张瀚一路上暗暗叫苦。此后两天来他一直被这件事困扰,不知如何办理才好。当他乍一听到张居正父丧的讣告,内心的第一个反应是有一种解脱感,因为他想到张居正马上要回江陵老家守制,这位铁面宰相一走,他这个天官就不再是聋子的耳朵——摆设了。一个不敢奢望的幻想眼看就要变成现实,张瀚简直有些欣欣然了。但是,小皇上这次谈话,又再次让他产生了幻灭感。他并不知晓皇上召见他是冯保的主意,他认为皇上之所以要挽留张居正,是虑着自己尚无单独柄政的能力。这几年,张居正一直担任"摄政王"的角色,天下人都看出这一点,只是没有谁敢讲出口而已,如今,皇上还离不开这个"摄政王"。张瀚一旦看清此中"玄机",心下便痛苦不堪。按他做人的一贯秉性,此时他只须谨遵谕旨办事,上折恳请皇上为天下苍生慰留张居正,则一切还是顺风顺水,他什么都不会改变,依然可以深得皇上与首辅的信任,稳踞高堂养尊处优。但他确实不愿这样做,这不仅仅是计较个人的恩怨得失利害关系,而是他固执地认为:无论是从朝廷纲常还是从国家政局考虑,张居正都不应该夺情。

论纲常,皇朝以孝治天下,父母大孝若不丁忧守制,岂不是天伦沦丧?不守制就是不孝,对父母不孝,对皇上安能尽忠?不忠不孝之人,身膺宰揆之职,安能号令天下,让士林归心?此其一也;其二,论政局,目下北方九边安宁,两广虽时有蟊贼造反,终无大碍,天下田赋充裕,老百姓安居乐业,经过四年的整治,吏治也很清明,值此国泰民安之际,张居正有何夺情的理由?

思来想去,张瀚决定抗旨。在王锡爵他们到访之前,他就下定了决心,绝不带头上书劝张居正夺情。但他不想把这个打算告诉王锡爵,他不肯和这帮文人搅在一起。他觉得他们煽乎这件事的目的是为了出风头,而他则是为了维护朝廷的纲常和个人的操守。

就在他独自一人在值房里冥思苦想之时,书办进来禀报,说是工部尚书李义河已到廨房。张瀚连忙走过去相迎。一进廨房,正在等候的李义河一看到他,便起身相揖,言道:

"张大人,听说你找我?"

"李大人请坐。"张瀚热情叙座,一边看茶,一边言道,"仆找李大人来,是有一件事想麻烦您。"

"何事?"李义河问着就打了个茶嗝。

张瀚早上一入值房,就派人前往工部衙门请李义河过来叙谈。李义河是张居正最信任的朋友,这已不是什么秘密。张瀚找他来的目的,就是让他给张居正带信。这会儿,他字斟句酌说道:

"首辅慈父辞世,仆深表哀悼。"

"是啊,"李义河脸色黯淡,答道,"首辅一闻讣告,便在府中布置了灵堂,仆已前往吊唁了两次。"

"啊,"张瀚听出李义河话中含有讥刺之意,埋怨他没有及时前往拜祭,他也不解释,而是宕开话头说道,"首辅这几日在家守制,尽人子孝道,皇上、两宫皇太后也对他抚慰有加,君臣之义,令人景仰。"

李义河咂摸张瀚话中的意思,感到有些不对劲,便索性捅穿了问:

"听说皇上前两日在平台接见了您?"

"是的。"张瀚知道瞒不过,回道,"皇上召见仆,为的是首辅守制的事。"

"皇上有何旨意?"

"皇上让仆上书,建议朝廷让首辅夺情。"

"这好哇,"李义河兴奋地说,"从目下情势而论,朝廷不可一日无张居正,皇上英明睿智,看到这一点。张大人,你的本子是否已上奏?"

"没有。"

"啊,"李义河盯着张瀚,担心地问,"张大人,听你的口气,莫非……"

张瀚避开李义河探询的目光,鼓起勇气说道:"李大人,仆今日找你来,就是想你给首辅传个信儿。仆经再三思虑,认为劝首辅夺情不妥,因此不准备上书。"

"你?"李义河霍地站起身来,十分诧异地说,"张大人,首辅对你不薄,你怎么能这样?"

"李大人,这牵涉到朝廷纲常,仆不敢怀私罔上,万望李大人向首辅解释。"

这几日,张居正府上吊客不断,张居正的几个儿子在灵堂里轮流守值,张居正穿着青衣角带的孝服,待在书房里处理公务,极少与吊客见面。这天刚吃过午饭,张居正才说小寐一会儿,忽见李义河冒冒失失闯进了书房。一看他的神情,张居正就猜想到发生了什么事情,于是强打起精神,问道:

"幼滋兄,又碰到什么事儿了?"

李义河屁股一落椅子,就开口骂道:"张瀚这个老糊涂,今儿个反水了。"

"反水?他怎么反水?"张居正吃惊地问。

李义河便把上午与张瀚在吏部见面的情形一五一十说了一遍。张居正听罢,顿时就变了脸,冷笑着说道:

"他把我张居正当成贪恋禄位之人,以为我不回家守制,是舍不得离开首辅这个宝座,真是天大的笑话。幼滋兄,你先看看这个。"

张居正说罢,拿起桌上一份奏章递了过来。李义河接过一看,是山东巡抚杨本庵呈给皇上的一道辩疏。本子中对户科给事中温加礼弹劾他征税不力进行了辩解,并揭露阳武侯薛汴与衍圣公孔尚贤大肆侵占土地藏匿不报的劣迹,建议皇上准予在山东重新清丈土地。这道本子本是杨本庵按张居正的授意写出,如今已从皇上那里送来内阁拟票。

李义河阅过后,垂下眼睑想了想,问道:"叔大兄,皇上如果同意清丈田地,又岂仅限于山东?"

"是啊,要清丈田地,必定是全国统一部署的大事,是一个浩大工程。"

"这肯定又是你叔大兄的主意,此举既可惩抑豪强,又可增收国家赋税,乃社稷长治久安的大计。"李义河说着忽然打住话头,皱着眉头说,"只是你若回家守制,这件事肯定泡汤。"

"仆思虑的正是此事。"张居正两腮的肌肉有些僵硬,看得出他心中波澜翻滚,"清丈土地,主要的对象是那些豪强大户,朝廷诸多弊政,皆因这帮人胡作非为所致,但若想削弱他们的特权,搬动他们的利益,谈何容易。只有那些不避祸,不畏强权,不计千秋功罪的人,方能担当此事。幼滋兄,你说说,今日天下,有谁肯如此行事?"

李义河脱口答道:"惟有你叔大兄,不然,天下百姓不会称你是铁面宰相。"

"是啊!"张居正长嘘一口气,叹道,"张瀚以为我不肯守制是贪图权位,这个误解太大!"

"他这是以小人之心度君子之腹!"李义河愤愤说道,"这些人,打着维护朝廷纲常的旗号,实际上是弃天下苍生而不顾。"

"天要下雨,娘要嫁人,这是别人管不得的事情,由他去吧。"张居正露出一脸的轻蔑,"只是仆看错了人,居然信任他这么多年。"

李义河回道:"如果叔大兄下定决心清丈土地,则夺情事势在必行。张瀚辜负皇上的期望,不肯出面慰留,干脆,由我出面联络部院大臣来做这件事。"

"你出面不妥。"

"为何?"

"人家都知道你我的关系,你出面慰留,难以服膺于天下士林。"

"如此说,王国光也不行。"

"对,他也不行。"张居正回答得肯定,"仆平日做事虽大刀阔斧不避嫌疑,但又何尝不是如履薄冰。何况夺情这件事,更不能给那些清流留下什么口实。"

"我知道了,相信我李义河会办妥这件事。"

两人又就一些具体事情密谈了约一个时辰,李义河方告辞离去。他刚一走,张居正就命游七去找徐爵,让他把张瀚不肯出面上书慰留的消息迅速告知冯保。冯保本以为让张瀚上书是十拿九稳的事儿,却没想到病骡子也有尥蹄子的时候。他顿时感到事态严重,便连忙进了乾清宫,向李太后禀告此事。李太后吩咐手下太监把皇上从东暖阁喊来,一同商议此事。

"张瀚是张先生一手荐拔的人,平时倒十分谨慎,这次是谁给他灌了迷魂汤,竟发了糊涂,嗯?"李太后一副迷惑不解的样子,盯着冯保问,不等回答,她又重重地补了一句,"难道他不知道,张先生是先帝钦定的顾命大臣么?"

冯保眼珠子骨碌碌转了一圈,阴阴地说:"大凡朝廷出一点事情,各路神仙都纷纷浮出水面。"

小皇上听出话中有话,便问道:"张先生夺情事,京城里都有什么反应?"

"上午,翰林院掌院学士王锡爵带着十几个属下,都穿着大红袍子,跑到内阁向吕阁老恭贺。"

"恭贺什么?"

"恭贺他升迁首辅。"

李太后秀眉一竖,怒气冲冲斥道:"这帮酸文人,怎么会如此大胆?"

冯保解释:"朝廷有规矩,首辅三天不当值,次辅顺而迁之,就可以坐到首辅的位子上。"

"皇上还没有颁旨,吕阁老就能当首辅了?"李太后望了望儿子,泼辣劲儿又上来了,"京城里头,让张先生整治了几年,官场上的邪气儿都消失了。如今张先生的父亲去世,他们又觉得有机可乘了。"

"屎壳郎拱粪堆,这是难免的事儿。"冯保不伦不类比喻了一句,又道,"这几日,东厂报上的访单,都是一些官员们暗中串连的事儿,有些人想在张先生夺情一事上大做文章。"

"他们究竟想要怎样?"

"挤走张先生,只要他一离开首辅之位,那一班捣蛋官员,就没人制服得了。"

李太后觉得冯保的话有道理,便问小皇上:"钧儿,你现在离得开张先生么?"

小皇上尽管已十五岁,但还不敢单独柄政,因此对张居正倚之甚深。他答道:

"母后,朕还离不开张先生。"

"是啊,你虽然贵为天子,毕竟还是孩子。"李太后一咬嘴唇,狠狠说道,"不能让这些人胡闹下去,张先生夺情之事,不容讨论。"

"那,翰林院那帮词臣如何处置?"冯保趁机问道。

"管这些小人物做甚?要惩治,就惩治张瀚。"

李太后这么一说,小皇上立即附和,言道:"这张瀚竟敢抗旨,朕不能饶他。大伴,传朕旨意,令他立即致仕。"

"奴才遵旨。"

冯保叩首退下,忙颠颠跑回司礼监拟旨去了。待他走后,小皇上问李太后:

"母后,儿为天下慰留张先生,不知千秋万代之后,黎民百姓会如何看我?"

李太后诧异地问:"钧儿,你怎么会这么想?"

"孩儿毕竟是皇上,"朱翊钧略略有些紧张地回答,"前朝那些皇上的功过是非,被张先生编成一本《帝鉴图说》,作为经筵的日课。因此,孩儿今日所做之事,如果稍有过错,岂不被后人耻笑?"

李太后一听这话笑了起来,问道:"你觉得让张先生夺情,这件事错了?"

"父死守制,这是天经地义的事,一夺情,张先生就不能尽孝道,孩儿怕天下人说我寡恩。"

李太后摇摇头,回答说:"钧儿,你要记住,天下读书人,最讲究两个字,一个字是忠,另一个字是孝。孝是对父母,忠是对皇上。如若忠孝不能两全,做臣子的,首先就得尽忠。岳母在他儿子岳飞背上刺上'精忠报国'四个字,就是这层意思。"

"那,孩儿在这件事上,不会遭到骂名?"

"不会,"李太后爱怜地看着儿子,和颜悦色地开释道,"你如果留下一个奸臣,为的是自己的声色犬马而让他夺情,后人肯定会耻笑你,但你已说过,你是为了天下苍生而让张先生夺情,这应该是英明君主的作为。"

"有母后这句话,孩儿就放心了。"

朱翊钧如释重负地笑了起来,他如此认真地思考问题,让李太后深切地体会到儿子长大了,她感到兴奋,又有些许惆怅。想了想,又给儿子出主意说:

"钧儿,此次让张先生夺情,一定会引起风波,明日让张瀚致仕的旨意传出去,恐怕会舆论大哗,你心里头一定要有个准备。"

"如果有人闹事,该如何处置呢?"

"杀一儆百,你这个当皇上的,该使用威权的时候,绝不能心慈手软,用张先生的话说,就是不要行妇人之仁。"

李太后说话的时候,夕阳正好斜斜地照射进来,给她身后墙上挂着的那一幅刺绣的观音菩萨像,涂上一层淡红的光晕。

第二十五回

天香楼上书生意气　　羊毫笔底词客情怀

甫交十月,冬令已至,京城的天气已是有些凉了,早晚行人都穿上了棉衣。十月初二这天傍晚,只见两乘轿子一前一后抬到灯市口的天香楼前。头一乘轿子里坐着的是一个五品官员,约四十岁左右年纪,生得矮小清俊,此人名叫艾穆,是一名刑部员外郎。第二乘轿子里坐着一个身着六品官服的人,三十五六岁年纪,斯斯文文,一看就是个白面书生。他名叫沈思孝,是刑部衙门的一名主事。两乘轿子都在天香楼门口落了下来,人还没下轿,就听得一阵鞭炮声劈劈啪啪炸了个满天星。刺鼻的硝烟味,呛得艾穆好一阵咳嗽。鞭炮声中,又见一大串贴着大红喜字的走马灯围着轿子上下翻飞磨旋儿,十几个小孩一边拍巴掌一边齐崭崭儿唱道:

　　老爷升官——喜呀!
　　开府建衙——喜呀!
　　瓜伞开路——喜呀!
　　八面威风——喜呀!
　　…………

艾穆一听就知道是讨喜钱的,京城年年月月都有升官的人,凡升官必有盛宴。因此,一帮街头小混混便觅着一个讨钱的方法,专门堵在大酒楼的门口,围着官轿大唱《喜字歌》。前来赴宴的人未必都是升官的,但人在世上走谁不图个吉利?此时艾穆虽然心情不佳,仍然从袖筒里掏出一把铜板赏了。

在店伙计引领下,艾穆与沈思孝两人上得二楼一间宽大的包房。房里先已坐了五个官员,都是翰林院一班词臣,他们是编修吴中行,检讨赵用贤,侍读赵志皋、张位与习孔教。这几位年轻官员,在京城翰墨场中很有一些名气。艾穆在这群人里头,年齿稍长,而且也是惟独一个没有进士身份的。他们之所以与他交往,皆因艾穆当年以乡举被荐用为阜城教谕。由于学问好,邻郡的青年士子常跑来听他讲学,其中不少人后来考取了进士,更有一个名叫赵南星的人,竟高中探花。这赵南星贵为探花郎,然对他执弟子礼甚恭,艾穆由此声名大噪。万历初,他得到张居正的赏识,被荐拔为刑部员外郎。自来京城,他便和翰林院的词臣们惺惺相惜过从甚密。今天下午,吴中行下帖子请他与沈思孝前来天香楼餐叙。他早就听说翰林院词臣穿着大红袍子跑到内阁拜谒吕调阳的事,也想趁机问个究竟,于是践约而来。他刚一进屋,吴中行就站起来嚷道:

"和父兄,你终于到了。"

"今天下午大理寺的人来衙门会揖,所以散班迟了。"艾穆朝在座诸位拱手一揖,笑着说,"翰林院的俊彦都到了,请问谁请客?"

"我。"吴中行答。

"为何请客?"

"为首辅守制的事。"

"啊?"

艾穆一怔,回头对站在身后的沈思孝说:"纯父兄,这顿饭不大好吃吧。"

沈思孝与在座的赵志皋是老乡,通过他的介绍,早就同吴中行等人成了好朋友,常在一起吟诗作赋品茶论道。这帮词臣近日所做之事,沈思孝不但知道,而且也是积极参与者,因此答道:

"今天大概是物以类聚,不然子道兄也不会请我们前来凑热闹。"

"是啊,请你们来,是有要事相商。"

吴中行说罢,邀大家入席。不一会儿,各色菜肴一应儿摆了上来。这天香楼精于制作关外大菜,招牌菜是红烧熊掌和烤乳羊。眼下大盘大碗珍馐满席,特别是那一盆煨得烂烂的熊掌和那只烤得油腻腻肥嫩嫩的乳羊,更是热气腾腾馋得大家直吞口水。吴中行让店小二离房出门,自己亲执酒壶给大家斟满了一杯酒,言道:

"这第一杯酒,咱们敬一个人。"

"敬谁?"沈思孝问。

"老天官张大人。"吴中行陡然神色黯淡下来,负疚地说,"张大人拒不上本劝说首辅夺情,气节可嘉,高风可仰。可是,我们那天去吏部却错怪了他。昨日,皇上谕旨让他致仕,朝中部院大臣中,又少了一位清望人物,岂不令人痛心。来,这第一杯,我们敬他。"

吴中行拿起酒杯一举,大家依他的意思,都一仰脖子干了。艾穆放下酒杯,问邻座的赵用贤:

"汝师兄,听说左都御史陈瓒倡议六部合疏挽留首辅,可有此事?"

"你这已是过时的消息,"赵用贤放下准备去夹熊掌的筷子,回道,"这陈瓒受了李义河的撺掇,想联络部院大臣一起上本挽留张居正,但却没几个回应的。不是部院大臣都像天官张瀚这般有气节,而是他们中像王国光、王之诰等,都是张居正的密友,出来说话不方便。但也用不着他们了,今天下午,御史曾士楚和吏科给事中陈三谟慰留张居正的手本,已送进了大内。"

乍一听这消息,艾穆鼻子一哼就变了脸,切齿骂道:"这些士林败类,竟弃国家纲常伦理于不顾,争以谄谀为荣,真把人活活气死!"

在同僚中,艾穆的倔强是出了名的。在座的赵志皋脾气恰恰

与他相反,是个息事宁人的和事佬,这时趁机说道:

"和父兄,首辅张大人这几年整饬吏治,改革赋税,惩抑豪强,实有功于社稷。这一点,你是怎么看的?你和首辅是湖广同乡,难道楚狂人都是如此行事?"

艾穆答道:"当年李白当了退位宰相许圉师的女婿,酒隐安陆蹉跎十年,他自己写诗说'我本楚狂人,凤歌笑孔丘'。从此,天下人便把那些诋毁孔孟之道的浅薄之徒,称之为楚狂人,这实乃敝乡之大不幸。但若具体说到当今首辅,楚狂人他可当之无愧。他自用其才,好申韩之学,法峻义薄,长此下去,国家纲常就失去了温良敦厚之风。"

艾穆话一停,做东的吴中行又劝大家饮了一杯酒,吃了几口菜,才又接方才的话头说道:

"和父兄的话言之有理,咱们这帮小虾官,都无缘当面聆听首辅纵谈国是,听说你和父兄曾受到过首辅的单独召见,可有此事?"

"有。"

"首辅究竟是何等样人,能否说给咱们听听?"

艾穆听罢此言,半晌不吱声。因为那一次会见,他实在不愿意再提。

话说万历二年冬天,鉴于各地奸盗猬起,剽劫府库戕害百姓的案件屡有发生,张居正便请得圣旨实行严厉的"冬决"。所谓"冬决",就是把罪大恶极者在冬至前后处以凌迟或大辟等极刑。圣旨规定每省"冬决"不得少于十人,这都是张居正的主意。他知道各省官员都是饱读圣贤之书的儒家信徒,讲求厚生好养之德,纵然面对犯下天条按《大明律》必须斩决的罪犯,也往往会动恻隐之心。不求"杀无赦",但要造七级浮屠,这几乎是官场上的普遍心理。张居正非常厌恶这种伪善人,为了让"冬决"能够切实按他的意图施行,遂决定从两京刑部抽调若干精明官员分赴各省监督此事的实施。到了年底,各省斩决犯人汇总上来,超过了三百人。对这一数目,张居正仍不满意。他平日留意各省刑情,知道该杀的人犯远不止这个数。但就是这个数,亦超过了隆庆时代六个年头"冬决"人犯数额的总和。须知这次大规模的"冬决",也是张居正费尽心机才得到的结果。当他说动刑部尚书王之诰上本,提出大规模冬决的方案时,李太后第一个反对。她一心向佛,早就在一如和尚等高僧大德的开释下,涵养成菩萨心肠。她不同意杀人,甚至提出完全相左的方案,取消今年的冬决。原因是万历小皇帝初登帝座,按惯例应大赦天下。张居正在廷对中力陈不可。理由是整个隆庆朝因各府州县官员懈于政事,积案太多。若不用重典,则匪盗猖獗,平民百姓惶惶不可终日。如果大赦,无异于姑息养奸,天下大治也只能是镜中花水中月。李太后虽然不情愿,但无法驳倒张居正,只得颔首同意,于是才有同意刑部公疏的御旨颁发。按理说,去年"冬决"的结果令人满意,但在各省上奏的本子中,张居正发现陕西省只斩决了两名囚犯,而在以往的邸报中,张居正知道陕西省属于大案重案多发地区。为何匪情猖獗之地被斩决的犯人反而最少?张居正命人查究此事。据刑部禀报,前往陕西督察此事的是刑部员外郎艾穆。对于这个艾穆,张居正早有耳闻,知他学问人品都好,便趁去年京察之机,将他从国子监教谕任上升调到刑部。他虽然给艾穆升了官,却从未见过这个人,因此决定将他召来一见,要当面问个究竟。

当艾穆应约走进首辅值房,张居正犀利的目光扫过来,逼得艾穆低下头去。张居正劈头问道:

"让你去陕西办差,办得如何?"

艾穆愣了愣,他听出首辅的口气中明显露出不满,便怯生生答道:"启禀首辅大人,卑职前往陕西督办冬决,没出什么差错。"

"没出差错,为何只斩决两人?"

"只有两人犯罪凿实,罪当斩决。人命关天之事,卑职不敢胡来。"

艾穆说着声音就低下去了。他想起去年冬月间在长安的那一个月,每日里查阅卷宗,提审人犯,最后定下斩决两人。这两名人犯,一个与有夫之妇勾搭成奸,最后毒杀妇人之夫;另一个是杀人越货的强盗,犯下多起命案。当他说出想法时,陕西道御史王开阳一下子睁大了眼睛,提着嗓门问道:"两个?只决两个,艾大人,这怎么行?""为何不行?"艾穆反唇讥道,"就为刑部咨文要加额斩决,是不是?""是呀,不单刑部咨文,御旨批复口气尤为严厉,我辈执事之人,不说多杀,至少也得满额才是。"艾穆冷冷一笑,回道:"王大人,人命非同儿戏,人的脑袋也非丝瓜黄瓜,摘了一条还可长出一条来。这一个多月来,我们审决人犯,亲自过堂的也有好几十人,认真勘查下来,只有这两名人犯合当斩决。"艾穆说话口气不容置疑,王开阳虽然觉得他占了理儿,但依然不敢附和,便指了指面前的卷宗,说:"其实,该杀的人犯还有一些,依我看,还不止十个。"艾穆看透了王开阳的心思,若不如额决囚,恐怕上峰怪罪,便道:"下官的意思,可杀可不杀的,一概不杀,王大人不要担心,我官职虽微,但毕竟是京城下来的督办,倘若此事上峰追查,一应责任由我承担。"由于艾穆的坚持,陕西决囚便得了个全国倒数第一。昨天刑部通知他今早来内阁参见首辅,他估摸着肯定就是为这决囚事,内心中早就想好了应对之策。

张居正眼见艾穆瘦削的脸上泛着青色,就知道这人是个犟性子,加之长期清供教席,难免沾上酸腐的清流之气。他决心杀杀这位"才子"的傲气,便指着案头上的一本考功簿说:"艾穆,你同陕西王开阳御史的谈话,都在这考功簿上记录在案。"

"卑职知道。"艾穆瞅了一眼考功簿,态度不卑不亢。

却说这考功簿也是张居正的一大发明。他自隆庆六年六月接任首辅,到万历元年,这一年半时间主要精力都放在整饬吏治上头。为了解决积弊多年的政务懈怠现象,他首创"考成法"约束官员。这个考成法的内容是:凡皇帝谕旨交办、朝廷日常公务以及各衙门执掌之事,必须专人负责,限期完成。所做每一件事,其完成情况都要记录在册,以备查验核实。今后,所有官员的升迁去职,奖励或罢黜,都凭这本考功簿的档录作为依据。眼下,张居正一面翻着手中这本深蓝封皮的考功簿,一面说道:

"陕西乃边关省份,历来盗贼横行,奸宄之人甚多。刑部派你前往督办,本希望你恪尽职守风宪一方,谁知你仍固守清流习气,一肚子妇人之仁,都像你这样,朝廷的事情岂不样样都要办砸,嗯?"

张居正字字如火,灼得艾穆脸色躁赤,但他心里头不服气,小声嘟哝道:"卑职在陕西一个多月,审阅几百件案宗,实在该杀的,只有两个。"

"只有两个,"张居正一声冷笑,把考功簿朝案台上一掼,斥道,"照你这么说,湖广、浙江、山东等省都杀了二十多个,他们都在滥杀无辜?"

"卑职没有这样说,但陕西实在只有两个!"

"你口口声声只有两个,但王开阳的奏章中,该杀的却有十七个。"张居正从文案上拿起一份奏章,在艾穆眼前摇晃。很显然,王开阳为了推卸责任,已上本告了他的刁状。

"在这件事上,卑职与王大人是有分歧。卑职窃以为,当今皇上初登大宝,应厚生好德,体恤万民。冬决之事,宁可漏网一千,也不可错杀一个。"

艾穆虽然对首辅存有敬畏之心,但仍嗫嚅着说出自己的观点。他这段话实在有点离谱,张居正听了气得把案桌一拍,厉声喝道:

"放肆!"

艾穆看到首辅已是盛怒,慌忙滚下椅子,在地上跪了。张居正本想看在同乡分上,让艾穆去刑部多加历练,以备日后重用,现在看来希望落空。他盯着低头长跪的艾穆,斥道:

"陕西该杀之人,不只是王开阳所说的十七个,更不是你所说的两个!陕西乃边关省份,不要说那些作奸犯科、杀人越货之徒,单是与各番邦的茶马交易,就有多少个铤而走险的宵小之徒,合该凌迟处死!"

张居正说出这段话来,也是事出有因。花了一年半的时间,整饬吏治已是初见成效。万历二年一开头,他将把主要精力放在财政改革上。他一门心思想的是如何增加朝廷收入,一方面要杜绝偷税漏税走私贩私的混乱局面,另一方面是如何紧缩开支,解决多年来一直入不敷出的拮据现象。艾穆哪知道首辅的心思,只顺着自己的思路说下去:

"这种人是不少,现陕西大牢里还关有一些,只是这些私贩都是好利之徒,不当死罪。"

"不当死罪,你这个刑部员外郎怎么当的,嗯?"张居正伸手一指,口锋愈加严厉,"按《大明律》,凡私茶出境,没有拿到茶马司关防而进行茶马交易者,犯人与把关头目俱凌迟处死,全家五千里外充军,货物入官。洪武皇帝时,驸马都尉欧阳伦私贩了两万斤茶叶,被皇上赐死,连马皇后都不敢求情。这样的大事,你这个刑部员外郎都不知道?你回去好好读一读《大明律》,不然,法律不伸,你还满口有理。"

对于张居正的痛斥,艾穆心下不以为然。他是个好学之人,一部《大明律》早读得滚瓜烂熟。对于张居正所言驸马都尉欧阳伦贩私茶赐死一事,他也知道整个过程。洪武一朝,私下进行茶、马、盐交易者,处死何止千人。只是自洪武大行,经历了几个皇帝之后,茶、马、盐私贩愈演愈烈,这些人巧取豪夺,一夜骤富,再拿钱来买通官府。官商勾结,牟取暴利,几成风气。有时候,一些清正的地方官或纠察御史也会就此事上本请求皇上严惩。皇上也批旨查办,终因法不责众,不了了之。嘉靖、隆庆两朝,没有一个贩私者被处以极刑。所以,《大明律》中关于贩私条款,虽然没有删除,也只是一纸空文而已。艾穆就任刑部主事以来,对这些典故都作过悉心研究。从内心讲,他对走私贩私牟取横财之人也是痛恨有加,但他脑子里同时又有着根深蒂固的杀人者偿命的思想,认为这些贩私者并未杀人害命,故不应以死罪论之。此时面对怒气冲冲的首辅,他讷讷答道:

"首辅大人,贱官虽然愚钝,但《大明律》还是烂熟于心。若按《大明律》,陕西决囚,确实不止王开阳大人所说的十七个,恐怕一百七十个都不止。"

"你明白了?"张居正脸色稍改。

"下官明白,"艾穆由于刚才跪得太急,膝盖生疼,这会儿稍稍挪了挪,接着答道,"只是《大明律》与眼下国情有所不符。"

张居正一怔,问道:"哪些不符?"

艾穆侃侃答道:"我大明洪武皇帝开国之初,为统摄六合,大扫天下九州之妖氛,故对于贪名、贪利、贪官、贪色者,一律予以严惩。盖因当时国中局势,遭受频年战乱之后,人心尚在躁急狂乱之中而不能自拔。为救溺人心,拨乱反正,洪武皇帝用的是重典。在此情之中制定的《大明律》,不免过于严苛。譬如说,《大明律》中规定,民间百姓不许穿绸披缎,不许穿短勒靴,胆敢犯律者,卸去双脚。当时南京城中有三个少年穿的裤子,因为在裤腿上用红绸滚了一道边,被人告到官府,洪武皇帝亲自批旨,将那三个少年都捉去砍去了双脚。如今,满街百姓子弟都穿着彩绸绲边的裤子,如果用《大明律》来定罪,别处不说,单说京城,恐怕有一半的青年人都会被砍掉双脚。首辅大人,《大明律》这一条款,还能执行吗?"

艾穆自恃占理,因此引经据典直率爽气地坦陈一番。张居正瞧着他摇头晃脑如同在课堂上讲授"子曰诗云",心里头真是又好气又好笑。在张居正看来,艾穆所举的例子,貌似有理其实不靠谱,与贩私相比,更是风马牛不相及。穿戴只关乎个人好恶,充其量是个风俗之事,而贩私则不同,它扰乱国家大政,涉及国计民生。两者孰重孰轻,略略权衡便知。可是这个艾穆偏要钻牛角尖,一席话把张居正顶到南墙上。张居正沉住气听他把话说完,然后垂下眼睑略一沉思,问道:

"艾穆,前年胡椒、苏木折俸,你拿了几个月?"

"回首辅大人,同所有京官一样,都是三个月。"

"拿多少?"

"这个……"艾穆偷偷窥了一下张居正铁青的脸,回道,"同那个上吊而死的童立本一样,两斤胡椒,两斤苏木。"

"哦,那三个月日子好过吗?"

"不,不好过。"

"你知道,为何要胡椒、苏木折俸?"

"太仓里没有银两。"

"太仓为何无银?"

"赋税累年积欠所致。"

"这些你都知道嘛!"张居正口气中明显透着揶揄,"朝廷一应用度,靠的是什么?靠的是赋税!你们这些官员衣食来源靠什么?靠的是俸禄。朝廷是大河,官员们是小河,大河有水小河满,大河无水,小河岂不干涸见底?"

张居正说的都是常理,艾穆焉能不懂?他在心里思忖:首辅大人怎么突然转了话题儿,不谈决囚事却谈起了财政?因此硬着头皮回道:

"下官听说,听说累年积欠也很难追缴。"

"是呀,巧媳妇难为无米之炊啊!"张居正瞧着艾穆咽了一口唾沫,接着说道,"积欠是一回事,赋税流失又是一回事。就拿陕西来说,洮州、河州,还有西宁等处都设了茶马司,直属户部管辖。洪武时期,这三个茶马司每年税收高达六十多万两银子,后来每况愈下,你知道现在是多少吗?"

"下官不知。"艾穆老实回答。

"才二十多万两!而茶马交易规模,却是比洪武时期大了两倍,为何交易大增而税收大减?一方面是茶马司官员收受贿赂执法不严。更重要的,便是走私贩私日益猖獗。此风不禁,朝廷财政岂能不捉襟见肘?太仓岂能不空空如也?为扭转这种颓势,对走私贩私之人,只有一个办法,杀无赦!"

张居正嘴中吐出最后三个字时,斩钉截铁掷地有声,在艾穆听来,简直就是石破天惊。他被震得浑身一哆嗦,怔忡有时,才勉强答道:

"首辅大人高屋建瓴,剖析明白,下官听了如醍醐灌顶,只是,只是下官觉得……"

"觉得什么,讲清楚。"

看到艾穆难以启齿,张居正从旁催促。艾穆突然觉得嗓子眼冒烟,他干咳了几声,答道:

"下官明白首辅大人的意思,对那些走私贩私之人,一律格杀勿论。"

"正是。"张居正又瞟了一眼桌上的卷宗,继续说道,"去年冬季决囚,虽然杀了三百多人,但都是江洋大盗,奸抢掳杀之徒,而抗税之人,走私贩私者,却没有处决一个。这与皇上旨意相谬甚多。艾穆,你再去陕西,对关押在大牢里的走私贩私者,再行审决,有多少杀多少!"

"首辅大人,下官恐难从命。"

"为什么?"张居正瞪圆了眼睛。

艾穆缓缓答道:"贱官对于趋利逐财之徒,也是深恶痛绝。但痛恨归痛恨,秉法归秉法,二者不可混为一谈。下官陋见,我万历皇帝初承大统,宜施仁政,威权不可滥用。何况嘉靖、隆庆两朝之积弊,不可能在一夜间全都解决。欲速则不达,此行政之至理也。走私贩私者固然可恶,但也只能宜加疏导。洪武皇帝当年针对广平府尹王允道建议,就磁州铁矿征税一事亲下御旨,批道:'朕闻治世天下无遗贤,不闻无遗利。且利不在官则在民,民得其利则利源通,而有益于官。官专其利则利源塞,而必损于民。'关于利在朝廷还是利在百姓一事上,洪武皇帝此段旨意是再清楚不过了,因此,下官建议……"

说到这里,艾穆突然打住,因为他发现张居正两道剑眉已是蹙到一处,额头上突然暴起的青筋,看上去就像几条蠕动着的大蚯蚓,他顿时感到背心上阵阵发凉。

眼见这个蕞尔小官竟然如此放肆,不仅仅是冒犯,竟还敢教训!张居正早已是一腔怒火煮得熟牛头。若艾穆不是搬出洪武皇帝的御批来,张居正早就恨不得一茶杯掷了过去。他今天找来艾穆,本是想再给他一次机会,让他重返陕西将功补过,现在他对这位小老乡的恻隐之心早已荡然无存。他觉得与这种酸腐的清流谈国事无异于对牛弹琴,心中作了这样的判断,也就强压怒火,冷冷说道:

"刑部堂官王之诰说你老成持重,办事果断,还举荐升你为员外郎,却不知你如此食古不化。罢罢罢,我看你也学不了班超,做不了投笔从戎万里封侯的大事,你还是回去反躬自省你的圣人之道吧。"

艾穆耷拉着脑袋,半晌才吭哧吭哧挤出一句话来:"如此甚好,谢首辅大人。"说罢从地上爬起来,躬身退了出去。

听完艾穆讲述他那次受张居正召见的经过,在座官员一时间都失了饮酒的兴趣。包房里陷入短暂的沉默之后,赵志皋首先开口说道:

"大明开国以来,出了那么多首辅,但像张居正这样慨然以天下为己任,不但敢与所有的势豪大户作对,而且还敢蔑视天下所有的读书人,除了他,断没有第二个人敢这样。真个是申韩再世,让人怖栗啊!"

接了赵志皋的话,沈思孝言道:"今年的冬决,首辅的意思还是要严办。皇上两个月前订婚,天下同喜。李太后认为在这大喜之年里轻启血光不吉利,因此又建议免去今年的冬决。首辅坚决不同意,认为国无严法,必然奸宄横生。李太后还是迁就了首辅。"

"如此说,今冬又有千百个人头落地了?"吴中行叹道。

"是啊。"沈思孝眉宇间溢出愤懑之色,说道,"按万历二年的做法,由刑部派遣官员到各省督办,我与和父兄都名列其中,我去浙江,和父兄仍去陕西。"

"你还去陕西?"赵用贤掉头问艾穆,"这不是故意整你么?这是谁的主意?"

"首辅亲定的,"艾穆苦笑了笑,"他执意要我再回陕西督办,用他的话说,是将功补过。"

"那你怎么办?"

"还是那一句话,绝不滥杀无辜。"

赵用贤觉得菜肴凉了难以下咽,喊来店伙计让他端出去重新加热。听得店伙计咚咚咚下楼去了,他才对艾穆言道:

"听说你们堂官王之诰虽然与张居正是亲家,却并不附和张居正,因此颇有直声。这次张居正父丧,他是反对夺情的,可有此事？"

"有，"艾穆回答肯定，"前日王大人还去了纱帽胡同首辅府上，劝他回家守制，尽人子之孝。"

"首辅接受么？"吴中行问。

艾穆摇摇头，道："王大人回来后，那样子看上去很痛心。他说张居正自嘉靖三十六年离开江陵，已整整十九年没有回过家，也没有见过父亲。作为人子，睽违之情如此之久，实难想象。"

赵用贤仿佛从中受到启发，说道："首辅柄政之功过，今日姑且不论，但他夺情之举，实在是违悖天伦，我辈士林中人，焉能袖手旁观？"

"你想怎么样？"沈思孝问。

这时店伙计把热过的酒菜端了上来。赵用贤给大家斟上酒，言道：

"诸位且满饮此杯，然后听愚弟一言。"

众人都端杯饮了，赵用贤自个儿又斟了一杯，一口吞得涓滴不剩，方言道：

"子道兄草拟了一道本子，愚弟也随之拟了一道。今天请大家来，就是想请你们听听议议这两道本子有无斟酌之处。"

听罢此言，在座的都兴奋起来，一齐把眼光投向吴中行。吴中行起身走到窗牖下的茶几前，拿起随身带来的护书，从中取出一份奏章。大家都是官场中人，一看这奏章的封皮，就知道是一份已经誊正的题本——同样都是题本，但名头规格却大相径庭。洪武十七年二月，太祖皇帝订下诸司文移纸式，如今快二百年了，一直不曾改易。凡一品二品衙门，文移用纸分三等，第一等高二尺五寸，长五尺；第二等长四尺；第三等长三尺。三品至五品衙门，文移用纸高二尺，长二尺八寸。六品七品衙门，文移纸高一尺八寸，长二尺五寸，这都是定式。每日通政司收到各地的奏本，一看规格就知道是几等衙门的。官员们的手本亦参照这个定式执行。吴中行与赵用贤都是五品官,因此用的是高二尺,长二尺八寸的四扣题本。吴中行小心翼翼将这题本捧回来,对在座诸友言道:"曾士楚、陈三谟倡议首辅夺情的本子已送到御前,我辈议见不同,卒不能不发一言,于是,我和汝师兄商量着各上一道本子。我的一份已大致写好,先在这里念一念,大家看是否有不妥之处。"说着念将起来:

仰瞻吾皇陛下:臣得知,御史曾士楚、吏科给事中陈三谟等上疏皇上倡议居正夺情,臣窃以为不可,试述如下:

居正父子异地分睽,音容不接者十有九年。一旦长弃数千里外,陛下不使匍匐星奔,凭棺一恸,必欲其违心抑情,衔哀茹痛于庙堂之上,而责以讦谟远猷、调元熙载,岂情也哉!居正每自言谨守圣贤义理,祖宗法度。宰我欲短丧,子曰:予有三年爱于其父母乎?王子请数月之丧。孟子曰:虽加一日愈于已。圣贤之训何如也?在律虽编氓小吏,匿丧有禁。惟武人得墨缞从事,非所以处辅弼也。即云起复,有故事:亦未有一日不出国门而遽起视事者。祖宗之制何如也?事系万古纲常、四方视听。惟今日无过举,然后世业无遗议。销变之道,无逾此者。臣吴中行伏拜。

吴中行刚念完,赵用贤便从袖筒里摸出两张笺纸来,言道:"愚弟的具疏只是一个草稿,尚未写成定本,索性也念给大家听听。"说着把笺纸抖开来,清咳一声念道:

臣窃怪居正,能以君臣之义效忠于数年,而陛下忽败之一旦。莫若效仿先朝杨博、李贤故事,听其暂还守制,克期赴阙。庶父子音容乖睽阻绝于十有九年者,但区区稍伸其痛,于临穴凭棺之一恸也。国家设台谏,以司法纪任纠绳,但曾士楚、陈三谟二臣,竟哓哓为辅臣请留,实乃背公议而徇私情,蔑人性而创异论。臣愚窃惧士气之日靡,国是之日非也。

赵用贤草拟的这道疏文,看来还没有呼应成篇,但听得出来,比起吴中行的那一道本子,言辞更为愤怒。这也是官场上论争的套路,先温和后激烈。就朝廷的大是大非问题发表政见抨击当道弹劾权贵,这本是士林清流的传统。尽管进言者往往遭到贬谪甚至丢掉性命,可是仍有人会这样去做。因为随着时间推移,这些挺身维护"道统"者,若能九死余生,往往都会变成士林中最受景仰的人物。今日与座的七个人,都是意气相投的中青年士子,满脑子都是立言立德立名的书生意气,他们对张居正夺情同持异议本是意料中事。艾穆在这群人中年纪最大,城府也深一些,他把那两道疏文拿过来又看了一遍,然后问吴中行:

"你这道本子何时送上?"

"明儿一早,我就到午门前递本。"

大凡官员递本都交由通政司转呈,但这样就慢。如果急投,则官员自己到会极门前投递。在此守值的太监就会立刻送进乾清宫。若守值太监不肯,官员就于此敲登闻鼓。鼓声一响,整个紫禁城都听得到。

"那么,汝师兄的本子也就随后跟进了?"艾穆又问。

"是的,最迟不过后天。"赵用贤答。

"你们二位想过后果没有?"

"想过,"吴中行回道,"最坏的结果,只不过是被逐出京城而已,但我想尚不至于。"

"为何?"

"皇上还小,不知道夺情的后果,如果我们把道理讲清,皇上或许采纳。"

"如果采纳了当然皆大欢喜,若没有采纳呢?"

"再上本子。"

"谁上呢?"艾穆语气森然,善意讥道,"如果你被锦衣卫缉拿,你还能上本么?"

"那……"吴中行语塞。

赵志皋眼瞧着气氛不对，便道："和父兄这是危言耸听，小皇上与李太后向来关注清议，事情尚不至于坏到这种地步。"

吴中行愤然把桌子一捶，发誓般嚷道："就是坏到这种地步，我吴某也在所不惜。"

"如此甚好！"艾穆眉毛一扬，脸上露出难得的笑容，言道，"子道兄，如果你和汝师兄两道本子上奏尚不能让皇上回心转意，这第三道本子，就由我艾穆来上。"

"还有我。"沈思孝立即补了一句。

吴中行本是性情中人，见艾穆与沈思孝肯站出来与他们呼应，已是激动万分，便大声呼唤店伙计再大壶筛酒上来。七个人意气风发连干了好几杯。艾穆趁着几分醉意，提起嗓门说道：

"你们翰林院这班文臣，都是诗词歌赋的高手，今日趁着酒兴，我也斗胆班门弄斧，填一阕词来献丑。"

众人听罢一起抚掌欢呼，吴中行吩咐店伙计搬来纸笔墨案。艾穆趋上前去，拣了一管长锋的羊毫，饱濡浓墨在纸上写下墨气酣畅的三个行书大字：金缕曲。接着笔走龙蛇，纸上竟腾起风雷之声：

散发走通衢，问今日，燕市悲歌，何人能续？国遇疑难风乍起，忍看乱云飞渡。待我辈，振臂一呼。残漏荒鸡听夜角，太平岁，依旧有城狐。景山上，红叶疏。　　耿耿襟抱愤难诉，怅长空，月沉星隐，更无烟雨。幸有儒臣疏两道，胜却万千词赋。开尽了，世人眼目。明日帝都腾侠气，扶社稷，方为大丈夫，何惧怕，雁声苦。

写罢，艾穆又用他亢急的湘音吟诵了一遍。虽是急就章，倒也写尽情怀，众人无不叫好。吴中行朝艾穆一揖，言道：

"蒙和父兄鼓励，明日一早，我就去午门投本子去，我还留下一个副本,待把本子投进大内后,再去纱帽胡同,把副本送到首辅手中。"

"你为何要这样?"艾穆问。

"明人不做暗事。"

吴中行说着,又嚷着要酒。赵志皋看他似有些醉了,便劝阻不要再喝了。双方争执不下,一直闹到夜深散去。

第二十六回

说清田新官三把火　论星变名士一封疏

一连几日，京城各大衙门都处在亢奋与骚动之中。却说在天香楼宴聚的第二天早上，吴中行果真把那道《谏止张居正夺情疏》携到午门投到大内。没等到第二天，就在当天下午，性急的赵用贤也把疏文誊正跟着投进。小皇上在西暖阁读罢两道疏文，再也不用请示太后——因为太后早把主意出给了他，为了不担"妇人之仁"的名声，他即刻传旨"着锦衣卫拿了，枷铐示众"。当天夜里，锦衣卫缇骑兵就把吴中行、赵用贤两人从家里逮出来投入镇抚司大牢。第二天一大早，又给他们各戴上四十斤的铁木枷一副，押到午门前下跪示众。

几乎就在同一天，张居正的《乞恩守制疏》在最新一期的邸报上全文刊登。这是一篇长文，虽然孝子之情哀溢于纸，但请求守制的语气并不十分坚决。明眼人一看便知，这是张居正迫于反对派的压力而作出的敷衍。同一期邸报上，还有皇上的两道任命更令人注意。一是任命王国光接替张瀚出任吏部尚书；二是他空出的户部尚书一职，由蓟辽总督王崇古担任。他们两人都是因张居正的推荐而履任新职。推荐他们，张居正确实动了一番心思：王国光既是心心相印的政友，又是难得的干练之臣，且还是谙熟财政的理财高手，他主政户部五年来，朝廷赋税收入年年攀升。这样的专才循吏，实属难得。但若让他在户部职上久任不迁，虽无悖于朝廷用人之道，却有负于朋友之情。政绩斐然不能升官，谁还肯替朝廷效命？吏部与户部虽同属二品，但吏部毕竟是六部之首，文官至尊之位。如今让王国光继任，不但对他是一种奖掖，而且也不用担心大权旁落。再说王崇古，万历二年因戚继光部发生的"棉衣事件"而受到牵连，他的精神一度萎靡不振，宦途也受到影响。那次事件发生不久，兵部尚书谭纶就因积劳成疾死在任上，按张居正最初的想法，王崇古是理所当然的接任者，但这时候，如果让挂兵部尚书衔的王崇古到部主事，势必引起人们的诟病与非议。于是，张居正改推南京兵部尚书方逢时接替谭纶，王崇古职位事权不变。尽管此前张居正已把王崇古的外甥张四维提拔为辅臣以示安抚，但王崇古仍觉得自己有些受屈。张居正也认为王崇古是有大功于朝廷的良臣。隆庆五年，正是由于他大胆建议接受当时最强大的蒙古部落首领——俺答封贡的要求而创立互市，一举解决了数十年与蒙古部落的边界战争。因此，无论从功绩名望与才干哪一方面讲，王崇古都应该成为部院大臣。如今"棉衣事件"已过去三年时间了，人们对于它的记忆已逐渐淡忘。张居正遂决定推荐王崇古膺任户部尚书一职。让一位指挥千军万马的边帅来当锱铢必较的财政大臣，似乎有些不伦不类，但如此安排，正体现了张居正的高明之处：其一，经过五年的拨乱反正及规划谋略，朝廷的财政制度大致上已趋完善。王崇古履任后只须谨守章程办事，即可控制局面；其二，皇上已批旨允行在全国展开清丈田地，这一工程被张居正视为涉及社稷安危的头等大事，执行起来必然要触动许多势豪大户的利益，而受到种种阻拦。一般文雅儒臣，难以担此重任。王崇古征战多年，早练出了坚如磐石的杀伐之心，由他出掌清丈田地之责，便可以排除险阻威慑群小。再加上王国光掌吏权，一些与势豪大户勾结的地方官吏想玩弄伎俩破坏清丈田地计划的进行，亦难逃他的法眼，有这样两个股肱大臣共襄此事，则不愁清丈田地工程会半途而废。张居正打算用三年时间完成这一件大事。

因张居正服丧,小皇上准他在七七日内不随朝不入阁,而在家守孝办公。这天下午,已到部履新的王国光与王崇古二人相邀着到张居正府上拜谒。此前,他们都已分别到张府表达过吊唁之情,此次前来,纯粹是谈公事。他俩到来之前,小皇上又派太监前来张府传旨,这是小皇上看了张居正的《乞恩守制疏》后亲自手书的谕旨:

> 卿笃孝至情,朕非不感动。但念朕正当十龄,皇考见背,丁宁以朕嘱卿。卿尽心辅导,迄今海内乂安,蛮貊率服。朕冲年垂拱仰成,顷刻离卿不得,安能远待三年?且卿身系社稷安危,又岂金革之事可比?其强抑哀情,勉遵前旨,以副我皇考委托之重,勿得固辞,吏部知道。钦此。

听太监宣读皇上这道谕旨,张居正越发觉得心口堵得厉害。他让游七封了几两银子送走传旨太监,一个人又回到书房,本说把姚旷送来的一些急着拟票的本子看看,但拿起一份看了半天,竟不知道看了些什么,只好从头再看,仍集中不了精力,眼前的字都是模糊的。他只得放下本子,伏在书案上,手支着额头养一会儿神。

却说昨日早上,他刚用过早膳,门子就来报,说是翰林院编修吴中行已在门厅候着,请求拜谒。张居正虽然足不出户,但不断有耳报神前来禀告外头大小事体,所以,对吴中行到处串联反对他夺情的事,他早有耳闻。对这位门生的才华,张居正是欣赏的,正是由于他的青睐,吴中行才得以成为庶吉士而留在翰林院,并被升为编修。张居正没想到自己信赖的人,竟挑头儿与他唱对台戏,因此对吴中行由欣赏而变成了极度的反感。现在听说他来求见,张居正本想拒之门外,但转而一想,何不趁此机会当面听听他的想法,遂让门子把他领进花厅。刚一坐下,张居正也不吩咐赏茶,而是板着脸劈头问道:

"你为何事前来?"

吴中行虽然放荡不羁，但在座主咄咄逼人的目光下，那一股子好不容易攒起的傲气儿顿时就泄了。他躲开那灼人的目光，小声说道：

"门生给老座主送一道本子来。"

"什么本子？"

"老座主看过便知。"

吴中行说着就把他递进大内的那道本子的副本递给了张居正。虽然张居正胸有城府处变不惊，但看了本子后仍不免诧异地问道：

"本子送进去了？"

"早上刚送进，想必这时候皇上已看到了。"

"你想要如何？"

"没想要如何，"吴中行鼓着勇气说，"门生难以附和夺情之议，既给皇上上本，不敢不禀告老座主。若有得罪，还望老座主原谅。"

吴中行说罢一个长揖辞别而去，气得张居正七窍生烟。他的第一个念头是：门生弹劾座主，这是国朝二百年来都没有发生过的事，偏偏去年的刘台、今年的吴中行，都是他的门生。他顿时感到受到极大的侮辱，也为士林对他的误解而深感痛心。当天晚上，当他得知皇上已下旨将吴中行与赵用贤抓进锦衣卫大牢时，他才略感宽慰。今天，听到太监宣读的皇上对他再行慰留的谕旨，他的本来七上八下的心情，更是如有一团乱麻塞进。

也不知过了多少时候，游七前来推门禀报说王国光、王崇古两人来访。张居正揉了揉发涩的眼睛，命游七将他们二人领进书房。一坐下，王国光就说道：

"上午，皇上就把再次慰留首辅的谕旨传到吏部，想必首辅你本人也已收到了。"

"喏，还在案台上搁着呢。"

张居正指了指台子上的旨匣,王国光瞟了一眼,又道:"听说吴中行与赵用贤二人早上刚押到午门枷铐示众时,围观的人就挤得密不透风。道他们不是的虽然有,但同情他们的人,竟然占了多数。"

"这就是邪气!"王崇古开口说话声如洪钟,他气愤地言道,"一帮子酸秀才,狗屁不懂偏还要议论国事。这边火烧房子,那边死了爷,你是先哭爷,还是先救火?这道理浅显不过了,还扯啥子横筋!"

王崇古是嘉靖二十年的进士,虽是读书人出身,但因长期生活在军幕之中,早把那点儿穷酸斯文消磨净尽,说话直来直去从不拐弯儿,张居正喜欢他这脾性,便接他的话言道:

"问题在于吴中行这些人,并不认为眼下朝廷的局势如同救火,他们反倒认为现在是国泰民安,既无外患又无内忧的大好光景呢。"

"这就叫不当家不知柴米贵,"王国光插话说,"前几年财政改革绩效显著,太仓里现存了几百万两银子。但是,船到中流,不进则退,眼下正是在进退之间,是在节骨眼儿上,这局势类同救火。"

王崇古附和道:"幸亏皇上英姿天纵,看得清情势,所以一再慰留首辅。"

张居正非常感激两位政友的理解与支持,他再次把搁在案台上的旨匣瞟了一眼,动情地说:

"吴中行本子中所言之事,也并非全是妄语。仆离乡十九年,就再也没见过家父。老人家一旦谢世,作为人子,我的确应该即刻奔丧,凭棺一恸,再为他守墓三年。但皇上不让我离开京城,一边是忠,一边是孝。作为人臣,我不能不忠,作为人子,我焉能不孝?这么多天来,我一直为这两个字苦恼,一时抉择不下。翰林院的那帮词臣以为我贪恋禄位,真是可笑之极。"

王国光说："叔大兄，平心而论，为天下计，你的确不能离开京城。"

"汝观兄，众口铄金啊！"张居正痛苦地摇摇头，道，"仆想好了，准备再次上疏乞皇上开恩，准我回江陵守制。"

"写则可写，但依咱之陋见，皇上绝不会同意。学甫兄，你说呢？"

王崇古正愣瞧着窗外的槐树出神，见王国光问他，连忙回道：

"汝观兄所言极是。首辅，令尊既已弃养，心中存孝即可，眼下最重要的，是要尽忠。"

张居正长叹一声，说道："如果宦海中人都像你俩这样通达，我张居正怎会被逼到如此难堪的地步。"

王崇古见首辅被夺情事弄得神情沮丧，情知再说下去只会徒增烦恼，便掉了个话题说：

"叔大兄，咱邀汝观兄今日来拜谒，为的是清丈田亩事，这件事的来龙去脉，汝观兄已讲得详细。咱俩议过，这件事开展起来，必定阻力很大，依仆之见，得用一点雷霆手段。"

"用何雷霆手段？"张居正问。

"听汝观兄所言，首辅的意思是先在山东开始？"

"是，"张居正点点头，"杨本庵决心甚大，在他那里先行一步，试试风头。"

"肯定推进很难，仆拟从部衙中抽调一名侍郎前往督阵，不知首辅意下如何？"

"很好，派去的人，一定要勇于任事。"

"这个请首辅放心。"王崇古仍如在帐幕中议论军事，大有纵横捭阖的气势，他侃侃言道，"若欲振士气，仆与汝观兄商议过，首先得杀猴给鸡看。"

张居正眉梢掠过一丝难得的笑意，说道："人家杀鸡吓猴，你偏要杀猴吓鸡,说说你的打算。"

王崇古回答:"仆分析,只要重新清丈田亩的咨文到省,阳武侯薛汴与衍圣公孔尚贤两人一定会反对。咱的意思,先从他二人中找出一只'猴儿'来。他只要一蹦跶,立刻就逮起来。还有一些大户,比起他们来,只算是'鸡'。'猴子'咱都敢杀,你'鸡'还算什么? 他只要一动,咱就把他掐住。"

"方才学甫兄所言,就是他倡议的雷霆手段,只是这样一来,就会有许多的侯爷王爷跑到皇上那里去告刁状。"王国光跟着补充说,"首辅你还记得隆庆六年秋上的事么,咱们施行的胡椒、苏木折俸本已取得圣意,但几个侯爵跑到李太后面前一哭诉,李太后立刻就改了口风,弄得咱们左右不是人,差一点被那帮混蛋算计了。"

"这种事情保不准还会发生,"张居正伸了伸腰,一边思考一边说道,"就拿薛汴来说,他的阳武侯是世袭的,有成祖皇帝亲自颁赐的铁券金书,任何时候都能免死罪,所以他才敢胡作非为。能把这样的'猴子'惩治一下,对于减除清丈田亩的阻力,是有百利而无一弊。学甫兄,你可以把这层意思先向杨本庵吐露一二,让他有个准备。"

"好,我回到衙门就急速办理。"

三人把这件事议得透彻,告辞之前,王国光又斟酌着说道:"叔大兄,有一件事还想征询你的意见。"

"何事?"

"吴中行与赵用贤两个书呆子,这会儿还戴着枷,跪在午门外示众哪。"

"听说皇上要他们罚跪三天?"张居正问。

"是的,"王国光说,"他们二人还不服气,跪在那里昂头一丈。但三天以后,该如何处置他们呢?"

"这要看皇上的意思。"

"皇上已有旨意到部,要吏部先拿出惩处意见条陈上奏。咱接任不过两天,哪件事该如何办理,脑子里还是一盆糨糊,所以特来讨教。"

王国光样子极诚恳,但张居正感到他似乎有推诿之意,心里头略略有点不高兴。正思虑着如何回答,王崇古插进来直筒筒言道:

"对这些不知天高地厚的口喙狂人,应该予以严惩。"

王国光回道:"严惩肯定要严惩,但总要有法可依。"

王崇古不屑地一笑,揶揄道:"什么叫法,皇上的旨意就是法。皇上让吏部拿条陈,这实际上就是要严惩了。"

"但严惩亦应有度,杀头、戍边、开籍都是严惩,咱该取哪一种?"

张居正见王国光确实是因为不懂才拿不定主意,心下稍安,他制止了两人的争论,说道:

"去年刘台上折诬告,皇上下旨判他五千里外充军,不准回籍。此次吴中行、赵用贤二人与他所行之事差不多,惩处之轻重,亦可参照执行。"

张居正一锤定音,二人再无话可说,当下告辞出来,起轿回府。

过了一夜,第二天麻麻亮,缇骑兵就把吴中行与赵用贤从镇抚司大牢中提出来,押解到午门前的广场。昨日已跪了一天,两人的膝盖都磨破了皮,蹭一下都痛。缇骑兵毫无怜悯之心,一到广场,就把两人推倒跪下,颈子上戴着四十斤重的铁木枷,手圈在里头连转动一下都不可能,脚下的砖地又都硬得像铁,膝盖一碰上去,刚结了血痂的地方顿时又被磨破,鲜血渗了出来,濡湿了裤腿。赵用贤虽是个胖子,但忍耐力显然比不上吴中行,跪在那里龇牙咧嘴地难受。瞧他那副模样,吴中行不免担心,问道:

"汝师兄,你熬得住么?"

"熬不住也得熬，"赵用贤仍不改心高气傲的脾性，自嘲道，"戴枷罚跪，这也是读书人必修的功课。过了这一关，方可称天下斯文。"

"理儿是这个理儿，"吴中行艰难地挪了挪膝盖，说道，"只要记住咱们是为了捍卫朝廷的天理纲常而下跪，咱们的膝盖，就不会感到疼痛。"

刚说完，猛听得赵用贤"哎哟"一声，吴中行扭头看去，只见赵用贤身子扑倒在地。原来他因膝盖生疼，身子不住地摇晃，旁边的缇骑兵嫌他不老实，故在他的后腰上踹了一脚。由于铁木枷锁得太紧，倒地一倾，把赵用贤的颈子划开一道大血口子，鲜血流了出来。缇骑兵又把铁木枷一拉，扯起赵用贤重新跪正。吴中行与赵用贤对视一眼，都是敢怒不敢言。他们深知与这些文墨不通的缇骑兵讲理犹如对牛弹琴，只能自讨苦吃。看到赵用贤血人一般，双目圆睁跪在那里，好像随时都会跳起来与人拼命，吴中行怕他真的起爆，便想转移他的注意力，言道：

"汝师兄，跪着也是跪着，咱们何不趁这大好光阴，做点咱们该做的事。"

"做什么事？"赵用贤问。

"咱们联诗如何？"

"联诗？"赵用贤瞟了一眼站在身边的凶神恶煞的缇骑兵，笑道，"记得金粉六朝时有两句诗'门外韩擒虎，楼头张丽华'，写某皇帝的风流事。如今你我身边不缺韩擒虎，却没有张丽华，所以，咱们既不是昏君，更不是昏臣。"

"那是什么？"

"是咱大明皇朝的殉道者。"

"此评允当。"吴中行低头看了看颈子上套着的沉重的铁木枷，又抬头看了看淡云飘逸的蓝天，苦笑着问，"汝师兄，你不想联诗了?"

"联吧,你出题儿。"

"好,就用这枷字起韵吧。"

吴中行略略沉思,便吟道:

　　十月轻寒戴铁枷,

赵用贤素有捷才,立刻联上一句,并又出一句:

　　书生自赏血如华。
　　午门长跪丹心壮,

吴中行把赵用贤的联句复诵一遍,又吟道:

　　御苑流风燕子斜。
　　禁鼓声声闻帝阙,

赵用贤一笑,一边打腹稿,一边说道:"帝阙之禁鼓,该用什么对?子道兄,你这是故意整我。"

吴中行知他故意卖关子,便催促道:"谁不知道你有七步之才,快对上,不然罚你。"

"怎么罚?"

"一炷香工夫,不准挪动膝盖。"

赵用贤瞟了瞟站在身边的缇骑兵,嚷道:"你比韩擒虎还要恶毒,听着,我有了。"说着吟出两句:

　　浮云片片挂檐牙。
　　春来春去长安道,

这时来午门看热闹的人又多了起来,两位词臣都有股"人来疯"的傻劲儿,一时间思如泉涌,你来我往联得好不畅快:

　　花落花开处士家。
　　我因朝奏终成祸,(吴中行)

> 谁苦今晨未品茶？
> 枯舌生津思好句，(赵用贤)
> 忠肝沸血化烟霞。
> 三杯小醉饶丝竹，(吴中行)
> 九死余生对暮鸦。
> 敢为纲常成死谏，(赵用贤)
> 终叫社稷免咨嗟。

吴中行这一句对得有些勉强，但一时也觅不来好词替换。他此刻也想弄个生僻的上句来难一难赵用贤，正攒眉沉思，忽听得有人朗吟了两句：

> 人生自古谁无死，
> 天道无穷地有涯。

吴中行与赵用贤两人只顾得吟诗，全然不知身边围观的人已越聚越多。听得有人接句，忙抬头来看，只见艾穆已站在他们的面前。

"和父兄，原来是你。"吴中行一阵惊喜。

艾穆单腿跪下，一边掏出手袱儿替赵用贤擦拭颈上的血迹，一边说道：

"看你们在这里旁若无人地斗韵，艾某实在钦慕。二位受此冤屈，犹苦中作乐，真名士也。"

"苦倒没什么苦，"吴中行强忍着疼痛，取笑道，"就是手箍死了，挠不了痒痒。"

赵用贤也咬着腮帮骨硬撑，附和道："如果有人替我挠痒，跪他十天半月又有何妨。"

艾穆看着地上的血迹，只觉揪心得很，便伸手去把赵用贤的铁木枷往上抬了抬，想让这位冒着虚汗的大胖子轻松一些。缇骑兵见他动作越格，便顿了顿手持的哨棒，嚷道：

"这位大人,请站开些。"

艾穆不理会他,仍用手抬着枷。赵用贤怕他吃亏,低声提醒道:

"和父兄,快依他说的办,这些兵爷是狗脸上摘毛,说翻脸就翻脸的。"

缇骑兵虽不懂诗,但耳朵尖,却把这句话听进去了,顿时又一脚把赵用贤踹翻在地,吼道:

"你敢骂人,看老子不揍死你!"

艾穆赶紧把赵用贤扶起,霍地站起身来,双目如电逼视着缇骑兵,厉声喝道:

"大胆兵贼,竟敢侮辱斯文,定不能饶你!"

"你想怎么样?"

缇骑兵一提嗓子叫起来。执行任务的这一队缇骑兵本有二三十人,听这边一叫喊,便提着兵器都围了过来。在刑部点卯之后一同前来的沈思孝生怕艾穆吃亏,忙把他扯出人群。翰林院里的一帮词臣在赵志皋的带领下也早都赶来这里。他们不是来看热闹,而是来想办法疏通执法的锦衣卫缇骑兵,力争让两位受刑的同僚少吃一点苦头。见艾穆与缇骑兵发生争执,赵志皋忙趋上前去,偷偷地把一只银锭塞到领头的小校手中,觍着脸笑道:

"这位兵爷不要发怒,大家都替皇上办事,能通融的尽量通融。跪着的这两位是咱的同事,待他们平安解了刑罚,咱请各位兵爷喝酒。"

"解刑之后,你们这些官老爷还不像昂头的公鸡,哪里还认得俺们这些大兵。"

得了银锭的小校,嘴上虽这么说,脸上却浮着得意的笑容,他一挥手,缇骑兵又都散开各就各位。艾穆趁这空儿,又走了过来,蹲下来问跪着的二位:

"昨晚发生的事,你们知道么?"

"发生什么事了?"吴中行问。

"天上出了妖星。"

"妖星,什么妖星?"赵用贤问。

"昨晚扫帚星起于东南,直犯北斗,光逼中天。随后,京城就有三处火警。"

"星象变异,天人感应,这预兆什么?"吴中行突然挺直了身子。

艾穆眼中射出深邃的光芒,反问道:"地上有夺情之议,天上有妖星闪耀,子道兄,个中蹊跷,还用得着追问吗?"

"老天爷有眼哪,"赵用贤突然狂笑起来,"我辈之举,上合天意,纵死何憾!"

他这一笑,立刻吸引了不少围观者,缇骑兵一跺脚,又斥道:"你再胡闹,小心俺又揍你!"

艾穆眼见人越聚越多,便提高嗓门说道:"那日在天香楼,艾某已说过,继你们二位之后,我也一定会上疏皇上,批驳曾士楚、陈三谟等夺情之议,昨日午夜,我已拟好本子,沈主事定要附名,这本子就以我俩的名义递进。"

"本子已递了?"吴中行问。

"还在这儿呢。"沈思孝插话,说着就把手上的本子递给艾穆,又道,"和父兄说递进去之前,先要念给二位听听。"

"好,和父兄,快念。"赵用贤大声催促。

艾穆站起身来,抖开折子。立刻,偌大的午门广场鸦雀无声,所有看热闹的人都屏声静息安静下来。艾穆清了清喉咙,大声念道:

吾皇陛下:臣刑部员外郎艾穆、刑部主事沈思孝就首辅张居正夺情事,再行抗疏,谏曰:

自居正夺情,妖星突见,光逼中天。言官曾士楚、陈三谟,甘

犯清议,率先请留,人心顿死,举国如狂。今星变未销,火灾继起。臣岂敢自爱其死,不肯洒血为陛下言之:

　　陛下之留居正也,名曰为社稷。须知社稷所重,莫过于纲常。而元辅大臣者,纲常之表也。弃纲常而不顾,何社稷所能安?且事偶一为之者,例也。而万世不易者,先王之制也。今弃先王之制而从近代之例,如之决然不可也。居正今以例夺情,觍颜留机枢之地。设若期间国家有大庆贺大祭祀等盛典,为元辅者,欲避则害君臣之义,欲出则伤父子之情,臣不知陛下何以处居正,居正又何以自处也。徐庶以母故而辞于昭烈,曰:臣方寸乱矣。居正独非人子乎?而方寸不乱耶?位极人臣,反不修匹夫常节,何以对天下后世?臣闻古圣帝明王,劝人以孝矣,未闻从而夺之也。为人臣者,移孝以事君矣,未闻为所夺也。以礼义廉耻风化天下,犹恐不及,顾乃夺之?使天下为人子者,皆忘三年之爱于其父,常纪坠矣!异时即欲以法度整齐之,何可得耶?陛下诚爱居正,当爱之以德,使奔丧终制以全大节,则纲常固而朝廷正,乃使天下百官万民咸服之。灾变不可弭矣,恳望陛下再思夺情之议,准臣之请。臣艾穆、沈思孝伏拜。

一篇雄文,抨击尤烈。在场的官员竖着耳朵听下来,不少人为之股栗,更有人生怕惹火烧身,赶紧抽身溜走。当然,也有不少人拊掌叫好。吴中行听罢,也不免为艾穆锋芒毕露的犀利言辞而大为担心。因为这篇疏文不但针砭首辅,而且捎带着把皇上也刺激了一番,便道:

"和父兄这篇疏文,痛快淋漓,真千古奇文也,只是言辞过于激烈,一旦投进,下场不会比我俩好到哪里去。"

"艾某正有此意,陪二位在此一跪。"

艾穆话音刚落,沈思孝也凛然说道:"还有我哪,我既来到午门,就没打算回去。"

"快哉,快哉!"赵用贤又大叫起来,"读此雄文,真想浮一大白。"

艾穆拱手朝两位跪着的同道一揖,言道:"二位在此稍候,我和纯父兄投本子去了。"

话犹未了,围观的人早给他们二人让出一条道儿。

第二十七回

气咻咻皇上下严旨　怒冲冲首辅斥词臣

　　用罢早膳,皇上照例有半个时辰的休息。这会儿,他正和客用、孙海一帮近侍在东暖阁外边的砖地上玩掷金城的游戏。这游戏说来也很简单,就是用白灰在砖地上画出四九三十六个方格,每一方格填上一个州的名字,方格中间搁一小瓷碗,参与游戏的太监站在三丈开外,手拿一枚铜钱,朝方格中的小碗里投掷,若投中一个,皇上就赏给他白银五钱,以投三次为限。三次皆不中者则换下,改另一个人再投。皇上自己并不投,而是当一个仲裁者,就这么简单的游戏,他却玩得津津有味。

　　且说今天早上,一连换了五个内侍,却没有一个人投中。第五个掷铜板的是孙海,他连掷两次,连碗边儿都不曾碰到。第三次投出的铜板,掉进一只小瓷碗中又弹了出来,旁观的众太监都为他惋惜。孙海想得赏钱,便对坐在藤椅上的朱翊钧奏道:

　　"万岁爷,奴才这枚铜板算不算投中了呢?"

　　"不算。"朱翊钧立即回答。

　　"可是,它是从碗中弹出来的呀。"

　　"既弹出来,就不能算投中嘛,"朱翊钧跷着二郎腿,得意地说,"你想骗朕的赏钱,没门儿。"

　　孙海抓耳挠腮,装出一副委屈的样子,逗皇上开心。朱翊钧果然兴致极高,又喊道:

　　"下一个谁上?"

"奴才试试。"

说话的是客用。他与皇上同岁,今年十五,刚处在变音的阶段,说话声音嘎嘎的,听了让人感到别扭。但他今天的声音格外不对头,皇上瞅着他,狐疑地问道:

"你嘴里好像含了什么东西?"

"是。"

客用答着,伸手从嘴里抠出一枚铜钱来。

"你这是干啥?"朱翊钧问。

"启禀皇上,奴才把铜钱用口水濡湿,它就不会嘎嘣嘎嘣地乱飞。"

客用说着扮了一个鬼脸。朱翊钧笑道:"你当年弄蚂蚁大战,朕就知道你是个人精,快投。"

"哎。"

客用先朝皇上深深一鞠躬表示领旨,然后挽起袖子站到投掷线上,眯眼看准一个瓷碗,稳稳地投了过去。只见那枚湿漉漉的铜钱不偏不倚,正好掉进碗中,由于沾水,也不弹跳。

众太监一阵惊呼,孙海伸头去看那方格,大叫道:"万岁爷,客用投中的是扬州。"

"扬州?客用怎么这么好的运气。"朱翊钧屁股离了藤椅,伸头朝方格中看了看,问道,"客用,你知道扬州的分野与出产么?"

"奴才不知。"客用一脸憨相。

"你既不知,听朕为你道来。"朱翊钧双手背负,很有点夫子自道的意味,兴致勃勃言道,"淮扬一带,扬州、仪真、泰兴、通州、如皋、海门地势高,湖水不侵。泰州、高邮、兴化、宝应、盐城五郡邑如釜底,湖水常常泛滥,所幸有一道漕堤为之屏障。此堤始筑自宋天禧年间转运使张纶。因汉代陈登故迹,就中筑堤界水,堤以西汇而为湖,以受天长、凤阳诸水脉,过瓜洲、仪真以通于江,为南北通衢。

堤以东画疆为田,因田为沟,五州县共称沃壤。南起邵伯,北抵宝应,盖三百四十里而遥。原未有闸也,隆庆六年,水堤决,乃就堤建闸。你们记住这建闸的谕旨,是朕登基后亲自签发的。兹后两年间,建闸三十六座,耗费金钱以万计。这说的是地势,再说出产。淮扬最大的出产就是盐。其盐厂所积有三代遗下者,然长芦盐窃至淮扬卖,而淮盐又窃至江南卖。长芦之窃,其弊窦在往来官舫;淮盐之窃,其作奸在孟浪流徒。淮盐岁课七十万五千一百八十引,征银六十万两,可谓比他处独多。嘉靖朝鄢懋卿督理时,欲以增额为功,请加至白银百万两。征缴不足,则搜刮郡县盘剥商贾,在他治下,商人多破产,怨声载道。及嘉靖末年,严分宜败,御史徐旷上本弹劾鄢懋卿,司农复议,始减照原额征收。

"扬州有五塘,一曰陈公塘,延袤八十余里,置自汉陈登;一曰句城塘,六十里,置自唐李袭誉;一曰小新塘,一百一十里;一曰上雷塘、下雷塘,各九十里,皆创自先朝。千余年停蓄天长、六合、灵、虹、寿、泗五百余里之水脉,水溢则蓄于塘,而诸湖不至泛滥,水涸则启塘闸以济运河。

"这塘说过了,朕再说扬州的风俗。淮阳年少,武健鸷愎,椎理作奸,往往有厄人胯下之风。凤、颍习武好乱,意气逼人,雄心易逞。小秦淮则如白下,鲜衣冶容,流连光景。盖六朝余绪犹有存也,大抵古今风俗不甚相远……"

朱翊钧滔滔不绝讲了半天,眼前的这帮内侍大都胸无点墨,内中虽也有识几个字的,又哪里懂得什么学问?如今听得皇上指点江山的宏论,他们无不肃然起敬。孙海适时恭维道:

"万岁爷这么好的学问,真是胜过了状元郎。"

"嗜,什么状元郎,"朱翊钧瞪了孙海一眼,"三年一次会试,那状元郎还得由朕钦点呢!"

孙海知道自己说错了话,连忙伸手掌自己的嘴巴,一面打,一

面骂道:

"看奴才这张臭嘴,尽说混账话。"

看着他做戏,内侍们站在旁边无不掩着嘴笑。有一个内侍挠挠脑袋,问道:

"奴才天天跟着万岁爷,真不知万岁爷这么大的学问都是从哪儿学来的。"

"朕从隆庆六年登基起,就出经筵。六年了,天天就学这些经邦济世的学问,你们这些当奴才的,哪里会知道。"

朱翊钧一副傲岸的神气,众内侍一个个点头哈腰。一直默不作声的客用,这时满脸堆笑言道:

"万岁爷,奴才的赏银还没拿到呢!"

"少不了你的!"朱翊钧打心眼儿里喜欢这个既机灵又憨厚的贴身内侍。他挥挥手,一名内侍便托了一只垫了红绒布的木盘上来,上面放了五钱银子,朱翊钧朝客用一指,笑道,"拿去吧,权且把扬州赏给了你。"

"谢万岁爷。"

客用伸手拿过银子,正要退下,忽然听得有人尖叫一声"且慢",唬得众人回头一看,却是冯保,不知他何时悄没声儿地走了进来。

冯保疾步上前,拧着客用的耳朵,吼道:"还不快给万岁爷跪下!"

客用不知自己犯了什么错,也不敢申辩,只得不情愿地跪了下去。朱翊钧也不明就里,愣着问:

"大伴,客用怎么了?"

冯保也扑通跪了下去——他这一跪,十几个内侍再没有一个敢站的,都纷纷跪下了。冯保正色言道:

"老奴冯保,请万岁爷收回旨意。"

"什么旨意?"

"将扬州赐给客用的旨意。"

一听这话,朱翊钧扑哧笑出声来,辩道:"朕开的是玩笑,实际只赏给他五钱银子。"

"天子无戏言,"冯保偏还较真儿,"万岁爷若不收回旨意,客用就白得了一个扬州。"

"好吧好吧,"朱翊钧有些不耐烦,鼻孔哼了一声,说道,"刚才那句戏言,算朕没有说。"

冯保如释重负长出一口气,又回过头训斥客用:"你这个小奴才,真不知天高地厚,皇上赐你扬州,你本该诚惶诚恐,赶紧谢辞才是,你偏偏还眉飞色舞说一句'谢万岁爷',这话是你答的么?你这不知好歹的东西!"

客用平白无故遭此一顿辱骂,气得泪水在眼眶里直打转转,但他哪敢辩驳,只勾着头一声不吭。经冯保这么一搅和,朱翊钧也玩兴全无,怏怏起身,踅回东暖阁中,冯保跟随在他后头走了进去。

朱翊钧习惯地在御榻上落座,早有内侍把沏好的香茶捧上。朱翊钧呷了一口,强压下心头的不快,也不看冯保一眼,只低头问道:

"大伴,今日有何要事?"

冯保欠身奏道:"启禀万岁爷,午门外又发生了大事。"

"午门外?"朱翊钧不屑地说,"不就是吴中行、赵用贤两人在那儿戴枷罚跪么,今天是第二天吧?"

"是,"冯保奏道,"不是这二人的事,又有两个人上本言夺情事?"

"谁?"

"艾穆与沈思孝,两人都在刑部任事,艾穆是刑部员外郎,沈思孝是一名主事。"

"他们的本子呢?"

"在老奴这里。"

"念。"

"是。"

冯保展开艾穆、沈思孝的本子,一字一句读了下来。当听到"臣闻古圣帝明王,劝人以孝矣,未闻从而夺之也",朱翊钧就有些沉不住气了,待他耐着性子听完,已是勃然大怒,骂道:

"这两个狂徒,胆敢骂朕!"

冯保瞧着朱翊钧涨红的脸,趁机撺掇道:"这两人的情况,老奴略知一二。"

"讲。"

"三天前,也就是翰林院编修吴中行与赵用贤二人上本的头天晚上,艾穆与沈思孝应吴中行之邀,曾去灯市口的天香楼宴聚。一共去了七个人,除开上述四位,还有翰林院的赵志皋、张位、习孔教三人。他们名曰宴集,实际上就是替张瀚鸣不平,并商量如何上本,反对皇上慰留首辅张先生。"

"哦,这帮人竟如此大胆,你是怎么知道的?"

"自张先生夺情,翰林院带头谤议的时候,老奴就密令东厂番役,暗中侦伺他们的行踪。"

"如此甚好。"朱翊钧点点头,忽又觉得还是冯保忠心事主诚实可靠,便忘却了心头的不快,继续问道,"东厂的密探,还侦伺到什么?"

"他们早就商量好了的,吴中行、赵用贤的本子先上,艾穆与沈思孝随后跟进。"

"艾穆与沈思孝这二人更坏。"

"艾穆向来以名士自居,在京城的清流派官员中很有一些影响。万岁爷,您记得万历二年冬决的事吗?"

"记得,当时张先生提出治乱须用重典,朕准了他,在全国杀了一大批要犯,你怎么突然问这个?"

"这事儿与艾穆有关,他当年受刑部派遣,前往陕西督办决囚事。那一年，陕西只杀了两个人，在全国落下个倒数第一。"

"我记起来了，"朱翊钧忽然又气愤起来，"张先生有一次在平台向朕禀告决囚事，曾言及刑部有一名员外郎督办不力，为何这人还留在任上？"

"老奴说过，艾穆是个名士，动他有点投鼠忌器。再加上，刑部堂官王之诰也袒护他。"

"王之诰不是元辅的亲家么，为何要袒护他？"

"王之诰为人清正，但有些迂阔，好认个死理儿，所以并不能做到与首辅和衷共济。"

"朕知道了。"朱翊钧咬着嘴唇想了想，又问，"艾穆本子中说妖星出现，是怎么回事？"

"昨夜里，天上的确出了扫帚星。"

"啊，这是凶象吗？"

"是的。"冯保咽了一口唾沫，说出事先想好的话，"扫帚星之所以称为妖星，是因为它一出现，地上就有灾害发生。昨夜，京城里就有三处火警，崇文门外，烧毁了十几户人家。"

"还有呢？"

"还有……"冯保顿了顿，装出一副惧怕的样子说道，"这次扫帚星侵犯北斗，帝座受到威胁。"

"有这么严重吗？"

"老奴在万岁爷面前，绝不敢戏言。"

"应如何处置？"

"往常碰到妖星出现的天象，万岁爷就会立即颁旨内阁，五府六院各大衙门，要文武百官各自修省，禳灾祈福，以解上苍之怒。"

"那你立即替朕传旨下去，让文武百官修省。"朱翊钧尽管处处装出大人的样子，但这时仍不免露出孩子的惊恐，"妖星侵犯帝座，这妖星来自哪里？"

"万岁爷,天上乍一出现妖星,艾穆、沈思孝就上了这一份冒犯皇上的奏章,这事儿不是和尚头上的虱子——明摆着的吗?"

"你是说,艾穆贼喊捉贼?"

"依老奴看,是这么个理儿。"

朱翊钧脸一沉,说道:"还是着锦衣卫把这二人拿下。"

"这个自然,老奴马上传旨。"冯保说着却不挪身子,迟疑一会儿,又道,"万岁爷,这件事儿,要不要请示太后,看她有何旨意?"

"不用了,"朱翊钧决断地回答,"母后已明确表态,对这些犯上作乱之人,一律严惩。"

"请问万岁爷,如何严惩?"

"朕已降旨吏部询问,昨日已有回答,给吴中行、赵用贤二人各廷杖六十,贬为编氓,永不叙用,今日的艾穆、沈思孝二人,气焰更加嚣张,廷杖各加二十,流徙三千里,戍边充军。"

"请问万岁爷,廷杖何日执行?"

"明日辰时,让大小九卿四品以上臣工,都到午门外观刑,一个都不准缺席。"

"老奴遵命,现在就去传旨。"

冯保出得东暖阁,一改往日迈八字步的习惯,一溜烟出了乾清宫。

吴中行、艾穆等四人要遭廷杖的消息,当天下午就传遍了北京城,立刻就成了街头巷尾的主要话题。官场的人都知道廷杖意味着什么,这是对犯罪官员最严厉的惩罚之一。只有直接触怒皇上的官员,才会遭此重刑。罪官从诏狱中提出,押至午门外,在垫了毡的地上头朝三大殿俯身躺下。负责行刑的锦衣卫兵士手持大棒——这大棒是特制的,它由栗木制成。击人的一端削成槌状,且包有铁皮,铁皮上还有倒钩,一棒击下去,行刑人再顺势一扯,尖利的倒钩就会把受刑人身上连皮带肉撕下一大块来。如果行刑人不手下留情,不用说六十下,就是三十下,受刑人的皮肉连击连抓,就会被撕得一片稀烂。不少受刑官员,就死在廷杖之下。即便不死,十之八九的人,也会落下终身残废。廷杖最高的数目是一百,但这已无实际意义,打到七八十下,人已死了。廷杖一百的人,极少有存活的记录。廷杖八十,意味着双脚已迈进了阎王爷的门槛。因此,乍一听说四人要遭廷杖,吴中行、赵用贤六十,艾穆、沈思孝八十,他们的亲属及同僚好友莫不骇然变色,一时间纷纷行动设法营救。

却说夺情事件发生以来,张居正与冯保两人通过游七与徐爵互传讯息,一直保持着热线联系。皇上对艾穆等人的严厉处置,张居正及时知道,甚至比五府六部的大臣们知道得还快。在艾穆上本之前,张居正又第三次上疏请求皇上准他回家守制。皇上的答复是:"先生再行乞请百次,朕也不准。"这话已说绝,张居正再无回旋的余地。虽然他内心深处渴望皇上有这种坚决慰留的态度,但至少在表面上,在任何人面前,他都必须表现出无可奈何的样子。防人之口甚于防川,吴中行、艾穆等之所以甘冒风险犯颜上书,就是因为他们抓住了官员们的普遍心理——不回家守制就是不孝,不孝之人,安能号令天下?一想到这一点,张居正就会陷入深深的痛苦与惆怅之中。他可以行使威权使国家走上富民强兵之路,但他却没有办法让那些固守迂腐人品操守的读书人改变观念。他深切地感到立功立德可以兼而有之,立功立人却是鱼和熊掌不可兼得。这次夺情风波,其强大的反对力量不是来自那些已被他深深得罪的势豪大户,而是来自他深为倚重的士林,这尤其让他寒心。

这些天来,除了到家中来吊唁的人络绎不绝,大内的太监也几乎天天跑来传旨。今天下午,司礼监太监张鲸又到府传达皇上最新的旨意:

朕为天下留卿,岂不斟迫切至情,忍相违拒?但今日卿实不可离朕左右,着司礼监差随堂官一员,同卿子嗣修、懋修驰驿前去,营葬卿父;完日,即迎卿母来京侍养,用全孝思。卿宜仰体朕委曲眷留至意,其勿再辞。各衙门知道,钦此。

这道圣旨一到,张府立刻忙碌起来。却说接到讣告的第二天,作为长孙的敬修立刻启程赶回老家江陵,如今大概已过了河南进入湖广地界,用不了三四天即可抵达家中。但是,敬修回籍只是起一个报信的作用,而奔丧的第一号主人应该是张居正。皇上要他夺情引出汹汹谤议,经过十来天的争斗较量,皇上慰留张居正的决心越来越大。眼见不能回家守制,张居正遂决定让身边两个已获功名的儿子嗣修、懋修代表他回家尽孝葬祖。皇上得知此事后,先已带了口信过来,要派一名太监随嗣修、懋修前往江陵主持丧事,这是上午的事。一到下午刚临未时,正式的圣旨就到了,张居正非常感激皇上给此殊荣。首辅葬父,皇上亲派太监前往主祭,国朝二百年来没有先例。早已备好物品束装待发的嗣修、懋修,随父亲焚香接旨后,立刻就出发。皇上亲准他们驰驿,京南驿派出的轿马已在门前等候,他们要即刻赶往京南驿。皇上派出的司礼监太监魏朝在那里与他们会合,尔后一道星夜赶往江陵。

送走了嗣修、懋修,张居正心里头空落落的,他回到书房,喝了一杯茶,吃了几块甜点,正说开始披览等待拟票的奏本,游七敲门进来,递给他一封缄口的信。

"这是谁的?"张居正问。

"不知道,门子给我的,他说一个人走到门口交给他,说是给老爷您的。"

张居正心下疑惑,遂拆开信封,从中抽出一张淡竹衬底的香笺,笺上写了一首绝句并附了两句话:

一闻讣告便摧心,

> 怅对秋风哭白云。
> 贱妾无缘来泣血，
> 闲庭空自吊黄昏。
>
> 若能守制，何必夺情？
> 抑泪遥祭，知名不具。

一看这娟秀的笔迹，张居正的心顿时一阵狂跳。他太熟悉这个笔迹了，更熟悉诗中这缱绻感伤的情调！"玉娘！"他大喊一声，竟手拿笺纸，忘情地奔出书房，跑到大门前。他抬眼看看胡同口，行人寥寥，几个守值的军士，像泥塑的金刚一样站在大门两侧。他回身问站在门厅前的门子：

"这信是谁给你的？"

"一位老人。"

"老人？"

"是，看上去像冬烘先生。"

"人呢？"

"留下信就走了。"

"快去把他追回来。"

"是。"

门子嘴上答应着，脚下却慢吞吞的。张居正一跺脚，吼道："快些！"

门子一惊，再不敢怠慢，飞也似的朝胡同口跑去了。张居正一直目不转睛看着他的背影消失，忽然意识到站在门口不妥，复又快快地踅回书房。

过了一会儿，门子满脸大汗跑来禀报，说是找不见那老头儿了。

"你敢断定是个老头儿？"张居正问。

"千真万确。"

"是个什么样的老头儿?"

"瘦巴巴的,好像懂点文墨。"

"知道了,去吧。"

门子离开后,张居正又把那首诗翻来覆去看了几遍,脑海里老是浮现出玉娘袅娜的倩影和忧伤的眼神。打从万历二年冬上玉娘离开积香庐不辞而别后,张居正曾多方打听她的踪迹,迄今仍无所获。往日,玉娘不止一次露出厌世出家的念头,因此张居正派人多次查访京城内外的所有寺院,一次次都失望而归。玉娘出走的头两三个月,张居正心情一直不好。白天忙于政务,倒也不觉得什么,一到夜晚,他就感到百无聊赖。自玉娘走后,他已很少去积香庐,偶尔去一次,睹物思人,只会让他徒生伤悲。这样过了几个月,心情才好不容易平静下来恢复如初。期间,李太后曾向他打听过玉娘的下落,他不敢说玉娘是因为邵大侠被杀才愤而出走,而是含含糊糊地回答说玉娘为了心中夙愿已遁入空门。听说这么一位美丽的小女子能摒弃红尘矢志苦修,李太后对她的印象越发地好了。她要张居正捎信给玉娘,仍要她来宫中探讨佛事。张居正只得敷衍承诺,其实他实在不知道这一只江南的雏燕,如今飞向了哪里。就在他渐渐淡忘的时候,这位玉娘又奇迹般地出现了——不是她的人,而是她带来的这一张痴情如旧的香笺。

这一首绝句,短短二十八个字,寄托了玉娘对他尊父的无尽哀思,诗中以"贱妾"自称,说明玉娘仍没有改变对他的挚爱。"闲庭空自吊黄昏",这"闲庭"在哪里?诗中透露的消息,可以断定玉娘仍在北京,同住一城却恍若参商难见。张居正本来已是伤痕累累的一颗心,这一下更是再添新痛。他起身踱到窗前,想象玉娘现在缁衣素面临风怅望的样子,眼角再一次湿润了。他真恨不能下令五城兵马司挨家挨户搜查,把玉娘重新觅回来,但他不能这样做。

身为宰辅,又在夺情期间,安能为一个小女子兴师动众?众口铄金,他再次想起这滚烫滚烫的四个字。至于诗后附言,特别是"若能守制,何必夺情"八个字,已道出了玉娘对他的规劝与怨望。玉娘作为一个与官场无涉的小女子,也希望他守制,可见孝治观念,并非士林独擅,它已深入民间植根人心。想到这一点,张居正不觉有一点后怕。"破山中贼易,破心中贼难",王阳明的这句名言,再一次在他的心中卷起怒涛。

就在张居正怀念玉娘心潮难平的时候,游七又来报王锡爵求见。对这位掌院学士在此次夺情事件中扮演的角色,张居正十分恼火。此时约见,又不知王锡爵要说什么。张居正只得收回思绪,吩咐游七把王锡爵领到花厅。

自吴中行、艾穆等四人要遭廷杖的消息传开,翰林院里像是炸沸了锅。赵志皋、张位、习孔教等人吵着要动员全京城所有对夺情一事持异见者共同署名上书。这样事情就会越闹越大,王锡爵劝阻他们,尔后只身赶来纱帽胡同,他希望张居正出面劝说皇上收回廷杖的旨意。

张居正故意磨蹭了一会儿,待他走进花厅,早已坐定的王锡爵立忙又起身施礼相见。张居正还礼坐下,强压下不快,冷冷地问道:

"王大人此番前来,有何公干?"

王锡爵听出话中带骨头,他睨了一眼青衣角带的张居正,赔着小心回道:

"愚职今次专为廷杖一事而来。"

"有何赐教?"

"吴中行、赵用贤、艾穆、沈思孝四人,对首辅夺情事有异议,愚职认为,此事不当廷杖。"

"那应当如何呢?"

"应该宽宥他们。"

"那你为何不给皇上上本?"

"皇上在盛怒之中,哪肯听愚职啰嗦。"

"那你找仆做甚?"

"愚职请求您出面劝说皇上,收回廷杖的旨意。"

张居正摇摇头,搪塞道:"你方才已说过,皇上正在盛怒之中,吴中行、艾穆等人冒犯的不是我,而是皇上,此情之下,仆又哪能劝说皇上。"

王锡爵知道张居正对这几个人恨之入骨,不肯施以援手,但目下情势,惟有他的话才可使皇上回心转意,为了救人,他只得苦苦哀求:

"首辅,皇上的盛怒,是因夺情之事引起,而夺情之事,又因你首辅而爆发。解铃还须系铃人,若想吴中行四人得救,惟有你首辅出面。"

张居正立即回道:"仆不能出面!"

"为何?"

"这是皇上第一次亲自御政动用威权,仆若出面干涉,皇上的面子往哪儿搁?"

王锡爵瞧着张居正冷峻的神情,顿觉灰心,但拯救同道的责任感让他不敢放弃,他再一次劝道:

"首辅,有一句话愚职不能不说,但说出来,恐会引起首辅的震怒。"

"你说吧。"

张居正又习惯地捋了捋长须,借以平息心头的烦躁。王锡爵呷了一口茶,缓缓言道:

"首辅,受廷杖的虽然是吴中行等四人,但为之痛心的,将是天下所有的读书人。"

张居正听罢一愣，旋即冷笑一声，讥道："王大人的意思，是我张居正要与天下所有的读书人为敌？"

"愚职不是这个意思，"王锡爵赶紧申辩，"但夺情之事，的确容易引起读书人的误会。"

"首先是你王大人的误会，你不是身穿红袍，亲自跑到内阁去恭贺吕阁老迁左么？"

王锡爵脸色腾地红了，他索性放胆言道："是有这回事，愚职亦不同意首辅夺情。"

"皇上要留我，你说怎么办？"

"你可挂冠而去。"

"你这岂不是要我不忠？"

"如果首辅愿意出面营救吴中行四人，或许能赢得反对夺情者的谅解。"

"对不住，仆难以从命。"

"首辅，难道你不念及吴中行、赵用贤都是你的门生吗？"

"他们眼中又哪有我这个座主！"张居正说着已是按捺不住心中的愤怒，厉声说道，"皇上要我夺情，你们要我守制，你们所作所为，不是要把我张居正逼上绝路么，你们若坚持己见，仆惟只有一死，方得解脱。"

王锡爵见张居正已说出绝情的话，只得长叹一声，起身告辞。他刚走不久，冯保就差人送来了最近两日东厂的访单。东厂自创建之日起，就担负有监伺百官的秘密使命。东厂撒在各处的暗线甚多，这些密探随时都会把得到的情报密呈上来，东厂再汇总成为访单及时向皇上禀报——东厂的访单，也只有皇上一人才能看到。但张居正担任首辅之后，冯保虑着他实际上起到"摄政"的作用，便把访单制成两份，一份呈送皇上与太后，另一份则报给张居正。

现在，张居正看这最新的一份访单，有二十多页纸，内容几乎清一色都是京师各衙门官员在夺情事件中的言语行动。张居正细细读来,不放过其中任何一则消息。其中有多条涉及艾穆,并全文刊登了他在天香楼上写的那一阕《金缕曲》。此前,他已读过了艾穆的那篇《谏止居正夺情疏》,对于艾穆的文字才华,他从内心由衷地欣赏,但同时他又发出了"芝兰当途,不得不除"的感叹。如今再读这阕《金缕曲》,他对这位湘中才子已是深深厌恶,在心中讥道:"扶社稷,方为大丈夫。这话不假,但究竟是谁在匡扶社稷呢,是你还是我?"想着想着,他也情不自禁地提起笔来,依这《金缕曲》的词牌,挥写心中的哀婉、愤怒与沉痛:

> 一天秋气烈,问孤雁,拍云而去,关山几叠?忍看圣贤皆寂寞,谁醉长安风月。寒夜里,故园萧瑟。料当老父魂飘日,江浦上,一霎枫林黑。肝肠断,星明灭。　　我为人子遭诋毁,望江南,烟水茫茫,徒然泣血。以身许国真难事,进退关乎名节。恨不能,远离帝阙。只是明君难割舍,扶社稷,要创千秋业。功与过,且抛却!

第二十八回

午门廷杖血飞似雨　微臣忤旨气贯如虹

"押罪官!"

一名小校站在午门前临时搭起的木台上,发出了一声令人毛骨悚然的呐喊。顿时,从左掖门旁边的三间值房里拥出一队锦衣卫兵士,他们押解着戴着铁木枷的吴中行、赵用贤、艾穆、沈思孝四人,推推搡搡走到木台前。木台上摆了一张长桌,锦衣卫都督朱希孝主持今天的行刑。让一位王公亲执其事,可见皇上对这次廷杖的重视。按皇上的旨意,京城四品以上官员都来到现场,数百名官员按级别分站两厢,一个个神色严峻一言不发。广场四周,三步一岗四部一哨站满了锦衣卫兵士,真个是风声鹤唳戒备森严。

木台前的砖地上,早已铺好了四块毡,毡上又各铺了一长卷十分结实的白梭布——这也是廷杖的规矩,被杖者躺在白布上面,一俟廷杖完毕,行刑者只须把这白布一拖,被杖者就被曳出午门广场,交给早已在那里等候的家属。

吴中行等四人被押到四块毡前,面朝木台站好。自隆庆皇帝登基以来,到现在的万历五年,一共十一个年头了,这午门外一直不曾举行过令人毛骨悚然的廷杖。四个人一起挨杖,更是多年没有发生过的惨事。所以,广场上的气氛便显得格外压抑。朱希孝虽然贵为锦衣卫大帅,却从未经历过战阵,也极少见到流血的场面,所以,今天他显得特别紧张,他将眼前的四名"罪官"扫视一眼,做了一个手势,嘴中吐出两个字:

"卸枷。"

"卸枷——"小校大声传达命令。

几个缇骑兵上前,娴熟地开锁取枷。只听得一阵咣啷咣啷的磕碰声,四个人颈上的铁木枷卸了。由于他们的双手长久被扯举起来夹死,因此肘关节都已僵直麻木,一旦卸开枷,他们向上弯曲的手一时还放不下来。艾穆与沈思孝少受一天罪,故手放得快一点。艾穆轻轻地甩着手臂,看着站在隔壁的赵用贤仍举着手,便道:

"汝师兄,闭眼一咬牙,手就下来了。"

"你过来帮我扳下来。"

赵用贤本是说一句玩笑话,艾穆信以为真,竟忘了这是在刑场,抬步就要过去,行刑兵士伸棒朝他胸前一横,铁刺扎在囚衣上,顿时扎了几个小洞。朱希孝虽然行事谨慎,却把赵用贤与艾穆的行动看作是对他这个主刑官的挑衅,或者说是蔑视,因此转惧为怒,斥道:

"尔等罪官,临到受刑还不畏谨!"

艾穆不肯在众位大臣面前表现畏葸,故大声抗言道:"我等维护朝廷纲常,何罪之有?"

"放肆!"朱希孝一提嗓门,显出他不怒而威的大帅本色,"宣旨!"

"是。"

一个太监从侧边走上木台,展开黄绫旨卷,高声读道:

> 吴中行、赵用贤、艾穆、沈思孝等,反对曾士楚、陈三谟等夺情之议,名曰维护纲常,实则离间君臣。虽枷铐示众,犹不思悔改。今着锦衣卫杖吴中行、赵用贤六十,削职为编氓;杖艾穆、沈思孝八十,流徙三千里外充军。受刑之后,即刻逐出京城,不得停留。钦此!

太监宣旨时,广场上各色人等有千人之多,却是一片鸦雀无声。在场的许多官员不敢相信,如此严厉的惩罚,是一个十五岁的皇帝作出的决断。但也容不得他们细想,宣旨声刚一停,只见朱希孝一挥手,他身旁的小校又振声吼道:

"行刑——"

声犹未落,早已在众罪官跟前站好的锦衣卫兵士一拥而上,极其熟练地将四个人掀翻在地,弄到白布上脸贴砖地躺好。

"张嘴!"

一个兵士叫了一声,四个人没回过神来,只见其中的赵用贤头一抬,想说什么,立刻就有一个兵士飞快地往他嘴里塞了一根约五寸长的檀木棒儿,棒两头都穿着细麻绳,那兵士将两道麻绳抄拢一提,紧紧勒在后颈上,这檀木棒就把赵用贤的嘴巴撑开堵得死死的,不要说喊叫,连哼都哼不出来。这也是廷杖前不可缺少的环节,皆因铁刺檀木杖击下去,不用几下就皮开肉绽,受刑人忍受不住,必定会撕肝裂肺地叫喊,如今先用檀木棒把你的嘴堵住,叫你想喊也喊不成。转眼之间,四个人的嘴中都"咬"了一根檀木棒儿。

接下来,他们的双手又都用系了麻绳的铁环扣死,然后一字扯开。拉紧的麻绳牢牢地系在临时钉进砖地的铁楔子上。嘴和手处理完毕,四个人已是动弹不得。再接下来的程式,就是褪掉他们的裤子——这虽然不雅,却是不可省略的一环。盖因受杖刑的人,如果穿了裤子,一杖下去,被击碎的布片会被深深嵌进肉中,几杖下去,裤子捶烂了,烂肉里满是布屑,受杖人纵然活了过来,因受布屑污染清洗不净,创口也很难愈合。因此,褪裤子这一举动,乃是为受刑人着想。

裤子褪了,四个光腚暴露在光天化日之下,幸好在场并没有一个女子,但向以儒雅自命的高官大僚们,依然觉得这种亵渎斯文的做法不能接受,许多人都闭上了眼睛。

廷杖前的一切准备工作就绪。小校逐一检查过,回到台前向朱希孝禀告。其实,朱希孝自己也早就看得真切。眯着眼,他再次瞧了瞧四个在日头底下反光的肉腚,以及每名罪官前负责行刑的两名杖手,他轻轻一点头,小校立刻反身,喊出了一个响彻苍穹令人惊怖的字:

"打!"

"打——"

这声音在午门前的高墙内回荡。一些闭着的眼睛突然睁开,一些睁开的眼睛又赶紧闭住。

几乎在同时,八根刑杖一起举起。

"啪!"

"啪啪!"

"啪啪啪啪!"

沉重的钝器击在肉体上的声音:沉闷,喑哑,却有着不可抗拒的穿透力。

第一杖下去的时候,四个人都不约而同地昂起头来。因为是第一杖,他们还能对疼痛感迅速作出反应——犹如一瓢滚沸的油泼在屁股上。

肉末横飞,鲜血喷溅。

但是,在场的所有观刑的官员,却听不到揪人心肺的哀嚎,受刑者的嘴被堵住了。因为他们的身体亦被拴死,所以也见不到他们作任何挣扎与扭动。

"九、十……"

"二十、二十一……"

"四十五、四十六……"

专门有一名兵士在高声报告杖击的次数,每一个数字喊出来,都像一记重锤,砸在每一位观刑者的心窝子里。不过,这些数字对受刑者本人,已不起任何作用,十几下以后,他们就全都昏死了过去。

"四十九、五十……"

"五十七、五十八、五十九、六十!"

这个数字刚报出来,吴中行与赵用贤两人的杖刑就告结束,而艾穆与沈思孝还要多打二十杖,往下的每一杖,更让观刑者惊心动魄。

停杖的二人,躺在那里已是血肉模糊惨不忍睹,而继续挨杖的二位,任你杖下如雷,他们一动不动,每一杖像打在棉花上。须知这些行刑的兵士(包括他们的班头,那名站在朱希孝之侧的小校),昨日都得了贿赂——赵志皋一班词臣人上托人保上托保找到他们,暗中塞了他们一大把银子,央求他们今日手下留情。小校答应留他们四人一条命。不然,若是行刑士兵使坏,十杖之内就可以把你骨头敲碎,三十杖内就可以让你毙命。今天,行刑兵士的确暗中使了花招,尽管表面上他们把刑杖举得高高,挥下去也十分猛烈,但在挨近受刑人身体的那一刹那,他们手腕一硬,把灌入刑杖的劲往回收了许多,而且,他们下杖尽量不落在关节处。尽管这样,毕竟这带有铁皮倒刺的檀木杖威力太大,受刑人虽然能捡回一条命,但那血肉横飞的活罪,依然惨绝人寰。

"七十八。"

喊到这个数目,行刑兵士手中的刑杖慢了下来,他们一个个满头大汗,这些横肉面生膀大腰圆的兵士也都累得气喘吁吁,手臂发软。

"七十九!"

"八十——"

喊到这最后一个数目,报数者将余音拖得很长,就在这拖音中,行刑兵士扛着八根带血的杖,一字儿走进左掖门边的值房。刑场两厢的官员,都不约而同长嘘一口气。

朱希孝在整个行刑期间,紧张得出了一身大汗,如今背心发凉。他瞅了瞅地上躺着的四个大血人,赶紧车过脸去,对小校说了一个"散"字。

小校又跨前一步,高喊:"列位官员,散场——"

顿时间,两边厢官员像潮水一般向端门涌去。他们既不互相议论,也不敢在这里多留一会儿。不消片刻,观刑的官员就退得一个不剩。其实,无论是今天的理刑官朱希孝,还是观刑的上千名官员及这四个受刑者,都不知道他们的主宰者——十五岁的皇上朱翊钧,打从辰时起,就在冯保的引领下,偷偷地登上了午门城楼。在罩着薄纱的木格窗棂后头,他们观看了整个行刑的过程。当那血肉横飞的场面出现时,冯保担心小皇上受到惊吓,便从旁小声说:

"万岁爷,别看吧,这场面太血腥。"

朱翊钧却盯着刑场目不转睛,以无比兴奋的口吻说道:"大伴,你怎么这么没出息。"

"万岁爷,您?"

朱翊钧回过头来,盯着冯保,眼睛里竟射出与他的年龄毫不相符的杀气,一字一顿说道:

"大伴,到今天,朕才尝到当天子的味道。"

冯保如被灼热的火苗烫了一下,浑身一震。他陡然感到眼前的朱翊钧再不是当年那个满脸稚气童心未泯的小皇上了,心下一酸,眼角竟滚出了泪珠。

"大伴,你怎么哭了?"朱翊钧惊诧地问。

冯保赶紧擦去眼泪,佯笑着说:"看到万岁爷长大了,老奴心里高兴。"

"记得朕十一岁时,元辅张先生就教导朕,为天子者,须得仁服天下,威加四海。前几年富民强兵多行仁政,这回廷杖吴中行等四人,便是威加四海的开始。方才刚闻到一点血腥,你大伴就以为朕害怕,岂不是笑话。如果连这一点血腥都见不得,如何行天子之威?"

朱翊钧一边看廷杖一边议论,那神情像是在看一场精彩的折子戏。冯保内心中恨不能行刑兵士把这几个犯上作乱的"罪官"杖死,但平常他却连杀鸡都不敢看,所以,一见这血腥场面,他的胃就朝上翻直想作呕。朱翊钧大约看出了冯保的悸怕,便奚落道:

"大伴,你倒真是有点妇人之仁。"

冯保嘿嘿笑着,一脸的无奈,忽然,他指着端门方向,对朱翊钧说:

"万岁爷,您看!"

朱翊钧探头望去,只见一个身着九品官服的年轻官员独自一人穿过端门,走进了空荡荡的广场。朱翊钧禁不住好奇地问:

"这个人要干什么?"

独自走进午门广场的这个年轻官员,名叫邹元标。

却说廷杖之后,为了防止在现场引起骚乱,理刑官立即下令散场,待所有官员散尽后,小校让兵士将地上四个血人拖出去交给家属。兵士们将毡上的白布一曳拖向端门,广场上顿时留下四道殷红的血迹。

四名"罪官"的家属打从天不亮就跑到端门外守候,如今见四人被拖出来,一个个皮开肉绽气息全无,顿时都放声痛哭。此时这端门外,除了家属,还有不少平日与"罪官"们有交谊的或者说同情他们的一些年轻官员。他们不忘请来救治的郎中,在一片震天价的号啕中,郎中们开始手忙脚乱的救治。这四人虽然昏迷不醒,但嘴巴却全都大张着,皆因他们嘴中"咬"着的木棒儿被拿下了,昏迷中颚骨又不会动,故都合不拢。这样倒给救治提供了方便。郎中们将事先已准备好的蚺蛇胆浸在一小盅黄酒中,倒进他们的嘴——民间一直流传着蚺蛇胆可以让人还阳的说法。吞了蚺蛇胆,再来给他们包扎。刑杖打的都是下身,屁股与双腿被打烂,白厉厉的骨头都已显现出来。这悲惨的伤情,让在场的不少女眷都吓得昏厥过去。郎中们在包扎时出现了困难,零零碎碎的肉末到处都是,他们无法再植它们,惟一能做的,就是敷上大量的金疮药,给他们止血止痛。

邹元标也是极早赶到端门外守候的,如今眼见这抢救的场面,他感到五内俱焚。他是今年秋闱大典中刚刚得中的新科进士,穿上补服才不到两个月时间,分配到刑部观政。考中进士前,他在老家江西省吉水县就很有文名,他的老师胡直是嘉靖年间进士,师承王阳明心学,亦是海内闻名的硕儒。邹元标秉承老师衣钵,提倡和衷济世无为治国之说,因此对张居正施行的吏治与财政改革大为不满,认为是苛政。夺情风波发生后,他密切关注,但因是新科进士,人微言轻,没有多少人理会他,就连同在刑部的艾穆,也只是把他当成一个凑热闹的热血青年,没有给予足够的重视。昨天,当艾穆、沈思孝上本引起皇上震怒并传旨要将他们廷杖时,邹元标几乎没有认真思虑,就连夜赶写出一份抗疏,准备在今天廷杖之后,再次呈给皇上。

看到吴中行等四人在郎中们的救治下都悠悠恢复了鼻息,邹元标便抬脚向端门走去,守门的兵士把他拦住不准通行,他晃了晃手中的本子,说道:"刑部有急本,差我送呈皇上。"兵士闻听再也不敢阻拦,遂放过了他。

此时的午门广场,已是空空荡荡,一些兵士正在打扫清洗地上的血迹。那四块毡旁,积血摊摊,碎肉离离。邹元标走到跟前,对着地上的血迹伫立良久,这时一名兵士上来干涉,要他赶紧离开,他才噙着两泡热泪踱到左掖门下。

"你要干什么?"左掖门守值禁军问他。

邹元标回道:"刑部递本。"

听说递本,门内太监便转出身来,问道:"是何本子?"

邹元标怕直说太监不敢送呈,便撒了一个谎,回道:"关于冬季决囚事,刑部请示皇上。"

太监也不深问,接过本子回到门内。此时,还待在城楼上的朱翊钧早差人下来要看看邹元标究竟要干什么,这会儿便从太监手上接过本子,飞快地跑回楼上。

听说来者是今年的新科进士刑部观政邹元标,朱翊钧便狐疑地问:

"刑部怎么会派一名观政前来递本?快念一念,看这道本子说些什么?"

冯保展开本子,刚看了《再谏张居正夺情疏》的题签,脸色就勃然大变。

"怎么了?"朱翊钧问。

"又是一道针对元辅夺情的抗疏。"冯保小心回答。

"是吗?"朱翊钧摸了摸唇边刚刚长出的软髭,阴沉着脸说了一个字,"念!"

冯保呷一口茶润润嗓子,刚念了一句"为首辅张居正夺情事,臣刑部观政邹元标再次抗疏谏曰",便停了下来,他觑了觑朱翊钧的表情,见没有任何表示,才继续念了下去:

> 陛下以居正有利社稷耶?居正才虽可为,学术则偏。志虽欲为,自用太甚。其设施乖张者,如州县入学,限以十五六人,有司希指,更损其数,是进贤未广也。诸道决囚,亦有定额,所司惧罚,数必增额,是断刑太滥也。大臣持禄苟用,小臣畏罪缄口,若今日有敢言者,则明日必遭杖徙……

"放肆!"听到这里,朱翊钧终于忍不住怒吼起来,"一个刑部观政,居然敢妄议朝政,来人!"

"老奴在!"冯保赶紧欠身回答。

"传旨锦衣卫,赶快把邹元标抓住,不要让他跑了!"

"是。"冯保答应,吩咐身边长随,赶紧下楼传旨。

"再接着念!"朱翊钧令道。

冯保点点头,又遵旨念了下去:

> 臣伏读敕谕:"朕学问未成,志尚未定,先生既去,必前功尽弃。"陛下言此,实乃宗社无疆之福也。但朝中弼成圣学辅翼圣志者,岂独居正。学问人品超过居正者,大有人在。观居正疏言:"世有非常之人,然后办非常之事。"若以奔丧为常事,而不屑为者,人之五常之道岂不尽丧?于此亲生而不养,亲死而不奔,犹自号于世,曰"我为非常之才"岂不令天下士人齿冷?由此推断,必定怀禽兽之心,方为非常人也……

"不要再读了!"朱翊钧已是气得嘴唇发乌,他死死抓住椅翅,咬着牙说,"这个邹元标,朕恨不能杀了他!"

冯保担心朱翊钧一时冲动真的下旨杀人,那样势必引起朝局大乱,便赶紧跪下奏道:"万岁爷,杀人万万不可。"

"为何?"

冯保担心一时讲不清理由反而会引起皇上更大的震怒,便说了个旁人意想不到的理由:

"这邹元标眼见四人被打得死去活来,还敢冒险上本,可见他已做好了赴死的准备。"

"啊?"

"万岁爷若下旨杀他,是成全了他。为抗谏而死,天下士林就会把他邹元标当作英雄,这就是邹元标想要得到的荣誉。"

"呵,以死换名,天下还有这样的奇人。"朱翊钧感到不可思议,但他还是采纳了冯保的建议,说道,"既然他想死,朕偏不让他死。大伴,传旨下去,依艾穆、沈思孝为例,将这邹元标廷杖八十,三千里外充军。即刻执行!"

"奴才遵旨。"

冯保答应一声,亲自下楼传旨,刚走出门,朱翊钧又喊住他,狠狠地说:

"你将朕的话传给各衙门,邹元标之后,有谁再敢反对朕的夺情之旨,杀无赦!"